Kiel
Rostock
Schwerin
Hambourg
Brême
POLOGNE
AGNE
Hanovre
Magdebourg
Berlin
Potsdam
Amsterdam
PAYS-BAS
ALLEMAGNE
dres
Dortmund
Dusseldorf
Leipzig
Calais
BELGIQUE
Cologne
Erfurt
Dresde
Nord-Pas-de-Calais
Lille
Bruxelles
Namur
Parc Astérix
Wiesbaden
Mayence
Francfort
Prague
REPUBLIQUE TCHEQUE
LUXEMBOURG
Rouen
Tour Eiffel
Reims
Champagne
Wurtzbourg
Paris
Sarrebruck
Nuremberg
la Seine
Metz
Lorraine
Stuttgart
Strasbourg
Ratisbonne
Vienne
Le Mans
LES VOSGES
le Rhin
Orléans
Munich
Alsace
la Loire
Dijon
Chambord
Bâle
AUTRICHE
Zurich
Bourgogne
ANCE
la Saône
LIECHTENSTEIN
Berne
LE JURA
SUISSE
Lausanne
SLOVENIE
moges
Genève
Ljubljana
Clermont-Ferrand
Mont-Blanc
Lyon
Auvergne
Milan
Vérone
Venise
CROATIE
LES ALPES
ordogne
LE MASSIF CENTRAL
le Rhône
Bologne
onne
Pont du Gard
la mer Adriatique
SAINT-MARIN
use
Nîmes
Provence
Nice
Florence
le canal du Midi
Marseille
Cannes
MONACO
ITALIE
ORRE
la mer Méditerranée
Ajaccio
Corse
Rome
elone
0
100
200
300 km

Découvertes Bayern
Band 4

Zusatzmaterialien für Schülerinnen und Schüler zu diesem Band

Cahier d'activités mit Mediensammlung, Vokabeltrainer und Übungssoftware, *Klett-Nr. 622294*
Cahier d'activités mit Mediensammlung, *Klett-Nr. 622295*
Audio-CD (Hörtexte und Lieder), *Klett-Nr. 622359*
Grammatisches Beiheft, *Klett-Nr. 622293*
Fit für Schulaufgaben, *Klett-Nr. 622437*
99 Wortschatzübungen zu Band 3 und 4, *Klett-Nr. 622377*
99 grammatische Übungen zu Band 3 und 4, *Klett-Nr. 622372*
Vokabellernheft, *Klett-Nr. 622384*
Verbenlernheft, *Klett-Nr. 622389*
Übungssoftware (Einzellizenz), *Klett-Nr. 622394*

Am Ende von ***Découvertes Bayern 4*** erreichen die Schülerinnen und Schüler das Niveau **B1** des Gemeinsamen europäischen Referenzrahmens. Die Kenntnis der im Inhaltsverzeichnis grün unterlegten fakultativen Inhalte wird in den anschließenden Einheiten nicht vorausgesetzt. Das Lehrbuch versteht sich als Gesamtangebot. Die Mediencodes enthalten zusätzliche Unterrichtsmaterialien, die der Verlag in eigener Verantwortung zur Verfügung stellt.

1. Auflage 1 5 4 3 2 | 25 24 23 22 21

Alle Drucke dieser Auflage sind unverändert und können im Unterricht nebeneinander verwendet werden.
Die letzte Zahl bezeichnet das Jahr des Druckes.
Das Werk und seine Teile sind urheberrechtlich geschützt. Jede Nutzung in anderen als den gesetzlich zugelassenen Fällen bedarf der vorherigen schriftlichen Einwilligung des Verlages. Hinweis § 60a UrhG: Weder das Werk noch seine Teile dürfen ohne eine solche Einwilligung eingescannt und in ein Netzwerk eingestellt werden. Dies gilt auch für Intranets von Schulen und sonstigen Bildungseinrichtungen. Fotomechanische oder andere Wiedergabeverfahren nur mit Genehmigung des Verlages.

Hinweis: Die Mediencodes enthalten zusätzliche Unterrichtsmaterialien, die der Verlag in eigener Verantwortung zur Verfügung stellt.

© Ernst Klett Verlag GmbH, Stuttgart 2021. Alle Rechte vorbehalten. www.klett.de
Das vorliegende Material dient ausschließlich gemäß § 60b UrhG dem Einsatz im Unterricht an Schulen.

Autorinnen und Autoren: Simone Bernklau, Oberhinkofen; Birgit Bruckmayer, München; Marlène Cloßen, Erlangen; Isabelle Darras-Collombat, Paris; Grégoire Fischer, Bremen; Gunda Hiort, Bremen; Marie Gauvillé, Montpellier; Krystelle Jambon, Saarbrücken; Laurent Jouvet, Nozières; Ulrike C. Lange, Bochum; Andreas Nieweler, Horn-Bad Meinberg; Marceline Putnai, Maulévrier Sainte-Gertrude; Jutta Rösner, Erlangen; Ruth Spiekermann, Münster; Stefanie Wojaczek, Bamberg

Beratung: Susanne Ballin, Vollmersweiler; Rolf Beck, Apolda; Dr. Peter Bettinger, Rehlingen-Siersburg; Prof. Dr. Christoph Bürgel, Osnabrück; Claus Darstein, Starkenburg; Grégoire Fischer, Bremen; Andrea Floure, Schorndorf; Gerda Germann, Zürich; Stefan Gundel, München; Volker Hähnlein, Groß Wüstenfelde; Annette Hoffmann, Karlsruhe; Cristina Holte, Frankfurt; Christian Jechnerer, Erlangen; Annemarie Kammerhofer, Innermanzing; Dieter Kunert, Berlin; Hanns-Christoph Lenz, Leipzig; Sandra Märten, Halle/Saale; Annegret Mielke, Berlin; Christopher Mischke, Waiblingen; Grit Mothes, Leipzig; Jeanne Nissen, Dierhagen; Steffen Obeling, Köln; Michael Pfau, Halle/Saale; Inge Rein-Sparenberg, Marburg; Julitte Ring, Saarbrücken; Jutta Rösner, Erlangen; Dr. Angelika Schenk, Wittenberg; Dr. Achim Schröder, Oberursel; Wolfgang Spengler, Solingen; Michael Tanzer, Ulm; Hermann Voss, Münster; Evelyn Walach, Berlin; Gabriele Winterholler, München

Entstanden in Zusammenarbeit mit dem Projektteam des Verlages.

Gestaltung: Petra Michel, Bamberg
Titelbild: U1.1 stock.adobe.com/Tortuga; U1.2 Thomas Weccard Fotodesign BFF; U4 stock.adobe.com/ savoieleysse
Satz: media office GmbH, Kornwestheim
Druck: PASSAVIA Druckservice GmbH & Co. KG, Passau

Printed in Germany
ISBN 978-3-12-622291-4

9 783126 222914

4

Découvertes

Bayern

für den schulischen
Französischunterricht

von
Simone Bernklau
Birgit Bruckmayer
Marlène Cloßen
Isabelle Darras-Collombat
Grégoire Fischer
Gunda Hiort
Marie Gauvillé
Krystelle Jambon
Laurent Jouvet
Ulrike C. Lange
Andreas Nieweler
Marceline Putnai
Jutta Rösner
Ruth Spiekermann
Stefanie Wojaczek

Ernst Klett Verlag
Stuttgart • Leipzig

Inhalt

Medienverzeichnis

Übersicht über die Mediencodes in Découvertes Bayern Band 4

Mehr dazu t584xj

Auf einigen Seiten im Buch findet ihr Découvertes-Mediencodes. Diese Mediencodes führen zu weiteren Unterrichtsmaterialien (und bei den Bonus-Seiten zu den Lösungen) im Internet, die der Verlag in eigener Verantwortung zur Verfügung stellt. Gebt den Code einfach in das Suchfeld auf schueler.klett.de ein.

Unité 1: t584xj

- Audios
- Zusätzliche *Bilan*-Übungen mit Lösungen
- V1: Erklärfilm zur Landeskunde: „A la découverte de Strasbourg“

Bonus 1 + 2: 8rn5ti

- Audios
- Lösungen

Unité 2: 6u78pp

- Audios
- Zusätzliche *Bilan*-Übungen mit Lösungen
- V3: „L'amitié franco-allemande“

- Zusätzliches Videomaterial

Unité 3: en7j5d

- Audios
- Zusätzliche *Bilan*-Übungen mit Lösungen
- Zusätzliches Videomaterial

Plateau: 3z2z25

- Audios

Unité 4: nh23js

- Audios
- Zusätzliche *Bilan*-Übungen mit Lösungen
- V6: Filmausschnitt „Comme un lion“

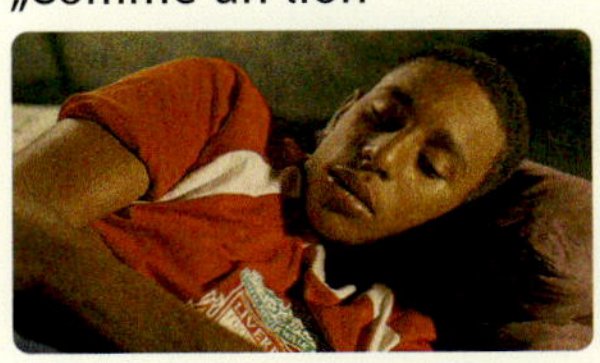

- Zusätzliches Videomaterial

Unité 5: s5t5h9

- Audios
- Zusätzliche *Bilan*-Übungen mit Lösungen
- V7: „Bal masqué à Versailles“

Unité 6: h4bc56

- Audios
- Zusätzliche *Bilan*-Übungen mit Lösungen

Stratégies: rf5j97

- Audios

DELF: fu7sz4

- Audios

Vocabulaire: 49r98u

- Audios

So lernt ihr mit Découvertes

Beginn einer Unité

Hier werden das **Thema** und die wichtigsten **Ziele** vorgestellt. Einzelne Inhalte der Unité stehen im **Inhaltsverzeichnis**.

Atelier

Atelier bedeutet Werkstatt. Hier werden **Geschichten** erzählt, Lernstoff **eingeführt** und **geübt**.

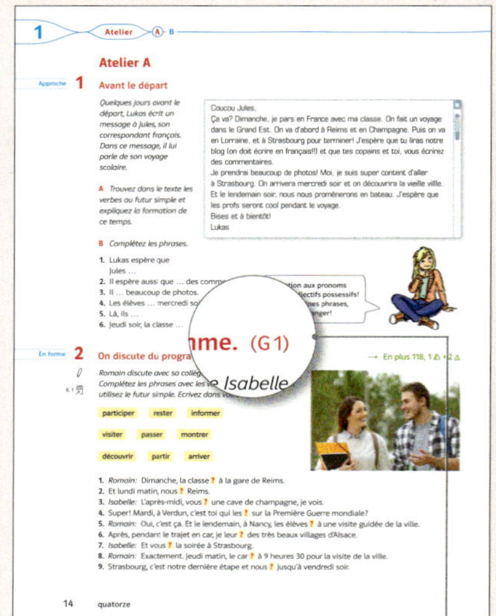

Diese Verweise auf den **Grammaire**-Teil und das Grammatische Beiheft zeigen euch, wo die Grammatik zu dieser Übung steht.

Zusatzmaterial/-übungen

Plateau und Bonus

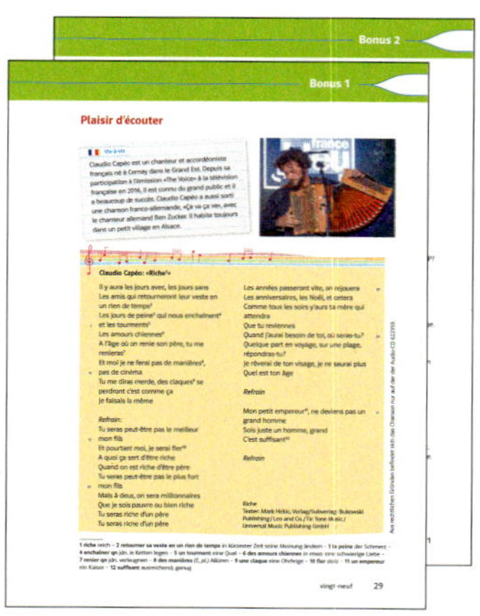

Die **Plateau-** und **Bonus**-Seiten ergänzen die Inhalte der Unités. In Plateau gibt es auch **Wiederholungsübungen**.

En plus – différenciation

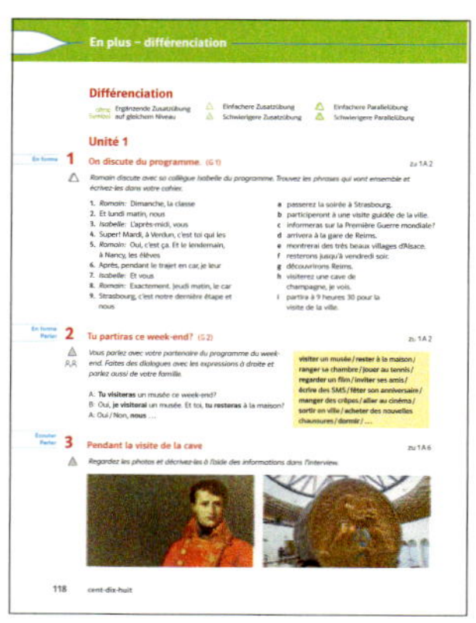

Diese Seiten bieten **zusätzliche Übungen** mit unterschiedlichem Schwierigkeitsgrad.

Stratégies

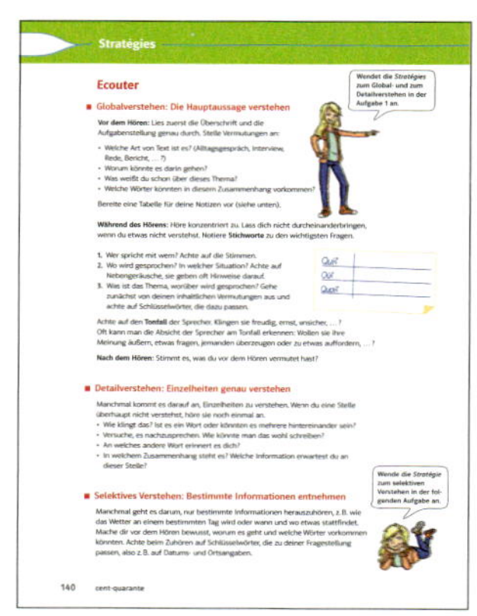

Die wichtigsten **Lern- und Arbeitstechniken** sind hier zusammengefasst.

Alle Audios und Videos zum Schülerbuch findest du in der Online DDS zum Arbeitsheft und im eBook.

Pratique

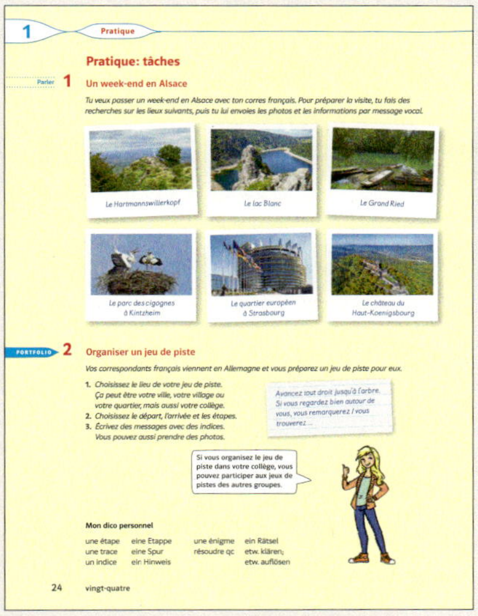

Hier könnt ihr das Gelernte in Aufgaben praktisch **anwenden**.

Abschluss einer Unité

Im **Bilan**-Teil könnt ihr euch selbst testen und auf **Schulaufgaben** vorbereiten. **Grammaire** gibt einen kurzen Überblick über die **Grammatik**.

Vocabulaire, Liste des mots

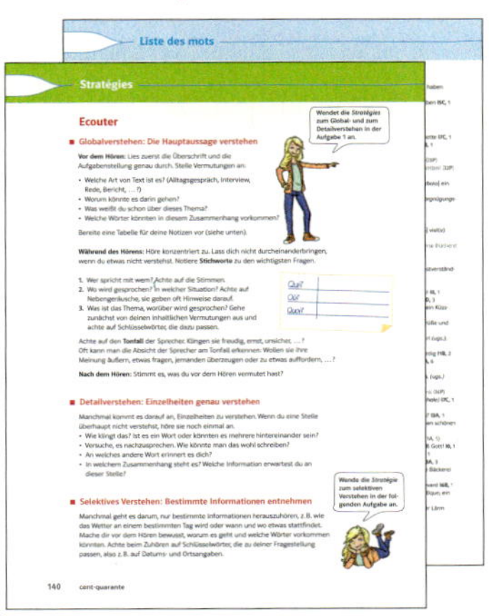

Im **Vocabulaire** stehen die neuen Lernwörter. In der **Liste des mots** könnt ihr sie nachschlagen.

Solutions

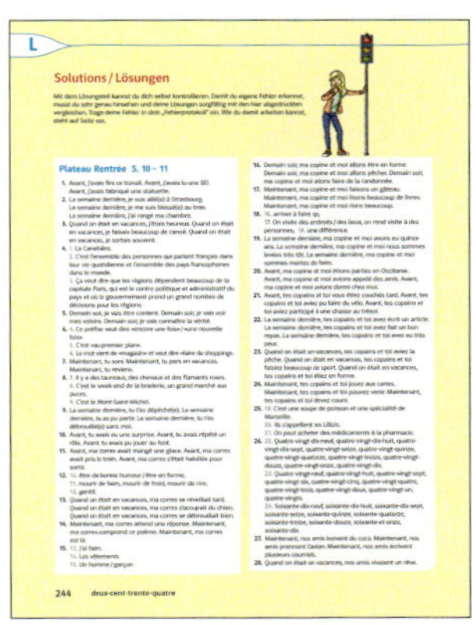

Hier gibt es Lösungen zu ausgewählten Aufgaben, z. B. zum **Bilan**-Teil.

Symbole

Hier lernt ihr, Frankreich und frankofone Länder mit eurem Land zu vergleichen.

PORTFOLIO Das Ergebnis dieser Aufgabe kannst du in deinem Portfolio-Ordner sammeln.

32 Verweis auf die Tracknummer auf dem Datenträger, der dem *Cahier d'activités* beiliegt.

Die Lieder befinden sich aus lizenzrechtlichen Gründen nur auf der zusätzlich erhältlichen Audio-CD.

Die Filme befinden sich auf dem Datenträger, der dem *Cahier d'activités* beiliegt.

Schriftliche Übung

Partnerarbeit

Gruppenarbeit

Übungen, die auf die DELF-Prüfung hinführen.

23, 9 Dazu findet ihr eine Übung im *Cahier d'activités* Seite 23, Übung 9.

Selbsteinschätzung

→ En plus 135, 1
Verweis auf Seite 135, Übung 1

einfachere Zusatzübung

einfachere Parallelübung

schwierigere Zusatzübung

schwierigere Parallelübung

ohne Symbol Zusatzübung

(G 1) Die Nummern nach den Übungstiteln verweisen auf die Grammatik im Buch und auf das *Grammatische Beiheft*.

Mehr dazu 3z2z25

Ça roule!

Révisions

Règle du jeu

Faites des groupes de quatre: trois élèves qui jouent et un(e) élève qui corrige les réponses (solutions p. 243). Variante: vous pouvez diviser la classe en trois groupes, la professeure / le professeur corrige les réponses.

*Chaque joueuse / joueur choisit un bonbon **rouge**, **bleu** ou **vert** pour avancer sur les cases. Elle / Il le met sur la première case après la case DEPART.*

Selon votre couleur, faites une phrase.
Réponse juste: avancez de deux cases.
Réponse fausse: avancez d'une seule case.

Questions

1. Comment s'appelle une célèbre avenue à Marseille?
2. Qu'est-ce que la francophonie?
3. La France est un pays «centralisé». Qu'est-ce que ça veut dire?
4. Que veut dire le préfixe «re-» ou «ré-», comme par exemple dans le verbe «remonter»?
5. Quel est le contraire de «à l'arrière-plan»?
6. Expliquez le mot québécois «magasiner».
7. Quels animaux y a-t-il en Camargue?
8. Qu'est-ce qui se passe le premier week-end de septembre à Lille?
9. Quel mont célèbre se trouve en Normandie?
10. Donnez un synonyme de l'expression «avoir la pêche».
11. Donnez trois expressions avec «mourir de … ».
12. Quel est le contraire de «méchant»?
13. «J'ai la dalle.» en français standard
14. «Les fringues» en français standard
15. «Un mec» en français standard
16. Donnez un synonyme de «réussir à faire qc».
17. Quelle est la différence entre «visiter» et «rendre visite»?
18. Quel est le contraire d'un «point commun»?
19. Qu'est-ce que c'est, une «bouillabaisse»?
20. Comment s'appellent les habitants de Lille?
21. Où est-ce qu'on peut acheter des médicaments?
22. Comptez de 99 à 90.
23. Comptez de 89 à 80.
24. Comptez de 79 à 70.

le temps

Avant, (plus-que-parfait) — La semaine dernière, (passé composé)

DEPART

1
finir ce travail
lire une BD
fabriquer une statuette

2
aller à Strasbourg
se blesser au bras
ranger ma chambre

9
se dépêcher
pouvoir partir
se débrouiller sans moi

10
avoir une surprise
répéter un rôle
pouvoir jouer au foot

11
manger une glace
prendre le train
s'habiller pour sortir

12

10 11 12

19
avoir 15 ans
se lever tôt
mourir de faim

20
partir en Occitanie
appeler des amis
dormir chez moi

21
se coucher tard
pouvoir faire du vélo
participer à une chasse au trésor

22
écrire un article
faire un bon repas
avoir très peur

29
ne voir personne
ne rien dire
ne plus travailler

30
envoyer ce courriel
passer à la maison
répondre à ces questions

ARRIVEE

En haut, ▶ *le temps* *Demain soir*
A droite, ▶ *le sujet* *Moi*

Exemple pour la case 5:

Demain soir, je vais être content(e).
Demain soir, je vais voir mes cousins.
Demain soir, je vais connaître la vérité.

*Les cases **Turbo**:*

Vous avez 20 secondes pour répondre aux questions.
Réponse juste: avancez de quatre cases.
Réponse fausse: avancez d'une case.

Le premier qui arrive sur la case ARRIVEE a gagné.

Quand on était en vacances, (imparfait)	Maintenant, (présent)	Demain soir, (futur composé)	▶ *le sujet*
3 *être heureux/-se* *faire beaucoup de canoë* *sortir souvent*	4 (Turbo) 1 2 3	5 *être content/-e* *voir mes cousins* *connaître la vérité*	Moi (je)
8 (Turbo) 9 8 7	7 *sortir* *partir en France* *revenir*	6 (Turbo) 6 5 4	Toi (tu)
13 *se réveiller tard* *s'occuper du chien* *bien se débrouiller*	14 *attendre une réponse* *comprendre ce poème* *être là*	15 (Turbo) 13 14 15	Ma corres (elle)
18 (Turbo) 18 17 16	17 *faire un gâteau* *lire beaucoup de livres* *beaucoup rire*	16 *être en forme* *pêcher* *faire de la randonnée*	Ma copine et moi (nous)
23 *avoir la pêche* *faire beaucoup de sport* *être en forme*	24 *jouer aux cartes* *pouvoir venir* *devoir courir*	25 (Turbo) 19 20 21	Tes copains et toi (vous)
28 *vivre un rêve* *prendre des photos* *aller à la piscine*	27 *boire du coca* *prendre l'avion* *écrire plusieurs courriels*	26 (Turbo) 24 23 22	Nos amis (ils)

Unité 1

Mehr dazu t584xj

De l'ouest à l'est dans le Grand Est

Lukas est élève de la classe 9^{e}A d'un collège et lycée à Munich où on prépare l'Abibac (l'*Abitur* allemand et le bac français). Peu après la rentrée, sa classe va faire un voyage scolaire dans le Grand Est. Voici une carte de cette région.

PORTFOLIO

Am Ende dieser Unité kennst du die Region Grand Est und kannst über Ereignisse in der Zukunft berichten.
Dazu lernst du u. a.:
- **das *futur simple*,**
- **den Konditionalsatz I *(la phrase conditionnelle I)*.**

la Champagne

Reims

Verdun

Strasbourg

Nancy

le Parc naturel régional de Lorraine

1. *Quelle phrase va avec quelle photo?*

a On pourrait rester toute la journée sur cette place, une des plus belles du monde.
b Des évènements historiques très importants ont eu lieu dans cette cathédrale.
c Les anciens champs de bataille et les cimetières nous rappellent la guerre entre les Français et les Allemands.
d Dans cette ville, il y a un quartier avec le Parlement européen.
e Ici, vous pouvez visiter les caves où on fabrique du champagne.
f Venez goûter les truffes de Lorraine! C'est bon, mais c'est très cher aussi!

2. *Romain, l'assistant de langue au collège est alsacien. Avec Mme Bouchon, la professeure de français, il a préparé le voyage de la 9ᵉA. Aujourd'hui, il parle du programme aux élèves.*

1 **A** *Ecoutez et mettez les lieux dans l'ordre du voyage. Puis retrouvez l'itinéraire sur la carte du Grand Est page 12.*

B *Répondez aux questions.*
1. Quel(s) moyen(s) de transport est-ce que la classe va prendre?
2. Combien de temps faut-il pour aller à Reims?
3. Est-ce que les élèves vont visiter seulement des villes?
4. Qu'est-ce que Romain raconte en alsacien?

Vis-à-vis

Le Grand Est est une région dans le nord-est de la France qui compte 5,5 millions d'habitants. Les anciennes régions Lorraine, Champagne-Ardenne et Alsace forment cette région depuis 2016. Elle a des frontières avec quatre pays européens: la Belgique, le Luxembourg, l'Allemagne et la Suisse. Dans le Grand Est, on trouve des grandes villes comme Strasbourg, la capitale de région, mais aussi une campagne magnifique – et beaucoup de cigognes en Alsace et en Lorraine. La langue alsacienne, mais aussi les spécialités et les traditions comme les marchés de Noël ou le lapin de Pâques[1] rappellent que l'Alsace et la Lorraine ont fait partie de l'Allemagne dans le passé. Avez-vous déjà visité le Grand Est?

1 le lapin de Pâques [lәlapɛ̃dәpak] der Osterhase

Atelier A

Approche

1 Avant le départ

Quelques jours avant le départ, Lukas écrit un message à Jules, son correspondant français. Dans ce message, il lui parle de son voyage scolaire.

Coucou Jules,
Ça va? Dimanche, je pars en France avec ma classe. On fait un voyage dans le Grand Est. On va d'abord à Reims et en Champagne. Puis on va en Lorraine, et à Strasbourg pour terminer! J'espère que tu liras notre blog (on doit écrire en français!!) et que tes copains et toi, vous écrirez des commentaires.
Je prendrai beaucoup de photos! Moi, je suis super content d'aller à Strasbourg. On arrivera mercredi soir et on découvrira la vieille villle. Et le lendemain soir, nous nous promènerons en bateau. J'espère que les profs seront cool pendant le voyage.
Bises et à bientôt!
Lukas

A *Trouvez dans le texte les verbes au futur simple et expliquez la formation de ce temps.*

B *Complétez les phrases.*

1. Lukas espère que Jules …
2. Il espère aussi que … des commentaires.
3. Il … beaucoup de photos.
4. Les élèves … mercredi soir à …
5. Là, ils …
6. Jeudi soir, la classe …

En forme

2 On discute du programme. (G 1)

→ En plus 118, 1 △ + 2 △

8, 1

Romain discute avec sa collègue Isabelle du programme. Complétez les phrases avec les verbes qui conviennent et utilisez le futur simple. Ecrivez dans votre cahier.

participer | rester | informer | visiter | passer | montrer | découvrir | partir | arriver

1. *Romain:* Dimanche, la classe ? à la gare de Reims.
2. Et lundi matin, nous ? Reims.
3. *Isabelle:* L'après-midi, vous ? une cave de champagne, je vois.
4. Super! Mardi, à Verdun, c'est toi qui les ? sur la Première Guerre mondiale?
5. *Romain:* Oui, c'est ça. Et le lendemain, à Nancy, les élèves ? à une visite guidée de la ville.
6. Après, pendant le trajet en car, je leur ? des très beaux villages d'Alsace.
7. *Isabelle:* Et vous ? la soirée à Strasbourg.
8. *Romain:* Exactement. Jeudi matin, le car ? à 9 heures 30 pour la visite de la ville.
9. Strasbourg, c'est notre dernière étape et nous ? jusqu'à vendredi soir.

3 Reims: une soirée magique!

2 8, 2

Lundi 14/09 12:13 Hier, à 18 heures, on est arrivés à Reims, enfin! Et une belle surprise nous attendait: le spectacle «son et lumière» avec de la musique et des images sur la façade de la cathédrale! C'était magique! La nuit, quand elle est illuminée, elle est encore plus belle! On pouvait bien voir ses statues magnifiques (on en compte plus de 2000). Et ses tours de 81 mètres sont même plus hautes que les tours de la cathédrale Notre-Dame de Paris! Ce matin, on a visité l'intérieur de la cathédrale avec les célèbres vitraux[1] du peintre Marc Chagall. Cet après-midi, on va visiter une cave de champagne. Nous verrons comment on fabrique le champagne et nous ferons une interview avec le producteur. Demain, on ira à Verdun, où nous serons sur les champs de bataille et aurons la chance de rencontrer un soldat de 1916! Alors à bientôt sur notre blog!

Lukas_Stras I Kommentare [0]

La cathédrale Notre-Dame de Reims

Vis-à-vis

En 1914, les Allemands ont détruit presque entièrement Reims et sa cathédrale. Avec elle, une partie de la culture et de l'histoire françaises a disparu. Pourquoi? Parce que des évènements très importants ont eu lieu ici, comme les 33 sacres[2] des rois de France. Alors il y a eu une discussion à la fin de la guerre: devait-on laisser la cathédrale détruite pour en faire un symbole de la guerre? Finalement, on a décidé de la reconstruire et sa reconstruction a duré plus de 20 ans. Connaissez-vous un monument en Allemagne qu'on a laissé en partie détruit pour rappeler une guerre? Quels monuments jouent un rôle historique important en Bavière?

Le sacre du roi Charles VII au XVe siècle

Jeu de mots

4 Les mots faciles à comprendre

A *Dans le texte, il y a quelques nouveaux mots, mais ils sont faciles à comprendre. Dites pour chaque mot suivant pourquoi vous le comprenez. Puis expliquez les mots «un symbole», «illuminé», «l'intérieur», «un peintre», «une reconstruction».*

une façade

illuminé

l'intérieur

un symbole

un peintre

une reconstruction

STRATEGIE

So könnt ihr unbekannte Wörter erklären:
- Mit einem Synonym *(un synonyme)* oder Antonym *(un antonyme)*
- Mit einem Oberbegriff *(un hyperonyme)*
- Mit einer Erklärung *(une explication)* oder mit Beispielen *(des exemples)*
- Mit einem Relativsatz *(une proposition relative)*
- Mit einem Vergleich *(une comparaison)*

B *A tour de rôle, choisissez un mot de* **A**. *Votre partenaire formule une phrase avec ce mot.*

1 un vitrail / des vitraux [ɛ̃vitʀaj/devitʀo] (ein) (Kirchen-)Fenster – **2 le sacre des rois** [ləsakʀ(ə)deʀwa] die Krönung der Könige

Lire

5 A propos du texte

Après la visite, les élèves font un quiz sur la cathédrale de Reims. Trouvez-vous les réponses? Lisez les textes et regardez les images de la page 15, puis répondez aux questions.

1. Qu'est-ce que c'est, un spectacle «son et lumière»?
2. Quelle cathédrale a les plus hautes tours: la cathédrale de Reims ou de Paris?
3. Quel artiste célèbre a réalisé certains vitraux?
4. Pourquoi est-ce que la cathédrale a joué un rôle important dans l'histoire française?
5. Qu'est-ce qu'on s'est demandé à la fin de la guerre?
6. Finalement, quelle décision a-t-on prise?

Ecouter

6 Du champagne ... seulement en Champagne!

→ En plus 118, 3

3

Mme Bouchon, Romain et la 9ᵉA visitent une cave de champagne près d'Epernay avec le producteur, M. Guillet.

Les tonneaux dans la cave

A *Ecoutez l'interview de M. Guillet et répondez aux questions.*

1. Depuis quand existent les «maisons de Champagne»?
2. Quels vins peuvent s'appeler «champagne»?
3. Combien coûte une bouteille de champagne normale?
4. Quel est le prix des bouteilles les plus chères?
5. Comment pouvait-on deviner où les soldats allemands allaient faire un grand combat?
6. Où et pourquoi est-ce qu'on a caché du champagne pendant les guerres?

B *Vrai ou faux? Si c'est faux, corrigez. La photo peut vous aider!*

1. Dans une cave à Epernay, il y a des tunnels de 30 kilomètres. **2.** Dans cette cave, il y a aussi un tonneau qui était le plus grand du monde en 1889. **3.** Après la guerre, on a offert les bouteilles cachées aux Allemands. **4.** Toutes les quatre secondes, on ouvre une bouteille de champagne en France. **5.** Les élèves ont fait l'interview après la visite de la cave.

En forme

7 On ira en Champagne! (G 1)

→ En plus 119, 4 △

9, 3

Voici le programme des jours suivants. Décrivez-le avec des phrases au futur simple.

Exemple: Mardi matin, les élèves **iront** à Verdun où ils **visiteront** les champs de bataille.

Mardi 15 septembre	Mercredi 16 septembre	Jeudi 17 septembre	Vendredi 18 septembre
11 h 00 Visite des champs de bataille de Verdun **14 h 00** Atelier BD au musée **19 h 00** Soirée cinéma	**9 h 00** Départ pour la «maison des truffes» et participation à un atelier **14 h 00** Arrivée à Nancy, tour en ville **19 h 00** Arrivée à Strasbourg, temps libre	**10 h 00** Visite du centre historique de Strasbourg **14 h 00** Jeu de piste dans le quartier européen **18 h 00** Strasbourg en bateau	**10 h 00** Visite guidée du Parlement européen **14 h 30** Interview avec Mme Holde (rédactrice Arte) **18 h 00** Soirée «flammekueche»

8 Verdun: triste souvenir de l'histoire

4 11, 5

Aujourd'hui, notre classe a visité le musée de Verdun et les champs de bataille …
Grâce à une application interactive, on a appris beaucoup de choses sur l'histoire de Verdun!

Bonjour et bienvenue à Verdun dans la région Grand Est, une région que la Première Guerre mondiale a durement marquée.
Je m'appelle Pierre et aujourd'hui, je suis votre guide virtuel. Venez dans les tranchées et marchez sur les traces des soldats pendant votre visite de ce musée en plein air.

Voilà l'un des forts où s'est déroulée la bataille de Verdun. Cette bataille a eu lieu en 1916 et elle a duré 300 jours. Ici, les trois quarts de l'armée française se sont battus contre les soldats allemands.
Le résultat des combats?
Il y a eu plus de 450 000 blessés et plus de 300 000 morts, les soldats ond lâché environ 53 millions d'obus[1] en dix mois, et on a détruit neuf villages qui ont complètement disparu de la carte de France!

Ici, dans le cimetière des soldats, on compte 16 000 tombes. Vous voyez le monument en arrière-plan? C'est l'ossuaire[2] de Douaumont où il y a les restes de 130 000 soldats français et allemands. Ce monument rend hommage aux soldats qui ont connu l'enfer de Verdun.

Vis-à-vis

Aujourd'hui, 500 000 personnes visitent Verdun chaque année. Ce lieu est devenu le symbole de la Première Guerre mondiale qu'on appelle aussi la «Grande Guerre».
Connaissez-vous d'autres endroits ou monuments qui rappellent la Premiere Guerre mondiale? Lesquels? Où?

Lire

9 A propos du texte

→ En plus 119, 5

A *Répondez aux questions.*

1. Pourquoi parle-t-on d'un «triste souvenir» quand on parle de Verdun?
2. Qui est Pierre?
3. Qu'est-ce que vous apprenez sur …
   a la bataille de Verdun? **b** l'ossuaire de Douaumont?
4. Pourquoi est-ce que Verdun est un symbole de la Première Guerre mondiale? Qu'est-ce que nous pouvons apprendre de Verdun aujourd'hui?

B *Travaillez à deux. A tour de rôle, un(e) élève choisit un chiffre, l'autre élève donne l'information qui correspond.*

1916 | 130 000 | 9 | 500 000 | 16 000 | ¾ | 450 000 | trois cents | 300 000

1 lâcher un obus [laʃeɛ̃nɔby] eine Granate abfeuern – **2 un ossuaire** [ɛ̃nɔsɥɛʀ] ein Beinhaus *(hier: Gedenkstätte, in der die sterblichen Überreste der Soldaten aufbewahrt werden)*

On combine

10 Le programme pour le lendemain (G1)

13, 7

Le soir, à l'auberge de jeunesse, les filles de la 9ᵉA discutent avec d'autres jeunes. Complétez le dialogue et mettez les verbes au futur simple.

1. *Clara:* J'espère ? il va faire beau demain parce qu'on va aller chercher des truffes.
2. *Paul:* Ah bon, vous ? (être) où?
3. *Clara:* Nous ? (être) dans un village du parc naturel régional de Lorraine. Là, il y a une «maison des truffes».
4. *Théo:* Et vous allez apprendre ? on trouve les truffes?
5. *Clara:* Oui, un chien va ? montrer.
6. *Paul:* Il y ? du soleil demain, tu ? (voir).
7. *Clara:* Et ? on ? (faire) quand on ? (aller) à Nancy, Anaïs?
8. *Anaïs:* Nous ? un tour ? ville. Nous ? (voir) la place Stanislas, et puis nous ? un musée. Et vous, vous allez visiter Nancy?
9. *Théo:* Oui, et nous ? (avoir) beaucoup de ? libre. On ? (pouvoir) faire du shopping et du canoë!
10. *Clara:* Cool! Vous ? (dormir) bien après cette sortie!
11. Tout ? coup, on entend la prof.
12. *Mme Bouchon:* ? lit, les filles, sinon vous ne ? pas en forme demain!
13. *Clara et Anaïs:* Oui madame, on ? dépêche. Demain, vous ? (voir), nous ? (se lever) les premières. Bonne ?, madame!

Vis-à-vis

Le saviez-vous? Pour trouver des truffes, c'est très difficile! Non seulement des chiens, mais aussi certains cochons s'entraînent spécialement pour cela! Les truffes sont très chères et coûtent entre 500 et 1000 euros le kilo!
Où y a-t-il des truffes en Bavière?

Un cochon à la recherche de truffes

Ecrire

11 Une visite en Bavière (G1–G2)

Votre correspondant(e) français(e) va venir chez vous. Dans un courriel, vous lui proposez un programme de visite (environ 150 mots). Utilisez le ***futur simple****. Les photos peuvent vous aider.*

Atelier B

Ecouter et regarder

1 A la découverte de Strasbourg

V1

Mehr dazu t584xj

Aujourd'hui, la 9eA visite Strasbourg. Avant, la classe regarde une vidéo sur la ville.

A *Avant le visionnage: qu'est-ce qu'on voit sur les photos? Notez pour chaque photo le numéro correspondant.*

1. L'horloge astronomique[1] de la cathédrale.
2. La choucroute, un plat traditionnel alsacien.
3. Les «bredele», des petits gâteaux de Noël.
4. La cigogne, le symbole de l'Alsace.

A

B

C

D

B *Regardez la vidéo, puis répondez aux questions ou choisissez la/les bonne(s) réponse(s).*

1. Pourquoi est-ce que Strasbourg est un symbole de l'amitié franco-allemande?
2. Pourquoi appelle-t-on Strasbourg une «capitale européenne»?
3. Sur la photo de la fête traditionnelle, on voit
   - **a** des chanteurs.
   - **b** des danseurs.
   - **c** des musiciens.
4. A Strasbourg, il y a des panneaux …
   - **a** en français. **b** en allemand.
   - **c** en alsacien. **d** en anglais.
5. Quels moyens de transport y a-t-il à Strasbourg?

C *Vrai ou faux?*

1. L'Alsace est redevenue française pour la dernière fois en 1940.
2. L'autre nom de la flammekueche, c'est le kouglov.
3. La Petite France est un quartier avec des maisons traditionnelles.
4. Un «pont couvert» est un pont avec un toit.
5. Le MAMCS est un hôtel.
6. L'Ill est la rivière qui traverse Strasbourg.

STRATEGIE

Einem Video Informationen entnehmen
Beim Hörsehverstehen werden Inhalte nicht nur durch Sprache, sondern auch durch Bild und Ton vermittelt. Deswegen ist es beim Verstehen und Analysieren von Filmen hilfreich, sich auf die jeweiligen Aspekte zu konzentrieren. Die **Bilder** unterstützen das Gesprochene und erleichtern somit das Textverständnis.
Probiert Folgendes aus: Schaut euch den Film zunächst **ohne Ton** an und sammelt Informationen, die euch die Bilder liefern.
Schaut euch dann den Film ein zweites Mal mit Ton an.
Bei Verständnisschwierigkeiten könnt ihr den Film bei einem Wechsel der Szene kurz anhalten und euch wieder neu konzentrieren.

---

1 une horloge astronomique [ynɔʀlɔʒastʀɔnɔmik] eine astronomische Uhr

2 Un jeu de piste dans le quartier européen

5
15, 10

1 La visite guidée de la vieille ville était géniale! A la fin, toute la classe monte en haut de la cathédrale … Sauf Noah qui ne veut pas marcher: «322 marches? A pied??? S'il n'y a pas d'ascenseur, je ne monterai pas!» Romain dit: «Mais ça vaut le coup! S'il n'y a pas trop de nuages, tu verras même les Vosges!» Et c'est vrai. En haut, tous les élèves sont du même avis: on a une vue magnifique sur Strasbourg et la montagne!

2 Pour le jeu de piste de l'après-midi, Mme Bouchon et Romain font d'abord deux groupes, puis ils distribuent les questions. «Si vous avez bien fait attention pendant la visite guidée, ça sera facile!» dit Romain.
Lukas et Ben sont très contents parce qu'ils ont Clara dans leur groupe. Quand elle était petite, elle passait tous ses étés chez ses grands-parents à … Strasbourg. Alors elle connaît la ville comme sa poche. «Si Clara est dans notre groupe, on gagnera, c'est sûr!» dit Ben.

3 Le jeu de piste continue dans le quartier européen. Première question: trouver un morceau de l'histoire de l'Allemagne … Lukas ne prend pas le jeu très au sérieux. Il rigole beaucoup et fait des blagues. Alors Ben s'énerve: «Si nous ne nous concentrons pas, nous ne trouverons jamais[1]!» Mais tout à coup, Clara crie: «Ça y est, j'ai trouvé!» Près du Palais des droits de l'homme, il y a un morceau du mur de Berlin. Pas mal … Deuxième question: près du Conseil de l'Europe, il y a une rue qui porte le nom d'un Européen célèbre … Lequel? Il y a aussi des questions sur toutes les institutions européennes de Strasbourg. Finalement, tous les élèves participent activement et à la fin du jeu, ils trouvent qu'un cours d'histoire comme ça, c'est passionnant!

Jeu de mots

3 Qu'est-ce que ça veut dire?

Expliquez en français les mots et les expressions suivants.

Exemple: distribuer qc ⟶ donner la même chose à chaque personne

distribuer qc | ça vaut le coup | ne pas prendre qc au sérieux | en haut

connaître qc comme sa poche | passionnant | être du même avis | un ascenseur

1 nous ne trouverons jamais = *hier:* nous ne trouverons jamais le morceau. (Das Verb *trouver qc* steht eigentlich immer mit einem direkten Objekt als Ergänzung, aber im mündlichen Sprachgebrauch kann die Ergänzung auch weggelassen werden.)

Lire
Parler

4 A propos du texte

16, 11

A *Répondez aux questions.*

1. Que font les élèves à la fin de la visite guidée?
2. Que font Mme Bouchon et Romain pour préparer le jeu de piste?
3. Pourquoi est-ce que Clara connaît bien Strasbourg?
4. Pourquoi est-ce que Ben s'énerve?
5. Que trouvent les élèves près du Palais des droits de l'homme?

B *Vrai, faux ou pas dans le texte? Si c'est vrai, indiquez les lignes du texte où vous trouvez la réponse. Si c'est faux, corrigez.*

1. Les élèves montent à pied parce qu'ils ne veulent pas prendre l'ascenseur.
2. En haut, les élèves ont une très belle vue sur la ville et les Vosges.
3. Les élèves visitent toutes les institutions du quartier européen.
4. Après le jeu, les élèves ont un cours d'histoire.

C *Qui est content, qui n'est pas content? Dites pourquoi.*

	☺	☹
Noah		
…		

D *L'«Européen célèbre» (ligne 26) est un des pères de l'Europe. Trouvez son nom sur le plan à la page 256. Pourquoi est-il un des „pères" de l'Europe? Faites des recherches sur Internet.*

E *Avec la vidéo page 19 et le texte page 20, vous savez déjà beaucoup de choses sur Strasbourg. Si vous passez un week-end dans cette ville, qu'aurez-vous envie de découvrir? Racontez quelles activités vous ferez le samedi et le dimanche.*

En forme

5 S'il n'y a pas d'ascenseur … (G 3)

→ En plus 121, 6

17, 12

A *Relisez le texte page 20 et terminez les phrases. Attention aux pronoms!*

1. S'il n'y a pas d'ascenseur, Noah …
2. S'il n'y a pas trop de nuages, on …
3. …, le jeu de piste sera facile pour eux.
4. …, les élèves de ce groupe gagneront.
5. Le groupe de Lukas ne trouvera jamais le morceau si / s' …

B *Imaginez: vous êtes à Strasbourg. Travaillez à trois ou quatre.* ***A*** *choisit un début de phrase et termine la phrase. Puis continuez comme dans l'exemple. Quand vous n'avez plus d'idées, choisissez ou imaginez un autre début de phrase.*

Exemple: **A:** Si tu as faim, on ira au restaurant.
→ **B:** Si on va au restaurant, je mangerai trois flammekueche.
→ **C:** Si tu manges trois flammekueche, tu auras mal au ventre …

1. Si tu as faim, …
2. S'il pleut, …
3. Si on gagne le jeu de piste, …
4. Si la visite ne t'intéresse pas, …
5. Si on revient à Noël, …
6. Si le tour en bateau n'a pas lieu, …

Ecouter

6 Une visite franco-allemande

6

Aujourd'hui, les élèves font une «visite franco-allemande» à Strasbourg.

A *Avant l'écoute: regardez le programme à la page 16 et faites des hypothèses. Quelle visite est-ce que ça peut être?*

B *Ecoutez le texte une première fois et répondez aux questions.*

KARAMBOLAGE

1. Où sont les élèves et qui fait la visite?
2. Pourquoi peut-on parler d'une «visite franco-allemande»?
3. De quoi parle l'émission «Karambolage»?

C *Ecoutez une deuxième fois et donnez les informations qui correspondent aux éléments suivants.*

La Sept | 1992 | „Der Himmel über Berlin" | 20 h 15 | 20 h 45

On combine

7 Un week-end à Strasbourg

17, 13
20, 18

Complétez le courriel d'Emma à sa correspondante Aurélie avec les mots qui manquent. Mettez les verbes à la bonne forme et aux temps demandés par le contexte.

A: aurelie.martin@orange.fr

Objet: Week-end à Strasbourg

Coucou Aurélie!

1. Ça va? La semaine dernière, je/j' **?** (partir) dans le Grand Est avec **?** classe. **2.** Dimanche, nous **?** (arriver) à Strasbourg. C'est une **?** fantastique! **3.** Voilà maintenant **?** idée: aux prochaines vacances **?** Noël, toi et **?**, nous **?** (partir) ensemble avec nos familles pour un week-end **?** Strasbourg – si **?** parents **?** d'accord, bien sûr. **4.** Quand vous **?** (voir) la vieille ville, vous **?** du **?** avis que moi, c'est sûr! **5.** C'est la visite **?** quartier de la Petite France **?** me/m' **?** (plaire) le plus à Strasbourg. **6.** Si nous ne passons pas **?** là, nous **?** (manquer) quelque chose. **7.** Et **?** faut voir Notre-Dame! Si tu montes sur **?** tour de la cathédrale, tu **?** une vue magnifique **?** la ville. **8.** Et si nous avons de **?** chance, nous **?** même voir les Vosges. **9.** En plus, il faut absolument manger **?** tarte flambée – une flammekueche en alsacien! **10.** J'espère **?** tout cela te **?** envie **?** aller découvrir cette ville **?** moi.

Bisous

Emma

Ecouter
Médiation
Ecrire

8 Un Alsacien raconte ...

7

Marcel Schmidt est alsacien, mais il habite à Stuttgart depuis trente ans.
Dans une interview en français et en alsacien, il parle du rôle que joue l'alsacien en Alsace.

17, 14

A *Ecoutez la première partie en français et répondez aux questions.*

1. Où est-ce que Marcel Schmidt est né?
2. Quelle langue a-t-il parlée en famille, quelle langue a-t-il utilisée à l'école?

B *Ecoutez la deuxième partie en alsacien[1]. Votre ami(e) français(e) ne comprend pas l'alsacien, alors vous lui expliquez en français les réponses de Marcel Schmidt.*

Journaliste: Et si un Alsacien se déplace en Allemagne [...] dans le Rhin supérieur, dans cette zone du Bade-Wurtemberg [...] et qu'il parle en alsacien à des Allemands, est-ce que les Allemands comprennent facilement?
M. Schmidt: [...] Jaja klar, es sin immer franzesische Wèrder detzwiche, aber des verstehe se scho.
Journaliste: Vous parlez le dialecte alsacien, vous l'avez parlé avec vos parents. Est-ce que vos enfants le parlent?
M. Schmidt: Nei, leider nimme, nä. Die rède numme no Franzesisch.
Journaliste: Vous n'avez jamais essayé avec eux de le parler à la maison, c'était pas naturel à l'époque?
M. Schmidt: Doch, mini Fràu un ìch mir hen schon Elsässisch métnànder greddt, awer d`Khénder hätt's net intressiert. Üsserdem sind se émmer üsgelacht woche in de Schüel, wenn se Elsässisch greddt hen und d'andere Khénder hen Franzesisch greddt. Dann isch es au en de Schüel net güet gsin für die dann.
Journaliste: O.K. Eh bien, un grand merci pour ces réponses!
M. Schmidt: Je vous en prie.

Vis-à-vis

L'alsacien est une langue régionale française qui ressemble un peu au dialecte qu'on parle du côté allemand. C'est pourquoi les Allemands de l'autre côté du Rhin peuvent souvent comprendre l'alsacien. Aujourd'hui, 800 000 personnes (43 % des Alsaciens) parlent encore alsacien, mais il y en a de moins en moins.
Comment est-ce que c'est en Bavière?
Parlez-vous le dialecte bavarois ou un autre dialecte avec votre famille, vos amis ou au collège?

C *Votre ami(e) alsacien(ne) veut savoir s'il y a des dialectes dans votre région et si vous parlez en dialecte avec votre famille, vos amis ou au collège. Ecrivez-lui un petit message pour lui répondre.*

Pratique: tâches

Parler

1 Un week-end en Alsace

21, 19

Tu veux passer un week-end en Alsace avec ton corres français. Pour préparer la visite, tu fais des recherches sur les lieux suivants, puis tu lui envoies les photos et les informations par message vocal.

Le Hartmannswillerkopf

Le lac Blanc

Le Grand Ried

Le parc des cigognes à Kintzheim

Le quartier européen à Strasbourg

Le château du Haut-Kœnigsbourg

PORTFOLIO

2 Organiser un jeu de piste

Vos correspondants français viennent en Allemagne et vous préparez un jeu de piste pour eux.

1. *Choisissez le lieu de votre jeu de piste. Ça peut être votre ville, votre village ou votre quartier, mais aussi votre collège.*
2. *Choisissez le départ, l'arrivée et les étapes.*
3. *Écrivez des messages avec des indices. Vous pouvez aussi prendre des photos.*

1er indice: allez sur la place de l'hôtel de ville. Si vous regardez bien autour de vous, vous trouverez …

Si vous organisez le jeu de piste dans votre collège, vous pouvez participer aux jeux de pistes des autres groupes.

Mon dico personnel (⟶ Vocabulaire p. 160)

une étape	eine Etappe	une énigme	ein Rätsel
une trace	eine Spur	une cachette	ein Versteck
un indice	ein Hinweis		

Bilan

1 Parler

Du kannst schon …

1. … nach einer Reiseroute fragen.
2. … sagen, dass etwas beleuchtet ist.
3. … sagen, dass man deinen Freund nicht ernst nehmen muss.
4. … sagen, dass etwas lange gedauert hat.
5. … sagen, dass du der gleichen Meinung bist.
6. … fragen, ob sich etwas lohnt.
7. … sagen, dass etwas zu lange dauert.
8. … sagen, dass etwas spannend ist.

Mehr dazu t584xj

Weitere Übungen findest du im Internet.

2 Jeu de mots

Dans cette unité, tu as appris des nouveaux mots et expressions. Qu'est-ce qui va ensemble? Note les expressions, puis invente des phrases.

illuminer	prendre	du même avis	des truffes
participer	trouver	une façade	une application
monter	être	à un jeu de piste	l'ascenseur
connaître	utiliser	qc comme sa poche	en haut de qc

3 On combine

23, 4

Tes amis Théo et Pauline, qui habitent dans le Grand Est et apprennent l'allemand au collège, vont te rendre visite en Bavière. Avant leur départ, tu leur écris un courriel. Mets les verbes au ***futur simple*** *quand c'est possible et les adjectifs aux formes qui conviennent. Ajoute les mots qui manquent.*

Salut Pauline, salut Théo,
1. ? allez-vous? La semaine ? (prochain), vous allez venir ? moi. **2.** Si tout ? bien, le TGV ? vers 14 heures et je ? (venir) ? chercher ? la gare. **3.** Je/J' ? (déjà organiser) des visites ? (intéressant) pour vous. **4.** S'il ? beau, on ? peut-être ? promener et je vous ? (montrer) les ? (++ beau) villages ? notre région. **5.** Nous ? (aller) aussi ? Munich et nous ? les musées. **6.** Théo, ? tu veux, tu ? aller voir un ? de foot ? stade. **7.** Bien sûr, vous ? ? spécialités ? (bavarois). **8.** Et samedi soir, il y ? une fête chez mon ? (++ bon) ami Max. **9.** ? début, vous ne ? (comprendre) pas tout ? allemand, mais vous ? (voir), après quelques jours, ça ? mieux.
A bientôt!

4 Ecouter

8

Sur la route du retour, Lukas et sa classe visitent le fort de Schœnenbourg en Alsace. Lis d'abord A, B et C, puis écoute la guide et fais l'exercice.

A *Vrai ou faux? Si c'est faux, corrige.*

1. Le fort se trouve sous terre et il fait froid à l'intérieur.
2. La visite dure une heure et demie.
3. On a construit ce fort avant la Première Guerre mondiale.
4. Il y avait une seule entrée pour les personnes et le matériel.
5. On transportait la nourriture et le matériel avec un petit train.
6. Pour communiquer avec l'extérieur[1], les soldats utilisaient des téléphones.

B *Choisis la / les bonne(s) réponse(s).*

1. Le fort se trouve près d'une ville … **a** à la frontière. **b** au nord de Strasbourg. **c** à cinquante kilomètres de Wissembourg.
2. Au fort, il y a … **a** trois blocs **b** sept blocs **c** huit blocs et **d** des tunnels de vingt-deux mètres. **e** des tunnels de trente mètres. **f** des tunnels de trois kilomètres.
3. Les cuisines étaient … **a** modernes. **b** très grandes. **c** sans électricité.
4. A l'infirmerie se trouve(nt) … **a** une chambre pour les malades. **b** deux autres salles pour les blessés. **c** une pharmacie. **d** un hôpital.

C *Ecoute une deuxième fois, puis réponds aux questions.*

1. Quelle température fait-il à l'intérieur du fort?
2. Combien de soldats habitaient au fort pendant la guerre?
3. Où mangeaient les soldats?
4. Combien de lits trouvait-on dans les chambres où dormaient …
   a les soldats? **b** les officiers?
5. Comment est-ce que les élèves ont trouvé la visite?

1 **l'extérieur** *(m.)* [lɛksteʀjœʀ] ↔ l'intérieur

Grammaire (Lösungen Seite 244)

G1 je mangerai, tu mangeras …: La formation du futur simple

Singulier		Pluriel	
je	mang**erai**	nous	mang**erons**
tu	mang**eras**	vous	mang**erez**
il / elle / on	mang**era**	ils / elles	mang**eront**

Infinitif: **manger** (essen)

Futur: je **mangerai**

Weitere Verben:

attendre (warten) → j'attend**rai**
prendre (nehmen) → je prend**rai**
lire (lesen) → je li**rai**
dormir (schlafen) → je dormi**rai**

!
acheter (kaufen) j'ach**è**te → j'ach**èterai**, tu ach**èteras**, …
appeler (anrufen) j'appe**ll**e → j'appe**llerai**, tu appe**lleras**, …
payer (bezahlen) je pa**i**e → je pa**ierai**, tu pa**ieras**, …

!

aller	j'ir**ai**, …	**faire**	je fer**ai**, …	**venir**	je viendr**ai**, …
avoir	j'aur**ai**, …	**pouvoir**	je pourr**ai**, …	**voir**	je verr**ai**, …
être	je ser**ai**, …	**savoir**	je saur**ai**, …	**vouloir**	je voudr**ai**, …

Romain explique le jeu de piste aux élèves.
Mettez les verbes au futur simple.

1. *Romain:* Les groupes ? (essayer) de trouver tous les endroits qui sont sur la liste.
2. A chaque endroit, vous ? (avoir) des informations.
3. Vous ? (répondre) à des questions et vous ? (prendre) des photos.
4. Le jeu de piste ? (finir) ici, devant le Parlement européen.
5. Tous les élèves ? (se retrouver) à seize heures.
6. *Nicolas:* Monsieur, je ne ? (pouvoir) pas participer, je suis un peu malade.
7. *Romain:* Bon, alors tu ? (venir) avec moi. Nous ? (attendre) les autres.

G 2 Demain, on visitera le château. L'emploi du futur simple

Deutsch: Häufig Präsens, um Zukunft auszudrücken.
Französisch: Futur (composé oder simple), um Zukunft auszudrücken.

Wann Futur composé, wann Futur simple? Es gibt keine festen Regeln!

Gesprochenes Französisch:
Futur simple, Futur composé

Förmliches, geschriebenes Französisch:
Häufiger Futur simple

G 3 Si tu veux, on ira au cinéma. La phrase conditionnelle I

Erfüllung der Bedingung **möglich / wahrscheinlich**	
S'il pleut demain,	→ si-Satz: Présent
	Hauptsatz:
nous **restons**	→ Présent
nous **allons rester**	→ Futur composé
nous **resterons**	→ Futur simple
reste	→ Impératif
à la maison.	

! **Si** wird nur vor **il / ils** zu **s'** verkürzt:
S'il est d'accord, / Si elle est d'accord, – nous irons au cinéma.

Tu as invité tes amis chez toi.
Mets les verbes à la forme correcte.

1. Si tu ? (venir) chez moi, tu peux prendre le métro.
2. Si vous ? (prendre) le métro, descendez à la troisième station.
3. Si Benjamin et Louise ont envie, ils ? (pouvoir) venir aussi.
4. Nous allons faire un jeu vidéo si Louise ? (être) d'accord.

Plaisir d'écouter

Vis-à-vis

Claudio Capéo est un chanteur et accordéoniste français né à Cernay dans le Grand Est. Depuis sa participation à l'émission «The Voice» à la télévision française en 2016, il est connu du grand public et il a beaucoup de succès. Claudio Capéo a aussi sorti une chanson franco-allemande, «Ça va ça va», avec le chanteur allemand Ben Zucker. Il habite toujours dans un petit village en Alsace.

Claudio Capéo: «Riche»

Il y aura les jours avec, les jours sans
Les amis qui retourneront leur veste en
un rien de temps[1]
Les jours de peine[2] qui nous enchaînent[3]
et les tourments[4]
Les amours chiennes[5]
A l'âge où on renie son père, tu me
renieras[6]
Et moi je ne ferai pas de manières[7],
pas de cinéma
Tu me diras merde, des claques[8] se
perdront c'est comme ça
Je faisais la même

Refrain:
Tu seras peut-être pas le meilleur
mon fils
Et pourtant moi, je serai fier[9]
A quoi ça sert d'être riche
Quand on est riche d'être père
Tu seras peut-être pas le plus fort
mon fils
Mais à deux, on sera millionnaires
Que je sois pauvre ou bien riche
Tu seras riche d'un père
Tu seras riche d'un père

Les années passeront vite, on rejouera
Les anniversaires, les Noël, et cetera
Comme tous les soirs y'aura ta mère qui
attendra
Que tu reviennes
Quand j'aurai besoin de toi, où seras-tu?
Quelque part en voyage, sur une plage,
répondras-tu?
Je rêverai de ton visage, je ne saurai plus
Quel est ton âge

Refrain

Mon petit empereur[10], ne deviens pas un
grand homme
Sois juste un homme, grand
C'est suffisant[11]

Refrain

Riche
Texter: Mark Hekic; Verlag/Subverlag: Bukowski Publishing / Leo and Co. / Tic Tone Music / Universal Music Publishing GmbH

Aus rechtlichen Gründen befindet sich das Chanson nur auf der der Audio-CD 622359.

1 retourner sa veste en un rien de temps in kürzester Zeit seine Meinung ändern – **2 la peine** der Schmerz – **3 enchaîner qn** jdn. in Ketten legen – **4 un tourment** eine Qual – **5 des amours chiennes** *in etwa:* eine schwierige Liebe – **6 renier qn** jdn. verleugnen – **7 des manières** *(f., pl.)* Allüren – **8 une claque** eine Ohrfeige – **9 fier** stolz – **10 un empereur** ein Kaiser – **11 suffisant** ausreichend; genug

Vis-à-vis

Stromae est un chanteur belge. Il a sorti deux albums en 2010 et 2013 et il est aussi connu en Allemagne, surtout grâce à ses chansons «Alors on danse», «Formidable» et «Papaoutai», une chanson autobiographique. Aujourd'hui, Stromae compose des chansons pour d'autres artistes.

Stromae: «Papaoutai»

Dites-moi d'où il vient
Enfin je saurai où je vais
Maman dit que lorsqu'on cherche bien
On finit toujours par trouver
Elle dit qu'il n'est jamais très loin
Qu'il part très souvent travailler
Maman dit «travailler, c'est bien»
Bien mieux qu'être mal accompagné[1]
Pas vrai?

Pré-refrain:
Où est ton papa?
Dis-moi où est ton papa?
Sans même devoir lui parler
Il sait ce qui ne va pas
Ah sacré[2] papa
Dis-moi où es-tu caché?
Ça doit faire au moins mille fois que j'ai
Compté mes doigts

Refrain (2x):
Où t'es, papa, où t'es? (3x)
Où t'es, où t'es, où, papa, où t'es?

Quoi, qu'on y croie ou pas
Y aura bien un jour où on n'y croira plus
Un jour ou l'autre, on sera tous papa
Et d'un jour à l'autre, on aura disparu
Serons-nous détestables?
Serons-nous admirables[3]?
Des géniteurs[4] ou des génies?
Dites-nous qui donne naissance[5] aux
irresponsables[6]?

Ah dites-nous qui, tiens
Tout le monde sait comment on fait les bébés
Mais personne sait comment on fait des papas
Monsieur Je-sais-tout en aurait hérité[7], c'est ça
Faut l'sucer d'son pouce[8] ou quoi?
Dites-nous où c'est caché,
Ça doit faire au moins mille fois qu'on a
Bouffé[9] nos doigts

Refrain (2x)
Pré-refrain (2x)
Refrain (2x)

Papaoutai | Text: Stromae © Mosaert Brüssel

Aus rechtlichen Gründen befindet sich das Chanson nur auf der der Audio-CD 622359.

1 accompagné begleitet – **2 sacré** verdammt – **3 admirable** bewundernswert – **4 un géniteur** ein Erzeuger – **5 une naissance** → naître – **6 irresponsable** unverantwortlich – **7 hériter de qc** etw. erben – **8 le sucer de son pouce** ihn erfinden *(wörtlich: „ihn aus seinem Daumen saugen")* – **9 bouffer qc** *(fam.)* etw. fressen *(ugs.)*

Mehr dazu 8rn5ti

Ecoutez les chansons de Claudio Capéo et Stromae et lisez les paroles, puis répondez aux questions.

1. Qui est le «moi» dans les deux chansons et à qui parle-t-il?
2. Quelle est la relation entre père et fils dans les chansons? Quelles différences y a-t-il?
3. Quelle chanson est-ce que vous préférez? Pourquoi?

Mehr dazu 6u78pp

Unité 2
France – Allemagne: quelle histoire!

Vis-à-vis

Arte, la chaîne de télévision franco-allemande, est le fruit de la coopération entre la France et l'Allemagne. Tous les dimanches soir, l'émission «Karambolage» explique les différences entre les deux pays dans la vie quotidienne, la langue et l'histoire. Elle propose aussi une devinette: il faut reconnaître si on a pris une photo en France ou en Allemagne.

29, 1

A *Regardez les deux photos à gauche et, comme dans «Karambolage», dites si on les a prises en France ou en Allemagne. Justifiez votre réponse.*

B *Regardez le dessin à droite, puis expliquez la situation et le texte.*

C *Que savez-vous sur l'histoire des relations franco-allemandes? Quelles dates et quels personnages connaissez-vous?*

D *Quels exemples de la coopération franco-allemande connaissez-vous déjà?*

PORTFOLIO

Am Ende dieser *Unité* kannst du im Rahmen einer *journée franco-allemande* über die Geschichte und die Gegenwart der deutsch-französischen Beziehungen sowie über Klischees berichten und ein Quiz zu diesem Thema erstellen.
Dazu lernst du u.a.:
- **die wichtigsten Etappen der deutsch-französischen Beziehungen,**
- **das Verb *fuir*,**
- **die Pronomen *y* und *en*.**

Atelier A

Lire

1 Les relations franco-allemandes au cours de l'histoire

31, 1 *Regardez les photos et lisez les textes. Quelle photo va avec quel texte? Justifiez votre réponse.*

1

2

3

4

5

6

15

a Pendant la «Grande Guerre» (1914 – 1918) et la Seconde Guerre mondiale (1939 – 1944), l'Allemagne et la France sont ennemies. Plusieurs millions de Français et d'Allemands trouvent la mort et il y a des millions de blessés. L'Allemagne occupe la France entre 1940 et 1944.

b Lucien Tharradin a été résistant déporté à Buchenwald, puis il est devenu maire de Montbéliard. Malgré ses expériences pendant la guerre, il organise en 1950 le premier jumelage franco-allemand entre sa ville et Ludwigsburg dans le Bade-Wurtemberg.

c Le 22 janvier 1963, le Président français Charles de Gaulle et le chancelier allemand Konrad Adenauer signent à Paris le traité de l'Elysée, appelé aussi traité d'amitié franco-allemand. C'est le premier pas vers la réconciliation des deux pays.

d Depuis 1963, l'OFAJ (Office franco-allemand pour la jeunesse) encourage les relations entre jeunes Français et Allemands. Il organise des échanges entre ces jeunes pour améliorer leur connaissance de la culture et de la langue du pays partenaire et pour lutter contre les préjugés.

7

8

9

10

e En 1984, à Verdun, le Président François Mitterrand et le chancelier Helmut Kohl rendent hommage aux soldats morts pendant la Première Guerre mondiale. Leur geste restera pour toujours comme un symbole fort de la paix et de l'amitié franco-allemande.

f En 2003, pour le 40e anniversaire du traité de l'Elysée, les deux pays créent la «Journée franco-allemande», qui a lieu depuis 2004 chaque année le 22 janvier. Les écoles proposent beaucoup d'activités: on organise par exemple des rencontres et des concerts, on prépare des plats typiques du pays partenaire, etc. Les élèves des collèges et lycées peuvent découvrir pendant une journée des entreprises de leur région qui travaillent dans le domaine franco-allemand.

g Le 22 janvier 2019, la chancelière allemande, Angela Merkel, et le Président français, Emmanuel Macron, signent le traité d'Aix-la-Chapelle, un traité sur la coopération franco-allemande qui renforce le traité de l'Elysée de 1963.

h Dans le domaine des transports, on crée en 1970 l'entreprise Airbus, symbole de la coopération franco-allemande et européenne. Et en 2007, on a ouvert la ligne du TGV Est. Des employés français et allemands qui parlent les deux langues travaillent à bord du TGV.

i Dans le domaine militaire, on crée en 1989 la brigade franco-allemande avec des soldats des deux pays. Et dans le domaine culturel, on peut voir en 1992 la première émission d'Arte, chaîne de télévision franco-allemande et européenne.

j Dans le domaine de l'éducation, les premiers élèves ont pu passer l'Abibac, le baccalauréat franco-allemand, en 1994. En 2006 est sorti un livre d'histoire franco-allemand dans les deux pays.

Lire

2 A propos du texte

→ En plus 121, 1

A *Dans chaque phrase, il y a une erreur. Corrigez-la.*

1. En 1963, Charles de Gaulle et Helmut Kohl signent le traité de l'Elysée.
2. Les employés du TGV Est doivent parler allemand et anglais.
3. Depuis 1994, les jeunes des deux pays peuvent faire des échanges.
4. Chaque année, la journée franco-allemande a lieu le 14 juillet.
5. En 2019, Emmanuel Macron et Angela Merkel créent la brigade franco-allemande.
6. Le premier jumelage franco-allemand a eu lieu entre Verdun et Ludwigsburg.
7. Pendant les deux guerres mondiales, l'Allemagne a occupé la France.
8. L'Abibac est une émission connue de la chaîne de télévision franco-allemande Arte.

B *Travaillez à deux. Classez les exemples de la coopération franco-allemande donnés dans le texte selon les thèmes suivants: l'économie, la politique, l'éducation et la culture. Faites un filet à mots.*

Ecouter et regarder

3 L'amitié franco-allemande

V3

Mehr dazu 6u78pp

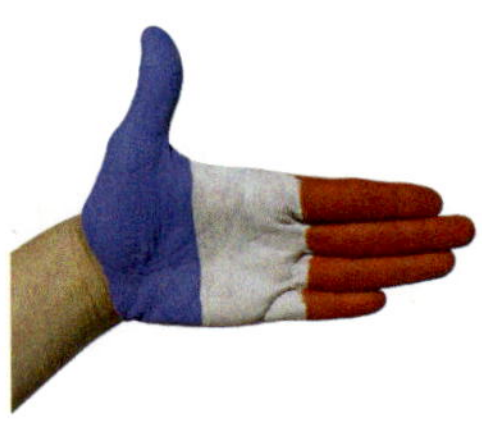

Vis-à-vis

Quand deux chefs d'Etat se rencontrent, leurs gestes nous disent beaucoup de choses sur les relations entre les deux pays: ce sont des symboles politiques.

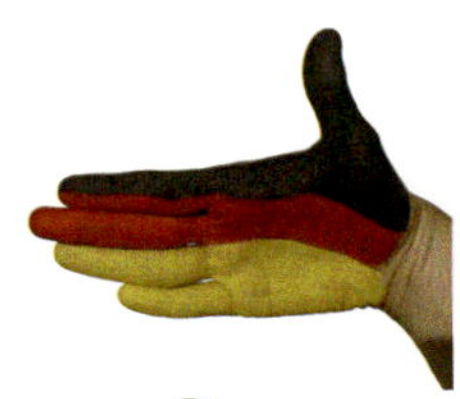

A *Que savez-vous sur Charles de Gaulle, Konrad Adenauer et le traité de l'Elysée?*

B *Regardez le film, puis répondez.*

1. Charles de Gaulle et Konrad Adenauer …
   a ne s'aiment pas trop. **b** montrent leur amitié. **c** rient beaucoup.
2. François Mitterrand et Helmut Kohl …
   a ne se touchent pas. **b** se font la bise. **c** se donnent la main.
3. François Hollande et Angela Merkel …
   a ne se regardent pas. **b** se tournent le dos. **c** s'entendent bien.
4. Béatrice Angrand, directrice de l'OFAJ, trouve que les relations franco-allemandes …
   a sont bonnes. **b** ne sont pas faciles. **c** sont mauvaises.

4 Les Français sous l'Occupation

16

En mai-juin 1940, quand les soldats allemands arrivent en France, beaucoup de Français fuient leurs régions pour aller dans le sud de la France. Le gouvernement fuit Paris le 10 juin, quatre jours avant l'arrivée des Allemands dans la capitale. Le 22 juin, le maréchal Pétain signe avec l'Allemagne un armistice[1] qui coupe[2] la France en deux: la zone «libre» ou zone sud, qui n'est pas encore occupée, et la zone nord. Dans la zone sud, Pétain organise un nouveau gouvernement dans la ville de Vichy. La France doit collaborer avec l'Allemagne dans les domaines de l'économie et de la politique.

Lire

5 A propos du texte

Vis-à-vis

Pendant la Seconde Guerre mondiale, le général de Gaulle est en exil à Londres. A la radio, il appelle les Français à résister à l'occupation allemande. En France, plusieurs groupes de résistance se sont formés.

→ En plus 121, 2 △

Qu'est-ce qui s'est passé en 1940? Formez des phrases pour reconstituer les informations.

1. Les Allemands …
2. Beaucoup de Français …
3. Le maréchal Pétain …
4. La France …
5. Le gouvernement de Vichy …
6. Beaucoup de jeunes …
7. Mais il y a aussi des gens …

- **a** est coupée en deux zones.
- **b** occupent une partie de la France.
- **c** doivent travailler en Allemagne.
- **d** accepte de collaborer avec les Allemands.
- **e** essaient de fuir dans la zone «libre».
- **f** qui entrent dans la Résistance.
- **g** signe un armistice avec l'Allemagne.

En forme

6 Un résistant raconte. (G 4)

→ En plus 122, 3 △

35, 4

Un résistant raconte ces expériences pendant l'Ocupation en France. Complétez le texte avec la bonne forme de ***fuir****.*

1. Quand les Allemands sont arrivés à Paris, beaucoup de Parisiens **?** la capitale. **2.** Alors nous avons appelé à la résistance: «Ne **?** pas la capitale! **3.** Si tout le monde la **?**, nous la laissons aux Allemands. **4.** Aidez-nous à défendre Paris, à défendre la France, notre France! **?** n'est pas la solution!» **5.** Mais, bien sûr, beaucoup de Parisiens ne voulaient pas rester et comme nos actions étaient très dangereuses, nous **?** aussi souvent la police allemande, la Gestapo.

---

1 un armistice [ɛ̃naʀmistis] ein Waffenstillstand – **2 couper qc** [kupe] etw. schneiden; etw. trennen

Atelier B

Parler
Ecrire

1 Typiquement français – typiquement allemand?

Vis-à-vis

Un cliché est une image très simple – et souvent trop simple – de la réalité que les gens reprennent sans trop réfléchir. Un cliché peut être positif ou négatif.

Travaillez à deux et, pour faire l'exercice, cherchez les mots que vous ne connaissez pas dans le dictionnaire.

Décrire

A *Décrivez les personnages et la situation: qui sont les personnages? Quels vêtements et accessoires portent-ils? D'où viennent-ils? Où sont-ils?*

B *Décrivez leurs gestes et leurs pensées: Que font-ils? A quoi pensent-ils?*

C *Décrivez les objets autour d'eux.*

Analyser

A *Qu'expriment les gestes des personnages?*

B *Quels clichés sur les personnes et la nourriture est-ce qu'on trouve sur ce dessin?*

Interpréter

A votre avis, qu'est-ce que le dessinateur a voulu exprimer? Echangez vos idées avec votre partenaire et notez-les. Puis discutez de vos idées en classe.

2 Images et clichés

17

Après les guerres et les moments difficiles, la France et l'Allemagne sont aujourd'hui le moteur de l'Europe. Les Allemands vont en France et les Français viennent en Allemagne pour les vacances ou le travail. L'image du pays voisin a elle aussi beaucoup changé au cours des années. Un sondage a montré que 84 % des Français avaient une image positive de l'Allemagne et de ses habitants. L'une des questions posée en décembre 2018 pour ce sondage était: «Quand vous pensez à l'Allemagne, quels sont tous les mots et toutes les idées qui vous viennent à l'esprit?» On remarquera dans les réponses données que les Français pensent à l'Allemagne d'aujourd'hui avant de penser aux problèmes du passé.

→

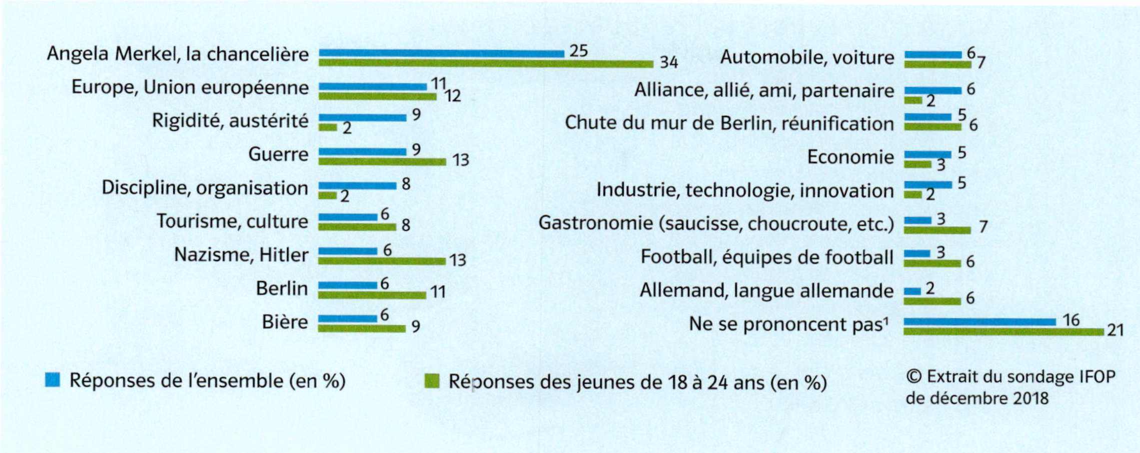

Lire
Parler

3 A propos du texte

→ En plus 123, 4 + 5 △

36, 6
38, 8

A *Vrai, faux ou pas dans le texte? Justifiez votre réponse à l'aide d'une phrase du texte page 36.*

1. C'est avec la coopération franco-allemande que l'Europe avance.
2. On a fait le sondage peu après la signature du traité d'Aix-la-Chapelle.
3. D'après ce sondage, la plupart des Allemands ont une image positive des Français.
4. Même aujourd'hui, les Français pensent d'abord au passé quand ils pensent à l'Allemagne.
5. Les relations franco-allemandes ont changé, mais l'image du pays voisin est restée la même.
6. Pour les Français, l'Allemagne est aussi une destination de voyage.

B *Présentez le diagramme à l'aide de la stratégie et de «On dit».*
Vous pouvez aussi regarder le vocabulaire page 165 (Parler d'une statistique).

C *Que pensez-vous des résultats de ce sondage? Qu'est-ce qui (ne) vous surprend (pas)? Pourquoi?*

STRATEGIE

Statistiken auswerten

Beim Auswerten einer Statistik solltet ihr auf folgende Aspekte achten:

- Was ist das Thema der Statistik?
- Wer wurde befragt?
- Welche Informationen enthält die Statistik?
- Wie werden die Antworten grafisch dargestellt (z.B. Balken, Zahlen, …)?
- Kann man bestimmte Daten und Inhalte zusammenfassen?
- Was könnt ihr aus den Antworten schließen?

ON DIT

Ce diagramme présente des chiffres sur …
La majorité des Français ont donné des réponses …
C'est … qui vient à l'esprit d'un quart des … et de plus / moins d'un tiers des …
Diverses réponses montrent que …
Certaines / Plusieurs personnes pensent à …
Pour un grand nombre de jeunes / Pour la plupart des jeunes, l'Allemagne, c'est …
Environ dix pour cent des … ont répondu avec les mots …
Presque personne ne pense à …
La réponse qui me surprend / Les réponses qui me surprennent, c'est / ce sont …
On a chacun sa propre idée de …

1 **Ne se prononcent pas** Ne donnent pas de réponse

Parler

4 Votre sondage sur la France et les Français

Quelles idées ou quels mots vous viennent à l'esprit quand vous pensez à la France et aux Français? Faites un sondage dans votre classe, puis présentez les résultats. Pour votre présentation, faites un collage avec des images trouvées sur Internet et les réponses de la classe. La page 251 peut vous aider.

Ecouter

5 C'est différent.

18

Grâce à Erasmus +, l'étudiante Céline passe une année en Allemagne. Avant de rentrer, elle donne des conseils aux futurs participants.

A *Ecoutez les conseils de Céline, puis dites quelle règle correspond à quelle image. Attention, il y a plus de règles que d'images! Les mots suivants peuvent vous aider.*

Vis-à-vis

Grâce au programme Erasmus +, qui existe depuis 1987, on peut faire un séjour dans un pays européen. Depuis 1987, 10 millions de personnes et 34 pays ont participé au programme. Ce sont la France et l'Allemagne qui envoient le plus d'étudiants dans un pays étranger. Savez-vous pourquoi le programme s'appelle «Erasmus»?

trier qc etw. sortieren; *hier:* etw. trennen
se serrer la main sich die Hand geben
remercier qn dire merci à qn
applaudir qn jdm. applaudieren

1

2

3

4

B *Ecoutez une deuxième fois le document et répondez aux questions.*

1. *Qu'est-ce que Céline pense des repas à l'université?*
2. *Pourquoi est-ce qu'il faut faire attention sur les autoroutes allemandes?*
3. *D'après Céline, »le vélo est roi« en Allemagne. Expliquez pourquoi.*
4. *Qu'est-ce qu'il faut savoir quand on a rendez-vous avec quelqu'un?*

C *Avec quelles expériences de Céline êtes-vous d'accord et quels conseils sont plutôt des clichés? Avez-vous d'autres conseils pour des Français ou étrangers qui viennent en Allemagne? Expliquez.*

Approche
Jeu de mots

6 On y va?

*Vous connaissez déjà quelques expressions avec les pronoms **y** et **en**.*
Vous parlez à un(e) ami(e). Qu'est-ce que vous dites pour …

aller **à** un endroit
croire **à** qc
en avoir marre **de** qc
penser qc **de** qn/qc

1. lui demander son avis?
2. lui dire que vous en avez assez?
3. lui dire que c'est le moment de partir ensemble?
4. lui dire que vous avez terminé quelque chose?
5. lui dire que quelque chose vous surprend?

a On y va!
b J'y crois pas!
c J'en ai marre!
d Qu'est-ce que tu en penses?
e Ça y est!

7 Histoires berlinoises

19
39, 9

Ecrivain et musicien né en République du Congo, Wilfried N'Sondé est arrivé dans la banlieue parisienne à l'âge de cinq ans. Dans «Mon premier échange», il raconte avec d'autres auteurs sa première expérience d'échange scolaire. Sa classe arrive à Berlin quelques semaines après la chute du Mur …

Le lendemain, avec quelques camarades de classe, je me suis promené dans le centre-ville à la recherche de la vraie Allemagne, ce pays qu'on m'avait décrit en cours d'allemand, avec ses coutumes et ses valeurs … Nous avons alors fait un tour sur le *Kurfürstendamm* et y avons regardé les vitrines des grands magasins. Nous avons réalisé que c'étaient les mêmes magasins que chez nous, […] les mêmes modes qu'à Paris. On y parlait toutes les langues […]. Des gens nous parlaient dans un français très correct, bien meilleur que le charabia[1] que nous parlions en allemand […]. Nous n'imaginions pas que Berlin était une ville aussi cosmopolite[2].

On croyait trouver des grands types forts, aux épaules larges, aux cheveux blonds et à la peau blanche, habillés de shorts en cuir, été comme hiver, avec une saucisse très grasse et une salade de pommes de terre à la crème dans une main, et dans l'autre une énorme chope[3] de bière […].
On attendait des serveuses aux joues roses avec deux nattes blondes […]. Mais non, les Berlinois mangeaient à pleines dents des sandwiches turcs ou grecs: le *doener kebab* était devenu depuis longtemps une institution.

Personne en France ne nous en avait parlé. […]. A la télévision ou dans les films en France, on nous décrivait l'austérité allemande. On en était loin. Nous avons découvert Berlin la verte, une ville décontractée[4], entourée de parcs, de forêts et de lacs, où les vélos étaient rois. […]

→

1 un charabia [ʃaʀabja] ein Kauderwelsch – **2 cosmopolite** [kɔsmɔpɔlit] kosmopolitisch; weltbürgerlich; weltoffen – **3 une chope** [ynʃɔp] ein Bierkrug – **4 décontracté** [dekɔ̃tʀakte] entspannt

Mais la surprise a été encore plus grande quand nous avons rencontré la classe avec laquelle nous faisions l'échange. Les Berlinois se retrouvaient face à des Français noirs ou arabes comme nous. Eux non plus, ils ne s'y attendaient pas. Mais nous aussi, on a été surpris quand on est entrés dans leur école pendant la récréation, il y a eu comme un silence. Située dans le quartier de *Schöneberg*, l'école accueillait des jeunes de toutes les couleurs et vingt-deux nationalités au total, la planète entière aux portes du *Tiergarten*. On se regardait comme si on était face à des extraterrestres[1], mais nous étions pareils. Nous, nous pensions trouver des clones[2] modernes de *Heidi* et eux étaient surpris et peut-être très déçus de voir des Français sans béret [...], sans moustache et sans baguette sous le bras ... Une vraie révolution pour nous! Ce ne sont pas des Hans, des Peter ou des Ursula qui nous avaient accueillis, mais des Tarek, Ibrahim, Günes et Pierre. Et nous, nous avions oublié un moment qu'il n'y avait pas parmi nous que des Laurent, des Paul ou des Valentine, nous avions aussi Mohamed, Fadila, Lucille, Nguyen et Fernando.

Aus: Mon premier échange © Ernst Klett Verlag GmbH, 2015

Lire

8 A propos du texte

→ En plus 123, 6

40, 10

Répondez aux questions.

1. Comment est-ce que l'auteur et ses camarades de classe avaient imaginé les Allemands?
2. D'où venait cette image?
3. Qu'est-ce qui les surprend quand ils rencontrent les habitants de Berlin et quand ils visitent la ville? Pourquoi?
4. Pourquoi est-ce que les élèves français et allemands se regardent comme s'ils étaient «face à des extraterrestres» quand ils se rencontrent pour la première fois?

Jeu de mots

9 On cherche dans le texte.

A *Trouvez dans le texte le contraire des mots ou expressions en italique et complétez les phrases.*

1. *Il vit sur notre planète?* – Non, c'est un **?**.
2. Elle fait *beaucoup de fautes* en français. – Lui, il parle un français **?**.
3. On *était très surpris*, on ne **?** pas.
4. Ma sœur et moi, nous sommes très *différentes*. – Nous, nous sommes **?**.
5. J'ai eu le cadeau que je voulais avoir, je suis très *content*. – Mon cadeau est nul, je suis **?**.

B *Quels mots du texte correspondent aux définitions suivantes? Complétez les phrases.*

1. Une ville où on rencontre des personnes de toutes les nationalités est une ville **?**.
2. Les traditions d'un pays sont les **?**.
3. On utilise la peau d'un animal pour fabriquer le **?**.
4. Une personne qui vient de Berlin est un **?** ou une **?**.
5. Quelque chose qui est très cher a une grande **?**.

1 un extraterrestre [ɛ̃nɛkstʀateʀɛstʀ] ein Außerirdischer – **2 un clone** [ɛ̃klon] ein Klon

En forme 10 Questions pour un champion (G 5)

→ En plus 124, 7 △

41, 11–12

A *Voilà des questions sur les relations franco-allemandes. Complétez les phrases avec les pronoms* ***y*** *ou* ***en*** *et trouvez les réponses.*

Exemple: En France, on **en** mange souvent au petit-déjeuner. – Des croissants?

1. François Mitterrand et Helmut Kohl ? ont rendu du hommage aux soldats de la Première Guerre mondiale.
2. Arte et Airbus ? sont le résultat.
3. Avant d' ? aller, je pensais qu'on ? buvait de la bière même au petit-déjeuner.
4. Karambolage ? propose une dans chaque émission.
5. Quand j' ? suis revenu, je savais qu'il ? existe plus de mille fromages différents.
6. Pendant l'Occupation, beaucoup de Français ? sont allés pour fuir les soldats allemands.
7. Quand on prend l'autoroute en France, on doit s' ? arrêter pour payer.
8. Beaucoup de jeunes ? participent pour rencontrer leurs correspondants.

B *Mathieu va participer au programme Brigitte Sauzay et aller chez son correspondant allemand. Son ami Hugo l'appelle et lui pose des questions. Complétez les réponses de Mathieu avec* ***y***, ***en*** *ou les bons pronoms objets.*

1. Tu vas vraiment passer trois mois en Allemagne? – Oui, je / j' ? rêve depuis longtemps. **2.** Et tu as déjà téléphoné à ton corres? – Oui, je / j' ? ai téléphoné hier. **3.** Il est comment? – Je ne / n' ? connais pas beaucoup, mais il a l'air sympa. **4.** Et tu connais Wurtzbourg? – Non, je ne / n' ? suis jamais allé. **5.** Les cours en allemand ne seront pas trop difficiles pour toi? – Je ne / n' ? sais rien, mais j'espère que je vais ? arriver.

Chasse aux fautes 11 Vacances chez mon corres (G 4 – G 5)

Voici l'article que Max a écrit pour le journal du collège où va son correspondant français. Réécrivez le texte et corrigez les fautes soulignées.

1. Quand j'ai lu l'e-mail, je l'ai répondu tout de suite. **2.** C'étais une invitation de mon corres, alors je n'ai pas eu besoin d'en réfléchir longtemps. **3.** Les vacances approchait et j'en voulais profiter. **4.** Et puis je voulais aussi fuire de mes problèmes, avec mes parents, à ma école …
5. Alors le premier jour des vacances, j'ai parti. **6.** Mon corres a beaucoup des amis et ensemble, on s'a amusé comme des rois! **7.** Un soir, j'ai rencontrer ses grands-parents. **8.** Ils ont raconte de la guerre, comment leur parents sont fuis dans le sud. **9.** Après, j'ai en discuté avec mon corres et j'ai comprenu que mes problèms n'était vraiment pas très grave.

Ecrire 12 Cher Monsieur N'Sondé …

Ecrivez un courriel à Wilfried N'Sondé (environ 180 – 200 mots).

Dans ce courriel,
- vous commentez ses expériences pendant son premier échange en Allemagne;
- vous lui posez des questions;
- vous racontez vos propres expériences en France, dans le domaine des relations franco-allemandes ou pendant un échange.

Médiation
Parler

13 Was München und Frankreich verbindet

→ En plus 124, 8

Avec votre correspondant(e) français(e), vous participez au projet franco-allemand «Sur les traces françaises en Allemagne». Vous avez envoyé l'article suivant sur Munich à votre corres, mais il/elle ne comprend pas tout. Alors vous lui expliquez dans un courriel d'environ 120 mots les points communs et les différences entre la Fête de la bière à Paris et la Fête de la bière à Munich, pourquoi il y a un quartier qui s'appelle «Franzosenviertel» et quelles possibilités la ville offre aux habitants de Munich qui s'intéressent à la France.

Wie französisch ist München? Oder wie viel München findet sich in Frankreich? […] Wir haben ein paar Fakten zusammengetragen, die zeigen, dass Münchner und Franzosen eine Menge verbindet.

Vom Pariser Platz zum Oktoberfest in Frankreich

[…] Seit 2015 findet in Paris ein Oktoberfest statt, mit Festzelt, Stimmungsband und Münchner Bier. Es ist zwar nicht ganz so groß wie das Original, aber ein Hauch Münchner Tradition weht zu diesem Anlass um den Eiffelturm.

Apropos Paris. In Haidhausen befindet sich der Pariser Platz, wie die meisten Münchner wahrscheinlich wissen. […] Generell wird das ganze Gebiet „Franzosenviertel" genannt. Dies hat zum einen mit der Bauweise der Häuser zu tun, zum anderen aber mit den an französische Städte erinnernden Straßennamen.

Apropos Straßenname: Eine der bekanntesten Münchner Prachtmeilen, nämlich die Brienner Straße, ist auch nach einer französischen Ortschaft benannt – nach Brienne-le-Château, wo alliierte Truppen mit Hilfe bayerischer Kontingente im Jahr 1814 den französischen Feldherren Napoleon Bonaparte besiegten.

https://www.muenchen.de/veranstaltungen/em-special/muenchen-frankreich-special.html,
© 2021 Portal München Betriebs-GmbH & Co. KG

Austausch in Wissenschaft und Kultur

Mit Bordeaux ist München seit vielen Jahren eng verbunden. Seit dem 30.5.1964 besteht die Städtepartnerschaft mit der […] Stadt in Südwestfrankreich. […]
In der Wissenschaft gibt es ebenfalls einige Überschneidungen. Im Bayerisch-Französischen Hochschulzentrum arbeiten unter anderem Vertreter von TU und LMU mit französischen Kollegen an gemeinsamen Projekten.
Die im Schloss Nymphenburg beheimatete Deutsch-Französische Gesellschaft für München und Oberbayern kümmert sich um den kulturellen Austausch mit dem Nachbarland. Hierzu gehören Konzerte mit französischen Musikern, Filmvorführungen und Vorträge zu aktuellen Themen.

Essen wie „Gott in Frankreich"

Die französische Küche gehört zu den besten der Welt und davon kann man sich auch in München ein Bild machen. Das gilt nicht nur für weltberühmte Restaurants wie das mit zwei Michelin-Sternen ausgezeichnete Tantris in Schwabing. In vielen kleinen Brasserien und Weinbars dürfen sich die Besucher kurzzeitig wie „Gott in Frankreich" fühlen – und das mitten in München.

Pratique: tâches

Lire
Parler
Ecrire

1 On prépare une exposition.

Pour la journée franco-allemande dans votre collège, vous préparez une exposition[1]. Vous voulez présenter les documents A et B et proposer un quiz.
Faites six groupes, lisez les consignes et mettez-vous d'accord: deux groupes travaillent sur le document A, deux sur le document B et deux groupes préparent le quiz.

A *Vos correspondants vous ont envoyé une page du magazine Géo Ado.*
- *Lisez le document et travaillez ensemble pour le comprendre. Vous pouvez aussi utiliser un dictionnaire bilingue ou une application. Qu'en pensez-vous? Discutez.*
- *Choisissez quatre clichés sur les Allemands et faites une infographie comme dans Géo Ado sur les Allemands pour votre exposition. La page 251 peut vous aider.*

Un sondage montre que pour ***93 %*** des Français, la nourriture occupe une ***place centrale*** dans la vie. Ils aiment manger en famille, parler de cuisine et faire la cuisine.

Source: Sondage Harris Interactive, octobre 2019

En 2018, la France est ***le deuxième pays producteur de vin au monde*** derrière l'Italie, mais ce sont les ***Américains*** qui en ***consomment le plus.***

Source: Enquête Commission européenne, juin 2012

68 % des Français disent être très ***critiques*** quand ils lisent ou écoutent une ***information.*** Ils discutent beaucoup des ***questions de société*** en famille et avec leurs amis.

Source: Etude «Les Français et l'esprit critique», novembre 2016

Seulement ***trois Français sur quatre*** se lavent entièrement (c'est-à-dire tout le corps[2] et le visage[3]) ***au moins une fois par jour.***

Source: Etude IFOP et Diogène France, février 2020

1 sale [sal] schmutzig – **2 un corps** [ɛ̃kɔʀ] ein Körper – **3 un visage** [ɛ̃vizaʒ] ein Gesicht

B *Faites pour votre exposition une affiche sur les éléments indiqués qui représentent des évènements importants pour les relations franco-allemandes. Pour cela, informez-vous sur Internet et mettez les évènements dans l'ordre chronologique[1]. Puis écrivez pour chaque évènement un petit texte explicatif. Vous pouvez aussi l'illustrer avec des photos, des dessins, etc.*

Université franco-allemande
Pont TGV (Rhin)
Semaine de la critique (OFAJ)
Jeunes ambassadeurs (OFAJ)
Prix De Gaulle-Adenauer
Parlement des jeunes Franco-allemands
1962 → aujourd'hui

PORTFOLIO
2 On fait un quiz.

43, 14

A *Préparez pour chaque aspect suivant cinq questions et notez aussi les réponses.*

1. Histoire des relations franco-allemandes (grandes dates, évènements importants)
2. Clichés France – Allemagne
3. Personnalités importantes pour les relations franco-allemandes
4. Coopération franco-allemande / projets franco-allemands (dans l'histoire et actuels)
5. Civilisation française et allemande (drapeaux / fêtes nationales / traditions …)

B *Mettez-vous d'accord avec l'autre groupe sur les cinq questions que vous voulez définitivement choisir pour chaque aspect. Pour préparer le quiz, vous pouvez aussi utiliser une application.*

C *Faites le quiz en classe avec les autres groupes pour le tester avant la journée franco-allemande.*

Mon dico personnel

Quel évènement important a eu lieu en … ?
Que s'est-il passé en … ?
Qui a signé … ?
Qu'a fait de Gaulle après la signature … ?
Qui est-ce que de Gaulle prend dans les bras … ?
Qu'est-ce qu'on a fondé en … ?
Comment s'appelle la chaîne … ?
Qu'est-ce qu'on a créé en … ?
Que savez-vous sur … ?
Quels projets franco-allemands … ?

A Aix-la-Chappelle, où on a signé en 2019 le traité sur la coopération franco-allemande.

1 **l'ordre chronologique** *(m.)* [lɔʀdʀ(ə)kʀɔnɔlɔʒik] die chronologische Reihenfolge

Bilan

1 Parler

Überprüfe, was du kannst! Vergleiche deine Lösungen mit den Lösungen auf Seite 244.

Du kannst schon …

1. … sagen, dass es eine Städtepartnerschaft zwischen zwei Städten gibt.
2. … sagen, dass du etwas unterschrieben hast *(einen Vertrag).*
3. … sagen, dass die deutsch-französischen Beziehungen gut sind.
4. … sagen, dass du eine Umfrage gemacht hast.
5. … sagen, dass du dank deiner Eltern etwas tun konntest *(einen Austausch in Frankreich machen).*
6. … sagen, dass dieses Bild deiner Meinung nach ein Klischee ist.
7. … sagen, dass du überrascht und sehr enttäuscht bist.
8. … sagen, dass man gegen Vorurteile kämpfen muss.
9. … sagen, dass etwas eine sehr positive Erfahrung war.
10. … sagen, dass du ein Geschenk für einen Freund hast und dass er es nicht erwartet.

Mehr dazu 6u78pp

Weitere Übungen findest du im Internet.

2 Lire

A *Voilà un texte sur Lucie Aubrac, une Résistante française. Lis le texte.*

Lucie Aubrac, une vie pour la Résistance

Lucie et Raymond Aubrac

En 1939, quand la guerre commence, Lucie Aubrac travaille à l'université de Strasbourg où elle rencontre aussi son futur mari[1] Raymond, mais bientôt l'université déménage à Clermont-Ferrand pour fuir l'arrivée des Allemands. Avec Raymond et des amis, Lucie y forme un groupe de résistants. Elle devient célèbre le 21 octobre 1943: ce jour-là, elle réussit à libérer quatorze résistants prisonniers des nazis, parmi eux Raymond. Les polices allemande et française (qui collabore avec les nazis) cherchent le couple. Alors les Aubrac doivent vivre cachés et fuient à Londres en 1944 où naît leur fille. Son parrain[2] est le général de Gaulle, le chef de la Résistance. En juillet 1944, Lucie Aubrac organise des groupes de résistants pour libérer les régions du sud de la France. Après la guerre, elle reprend son travail de professeure et continue à s'engager, particulièrement pour les droits des femmes.

B *Complète le texte avec les mots à droite et n'oublie pas de conjuguer les verbes. Attention, il y a des mots en trop.*

1. Au ? de la Seconde Guerre mondiale, Lucie Aubrac est professeure à l'université de Strasbourg. **2.** Quand l'université s'installe à Clermont-Ferrand, Lucie et Raymond entrent dans ?. **3.** Un jour, quand Raymond est aux mains des ?, sa femme réussit à le ?. **4.** Comme la situation devient trop ? pour eux en France, les Aubrac partent pour Londres où ils ? le général de Gaulle. **5.** Même après ?, Lucie Aubrac continue à ? pour les autres.

facile | la Résistance | rencontrer | lendemain | la guerre | résistants | début | se battre | dangereuse | nazis | libérer | fuir | la brigade franco-allemande

1 un mari [ɛ̃maʀi] ein Ehemann – **2 un parrain** [ɛ̃paʀɛ̃] ein Pate

3 Jeu de mots

A *Dans cette unité, tu as appris des nouveaux mots et expressions. Quel verbe va avec quel complément?*

changer · trouver · s'attendre · signer · venir · organiser · collaborer · faire · fuir · rendre · se battre

a … un traité
b … la mort
c … un jumelage
d … hommage
e … à une catastrophe
f … dans un autre pays
g … à l'esprit
h … contre les clichés
i … de nationalité
j … un geste
k … avec l'ennemi

B *Trouve le verbe de la même famille.*

a la mort **b** fort **c** l'occupation **d** la reconstruction **e** une connaissance **f** une signature

4 On combine (G 4 – G 5)

Pauline vient de passer trois mois en Allemagne avec le programme Brigitte Sauzay. Sur le site de l'OFAJ, elle raconte ses expériences. Complète le texte avec les mots qui conviennent à la bonne forme.

45, 4

1. J'ai trouvé ma corres Lara ? le site internet de l'OFAJ. **2.** Deux mois plus tard, je me ? donc retrouvée ? Bavière, à Passau, dans la «ville aux trois rivières»! **3.** En train, il m'a ? quinze heures pour ? arriver. **4.** Je / J' ? un peu peur, mais ? j'ai vu Lara et sa famille ? la gare, ça a été tout ? suite le coup de foudre[1].

5. Lara, ses parents et ses deux frères (Jakob, 6 ans et Valentin, 10 ans) étaient vraiment super sympas et dans ? grande maison, j'avais même une chambre ? moi. **6.** C' ? bien, parce que par moments, j'avais aussi besoin ? être seule. **7.** ? début, j'avais un gros problème ? leur accent bavarois, mais après un mois, ça allait ? (+ bien)! **8.** J'allais ? cours avec Lara et j'étais assise ? côté d'elle, mais je ne comprenais pas beaucoup. **9.** Alors je me suis dit: «Allez, Pauline, ne ? (fuir) pas la réalité et travaille!» Et ça me / m' ? beaucoup aidée!

10. ? trois mois, j'ai visité la ville de Passau et sa région et j'ai ? (vrai) beaucoup appris! **11.** Maintenant, je ? débrouille bien en allemand … et je parle même un peu bavarois! ☺ **12.** ? séjour! Je / J' ? garderai un super souvenir. **13.** Et quelle famille! Je ne ? oublierai jamais! **14.** ? été, Lara ? chez moi à Clermont-Ferrand et je suis très, très contente de ? revoir! C'est ça, l'amitié franco-allemande!

Pauline, 16 ans

---

1 un coup de foudre [ɛ̃kud(ə)fudʀ] Liebe auf den ersten Blick

Grammaire (Lösungen Seite 244)

(Lösungen Seite 244)

G 4 Je fuis, tu fuis …: le verbe **fuir**

Singulier		Pluriel	
je	**fuis**	nous	**fuyons**
tu	**fuis**	vous	**fuyez**
il / elle / on	**fuit**	ils / elles	**fuient**

Impératif: Fuis. Fuyons. Fuyez.

Imparfait: je **fuyais**
Passé composé: j'ai **fui**
Futur simple: je **fuirai**

*Léa lit le journal, mais dans quelques articles, des formes du verbe **fuir** ont disparu. Complétez.*

1. Le voleur ? la police et se cache dans une cave.
2. Découvrez les meilleurs endroits pour ? le mauvais temps …
3. Beaucoup de personnes ? la guerre dans leur pays.
4. Ne ? pas vos problèmes! Parlez-en à vos amis!

G 5 Ne m'en parle pas, je n'y crois pas! Les pronoms adverbiaux **en** et **y**

venir **de**:	→ J'**en** viens.	(von dort)
rêver **de** qc:	→ J'**en** ai rêvé.	(davon)
parler **de** qc:	→ On va **en** parler.	(darüber)
Ergänzungen mit de	→ **en**	

dans la cour:	→ Elle **y** est.	(dort)
aller **à**:	→ J'**y** suis allé(e).	(dorthin)
penser **à** qc:	→ Je vais **y** penser.	(daran)
Ort / Ergänzungen mit à	→ **y**	

*Sarah veut rendre visite à son frère à Paris. Remplacez les parties en **gras** par le pronom qui convient.*

1. Je vais aller **à Paris** la semaine prochaine.
2. Je rêve **d'aller à Paris** depuis des mois.
3. J'ai parlé avec mon frère **de mon voyage**.
4. Il habite **à Paris**.

Unité 3

Mehr dazu en7j5d

Métro-boulot-dodo

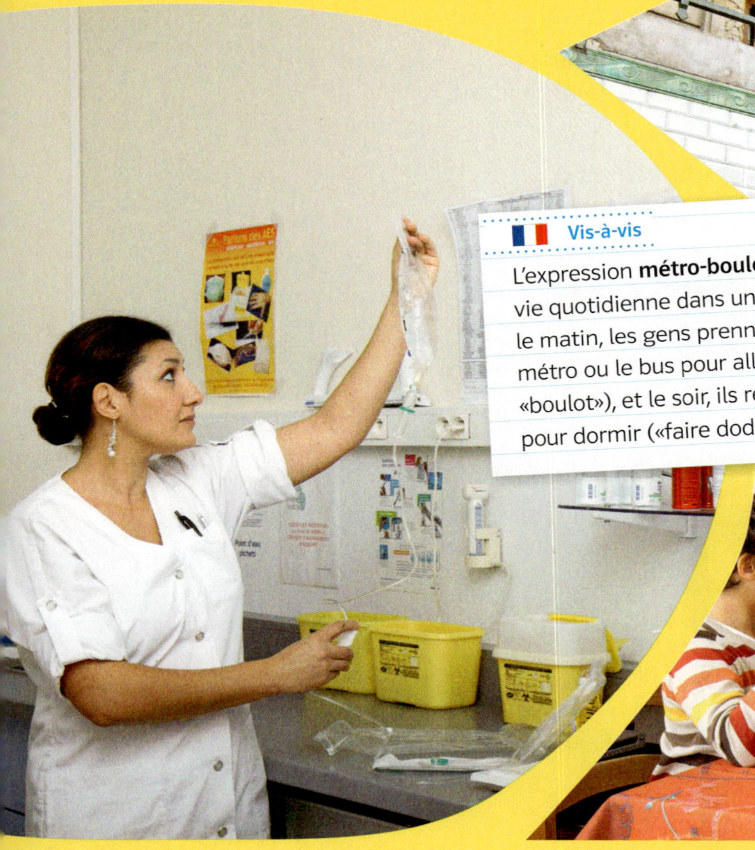

Vis-à-vis

L'expression **métro-boulot-dodo** décrit la vie quotidienne dans une grande ville: le matin, les gens prennent souvent le métro ou le bus pour aller au travail (au «boulot»), et le soir, ils rentrent à la maison pour dormir («faire dodo»).

Après une longue journée, la famille se retrouve à la maison.

A *Donnez trois mots pour décrire votre vie quotidienne.*

B *Comment se déroulent vos journées? Que faites-vous le matin, l'après-midi, le soir? Et votre famille, que fait-elle?*

PORTFOLIO

Am Ende dieser Unité kannst du über deine Zukunfts- und Berufsvorstellungen sprechen.
Dazu lernst du u.a.:
- **Wortschatz zu verschiedenen Berufen,**
- **das *conditionnel présent*,**
- **den Konditionalsatz II *(la phrase conditionnelle II)*.**

Une famille très occupée

Quand on n'est pas en vacances, la vie se déroule surtout à l'école et au travail. Voici les Azemour, la famille de Mehdi.

Abdel, 12 ans, élève en 5e

Mehdi, 14 ans, élève en 3e

Karima, 16 ans, élève au lycée

Idris, 49 ans, père de famille, ingénieur chez Renault

Sana, 45 ans, mère de famille, infirmière à l'hôpital Cochin

25

A *Ecoutez chaque personne et dites qui parle. Justifiez votre réponse.*

B *Ecoutez encore une fois. Qu'est-ce qu'on apprend sur les personnes?*

Vis-à-vis

Chez **Renault**, on fabrique des voitures depuis 1899, l'année où l'ingénieur Louis Renault (1877 – 1944) a fondé cette entreprise avec ses frères.

Atelier A

Approche Lire

1 La journée d'orientation au collège. (G 6)

26 *Lisez le texte. A quels métiers est-ce que Mehdi s'intéresse? Pourquoi?*

54, 4

Aujourd'hui, le collège a organisé une journée d'orientation. Il y a des stands avec des informations sur les métiers d'ingénieur, vétérinaire, infirmier, journaliste, coiffeur … Un conseiller d'orientation est là pour aider les élèves de 3e à faire des choix parmi les métiers et les formations. Mehdi lui parle des métiers qui l'intéressent.

Conseiller: Alors, tu voudrais faire quoi plus tard? Qu'est-ce qui t'intéresserait comme métier?

Mehdi: Euh … Je pense que j'aimerais être pilote plus tard. Voyager dans d'autres pays, ça me plairait. Et les avions, ça me fascine. Ou peut-être assistant social? Ça me permettrait d'aider des gens qui sont dans une situation difficile et je me sentirais utile. Ou journaliste? Je suis curieux et j'aime beaucoup écrire … Pourriez-vous me donner plus d'informations sur les études de journalisme?

Überlege: Inwieweit können dir bei der Bildung des Conditionnel présent die Formen des Futur simple helfen? Woran erinnern dich die Endungen der Conditionnel présent-Formen?

je viendrai	→	je viendr**ais**
nous pourrons	→	nous pourr**ions**

Jeu de mots

2 Le monde du travail

55, 5

A *Complétez les filets à mots dans votre cahier. Notez tous les mots que vous connaissez et travaillez avec un dictionnaire.*

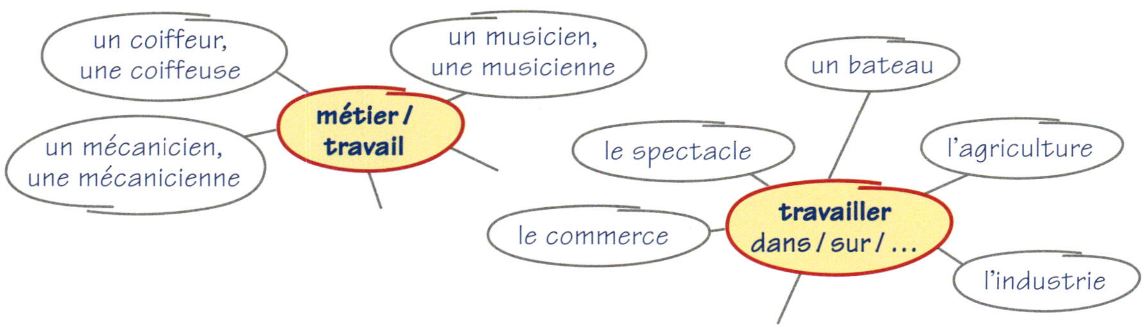

B *Donnez votre avis sur six métiers différents. Utilisez les éléments suivants et justifiez votre réponse.*

(Nom d'un métier),	c'est un métier	qui que	ne me dit rien est passionnant ne m'intéresse pas trop pourrait m'intéresser je voudrais apprendre j'aimerais faire je trouve intéressant	parce que c'est une activité sérieuse / écologique / simple / très dure / importante … parce que j'aime / je n'aime pas … parce qu'on (ne) peut (pas) …

C *Quels sont les métiers préférés dans votre classe? Faites un sondage et présentez les résultats dans un tableau.*

En forme

3 Rêves, possibilités et conseils (G 6)

→ En plus 125, 1 △ + 2 △

53, 2 / 56, 6

A *Après la journée d'orientation, Mehdi et ses amis parlent de leurs rêves. Trouvez les verbes qui manquent et complétez le texte. Utilisez le conditionnel présent.*

1. Après le bac, j' ? faire un long voyage, si possible.
2. Faire le tour de l'Afrique de l'Ouest, moi, je ? ça cool!
3. Mais je ne ? pas seul.
4. Léo, tu ? d'accord pour partir avec moi?
5. Marie et Lucie ? venir avec nous, elles aussi.
6. Nous ? ensemble des lieux mystérieux.
7. Et vous, les autres, qu'est-ce que vous ? envie de faire?

visiter | avoir | être | aimer | pouvoir | partir | trouver

B *Quels conseils donneriez-vous à un(e) ami(e) …*

- *qui n'ose pas partir à l'étranger?*
- *qui n'a jamais d'argent?*
- *qui veut changer de collège?*
- *qui cherche un stage?*
- *qui se dispute toujours avec ses parents?*

A ta place, je dirais / ferais / prendrais …
Tu devrais …
Ça te permettrait de …
Comme ça, tu pourrais …

4 J'en ai marre!

27 / 56, 7 / 57, 8

Avant la lecture:
Regardez la première photo et lisez la bulle.
A votre avis, qu'est-ce qui s'est passé?

Maintenant, lisez le texte.

1. Sana soupire. Son fils Mehdi est en colère. Aujourd'hui, elle n'était pas à la journée d'orientation avec lui. D'habitude, les enfants s'informent avec leurs parents, mais Sana n'avait pas le temps de venir. Elle travaillait. C'est comme ça: son emploi du temps d'infirmière n'est pas toujours simple.

2. Il est déjà 19 h 30. Sana doit préparer le dîner parce que son mari n'est toujours pas rentré.

Abdel: Maman, pourquoi est-ce que vous vous disputez, Mehdi et toi?

Sana: Mais nous ne nous disputons pas, Abdel. Nous discutons! Tu as terminé tes devoirs?

Abdel: Oui m'man. Mais Mehdi, il ne serait pas en train de faire la tête, par hasard?

Sana: Oh, il va se calmer. Tu sais, les enfants ne sont pas toujours d'accord avec leurs parents!

Abdel: C'est à cause de ton travail qu'il est en colère. Tu devrais travailler moins!

Sana: Je travaille beaucoup, c'est vrai, et votre père aussi. Nous aimerions passer plus de temps avec vous, mais vous n'êtes pas malheureux, non? Vous mangez des bonnes choses, vous avez des fringues sympas et de l'argent de poche …

3. Dans le salon, Karima est en train de faire ses devoirs.
Sana: Tu n'as pas encore fini, Karima?
Karima: Non! Je ne peux pas me concentrer. C'est super dur! On pourrait peut-être regarder ça ensemble, non? J'aimerais avoir une bonne note …
Sana: Je finis de laver la salade et j'arrive!

Sana se sent un peu stressée. Le repas n'est pas prêt, elle devrait encore ranger des affaires, son mari n'est toujours pas là et Karima doit finir ses devoirs. Elle est fatiguée et aurait envie de se reposer.
Sana: Abdel! Lave-toi les mains! Mehdi! Viens mettre la table, s'il te plaît!
Mais Mehdi ne répond pas. Sana entend une porte qui se ferme …

Après la lecture:
A votre avis, qu'est-ce qui se passe à la fin du texte? Discutez en classe.

ON DIT
Je pense que …
Je crois que …
J'ai l'impression que …
A mon avis, …

Lire
Ecrire
Parler

5 A propos du texte

A *Qui est-ce? Justifiez votre réponse.*

Exemple: **1.** C'est Karima, la sœur de Mehdi. Elle dit que ses devoirs sont difficiles.

1. Elle demande à sa mère de l'aider.
2. Il trouve que sa mère n'a pas assez de temps pour lui.
3. Il n'est pas encore là.
4. Elle a trop de choses à faire à la maison.
5. Rien ne leur manque.
6. Ils veulent être plus souvent avec les enfants.
7. Il essaie de comprendre la situation.

B *Le même soir, Mehdi, Karima et Adbel chattent sur Internet avec un(e) ami(e). Travaillez à deux. Choisissez un personnage et écrivez un dialogue.*

C *Comparez la situation des Azemour avec votre famille: quand est-ce que vous n'êtes pas d'accord avec vos parents? Est-ce que vous vous disputez avec eux? Pourquoi? Donnez aussi des exemples.*

Jeu de mots
Parler

6 A la maison

→ En plus 125, 3 △

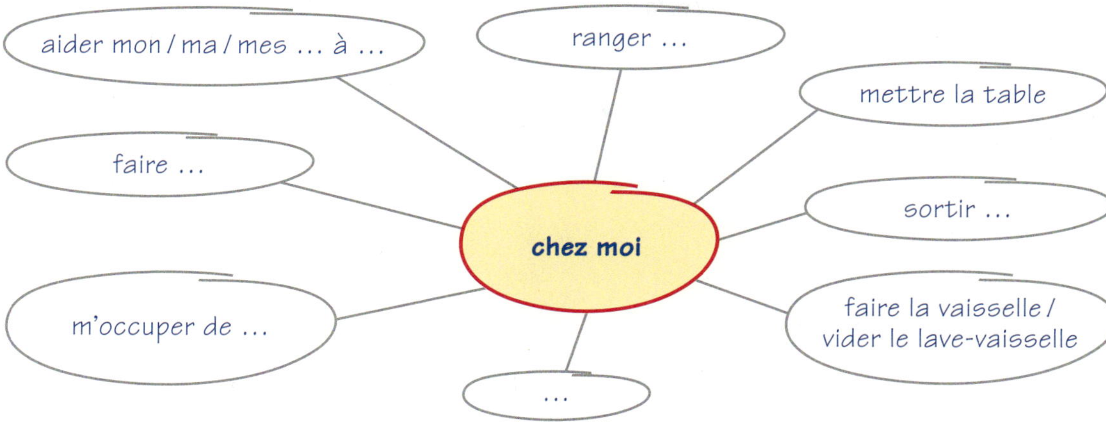

A *Recopiez le filet à mots dans votre cahier et complétez-le. Aidez-vous du dictionnaire. Vous pouvez aussi regarder la BD p. 252.*

B *Parlez du travail à la maison avec votre voisin(e). Posez des questions et répondez à tour de rôle.*

Exemple:
- Tu t'occupes beaucoup de ton petit frère, chez toi?
- Oui, je joue souvent avec lui.
  Et toi, tu aides ta sœur?
- Oui, je m'occupe d'elle le soir. Je dois … parce que …

C *Répondez aux questions suivantes.*

1. Qu'est-ce que vous faites toujours / souvent / parfois chez vous? Qu'est-ce que vous ne faites jamais?
2. Qu'est-ce que vous aimez / détestez faire? Pourquoi?

Chasse aux fautes
Ecrire

7 Sana a besoin d'un conseil.

53, 3

A *Voici un texto de Sana à son amie Margaux. Sana a écrit trop vite et elle a fait des fautes. Corrigez-les dans votre cahier.*

1. Coucou Margaux! Je viens_avoir un discussion avec Mehdi. **2.** Ce n'était pas la premier fois qu'il faisai la tête et je me sentis stressée. **3.** Il dit _ je devrais travailler moin. **4.** Bien sur, ça me plairais de passer plus de temps avec mes enfant, mais mon travaille est aussi important. **5.** Qu'est-ce qui tu en pense? **6.** J'aimerai avoir ton avis. **7.** Maintenant, Mehdi s'est enfermer dans son chambre et je ne sais plus qu'est-ce que faire. **8.** Idris n'a pas encore rentré et je suis inquiet. **9.** Qu'est-ce que tu fairais à ma place? **10.** Nous pourions nous téléphoner plus tard?
Bises, Sana

B *Quels conseils est-ce que Margaux pourrait donner à Sana? Ecrivez la réponse de Margaux.*

Parler **8**

Une discussion en famille

Après la discussion avec sa mère, Mehdi est sorti. Sana, Abdel et Karima discutent. Travaillez à trois et préparez cette discussion.
- *Qui prend quel rôle?*
- *Chaque élève prépare son rôle. Notez des mots-clés (questions, propositions, arguments).*
- *Jouez la scène.*

Sana explique la situation à Karima et Abdel. Elle pense que Mehdi est en train de réfléchir et elle espère qu'il va bientôt revenir. Elle parle aussi de sa vie et de ses rêves.

Abdel comprend bien Mehdi et explique pourquoi. A son avis, les parents doivent toujours être là pour leurs enfants et il donne des exemples.

Karima comprend Mehdi. Mais elle trouve qu'il ne devrait pas faire la tête. Elle comprend aussi sa mère. Elle a des idées pour changer la situation de la famille.

STRATEGIE

Ein Rollenspiel vorbereiten und durchführen

Um ein Rollenspiel durchzuführen, ist es wichtig, dass ihr euch genau in eure Rolle hineinversetzt. Dabei können euch folgende Fragen helfen:
- Welche Informationen habt ihr schon über eure Figur? Lest euch die Rollenkarte und den Lektionstext genau durch und notiert euch Stichpunkte.
- In welcher Situation befindet sich eure Figur? Welche Gedanken und Gefühle hat sie? Was ist ihr wichtig bzw. was möchte sie in der Diskussion erreichen?
- Welche Argumente und Beispiele könnte eure Figur anführen?

Wertet das Rollenspiel anschließend mit Hilfe der folgenden Fragen aus: Wie war es, in eine andere Rolle zu schlüpfen? Was hat gut funktioniert, was könnte man verbessern? Habt ihr etwas für euren eigenen Alltag gelernt?

Ecouter **9**

Une soirée chez les Azemour

28

A *Ecoutez la scène et dites si c'est vrai ou faux. Justifiez votre réponse.*

58, 9

Scène 1
1. Cette scène a lieu le week-end.
2. Idris invite Mehdi à jouer aux cartes.
3. Le jeu de cartes est aussi très connu en Allemagne.
4. Mehdi est en train de jouer au foot.
5. Karima va sûrement rester longtemps au téléphone avec sa copine.
6. Mehdi veut jouer aux cartes, mais plus tard.

Scène 2
1. Mehdi joue encore à son jeu.
2. Il ne peut plus jouer aux cartes avec ses parents et son frère.
3. Idris a lu en cinq minutes l'article que Mehdi lui a donné.
4. C'est un article sur un voyage à Lyon.
5. Karima ne peut pas venir tout de suite parce qu'elle s'occupe du chat.
6. Mehdi doit aller dehors.

B *Imaginez: que va faire la famille Azemour après la deuxième scène?*

Atelier B

1 La porte s'ouvre.

29 59, 10

1. Le vendredi, la famille Azemour se retrouve souvent pour faire une soirée jeux. Mais ce soir, l'ambiance à la maison n'est pas très bonne. Sana se fait du souci parce que Mehdi a disparu. Et Idris est inquiet lui aussi.

- Vous vous êtes disputés? demande Idris.
- Il était en colère à cause de la journée d'orientation. On a discuté, et puis il est parti. Il ne se sent pas très bien dans sa peau, en ce moment. Si nous avions plus de temps pour lui, il irait mieux.
- Il est peut-être chez ses copains. Moi, j'appelle chez Léo et toi chez Bachir!

«Et voilà, si Mehdi ne faisait pas la tête, nous pourrions faire la soirée jeux comme d'habitude. C'est nul!», pense Abdel.

2. Pendant ce temps, chez les Brunet, Mehdi et son ami Pierre discutent de la journée d'orientation. « Si j'étais animateur à la télé ou à la radio, je ferais des émissions avec mes stars préférées» dit Pierre. Un peu plus tard, M. Brunet arrive. Pierre est très excité car son père, qui est médecin, revient d'un long voyage. Il a travaillé trois mois pour «Médecins sans frontières» dans un hôpital d'Haïti. De retour à la maison, M. Brunet raconte toutes sortes d'histoires incroyables à sa famille qui lui pose mille questions. Il parle des malades, des pauvres, de leur sourire et de leur reconnaissance quand on apporte des vaccins, mais aussi des paysages de rêve. Les expériences de M. Brunet fascinent Mehdi.

3. Sana est encore en train de téléphoner quand tout à coup, la porte s'ouvre.

Sana: Mehdi? Mais … Tu étais où? Tu nous as fait très peur, tu sais!

Mehdi: J'étais chez Pierre. On a parlé de la journée d'orientation. Et j'ai pris une décision.

Idris: Mais pourquoi est-ce que tu n'as rien dit? On voulait partir à ta recherche!

Mehdi: Maman, papa, je sais maintenant quel métier m'intéresse. Je veux aider les gens et travailler comme médecin humanitaire. Et peut-être aussi dans la recherche pour lutter contre les maladies et créer des nouveaux vaccins.

Idris: Ah bon? On a parlé de ce métier à la journée d'orientation? Tu ne veux donc plus devenir pilote, tu es sûr?

Mehdi: J'en suis sûr à cent pour cent. Le père de Pierre est médecin et il est revenu ce soir d'Haïti. C'est un métier passionnant! Si je pouvais, je ferais un stage chez «Médecins sans frontières» cet été …

Sana: Je peux en parler à M. Brunet, si tu veux. Mais tu ne pars plus jamais sans dire où tu vas, c'est bien compris, Mehdi?

Medhi: Oui, maman. Je suis désolé!

Idris: J'espère bien! Alors maintenant, tout le monde à table! Et après le repas, on fait un jeu. Vous êtes d'accord?

Abdel: Génial! Finalement, elles ont servi à quelque chose, ces discussions, pas vrai, Karima?

Lire

2 A propos du texte

A *Voici des titres pour les trois paragraphes du texte.*

1. Pas de soirée jeux!
2. Mehdi et les histoires de M. Brunet
3. Une décision importante

Travaillez à trois. Chacun choisit un titre, prend des notes, puis il explique ce titre à ses partenaires.

B *Vrai, faux ou pas dans le texte? Si c'est vrai, donnez les lignes du texte qui justifient votre réponse. Si c'est faux, corrigez et indiquez aussi les lignes du texte qui justifient la correction.*

1. Sana ne comprend pas pourquoi Mehdi est en colère. **2.** Abdel n'a pas envie de faire une soirée jeux. **3.** Pierre a déjà une idée du métier qu'il veut faire plus tard. **4.** La famille de M. Brunet s'ennuie quand il raconte son séjour à Haïti. **5.** M. Brunet a déjà voyagé dans beaucoup de pays pour son travail. **6.** Mehdi s'intéresse beaucoup aux histoires de M. Brunet. **7.** Sana et Idris ne sont pas contents parce que Mehdi n'a pas dit où il allait. **8.** Mehdi va devoir se débrouiller tout seul pour son stage.

En forme

3 Si la situation était plus facile … (G 7)

→ En plus 126, 4 △

A *Pendant la soirée, les Azemour pensent à leur situation. Reliez les parties de phrases qui vont ensemble et mettez les verbes à la bonne forme.*

1. Si on passait plus de temps avec lui,
2. Si nous téléphonions à ses amis,
3. S'il y avait une meilleure ambiance à la maison,
4. Si j'apprenais le métier de médecin,
5. Si mes frères aidaient plus à la maison,
6. Si je ne connaissais pas M. Brunet,

a nos parents (avoir) plus de temps pour nous.
b ce (être) difficile pour moi de trouver un stage chez «Médecins sans frontières».
c on (faire) une soirée jeux avec ma sœur et mes parents ce soir.
d Mehdi ne (réagir) pas comme ça.
e je (s'occuper) chaque jour de malades.
f nous (savoir) si notre fils est chez eux.

B *Qui pourrait dire ces phrases? Justifiez vos réponses.*

En forme
Parler

4 Si c'était possible, je ferais … (G 7)

→ En plus 126, 5

60, 11

Et vous, que feriez-vous?
Donnez vos idées.

Si c'**était** possible, je / j'…
Si j'**avais** assez d'argent, je / j'…
Si je **pouvais**, je / j'…

Si **c'était** possible,
je **ferais** le tour du monde!

être artiste / footballeur / … | faire du / de la / de l' … | partir à l'aventure dans un autre pays
apprendre le métier de … | changer le monde | travailler sur / dans / comme …
aller … | vivre … | acheter …

Médiation
Ecrire

5 «Médecins sans frontières»

61, 12

Pour la journée d'orientation de votre collège, vous devez présenter un métier de votre choix. Pour cette présentation, vous lisez l'article suivant sur l'organisation «Médecins sans frontières». Le soir, vous échangez des messages avec votre correspondant(e) français(e) qui ne connaît pas cette organisation. Alors vous lui écrivez un courriel pour lui donner des informations sur l'organisation, le travail des médecins et des problèmes et dangers possibles. Ecrivez environ 130 mots.

Die Organisation „Ärzte ohne Grenzen"

Die Organisation „Ärzte ohne Grenzen" wurde im Dezember 1971 in Frankreich gegründet und ist seitdem in über 70 Ländern tätig. Die Einsätze der Ärzte und Mitarbeiter dauern zwischen mehreren Wochen und mehreren Monaten und hängen davon ab, in welchem Land bzw. welcher Region es gerade eine humanitäre oder medizinische Krisensituation gibt.

Die Aufgaben

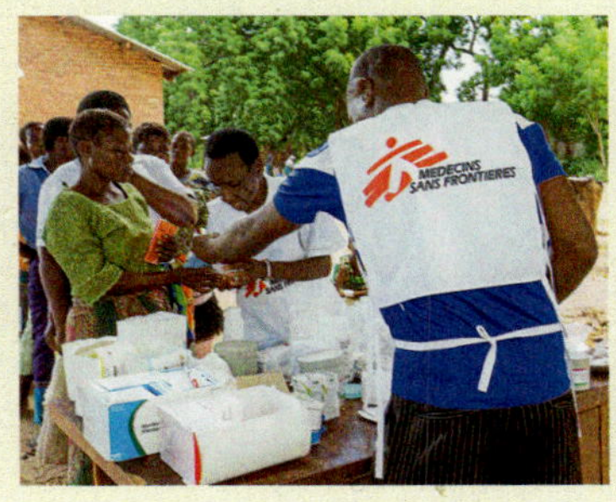

Die Ärzte behandeln verschiedene Krankheiten, versorgen aber auch Verletzte, führen Impfungen durch oder kümmern sich um die Wasserversorgung und die Ernährung der einheimischen Bevölkerung. Sie müssen sehr flexibel sein und sich auch in schwierigen Situationen zurechtfinden können. So kann es zum Beispiel vorkommen, dass ein Arzt einer Frau in einem kleinen Dorf ohne Elektrizität und Wasser helfen muss, ein Kind auf die Welt zu bringen.

Warum gibt es die „Ärzte ohne Grenzen"?

Oft gibt es nicht genügend Krankenhäuser oder Arztpraxen, da diese durch Krieg oder Naturkatastrophen zerstört worden sind. Viele Menschen sind auch zu arm, um die medizinische Behandlung zu bezahlen, oder der Weg ist zu weit, um einen Arzt in der nächsten Stadt zu erreichen.

Probleme und Gefahren

Da es weniger medizinische und technische Hilfsmittel als in Deutschland gibt, müssen die Ärzte die Patienten genau nach ihren Beschwerden fragen. Doch häufig sprechen die Menschen kein Englisch oder Französisch. Deshalb ist immer ein Übersetzer dabei, der zwischen Englisch und der Landessprache übersetzt. […]

Häufig sind die Ärzte in Krisen- und Kriegsgebieten unterwegs. In manchen Ländern ist es normal, wenn die Patienten mit Waffen ins Krankenhaus kommen. In Krankenhäusern von „Ärzte ohne Grenzen" ist das nicht erlaubt. „Es ist oft ein Spagat: Wir wollen helfen, müssen uns aber natürlich auch selbst schützen." […]

Wenn es zu gefährlich ist, weil zum Beispiel in der Nähe gekämpft wird, legen die Ärzte auch schon mal einen Tag Pause ein – und fahren nicht zum Krankenhaus.

Nach: Kathy Stolzenbach: Das machen die Ärzte ohne Grenzen, https://www.duda.news/welt/aerzte-ohne-grenzen/
Zur Vereinfachung wurde der Originaltext leicht verändert, ohne den Inhalt und/oder Sinn zu verändern.

Ecouter

6 Un métier passionnant

→ En plus 126, 6 △

30 62, 13

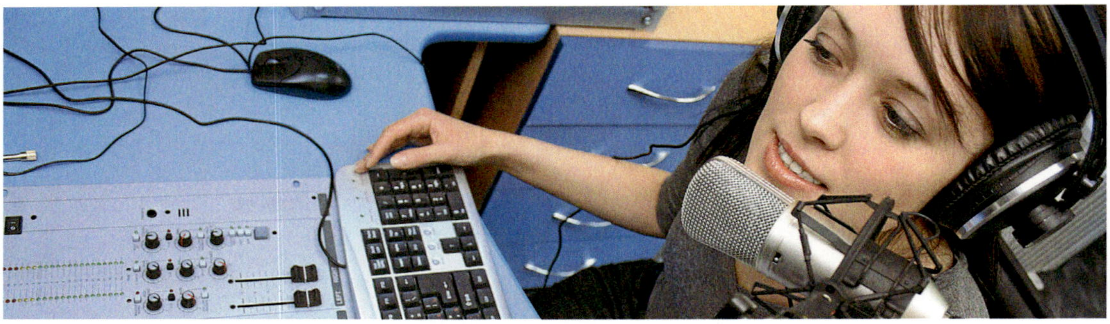

A *Ecoutez le texte une première fois et corrigez dans votre cahier le résumé suivant.*

Alma est animatrice télé. Dans son émission, qui a lieu chaque semaine en direct et dure 2 heures 30, on parle d'économie. L'important dans ce métier, c'est d'être très concentré. Alma travaille seule. Elle aime son métier, qu'elle ne trouve pas difficile.

B *Ecoutez une deuxième fois et choisissez les phrases qui correspondent au texte.*

1. Alma ne dort que cinq heures.
2. Elle boit beaucoup de thé et de coca.
3. Elle lit les journaux.
4. Elle lit le texte que son équipe a préparé pour elle.
5. Elle écrit tout son texte.
6. Elle fait des blagues.
7. Elle choisit seule les musiques de l'émission.
8. Elle n'invite que des hommes politiques.
9. Les gens peuvent téléphoner pour poser des questions aux invités.
10. On parle seulement de la France.

Parler

7 Quel est ce métier?

→ En plus 127, 7 △

63, 14

A *Lisez le texte. Quel métier décrit-il?*

Dans ce métier, on voit beaucoup de monde. On ne travaille pas dans un bureau, mais on ne travaille pas dehors non plus. On s'occupe des gens qui veulent acheter quelque chose. On doit bien connaître les choses et les prix.

B *Travaillez à deux. A tour de rôle, décrivez un métier comme dans* ***A****. Votre voisin(e) doit deviner de quel métier il s'agit.*

Vous pouvez utiliser les noms de métiers de votre filet à mots pour l'exercice 2 page 50 ou du dico personnel page 172.

ON DIT

travailler dans l'industrie / le commerce / l'agriculture / la recherche / une entreprise / un hôpital …
travailler comme mécanicien(ne) …
s'occuper d'enfants / d'animaux / de malades …

Pour ce métier, il faut
- être fort en / avoir des bonnes connaissances en langues / maths / économie / technique
- aimer bouger / créer des choses / inventer des choses / fabriquer des choses / compter / communiquer
- aimer la nature / l'aventure / les contacts …

Ce métier permet de voir beaucoup de monde / de voyager …

Pratique: tâches

Parler **1**

Le métier de mes rêves

Dans «Phosphore», un magazine pour les jeunes à partir de 14 ans, on peut s'informer sur les métiers. On peut aussi faire un test pour trouver le métier idéal.

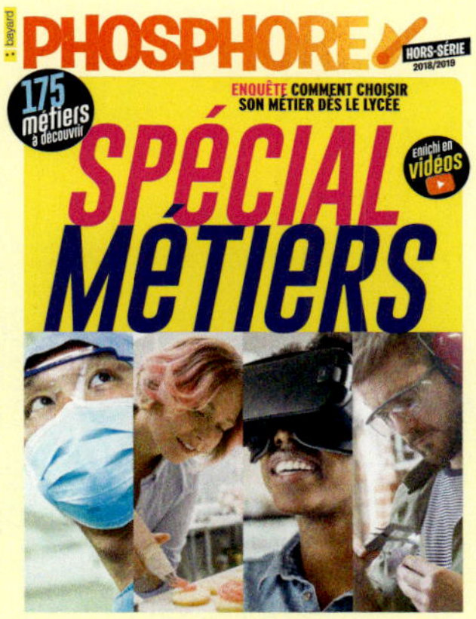

Vous aimeriez travailler ...

→ dans le commerce.
→ avec des enfants.
→ avec des animaux.
→ au contact de la nature.
→ pour aider les autres.
→ pour changer le monde.
→ dans les médias.
→ avec des artistes.
→ sur Internet.
→ sans chef.

Vous aimeriez créer ...

→ des nouvelles technologies.
→ des programmes pour les ordinateurs.
→ des plats et/ou des gâteaux.
→ des vêtements, des accessoires, des parfums.
→ un nouveau quartier dans une ville.

Vous aimeriez passer votre temps ...

→ à lire et à donner des conseils sur les livres.
→ à faire du sport.
→ à donner des spectacles.
→ à dessiner.
→ à jouer.
→ à écrire.
→ à voyager.

A *Faites des groupes et notez quels métiers correspondent à la liste de «Phosphore». Aidez-vous de la page 172 (→* Mon dico personnel) *et du dictionnaire.*

B *Travaillez à deux. Un(e) élève pose des questions et propose un métier, l'autre dit pourquoi il/elle (n') aime (pas) ce métier. Puis changez de rôle. Chaque élève propose trois métiers à son partenaire. Utilisez les expressions de «On dit».*

ON DIT

- Qu'est-ce qui t'intéresse?
- Je trouve que ..., c'est passionnant./ ..., ça me fascine./ Je m'intéresse beaucoup à ...
- Alors je pense que le métier de ... pourrait te plaire. Alors tu pourrais travailler comme ... Qu'est-ce que tu penses de ... ?
- Oui, c'est une bonne idée car j'aimerais .../car ce métier me permettrait de ... Je ne sais pas si c'est un métier qui me plairait car .../ Non, je ne pourrais pas travailler comme ... parce que .../ Non, ce métier n'est pas fait pour moi parce que ... Et toi, ... ?

2

Ma fiche[1] métier

PORTFOLIO

Choisissez un métier et écrivez un texte qui informe sur ce métier: décrivez-le et donnez-en les aspects positifs et négatifs à l'aide d'exemples. Puis expliquez comment il faut être pour faire ce métier.

1 **une fiche** [ynfiʃ] ein Steckbrief

Bilan

1 Parler

Du kannst schon …

1. … sagen, dass es nicht einfach ist, die richtige Wahl zu treffen.
2. … sagen, dass es einen Beruf gibt, der dich interessieren würde.
3. … höflich um Auskunft bitten.
4. … sagen, dass du dich gerne ausruhen möchtest.
5. … sagen, dass du dich nützlich fühlst.
6. … sagen, dass du dir Sorgen machst.
7. … sagen, dass etwas unglaublich ist.
8. … sagen, dass du eine schwierige Entscheidung getroffen hast.
9. … sagen, dass du dir zu einhundert Prozent sicher bist.
10. … jemandem vorschlagen, auf gut Glück loszuziehen.

Mehr dazu en7j5d *Weitere Übungen findest du im Internet.*

2 Ecouter

31 67, 2

A *Les Azemour parlent du week-end. Ecoute la scène. Pour chaque phrase, trouve la fin correcte.*

1. Le week-end prochain, Abdel, Karima et Idris ont très envie …
   a de rester à la maison. **b** de faire les courses. **c** d'aller au zoo.
2. Mais Sana …
   a veut se reposer. **b** doit travailler dimanche. **c** doit faire des courses.
3. Il faut aussi …
   a acheter des chaussures pour Abdel. **b** acheter des médicaments. **c** ranger le salon.
4. Karima va acheter quelque chose …
   a avec son argent de poche. **b** sur Internet. **c** avec sa mère.
5. Finalement, samedi soir, les Azemour vont …
   a aller au restaurant. **b** manger à la maison. **c** faire les courses.
6. Dimanche, ils vont …
   a rester à la maison. **b** aller au restaurant. **c** aller au zoo.

32 **B** *Réécoute quelques phrases et note dans ton cahier quels mots tu entends.*

1. **a** dimanche prochain **b** dimanche matin
2. **a** pour faire **b** pouvoir faire
3. **a** mais il faut aussi passer **b** mais s'il faut passer
4. **a** il va aller mal **b** il a très mal
5. **a** tu sais où c'est **b** c'est où, tu le sais
6. **a** je m'occupe de toutes les courses **b** je ne m'occupe pas du tout des courses

3 Jeu de mots

Dans un journal, tu as trouvé la devinette «Quel est mon métier?». Ecris les réponses dans ton cahier.

68, 3

Exemple: **1.** Je suis mécanicien / mécanicienne.

1. Je m'occupe des voitures.
2. J'écris des articles pour un journal.
3. Je fais des dessins pour des BD.
4. Je m'occupe des jeunes qui ont des problèmes.
5. Je m'occupe des animaux malades.
6. Au collège, c'est moi le / la chef.
7. Je travaille dans un hôpital, mais je ne suis pas médecin.
8. Je travaille à la télévision où je présente une émission.
9. Je joue d'un instrument.
10. Je m'occupe des cheveux des gens.

4 On combine

Mehdi cherche son métier de rêve. Complète les phrases avec les mots qui conviennent à la bonne forme.

1. Mehdi cherche des informations ? les métiers ? pourraient ? intéresser. Alors il parle ? un conseiller. **2.** Le métier de journaliste ? plairait. Mais il ne sait pas ? les études de journalisme sont faites ? lui. **3.** ? ami Pierre aime bien ? des émissions ? la radio, alors il veut ? animateur. **4.** ? Mehdi préférerait aider ? gens. Il aimerait ? la possibilité ? devenir médecin, ? exemple. **5.** Un médecin doit ? occuper de beaucoup ? patients, mais c'est ? métier passionnant. **6.** ? plus, il est important ? trouver des vaccins et pour certaines maladies, on cherche encore. Alors c'est ? travail très important et utile. **7.** Mehdi n' ? pas à le croire! ? sa rencontre avec M. Brunet, il sait ? métier il veut faire plus ? . Enfin une ? nouvelle!

5 En forme (G 6 – G 7)

*Bachir rêve de devenir footballeur. Utilise l'**imparfait** et le **conditionnel présent** pour compléter les phrases. Si le verbe n'est pas indiqué, choisis le verbe qui convient.*

68, 4

Exemple: **Si je pouvais** choisir mon métier, je **serais** footballeur.

1. Si je / j' ? le choix entre plusieurs équipes, je ? une grande équipe internationale.
2. Si le FC Bayern me ? (demander) de jouer dans son club, je / j' ? (aller) à Munich tout de suite.
3. Si je ? dans cette équipe, les journaux me / m' ? (appeler) le nouveau Benjamin Pavard.
4. Vous ? mes fans et je ? des millions.
5. Et si un jour je / j' ? (en avoir marre) de courir derrière un ballon, mes copains et moi, nous ? (commencer) une carrière de top modèle et tous les photographes ? des photos de nous.
6. Si tout ça nous ? (arriver), mes copains et moi ? très heureux.

Grammaire (Lösungen Seite 245)

G 6 J'aimerais être ... Le conditionnel présent

Ableitung des Conditionnel présent:
Futur simple: j'**aimer**ai (Stamm)
Imparfait: j'aim**ais** (Endung)
↓
Conditionnel présent:

j'**aimerais**	nous **aimerions**
tu **aimerais**	vous **aimeriez**
il/elle/on **aimerait**	ils/elles **aimeraient**

Ebenso:

Infinitif	Futur simple		Cond. prés.
acheter	j'achèterai	→	**j'achèterais**
avoir	j'aurai	→	**j'aurais**
être	je serai	→	**je serais**
aller	j'irai	→	**j'irais**
faire	je ferai	→	**je ferais**
pouvoir	je pourrai	→	**je pourrais**
vouloir	je voudrai	→	**je voudrais**
devoir	je devrai	→	**je devrais**
savoir	je saurai	→	**je saurais**
venir	je viendrai	→	**je viendrais**
voir	je verrai	→	**je verrais**
envoyer	j'enverrai	→	**j'enverrais**

Une mère donne des conseils à son fils pour ses études. Complétez le dialogue.

1. – A ta place, je (partir) à l'étranger pour faire des études.
2. – Oh, oui, je / j' (aller) bien en Allemagne!
3. – Tu (pouvoir) aller à Munich.
4. Tu (rencontrer) des jeunes sympas.
5. Vous (pouvoir) habiter ensemble.
6. Tes amis (venir) te voir.
7. Et nous, nous (être) aussi contents de te rendre visite.
8. – Euh ... oui maman, ça me (faire) plaisir!

G 7 Si c'était possible, je partirais. La phrase conditionnelle II

si-Satz	Hauptsatz
Si c'était possible,	je **partirais**.
S'il travaillait,	il **aurait** l'argent pour partir.
→ **Imparfait**	→ **Cond. prés.**

! Im si-Satz steht nie das Conditionnel! Denkt an den Apostroph bei **si + il(s) → s'il(s)**.

*Réécrivez les phrases avec l'**imparfait** et le **conditionnel présent**.*

1. Si mes parents sont d'accord, j'achète ce portable.
2. Si nous pouvons, nous irons à Paris.
3. Si j'ai son numéro, je l'inviterai.
4. S'il vient, je serai content(e).

Plaisir de lire (Lösungen Seite 245)

Lire
Ecrire

Mehr dazu fu7sz4

41

L'histoire d'un amour franco-allemand

1. On est le mercredi 22 janvier. Comme tous les mercredis après l'école, Marco rend visite à sa grand-mère Mathilde qui habite à Rennes.

Mathilde: Vous avez fait une activité aujourd'hui pour la journée franco-allemande?

Marco: Oui mamie, on a mangé des spécialités bavaroises. Puis la prof nous a raconté des histoires avec des anecdotes amusantes sur le jumelage entre Rennes et Erlangen en Allemagne. On a bien rigolé.

Mathilde: Ah, c'est amusant, ces petites histoires. Tu sais, moi aussi, j'ai participé à un échange avec l'Allemagne en 1965. Je m'en souviens[1] encore comme si c'était hier ...

Marco: C'est vrai? Raconte-moi.

2. Mathilde se lève et elle cherche dans un album de photos, puis elle sort une vieille photo. Dessus, on voit deux jeunes d'environ quinze ans.

Marco: Qui est-ce?

Mathilde: La fille, c'est moi. Et le garçon, c'est Klaus. C'était mon copain à l'époque. Il était allemand et il habitait à Erlangen. Je l'y ai rencontré pendant un échange entre nos deux villes. J'y suis retournée tous les étés pendant trois ans, puis on s'est perdus de vue[2]. Mais je me souviens encore de lui.

Marco: Qu'est-ce qu'il fait aujourd'hui?

Mathilde: Je n'en sais rien, mais j'aimerais bien avoir de ses nouvelles.

Marco: Tu ne l'as pas oublié, hein?

Mathilde: Non, je ne l'ai pas oublié. Je n'en ai parlé à personne, mais j'étais très amoureuse[3] de lui.

Marco: C'est mignon, ton histoire, mamie!

3. Le soir, Marco a commencé à faire des recherches sur Internet. Ce n'était pas facile parce qu'il y avait plusieurs hommes à Erlangen qui s'appelaient Klaus et qui avaient à peu près le même âge que Mathilde. Mais Marco leur a écrit un message, et un soir, il a vraiment eu une réponse de Klaus!

Cher Marco,

Je pense que je suis la personne que tu cherches! Moi non plus, je n'ai jamais oublié Mathilde. Elle était très jolie et toujours très gentille.
C'était une très bonne idée de me contacter.
Réponds-moi vite!

Amicalement,
Klaus

A *Lisez le texte, puis répondez aux questions.*

1. Qu'est-ce que Marco et sa classe ont fait pendant la journée franco-allemande?
2. Qui sont les deux jeunes sur la photo et quelle est leur histoire?
3. Que fait Marco le soir après la visite chez sa grand-mère?

B *Imaginez la fin de l'histoire. Ecrivez environ 180–200 mots.*

---

1 se souvenir de qc [səsuv(ə)niʀ] → un souvenir – **2 se perdre de vue** [səpɛʀdʀ(ə)dəvy] sich aus den Augen verlieren – **3 être amoureux / amoureuse de qn** [ɛtʀamuʀø/amuʀøz] in jdn. verliebt sein

Révisions (Lösungen Seite 245)

Jeu de mots

1 Des mots qui vont ensemble

A *Notez les mots qui vont ensemble.*

B *Classez les expressions selon les trois thèmes suivants:*

1. Une visite de Strasbourg
2. L'histoire de la France et de l'Allemagne
3. Trouver un métier

C *Utilisez les mots pour écrire un petit texte de deux ou trois phrases pour chaque thème.*

monter	le quartier européen
participer	en haut de la cathédrale
être fort(e)	une tarte flambée
visiter	un jeu de piste dans la ville
le premier pas	vers la réconciliation
s'informer sur	mondiale
faire	un traité
la Seconde Guerre	à un échange
faire	un stage
manger	des personnes malades
signer	en langues
aider	un métier

En forme

2 L'histoire de Charlotte (G 1, G 6)

Charlotte parle des métiers qui l'intéressaient quand elle était petite. Mettez les verbes aux temps qui conviennent: ***imparfait***, ***passé composé***, ***futur simple*** *ou* ***conditionnel présent***.

1. Quand je / j' ? petite, je ? devenir dessinatrice. **2.** Au collège, je ? (ne pas se débrouiller) mal. **3.** Un jour, je / j' ? (voir) un film que je / j' ? (aimer beaucoup). **4.** Alors je / j' ? (s'intéresser) au cinéma. **5.** Et je / j' ? une décision. **6.** J'ai pensé: «Plus tard, je / j' ? (aimer) être actrice.» **7.** Mais mes parents me / m' ? (dire): «C'est un travail très dur. **8.** Et puis, quand tu ? grande, tu ne ? (trouver) pas toujours du travail. **9.** Tu ? (devoir) réfléchir encore une fois.» **10.** Nous ? (discuter) longtemps. **11.** Finalement, je / j' ? (devenir) dessinatrice. Ça me plaît beaucoup, et … je vais souvent au cinéma et au théâtre!

On combine

3 Les mots qu'il faut (G 5)

Lisa écrit à l'OFAJ parce qu'elle veut participer au programme Voltaire. Complétez sa lettre avec les mots à droite et les pronoms ***y*** *et* ***en***.

1. Je voudrais participer au programme Voltaire ? j'aimerais bien passer six mois en France. **2.** Je / J' ? rêve depuis longtemps. **3.** Je connais déjà la France, mais c'est ? différent de / d' ? vivre. **4.** ? le programme Voltaire m'intéresse. **5.** ?, je suis en 9e. Si on m'accepte, j'irai ? en classe de troisième en France. **6.** Plus tard, je passerai mon bac en Allemagne, mais ?, j'aimerais repartir en France pour ? faire mes études.

ensuite | sûrement | parce que / qu' | c'est pourquoi | en ce moment | donc

En forme
Parler

4 On y va? (G 5)

A *Vous parlez d'un projet de voyage. Faites le dialogue. Dans les réponses, utilisez le pronom **y** ou **en**.*

lieux, compléments avec **à** (choses) ⟶ **y**
compléments avec **de** ⟶ **en**

Exemple: **1.** Tu as parlé **de notre voyage** à tes parents? – Oui, nous **en** avons parlé hier.
2. Alors, quand est-ce qu'on va **à Strasbourg**? – On pourrait **y** aller en avril.

1. Tu as parlé **de** … parents? – Oui, nous … hier.
2. Alors, quand est-ce qu'on va **à** …? – On pourrait …
3. Qui s'occupe **de** …? – Je … demain.
4. On restera combien de jours **à** …? – On pourrait …
5. Tu t'intéresses **à** …? – Euh, mon père … beaucoup.
6. Il a déjà été **à** …? – Oui, … habité.
7. Il a **des livres** sur …? – … plusieurs.
8. Tu penseras **à** …? – Mais oui, …!

histoire | billet | voyage | Strasbourg | appareil photo | …

B *Traduisez les phrases. Utilisez **y** ou **en**.*

1. Ich überlege es mir.
2. Wir sprechen morgen darüber.
3. Da muss man hin!
4. Ich brauche es.
5. Ich denke oft daran.

avoir besoin **de** qc | réfléchir **à** qc | aller **à** | penser **à** qc | parler **de** qc

Médiation

5 Paris – Berlin in zwei Wochen

Dans un journal allemand, vous avez lu l'article suivant sur un voyage d'élèves de Paris à Berlin. Vous écrivez un courriel à votre correspondant(e) français(e) pour lui parler de l'itinéraire et pour lui expliquer ce que les participants vont faire pendant ce voyage et pourquoi ce voyage est important pour l'amitié franco-allemande. Ecrivez environ 100 mots.

1 400 Kilometer in zwei Wochen: Strampeln für die Freundschaft

1 400 Kilometer und 14 Etappen in nur knapp zwei Wochen. Das erwartet die Teilnehmer der deutsch-französischen Freundschaftstour. Bei der Fahrt setzen sich die Schülerinnen und Schüler aber nicht nur mit der Landschaft, sondern auch mit der Vergangenheit der beiden Länder auseinander: Gleich die zweite Station ist ein besonders geschichtsträchtiger Ort der deutsch-französischen Beziehung: Verdun. Im Ersten Weltkrieg kam es hier zu einer verheerenden Schlacht zwischen deutschen und französischen Truppen. Heute befindet sich auf dem ehemaligen Kriegsgelände eine eindrucksvolle Gedenkstätte, die die Schülerinnen und Schüler gemeinsam besuchen. [...]

Die Fahrt wird aber nicht nur zum Nachdenken anregen, sondern auch Freundschaften entstehen lassen. Denn wenn die 29 Radler in Berlin ankommen, haben sie zwei intensive Wochen miteinander verbracht und dabei einige Anstrengungen zusammen überstanden. Und das Wichtigste: Sie haben die Grenze, die so oft Anlass für Anfeindungen, Streitigkeiten und Kriege war, gemeinsam überwunden.

Autor(en): Joscha Faralisch; Verlag/Subverlag: Yaez Verlag GmbH, Stuttgart 2013

Ecouter

6 Les impressions de Théo

42

A *Ecoutez le texte une première fois, puis résumez le sujet en deux phrases.*

B *Ecoutez encore une fois, puis complétez les phrases suivantes.*

1. Théo veut passer l'Abibac …
a cette année. **b** dans un an. **c** dans deux ans.

2. Il a trouvé son correspondant …
a sur le site Internet de l'OFAJ.
b grâce à sa professeure d'allemand.
c dans un journal au CDI.

3. Dans sa famille d'accueil, il …
a dormait dans la chambre de Lukas.
b avait une chambre pour lui tout seul.
c avait une chambre et une salle de bains pour lui tout seul.

4. Théo aime bien …
a le petit-déjeuner français. **b** le petit-déjeuner allemand.
c les repas allemands.

5. Selon Théo, les élèves allemands sont …
a moins timides **b** plus sérieux
c plus indépendants que les élèves français.

6. A son retour, …
a il était content de retrouver son lycée.
b il a eu quelques problèmes avec l'école en France.
c il voulait tout de suite repartir en Allemagne.

Ecrire

7 Un accident

A *Décrivez la photo.*

ON DIT

Sur cette photo, on voit …
Au premier plan, on voit …
A l'arrière-plan, il y a …
Plus loin, …
A gauche, / A droite, / Au centre, …
Autour de …
A côté de … / Près de …
Devant … / Derrière …

B *Ecrivez un texte (environ 180–200 mots). Imaginez: qu'est-ce qui s'est passé, comment se sentent les personnes, qu'est-ce qu'elles pensent, qu'est-ce qu'elles vont faire?*

Des mots utiles

un accident ein Unfall
une moto ein Motorrad
endommagé(e) beschädigt
un casque ein Helm
par terre auf dem Boden

En forme **8** **Test: es-tu ouvert(e)?** (G 7)

*Voici le test qu'un psychologue propose dans le magazine Phosphore pour les ados. Complétez les phrases suivantes et mettez les verbes à l'**imparfait** ou au **conditionnel présent**, puis faites le test à tour de rôle.*

Es-tu ouvert(e)?

1. Si des cousins te (proposer) d'aller à un festival de théâtre, tu …
a (accepter) sans hésiter.
b (ne pas se décider) tout de suite.
c (préférer) rester chez toi.

2. Si tu (pouvoir) partir un mois en France pour faire un stage chez Airbus, tu …
a (partir) tout de suite.
b (réfléchir) avant de répondre.
c (ne pas oser) partir.

3. Si vous (avoir la chance), tes copains et toi, de participer à un voyage à vélo, tes copains …
a (pouvoir) compter sur toi.
b (ne pas avoir) ta réponse tout de suite.
c (devoir) partir seuls.

4. Si quelqu'un t'(offrir) un nouvel instrument de musique, peu de temps après,…
a on t'(entendre) jouer tous les jours.
b tu en (jouer) déjà moins souvent.
c on le (retrouver) sur Internet.

5. Si tes amis (se disputer) dans le bus, tu …
a (essayer) de les calmer.
b les (observer), mais tu (ne rien faire).
c (descendre) au prochain arrêt pour fuir la dispute.

6. Si tu (devoir) changer de collège, tu …
a (inviter) tout de suite les autres élèves à venir chez toi le week-end.
b (parler) à ta voisine / ton voisin de classe pour te faire un(e) nouvel(le) ami(e).
c (être) très malheureux / malheureuse et tu (rester) seul(e).

Résultats du test

Tu as surtout des a:

Bravo, tu es vraiment très ouvert(e)! Si un(e) ami(e) triste (venir) te voir, il / elle (repartir) sûrement très content.

Tu as surtout des b:

Tu es prudent(e), c'est bien, mais tu (pouvoir) être plus ouvert(e). Si tu (être) un peu plus dynamique et moins inquiet / inquiète, ça te (faire) du bien.

Tu as surtout des c:

Si on ne te (connaître) pas, on (pouvoir) te trouver très timide et fermé(e). Si je (devoir) te donner un conseil, je (dire) que tu dois plus t'ouvrir aux autres pour te sentir mieux dans ta vie.

Unité 4

Accros aux médias?

Mehr dazu nh23js

A *Décrivez les images: quelle est la relation entre les personnes? Que font-elles?*

44 **B** *Ecoutez la discussion chez la famille Courtois entre Loris, Lisa et leurs parents.*

1. Chez les Courtois, il y a une règle. Expliquez-la et dites pourquoi les Courtois l'ont créée.
2. Dans la famille Courtois, qui fait quoi sur Internet? Complétez le tableau.

Loris	Lisa	Mme Courtois	M. Courtois

3. Que proposent les parents à la fin de la discussion?

PORTFOLIO

Am Ende dieser Unité kannst du dich zum Thema „Medien und Medienkonsum" (kritisch) äußern, ein Video drehen und eine Filmkritik schreiben. Dazu lernst du u.a

- **das Verb *suivre*,**
- **das Verb *recevoir*,**
- **das *conditionnel passé*,**
- **den Konditionalsatz III *(la phrase conditionnelle III)*.**

Parler

Ados et médias en chiffres

78, 1

ADOS ET MÉDIAS EN CHIFFRES

92 % des adolescents français de 12 à 17 ans ont un smartphone.

89 % des adolescents pensent que le smartphone est indispensable pour les relations avec leurs amis.

78 % ont un compte sur les réseaux sociaux.

Les adolescents et le portable

78 % sont dépendants de leur portable.

28 % répondent tout le temps à leurs messages, jour et nuit.

20 % des collégiens utilisent leur smartphone au collège malgré l'interdiction.

17 % ont déjà envoyé des messages méchants ou des insultes.

En moyenne, les jeunes passent **3,8** heures par jour devant l'écran de leur portable.

Que font les jeunes de 11 à 18 ans sur les réseaux sociaux?

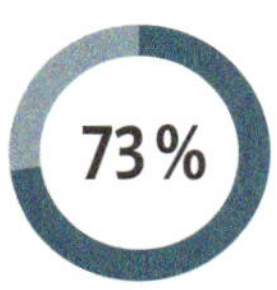

discutent avec des amis ou avec la famille.

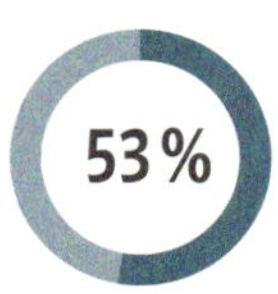

regardent des vidéos.

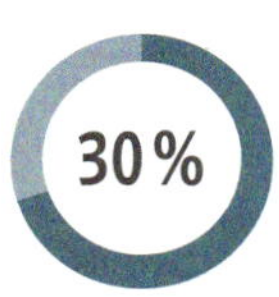

publient et partagent des photos / vidéos.

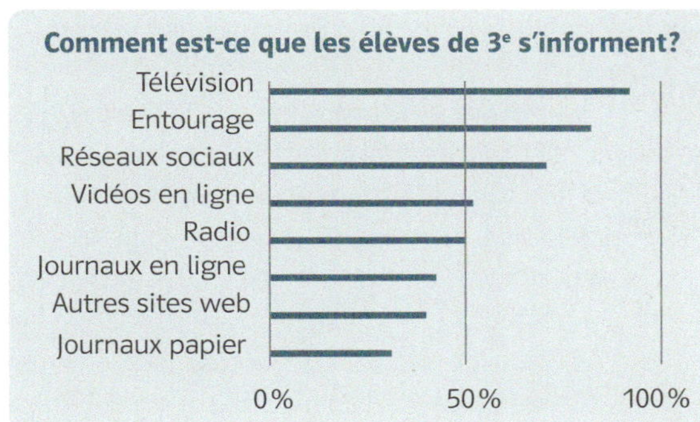

A *Lisez et présentez les statistiques. Pour préparer la présentation, relisez la stratégie et «On dit» page 37.*

B *Les médias et vous: prenez des notes, puis décrivez comment vous utilisez les médias. Les questions suivantes, les statistiques et le vocabulaire p. 178 peuvent vous aider.*

Mes appareils?
Mes activités sur Internet?
Mes activités sur les réseaux sociaux?
Mes activités sur mon portable?
Le temps que je passe en ligne?
Les émissions que je regarde à la télé?
Les livres / magazines que je lis?

Atelier A

1 Comment je suis devenue youtubeuse …

45 79, 2

1. «Je te préviens, Mathilde! Si tu ne ranges pas tout de suite ta chambre, il y aura des conséquences! Je te rappelle que nous recevons la visite de mamie ce soir.»
C'est avec cette phrase de son père que tout a commencé. Evidemment, Mathilde n'a pas rangé sa chambre. Elle a dit «oui, oui» et a continué à regarder en ligne une vidéo de Cyprien. Elle adore ses vidéos et imagine souvent la vie des youtubeurs: ils ne font que les choses qui leur plaisent et en plus, ils reçoivent de l'argent grâce à la publicité. Une heure plus tard, la porte s'est ouverte. «O.K., Mathilde, c'est toi qui l'as voulu! Tu aurais pu faire un effort, ça ne t'aurait pas tuée de ranger un peu. Tant pis pour toi!». Son père est allé vers elle, a pris son ordinateur portable et est sorti sans ajouter un mot! Mathilde est restée sur son lit avec le câble du portable à la main.

2. «Rhhhhhâ! Mon portable! Si j'avais su, j'aurais caché toutes mes affaires sous mon lit, comme d'habitude. Maintenant, je suis seule au monde dans ma chambre. Aidez-moi!» Voilà les premières phrases de la première vidéo que Mathilde a postée …
Si Mathilde avait rangé sa chambre, elle ne serait pas devenue youtubeuse. Elle a enregistré sa première vidéo sur son smartphone sans faire attention à la lumière ou à la qualité du son. Sans rien préparer, juste comme ça. Elle était très énervée et les mots sont venus tout seuls.

3. Ensuite, elle a commencé le montage: ça n'avait pas l'air difficile, mais pour cinq minutes de vidéo, il lui a fallu au moins trois heures. Finalement, Mathilde a mis sa vidéo en ligne. Pour cela, elle a dû créer une chaîne qu'elle a appelée «Mathilde chez elle».

Vis-à-vis

En France, les youtubeurs les plus populaires sont Squeezie, Cyprien et Norman. Si vous voulez en savoir plus sur eux, regardez pages 98 – 99. Quels sont les youtubeurs et youtubeuses connus en Allemagne?

4. A 18 heures, c'est sa mère qui est entrée dans sa chambre: «Mathilde, tu vas sortir d'ici, oui ou non? Ça fait déjà une heure que mamie est là! Si j'avais su, j'aurais dit à ton père de prendre aussi ton smartphone! Au fait, mamie reste manger aujourd'hui, alors avant le repas, on a le temps de faire un petit jeu de société! Un de ces petits moments en famille que tu adores, pas vrai ma chérie?»

Nooonnn!!! Sa mère sait qu'elle a horreur de ça. Mais finalement, Mathilde sourit. Sa prochaine vidéo parlera d'une partie de Scrabble en famille …

5. Pendant que Mathilde essaie de trouver un mot avec les lettres X - S - C - R - P - T - V, on a déjà liké la première vidéo vingt fois et le nombre n'arrête pas d'augmenter …

Tout à coup, Mathilde reçoit un coup de téléphone. C'est sa copine Leïla, qui est aussi excitée que Mathilde.

Leïla: Tu as vu tous les likes que tu as reçus pour ta vidéo? C'est fou!
Mathilde: Oui, j'y crois pas! Je reçois aussi plein de messages!

Lire
Ecrire
Parler

2 A propos du texte

→ En plus 127, 1+2

A *Résumez en trois à quatre phrases l'histoire de Mathilde.*

B *Expliquez …*
1. *… le problème entre Mathilde et son père.*
2. *… pourquoi la mère de Mathilde est aussi en colère.*
3. *… les deux réactions de Mathilde:*
   a Nooonnn!!! (l. 41) **b** Finalement, Mathilde sourit. (l. 42)

C *Imaginez …*
1. *… ce que Mathilde a dit dans sa vidéo.*
2. *… l'un des messages que Mathilde reçoit pour sa vidéo.*

D *Mathilde pense que les youtubeurs «ne font que les choses qui leur plaisent et en plus, ils reçoivent de l'argent grâce à la publicité». Est-ce que vous êtes d'accord? Quels pourraient être les aspects négatifs du «métier» de «youtubeur»? Justifiez votre réponse.*

En forme

3 Ils ont tout reçu. (G 8)

80, 4

Il y a beaucoup de choses qu'on peut recevoir. Complétez chaque phrase avec une forme du verbe ***recevoir*** *et un mot de la liste.*

cadeaux | cartes postales | réponse | lettre | messages | amis | médaille | likes

1 Elle est toujours contente quand elle ? une ? de son amie!

2 Quand nous ? des ?, j'essaie toujours une nouvelle recette.

3 L'année dernière, pour mon anniversaire, je / j' ? tellement de ? que je ne savais pas où les mettre.

4 Mes vidéos ne ? jamais beaucoup de ?.

5 Mon portable ne marche pas. Je ne ? plus de ?.

6 Je me demande quel sportif ou quelle sportive ? la ? demain.

7 Vous ? notre ? la semaine prochaine.

8 Avant, quand les amis partaient en voyage, on ? des ? du monde entier.

En forme

4 Tu aurais pu faire un effort! (G 9)

81, 5

A *Lisez les phrases suivantes. Quelle est la différence entre les phrases 1 et 2?*

1. Pourquoi est-ce que tu ne **ranges** pas ta chambre? Tu **pourrais** faire un effort, ça ne te **tuerait** pas de ranger un peu.
2. Pourquoi est-ce que tu n'**as** pas **rangé** ta chambre? Tu **aurais pu** faire un effort, ça ne t'**aurait** pas **tuée** de ranger un peu.

B *Comment est-ce que vous auriez réagi à la place de Mathilde? Et votre famille? Faites des dialogues. Changez de rôle à chaque phrase.*

Exemple: **A:** Mathilde n'a pas rangé sa chambre. Qu'est-ce que tu aurais fait à sa place?
B: Moi, j'aurais rangé ma chambre. / Moi, je n'aurais pas rangé ma chambre.

1. Son père a pris son ordinateur. Qu'est-ce que ton père …?
2. Ses parents se sont énervés. Qu'est-ce que tes parents …?
3. Mathilde et son père n'ont pas discuté. Qu'est-ce que …?
4. Mathilde n'est pas sortie de sa chambre. Qu'est-ce que …?
5. Plus tard, Mathilde a joué au Scrabble avec sa grand-mère. Qu'est-ce que …?

Ecouter

5 Mathilde chez elle

82, 7

A *Avant l'écoute: à votre avis, est-ce que Mathilde va continuer à avoir du succès avec ses vidéos? Pourquoi?*

46_1

B *Ecoutez et choisissez la/les bonne(s) réponse(s).*

1. Les abonnés de Mathilde …
a suivent ses posts. **b** écrivent des commentaires. **c** regardent ses vidéos.

2. Mathilde a fait une vidéo sur …
a l'athlétisme. **b** les cours à l'école. **c** sa meilleure amie.

3. Les chiffres montrent …
a le nombre de vidéos **b** le nombre d'abonnés. **c** le nombre de vues sur la vidéo.

46_2

C *Ecoutez le podcast de la radio locale sur Mathilde. Complétez les phrases avec les nombres qui manquent.*

→ En plus 128, 3 △

1. La scène se passe ? mois après la première vidéo.
2. Elle a fait ? vidéos.
3. Mathilde a ? abonnés.
4. On a regardé sa vidéo sur l'athlétisme ? fois.

En forme

6 Si Mathilde avait rangé sa chambre … (G 10)

81, 6

A *Comparez les trois phrases conditionnelles suivantes: quelle différence de sens y a-t-il?*

1. Si tu ne ranges pas tout de suite ta chambre, il y aura des conséquences! (l. 1–3 p. 70)
2. Si tu rangeais ta chambre, tu ne passerais pas ta vie à chercher tes affaires!
3. Si Mathilde avait rangé sa chambre, elle ne serait pas devenue youtubeuse. (l. 25–26 p. 70)

Si elle **range** …, elle **pourra** …
Si elle **rangeait** …, elle **pourrait** …
Si elle **avait rangé** …, elle **aurait pu** …

Diese Zeitenfolge kennst du schon von den if-Sätzen im Englischen.

B *Quelques semaines après la première vidéo, Mathilde raconte comment elle est devenue youtubeuse. Faites des phrases avec* ***si*** *et mettez le temps et le mode qui conviennent.*

→ En plus 128, 4 △, 128, 5

Exemple: **1.** Si j'avais rangé ma chambre, mon père n'aurait pas pris mon ordinateur.
2. Si mon père n'avait pas pris mon ordinateur, …

1. je / ranger ma chambre
2. mon père / ne pas prendre mon ordinateur
3. je / ne pas être en colère
4. je / ne jamais enregistrer la vidéo
5. vous, les fans / ne pas s'abonner à ma chaîne
6. mes parents et moi, nous / ne jamais discuter des vidéos
7. nous / ne pas trouver une solution
8. je / ne pas pouvoir continuer à faire des vidéos

Médiation
Ecrire

7 Les jeunes et les livres

A *Pour la journée mondiale du livre le 23 avril, le magazine Géo Ado lance un projet autour du thème «Les jeunes et les livres». Vous avez trouvé l'article suivant qui parle d'un sondage. Pour participer au projet, vous écrivez un commentaire. Résumez en environ 120 mots les résultats du sondage. Vous expliquez pourquoi lire est important et s'il y a des différences entre filles et garçons. Parlez aussi du rôle des nouveaux médias. Les mots indiqués peuvent vous aider.*

Kinder und Jugendliche lesen immer noch Bücher

Die Lesekompetenz gilt als eine der wichtigsten Schlüsselqualifikationen für einen erfolgreichen Bildungsweg. Doch nachdem in den vergangenen Jahren das Angebot an neuen Medien massiv angestiegen ist, wurde von Pädagogen und Eltern befürchtet, dass Kinder und Jugendliche verstärkt diese Angebote nutzen und das Lesen ins Hintertreffen gerät. Diese Meinung wurde nun jedoch von der JIM-Studie des Medienpädagogischen Forschungsverbundes Südwest gründlich widerlegt: […] Etwa 40 Prozent aller Jugendlichen nehmen außerhalb der schulischen Pflichten mehrmals pro Woche oder sogar täglich ein Buch zur Hand. […] Unterschiede bezüglich des Leseverhaltens wurden lediglich zwischen Mädchen und Jungs festgestellt. Denn während etwa die Hälfte der Mädchen regelmäßig ein Buch liest, macht dies nur jeder vierte Junge. Das tägliche Lesen gehört für etwa 22 Prozent der Jugendlichen zum täglichen Freizeitvergnügen, 80 Prozent lesen zumindest gelegentlich in einem Buch. Lediglich 19 Prozent der Jugendlichen lesen gar nicht, so die Ergebnisse der JIM-Studie. […]

Fantasy-	fantastique
die Phantasie	l'imagination *(f)*

Was bringt es, ein Buch zu lesen?

Die alte Weisheit, dass Lesen bildet, hat auch im 21. Jahrhundert ihre Gültigkeit nicht verloren. Aus pädagogischer Sicht wird durch das Lesen der aktive Spracherwerb gefördert. Das bedeutet: Kinder, die viel lesen, haben einen größeren Wortschatz, können sich zudem besser konzentrieren und entwickeln zudem eine größere Sozialkompetenz. Als weiteren positiven Aspekt fördert das Lesen die Urteilsfähigkeit und die geistige Eigenständigkeit des Kindes. Der wohl wichtigste Aspekt besteht aber darin, dass durch das Lesen die Phantasie des Kindes angeregt wird. […]

Was lesen Mädchen? Was lesen Jungs?

Dass Jungs nicht nur weniger lesen als Mädchen, sondern auch einen anderen Lesestoff bevorzugen, hat mehrere Gründe. So haben sie deutlich mehr weibliche als männliche Lesevorbilder. Unbewusst setzen Jungs das Lesen also mit „Mädchenkram" gleich, mit dem sie ab einem gewissen Alter nichts mehr zu tun haben wollen. […]

Ein weiterer Grund für ein unterschiedliches Leseverhalten besteht darin, dass sich Jungs meist sehr viel stärker für Technik interessieren als Mädchen. Sie widmen sich in ihrer Freizeit also lieber Neuen Medien wie ihrem Gameboy, dem Handy oder Computerspielen als Büchern. Falls Jungs aber doch zu Büchern greifen, lesen sie lieber Abenteuer- oder Fantasygeschichten, informieren sich über technische Dinge, Sport und verschiedene Spiele oder bevorzugen sachkundliche Bücher, etwa über Tiere oder Natur. [...]

Nach: https://www.praxis-jugendarbeit.de/jugendarbeits-blog/T66-Buch-lesen-Kinder-Jugendliche.html

B *Ecrivez un texte d'environ 120 à 140 mots sur vos habitudes de lecture.*

- Si vous aimez lire: combien de fois par semaine? Quand? Où? Quoi? Pourquoi?
- Si vous n'aimez pas lire: pourquoi? Qu'est-ce que vous préférez faire?

Atelier B

1 En direct du festival de Cannes

47 86, 11

Avant la lecture
Aimez-vous aller au cinéma? Pourquoi?

> **Vis-à-vis**
> Le festival international du film de Cannes est l'un des plus célèbres festivals de cinéma au monde. Le premier festival a eu lieu en 1946. Chaque année, on y présente des centaines de films et environ vingt films français et étrangers y sont en compétition. Un jury de professionnels du cinéma choisit le meilleur film qui gagne la Palme d'or.

1. Chaque année, l'OFAJ et la Semaine de la critique proposent à des jeunes Français et Allemands de se retrouver au festival de Cannes pour un atelier franco-allemand. Pendant trois jours, ils rencontrent des journalistes de cinéma. Ces professionnels leur parlent de leur métier et de leur passion pour le 7e art et leur apprennent à écrire des critiques de films. «Il y a 10 ans, les 15 – 19 ans allaient huit fois par an au cinéma. Maintenant, ils n'y vont plus que quatre fois par an. Alors moi, je suis content de rencontrer des jeunes qui adorent y aller et vont aussi dans les cinémas indépendants, où on propose d'autres films et invite parfois les équipes» explique Paul, journaliste.

Les jeunes qui participent à l'atelier ont pris au lycée une option cinéma où ils s'intéressent au rôle de l'image et du cinéma dans la société. «Nous suivons tous régulièrement l'actualité du cinéma» explique Nino, un des participants. Sur la Croisette[1], les jeunes ont la chance de monter les marches du Palais des festivals en smoking et robes longues. Après, ce sont les «vrais» stars qui suivent et se présentent sur le tapis rouge devant les photographes.

2. Pendant le festival, le groupe de jeunes suit plusieurs cérémonies en direct. Nino, de Nantes, et Berya, de Nuremberg, parlent des films qu'ils ont vus à Cannes.

Nino: Etre à Cannes, pour moi, c'est un rêve! Normalement, ce sont les comédies que je préfère, mais là, c'est un drame qui m'a beaucoup touché: le film d'animation *Les hirondelles de Kaboul*[2]. L'action se passe en Afghanistan en 1998. Les talibans occupent le pays et oppriment le peuple, surtout les femmes, mais un jeune couple essaie de se révolter et rêve d'un meilleur avenir. L'histoire est triste, mais le scénario est génial et j'ai eu un vrai coup de cœur pour ce film. Pour moi, c'est le film qu'il faut voir cette année!

1 **La Croisette** [lakʀwazɛt] Boulevard entlang der Küste, der als schönste Promenade von Cannes bekannt ist –
2 ***Les hirondelles de Kaboul*** [leziʀɔ̃dɛldəkabul] *Die Schwalben von Kabul*

Berya: Dans le groupe, c'est moi qui parle le moins bien français. Alors vous imaginez, écrire une critique de film? Mais j'ai suivi les conseils des professionnels et j'ai réussi aussi bien que les autres. J'étais très excitée à l'idée d'aller à Cannes. A cause des films, bien sûr, mais aussi à cause de l'ambiance, et aussi un peu à cause des stars …
C'est le film *Hors normes*[2] qui m'a beaucoup marquée. C'est une comédie dramatique qui raconte l'histoire de deux éducateurs. Ils travaillent avec des enfants et adolescents autistes et des jeunes qui viennent de quartiers défavorisés. C'est un film très drôle, mais il critique aussi la situation des handicapés. Et je trouve qu'on ne parle pas assez de ce sujet. J'ai beaucoup ri, et puis j'ai pleuré aussi. Le seul problème de ce film, pour moi, est que quand je suis les dialogues, je dois beaucoup me concentrer car les personnes parlent très vite!

Lire
Parler

2 A propos du texte

A *Complétez le texte avec les mots qui conviennent.* → En plus 129, 6

1. Les participants de l'atelier franco-allemand à Cannes peuvent découvrir le **?** de journaliste de cinéma, voir les grandes **?** du cinéma et regarder, bien sûr, des nouveaux **?** avant tout le monde. **2.** Après, il doivent écrire des **?**. **3.** Ces jeunes ont une vraie **?** pour le cinéma. **4.** Pour Nino, Cannes est **?**. **5.** Beyra, elle, a quelques problèmes en **?**, mais les **?** l'ont aidée. **6.** Pour la jeune Allemande, Cannes, ce sont les films, mais aussi les stars et **?**.

B *Recopiez le tableau dans votre cahier et complétez-le.*

	Les hirondelles de Kaboul	***Hors normes***
genre du film	…	*comédie dramatique*
personnages	…	…
sujet	…	…
avis	Nino: *film triste, mais …*	Beyra: …

C *Répondez aux questions et donnez plusieurs raisons.*

1. «Il y a 10 ans, les 15 – 19 ans allaient huit fois par an au cinéma. Maintenant, ils n'y vont plus que quatre fois par an.» (l. 8 – 9) Pourquoi, à votre avis?
2. Pourquoi est-ce intéressant d'aller dans les cinémas indépendants?
3. Pourquoi est-ce qu'«être à Cannes, c'est un rêve» pour Nino (l. 24)?
4. Est-ce que participer à cet atelier franco-allemand vous intéresserait? Pourquoi (pas)? Justifiez votre réponse.

2 hors normes [ɔʀnɔʀm] außergewöhnlich *(deutscher Filmtitel: „Alles außer gewöhnlich")*

En forme

3 Vous suivez? (G 11)

→ En plus 129, 7

89, 13

A *Dans les bulles suivantes, il y a des formes du verbe* ***suivre*** *qui manquent. Complétez les bulles, puis dites qui pourrait dire ces phrases.*

1. Mesdames et messieurs, ? -moi, s'il vous plaît!
2. Ah non, Emilie! Pourquoi est-ce que tu ne ? jamais mes conseils?
3. Oscar, arrête de dessiner et ? le cours!
4. Madame, ça va trop vite! Nous ne ? plus!
5. On adore cette série! On la ? depuis le début.
6. … des centaines de spectateurs ? la cérémonie!
7. J'espère que Léo ? la formation l'année prochaine!
8. A ton âge, je ? toujours l'exemple de mes parents!

B *Quelle bulle va avec quelle illustration? Expliquez votre choix.*

Chasse aux fautes

4 Les médias et moi

→ En plus 130, 8

Elisa a écrit un commentaire sur le sujet «Les médias et moi», mais elle ne l'a pas relu. Ses fautes sont soulignées. Corrigez-les dans votre cahier.

1. Le smartphone qui mes parents m'ont acheté est partie de ma vie. **2.** Il permet à moi d'aller dans l'Internet, de faire des photos, de regarder des videos, d'écouter _ musique et de communiquer avec mes amis sur les réseaux sociales. **3.** J'envois jusqu'à dix mille textos par moi et quand je réveille, la première chose qui je fais, c'est regardez mon smartphone. **4.** Mais je pense que je pouvrai aussi vivre sans. **5.** Je ne regarde prèsque jamais la télé, mais je suive des séries on ligne. **6.** Je ne vais pas dans le cinéma aussi. **7.** Lirer un livre? Ça m'arrive, mais je trouve _ je lis déjà assez à le collège et pour le collège!

STRATEGIE

Gewöhne dir an, einen von dir geschriebenen Text immer noch einmal **gezielt zu kontrollieren**. Dafür ist es besonders wichtig, im Vorfeld herauszufinden, **welche Fehler dir besonders häufig unterlaufen** und **warum du sie machst**. Lege dir dafür ein **Fehlerprotokoll** (siehe S. 150) an.
Konzentriere dich dann beim Kontrolllesen insbesondere auf **deine häufigsten Fehlerquellen** (z. B. Plural-s, Verbformen, Artikel, Pronomen …)

Lire
Parler

5 Parler d'un film

91, 15

A *Quel est le dernier film que vous avez vu? Est-ce que vous l'avez aimé? Pourquoi? Discutez avec votre partenaire.*

ON DIT

Pour parler d'un film

la fiche technique	**le sujet / le résumé**	**l'avis personnel**
le réalisateur / la réalisatrice les acteurs / les actrices le titre / la date de sortie / … le genre: une comédie / un drame / une comédie dramatique / un film policier / un film fantastique / un film de science-fiction / un film d'aventure / un film d'animation / un documentaire	C'est l'histoire de … Le film parle de … Il s'agit de … Dans la première scène, …	Le sujet est ennuyeux / intéressant / triste / drôle. Il y a du suspense. XX est super / fantastique dans le rôle de… C'est un bon / mauvais film. A mon avis, ça (ne) vaut (pas) le coup de …

B *Vous êtes en France et votre correspondant(e) vous propose de regarder un DVD. Lisez les résumés, regardez les couvertures et expliquez à votre partenaire quel film (ne) vous intéresserait (pas) et pourquoi.*

France 2015, M. Laurent, C. Dion, documentaire, 118 min
D'après une étude, une partie de la population mondiale devrait disparaître d'ici 2100. Les réalisateurs de *Demain* sont partis dans dix pays pour comprendre le pourquoi et le comment et surtout pour essayer de trouver des solutions. Education, énergie, économie, démocratie, agriculture: comment pourrait être le monde de demain?

France / Sénégal 2018, Philippe Godeau, comédie, 103 min
A 13 ans, Yao prend la décision de quitter son village. A Dakar, il veut rencontrer son idole, un acteur français avec des origines sénégalaises. Commence alors un voyage pendant lequel Yao et Seydou Tall apprennent non seulement beaucoup l'un sur l'autre mais aussi sur la vie en général.

France 2016, Rémi Chayé, film d'animation, 81 min
L'histoire se passe à Saint-Pétersbourg en 1882. Sacha, une jeune fille russe, se passionne pour les aventures de son grand-père, un grand explorateur. Ce dernier n'est jamais revenu de sa dernière expédition au pôle Nord. Sacha décide de partir dans le Grand Nord, à la recherche du célèbre bateau de son grand-père.

C *Pour la Semaine du film français de Munich, on cherche encore des films. Vous écrivez un courriel en allemand pour présenter ces trois films. Ecrivez 80 à 100 mots.*

On combine
Lire

6 Fan ou pas fan? Ça tweete!

A *Complétez les tweets avec les mots qui manquent et les mots indiqués.*

actualité | compétition | réalisateurs | critiquer | société
cérémonie | évènements | ennuyeux | centaines

1. Demain: Cannes! Enfin! C'est long, un an sans stars et sans ? rouge! Moi, ? ? accro ? festival. **@PetiteFan**

2. Génial: début ? festival international du film demain! Des ? de films avec des regards différents ? notre ? et 21 films en ? ! … **@cinéphil**

3. Le rendez- ? de mes artistes préférés: les meilleurs acteurs et ? ! Ça commence demain, ça commence à Cannes. Je vous dirai tout ? l' ? du festival et mes coups de ? de cette année, ? bientôt! **@potiche**

4. Un festival connu dans le ? entier … LE festival du ? art! Merci Cannes! **@LaCannoise**

5. Demain, première ? du festival de Cannes. Non mais ? blague: QUI ? souvient encore ? festival deux ans après! ? d'habitude, tout ça va être très ? ! **@mêmepasmal**

6. Et ? est reparti! Cannes, ses pseudo-stars, ses pseudo- ? , sa pseudo-importance … Bienvenue dans le bling-bling. Oui, on a ? droit de ? ce festival! **@jaimepascannes**

B *Lisez les tweets et dites qui aime le Festival de Cannes et pour qui ce festival n'est pas vraiment important. Justifiez votre réponse.*

Ecouter et
regarder

V6

Mehr dazu
nh23js

7 Comprendre un film

→ En plus 130, 9

A *Lisez la stratégie, puis regardez l'extrait du film.*

STRATEGIE

Comprendre un film

Vor dem Abspielen:
Seht euch das Filmplakat an und überlegt, um welche Art Film (welches Genre) es sich handelt und worum es gehen könnte.

Während des Abspielens:
- Wer spricht? In welcher Situation? Welche Informationen geben die Bilder?
- Gibt es Musik? Welche Stimmung drückt sie aus?
- Worüber wird gesprochen?
- Ihr müsst nicht jedes Wort verstehen. Versucht, den Inhalt aus dem Zusammenhang heraus zu erschließen (Thema, Situation, Bilder, Musik, Mimik und Gestik).

B *Est-ce que ce film vous intéresse? Justifiez votre réponse.*

Pratique: tâches

Parler
Ecrire

1 Le meilleur youtubeur

Vous faites un échange avec un collège qui a organisé un concours de vidéos en ligne et qui vous a demandé d'y participer. Le collège cherche le meilleur «youtubeur». Vous préparez votre vidéo en français pour ce concours.

A *Répondez individuellement aux questions suivantes.*

1. Sur quels sujets aimeriez-vous faire une vidéo? *Trouvez deux idées et prenez des notes.*
2. Quel genre de vidéo feriez-vous? (humoristique? journalistique? politique? avec de la musique?)

B *Travaillez à quatre: chaque élève présente ses réponses. Puis discutez des différentes idées pour la question 1 et mettez-vous d'accord sur un sujet.*

C *Ecrivez un texte pour votre vidéo, puis tournez-la et présentez-la en classe.*

PORTFOLIO

2 Ma critique de film

Pour la journée franco-allemande de ton collège, tu prépares une critique de film.

A *Choisis un film que tu as vu et que tu as beaucoup aimé. Prends des notes à l'aide de la stratégie à droite.*

B *Choisis sous quelle forme tu veux présenter ta critique (par exemple une critique «traditionnelle» écrite, une affiche ou un podcast), puis écris ton texte.*

STRATEGIE

Ecrire une critique de film

Eine Filmkritik besteht aus drei Teilen:
1. La fiche technique / La présentation du film
2. Le résumé
3. L'avis personnel

Weitere Informationen und Vokabular findest du auf den Seiten 78 und 179.

Mon dico personnel (⟶ Vocabulaire p. 179)

Il s'agit de …	Es geht um …
L'action se passe …	Die Handlung spielt …
Le film raconte l'histoire de …	Der Film erzählt die Geschichte von …
la date de sortie	der Filmstart
une bande-annonce	eine Vorschau
un réalisateur / une réalisatrice	ein Regisseur / eine Regisseurin
un acteur / une actrice	ein Schauspieler/ eine Schauspielerin
jouer un rôle	eine Rolle spielen
un personnage (principal) / des personnages (principaux)	eine (Haupt-) Figur / (Haupt-) Figuren
un héros / une héroïne	ein Held / eine Heldin
un scénario	ein Drehbuch
un décor	ein Bühnenbild
un dialogue	ein Dialog
la musique	die Musik
la mise en scène	die Regie(arbeit); die Inszenierung
un sujet d'actualité	ein aktuelles Thema
recommander qc à qn	jdm. etw. empfehlen

Bilan

1 Parler

Du kannst schon …

1. … jemanden fragen, ob sie / er einen Account in den sozialen Medien hat.
2. … sagen, dass du dich immer auf dem Laufenden hältst.
3. … sagen, dass du gerne Videos veröffentlichst und mit deinen Freundinnen und Freunden teilst.
4. … sagen, dass du dein Herz an etwas *(ein Buch)* verloren hast.
5. … sagen, dass du sehr aufgeregt warst.
6. … sagen, dass jemand sich angestrengt hat.
7. … sagen, dass es dir vor etwas *(Schulaufgaben)* graut.
8. … sagen, dass ein Freund von etwas *(Videospielen)* abhängig ist.
9. … sagen, dass du eine Internetseite abonniert hast.

Mehr dazu nh23js

Weitere Übungen findest du im Internet.

2 Ecouter

48

95, 2

A *Ecoute Antonin qui a participé à l'atelier franco-allemand à Cannes. Qu'est-ce qu'il a aimé? Nomme quatre aspects.*

B *Quelles informations est-ce qu'Antonin donne sur les points suivants? Copie le tableau dans ton cahier, puis écoute et note les informations dans le tableau.*

La ville:	
Le logement:	
L'ambiance dans le groupe:	
Les choses qu'il a faites pendant la journée au festival:	
Le programme des soirées:	

C *Pourquoi est-ce que c'était difficile pour Antonin de regarder un film à huit heures du matin?*

3 En forme (G 10)

Qu'est-ce qui se serait passé si Mathilde avait rangé sa chambre? Complète les phrases au temps qui convient.

96, 4

1. Si Mathilde **avait rangé** sa chambre, elle **?** (ne pas se disputer) avec ses parents. **2.** Si son père lui **?** (laisser) son ordinateur portable, elle **?** (ne pas avoir) l'idée de faire une vidéo. **3.** Si sa grand-mère **?** (ne pas être) là, Mathilde **?** (ne pas devoir) jouer au Scrabble. **4.** Si ses parents **?** (ne pas être d'accord), cela **?** (être) la fin de «Mathilde chez elle». **5.** Si Mathilde **?** (faire) plus de vidéos, elle **?** (avoir) des mauvaises notes au lycée.

Grammaire (Lösungen Seite 247)

G 8 je reçois, tu reçois ... : le verbe **recevoir**

Singulier		Pluriel	
je	re**çois**	nous	re**cevons**
tu	re**çois**	vous	re**cevez**
il / elle / on	re**çoit**	ils / elles	re**çoivent**

Impératif: Re**çois.** Re**cevons.** Re**cevez.**
Passé composé: j'ai re**çu**
Imparfait: je re**cevais**
Futur simple: je re**cevrai**
Conditionnel présent: je re**cevrais**

Complétez les phrases.

1. Je ? toujours beaucoup de likes pour mes vidéos.
2. Quand est-ce que tu ? une réponse?
3. Vous ? des invités? – Oui, nous ? mon oncle et ma tante.
4. Sacha ? un e-mail de son corres hier.
5. Les élèves ? une bonne note s'ils travaillent bien.

G 9 J'aurais dû rester à la maison. Le conditionnel passé

Cond. prés. avoir / être + participe passé			
j'	**aurais pu**	je	**serais venu(e)**
tu	**aurais pu**	tu	**serais venu(e)**
il / elle / on	**aurait pu**	il / elle / on	**serait venu(e)**
nous	**aurions pu**	nous	**serions venu(e)s**
vous	**auriez pu**	vous	**seriez venu(e)(s)**
ils / elles	**auraient pu**	ils / elles	**seraient venu(e)s**
... hätten gekonnt		*... wären gekommen*	

Au festival de Cannes, on discute.
Mettez les verbes au conditionnel passé.

1. Tu (pouvoir) m'attendre pour aller voir ce film. Tu (devoir) m'appeler!
2. Ils (ne pas répondre) aux questions des journalistes.
3. Vous (écrire) une critique intéressante!
4. Nous, les filles, nous (aller) à cette fête sur la plage.
5. Elle (sortir) tous les soirs avec le réalisateur.
6. Je / J' (vouloir) être un acteur.

G 10 Si tu étais venu plus tôt …: la phrase conditionnelle III

si-Satz	Hauptsatz
Si tu **étais venu(e)**, *Wenn du … wärst,*	on **aurait pu** travailler. *hätten wir … können.*
Si j'avais su, *Wenn ich … hätte,*	je **serais venu(e)**. *wäre ich gekommen.*
→ **Plus-que-parfait**	→ **Conditionnel passé**

*Qu'est-ce qui se serait passé? Faites des phrases avec **si** et le **conditionnel passé**.*

! Im si-Satz steht nie das Conditionnel! Denkt an den Apostroph bei **si + il(s) → s'il(s)**.

1. Si / Karim / dormir, / il / être / en forme.
2. Chloé et Julie / ne pas rentrer trop tard / si / elles / ne pas rester à la fête.
3. Si / on / apprendre l'allemand, / on / discuter avec eux.
4. Je / faire une randonnée / si / il / ne pas pleuvoir.
5. Si / tu / travailler plus, tu / avoir une meilleure note.

G 11 je suis, tu suis …: le verbe **suivre**

Singulier		Pluriel	
je	**suis**	nous	**suivons**
tu	**suis**	vous	**suivez**
il / elle / on	**suit**	ils / elles	**suivent**

Impératif:	Suis. Suivons. Suivez.
Passé composé:	j'ai sui**vi**
Imparfait:	je sui**vais**
Futur simple:	je sui**vrai**
Conditionnel présent:	je sui**vrais**
Conditionnel passé:	j'aurais sui**vi**

*Complétez les phrases avec le verbe **suivre**.*

1. Je **?** ma star préférée sur les réseaux sociaux.
2. On **?** le guide?
3. Il a **?** le conseil de son ami.
4. Nous **?** un cours de karaté.
5. Vous **?** cette rue jusqu'au carrefour.
6. Ils **?** une série à la télé.
7. Tu me **?** ? – Non, je ne comprends rien!

Unité 5

Mehr dazu s5t5h9

Versailles d'hier à aujourd'hui

53_1 Louis XIV a marqué l'histoire de France. C'est un roi très ambitieux qui veut faire de la France un grand pays. A 22 ans déjà, il décide de gouverner seul: «L'Etat, c'est moi!». Pour montrer sa puissance et la richesse de son pays, Louis XIV entreprend d'immenses constructions comme le château de Versailles.

1638 Naissance du futur Louis XIV.

1643 Mort de son père. Sa mère, Anne d'Autriche, gouverne à sa place.

1660 Mariage avec Marie-Thérèse, fille du roi d'Espagne.

A *Répondez aux questions.*

1. Pendant combien de temps …
   a) … a-t-on construit le château? b) … est-ce que le roi a gouverné?
2. Comment peut-on décrire Louis XIV?
3. Quel rôle jouait le français à l'époque de Louis XIV?
4. Que pensent les autres pays européens du château de Versailles?

Vis-à-vis

Versailles – qui ne connaît pas le nom du château le plus célèbre en France? Construit à la demande de Louis XIV, ce château d'architecture baroque se trouve à 20 km au sud-ouest de Paris et était la résidence officielle de trois rois de France: Louis XIV, Louis XV et Louis XVI. Cet endroit fascine les touristes du monde entier. Avec environ 7,8 millions de visiteurs par an, c'est un des lieux les plus visités en France. Y a-t-il des châteaux dans votre région? Racontez.

53_2 Louis XIV choisit de s'appeler le «Roi-Soleil». A sa demande, on décore toutes les portes de Versailles avec un soleil. L'Europe entière admire le château de Versailles, qu'on copie dans beaucoup de pays: en Allemagne, en Autriche, en Russie, en Espagne … A cette époque, le français devient la langue à la mode dans toute l'Europe.

1661 Louis XIV gouverne la France. Début de la construction du château de Versailles.

1682 Le roi et la cour quittent le Louvre et s'installent à Versailles.

1715 Mort de Louis XIV à Versailles.

PORTFOLIO

Am Ende dieser Unité kannst du über Schlösser sprechen und Informationen zum Schloss von Versailles und zu Ludwig XIV. in einem virtuellen Museum wiedergeben.
Außerdem lernst du u.a.
- **das Verb *s'en aller*.**

B *Si on vous proposait de visiter le château de Versailles près de Paris, est-ce que ça vous dirait ou pas? Justifiez votre réponse.*

Atelier A

1 Un château pas comme les autres ...

54 103, 1+2

BIENVENUE AU CHÂTEAU DE VERSAILLES!

Entrez dans le monde de Louis XIV et découvrez le château le plus célèbre du monde avec ses jardins magnifiques. Ici, tout est somptueux!

Un peu d'histoire

La construction du château de Versailles a duré plus de 60 ans. Louis XIV agrandit le petit château de chasse de son père et en fait un vrai château de conte de fées! 36 000 hommes et 6 000 chevaux sont nécessaires aux constructions que le roi entreprend. Ce n'est qu'en 1682 qu'il s'installe au château avec sa famille et ses 10 000 courtisans. Louis XIV veut être au centre du monde, comme le soleil. Il dépense beaucoup d'argent pour organiser des fêtes somptueuses et vit dans le luxe absolu.

Le château

Il a une façade de 680 mètres et compte 2 300 pièces, une chapelle et une grande terrasse qui donne sur un parc. A l'époque de Louis XIV, il y avait aussi une petite pièce pour les perruques et les bijoux, et même une chambre pour les chiens du roi.

La galerie des Glaces

La pièce la plus célèbre, connue dans le monde entier, est la galerie des Glaces, une grande salle avec 17 fenêtres et 357 miroirs pour donner plus de lumière. Au XVIIe siècle, la lumière et les fenêtres jouent un rôle important, et aussi la symétrie, les sculptures, l'or et les tableaux au plafond.

Le parc et les jardins royaux

Pour Louis XIV, les jardins étaient aussi importants que le château. A l'époque, il a créé un parc immense qui comptait 43 kilomètres de chemins, un grand canal de 1 650 mètres, des fontaines, des jeux d'eau, des forêts, des statues et sculptures, une orangerie et le potager du Roi qui nourrissait toute la cour. Il y avait même un labyrinthe!

INFORMATIONS PRATIQUES

HORAIRES: de 9 h à 18 h 30; ouvert tous les jours sauf le lundi.

VISITES: visite libre / visite guidée / activités et visites en famille; spectacles nocturnes (feux d'artifice, jeux d'eau) les week-ends d'avril à octobre.

TARIFS: accès au château: 20 € / gratuit pour les moins de 18 ans (moins de 26 ans pour les résidents de l'UE); accès au parc et aux jardins: gratuit sauf les jours de spectacles; visite possible en segway ou en petit train.

Réservation obligatoire pour les visites guidées en ligne ou par téléphone au + 33 (0) 1 30 83 78 00

Tarif: 10 € + billet d'entrée

Pour préparer votre visite:
téléchargez gratuitement l'application sur votre portable pour avoir accès à une carte interactive et à tous les audioguides.

Lire
Parler

2 A propos du texte

→ En plus 131, 1+2

A *Lisez les informations sur le château de Versailles et trouvez la / les bonne(s) réponse(s).*

1. Le château de Versailles est … **a** célèbre. **b** somptueux. **c** moche.
2. Versailles, c'était un château pour …
a aller à la chasse. **b** organiser des fêtes. **c** y vivre. **d** se défendre.
3. Pour les constructions de Louis XIV, on a eu besoin de …
a 36 000 hommes. **b** 6 000 chevaux. **c** 10 000 courtisans.
4. Au XVIIe siècle, il y avait une petite pièce avec des … **a** miroirs. **b** bijoux. **c** perruques.
5. Les choses typiques pour l'époque de Louis XIV sont …
a l'or. **b** les symétries. **c** les tableaux au plafond.
d la lumière. **e** les chapelles. **f** les sculptures.

B *Dans les jardins, qu'est-ce qu'on peut voir en relation avec …*
a l'eau? **b** l'art? **c** la nourriture?

C *Avec votre classe, vous voulez visiter le château. Lisez les informations pratiques et répondez aux questions.*

1. Qu'est-ce qu'il faut faire avant de participer à une visite guidée?
2. Est-ce que votre classe doit payer pour visiter le château? Pourquoi?
3. Quand est-ce qu'on ne peut pas visiter le château?

D *Si tu pouvais visiter Versailles demain, qu'est-ce que tu voudrais voir ou faire? Qu'est-ce qui t'intéresserait le plus? Pourquoi?*

Vis-à-vis

Versailles a toujours été un lieu important dans l'histoire:
- En 1789, à la Révolution française, le peuple, qui est très pauvre, se révolte et la famille royale doit fuir le château pour retourner à Paris.
- Guillaume Ier, le roi de Prusse, y est proclamé «empereur allemand» dans la galerie des Glaces en 1871.
- En 1919, on y signe, toujours dans la galerie des Glaces, le traité de Versailles qui met fin à la Première Guerre mondiale.

1

2

3

Ecouter et regarder
Parler

3 Bal masqué à Versailles

→ En plus 132, 3 △

V7

Mehr dazu s5t5h9

A *Regardez la vidéo «Bal masqué à Versailles» et prenez des notes pendant le visionnage. Puis répondez aux questions.*

1. Qu'est-ce qui se passe au château de Versailles? *Expliquez.*
2. Qu'est-ce qui se passait du temps de Louis XIV pendant les «soirées d'appartement»? *Racontez.*

B *Est-ce que vous aimeriez participer à cet évènement? Pourquoi?*

Parler

4 Vous pouvez m'aider?

→ En plus 132, 4 △ + 133, 5

Vous êtes en voyage scolaire à Paris. Lisez les deux situations suivantes et jouez-les avec votre partenaire: pour la situation 1, l'élève A joue le client / la cliente, l'élève B le vendeur / la vendeuse. Changez de rôle pour la situation 2. A la page 132, vous trouverez des expressions qui peuvent vous aider.

Situation 1: Un souvenir
Vous entrez dans la boutique de souvenirs du château de Versailles pour chercher un cadeau pour votre grand-mère.

Situation 2: Le chargeur perdu
Vous ne trouvez plus le chargeur de votre portable. Vous entrez dans un magasin pour acheter un nouveau chargeur.

On combine

5 Ma visite à Versailles

Justine est fan d'histoire de France, elle raconte. Complétez le texte avec les verbes au temps qui convient et avec les mots qui manquent.

La prochaine fois que ? parents et moi serons ? Paris, nous ? Versailles. Je trouve l'histoire du Roi Soleil ? et je rêve ? me promener dans les jardins et de ? la galerie des Glaces. Si j'avais vécu au temps de Louis XIV, je / j' ? (suivre) les travaux du château et qui sait, j' ? aurais peut-être habité ☺ …
J'aime imaginer comment on ? (vivre) à la cour. Je pense ? courtisans qui ? (suivre) tous les jours les activités ? roi, à ? les visiteurs de France et de l'étranger que Louis XIV a ? (recevoir), aux fêtes somptueuses ? ont eu lieu. Il y a aussi beaucoup d'évènements historiques qui ? (se passer) dans les murs ? château et je suis sûre qu'il y a de nombreux ? qu'on ne ? (connaître) jamais.

Atelier B

1 La journée du Roi-Soleil

55 107, 7

Avant la lecture

Comment est-ce que vous imaginez la vie de Louis XIV au château de Versailles? Qu'est-ce qu'il faisait toute la journée?

Jamais seul! Louis XIV est le centre de la vie du château. Il a un emploi du temps très strict et la cour doit suivre son rythme.

Tous les matins, le roi se lève à huit heures. Une demi-heure plus tard, une centaine de personnes vient assister à la cérémonie du Grand Lever[1]: les valets habillent et maquillent le roi.

Avant d'aller à la messe, Louis XIV traverse la galerie des Glaces où les courtisans l'attendent. C'est le seul moment de la journée où ils ont le droit de s'adresser au roi.

A onze heures, Louis XIV reçoit ses ministres pour une réunion. Il écoute leurs propositions et discute avec eux des affaires de l'Etat, comme par exemple des finances ou de la guerre. Mais à la fin, c'est lui qui prend toutes les décisions.

Les ministres s'en vont vers treize heures et le roi prend son repas. On installe une table dans sa chambre, car les salles à manger n'existent pas. Au menu, il y a des soupes, cinq à sept plats de viande ou de poisson et des desserts.

Vis-à-vis

Un(e) courtisan(e) est une personne qui fait partie de la cour et vit au château. Souvent, elle est issue de la noblesse. Elle doit plaire au roi et le flatter.

1 le Grand Lever [ləgʀɑ̃ləve] *Morgenempfang des Königs in seinem Schlafzimmer*

L'après-midi, le roi aime partir à la chasse ou se promener dans les jardins avec des dames de la cour. Toute la cour s'en va alors les suivre. Mais on ne peut entrer dans les jardins que si on est bien habillé.

A partir de dix-neuf heures, on s'amuse au château. Le roi joue au billard ou aux cartes avec les courtisans. Certains perdent beaucoup d'argent aux jeux. Souvent, le roi assiste à un concert de Jean-Baptiste Lully ou à une pièce de théâtre.

A vingt-deux heures, c'est le souper[2]. Le roi mange en famille avec la reine et leurs enfants. Mais ils ne sont pas seuls: une foule de visiteurs vient assister à ce spectacle.

Même la nuit, Louis XIV n'est jamais seul. Le valet dort dans la chambre du roi.

Lire
Parler

108, 8

2 A propos du texte

→ En plus 134, 6

A *Lisez la bande dessinée, puis faites l'emploi du temps de Louis XIV.*

matin	midi	après-midi	soir

B *Expliquez pourquoi Louis XIV n'avait pas de vie privée.*

C *Quel était le rôle …*
- *des valets?*
- *des courtisans?*
- *des ministres?*
- *des dames de la cour?*
- *des visiteurs?*

D *Si tu étais roi ou reine, qu'est-ce qui te plairait, qu'est-ce qui ne te plairait pas? Pourquoi?*

2 un souper [ɛ̃supe] ein spätes Abendessen

En forme

3 Le verbe s'en aller (G 12)

108, 9

A *Quelle personne de la cour pourrait dire les phrases suivantes? Et quand?*

1. Je ne m'en vais jamais, même pas la nuit!
2. Vous vous en allez dans la mauvaise direction, votre majesté!
3. Il est presque treize heures, allons-nous en.
4. Tu t'en vas déjà? – Oui, j'ai perdu beaucoup d'argent aux jeux.
5. Maintenant, il s'en va à la messe.
6. Va-t'en, je veux enfin être seul!

un / des courtisan(s) | une dame de la cour | un ministre | le roi | un valet

B *Voici des phrases que Louis XIV pourrait dire. Complétez-les avec le verbe **s'en aller**.*

Louis XIV s'adresse à …

1. … un courtisan: «Je ne comprends pas pourquoi mon valet ne **?** pas quand je dors.»
2. … un valet: «Donnez-moi mon dessert! Je ne **?** pas avant!»
3. … ses ministres: «Merci pour vos propositions! Maintenant, **?** et travaillez!»
4. … des courtisans: «Il est temps de s'amuser! Vite, vite, **?** !»
5. … sa femme: «J'ai fini de manger. Pourquoi est-ce que les visiteurs ne **?** pas encore **?** ?»
6. … un valet: «Vous avez déjà préparé mes affaires pour le Grand Lever. Alors maintenant, **?**, s'il vous plaît.»

Chasse aux fautes
Médiation

4 La mode à la cour

110, 12

A *Pour un projet sur la mode à la cour, un élève a écrit le texte suivant. Mais il a fait des fautes. Corrigez les mots soulignés dans votre cahier. Vous pouvez travailler avec la liste de la page 149.*

1. Au XVIIe siècle, on ne s'est lavait pas avec de l'eau. **2.** Pour ne _ sentir mauvaise, les courtisans se mettaient du parfum et ils changaient de vêtements plusieurs fois le jour: on parlait de «toilette sèche». **3.** Pour Louis XIV, son «look» était très importante. **4.** A l'âge de 30 années, comme il avait perdus ses chevaux, on a lui fabriqué des perruques. **5.** La cour devait suiver les modes des vetements et des coiffure de le roi. **6.** Les courtisans mettait aussi des perruques et les valets se maquillent avec du blanc, c'était chic à l'époque. **7.** Les femmes portaient des robes long avec un grand décolleté. **8.** Ses coiffures étaient compliquées et parfois très hautes. **9.** Le Roi-Soleil dansait très bon et il prendait aussi le rôle du sol dans les ballets du musicien Lully. **10.** On pourait se demander quand il avait le temps de governé.

B *Votre petit cousin de six ans vous rend visite et il découvre votre livre de français. Il regarde l'image, mais il ne comprend pas le texte. Expliquez-lui en allemand les informations que donne le texte sur la mode à la cour de Louis XIV.*

Médiation **5** **König Ludwig II. von Bayern und seine Schlösser**

→ En plus 134, 7

109, 11

Avec votre école partenaire en France, vous développez une page Internet sur les châteaux connus en France et en Bavière. Vous avez trouvé un article intéressant sur le Roi Louis II de Bavière et son château de Herrenchiemsee et vous voulez présenter ce château dans un article en français. Vous vous concentrez particulièrement sur les raisons de la construction et sur les points communs et les différences entre ce château et celui de Versailles. Ecrivez 120–140 mots.

Schloss Herrenchiemsee – das bayerische Mini-Versailles

König Ludwig II. von Bayern war nicht gerade für seine Bescheidenheit bekannt, ganz im Gegenteil. Nachdem er 1874 von einer Frankreichreise zurückgekehrt war, beschloss er, neben seinen Schlössern Neuschwanstein und Linderhof einen dritten Prachtbau errichten zu lassen.
Wie schon in der Vergangenheit orientierte er sich an französischer Architektur: Schloss Fontainebleau südlich von Paris, aber besonders Schloss Versailles dienten als Vorbild für sein neues Bauprojekt. Und das nicht ohne Grund: Ludwig II. von Bayern war ein großer Bewunderer seines Namensvetters Ludwigs XIV. von Frankreich und wollte diesem mit seinem Neuen Schloss Herrenchiemsee nacheifern.

Mit erstaunlichem Erfolg! „Original" und „Fälschung" lassen sich auf Bildern kaum auseinanderhalten, denn viele Elemente sind sowohl hier wie dort zu finden.
Die symmetrischen Fassaden in Richtung Garten lassen sich nur schwer voneinander unterscheiden und der nur teilweise fertiggestellte Schlosspark erinnert mit seinen berühmten Wasserspielen und Brunnen sehr an das französische Vorbild. Auch die Prunktreppen ähneln sich, denn der „Kini" (König) imitierte die Escalier des Ambassadeurs von Versailles. Einige Paraderäume in Herrenchiemsee übertreffen sogar die von Versailles: Das Paradeschlafzimmer Ludwigs II. ist wesentlich größer und prunkvoller dekoriert und der große Spiegelsaal ist mit einer Länge von 75 Metern ganze zwei Meter länger als das französische Original.
Diese Räumlichkeiten hatten allerdings reinen Repräsentationszweck, sie wurden nie vom König genutzt. Anders als dem Sonnenkönig war dem bayerischen Monarchen seine Privatsphäre äußerst wichtig. Sein Rückzugsort war eine Art Einliegerwohnung im Schloss, die im Wesentlichen aus Schlaf-, Arbeits- und Speisezimmer bestand, allerdings von dem Technikfan Ludwig II. mit einigen Raffinessen ausgestattet worden war. Vom Schlafzimmer aus gelangte man über eine Geheimtreppe zu einem luxuriösen Marmorbad. Warmluftheizung und elektrische Beleuchtung ermöglichten modernen Komfort. Das mechanisch betriebene „Tischleindeckdich" im Speisezimmer, auf das Ludwig XIV. in Versailles verzichten musste, ermöglichte dem menschenscheuen Märchenkönig ungestörte Mahlzeiten. Doch auch sein kleines Appartement bewohnte Ludwig II. nur wenige Tage.
Tragischerweise erlebte der „Kini" die Fertigstellung des Schlosses nicht. Zunächst ging ihm das Geld aus, dann starb er. Der Nordflügel, der vielleicht auch nur aus Symmetriegründen errichtet worden war, wurde nicht mehr ausgebaut und Herrenchiemsee blieb unvollendet.

Ecouter

6 Les châteaux de la Loire

56

A *Ecoutez les quatre scènes, puis dites quelle photo correspond à quel château. Justifiez votre réponse.*

1. Le château de Chambord
2. Le château de Chaumont-sur-Loire
3. Le château de Chenonceau
4. Le château de Villandry

Vis-à-vis

Dans la vallée[1] de la Loire, on trouve environ 3 000 châteaux entre Angers et Orléans. La plupart datent des XVe et XVIe siècles et sont de style Renaissance, une architecture très élégante grâce à des formes régulières et symétriques.

A

B

C

D

B *Ecoutez une deuxième fois les scènes et trouvez la / les bonne(s) réponse(s).* → En plus 135, 8 △ + 9 A

1. Chambord, c'est le château le plus … **a** grand **b** visité **c** haut **d** célèbre de tous.
2. A Chambord, il y a … **a** un escalier spécial. **b** des lacs. **c** un labyrinthe. **d** un jardin.
3. Les deux rivières ou fleuves qui se rencontrent à Chaumont sont …
   a le Cher et la Loire. **b** la Loire et le Rhône. **c** le Cher et le Rhône.
4. A Chenonceau, on peut faire **a** de l'escalade. **b** du canoë. **c** du saut à l'élastique.
5. On appelle le château de Chenonceau le «château des Dames» parce que …
   a les rois y invitaient beaucoup de courtisanes. **b** des dames y ont vécu.
6. On y trouve … **a** un labyrinthe. **b** un théâtre. **c** une orangerie. **d** une ferme.
7. A Villandry, il y a … **a** des jardins. **b** des cascades. **c** des aires de pique-nique.

Ecrire

7 Si j'étais roi ou reine …

→ En plus 135, 9 B △

Imaginez: vous êtes roi ou reine. Lequel des quatre châteaux choisiriez-vous pour y vivre? Justifiez votre choix et décrivez comment vous imaginez la vie dans ce château. Ecrivez 160 – 180 mots dans votre cahier.

1 une vallée [ynvale] ein Tal

Pratique: tâches

Ecrire
Parler

1 On réalise un audioguide.

A *Vous réalisez un audioguide en français pour les visiteurs d'un «musée virtuel» sur l'époque de Louis XIV. Choisissez parmi les sujets suivants le sujet qui vous intéresse le plus, puis faites un groupe avec les élèves qui ont choisi le même sujet.*

1. Une interview avec Louis XIV

2. Musique et théâtre

3. Le château de Versailles en chiffres

4. Les conditions de vie du peuple

B *Faites des recherches sur Internet et prenez des notes. Puis écrivez vos textes.*

C *Enregistrez maintenant vos textes. Vous pouvez utiliser votre smartphone.*

D *Cherchez et imprimez des images, puis mettez-les sur les murs de la classe.*

E *Ensuite, mettez tous les textes ensemble et visitez le musée avec votre audioguide et les autres groupes.*

PORTFOLIO

2 Au choix

Choisissez l'un des sujets suivants et écrivez un texte. Pour votre portfolio, illustrez votre texte. Vous pouvez aussi faire un diaporama.

1. *Choisissez un château en France ou en Allemagne qui vous plaît beaucoup. Faites des recherches sur ce château, puis présentez-le en classe. Le vocabulaire sur l'architecture p. 185 peut vous aider.*

2. *Comment se passeraient les journées du Roi-Soleil s'il vivait aujourd'hui? En classe, présentez sa vie au XXI*e *siècle.*

Mon dico personnel

Welche neuen Wörter und Ausdrücke sind dir bei der Bearbeitung deiner Aufgabe begegnet? Erstelle eine Mind-Map, wähle anschließend zehn Wörter aus und bilde mit jedem Wort einen Satz.

Bilan

1 Parler

Überprüfe, was du kannst! Vergleiche deine Lösungen mit den Lösungen auf Seite 247.

Du kannst schon …

1. … sagen, dass man das Schloss von Versailles auf Veranlassung von Ludwig XIV. gebaut hat.
2. … sagen, dass jemand sehr ehrgeizig ist.
3. … sagen, dass du zur Hochzeit deiner Cousine eingeladen bist.
4. … jemanden fragen, ob er / sie gerne Märchen liest.
5. … fragen, ob etwas wirklich notwendig ist.
6. … sagen, dass man eine App auf das Handy herunterladen kann *(für die Besichtigung von Versailles).*
7. … einem Freund / einer Freundin sagen, dass er / sie immer modisch gekleidet ist.

Mehr dazu s5t5h9

Weitere Übungen findest du im Internet.

2 Jeu de mots

114, 2

A *Dans cette unité, tu as appris des nouveaux mots et expressions. Trouve les mots qui vont ensemble et note-les dans ton cahier.*

être très	gouverner	ambitieux	tout seul
montrer sa	assister à une	l'argent du peuple	le luxe
s'informer sur	vivre dans	à un bal masqué	l'histoire du château
partir à	avoir accès au	une application de visite	pièce de théâtre
s'amuser	participer à	une visite guidée	puissance
télécharger	faire un tour	parc	la chasse
acheter un	dépenser	en petit train	billet

B *Quelles expressions de* **A** *décrivent Louis XIV et sa vie et quelles expressions décrivent les activités des touristes à Versailles?*

3 Chasse aux fautes

Mehdi a préparé une présentation sur Louis XIV, mais il a fait beaucoup de fautes. Corrige-les dans ton cahier.

115, 4

1. Louis XIV devient né à 1638. **2.** Après la mort du son père, sa mère gouverne à sa endroit. **3.** En 1661, avec vingt-trois ans, Louis forme son government. **4.** C'est aussi l'an du debut de la construction du chateau de Versailles. **5.** Louis choisie le soleil comme symbole et décide: «L'État, ces moi!» **6.** Il veut faire de la France une grande pays et il prend toutes les décision tous seul. **7.** En 1682, le roi et la cour quitte Paris pour s'installer dans le nouvel château ou Louis est le centre de la vie du château. **8.** Beaucoup des personnes ont le droite d'assister à ses activités: meme la nuit, un valet dorme dans sa chambre. **9.** En 1715, le Roi-Soleil mort a Versailles.

4 En forme / Jeu de mots

115, 3

*Dans un livre d'histoire français, tu as trouvé le texte suivant, mais il y a des mots qui manquent. Mets les verbes au **passé composé** ou à l'**imparfait** et complète le texte avec les mots suivants. Attention, il faut parfois trouver le bon verbe et accorder les mots!*

culturel | guerre | Révolution | habitant
immense | Roi-Soleil | social | luxe

1. A l'époque de Louis XIV, la France ? (devenir) le pays européen avec le plus grand nombre d' ? . **2.** Comme le roi ? (aimer) la musique, la danse et le théâtre, le château de Versailles ? connu comme le centre ? de l'Europe. **3.** Louis XIV ? (ne jamais s'en aller) du château sans sa cour. **4.** Il ? (organiser) aussi souvent des fêtes qui ? plusieurs jours! **5.** Pendant que le ? et les courtisans ? leurs journées dans le ? , le peuple français ? dans la pauvreté et ? (devoir) quand même donner beaucoup d'argent pour payer les projets ? du roi. **6.** Ensuite, des grands malheurs ? (marquer) le XVIIe siècle: un grand nombre de ? et des pandémies comme la peste ? beaucoup de gens. **7.** Puis, après la mort de Louis XIV, la France ? (connaître) des problèmes ? et des problèmes de finances – cela explique en partie pourquoi la ? française ? (commencer) en 1789.

Grammaire (Lösungen Seite 248)

G 12 je m'en vais, tu t'en vas . . . : le verbe s'en aller

Singulier		Pluriel	
je	m'en vais	nous	nous en allons
tu	t'en vas	vous	vous en allez
il / elle	s'en va	ils / elles	s'en vont

Impératif:	Va-t'en. Allons-nous-en. Allez-vous-en.
Passé composé:	je m'en suis allé(e)
Imparfait:	je m'en allais
Futur simple:	je m'en irai
Conditionnel présent:	je m'en irais
Conditionnel passé:	je m'en serais allé(e)

Le père de Sarah discute avec sa fille. Complétez les phrases.

1. – Reste ici, Sarah. Pourquoi est-ce que les jeunes ? toujours quand ils ont un problème?
2. – Ecoute, papa, ce n'est pas vrai! Moi, je ne ? jamais!
3. – Si, hier, quand on a parlé du collège, tu ? sans rien dire. Ne ? pas comme ça, s'il te plaît!
4. – Euh, d'accord. A l'avenir, je discuterai avec vous et je ne ? plus comme ça.

Mehr dazu 8rn5ti

Les YOUTUBEURS et YOUTUBEUSES préférés des ados français

Chaque mois, plus d'un milliard d'utilisateurs regardent des vidéos sur Youtube. Mais qui sont les youtubeurs et youtubeuses préférés des ados français et pourquoi est-ce que les jeunes sont accros à leurs vidéos? Parce qu'ils les font rire? Qu'ils leur donnent des conseils de mode ou de jeux vidéo? Ou parce qu'ils leur parlent de la vie quotidienne des jeunes? Nous vous présentons les cinq plus grandes stars sur Youtube et avons choisi des commentaires de leurs fans pour mieux comprendre leur succès. Si vous ne les connaissez pas, vous allez peut-être vous aussi devenir accro!

Identité: Lucas Hauchard
Spécialités: humour, gaming
15,5 Mio. d'abonnés
Autres activités: En 2019, il lance sa propre ligne de vêtements et il a sorti son premier album de rap en 2020.

Commentaires:

Be Happy JE VOUS JURE QUE J'ALLAIS VRAIMENT MOURIR DE RIRE!!!! (No joke)

Monkey M. Je ne joue jamais à des jeux vidéo, mais j'adore quand même tes vidéos parce que toutes les dix secondes, tu fais des blagues et tu exploses de rire. Trop cool, ce gars!

juju X Squeezie, il est toujours aussi drôle … depuis des années … Vous trouvez pas? 😂 🔥

Yona Ouh Il rigole tout le temps et il ne se prend pas au sérieux. 😂 😂

Identité: Cyprien Iov
Spécialités: humour, gaming
14 Mio. d'abonnés
Autres activités: Il est acteur, scénariste de films et de bandes dessinées et il a créé des jeux vidéo.

Commentaires:

Sana Chan Cyprien, j'adore tes vidéos! Tu me fais toujours rire quand tu parles des choses du quotidien. 😀

Iynzo JR Tu ne sors pas beaucoup de vidéos, c'est dommage, mais tes vidéos sont les meilleures.

Mouton Blanc La seule question est: «Comment est-ce qu'il a toujours des idées après tant d'épisodes?» ❤️ 😂

Pablo Le seul truc que je n'aime pas dans les vidéos de Cyprien, c'est qu'elle sont trop courtes.

Identité: Norman Thavaud
Spécialités: humour, parodie
12,2 Mio. d'abonnés
Autres activités: Il travaille aussi comme acteur.

Commentaires:

Chloé Losé Génial!!! J'adore le genre de vidéos que tu fais, un cocktail d'humour et de philosophie … super!

Tishacal 83 Super vidéo, vraiment, et en plus, le petit moment pour dire qu'il faut faire attention à la pollution, etc. est super important. Bref, continue comme ça!

Momo V C'est bien plus qu'une vidéo humoristique, bravo!

Nuage de Rose Y'a un message très fort pour la planète et en plus, de l'humour. J'adore! 🌍

Identité: Nathalie Odzierejko
Spécialités: humour, parodie, tutos de beauté
5,1 Mio. d'abonnés
Autres activités: Elle est actrice, écrivaine et elle a lancé sa marque d'accessoires de mode.

Commentaires:

miracle Natoo, la reine des jeux de mots!

Mon Pty Monde Quand t'es déprimé, tu regardes ses vidéos et après, «t'as le smile».

Aria-love J'ai ton livre, il est … trop bien!

Mathilde Quels jeux de mots incroyables … Mais on ne l'arrête donc JAMAIS!

Emily F. Natoo, t'es la meilleure. Cette vidéo m'a tellement donné le sourire!!!

Identité: Marie Amalia Cécile Lopez
Spécialités: vlogs, beauté, mode, cuisine
3,6 Mio. d'abonnés
Autres activités: Elle a sorti plusieurs livres, dont un roman et un livre de cuisine.

Commentaires:

Amélie Marie, comment tu fais pour avoir une peau SI belle? J'aimerais bien que tu nous montres!

Bright Day J'adore tes petits unboxings comme ça :) Merci pour cette magnifique vidéo!

Adèle Amarille Marie, est-ce que tu pourras faire une vidéo «j'essaie de créer mes propres cosmétiques»? Ça serait trop cooool!

Peaches J'adore te suivre dans ton quotidien.

A *Quelle définition va avec quel mot?*

1. un tuto
2. un unboxing
3. un vlog

a un guide pour apprendre à faire quelque chose
b une vidéo où le youtubeur parle de sa vie
c une vidéo où le youtubeur ouvre un paquet et présente quelque chose qui se trouve dans ce paquet

B *Lisez le texte. Qui est-ce? Parfois, ce sont plusieurs personnes. Justifiez votre réponse.*

1. ? fait beaucoup de vidéos parce qu'il est très créatif.
2. ? montre sa vie de tous les jours.
3. ? sait bien jouer avec la langue.
4. Ses fans trouvent que ? devrait faire plus de vidéos et des vidéos plus longues.
5. ? fait de la mode et de la musique.
6. ? joue dans des films et écrit des livres.
7. ? parle aussi de problèmes sérieux.
8. Ses fans demandent à ? des tutos de beauté.
9. Ses fans adorent surtout l'humour de ?.

C *Et toi, est-ce que tu suis des youtubeurs? Pourquoi (pas)? Justifie ta réponse.*

60

Enigme à Versailles

Le grand-père des jumeaux[1] Camille et Alex révèle[2] un secret à son fils avant de mourir. Ils décident de découvrir ce secret. Avec le code 1782 qu'ils trouvent sur l'ordinateur de leur père, ils réussissent à ouvrir le coffre-fort[3] de leur grand-père. Ils découvrent un plan sur une vieille feuille de papier. Sur ce plan, il y a une croix[4]. Mais que signifie[5] cette croix?
Au cours d'histoire sur le château de Versailles, Camille apprend qu'en 1782, un jardinier anglais, Alexander Brown, devient directeur du potager du Roi …

Quelques jours après, pendant le dîner.
– Nous savons, papa, que le secret tourne autour de ton lieu de travail, le potager du Roi.
– Nous savons aussi, continue Alex, que l'un de nos ancêtres[6] y a caché quelque chose.
– Le premier jardinier, dit Camille, de notre famille qui a travaillé en 1782 au potager s'appelait Alexander Brown.
– En français, dit Alex, Alexandre Brun. Tous les Brun, de père en fils, travaillent au potager du Roi.
– Pourquoi? demandent les jumeaux […].
[…] Monsieur Brun ne répond pas. […]

Un dimanche après-midi, […] Claire Brun, la mère d'Alex et Camille, écoute son émission de radio préférée: «Au fil de l'histoire». […] L'émission d'aujourd'hui parle du départ de la reine Marie-Antoinette du château de Versailles, au début de la Révolution française en 1789. Et l'émission raconte que la reine, juste avant de quitter Versailles pour Paris, a eu le temps de cacher un objet […]. Alex et Camille écoutent le podcast de l'émission.

60_2 PODCAST

Pour savoir si l'histoire est vraie ou si l'auteur l'a inventée, ils lui écrivent un courriel. L'auteur leur répond que sa pièce est une fiction, mais on suppose que Marie-Antoinette avait un amant[7] qui lui avait offert une montre[8] en or. Et cette montre a disparu. On ne l'a jamais retrouvée. On sait seulement qu'elle a existé. […]

Une chose est sûre maintenant, d'après les deux jeunes, c'est que le plan qu'ils ont trouvé dans le coffre-fort de papy Alexandre, est de la main de[9] leur ancêtre, Alexander Brown. C'est le jardinier de la reine Marie-Antoinette […] qui a mis une croix à l'endroit où il a caché le coffret[10]. La croix montre la Figuerie[11]. […]

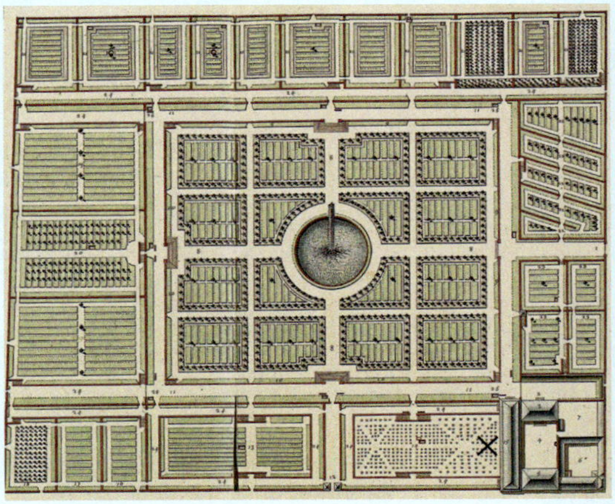

1 des jumeaux *(m.)* [deʒymo] Zwillinge – **2 révéler qc** [ʀevele] etw. offenbaren – **3 un coffre-fort** [ɛ̃kɔfʀəfɔʀ] ein Safe – **4 une croix** [ynkʀwa] ein Kreuz – **5 signifier** [siɲifje] bedeuten – **6 un ancêtre** [ɛ̃nɑ̃sɛtʀ] ein Vorfahre – **7 un amant** [ɛ̃namɑ̃] ein Liebhaber – **8 une montre** [ynmɔ̃tʀ] eine Uhr – **9 être de la main de qn** [ɛtʀdəlamɛ̃də] von jdm. stammen – **10 un coffret** [ɛ̃kɔfʀɛ] eine Schatulle – **11 la Figuerie** [lafig(ə)ʀi] das Gewächshaus für Feigenbäume

Les vacances de printemps arrivent. Alex montre le potager du Roi à quelques groupes de touristes pour gagner un peu d'argent de poche. [...] Un jour, Alex entend le directeur qui parle à son père. Il lui dit qu'il va y avoir des travaux dans la Figuerie ...

Le même soir, à table.
– [...] J'aimerais bien acheter un coffre-fort. Il faut mettre les affaires de mon père en sécurité ici.
Au mot «coffre-fort», les jumeaux [...] écoutent très attentivement[12][...].
[...] Après le repas, les jumeaux se retrouvent dans la chambre de Camille. Ils viennent de comprendre que leur père va installer un coffre chez eux parce qu'il va y avoir des travaux à la Figuerie. [...] Et les jeunes connaissent déjà le code: «1782»! [...]

Une semaine après les vacances de printemps, le coffre-fort est installé. La grande question, évidemment, que les jumeaux se posent, c'est de savoir si leur père y a caché l'objet [...]. Et si cet objet est la montre de Marie-Antoinette. [...]
Enfin, un samedi soir, madame et monsieur Brun prennent le train pour aller à Paris, à l'opéra Bastille[13]. [...]

Un quart d'heure après le départ des parents, Camille et Alex entrent dans la chambre des parents et font le code sur le coffre-fort qui se trouve dans la penderie[14]: 1 ... 7 ... 8 ... 2 ...

– Il s'ouvre! crie Alex, tout excité. [...] Tu vois quelque chose?
– Euh ... des papiers, ... des passeports, ... [...] et un vieux carton [...].
– Un vieux carton?! dit Alex. Sors-le. Regardons s'il y a quelque chose à l'intérieur.
Les jumeaux sortent du vieux carton un joli petit coffret en bois. Camille l'ouvre tout doucement[15]. Et, elle et son frère, découvrent [...] la montre de Marie-Antoinette. Cette montre qui a disparu et que le monde entier cherche depuis plus de deux siècles. Cette montre qu'on appelle aujourd'hui la «Marie-Antoinette».

– J'ai pas de mots, tellement c'est beau, dit Camille. [...]
Les jumeaux restent de longues minutes, sans rien dire, devant la montre. [...]
– Qu'est-ce qu'on fait? demande Alex.

Koesten, Léo: Enigme à Versailles, p. 100 – 101 © Ernst Klett Sprachen GmbH, Stuttgart 2011

12 attentif / attentive [atɑ̃tif/atɑ̃tiv] aufmerksam – **13 l'opéra Bastille** [lɔpeʀabastij] *berühmte Oper in Paris* – **14 une penderie** [ynpɑ̃dʀi] ein Kleiderschrank – **15 doux / douce** [du/dus] sanft; vorsichtig

Mehr dazu 8rn5ti

A *Lisez le texte, puis répondez aux questions.*

1. Qui est Alexander Brown et quelle est sa relation avec la famille Brun?
2. Qu'est-ce que Camille et Alex trouvent dans les objets suivants: le coffre-fort du grand-père, le coffre-fort du père, le carton, le coffret?
3. Où est le coffre-fort du père? Où était le coffret en 1789?

Pour connaître la fin de l'histoire, allez à la page 253.

60_2

B *Réécoutez le podcast, puis répondez aux questions et choisissez la bonne solution. Ensuite, vérifiez vos réponses à l'aide du texte p. 253.*

1. Pourquoi est-ce que le peuple est en colère? Que veut-il?
2. Marie-Antoinette demande au jardinier ...
   a de lui offrir un cadeau.
   b de cacher un coffret.
   c de quitter Versailles.
   d d'acheter du pain.

C *A ton avis, que vont faire Camille et Alex? Et qu'est-ce que tu ferais à leur place?*

Unité 6
Au camping en Suisse

Mehr dazu h4bc56

Vous aimez la montagne?
Ou est-ce que vous préférez avoir les pieds dans l'eau?
Pour avoir les deux, venez en Suisse!

Les montagnes dans la région de Berne

A *Quels sont les cinq premiers mots qui vous viennent à l'esprit quand vous pensez à la Suisse? Prenez des notes, puis comparez vos réponses en classe.*

B *Est-ce que vous êtes déjà allé(e)s en Suisse? Si oui, où est-ce que vous êtes allé(e)s? Qu'est-ce que vous avez fait? Racontez. Si non, est-ce que vous auriez envie de visiter la Suisse? Pourquoi?*

Vis-à-vis

La Suisse a une superficie de 41285 km² et compte environ 8,6 millions d'habitants. Les Alpes occupent plus de la moitié du pays et le Jura forme la frontière avec la France. C'est en Suisse qu'on trouve les plus hautes montagnes et les plus grands glaciers d'Europe. Le pays compte aussi 1500 lacs. Les plus grandes villes sont Zurich, Genève, Bâle, Lausanne et Berne, la capitale. La Suisse ne fait pas partie de l'Union européenne et a sa propre monnaie, le franc suisse.

Genève et le lac Léman

PORTFOLIO

Am Ende dieser Unité kannst du
- **dich mit anderen einigen,**
- **ein Ausflugsprogramm erstellen,**
- **ein Fest organisieren,**
- **über deine Erlebnisse berichten.**

Approche **1**

Les langues en Suisse

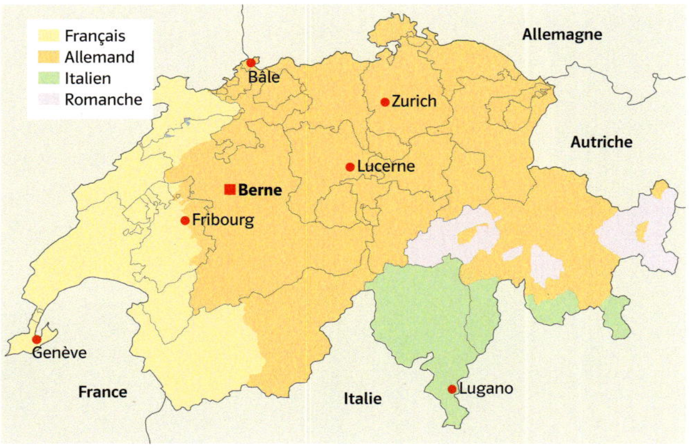

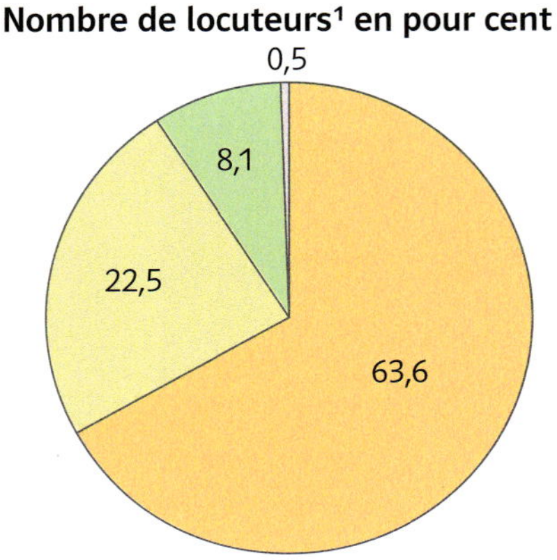

Vis-à-vis

En Suisse, on parle quatre langues, qui sont les quatre langues officielles du pays: l'allemand dans le nord et le centre, le français dans l'ouest, l'italien dans le sud et le romanche dans l'est. Le romanche est une langue régionale comme l'occitan en France.
Dans la région germanophone, on parle le «Schwyzerdütsch», le suisse allemand. La frontière entre la Suisse francophone et allemande s'appelle le «Röstigraben», du nom du plat typique de la Suisse alémanique. Il y a aussi des cantons bilingues comme Berne ou Fribourg où on parle français et allemand.

Le rösti, un plat typique de la Suisse

Regardez la carte et les statistiques et lisez le texte. Vrai, faux ou pas dans le texte? Si c'est faux, corrigez.

1. Chaque Suisse parle quatre langues.
2. Le romanche est une langue régionale et pas une langue officielle.
3. Presque deux tiers des Suisses parlent allemand.
4. On mange le rösti seulement en Suisse alémanique.
5. On parle français dans l'est de la Suisse.
6. Fribourg se trouve dans une région où on parle français et italien.
7. Il y a plus de locuteurs qui parlent romanche que de locuteurs qui parlent italien.
8. La Suisse francophone a des frontières avec la France et l'Italie.

---

1 **un locuteur** [ɛ̃lɔkytœʀ] ein Sprecher

eu de mots

2 Quand les Suisses parlent français …

Alexandre de Paris raconte son séjour chez son ami Nathan en Suisse. Il utilise des mots et expressions qui sont typiques du français en Suisse. Cherchez les mots correspondants en français standard dans la liste à droite et écrivez une liste «bilingue».

1. Je savais bien que les Suisses utilisent des mots et expressions assez drôles comme septante, huitante ou nonante. **2.** Mais quand je suis arrivé chez Nathan à Lausanne, j'ai remarqué que les mots suisses ne sont pas toujours faciles à comprendre. **3.** D'abord, Nathan m'a présenté à son vattre et à sa mouttre. **4.** «Ça joue? Tu n'es pas trop fatigué?» m'a demandé Mme Nusslé. **5.** «Tu sais, trois ans en arrière, nous sommes allés à Paris et nous avons trouvé le voyage très long! Et puis …» **6.** «Oh, qu'est-ce que tu nous basotes là?» a dit Nathan. **7.** Il m'a montré ma chambre: «Laisse ton rucksack, ici … et voilà la chambre de bains. **8.** Tu as faim? Le dîner est prêt.» **9.** J'étais surpris: il était midi et demi! «Non, ce n'est pas un witz: le matin, on prend le déjeuner et le soir, le souper.» **10.** Pendant le repas, Nathan m'a parlé de son école: il va au gymnase où il va passer sa maturité dans deux ans pour faire des études à l'université après. **11.** L'après-midi, on a voulu faire un tour en ville. «Si vous rentrez tard, appelle-moi. Tu as ton natel?» a demandé sa mère. **12.** Et Nathan a répondu: «Oui, c'est en ordre.»

petit-déjeuner · bac · lycée · dîner · Ça va? · d'accord · soixante-dix · déjeuner · sac à dos · blague · raconter · il y a … · portable · quatre-vingts · quatre-vingt-dix · père · salle de bains · mère

3 Des vacances en Gruyère

61
121, 1

1. Cette année, Léandre Rousseau et sa mère Amélie ont décidé de passer leurs vacances au lac de la Gruyère en Suisse. Comme Léandre aime l'eau et sa mère la montagne, la région de la Gruyère était un très bon compromis. C'est la première fois qu'ils font du camping. D'abord, Léandre voulait dormir dans une tente, mais Amélie a décidé de louer un mobile home pour éviter de partager les toilettes avec les autres campeurs …

Après quelques jours passés au camping et à la plage du lac où Léandre a pu faire du paddle, Léandre et Amélie veulent découvrir la région de la Gruyère. Voilà les photos et le texte que Léandre a partagés sur son blog.

2. Ce matin, on a commencé notre journée à Broc, où nous avons visité la plus ancienne chocolaterie de Suisse, la maison Cailler, qui existe depuis 1898. Dans le musée interactif, on a découvert l'histoire de la famille Cailler, des autres grands noms du chocolat suisse, et du cacao à travers les siècles. Chaque salle sentait le chocolat!
Puis on nous a montré comment on fabrique le chocolat et à la fin de la visite, il y avait une petite dégustation où on pouvait goûter tous les produits de la maison Cailler. Miam, c'était délicieux! Moi, j'avais le ventre plein! J'aimerais bien revenir pour participer à un atelier où on peut créer ses propres chocolats.

3. L'après-midi, nous nous sommes promenés dans le village médiéval de Gruyères et nous avons visité son château. Puis nous sommes allés à la «maison du gruyère», une fromagerie de démonstration[1] où on fabrique jusqu'à 48 meules[2] de gruyère par jour! On découvre le musée à travers les cinq sens: on entend des sonnailles[3] et le bruit du torrent[4], on sent les odeurs de la nature et du fromage, on touche des herbes et la peau des vaches, on regarde des objets, images et vidéos qui expliquent comment on fabrique le fromage, et on goûte le gruyère, bien sûr!

4. Le lendemain, nous sommes montés sur le sommet de la montagne du Moléson en funiculaire. En haut, à 2000 mètres d'altitude, quelle vue incroyable sur les montagnes en Suisse, en France et en Italie! Le midi, nous avons mangé une fondue au fromage dans un vieux chalet de montagne. C'est un plat typique qu'on a créé au XVIIIe siècle pour utiliser les restes de fromage et de pain. Pendant le repas, le propriétaire du chalet nous a raconté qu'en septembre, il y a un évènement à ne pas rater: la célèbre «désalpe[5]» de Charmey, une fête traditionnelle où les vaches qui ont passé l'été dans les montagnes redescendent dans la vallée. Cette fête rappelle qu'à la fin du XVIIIe siècle, on fabriquait déjà 14000 meules de gruyère par an dans les montagnes de Charmey!

---

1 une fromagerie de démonstration [ynfʀɔmaʒʀidədemɔ̃strasjɔ̃] eine Schaukäserei – **2 une meule** [ynmøl] ein Käselaib – **3 une sonnaille** [ynsɔnɑj] eine Kuhglocke – **4 un torrent** [ɛ̃tɔʀɑ̃] ein Gebirgsbach – **5 la désalpe** [ladezalp] *(Suisse)* der Almabtrieb

Lire

4 A propos du texte

A *Qu'est-ce qu'on peut faire dans la région de la Gruyère? Recopiez le tableau dans votre cahier et complétez-le.*

Lieu	Activités
Le village de …	(1) (2) *dégustation de …* (3) *création …*
Le village de …	(1) (2) *découverte …* (3)
La montagne de …	(1) *montée …* (2)
Le village de …	(1)

B *Répondez aux questions.*

1. Pourquoi est-ce que Léandre et sa mère passent leurs vacances en Suisse et pourquoi est-ce qu'ils louent un mobile home?
2. Qu'est-ce qui a plu à Léandre à la maison Cailler?
3. Pourquoi est-ce que le musée de la «maison du gruyère» n'est pas un musée comme les autres?
4. Pourquoi est-ce intéressant de monter sur la montagne du Moléson?
5. Quelle est l'origine de la fondue au fromage?
6. Qu'est-ce que c'est, la «désalpe»? *Expliquez.*

Ecouter

5 Elias Läderach, le meilleur chocolatier du monde

→ En plus 136, 1

62 **A** *Dans un podcast, on parle du concours du «meilleur chocolatier du monde» et du gagnant, Elias Läderach. Ecoutez ce podcast et complétez les phrases avec les bons chiffres.*

De l'art ou du chocolat?

1. Le premier *World Chocolate Masters* a eu lieu en **?**. **2.** **?** chocolatiers participent à ce concours et montrent leur savoir-faire pendant **?** jours. **3.** Elias est devenu *Suisse Chocolate Master* en **?** et *World Chocolate Master* en **?**. **4.** Son grand-père a fondé la chocolaterie Läderach en **?**.

B *Répondez aux questions.*

1. Comment expliquez-vous la phrase: «Elias est tombé dans le chocolat quand il était petit»?
2. Pourquoi est-ce qu'Elias ne voulait d'abord pas devenir chocolatier et pourquoi a-t-il changé d'avis?

Chasse aux fautes

6 Des super vacances en Suisse

Le soir, Léandre écrit un courriel à son meilleur ami Paul. Comme il écrit vite, il n'a pas fait attention et il a fait quelques fautes. Corrigez les fautes soulignées dans votre cahier.

Salut Paul,
1. J'espère tu passes des bons vacances. **2.** Ici, en la Suisse, c'est super! **3.** Hier, on a parti pour découvrir les spécialité de la Suisse. **4.** J'ai en mangé beaucoup, surtout du chocolat, mais aussi beaucoup du fromage. **5.** Le soir, j'y avais le ventre plein! Demain, je participais à un stage de voile. **6.** Ça fait long que j'en rève. **7.** Et le soir, nous iront à la fête du fromage. **8.** Tu sais qu'en début, je ne voulais pas aller en Suisse. **9.** Mais si j'aurais su que la Suisse est tellement beau, je n'aurais pas discuté à ma mère devant de partir. **10.** Et tu, comment se sont passés tes vacances? **11.** Tu as visité ta grand-mère? **12.** Maintenant, je dois m'aller, je viens de reçevoir un coup de téléphone de mon père.
Bises, Léandre

Médiation
Parler

7 La fête du fromage

Au camping, vous avez rencontré une famille française qui veut vous accompagner à la fête du fromage. Elle veut savoir: où et quand a lieu la fête? Quel est le programme et qu'est-ce qu'il y a comme spécialités? Qu'est-ce qu'on peut encore faire à cette fête?

Geniessen Sie am Käsefest ein festliches und kulinarisches Ambiente. Die kostenlose Veranstaltung findet im Zentrum des mittelalterlichen Städtchens Gruyères statt.
Die 18. Ausgabe des traditionellen Käsefestes findet am 1. Sonntag im Mai in der Grafenstadt Gruyères statt. Entdecken Sie gute Produkte und erleben Sie einen angenehmen Tag mit Familie und Freunden. Auch dieses Jahr werden mehrere Käser aus der Westschweiz und jenseits des Röstigrabens am Käsemarkt im Zentrum des Städtchens teilnehmen. Es werden ebenfalls Kunsthandwerker anwesend sein, die Ihnen typische Traditionen der Region näher bringen werden. Sie können wie jedes Jahr die Käseherstellung vor Ort beim Restaurant *Maison des traditions* bewundern. Die Alphornbläser der Gruppe *Compagnons du cor* werden für passende Stimmung sorgen. Eine weitere Gruppe aus der Region wird das musikalische Angebot an diesem Tag abrunden. Während des gesamten Tages können die Besucher [...] ein Fondue aus Alpkäse verkosten. [...] Kombinieren Sie diesen Tag in Gruyères mit einer Besichtigung des Schlosses Greyerz, des Tibet Museums oder des HR Giger Museums.

Quelle: https://www.la-gruyere.ch/de/P7042/kaesemarkt-in-gruyeres, Zugriffsdatum: 07.01.2021.

Parler

8 Faire du camping, ça te dit?

125, 4

Cette année, pendant les vacances d'été, votre famille va faire du camping en Suisse. Vous demandez à un ami s'il a envie de venir avec vous. Lisez sa réponse à droite.

Je veux bien passer quinze jours avec toi, mais le camping, ça ne me dit rien. Ce n'est pas confortable et c'est sûrement ennuyeux!

Travaillez à deux. L'élève A joue le rôle du garçon à droite, l'élève B essaie de le convaincre. Utilisez au moins quatre expressions de «On dit».

ON DIT

Donner son avis:	A mon avis, ... / Je pense que... Pour moi, ...
Répéter:	Tu viens de le dire, ... Tu as dit que ...
Poser des questions:	Comment est-ce que ... ?
Faire des objections:	D'un côté, tu as raison, de l'autre, je pense que ... D'accord, mais ... A mon avis, ce n'est pas exact parce que ...
Faire des propositions:	On pourrait ... Je propose de ...
Argumenter:	La raison, c'est que ...

Approche **9**

Tâche: «se débrouiller au camping»

x

Faites des groupes de quatre. Choisissez l'une des tâches des pages 110 à 115. Chacun choisit un personnage. Ensuite, créez votre personnage dans l'exercice 9. Jouez votre personnage et discutez pour chercher des solutions à votre problème, puis écrivez un texte en groupe. «Mon dico personnel» page 191 peut vous aider. Vous pouvez filmer les discussions. Après les tâches au choix, passez à la tâche finale page 116.

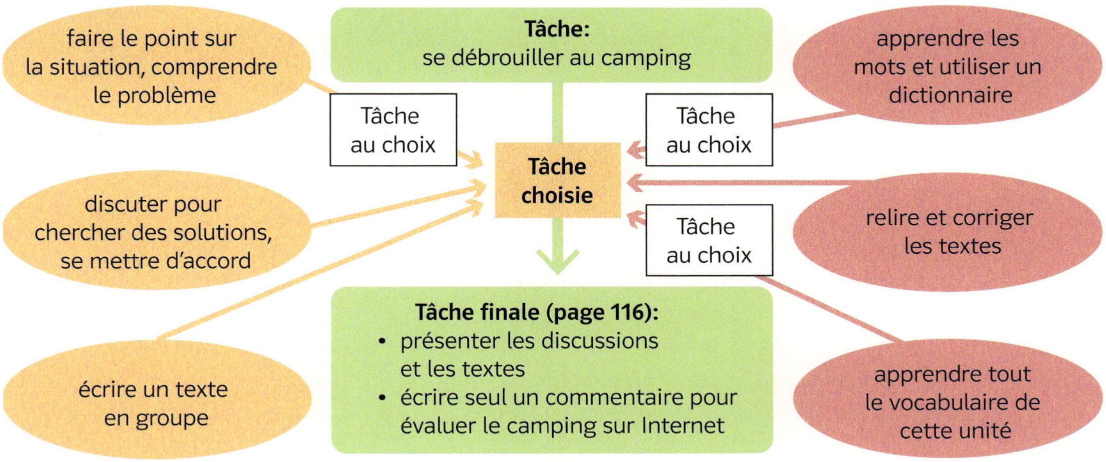

Ecrire **10**

Créez votre personnage.

→ En plus 136, 2

126, 5

Ecrivez un texte pour faire le portrait de votre personnage.
Pour votre tâche, vous vous mettrez dans la peau de ce personnage.

STRATEGIE

So könnt ihr **eure Figur** erschaffen. Erfindet …	Notiert Stichworte, zum Beispiel:
1. ihre Personalien: – Name + Alter (siehe *tâche*) – Adresse – Beruf / Schulklasse	 Fleur Fabre (exemple) 12 rue de la paix, Lyon étudiante
2. ihren Charakter: – Was ist typisch für sie? – Was mag sie, was mag sie nicht? – Welche Gewohnheiten hat sie? – Was ist besonders an ihr?	 fait beaucoup de gestes, est de bonne humeur, … aime les animaux, déteste ne rien faire, … veut tout voir, fait souvent des blagues, … devine souvent les idées des autres
3. ihre Einstellung: – Ist sie gerne auf diesem Campingplatz? – Was würde sie gerne tun? – Was gefällt ihr, was gefällt ihr nicht auf diesem Campingplatz?	 aurait préféré un autre pays, … voudrait rencontrer beaucoup de gens … aime l'ambiance, n'aime pas les douches, …

TACHE AU CHOIX: CHERCHEZ DES SOLUTIONS POUR MIEUX VIVRE ENSEMBLE

Lire

1 Faites le point sur la situation.

Vous êtes ces personnages.
Quatre amis:

Fabien Forestière, 19 ans
Lisa Lombardo, 20 ans
Joséphine Fabre, 18 ans
Victor Bric, 18 ans

Travaillez seul(e)s. Analysez la situation et les problèmes: qu'en pensez-vous et qu'aimeriez-vous faire? Prenez des notes.

La situation
Quatre amis passent leurs vacances ensemble au camping «Les Arbousiers», au bord du lac de la Gruyère. Ils se partagent deux tentes, mais ils ont des habitudes différentes et ne sont pas toujours d'accord les uns avec les autres. Ils se disputent.

Les problèmes
- Il y a du désordre, seulement certaines personnes rangent.
- Il n'y a plus rien à manger et la bouteille de gaz est vide.
- Certains n'aident pas à faire la cuisine.
- Certains font du bruit tard pendant que les autres veulent dormir.
- Ils ne peuvent rien faire ensemble parce que certains passent tout leur temps sur leurs smartphones.

Parler

2 Mettez-vous d'accord.

Travaillez en groupe. Discutez de la situation, puis essayez de vous entendre et de trouver des solutions pour mieux passer vos vacances ensemble.

ON DIT

Pour exprimer son mécontentement
J'y crois pas! T'es sérieux?
C'est le bazar, ici!
C'est toujours moi / toi … qui …
A quoi ça sert de …?
Je croyais que tu voulais …
Sois gentil(le), arrête deux minutes de …
Franchement, ça me dérange un peu!

Pour trouver des solutions
On (ne) va pas s'énerver pour ça!
Franchement, je (ne) trouve pas ça si grave!
Est-ce que c'est vraiment nécessaire?
Je propose de …
On aurait moins de problèmes si …
Tu avais dit que tu étais prêt(e) à …

Quel est votre avis?
Que pourriez-vous dire?
Pendant la discussion, écoutez bien les autres et prenez des notes pour réagir.

Des mots utiles
trouver un compromis
faire la vaisselle
vider la poubelle
être propre
être vide
mettre la main à la pâte *(fam.)*
s'occuper de qc
passer son temps à …
être responsable de qc
les réseaux sociaux

Ecrire

3 Faites une FAQ[1] pour le camping.

→ En plus 137, 1+2 △

Travaillez en groupe. Pour répondre aux questions pratiques des campeurs, le personnel du camping veut faire une FAQ. Vous avez déjà appris beaucoup de choses sur ce camping et vous les aidez. Ecrivez une liste de questions et réponses pour cette FAQ. La stratégie page 137 peut vous aider.

Posté par Didi le 25 juin 2021 à 14:15

Bonjour, j'aurais aimé savoir s'il y avait au camping des supermarchés pas trop chers et ouverts le dimanche!

Posté par Doudou le 26 juin 2021 à 17:20

Bonjour, il n'y a pas de supermarché au camping. Les magasins se trouvent à environ dix kilomètres du camping. Il y a un supermarché ouvert chaque jour.

Posté par Leïla le 28 juin 2021 à 19:53

Salut, est-ce que je peux venir avec mon chien?

Posté par Guillaume le 28 juin 2021 à 21:37

Bonjour Leïla, les chiens sont autorisés, mais il faut les tenir en laisse. Ils ne doivent pas se promener seuls.

Communauté

Bons plans camping Campings Suisse

Bons plans hôtels Hôtels Suisse

Photos Photos Suisse

CAMPING** Les Arbousiers

Services ******************

* Petit-déjeuner
* Snack-bar-pizzeria avec TV et dépôt de pain, repas sur place ou à emporter
* Zone wifi à la réception
* Possibilité de louer des vélos, des canoës et des SUP à la plage du lac
* Aire de jeux, ping-pong, pétanque
* Machine à laver (payant)

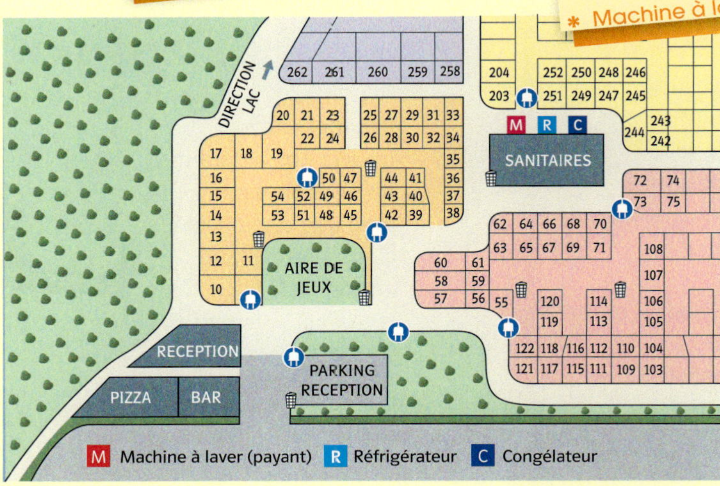

Arrivée: à partir de 14 heures
Départ: jusqu'à 11 heures au plus tard

Si vous avez des questions, adressez-vous à l'équipe de la réception.
Horaires: tous les jours, de 7 à 22 heures.

1 **une FAQ** une foire aux questions (**une foire** [ynfwaʀ] eine Messe, ein Jahrmarkt)

TACHE AU CHOIX: FAITES UN PROGRAMME D'ACTIVITÉS POUR TOUT LE MONDE

Lire

1 Faites le point sur la situation.

Vous êtes ces personnages.
La famille Tissandier:

Le père: Gaspard, 45 ans
La mère: Anne, 40 ans
La fille: Morgane, 15 ans
Le fils: Félix, 14 ans

Travaillez seul(e)s. Analysez la situation et le problème: qu'en pensez-vous et qu'aimeriez-vous faire? Prenez des notes.

La situation
La famille est à table. Les Tissandier discutent du programme pour les jours suivants.

Le problème
Ils ne s'intéressent pas aux mêmes choses. Voici leurs différentes priorités:

- se reposer et ne pas trop bouger,
- découvrir la région,
- marcher et faire du sport,
- découvrir l'histoire et la culture de la Suisse et visiter des musées,
- faire du shopping,
- sortir le soir et aller danser,
- goûter les produits suisses,
- rester connecté(e) à Internet.

Lire
Parler

2 Mettez-vous d'accord.

Travaillez en groupe. Lisez le texte pages 105–106 et lisez les documents page 113, puis discutez de la situation. Essayez de vous entendre et faites un programme d'activités qui intéresse toute la famille.

ON DIT

Pour se mettre d'accord sur une activité commune
Moi, j'aimerais … / je voudrais … / je préfèrerais …
Je suis impatient(e) de voir …
Et si on faisait … / si on allait …?
D'un côté, j'aime bien …, de l'autre, j'ai envie de …
Ça vous dirait de …?
Vous n'auriez pas envie de …, par hasard?
Tu n'avais pas dit que tu voulais …?
Ça me dit bien! / Ça ne me dit rien!
A mon avis, on pourrait …

Quel est votre avis? Que pourriez-vous dire? Pendant la discussion, écoutez bien les autres et prenez des notes pour réagir.

Des mots utiles
trouver un compromis
un beau paysage
faire une visite guidée
C'est un bon plan!
aller en boîte
recharger un smartphone
se connecter (à Internet, à un réseau social)
télécharger (une appli / de la musique / un jeu) sur son ordinateur / sa tablette / son smartphone

Ecrire **3** **Mettez votre programme «sur papier».** → En plus 138, 1+2

Travaillez en groupe. Vos amis sont aussi en Suisse et aimeraient faire des activités avec vous. Ils vous demandent votre programme pour les jours suivants. Ecrivez-leur un courriel pour leur répondre. La stratégie page 138 peut vous aider.

GLACIER 3 000 ET PEAK WALK

Le Glacier 3 000 offre beaucoup d'activités: vous pouvez faire du ski, du snowboard et de la randonnée, prendre un traîneau à chiens ou visiter le «Peak Walk» à 3 000 mètres d'altitude. C'est le seul pont suspendu[1] du monde qui se trouve entre deux sommets.

Adultes: 65 CHF
Adolescents: 59 CHF
Enfants: 43 CHF

Le lac Léman et ses villes

Faites un tour en bateau sur le lac Léman et visitez ses villes:

- Genève, la métropole internationale où vous pouvez faire du shopping et vous promener au bord du lac,
- Lausanne avec son musée olympique et le plus grand aquarium d'Europe,
- Montreux qui attire beaucoup de célébrités du monde entier,
- Nyon, la ville des festivals (par exemple le Paléo Festival avec 7 scènes et 250 concerts en juillet).

Nature et animaux

Vous aimez les animaux?
Alors venez visiter la cabane du Petit Oiseau à Rathvel, un mini-zoo avec des cochons[2], oiseaux, alpagas et d'autres animaux, et faites un tour en petit train.
Vous voulez connaître la vie à la ferme? A Granges-Marnand, on vous propose différentes activités pour découvrir le métier d'agriculteur, par exemple traire[3] une vache ou fabriquer du beurre et du pain.
Prix par activité: 5 CHF

1 un pont suspendu [ɛ̃pɔ̃syspɑ̃dy] eine Hängebrücke – **2 un cochon** [ɛ̃kɔʃɔ̃] ein Schwein – **3 traire** [tʀɛʀ] melken

TACHE AU CHOIX: ORGANISEZ UNE SOIRÉE SUISSE

Lire

1 Faites le point sur la situation.

Vous êtes ces personnages.
Deux familles:

La mère: Amélie Rousseau, 40 ans
Le fils: Léandre Rousseau, 16 ans
Le père: Samir Belassri, 45 ans
La fille: Agathe Agnel, 15 ans

Travaillez seul(e)s. Analysez la situation et réfléchissez: qu'en pensez-vous et qu'aimeriez-vous faire? Prenez des notes.

La situation
Ces deux familles veulent organiser une «soirée suisse» au camping «Les Arbousiers» qui se trouve au bord du lac de la Gruyère. Ce sera une soirée pour tous les campeurs qui souhaitent participer.

Le problème
Pour organiser la fête, il faut:
- se mettre d'accord sur la date,
- faire le programme de la fête,
- faire la liste des choses qu'il faut organiser ou acheter,
- trouver les objets pour la décoration, pour écouter de la musique, etc.,
- faire les courses,
- préparer le repas,
- inviter les gens,
- demander aux gens de participer.

Lire
Parler

2 Organisez une soirée suisse.

Travaillez en groupe. Lisez les documents page 115, puis discutez de la situation. Essayez de vous entendre sur l'organisation de la soirée.

ON DIT

Pour organiser une fête
Il nous faudrait …
Nous aurions besoin de …
Pourriez-vous nous prêter / mettre à notre disposition …?
Seriez-vous disponible?
Est-ce que la salle du bar serait disponible?
Je n'arrive pas à …
On va se débrouiller.
On nous a dit que vous pourriez …
Il faut plus de … que d'invités.
Il y a moins de … que sur la liste.
Il a dit qu'il s'occupait de …
Ils ont dit qu'ils viendraient.

Quel est votre avis?
Que pourriez-vous dire?
Pendant la discussion, écoutez bien les autres et prenez des notes pour réagir.

Des mots utiles
le matériel
une enceinte
une prise (de courant)
une rallonge
brancher un appareil sur …
la décoration
les choses à grignoter / manger
les boissons

Ecrire

3 Ecrivez l'invitation.

→ En plus 139, 1+2

Travaillez en groupe. Faites une affiche pour:
- *présenter la soirée,*
- *inviter les autres campeurs,*
- *faire la liste des choses à faire pour les gens qui veulent vous aider à organiser la soirée.*

La stratégie page 139 peut vous aider.

Des nombreuses spécialités suisses sont aussi connues en Allemagne, comme par exemple le chocolat suisse, le roesti ou le fameux Birchermuesli.
Bien sûr, il y a aussi beaucoup de plats à base de fromage, par exemple la fondue et la raclette, mais aussi la «croûte au fromage»: du pain avec du vin blanc et du fromage grillé au four.

SOUVENT, QUAND ON PENSE À LA MUSIQUE SUISSE, ON PENSE D'ABORD AU CÉLÈBRE COR DES ALPES[1] QUI FAIT PARTIE DE LA CULTURE SUISSE. MAIS LA SUISSE A AUSSI SES CHANTEURS, CHANTEUSES ET GROUPES PLUS MODERNES, PAR EXEMPLE GJON'S TEARS, UN JEUNE CHANTEUR DE BROC QUI A PARTICIPÉ À «THE VOICE» EN FRANCE ET QUI A TERMINÉ TROISIÈME AU CONCOURS EUROVISION DE LA CHANSON EN 2021. CERTAINS GROUPES CHANTENT MÊME EN SUISSE ALLEMAND, COMME LE DUO «LO & LEDUC». LEUR CHANSON «079» A ÉTÉ ÉLUE «MEILLEURE CHANSON DE SUISSE» EN 2019.

Règlement du camping §

- Utilisez les poubelles publiques que vous trouvez par exemple à côté des toilettes ou à l'entrée du camping.
- Pour les barbecues, utilisez seulement un gril à gaz.
- Ne faites pas de bruit entre 22 heures et 8 heures.

Découvrez une chanson de Gjon'sTears à la page 254!

1 **le cor des Alpes** [lekɔʀdezalp] das Alphorn

Bilan

Parler
Ecrire

1 Tâche finale

A *Présentez vos discussions.*

B *Accrochez au mur[1] les textes que vous avez écrits à la fin de chaque tâche. Mettez une feuille blanche à côté de chaque texte. Lisez ensuite les textes de vos camarades et écrivez un commentaire sur la feuille blanche.*

PORTFOLIO

C *Les vacances au camping sont finies et vous voulez évaluer[2] le camping sur Internet. Travaillez seul(e)s. Ecrivez un texte et répondez aux questions suivantes:*
- *Où se trouve-t-il?*
- *Comment est-il?*
- *Qu'est-ce qu'on y trouve?*
- *Qu'est-ce qui s'y est passé?*
- *Qu'est-ce que vous avez trouvé bien et moins bien? Pourquoi?*

PORTFOLIO

D *Recopiez le tableau suivant dans votre cahier, puis prenez des notes sur les choses que vous avez apprises dans cette unité. Comparez-les avec les notes de votre voisin(e).*

Dans cette unité, **j'ai appris** (à faire):	Les choses qui **m'ont plu**:	Les choses que j'ai trouvées **difficiles**:	Les choses qui **m'ont aidé(e)**:

2 Parler

Du kannst schon …

1. … sagen, dass jemand zweisprachig ist.
2. … klagen, dass etwas *(das Zelt)* unbequem ist.
3. … sagen, dass man etwas *(ein Ereignis)* nicht verpassen sollte.
4. … sagen, dass du gerne einen Vorschlag machen möchtest.
5. … versichern, dass du versucht hast, jemanden *(deinen Freund)* zu überzeugen.
6. … angeben, dass sich etwas *(ein Restaurant)* in 1000 Metern Höhe befindet.

Mehr dazu h4bc56

Weitere Übungen findest du im Internet.

1 accrocher qc au mur [akʀɔʃe] etw. an die Wand hängen – **2 évaluer qc** [evalɥe] etw. bewerten

3 Jeu de mots

A *Dans cette unité, tu as appris des nouveaux mots et expressions. Cherche parmi les mots à droite les mots qu'on utilise pour parler des sujets suivants.*

129, 2

1. la géographie
2. la nourriture
3. les langues
4. une discussion

superficie – alémanique – cacao – objection – dégustation – chocolaterie – convaincre – vallée – romanche – altitude – fondue – canton – fromagerie – compromis – bilingue – germanophone – glacier – proposition

Pour les noms, ajoute l'article.

B *Quels mots vont ensemble? Retrouve les bonnes expressions.*

1. louer
2. sentir
3. avoir
4. rater
5. trouver

a le ventre plein
b un mobile home
c un compromis
d un évènement
e les odeurs

C *Quelle situation va avec quelle expression de* **B**?

un bon repas au restaurant
en vacances au camping
une discussion au collège
la visite d'un musée interactif

4 On combine

Leandre a écrit un courriel à son ami pour lui parler de ses vacances en Suisse. Complète son courriel et ajoute les adjectifs et les verbes indiqués à la bonne forme.

1. ? Suisse, on trouve ? plus grands glaciers ? Europe et les Alpes ? (occuper) plus ? la moitié ? pays. **2.** Quand ? veut avoir une ? fantastique ? les montagnes ? (suisse), on peut ? le funiculaire pour monter ? la montagne du Moléson. **3.** ?-vous qu'à Charmey, on fête tous les ? la célèbre „desalpe"? C'est la traditionnelle fête ? les vaches ? ont passé l'été ? les montagnes redescendent dans la vallée, un évènement qu'il ne ? pas rater. **4.** C'est aussi le moment ? (parfait) pour manger une fondue ? fromage, le ? typique de la région. **5.** ? autre spécialité de la Suisse, c'est le chocolat, ? sûr. ? , je voudrais créer mon propre chocolat dans la plus ? (ancien) chocolaterie de Suisse, la maison Cailler. **6.** Elle existe ? la fin du XIXe siecle et ? trouve à Broc. **7.** Un ami ? a parlé du «Röstigraben»: c'est la frontière ? la Suisse francophone et la Suisse alémanique. **8.** ? la fin de notre voyage, on va ? la capitale de la Suisse, Berne. **9.** On ? parle l'allemand, ? est, avec le français, l'italien et le romanche, une des quatre langues ? (officiel) du pays. Alors je vais ? des efforts ? allemand!

Différenciation

ohne Symbol: Ergänzende Zusatzübung auf gleichem Niveau
△ Einfachere Zusatzübung
△ Schwierigere Zusatzübung
⁄△ Einfachere Parallelübung
⁄△ Schwierigere Parallelübung

Unité 1

En forme

1 On discute du programme. (G 1)

zu 1 A 2

Romain discute avec sa collègue Isabelle du programme. Trouvez les phrases qui vont ensemble et écrivez-les dans votre cahier.

1. *Romain:* Dimanche, la classe
2. Et lundi matin, nous
3. *Isabelle:* L'après-midi, vous
4. Super! Mardi, à Verdun, c'est toi qui les
5. *Romain:* Oui, c'est ça. Et le lendemain, à Nancy, les élèves
6. Après, pendant le trajet en car, je leur
7. *Isabelle:* Et vous
8. *Romain:* Exactement. Jeudi matin, le car
9. Strasbourg, c'est notre dernière étape et nous

a passerez la soirée à Strasbourg.
b participeront à une visite guidée de la ville.
c informeras sur la Première Guerre mondiale?
d arrivera à la gare de Reims.
e montrerai des très beaux villages d'Alsace.
f resterons jusqu'à vendredi soir.
g découvrirons Reims.
h visiterez une cave de champagne, je vois.
i partira à 9 heures 30 pour la visite de la ville.

En forme
Parler

2 Tu partiras ce week-end? (G 1)

zu 1 A 2

Vous parlez avec votre partenaire du programme du week-end. Faites des dialogues avec les expressions à droite et parlez aussi de votre famille.

A: **Tu visiteras** un musée ce week-end?
B: Oui, **je visiterai** un musée. Et toi, **tu resteras** à la maison?
A: Oui / Non, **nous** …

visiter un musée / **rester** à la maison / **ranger** sa chambre / **jouer** au tennis / **regarder** un film / **inviter** ses copains / **écrire** à des amis / **fêter** son anniversaire / **manger** des crêpes / **aller** au cinéma / **sortir** en ville / **acheter** ces nouvelles chaussures / **dormir** / …

Ecouter
Parler

3 Pendant la visite de la cave

zu 1 A 6

Regardez les photos et décrivez-les à l'aide des informations de l'interview.

A

B

En forme

4 Rendez-vous à Strasbourg? (G 1)

zu 1 A 7

△ *Avant le voyage, Romain écrit un courriel à ses parents. Complétez-le avec les verbes suivants au futur simple.*

raconter | venir | être | faire (2x) | avoir | arriver | parler | terminer | dire | lire | aller | mettre | pouvoir | découvrir

A: pierre.petit@orange.fr

Objet: Séjour à Strasbourg

Chers parents,
1. Dans un mois, je/j' ? en France! **2.** Nous ? un voyage scolaire dans le Grand Est. **3.** Nous ? dimanche à Reims et nous ? le voyage à Strasbourg. **4.** Nous ? aussi en Lorraine. **5.** Les élèves ? notre région, c'est sympa, non? **6.** Je leur ? peut-être de l'histoire de l'Alsace. **7.** Et on ? un blog où on ? le voyage. **8.** On ? des belles photos. **9.** J'espère que vous le ? ! **10.** Maman, tu me ? si vous pouvez venir mercredi soir à Strasbourg? **11.** Je/J' ? du temps libre, alors on ? passer la soirée ensemble. **12.** Je/J' ? très content de vous voir!
A bientôt!
Romain

Lire
eu de mots
Médiation

5 La bataille de Verdun

zu 1 A 9

Lisez les informations page 120, puis faites les exercices suivants.

A *Vous n'avez pas encore appris les mots à droite, mais vous pouvez les comprendre quand même, par exemple à l'aide d'un mot de la même famille, d'un mot d'une autre langue ou du contexte. Vous pouvez aussi regarder dans un dictionnaire. Expliquez les mots en français et dites quelle stratégie vous a aidé.*

une zone fortifiée | une défense | une munition | disponible | un blessé | un assaut | meurtrier | un héros

B *Comment dit-on en français? Cherchez les mots dans le texte.*

ein befestigtes Gebiet | sich zurückziehen | eine Panne haben | angreifen | die Führung | verzichten | LKWs | in den Graben schieben

La bataille de Verdun (février-décembre 1916)

Un symbole

Au mois de février 1916, les Allemands attaquent la zone fortifiée de Verdun. Dans les premières semaines, ils avancent de plusieurs kilomètres, mais la défense française s'organise sous la conduite du général Pétain. Verdun devient le symbole de la résistance de l'armée française.

La «Voie sacrée»

Pendant la bataille, des camions apportent 24 h sur 24 des vivres et des munitions par la seule route disponible, surnommée la «Voie sacrée». Au retour, ils transportent les nombreux blessés vers les hôpitaux. Si un camion tombe en panne, il faut le pousser dans le fossé pour que les autres puissent continuer leur route !

L'enfer de Verdun

Les combats sont très meurtriers : plus de 300 000 morts dans les 2 camps. Au mois de juin, les Allemands progressent, mais chaque mètre carré de terrain est défendu par les «héros de Verdun».

La résistance française

Après un dernier assaut pendant l'été 1916, les Allemands renoncent à prendre Verdun. Ils reculent même dans les semaines suivantes jusqu'aux positions qu'ils occupaient en février.

La Première Guerre mondiale

À retenir

❶ En février 1916, les Allemands veulent prendre la forteresse de Verdun (Meuse). Les Français refusent la défaite, Verdun devient le symbole de la résistance nationale.

❷ Pendant plusieurs mois, les combats causent la mort de plus de 160 000 soldats français.

❸ Grâce au ravitaillement de la «Voie sacrée», les Français résistent aux attaques allemandes.

❹ Pendant l'été 1916, les Allemands renoncent à prendre la zone.

Dico

Symbole : image, exemple.
Front (ici) : zone où 2 armées sont face à face.
Fort : bâtiment fortifié servant à protéger un lieu.
P.C. (ici) : poste de commandement.
Assaut : attaque.
Position (ici) : lieu occupé par des soldats chargés de le défendre.

11

Source: *Mon Quotidien, pour les 10 – 13 ans: 10 minutes de lecture chaque jour, www.playbacpresse.fr*

C *Avec un(e) ami(e) allemand(e), vous préparez une présentation sur la bataille de Verdun. Vous avez lu l'article et vous expliquez à votre ami(e) quand la bataille a eu lieu et comment les combats entre les Allemands et les Français se sont passés. Parlez-lui aussi du rôle des camions et du résultat des combats.*

En forme

6 Si nous partons dans le Grand Est ... (G 3)

zu 1 B 5

Vous voulez passer vos prochaines vacances en Alsace et vous en parlez à des amis qui connaissent déjà la région. Reliez les phrases et mettez les verbes au temps qui convient.

1. Si mes parents ? (être) d'accord,
2. Si ma cousine ? (venir) avec moi,
3. Si nous ? (aller) à Strasbourg,
4. Si on ? (prendre) le TGV à Munich,
5. Si vous ? (vouloir),
6. Si tu ? (pouvoir) me donner des conseils,

a nous ? (pouvoir) découvrir la région ensemble.
b je ? (passer) mes vacances dans le Grand Est cet été.
c je vous ? (écrire) une carte postale.
d nous ? (devoir visiter) le Parlement européen.
e je ? (être) encore mieux préparé à mon séjour.
f on ? (arriver) en moins de cinq heures.

B *Lisez les phrases suivantes et comparez le sens et les temps des verbes. Quelle est la différence entre «si» et «quand»?*

1. Si Clara est dans notre groupe, on gagnera.
2. Quand je parle, je fais beaucoup de fautes.

Unité 2

Lire
Jeu de mots

1 Mots et contexte

zu 2 A 2

Complétez le texte avec les mots qui manquent. N'oubliez pas de conjuguer et d'accorder si nécessaire.

jumelage | coopération | paix | renforcer | réconciliation | intégration | ennemi | relation | construction | améliorer | expérience | jouer | préjugé

1. Les ? franco-allemandes n'ont pas toujours été faciles dans le passé. **2.** En effet, les deux pays ont souvent été ?, mais depuis la fin de la Seconde Guerre mondiale, ils vivent en ?. **3.** Aujourd'hui, il y a différents projets qui montrent la ? franco-allemande. **4.** Par exemple, les ? entre les villes allemandes et françaises ? l'amitié entre les habitants des deux pays. **5.** La France et l'Allemagne sont des partenaires qui ont ? un rôle important dans la ? européenne. **6.** On trouve de nombreux exemples de ? comme Airbus ou Arte. **7.** Les programmes d'échanges pour les jeunes Français et Allemands sont aussi une belle ? européenne, même si souvent, au début, le / la / l' ? dans le «nouveau» pays n'est pas facile. **8.** Mais ces échanges ? les connaissances en langues et il y a moins de ?.

Ecouter

2 Charles de Gaulle: l'appel du 22 juin 1940

zu 2 A 5

Avant l'écoute

20

A *Lisez le titre de cet exercice, puis terminez les phrases.*

En 1940, la France était ...
Charles de Gaulle voulait ...
Je pense que le texte pourrait parler de ...

STRATEGIE

Selektives Verstehen

Wenn ihr nur bestimmte Informationen heraushören wollt, macht euch vor dem Hören bewusst, worum es geht und welche Wörter vorkommen könnten. Achtet beim Zuhören auf Schlüsselwörter, die zu eurer Fragestellung passen.

B *Lesquels de ces mots pourraient se trouver dans le texte? Trouvez d'autres mots qui vont avec le contexte.*

combat | Airbus | peur | réconciliation | continuer | ennemi | professeur | libre | soldat | boire | cliquer | amitié

Pendant l'écoute
Ecoutez le texte une première fois et prenez des notes (Qui? Où? Quoi?)

Après l'écoute
Complétez les phrases suivantes.
Attention, il y a parfois plusieurs solutions!

1. La personne qui parle s'adresse …
- **a** à tout le monde.
- **b** à tous les Français.
- **c** aux soldats seulement.

2. La personne qui parle veut …
- **a** continuer le combat.
- **b** être le chef de la nation.
- **c** terminer la guerre.

3. La personne dit qu'il faut organiser …
- **a** une fête nationale.
- **b** le retour des soldats.
- **c** la production d'armes[1].

4. A la fin, la personne parle …
- **a** d'une France indépendante.
- **b** de l'avenir de la France.
- **c** d'enfants français heureux.

On combine

3 Vivre à Paris sous l'occupation

zu 2 A 6

△ *Complétez le texte avec les verbes **fuir**, **courir**, **croire**, **mourir** et **vivre** et les mots qui manquent à la bonne forme.*

1. ? les Allemands approchent, beaucoup de Parisiens ? vers le ? de la France. **2.** Ils ? que la zone «libre» est sûre. **3.** Mais ? réalité, on n'y ? pas tranquillement ? plus, parce que le ? de Vichy collabore avec les ?. **4.** Pour les Français ? sont ? à Paris, la situation devient très difficile: quand on ne veut pas ? de faim, il faut ? débrouiller. **5.** Souvent, il y a des alertes[2] et les Parisiens ? dans les stations ? métro pour ? cacher. **6.** En plus, ? la police allemande et française est partout, les gens ? dans la peur.

Les Parisiens en route vers le sud

---

1 une arme [ynaʀm] eine Waffe – **2 une alerte** [ynalɛʀt] ein Alarm

eu de mots

4 Le mot qui manque

zu 2 B 3

Trouvez le mot qui correspond à la définition.

1. Quand on demande à beaucoup de gens leur avis sur un sujet, on fait un …
2. C'est un évènement qui s'est passé à Berlin, le 9 novembre 1989: c'est la …
3. C'est une partie très importante dans une voiture: elle ne peut pas rouler sans. C'est le …
4. C'est quelqu'un avec qui on a des bonnes relations: un …
5. Grâce à cet évènement, il y a une seule Allemagne, pas deux: c'est la …
6. Pour beaucoup d'Allemands, la baguette, c'est … de la France.

eu de mots
Ecrire

5 Les Allemands vus par les Français

zu 2 B 3

A *Classez les réponses données dans le sondage dans un associogramme selon les catégories à droite.*

B *A l'aide de l'associogramme, écrivez un petit texte qui résume les résultats du sondage.*

Lire
Ecrire

6 A propos du texte

zu 2 B 8

***A**, **B** ou **C**? Trouvez le bon résumé du texte et corrigez les erreurs dans les deux autres.*

A Pendant leur premier échange, les jeunes Français découvrent Berlin. La ville n'est pas du tout comme leurs parents l'avaient décrite. C'est une ville vraiment cosmopolite: quand ils parlent aux gens, ils leur répondent dans toutes les langues. A l'école, les élèves allemands sont très surpris parce qu'ils ne s'attendaient pas à accueillir des corres de toutes les couleurs et de 22 nationalités.

B Pendant qu'ils se promènent à Berlin, les élèves français découvrent que la ville ne ressemble pas du tout à l'image qu'ils avaient dans leurs têtes: ils ne s'attendaient pas à se retrouver dans une ville cosmopolite, verte avec des gens décontractés qui préfèrent le kebab aux saucisses. Plus tard, à l'école, les élèves allemands sont très surpris de ne pas accueillir des Français «typiques», mais des jeunes qui, comme eux, sont d'origines très différentes.

C Avant de rencontrer leurs corres allemands, les Français se promènent sur le Kurfürstendamm et sont surpris de voir que les magasins et la mode à Berlin et à Paris se ressemblent beaucoup et que les Berlinois, des grands types forts aux cheveux blonds, parlent bien français. Les élèves allemands attendent leurs corres devant le Tiergarten avec une baguette sous le bras. Mais quand ils se retrouvent face à des Français noirs ou arabes, ils sont très déçus.

En plus – différenciation

En forme

7 Mon avis sur les clichés

zu 2 B 10

Jonas a écrit un petit commentaire au sujet des «clichés», mais il y a beaucoup de répétitions. Réécris le texte et utilise des pronoms pour remplacer les mots et expressions soulignés.

1. Dans cette unité, j'ai appris beaucoup de choses sur **les clichés** entre nos deux pays. Moi, je n'aime pas **les clichés**. **2.** Pourquoi? Très souvent, on répète **une chose** sans savoir si **cette chose** est vraie. **3.** Les Allemands pensent par exemple que les Français mangent **du fromage** tout le temps. C'est vrai qu'ils mangent beaucoup **de fromage**, mais il y a aussi beaucoup d'autres spécialités. **4.** A mon avis, il faut absolument aller **dans l'autre pays**. Quand on est **dans l'autre pays**, on apprend beaucoup sur la culture et la vie de ses habitants. **5.** Moi, par exemple, j'ai fait un échange scolaire avec un collège **à Verdun**. Quand je suis revenu **de Verdun**, j'avais compris pourquoi il y a encore beaucoup **de jeunes Français** qui pensent à la guerre. **6.** Il faut dire et montrer à **ces Français** que c'est **un moment** noir de notre histoire, d'accord, et qu'il est important de se rappeler **ce moment**. **7.** Mais il faut aussi voir **la bonne relation actuelle**, renforcer **cette relation** et regarder l'avenir. **8.** J'ai adoré mon séjour **en France**, et j'espère pouvoir retourner **en France**.

Médiation

8 Was München und Frankreich verbindet

zu 2 B 13

A *Relisez le texte page 42 et relevez les informations importantes. Notez des mots-clés en allemand.*

STRATEGIE

Médiation

Versucht nicht, den gesamten Text zu übersetzen, sondern gebt nur das Wichtigste wieder **(Wer? Was? Wann? Wo?)**. Überlegt, welche **Details** ihr **weglassen** könnt, ohne dass etwas Wesentliches fehlt. Die Entscheidung hängt auch vom **Interesse und den Fragen eurer Zuhörerin / eures Zuhörers bzw. eurer Leserin / eures Lesers** ab.

Beispiel:
… ~~wo alliierte Truppen mit Hilfe bayerischer Kontingente~~ im Jahr 1814 ~~den französischen Feldherren~~ Napoleon ~~Bonaparte~~ besiegten.

B *Exprimez les informations importantes avec des mots simples.*

Drückt die Inhalte **mit einfachen Worten** aus. Das fällt euch viel leichter, wenn ihr euch klar macht, was die deutschen Ausdrücke im Text eigentlich bedeuten.

Beispiel:
Das hat mit der Bauweise der Häuser zu tun.
⟶ Les bâtiments nous rappellent les bâtiments en France. / Les bâtiments ressemblent aux bâtiments en France.

Unité 3

En forme
Parler

1 Rêve ou réalité? (G 4)

zu 3 A 3

A *Les jeunes parlent de leurs projets et de leurs rêves. Futur simple ou conditionnel? Complétez le dialogue.*

1. – Qu'est-ce que tu **?** (faire) cet été? **2.** – Mon corres m'a invité(e). En juillet, je **?** (passer) quinze jours à Bamberg. Ça me **?** (permettre) d'améliorer mon allemand. Et toi? **3.** Avec mon frère, nous **?** (aimer) voyager, mais nous n'avons pas encore assez d'argent. **4.** – Tu sais déjà quels pays vous **?** (vouloir) visiter? **5.** – Moi, je / j' **?** (avoir) envie d'aller aux Antilles. Mon frère, lui, **?** (préférer) aller au Maroc. **6.** – Super! J'espère vraiment que vous **?** (partir). **7.** – Moi aussi. Si ça ne marche pas, je **?** (chercher) un petit boulot. Et l'année prochaine, je **?** (pouvoir) faire le tour du monde!

B *Qu'est-ce que vous ferez en vacances et qu'est-ce que vous aimeriez faire aussi? Discutez avec votre partenaire.*

En forme

2 Des conseils, mais pas seulement ...

zu 3 A 3

Mettez les verbes au conditionnel. Qu'est-ce que ces phrases expriment?

1. Tu **?** (devoir) travailler plus.
2. **?** (Pouvoir)-vous me passer M. Sylvain, s'il vous laît?
3. Cela lui **?** (plaire) certainement.
4. Je / J' **?** (aimer) lui parler de mes problèmes.
5. Je **?** (vouloir) un kilo de pommes.
6. Ma mère **?** (aimer) ce livre.

Ecrire

3 A la maison

zu 3 A 7

Votre correspondant(e) français(e) veut savoir si les jeunes Allemands aident leurs parents à la maison. Vous avez fait un sondage dans votre classe. Ecrivez un courriel en français pour donner ces résultats et pour lui expliquer comment vous aidez à la maison.

Ergebnisse für die 28 Schülerinnen und Schüler

24 decken oft den Tisch.
21 haben ein oder mehrere Haustiere und kümmern sich um sie.
20 haben jüngere Geschwister und passen auf sie auf.
18 bringen den Müll hinaus.
17 helfen ihren Eltern beim Einkaufen.
15 waschen Geschirr ab / spülen / räumen die Spülmaschine aus.
12 bereiten manchmal eine Mahlzeit zu.
3 putzen ab und zu das Auto ihrer Eltern.

En forme

4 Ah, si j'étais riche … (G 7)

zu 3 B 3

Karima et Mehdi parlent de l'avenir. Complétez les phrases avec l'imparfait et le conditionnel présent. Si le verbe n'est pas indiqué, utilisez un verbe qui convient.

1. *Karima:* Si tu **?** des efforts à l'école, tu **?** (pouvoir) faire des études après le bac et devenir médecin. **2.** *Mehdi:* Si tous les élèves **?** le bac, plus de gens **?** (trouver) un travail. **3.** *Karima:* Si je **?** (pouvoir) choisir mon métier, ce **?** (être) vétérinaire. **4.** *Mehdi:* Je pense que si nous **?** (avoir) tous un métier de rêve, nous **?** tous plus heureux. **5.** *Karima:* Tu as raison. Et si nous **?** plus heureux, nos parents, nos amis **?** plus heureux aussi. **6.** *Mehdi:* Et si je **?** (travailler) beaucoup, je **?** riche. Et si j'étais riche, …

En forme
Parler

5 Qu'est-ce qu'on ferait si …

zu 3 B 4

Qu'est-ce qui se passerait si … ? Complétez les phrases. Attention au temps du verbe.

1. Qu'est-ce qu'on ferait si …
2. Si j'avais le temps, …
3. Si j'étais un roi / une reine, je / j' …
4. Je serais très malheureux / -euse si …
5. Si je savais chanter, je …
6. Je te le dirais tout de suite si …
7. Nous travaillerions plus si …
8. S'il n'y avait pas d'ordinateur, …
9. Si je pouvais choisir mon stage, …
10. Si nous n'avions pas de portable, nous …
11. Si les animaux savaient parler, …

En forme

6 Un métier passionnant

zu 3 B 6

33 *Vous allez réécouter quelques phrases du texte. Après chaque phrase, notez quels mots vous avez entendus.*

Ecoutez bien et essayez de comprendre toute la phrase. Le contexte va vous aider à trouver les solutions.

Phrase 1:	**a** des lits	**b** des litres	**c** des livres
Phrase 2:	**a** sous les yeux	**b** sous les œufs	**c** sous les deux
Phrase 3:	**a** je réussis avec lui	**b** aussi avec lui	**c** je choisis avec lui
Phrase 4:	**a** les assistants	**b** les grands	**c** les gens
Phrase 5:	**a** très heureuse	**b** treize heures	**c** très étrange

Ecouter

7 Devinettes

zu 3 B 7

34 *Pour la journée d'orientation, vos correspondants français ont préparé des devinettes sur les métiers. Ils vous ont envoyé les devinettes. Ecoutez-les et trouvez les quatre métiers cachés dans les quatre devinettes.*

vétérinaire – chanteur – chanteuse – professeur – médecin – principal
vendeur – vendeuse – ingénieur – dessinateur – dessinatrice – journaliste
footballeur – footballeuse – coiffeur – coiffeuse – infirmier – infirmière

Unité 4

Jeu de mots
Ecrire

1 A partir du texte

zu 4 A 2

A *Qu'est-ce qui va ensemble? Reliez chaque mot en bleu à un mot en vert.*

en bleu		en vert	
un montage	un mot	une phrase	un youtubeur
une lumière	une partie	un son	une porte
une chambre	un câble	un message	un ordinateur
une chaîne	un like	une vidéo	un jeu de société

B *Avec chaque paire de mots de* **A**, *faites des phrases.*

Exemple:
Le père de Mathilde prend son ordinateur et elle reste dans sa chambre avec le câble de son ordinateur à la main.

C *Ecrivez un mode d'emploi pour poster une vidéo: quelles sont les différentes étapes? Relisez le texte page 70. Commencez comme ça:*
D'abord, il faut trouver une idée. Puis, on …

Vous pouvez utiliser quelques mots de **A**.

Jeu de mots
Parler

2 Les youtubeurs et l'Internet

zu 4 A 2

A *Faites un filet à mots autour du thème «l'Internet». Vous pouvez utiliser le dictionnaire.*

B *A l'aide de votre filet à mots, racontez la journée d'un youtubeur.*

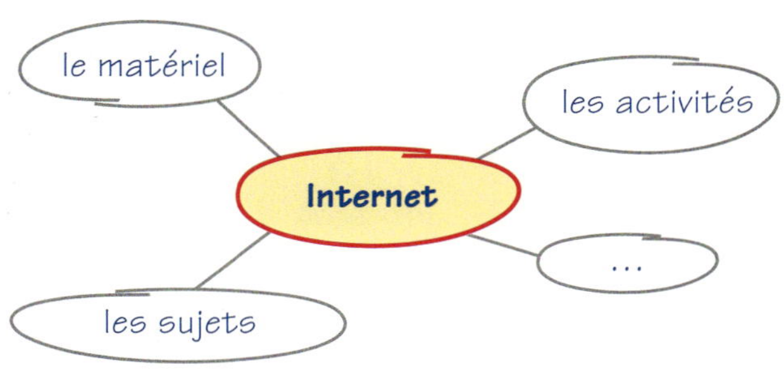

Ecouter

3 Mathilde chez elle

zu 4 A 5 C

Ecoutez le podcast que fait la radio locale sur Mathilde. Complétez les phrases avec les nombres qui manquent.

52 320 | 6 | 300 000 | 46 | 64 | 52 | 3 120 | 30 000 | 16

1. La scène se passe ? mois après la première vidéo.
2. Elle a fait ? vidéos.
3. Mathilde a ? abonnés qui la suivent.
4. On a regardé sa vidéo sur l'athlétisme ? fois.

En forme

4 Si Mathilde avait rangé sa chambre …

zu 4 A 6 B

*Quelques semaines après la première vidéo, Mathilde raconte comment elle est devenue youtubeuse. Complétez les phrases. Utilisez le **plus-que-parfait** et le **conditionnel passé**.*

1. Si je / j' ? (ranger) ma chambre, mon père ? (ne pas prendre) mon ordinateur.
2. Si mon père ? (ne pas prendre) mon ordinateur, je / j' ? (ne pas être) en colère.
3. Si je / j' (ne pas être) en colère, je / j' ? (ne jamais enregistrer) la vidéo.
4. Si je / j' ? (ne jamais enregistrer) la vidéo, vous, les fans, ? (ne pas s'abonner) à ma chaîne.
5. Si vous, les fans, ? (ne pas s'abonner) à ma chaîne, mes parents et moi, nous ? (ne jamais discuter) des vidéos.
6. Si mes parents et moi, nous ? (ne jamais discuter) des vidéos, nous ? (ne pas trouver) une solution.
7. Si nous ? (ne pas trouver) une solution, je / j' ? (ne pas pouvoir continuer) à faire des vidéos.

En forme
Parler

5 Une situation incroyable

zu 4 A 6 B

Choisissez une des situations: quelle histoire (ne) se serait (pas) passée? Prenez des notes et faites au moins trois phrases conditionnelles. Puis racontez votre histoire à votre voisin(e). Vous pouvez aussi raconter une expérience personnelle.

A

B

C

eu de mots

6 Comme au cinéma

zu 4 B 2 A

Trouvez les mots qui correspondent aux définitions suivantes.

1. Des gens de tous les pays viennent à Cannes: c'est un festival … **2.** Quand on s'intéresse vraiment beaucoup à quelque chose, c'est … **3.** L'avis qu'on donne sur un film, c'est … **4.** C'est quand on dit son nom à d'autres personnes: … **5.** Un film pendant lequel on rit beaucoup, c'est … **6.** L'histoire écrite d'un film s'appelle … **7.** Deux personnes qui sont ensemble: c'est ... **8.** Ne pas accepter quelque chose, c'est … **9.** C'est un métier dans lequel on s'occupe par exemple d'enfants: …

eu de mots
En forme

7 Je suis une star sur le tapis rouge.

zu 4 B 3

Sur les réseaux sociaux, Nino poste des photos avec des commentaires sur son voyage à Cannes.

A *Quel commentaire va avec quelle photo?*

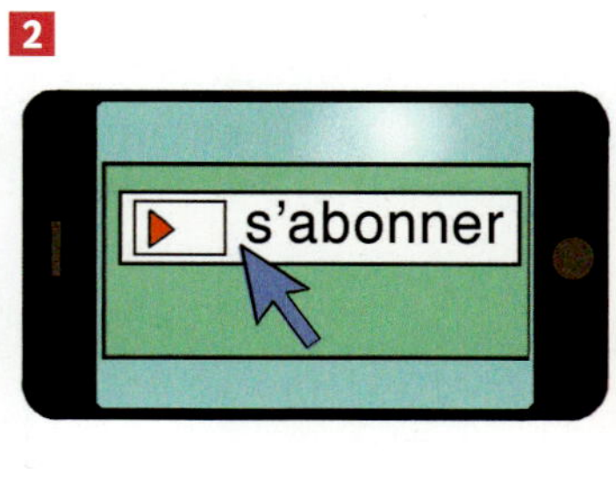

a Je suis en train de discuter avec un journaliste.

b Je suis une actrice sur le tapis rouge.

c Je suis dans le train pour aller à Cannes.

d Le soir, je suis vraiment fatigué!

e J'ai fait une randonnée. Là, je ne sais pas si je suis sur le bon chemin, mais je suis mon chemin!

f Suis-moi sur les réseaux sociaux!

B *Notez pour chaque **«suis»** s'il s'agit d'une forme du verbe **être** ou du verbe **suivre**.*

C *Lisez le titre de l'exercice: **être** ou **suivre**? Expliquez votre choix.*

Chasse aux fautes

8 Les médias et moi

zu 4 B 4

Elisa a écrit un commentaire sur le sujet «Les médias et moi», mais elle ne l'a pas relu. Son frère a souligné les fautes, mais il a aussi souligné des mots qui sont corrects. Trouvez les 21 fautes et corrigez-les dans votre cahier.

1. Le smartphone qui mes parents m'ont acheté est partie de ma vie. **2.** Il permet à moi d'aller dans l'Internet, de faire des photos, de regarder des videos, d'écouter musique et de communiquer avec mes amis sur les réseaux sociales. **3.** J'envois jusqu'à 10 000 textos par moi et quand je réveille, la première chose qui je fais, c'est regardez mon smartphone. **4.** Mais je pense que je pouvrai aussi vivre sans. **5.** Je ne regarde prèsque jamais la télé, mais je suive des séries on ligne. **6.** Je ne vais pas dans le cinéma aussi. **7.** Lirer un livre? Ça m'arrive, mais je trouve je lis déjà assez à le collège et pour le collège!

Ecouter et regarder

9 Comprendre un film

zu 4 B 7

Mehr dazu nh23js

A *Après le visionnage de la première partie (0:00 – 0:51)*

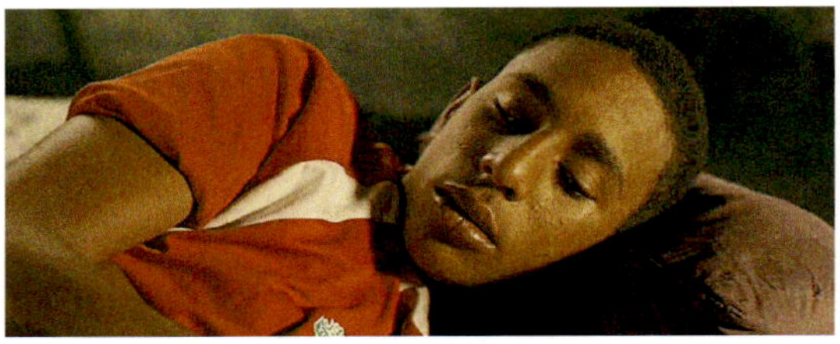

Choisissez la bonne réponse.

	a	b	c
1. Où est Mitri au début?	a en France.	b au Sénégal.	c en Allemagne.
2. Mitri va bientôt …	a partir.	b dormir.	c jouer.
3. Sa grand-mère …	a lui dit de rester.	b lui donne des conseils.	c lui demande son avis.
4. Quand elle lui parle, il a l'air …	a content.	b en colère.	c triste.

B *Après le visionnage de la deuxième partie (0:52 – 3:25)*

Répondez aux questions.

1. Où est Mitri maintenant?
2. Qu'est-ce qu'il veut faire?
3. Quelle est la réaction du garçon quand l'entraîneur refuse?
4. Quand est-ce que les entraînements ont lieu?

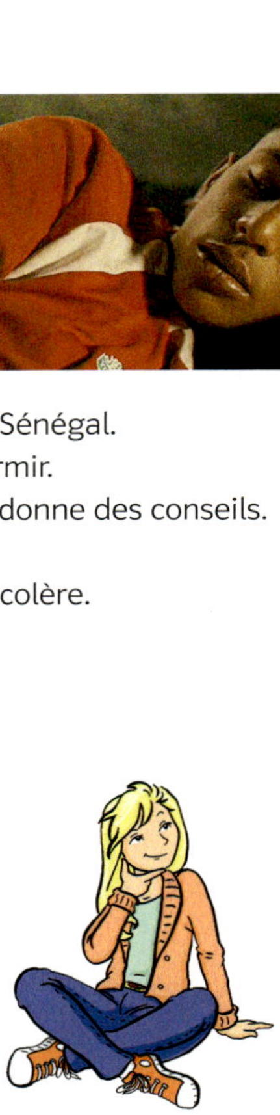

C *Qui pourrait intéresser ce film? Pourquoi?*

Unité 5

Lire

1 A propos du texte

zu 5 A 2

A *Relisez le texte pages 86–87, puis dites quel chiffre à gauche va avec quel(s) mot(s) à droite. Faites ensuite une phrase sans regarder dans le texte.*

10 000 – 36 000 – 6 000 – 17 – 1650 – 357 – 1 – 2 300 – 43 – 50

chevaux – courtisans – hommes – mètres de long – pièces – chapelle – kilomètres – fenêtres – miroirs – années de construction

B *Relisez les informations pratiques et expliquez ces mots: visite libre, visite guidée, spectacle nocturne.*

C *Répondez aux questions.*

1. Pour visiter le château, combien paie une personne de 15 / 21 / 43 ans …
a qui habite dans l'Union européenne? **b** qui n'habite pas dans l'Union européenne?

2. Combien est-ce qu'on paie pour …
a l'application? **b** la visite du parc et des jardins? **c** une visite guidée?

Jeu de mots

2 A Versailles

zu 5 A 2

A *Quels mots vont avec quels thèmes? Dans votre cahier, faites une liste de mots pour chaque thème.*

Thèmes

l'art – l'architecture – s'amuser – la richesse – l'eau – une pièce – la nourriture – la mode – gouverner

Mots

la chasse – un lac – un plafond – l'argent – un tableau – un spectacle – un canal – une porte – le luxe – une sculpture – un chapeau – une fête – la symétrie – un bijou – une fontaine – la puissance – un feu d'artifice – une fenêtre – l'or – une fête – une porte – une construction – la politique – une perruque – une statue – un potager – une façade

B *Trouvez l'intrus.*

1. un château …
magnifique
somptueux
absolu
baroque
de conte de fées

2. un roi …
entier
célèbre
ambitieux
à la mode

3. une visite …
guidée
libre
gratuite
nocturne
immense
obligatoire

Ecouter et regarder

3 Bal masqué à Versailles

zu 5 A 3

Lisez l'exercice, puis regardez la vidéo «Bal masqué à Versailles». Faites attention aux détails.

Mehr dazu s5t5h9

A *Choisissez la / les bonne(s) réponse(s).*

1. Dans la vidéo, on voit les gens …
   a s'habiller. **b** acheter des billets. **c** manger.
2. Les participants … **a** ont suivi un cours de danse avant de venir. **b** doivent être maquillés. **c** sont des gens célèbres. **d** doivent être habillés comme au XVIIe siècle et porter une perruque.
3. Ils paient jusqu'à … **a** 35 € **b** 200 € **c** 235 € **d** 350 € par personne.
4. Au programme de la fête, on propose …
   a des concerts. **b** un opéra. **c** des danses. **d** une pièce de théâtre.

B *Répondez aux questions.*

1. Combien de fêtes par semaine est-ce qu'il y avait à l'époque de Louis XIV?
2. Pendant ces fêtes, on dansait et écoutait de la musique. Que faisait-on encore?

Ecrire Parler

4 Vous pouvez m'aider?

zu 5 A 4

A *Utilisez les expressions suivantes pour faire les dialogues.*

ON DIT

Le vendeur / La vendeuse
Je peux t'aider / vous aider?
Qu'est-ce que tu cherches? / Vous désirez?
C'est pour un cadeau? C'est pour toi / vous?
Tu peux / Vous pouvez dépenser combien?
Ce sera tout? / C'est tout?
Tu as / Vous avez besoin d'autre chose?

PROPOSER : Je te / vous propose …
Moi, personnellement, je préfère …
Qu'est-ce que tu en penses / vous en pensez?

Le client / La cliente
Je voudrais … / Je cherche … / J'ai besoin de … /
Il me faut … / Je préfère …
Ça fait combien? / Ça coûte combien?
Combien coûte …, s'il vous plaît?
Ce sera tout.

ACCEPTER: Oui, avec plaisir. / Oui, je veux bien.
REFUSER:
C'est très gentil, mais … / Merci, mais … / Je suis désolé(e) … / Ça ne me plaît pas.

REMERCIER: Je te/vous remercie. / De rien. / Je t'en/vous en prie. / Il n'y a pas de quoi.

B *Choisissez l'une des situations suivantes. Ecrivez une petite scène et jouez-la devant la classe. Vous pouvez aussi imaginer une autre situation.*

Situation n°1: Préparer une visite
Vous voulez visiter le château de Versailles avec votre famille. Avant la visite, vous appelez l'office de tourisme pour avoir des informations.

Situation n°2: Pas de son
Pendant la visite du château, il y a un problème avec l'audioguide. Vous allez à l'accueil[1] du château pour trouver une solution.

---

1 **l'accueil** [lakœj] der Empfang

Médiation
Parler

5 Versailles ou Disneyland?

zu 5 A 4

A *Votre classe organise une excursion à Paris. Vous avez trouvé beaucoup d'informations sur Disneyland Paris et vous voulez les présenter en cours de français. Expliquez donc à vos camarades de classe depuis quand ce parc d'attractions existe et où il se trouve exactement. Parlez aussi de la différence entre les deux parcs à thème et des expériences qu'on peut y faire. Dites aussi combien coûte l'entrée pour les Studios Walt Disney.*

Des mots utiles
ein Fahrgeschäft un manège
ein Thema un thème

Ein zauberhafter Tag für Groß und Klein

Kommen Sie ins Disneyland Paris und erleben Sie einen Tag, den Sie nicht vergessen werden!

Seit seiner Eröffnung am 12. April 1992 hat sich Disneyland Paris zu einer der meistbesuchten Touristenattraktionen in Europa gemausert – und das nicht ohne Grund!

Öffnungszeiten: täglich, 10 – 18 Uhr
Eintrittspreise:
Disneyland oder Studios:
Kinder bis 11 Jahre 80,00 €,
Erwachsene 87,00 €
Disneyland und Studios:
Kinder bis 11 Jahre 107,00 €,
Erwachsene 100,00 €
Online-Buchung im Voraus: ab 50 €
Kinder unter 3 Jahren frei

Rund 30 Kilometer vor den Toren von Paris können Besucher in gleich zwei Themenparks in die zauberhafte Welt der Disney-Geschichten eintauchen: Im **Disneyland Park**, mit dem weltbekannten und faszinierenden Dornröschenschloss im Zentrum, lassen fünf Themenländer die Disney-Geschichten und ihre Helden zum Leben erwachen. Dort befinden sich die Fahrgeschäfte und Attraktionen des Parks, und hier finden auch die wunderschönen Feuerwerke statt. Bei den täglichen Live-Paraden kann man sogar allen beliebten Disney-Figuren die Hand schütteln und mit ihnen ein Selfie machen!

Im **Walt Disney Studios Park** dreht sich alles um die Welt des Films. Interessierte Besucher können ein Filmstudio erkunden und mehr über Pixar-Klassiker wie zum Beispiel den Film *Ratatouille* erfahren. Zahlreiche Shops, Restaurants, Bars und ein Kino runden das umfangreiche Freizeitangebot ab. Auf dem fast 2 000 Hektar großen Gelände kommen also kleine und große Besucher gleichermaßen auf ihre Kosten.

Und, neugierig? Dann nichts wie hin ins Disneyland Paris! Wir freuen uns auf Ihren Besuch!

B *Pendant votre séjour à Paris, vous devez choisir entre une sortie à Disneyland ou à Versailles. Pour faire un choix commun, relisez le texte de votre livre pages 86 – 87 et notez pour les deux sorties les arguments pour et contre dans votre cahier.*

Versailles?

Disneyland?

C *Maintenant, vous devez vous décider: Versailles ou Disneyland? Faites des groupes et discutez. Justifiez vos réponses. La liste de* **B** *va vous aider.*

Lire

6 La journée du Roi-Soleil

A *Faites l'emploi du temps de Louis XIV à l'aide des éléments suivants.* zu 5 B 2 A

rencontre avec les courtisans | promenade dans les jardins | jeux et culture | réunion avec les ministres | cérémonie du Grand Lever | souper en famille | chasse | repas de midi | messe

matin	midi	après-midi	soir

B *Complétez les phrases.* zu 5 B 2 C

1. **?** participent à des réunions avec le roi.
2. **?** regardent le roi et sa famille manger.
3. **?** attendent le roi avant la messe.
4. **?** habillent et maquillent le roi.
5. **?** se promènent avec le roi dans les jardins.
6. **?** font des jeux avec le roi.
7. **?** dort dans la même chambre que le roi.
8. **?** discutent de politique avec le roi.

C *Ecrivez un monologue intérieur de Louis XIV sur sa vie à la cour.*

STRATEGIE

Einen inneren Monolog schreibt ihr aus der Perspektive einer (anderen) Person. Er sollte zu der Darstellung der Person in der Vorlage passen. Überlegt euch: In welcher Situation befindet sich die Person? Was denkt und fühlt sie? Schreibt in der 1. Person Singular Präsens.

Médiation

7 König Ludwig II. von Bayern und seine Schlösser

zu 5 B 5

A *Copiez le tableau dans votre cahier et notez les différences et les points communs entre le château de Versailles et le château de Herrenchiemsee.*

Gemeinsamkeiten	Unterschiede
Fassaden:	Größe:
Park:	Räume:
Treppen:	Privatsphäre:
	Fertigstellung:

B *Beantwortet zur Vorbereitung eures Artikels die folgenden Fragen auf Französisch.*

1. Quand est-ce que le roi Louis II de Bavière a décidé de construire un troisième château?
2. Pourquoi a-t-il décidé de le construire? Qu'est-ce qu'il voulait?
3. A Herrenchiemsee, qu'est-ce qui ressemble au château de Versailles?
4. Quelles sont les différences entre Versailles et Herrenchiemsee? *Pensez surtout à la chambre du roi, la galerie des Glaces et l'espace privé.*
5. Est-ce qu'on a terminé la construction du château Herrenchiemsee? Pourquoi?

Ecouter
Parler

8 Les châteaux de la Loire

zu 5 B 6 B

A *Ecoutez le texte et répondez aux questions.*

56

1. Qui est-ce que le reporter veut interviewer?
2. Qu'est-ce que vous apprenez sur les personnes interviewées? Recopiez le tableau dans votre cahier, puis notez les informations pour chaque personne.

Caroline et Mathieu	
Guillaume	
Inès et Claire	
une famille	

B *Pourquoi est-ce qu'on devrait visiter les châteaux de la Loire? Prenez des notes, puis faites un monologue minute pour convaincre un(e) ami(e) français(e) qui n'y est pas encore allé(e).*

Lire
Ecrire

9 Quel serait votre château de rêve?

zu 5 B 6/7

A *Le journaliste qui a interviewé les visiteurs des quatre châteaux de la Loire leur a aussi posé la question suivante: «Si vous étiez roi ou reine, quel serait votre château de rêve et que feriez-vous dans ce château?» Lisez les quatre réponses et dites quel texte correspond à quel château de la Loire. Donnez les mots qui justifient vos réponses.*

1. «Je m'intéresse beaucoup à la décoration. Dans mon château, je voudrais des beaux tableaux. Mais dehors, tout devrait être beau aussi. J'ai toujours rêvé d'habiter sur l'eau … Si je pouvais passer sous mon château, ce serait fantastique!»

2. «Les plantes, c'est plus important pour moi que le château. Si j'avais un beau jardin, je passerais mon temps à m'en occuper et à l'agrandir. Et bien sûr, les fontaines, les cascades et les jeux d'eau ne devraient pas manquer!»

3. «Si j'avais le choix, je voudrais vivre à la campagne près d'une rivière. Je rêve d'avoir beaucoup d'espace pour mes chevaux. Et pour ma passion, la danse, j'aurais besoin d'une grande salle de bal!»

4. «J'aimerais avoir un château immense avec plein de tours, d'escaliers et de cheminées. Vivre dans le luxe absolu, ce serait mon rêve! Si j'avais une grande forêt à côté de mon château, j'irais à la chasse régulièrement.»

B *Imaginez: vous êtes roi ou reine. Lequel des quatre châteaux choisiriez-vous pour y vivre? Justifiez votre choix et décrivez comment vous imaginez la vie dans ce château. Ecrivez 180–200 mots dans votre cahier. Les quatre textes de* **A** *peuvent vous aider à écrire votre texte.*

Unité 6

Ecouter

1 Elias Läderach, le meilleur chocolatier du monde

zu 6 Déc 5

Ecoutez le podcast et choisissez la bonne information.

62

1. Les experts du jury viennent …
   a de la France entière. b des mêmes pays que les candidats. c de Paris.
2. Le thème du concours de 2018 était …
   a les villes de demain. b le chocolat et les fruits. c la vie artistique.
3. Elias Läderach a trouvé que le thème était …
   a plutôt difficile. b très intéressant. c une vraie innovation
4. Les chocolatiers qui ont fini deuxième et troisième avaient la nationalité …
   a française et belge. b française et tunisienne. c française et américaine.
5. D'après Camille, ils étaient … a meilleurs b aussi bons c moins bons qu'Elias.

Ecrire

2 Créez votre personnage.

zu 6 Déc 10

Complétez le texte pour faire le portrait de «votre» personnage.

Moi
Je m'appelle ☺, j'ai ☺ ans et j'habite à ☺ avec ☺ et ☺.
Mon métier, c'est ☺. / Je suis ☺.
J'adore faire ce travail parce que ☺ et ça me permet de ☺.
Je suis en ☺ au collège / lycée ☺.
Le collège / lycée, ça me plaît beaucoup / ça ne me plaît pas du tout parce que ☺.
Pendant mon temps libre, j'adore ☺.

Mon caractère
Je suis une personne très ☺.
Je ☺ beaucoup et je ☺ souvent parce que ☺.
Je me sens bien quand ☺. ☺, c'est pas mon truc.
Ma passion, c'est / ce sont ☺.

Mon point de vue
La chose importante pour moi dans la vie, c'est ☺.
Je passe mes vacances au camping parce que ☺.
Pour moi, le camping, c'est ☺. J'aime bien ☺, mais je déteste ☺.
Pendant mon séjour ici, je vais ☺.

Unité 6 Tâche A

Lire

1 Après la lecture (solutions page 248)

zu 6 Tâche A, 2

Lisez les documents de la page 111. Vrai ou faux? Justifiez vos réponses.

1. On peut faire ses courses tout le week-end.
2. Le restaurant se trouve à côté de la réception.
3. Au camping, il y a un endroit où les enfants peuvent jouer.
4. Pour acheter du pain, il faut aller au supermarché.
5. Au camping, il faut laver ses vêtements à la main.
6. On ne peut pas venir avec son chien.
7. La réception est fermée le dimanche.
8. Le réfrigérateur commun se trouve tout près des toilettes.

Lire
Ecrire

2 Faites une FAQ[1] pour le camping.

zu 6 Tâche A, 3

Travaillez en groupe. Pour répondre aux questions pratiques des campeurs, le personnel du camping veut faire une FAQ. Vous les aidez. Ecrivez le texte de cette FAQ à l'aide de la stratégie.

Notes:
horaires réception: ...
wifi: ...
départ: ...
animaux: ...
magasins: ...
...

STRATEGIE

Lire / Ecrire
Informationen strukturieren

1. Findet die praktischen Informationen in den Dokumenten. Notiert das Wichtigste.	**1.** Informationen zu dem Campingplatz gibt es auf den Seiten 105, 110 und 111.
2. Ordnet die einzelnen Informationen Themen zu.	**2.** **Exemple:** les horaires, les courses, …
3. Überlegt, was für die Besucher besonders wichtig sein könnte.	**3.** **Exemple:** wifi, activités, …
4. Formuliert mögliche Fragen und beantwortet sie.	**4.** **Exemple:** Est-ce qu'il y a le wifi au camping? Vous trouverez une zone wifi à la réception.
5. Lest alles durch und verbessert den Text. Arbeitet mit der Fehler-Checkliste auf S. 149.	**5.** Überprüft euch gegenseitig.

1 une FAQ = une foire aux questions (**une foire** [ynfwaʀ] eine Messe, ein Jahrmarkt)

Unité 6 Tâche B

Lire

1 Après la lecture (solutions page 249)

zu 6 Tâche B, 2

Lisez les documents de la page 113. Vous faites un stage à l'office de tourisme de Lausanne. Qu'est-ce que vous proposez aux touristes suivants qui passent leurs vacances dans la région? Justifiez vos réponses.

a Lilou s'intéresse à la vie dans les océans et elle adore les poissons exotiques.

b Damien profite de ses vacances pour assister à beaucoup d'évènements culturels.

c Gabriel imagine un séjour à la campagne où il travaillerait de ses mains et s'occuperait des animaux …

d Louis cherche des activités pour ses enfants qui détestent marcher, mais sont fous d'animaux.

e Paul est très sportif, il aime surtout les sports d'hiver.

f Julie a une grande passion: prendre des photos. Elle cherche donc des vues et des panoramas impressionnants.

g Pour Chloé, les vacances sont le moment idéal pour faire les boutiques et acheter des vêtements chic.

h Clara aime les sorties en bateau ou tout simplement marcher le long d'un lac.

Ecrire

2 Mettez votre programme «sur papier».

zu 6 Tâche B, 3

Travaillez en groupe. Vos amis sont aussi en Suisse et aimeraient faire des activités avec vous. Ils vous demandent votre programme pour les jours suivants. Répondez-leur dans un courriel à l'aide de la stratégie.

STRATEGIE

Eine E-Mail schreiben

	Exemples:
Die Inhalte	
1. Nennt das Programm, auf das ihr euch in eurer Gruppe geeinigt habt.	**1.** On va visiter … / On va aller à …
2. Schlagt den Empfängern eine oder zwei gemeinsame Aktivitäten vor.	**2.** On pourrait visiter ensemble … / aller ensemble à … On pourrait profiter de … pour …
3. Schildert, was daran interessant ist, und macht es ihnen schmackhaft.	**3.** Ça doit être une visite / sortie passionnante car … Ce serait génial parce que là-bas, il y a … / on peut …
4. Schlagt eine Verabredung vor.	**4.** On pourrait se retrouver / se donner rendez-vous à … / près de … / devant … lundi à … heures.
5. Fragt, ob sie einverstanden sind, oder ob sie etwas anderes vorschlagen möchten.	**5.** Ça vous dirait? Sinon, … / Est-ce que … ou est-ce que vous préfèreriez … ?
Die Form	
1. Denkt an die Formalien einer E-Mail.	**1.** Betreff, Anrede, Schlussformel
2. Überprüft, ob der Inhalt klar verständlich ist. Lest alles durch und verbessert den Text. Arbeitet mit der Fehler-Checkliste auf S. 149.	**2.** Zeigt eure Mail anderen Mitschülerinnen und Mitschülern. Verstehen sie den Inhalt?

Unité 6 Tâche C

Lire

1 Après la lecture (solutions page 249)

zu 6 Tâche C, 2

Lisez les documents de la page 115.
Vrai ou faux? Justifiez vos réponses.

1 Il y a des poubelles publiques à l'entrée du camping.
2. On n'a pas le droit de faire de feu dans le camping, sauf pour les barbecues.
3. La raclette, c'est du pain grillé avec du fromage.
4. Les chanteurs suisses peuvent participer au concours français «The Voice».
5. «Lo & Leduc» ont présenté leur chanson «079» au concours Eurovision de la chanson.

Ecrire

2 Ecrivez l'invitation

zu 6 Tâche C, 3

Travaillez en groupe. A l'aide de la stratégie, faites une affiche pour inviter les autres campeurs à votre soirée suisse.

STRATEGIE

Eine Einladung schreiben	**Des mots utiles:**	
Nennt den Anlass der Einladung / des Festes, das Thema, das Datum, die Uhrzeit und den Ort.	fêter qc avec qn, une ambiance, … vendredi 23 juillet à … heures un bar, une salle commune, une salle des fêtes, une plage …	
Sagt, wen ihr einladet. Fordert auf, teilzunehmen.	campeurs, amis, familles, enfants, habitants, employés du camping, faire la fête ensemble, …	
Bittet um Mithilfe und gebt die nötigen Informationen dazu. Macht eine Liste der Dinge, die fehlen.	avoir besoin d'aide il nous faudrait le plus de … possible vouloir aider être prêt(e) à faire qc	la décoration le matériel technique / la technique les choses à manger le programme musical les jeux, …
Gebt eure Kontaktdaten an.	nom, numéro de portable, adresse e-mail	
Lest alles durch und verbessert euren Text mithilfe der Fehler-Checkliste auf S. 149.		

Mehr dazu rf5j97

Ecouter (Lösungen zu den *Stratégie*-Übungen auf Seite 249)

Globalverstehen: Die Hauptaussage verstehen

Vor dem Hören: Lies zuerst die Überschrift und die Aufgabenstellung genau durch. Stelle Vermutungen an:

- Welche Art von Text ist es? (Alltagsgespräch, Interview, Rede, Bericht, …?)
- Worum könnte es darin gehen?
- Was weißt du schon über dieses Thema?
- Welche Wörter könnten in diesem Zusammenhang vorkommen?

Bereite eine Tabelle für deine Notizen vor (siehe unten).

Während des Hörens: Höre konzentriert zu. Lass dich nicht durcheinanderbringen, wenn du etwas nicht verstehst. Notiere **Stichworte** zu den wichtigsten Fragen.

1. Wer spricht mit wem? Achte auf die Stimmen.
2. Wo wird gesprochen? In welcher Situation? Achte auf Nebengeräusche, sie geben oft Hinweise darauf.
3. Was ist das Thema, worüber wird gesprochen? Gehe zunächst von deinen inhaltlichen Vermutungen aus und achte auf Schlüsselwörter, die dazu passen.

Qui?	
Où?	
Quoi?	

Achte auf den **Tonfall** der Sprecher. Klingen sie freudig, ernst, unsicher, …? Oft kann man die Absicht der Sprecher am Tonfall erkennen: Wollen sie ihre Meinung äußern, etwas fragen, jemanden überzeugen oder zu etwas auffordern, …?

Nach dem Hören: Stimmt es, was du vor dem Hören vermutet hast?

Detailverstehen: Einzelheiten genau verstehen

Manchmal kommt es darauf an, Einzelheiten zu verstehen. Wenn du eine Stelle überhaupt nicht verstehst, höre sie noch einmal an.

- Wie klingt das? Ist es ein Wort oder könnten es mehrere hintereinander sein?
- Versuche, es nachzusprechen. Wie könnte man das wohl schreiben?
- An welches andere Wort erinnert es dich?
- In welchem Zusammenhang steht es? Welche Information erwartest du an dieser Stelle?

Selektives Verstehen: Bestimmte Informationen entnehmen

Manchmal geht es darum, nur bestimmte Informationen herauszuhören, z. B. wie das Wetter an einem bestimmten Tag wird oder wann und wo etwas stattfindet. Mache dir vor dem Hören bewusst, worum es geht und welche Wörter vorkommen könnten. Achte beim Zuhören auf Schlüsselwörter, die zu deiner Fragestellung passen, also z. B. auf Datums- und Ortsangaben.

Ecouter

A la gare

63 *Tu es à Paris et tu veux aller à Nancy.*
Il est 8 heures moins 10.
Ton train a du retard.
Ecoute le texte, puis dis combien de minutes tu dois attendre pour prendre le prochain train.

Ecouter et regarder

Auch beim Verstehen von Filmausschnitten, von französischen Videoclips oder Tutorials im Internet kannst du die Methoden zum Hörverstehen einsetzen.
Beim Hörsehverstehen werden Inhalte aber nicht nur durch Sprache, sondern auch durch Bild und Ton vermittelt. Deswegen ist es beim Verstehen und Analysieren von Filmen hilfreich, sich auf die jeweiligen Aspekte zu konzentrieren. Die Bilder unterstützen das Gesprochene und erleichtern somit das Textverständnis. Auch die Musik kann eine wichtige Rolle spielen.

Vor dem Abspielen:
Sieh dir das Filmplakat oder Screenshots aus dem Film sowie den Titel an und überlege, um welche Art Film (welches Genre) es sich handelt und worum es gehen könnte.

Sieh dir die Filmsequenz beim ersten Mal ohne Ton an.
- Welche Informationen geben die Bilder?
- Werden bestimmte Ausschnitte ganz groß gezeigt?

Sieh dir die Filmsequenz ein zweites Mal mit Ton an.
- Wer spricht? In welcher Situation?
- Gibt es Musik? Welche Stimmung drückt sie aus?
- Worüber wird gesprochen? Stimmen Bilder und Inhalt des Interviews / des Gesprächs überein?

Wichtig: Du musst nicht jedes einzelne Wort verstehen. Versuche, den Inhalt aus dem Zusammenhang zu erschließen (Thema, Situation, Bilder, Musik, Sprache, Mimik und Gestik). Bei Verständnisschwierigkeiten kannst du den Film bei einem Wechsel der Szene kurz anhalten und dich wieder neu konzentrieren.

Lire

■ Globalverstehen: Die Hauptaussage verstehen

Vor dem Lesen
Was für eine Art von Text ist es? Welche Informationen enthalten die Überschriften und die Bilder?
Stelle erste Vermutungen an. **Worum könnte es gehen?**
Was weißt du bereits über das Thema?

Romanauszug? Werbeprospekt? Zeitschriftenartikel? Comic? Brief? E-Mail? …?

Während des Lesens
Lies den Text ganz durch. Wenn du ein Wort nicht verstehst, lies trotzdem weiter.
Worum geht es? Stimmen deine Vermutungen? Suche nach Schlüsselwörtern *(mots clés)* und notiere die wichtigsten Informationen in Stichworten.

1. Um welche Personen geht es?

2. Was geschieht, um welche Fragen geht es?

3. Wo spielt die Handlung? Um welchen Ort geht es?

Qui?	
Quoi?	
Où?	

Nach dem Lesen: Formuliere die Hauptaussage und fasse den Text zusammen.

■ Detailverstehen: Einzelheiten genau verstehen

Ausführliche Hinweise zur Arbeit mit dem Wörterbuch findest du in Découvertes Bayern Band 2, S. 170/171 und Découvertes Bayern Band 3, S. 147.

Unbekannte Wörter erschließen
- Denke an ähnliche Wörter aus **anderen Sprachen**, z. B. frz. *se concentrer* – engl. to concentrate – dt. sich konzentrieren.
- Denke an bekannte Wörter aus der gleichen **Wortfamilie**, z. B. *la lumière* (das Licht) ⟶ *illuminer qc* (etw. beleuchten).
- Denke an den **Kontext**, z. B. *se présenter sur le tapis rouge:* Die Stars präsentieren sich den Fotografen auf dem roten Teppich.

Sinnabschnitte erkennen
Überlege dir mögliche Überschriften für die einzelnen Abschnitte des Textes. Deine Überschriften sollen knapp ausdrücken, worum es jeweils geht.
Welche der drei Überschriften rechts passt z. B. für den folgenden Abschnitt aus **Unité 2, S. 39**?

Exemple:
On fait du shopping
Les valeurs en Allemagne
A la découverte de la ville

Le lendemain, avec quelques camarades de classe, je me suis promené dans le centre-ville à la recherche de la vraie Allemagne, ce pays qu'on m'avait décrit en cours d'allemand, avec ses coutumes et ses valeurs … Nous avons alors fait un tour sur le *Kurfürstendamm* et y avons regardé les vitrines des grands magasins. Nous avons réalisé que c'étaient les mêmes magasins que chez nous, […] les mêmes modes qu'à Paris. On y parlait toutes les langues […]. Des gens nous parlaient dans un français très correct, bien meilleur que le charabia que nous parlions en allemand […]. Nous n'imaginions pas que Berlin était une ville aussi cosmopolite.

Aus: Mon premier échange © Ernst Klett Verlag GmbH, 2015

Ergebnisse festhalten

Lege eine Tabelle mit Fragen an. Fülle die Tabelle stichwortartig mit den Informationen, die der Text bietet. Diese Methode kannst du für einen ganzen Text anwenden, für einzelne Abschnitte, aber auch nur für einzelne schwierige Stellen. **Beispiel** für den Text S. 142:

Qui?	Quoi?	Où?	Quand?	Pourquoi?
Wilfried et ses camarades de classe	se promener	dans le centre-ville	le lendemain	à la recherche de la vraie Allemagne
"	faire un tour, regarder les vitrines	Kurfürsten-damm	"	"
on (= les gens)	parler toutes les langues	"	"	
les gens	parler un français très correct	"	"	
nous (Wilfried et ses camarades de classe)	ne pas imaginer une ville aussi cosmopolite	Berlin		

Welche Fragen für deine Tabelle sinnvoll sind, hängt vom Inhalt des Textes ab. Für diese Stelle gibt es z. B. auf die Frage **Comment**? keine Antwort, deshalb fehlt sie in der Tabelle. Für andere Texte könnte sie aber sinnvoll sein.

Selektives Verstehen: Bestimmte Informationen entnehmen

Manchmal geht es darum, in einem Text nach bestimmten Informationen zu suchen. Mache dir zuerst bewusst, was genau gefragt ist. Überfliege dann den Text und konzentriere dich nur auf das, was für deine Fragestellung wichtig ist. Falls du mit deinem eigenen Buch oder mit einem Arbeitsblatt arbeitest, kannst du die wichtigen Informationen unterstreichen oder markieren. Falls nicht, notiere sie in knappen Stichworten.

Exemple:

Tu es à Paris avec tes parents pendant les vacances d'été.
Le mardi matin, vous voulez louer des vélos.
Sur Internet, vous trouvez les annonces suivantes.
Quel numéro de téléphone est-ce que tu notes?
Justifie ta réponse.

Location de vélos

Bois de Vincennes – Lac Daumesnil (12e)
Ouvert de 11 h à 18 h 30 les mercredis, samedis, dimanches et jours fériés en période scolaire et pendant les vacances (sauf jours de pluie)
Tarifs: 5 € de l'heure, 12 € la demi-journée, 15 € la journée
Proposé par: Cyclorama – 06 81 54 57 39

Canal de l'Ourcq – 38 bis quai de la Marne (19e)
Ouvert les mercredis, samedis et dimanches de 10 h à 18 h
Pendant les vacances scolaires: tous les jours de 10 h à 18 h
Tarifs: 4 € de l'heure, 7 € la demi-journée, 10 € la journée
Caution: pièce d'identité ou chèque de 50 €
Proposé par: AICV – 01 43 48 70 94

Statistiken auswerten

Beim Auswerten einer Statistik solltest du auf folgende Aspekte achten:
- Was ist das Thema der Statistik?
- Wer wurde befragt?
- Welche Informationen enthält die Statistik?
- Wie werden die Antworten grafisch dargestellt (z. B. Balken, Zahlen, …)?
- Kann man bestimmte Daten und Inhalte zusammenfassen?
- Was kannst du aus den Antworten schließen?

Exemple:

Regarde la statistique à droite et réponds aux questions suivantes.

1. *Quel est le sujet du sondage?*
2. *Qui a participé au sondage?*
3. *A quoi pensent la plupart des personnes?*
4. *Quels sont les deux thèmes des réponses?*
5. *Comparez les réponses avec les cinq premières réponses de la statistique page 37. Quelle est la différence?*

A quoi pensez-vous quand vous entendez le mot «France»?

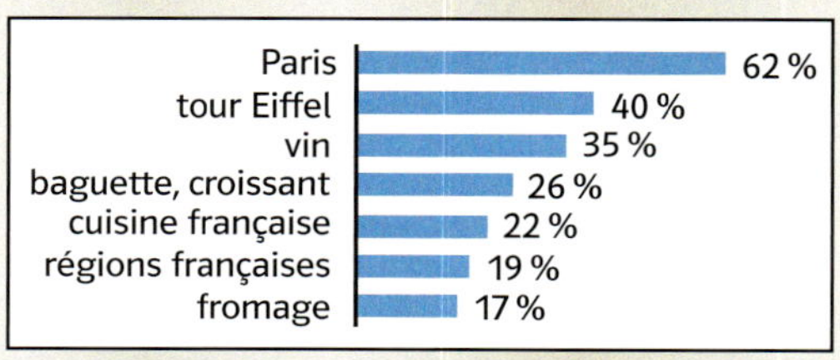

(Réponses de 1000 Allemands en %)

ON DIT

Ce diagramme présente des chiffres sur …
La majorité des Français ont donné des réponses …
C'est … qui vient à l'esprit d'un quart des … et de plus / moins d'un tiers des …
Diverses réponses montrent que …
Certaines / Plusieurs personnes pensent à … Pour un grand nombre de jeunes / Pour la plupart des jeunes, l'Allemagne, c'est …
Environ dix pour cent des … ont répondu avec les mots …
Presque personne ne pense à …
La réponse qui me surprend / Les réponses qui me surprennent, c'est / ce sont …
On a chacun sa propre idée de …

Parler

■ **Aussprache:** Im Vokabelteil S. 154 werden die Lautzeichen erklärt.
Damit kannst du die phonetische Umschrift lesen, die hinter jedem Wort angegeben ist.

Die richtige Aussprache der Wörter und Sätze kannst du auf den *Découvertes*-Tonaufnahmen hören, also achte auf das CD-Symbol in deinem Buch. Höre einzelne Sätze oder Abschnitte an, drücke die Pausentaste und sprich sie nach. Achte auf die Betonung und die Satzmelodie. Versuche, flüssig und gebunden zu sprechen.

■ Nützliche **Redewendungen** für Präsentationen oder Gespräche findest du in den gelben **On dit**-Kästen und im Vokabelteil. Präge dir diese Wendungen ein und übe sie zusammen mit einem Partner.

Auch aus Lektionstexten, zum Beispiel Dialogen, kanst du immer wieder nützliche Wendungen herausschreiben.

Ein Rollenspiel vorbereiten und durchführen

Um ein Rollenspiel durchzuführen, ist es wichtig, dass du dich genau in deine Rolle hineinversetzt. Verwende dazu alle Informationen, die du schon von der Person hast, z. B. aus der Rollenkarte oder aus dem Lektionstext.

Du kannst unter anderem Stichpunkte zu folgenden Punkten notieren:
- In welcher Situation befindet sich deine Figur?
- Welche Gedanken und Gefühle hat sie?
- Was mag sie, was mag sie nicht?
- Was ist ihr wichtig?
- Welche Argumente und Beispiele könnte deine Figur in einer Diskussion anführen?

Präsentieren / Einen Vortrag halten

Informationen beschaffen
Was weißt du schon über das Thema?
Notiere Stichworte auf Französisch.
Zu welchen Punkten weißt du noch zu wenig? Suche weitere Informationen in französischen Quellen (Bücher, Zeitschriften, Internetseiten, ...).
Manche Themen setzen voraus, dass du eine Statistik auswertest oder selbst eine Umfrage machst, z. B. auf S. 37 – 38. Bereite in diesem Fall deine Fragen vor und führe die Umfrage durch.

Exemple: *Les relations franco-allemandes*

Les relations franco-allemandes

Airbus	*de Gaulle*
Arte	*brigade*
débarquement	*football*
Verdun	*bière*
traité de l'Elysée	*occupation*
	...

Die Informationen gliedern
Finde Unterthemen, denen du deine Stichworte zuordnest. Überlege dir, in welcher Reihenfolge du diese Unterthemen vortragen willst. Meistens ergibt sich die Gliederung aus dem Thema. Bei einem geschichtlichen Thema bietet sich z. B. die zeitliche Abfolge an. Für eine Buchvorstellung eignen sich die Fragen *Auteur? Action? Qui? Quand? Où? Quoi?*

La Première Guerre mondiale
...
La Seconde Guerre mondiale
...
La réconciliation
...
La coopération
...
L'image du voisin
...

Die Präsentation ausarbeiten

Orientiere dich an der Gliederung deiner Stichworte. Notiere Formulierungen zu den einzelnen Stichworten. Verwende kurze Sätze.
Überlege dir, welche Punkte du auf einem Plakat oder in deiner digitalen Präsentation zeigen willst. Arbeite dann dein Plakat oder deine Präsentation aus.
Zur Vorbereitung deiner Präsentation kannst du dir die **Stichworte** auf Karteikarten notieren. Diese Karteikarten helfen dir während des Vortrags, falls du nicht mehr weiterweißt.

Die Präsentation proben

Übe zuhause mithilfe deiner Karteikarten. Versuche, frei zu sprechen und dich dabei an deinen Stichworten zu orientieren. Sprich laut und deutlich und nicht zu schnell. Sieh am Anfang und am Ende deiner Probe auf die Uhr: Reicht die eingeplante Zeit aus? Musst du deinen Vortrag kürzen oder ausführlicher gestalten?

Die Präsentation durchführen

Begrüße deine Zuhörer. Sieh sie während des Vortrags an.

STRATEGIE

1. Sage, worüber du sprechen wirst.	Je vais vous parler de … Le sujet de mon exposé est …
2. Sage, was besonders interessant daran ist.	C'est un sujet très actuel parce que … Ce sujet est intéressant parce que …
3. Sage, wie deine Präsentation gegliedert ist.	D'abord, je vais vous présenter … Ensuite, il sera question de … Enfin, j'aimerais vous parler de …
4. Trage deine inhaltlichen Punkte vor. Erkläre wichtige Sachverhalte.	Comme vous le voyez ici, … Ça veut dire que … Le point important, c'est que … Passons au point suivant.
5. Mache kurze Pausen und frage, ob du verstanden wurdest.	Est-ce bien clair pour tout le monde? Est-ce qu'il faut que j'explique des mots? Est-ce que vous avez des questions?
6. Bedanke dich für die Aufmerksamkeit.	Je vous remercie de votre attention.

Ecrire

Einen Text vorbereiten

1. Welche **Art von Text** wirst du schreiben? An wen richtet sich der Text? Mache dir klar, was für diese Textsorte wichtig ist. In einem Brief muss es z. B. eine Adresse, eine Anrede und am Ende einen Gruß geben. Einen inneren Monolog schreibst du immer in der 1. Person Singular (vgl. S. 91).

2. Sammle deine Ideen auf einem **Stichwortzettel**. Notiere die Stichworte gleich auf Französisch.

3. Überlege vor dem Schreiben, wie du deinen Text **gliedern** kannst. Was steht am Anfang? Wie geht es dann weiter? Wie beendest du den Text? Welche Aspekte gehören thematisch zusammen? Sie sollten in einem eigenen Absatz stehen, das erleichtert der Leserin / dem Leser die Orientierung.

Einen Text schreiben

STRATEGIE

Achte auf das Sprachniveau. Verzichte auf Umgangssprache, außer du schreibst privat an gute Freundinnen und Freunde.	un boulot *(fam.)* → un travail C'est le bazar. *(fam.)* → Il y a du désordre.
Vermeide die häufige Wiederholung von „Allerweltsverben" wie *dire* oder *faire*.	**dire** → expliquer, décrire, répondre, … **faire** → préparer, créer, fabriquer, …
Schreibe abwechslungsreiche Sätze. Verwende die grammatischen Strukturen, die du gelernt hast, z. B. Infinitivkonstruktionen.	Elle appelle …, puis elle part. → **Avant de partir**, elle appelle …

Verbinde deine Sätze mit „connecteurs" bzw. **„mots charnières"**:

AUF EINEN BLICK

«mots charnières» „Scharnierwörter"

zeitliche Abfolge	Zusammenhänge / Begründungen	Gegensätze
d'abord zuerst	**c'est pourquoi** deshalb	**mais** aber
puis, ensuite dann	**car** denn	**quand même** trotzdem
pendant während *(Präp.)*	**parce que** weil	**d'un côté …, de l'autre (côté) …** einerseits …, andererseits
pendant que während *(Konj.)*	**comme** da	
quand / lorsque wenn	**donc** also, folglich	
après danach	**à cause de** wegen	
avant de faire qc bevor man etw. tut	**pour faire qc** um etw. zu tun	
le lendemain am folgenden Tag	**alors** also	
enfin schließlich	**grâce à** durch / dank	

Einen Lesetext zusammenfassen

Sieh die Notizen durch, die du während des Lesens angefertigt hast (*Lire*, S. 142–143). Die Gliederung deiner Zusammenfassung ergibt sich aus den Sinnabschnitten des Textes und aus deiner Stichworttabelle.

Schreibe das *résumé* mit deinen eigenen Worten.
Schreibe in der 3. Person und im Präsens.
Verwende keine Zitate.
Sage im einleitenden Satz, worum es geht.
Gib dann die wichtigsten Textinhalte wieder.
Beschränke dich auf das, was im Text steht.
Gib nicht deine Meinung wieder.

ON DIT

Le texte raconte l'histoire de … / Le texte parle de …
Au début, … / Dans la première partie, on apprend que …
Dans la deuxième partie, il est question de …
Ensuite, …
A la fin, …

Aus der Perspektive einer Figur schreiben

In manchen Aufgabenstellungen geht es darum, sich in eine Person hineinzuversetzen und aus ihrem Blickwinkel z. B. einen Brief oder Tagebucheintrag oder einen inneren Monolog zu schreiben. Diesen Text erfindest du. Es ist aber wichtig, dass er zu der Darstellung der Person in der Vorlage passt. Stelle dir folgende Fragen und notiere Stichworte dazu:

STRATEGIE	Exemple: *Monologue de Louis XIV (S. 134)*
Was weiß ich über die Figur?	roi de France, né en 1638, aime les concerts / le théâtre, …
Wie ist ihr Charakter?	très ambitieux, il décide de tout, …
In welcher Situation befindet sie sich?	gouverne la France, habite au château de Versailles, n'est jamais seul, …
Was ist ihr wichtig?	faire de la France un grand pays, montrer sa puissance, …
Aus welchem Grund / An wen schreibt sie?	– (nur bei einem Brief / Tagebucheintrag, nicht bei einem Monolog)
Wie drückt sie sich aus?	ton sérieux, réfléchi

Einen Text überprüfen

Mache nach dem Schreiben eine kurze Pause. Lies deinen Text dann aufmerksam durch.

- Ist alles enthalten, was für diese **Textsorte** wichtig ist?
- Erfährt man im ersten Satz, **worum es geht**?
- Sind **Sinnabschnitte** erkennbar (Absätze)?
- Gibt es Stellen, die **nicht zum Thema** gehören und besser weggelassen werden?
- Ist der **Text** stilistisch in Ordnung (Sprachniveau, Wiederholungen, Abwechslung)?
- Enthält der Text noch **Fehler**? Benutze die Seite 149 als Checkliste für deine Texte.

Fehler-Checkliste

Stimmen Subjekte und Verben überein?	falsch: richtig:	Les élèves écoute Laura. Les élèves écoutent Laura.
	falsch: richtig:	Elle nous racontons ses expériences. Elle nous raconte ses expériences.
Stimmen Nomen und Adjektive überein?	falsch: richtig:	La vie est beau. La vie est belle.
Stimmen Begleiter und Nomen überein?	falsch: richtig:	Il pose des question_. Il pose des questions.
	falsch: richtig:	J'aime bien cette groupe J'aime bien ce groupe.
	falsch: richtig:	Ils ont invité leur amis. Ils ont invité leurs amis.
Stimmt das Hilfsverb beim Passé composé?	falsch: richtig:	Nous sommes marchés à pied. Nous avons marché à pied.
Stimmt die Angleichung des Partizips beim Passé composé mit *être*?	falsch: richtig:	Laura: «Je me suis perdu_.» Laura: «Je me suis perdue.»
Stimmen Tempus und Modus im *si*-Satz?	falsch: richtig:	Si je serais riche, j'achetais … Si j'étais riche, j'achèterais …
Stimmen die Pronomen?	falsch: richtig:	Je veux rester en contact avec il. Je veux rester en contact avec lui.
Stehen die Objektpronomen an der richtigen Stelle?	falsch: richtig:	Elle te veut parler. Elle veut te parler.
Stimmen die Mengenangaben …	falsch: richtig:	Il pose beaucoup _ questions. Il pose beaucoup de questions.
… und der Teilungsartikel?	falsch: richtig:	J'écoute _ musique. J'écoute de la musique.
Stimmen Apostrophe und Akzente?	falsch: richtig:	Le endroit ou je ai trouve … L'endroit où j'ai trouvé …

Aus Fehlern lernen

Aus Fehlern kannst du lernen. Dabei hilft dir ein **Fehlerprotokoll** in Form einer Tabelle.
Sieh deine Schulaufgaben und Tests genau durch. Welche Fehler hast du gemacht? Schreibe sie in die entsprechende Spalte deines Fehlerprotokolls, markiere und verbessere die Fehler.

Datum	Rechtschreibung		Wort / Ausdruck		männlich / weiblich		Verbform	
	falsch	richtig	falsch	richtig	falsch	richtig	falsch	richtig
16.11.	a cote de	à côté de			une groupe	un groupe	j'entend	j'entends
…	…	…	…	…	…	…	…	…

Sieh dein Fehlerprotokoll vor Schulaufgaben genau durch, um Fehler zukünftig zu vermeiden.

Les caractères[1] français sur le clavier[2] allemand

So kannst du französische Sonderzeichen mit der deutschen Tastatur schreiben:

Caractères	Microsoft Windows	Apple MacIntosh
' apostrophe	Taste rechts von Ä: shift + #	
´ accent aigu	Taste rechts von ß	
` accent grave	Taste rechts von ß: shift + ´	
^ accent circonflexe	Taste links von der Ziffer 1	
à a accent grave	shift + ´ + a	
â a accent circonflexe	^ + a	
é e accent aigu	´ + e	
è e accent grave	shift + ´ + e	
ê e accent circonflexe	^ + e	
î i accent circonflexe	^ + i	
ù u accent grave	shift + ´ + u	
û accent circonflexe	^ + u	
ç c cédille	Alt + 0231	Alt (option) + c
Ç c cédille majuscule	Alt + 0199	Alt (option) + shift + c
ë e tréma	Alt + 0235	Alt (option) + u + e
Ë e tréma majuscule	Alt + 0203	Alt (option) + u + shift + e
ï i tréma	Alt + 0239	Alt (option) + u + i
Ï i tréma majuscule	Alt + 0207	Alt (option) + u + shift + i
œ oe collés	Alt + 0156	Alt (option) + ö
Œ oe collés majuscule	Alt + 0140	Alt (option) + shift + ö

1 un caractère [ɛ̃kaʀaktɛʀ] ein Schriftzeichen – **2 un clavier** [ɛ̃klavje] eine Tastatur

Médiation / Sprachmittlung

Was ist wichtig für den anderen?

Es geht bei der Sprachmittlung nicht darum, wörtlich zu übersetzen. Entscheidend ist, was der andere wissen möchte.

Oft will er oder sie verstehen, worum es insgesamt geht. Mache dir also bei der *Médiation* immer klar, **welche Informationen** wirklich **wichtig** sind.
Fasse dann die wichtigsten Informationen zusammen. Dabei helfen dir die Fragen *Qui? Quoi? Quand? Où? Pourquoi?*

ON DIT

Pour résumer

Il s'agit de …
Cette chanson parle de …
C'est un article sur …
Dans cette émission, il est question de …
Ce monsieur / Cette dame raconte ses expériences pendant …

Manchmal interessieren den anderen nur **einzelne Aspekte**. Notiere seine Fragen. Lies dann den Text aufmerksam durch. Schreibe die passenden Informationen in Stichworten neben die entsprechenden Fragen. Unwichtige Inhalte musst du weglassen. Beantworte die Fragen dann mit Hilfe deiner Notizen.
Exemple *(zu S. 65): Notiere in deinem Heft mithilfe des Zettels rechts die Informationen, die deine Austauschpartnerin / deinen Austauschpartner interessieren.*

Paris – Berlin in zwei Wochen

Wo? ______

Was? ______

Bedeutung für dt.-frz. Freundschaft:

______

Sich einfach ausdrücken

Drücke die Inhalte mit deinen eigenen Worten aus. Wenn dir Wörter fehlen, die für die Fragen des anderen wichtig sind, kannst du sie umschreiben.

STRATEGIE

Wörter umschreiben	Exemple: *(zu S. 65)*		
… mit einem **Oberbegriff** und einem Relativsatz	Teilnehmer Gedenkstätte	→ →	les gens qui ont participé un lieu qui sert à se rappeler qc
… mit **Beispielen**	Landschaft	→	C'est par exemple une forêt ou des montagnes.
… mit einer **Erklärung**	Anstrengung Grenze	→ →	toutes les choses qu'on fait pour réussir Sur une carte, c'est la ligne entre deux pays.
… mit einem **Vergleich**	Anfeindung	→	C'est comme une dispute très grave. Ça ressemble à une dispute très grave.
… mit dem **Gegenteil**	Krieg	→	C'est le contraire de la paix.

Kulturelle Unterschiede erklären

Wenn es um Dinge oder Ausdrücke geht, die es so im anderen Land nicht gibt, musst du versuchen, sie zu erklären, z. B. wenn es um den König Ludwig II. von Bayern geht (S. 93).

Vis-à-vis

En dialecte bavarois, on dit aussi *Kini* quand on parle du roi. Ça vient du mot allemand *König*.

On prépare le DELF

1 Compréhension de l'oral

Mehr dazu fu7sz4

64

Ecoutez le document, puis trouvez la bonne réponse.

1. Le sujet le plus important du sommet franco-allemand sera …
a la coopération culturelle.
b l'économie et l'industrie.
c le climat et l'écologie.

2. Le roi des Belges et sa femme sont à Paris pour …
a rencontrer le ministre de l'Ecologie.
b s'informer sur le domaine de l'écologie.
c parler de questions économiques.

3. La journaliste Elise se trouve …
a à Tours.
b près d'une tour.
c dans la région de Tours.

4. Elle parle surtout …
a du commerce des chevaux.
b d'un accident avec des chevaux.
c de chevaux volés.

2 Compréhension des écrits

131

Lisez cette annonce, puis répondez aux questions.

ENTREPRISE FRANÇAISE spécialisée dans la fabrication de **MEUBLES EN CARTON**, nous recherchons >>>>>>>>>>>>>> un(e) secrétaire et deux stagiaires.

TABLES, CHAISES, ARMOIRES, CANAPÉS …
nous fabriquons tous nos meubles avec du carton et du papier recyclé. Moins chers que des meubles en bois et tout aussi résistants, nos meubles sont en plus écologiques: nous n'utilisons pas de produits chimiques et consommons très peu d'eau.

> SECRÉTARIAT:
Homme ou femme, vous avez une bonne maîtrise des logiciels. Grâce à votre bon niveau en anglais, en français et en allemand, vous vous occupez des échanges avec nos partenaires étrangers et organisez les voyages de notre directeur.

> STAGE AU SERVICE POSTAL:
Nous recherchons pour le mois de juillet une personne très organisée pour préparer et envoyer nos paquets en France et à l'étranger. Vous êtes flexible et vous n'avez pas peur de vous lever tôt (horaires de travail: de 5h30 à 13h).

> STAGE DE DESIGN:
Vous vous intéressez au monde des meubles, vous êtes créatif/créative et vous aimez dessiner? Vous avez envie de découvrir le travail d'un designer? Notre service design recherche un(e) stagiaire pour les mois de juillet et août.

A *Vrai ou faux? Justifiez vos réponses.*

1. Cette entreprise utilise le bois de meubles pour fabriquer du carton.
2. Il ne faut pas être riche pour acheter les produits de cette entreprise.
3. Une armoire en carton est moins solide qu'une armoire en bois.
4. D'après cette entreprise, les meubles en bois ont plus d'avantages que les meubles en carton.

B *Trouvez le / la meilleur(e) candidat(e) pour le travail et les stages proposés par l'entreprise. Justifiez vos réponses.*

Des idées de petits boulots? J'adore créer mes bijoux et mes vêtements, mais aussi des petits objets de décoration. Plus tard, je voudrais travailler dans le domaine artistique, mais je ne sais pas encore quel métier m'intéresse le plus.	**Emma** Posts: 5
Mon père est anglais, et à cause de son travail, j'ai beaucoup voyagé et je parle plusieurs langues. Je suis très organisé dans mon travail, j'aime le contact avec les gens et travailler sur ordinateur.	**Thomas** Posts: 2
En août, je veux partir en vacances avec mes copains, et pour ça, j'ai besoin d'argent. Je suis prêt à travailler à tout moment: le matin, le soir, le week-end, tout me va!	**Florian** Posts: 7

3 Production écrite

Pour un sondage sur la vie de rêve de ses lectrices et lecteurs, le magazine Phosphore a posé les questions à droite.

Votre vie future

- **Comment imaginez-vous votre vie future?**

- **Qu'est-ce qui est important pour vous?**
- **Quels sont VOS rêves?**

Parlez-nous du métier de vos rêves, de vos centres d'intérêt et de vos loisirs, de votre famille, de vos amis et de vos projets de voyages, …

Ecrivez une réponse où vous parlez de votre vie future (environ 180 à 200 mots).

4 Production orale

Travaillez à deux. Choisissez votre rôle, puis jouez la scène (environ 2 minutes).

A *Tu veux participer au programme Sauzay et passer trois mois en France. Ta mère pense que tu manqueras trop longtemps l'école en Allemagne et que tu auras des mauvaises notes.*

B *Pour organiser la visite d'une chocolaterie, tu te renseignes par téléphone (programme, jours d'ouverture, horaires, prix, visites guidées, comment y aller …)*

Lautzeichen

Vokale (Selbstlaute)

[a]	m**a**d**a**me	wie in *B**a**n**a**ne*
[e]	**t**é**l**é**phoner**	wie in *t**e**l**e**fonieren*
[ə]	**je** m'appelle	wie in *Tass**e***
[ɛ]	je m'app**e**lle	wie in *b**e**llen*
[i]	**i**l, b**i**zarre	wie in *Br**i**lle, L**ie**be*
[o]	**au**ssi	wie in *R**o**se*
[ɔ]	c**o**mment	wie in *L**o**ch*
[ø]	monsi**eur**	wie in *b**ö**se*
[œ]	t-sh**i**rt	wie in *St**ö**cke*
[u]	bonj**ou**r	wie in *t**u**n*
[y]	Sal**u**t!	wie in *T**ü**r*

Konsonanten (Mitlaute)

[ʒ]	bon**j**our	wie in ***J**ournalist*
[f]	**f**amille, **ph**oto	wie in ***F**amilie, **F**oto*
[ʀ]	bonjou**r**	wie in ***R**ad, hö**r**en*
[s]	Mou**s**tique	wie in *Ma**ß***
[z]	bi**z**arre	wie in ***S**aal, Ro**s**e*
[v]	**V**iens!	wie in ***W**asser*
[ɲ]	Allema**gn**e	wie in *Lasa**gn**e*
[ŋ]	campi**ng**	wie in *Campi**ng***
[ʃ]	**ch**at	wie in ***sch**ön*

Nasalvokale

[õ]	b**on**jour	werden durch die Nase gesprochen und deshalb **Nasalvokale** genannt.
[ɑ̃]	croiss**ant**	
[ɛ̃]	bi**en**	

Halbkonsonanten

[j]	b**i**en	wie in ***j**a*
[w]	**toi**	wie in englisch: ***w**ater*
[ɥ]	je s**u**is	kurz gesprochenes [y], gehört zum folgenden Vokal.

Symbole und Abkürzungen

fam.	*familier* (= umgangssprachlich)
ugs.	umgangssprachlich
f.	*féminin* (= feminin, weiblich)
m.	*masculin* (= maskulin, männlich)
sg.	*singulier* (= Singular, Einzahl)
pl.	*pluriel* (= Plural, Mehrzahl)
Adv.	Adverb, frz. *adverbe (adv.)*
inv.	*invariable* (= unveränderlich)
un nom	ein blauer Artikel weist auf ein maskulines Nomen hin
une liste	ein roter Artikel weist auf ein feminines Nomen hin

	Aussprache beachten!
‿	zwei Wörter werden wie ein Wort ausgesprochen, z. B. *les‿amis* [lezami]
	Schreibung beachten!
→	Wortfamilie, verwandtes Wort
⟷	Gegensatz, Antonym
qc	*quelque chose* (= etwas)
qn	*quelqu'un* (= jemand)

Mehr dazu
49r98u

Vokabeln lernen und nachschlagen

Mit dem **Vocabulaire** kannst du die Wörter der Reihe nach im Zusammenhang lernen. Die Lernwörter kannst du anhören und nachsprechen.
Benutze die **alphabetische Wortliste** am Ende des Buchs oder ein Wörterbuch zum Nachschlagen.

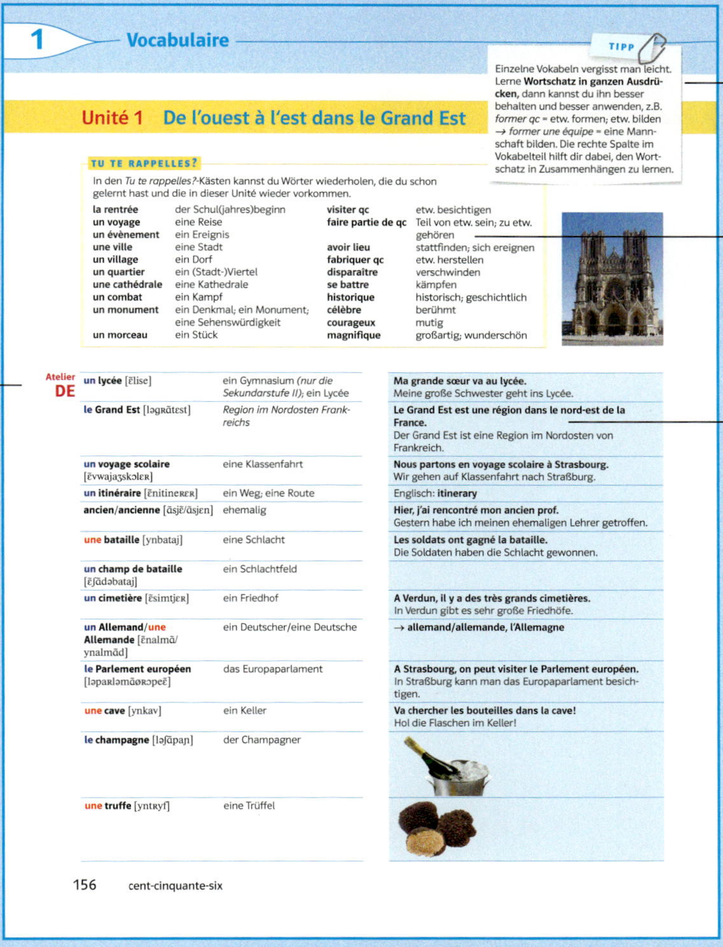

1 Vocabulaire

TIPP
Einzelne Vokabeln vergisst man leicht. Lerne **Wortschatz in ganzen Ausdrücken**, dann kannst du ihn besser behalten und besser anwenden, z.B. *former qc* = etw. formen; etw. bilden → *former une équipe* = eine Mannschaft bilden. Die rechte Spalte im Vokabelteil hilft dir dabei, den Wortschatz in Zusammenhängen zu lernen.

Unité 1 De l'ouest à l'est dans le Grand Est

TU TE RAPPELLES?
In den *Tu te rappelles?*-Kästen kannst du Wörter wiederholen, die du schon gelernt hast und die in dieser Unité wieder vorkommen.

la rentrée	der Schul(jahres)beginn	**visiter qc**	etw. besichtigen
un voyage	eine Reise	**faire partie de qc**	Teil von etw. sein; zu etw. gehören
un évènement	ein Ereignis		
une ville	eine Stadt	**avoir lieu**	stattfinden; sich ereignen
un village	ein Dorf	**fabriquer qc**	etw. herstellen
un quartier	ein (Stadt-)Viertel	**disparaître**	verschwinden
une cathédrale	eine Kathedrale	**se battre**	kämpfen
un combat	ein Kampf	**historique**	historisch; geschichtlich
un monument	ein Denkmal; ein Monument; eine Sehenswürdigkeit	**célèbre**	berühmt
		courageux	mutig
un morceau	ein Stück	**magnifique**	großartig; wunderschön

Atelier DE

un **lycée** [ɛ̃lise]	ein Gymnasium *(nur die Sekundarstufe II)*; ein Lycée	**Ma grande sœur va au lycée.** Meine große Schwester geht ins Lycée.
le **Grand Est** [ləgʀɑ̃tɛst]	*Region im Nordosten Frankreichs*	**Le Grand Est est une région dans le nord-est de la France.** Der Grand Est ist eine Region im Nordosten von Frankreich.
un **voyage scolaire** [ɛ̃vwajaʒskɔlɛʀ]	eine Klassenfahrt	**Nous partons en voyage scolaire à Strasbourg.** Wir gehen auf Klassenfahrt nach Straßburg.
un **itinéraire** [ɛ̃nitineʀɛʀ]	ein Weg; eine Route	Englisch: **itinerary**
ancien/ancienne [ɑ̃sjɛ̃/ɑ̃sjɛn]	ehemalig	**Hier, j'ai rencontré mon ancien prof.** Gestern habe ich meinen ehemaligen Lehrer getroffen.
une **bataille** [ynbataj]	eine Schlacht	**Les soldats ont gagné la bataille.** Die Soldaten haben die Schlacht gewonnen.
un **champ de bataille** [ɛ̃ʃɑ̃dəbataj]	ein Schlachtfeld	
un **cimetière** [ɛ̃simtjɛʀ]	ein Friedhof	**A Verdun, il y a des très grands cimetières.** In Verdun gibt es sehr große Friedhöfe.
un **Allemand**/une **Allemande** [ɛ̃nalmɑ̃/ynalmɑ̃d]	ein Deutscher/eine Deutsche	→ **allemand/allemande, l'Allemagne**
le **Parlement européen** [ləpaʀləmɑ̃øʀɔpeɛ̃]	das Europaparlament	**A Strasbourg, on peut visiter le Parlement européen.** In Straßburg kann man das Europaparlament besichtigen.
une **cave** [ynkav]	ein Keller	**Va chercher les bouteilles dans la cave!** Hol die Flaschen im Keller!
le **champagne** [ləʃɑ̃paɲ]	der Champagner	
une **truffe** [yntʀyf]	eine Trüffel	

156 cent-cinquante-six

Der **Tipp** macht jeweils einen Vorschlag, wie du lernen kannst. Probiere aus, ob er dir beim Lernen und Behalten hilft.

Wiederholungskasten
Diese Wörter hast du schon gelernt. Prüfe, ob du sie noch kannst!

Die **roten Buchstaben und Zahlen** zeigen dir, in welchen Texten / Aufgaben die Wörter vorkommen.

Die **Beispielsätze** in der blauen Spalte zeigen dir, wie die Wörter verwendet werden. Damit kannst du dich gut auf Vokabeltests vorbereiten.

MON DICO PERSONNEL

Aus den blau gedruckten Wörtern kannst du **auswählen**. Lerne diejenigen, die wichtig sind, um deine persönlichen Interessen auszudrücken. Lege dafür ein Vokabelheft als **Persönliches Wörterbuch** an. Gliedere es nach Themen wie z. B. „les métiers" oder „les médias".

AUF EINEN BLICK

Hier findest du **Zusammenfassungen** zu einem Thema. Blaue Wörter dienen der Ergänzung. Sie kommen später dran, du musst sie hier noch nicht unbedingt können.

Vis-à-vis

Diese Kästchen informieren dich über landeskundliche Besonderheiten und geschichtliche Hintergründe.

Mehr dazu 49r98u

TIPP
Einzelne Vokabeln vergisst man leicht. Lerne **Wortschatz in ganzen Ausdrücken,** dann kannst du ihn besser behalten und besser anwenden, z.B. *former qc* = etw. formen; etw. bilden → *former une équipe* = eine Mannschaft bilden. Die rechte Spalte im Vokabelteil hilft dir dabei, den Wortschatz in Zusammenhängen zu lernen.

Unité 1 De l'ouest à l'est dans le Grand Est

TU TE RAPPELLES?

In den *Tu te rappelles?*-Kästen kannst du Wörter wiederholen, die du schon gelernt hast und die in dieser Unité wieder vorkommen.

la rentrée	der Schul(jahres)beginn	**visiter qc**	etw. besichtigen
un voyage	eine Reise	**faire partie de qc**	Teil von etw. sein; zu etw. gehören
un évènement	ein Ereignis	**avoir lieu**	stattfinden; sich ereignen
une ville	eine Stadt	**fabriquer qc**	etw. herstellen
un village	ein Dorf	**disparaître**	verschwinden
un quartier	ein (Stadt-)Viertel	**se battre**	kämpfen
une cathédrale	eine Kathedrale	**historique**	historisch; geschichtlich
un combat	ein Kampf	**célèbre**	berühmt
un monument	ein Denkmal; ein Monument; eine Sehenswürdigkeit	**courageux**	mutig
un morceau	ein Stück	**magnifique**	großartig; wunderschön

Atelier DE

un lycée [ɛ̃lise]	ein Gymnasium *(nur die Sekundarstufe II)*; ein Lycée	**Ma grande sœur va au lycée.** Meine große Schwester geht ins Lycée.
le Grand Est [ləɡʀɑ̃tɛst]	*Region im Nordosten Frankreichs*	**Le Grand Est est une région dans le nord-est de la France.** Der Grand Est ist eine Region im Nordosten von Frankreich.
un voyage scolaire [ɛ̃vwajaʒskɔlɛʀ]	eine Klassenfahrt	**Nous partons en voyage scolaire à Strasbourg.** Wir gehen auf Klassenfahrt nach Straßburg.
la Champagne [laʃɑ̃paɲ]	*Landschaft und Region im Grand Est*	
régional / régionale / régionaux / régionales [ʀeʒjɔnal/ʀeʒjɔno]	regional	
la Lorraine [lalɔʀɛn]	Lothringen *(Teil der Region Grand Est)*	
ancien/ancienne [ɑ̃sjɛ̃/ɑ̃sjɛn]	ehemalig *(wenn es vor dem Nomen steht)*	**Hier, j'ai rencontré mon ancien prof.** Gestern habe ich meinen ehemaligen Lehrer getroffen.
une bataille [ynbataj]	eine Schlacht	**Les soldats ont gagné la bataille.** Die Soldaten haben die Schlacht gewonnen. Spanisch: **batalla**; Italienisch: **battaglia**
un champ de bataille [ɛ̃ʃɑ̃dəbataj]	ein Schlachtfeld	
un cimetière [ɛ̃simtjɛʀ]	ein Friedhof	**A Verdun, il y a des très grands cimetières.** In Verdun gibt es sehr große Friedhöfe.
un Allemand/une Allemande [ɛ̃nalmɑ̃/ynalmɑ̃d]	ein Deutscher/eine Deutsche	→ **allemand/allemande, l'Allemagne**
le Parlement européen [ləpaʀləmɑ̃øʀɔpeɛ̃]	das Europaparlament	**A Strasbourg, on peut visiter le Parlement européen.** In Straßburg kann man das Europaparlament besichtigen.
une cave [ynkav]	ein Keller	**Va chercher les bouteilles dans la cave!** Hol die Flaschen im Keller!
le champagne [ləʃɑ̃paɲ]	der Champagner	**Le champagne est la spécialité de la Champagne.** Der Champagner ist die Spezialität der Region Champagne.

	une truffe [yntʀyf]	eine Trüffel	
	un itinéraire [ɛ̃nitineʀɛʀ]	ein Weg; eine Route	Englisch: **itinerary**
	l'Alsace *(f.)* [lalzas]	das Elsass *(Teil der Region Grand Est)*	
	former qc [fɔʀme]	etw. formen; etw. bilden	**Les anciennes régions Lorraine, Champagne-Ardenne et Alsace forment le Grand Est.** Die ehemaligen Regionen Lothringen, Champagne-Ardenne und Elsass bilden die Region Grand Est.
	le Luxembourg [ləlyksɑ̃buʀ]	Luxemburg	
	une cigogne [ynsigɔɲ]	ein Storch	 Italienisch: **cicogna**
	alsacien/alsacienne [alzasjɛ̃/alzasjɛn]	elsässisch	→ **l'Alsace**
Atelier A 1	**un commentaire** [ɛ̃kɔmɑ̃tɛʀ]	ein Kommentar	**Tu peux écrire un commentaire à ce sujet.** Du kannst zu diesem Thema einen Kommentar schreiben.
A 2	**informer** qn sur qc [ɛ̃fɔʀme]	jdn. über etw. informieren	
	une visite guidée [ynvizitgide]	eine Führung	**Quand est-ce que la visite guidée commence?** Wann beginnt die Führung? → **un guide/une guide**
	une étape [ynetap]	eine Etappe	Spanisch: **etapa**
A 3	**magique/magique** [maʒik]	magisch; zauberhaft	
	une façade [ynfasad]	eine Fassade	
	illuminer qc [ilymine]	etw. beleuchten	→ **la lumière**
	haut/haute [o/ot]	hoch	**Les tours de la cathédrale de Reims sont très hautes!** Die Türme der Kathedrale von Reims sind sehr hoch!
	l'intérieur *(m.)* [lɛ̃teʀjœʀ]	das Innere	**J'aime bien l'intérieur de la cathédrale.** Das Innere der Kathedrale gefällt mir.
	un peintre/une peintre [ɛ̃pɛ̃tʀ/ynpɛ̃tʀ]	ein Maler/eine Malerin	**Marc Chagall est un peintre célèbre.** Marc Chagall ist ein berühmter Maler.
	un producteur/une productrice [ɛ̃pʀɔdyktœʀ/ynpʀɔdyktʀis]	ein Erzeuger/eine Erzeugerin; ein Hersteller/eine Herstellerin; ein Produzent/eine Produzentin	**Ce producteur propose un très bon champagne.** Dieser Hersteller bietet einen sehr guten Champagner an.
	détruire qc [detʀɥiʀ]	etw. zerstören	**Pendant la guerre, on a détruit beaucoup de bâtiments anciens.** Während des Krieges wurden viele alte Gebäude zerstört. ↔ **construire qc**
	détruire wird konjugiert wie **construire**: je détruis, tu détruis, il détruit, nous détruisons, vous détruisez, ils détruisent; j'ai **détruit**		
	un symbole [ɛ̃sɛ̃bɔl]	ein Symbol	
	finalement [finalmɑ̃]	schließlich; zum Schluss	→ **la fin, finir qc, enfin**
	décider de faire qc [deside]	entscheiden, etw. zu tun; beschließen, etw. zu tun	**Ils décident d'attendre.** Sie beschließen zu warten. → **une décision** Englisch: **to decide**
	reconstruire qc [ʀəkɔ̃stʀɥiʀ]	etw. wieder aufbauen	**Après la guerre, on a reconstruit la cathédrale.** Nach dem Krieg wurde die Kathedrale wieder aufgebaut.

	durer [dyʀe]	dauern	**La visite dure deux heures.** Die Besichtigung dauert zwei Stunden. Spanisch: **durar**
A 7	**en partie** [ɑ̃paʀti]	teilweise; zum Teil	Spanisch: **en parte**
	libre/libre [libʀ]	frei	**Qu'est-ce que tu fais pendant ton temps libre?** Was machst du in deiner Freizeit? → **la liberté**
	un rédacteur/une rédactrice [ɛ̃ʀedaktœʀ/ynʀedaktʀis]	ein Redakteur/eine Redakteurin	
A 8	**grâce à** qn/qc [gʀasa]	durch jdn./etw.; dank einer Person/einer Sache	**Grâce à mes parents, je suis partie un an en Afrique.** Dank meiner Eltern bin ich ein Jahr nach Afrika gegangen.
	une application [ynaplikasjɔ̃]	eine Anwendung; eine App	**une appli** *(fam.)*
	interactif/interactive [ɛ̃tɛʀaktif/ɛ̃tɛʀaktiv]	interaktiv	
	la Première Guerre mondiale [lapʀəmjɛʀgɛʀmɔ̃djal]	der Erste Weltkrieg *(1914–1918)*	**En France, on appelle la Première Guerre mondiale la «Grande Guerre».** In Frankreich nennt man den Ersten Weltkrieg den „Großen Krieg".
	dur/dure [dyʀ]	hart; schwierig	**La vie est dure.** Das Leben ist hart.
	marquer qc [maʀke]	etw. prägen	**La guerre a beaucoup marqué cette région.** Der Krieg hat diese Region sehr geprägt.
	virtuel/virtuelle [viʀtɥɛl]	virtuell	**Ce musée propose des visites virtuelles.** Dieses Museum bietet virtuelle Besichtigungen an.
	une tranchée [yntʀɑʃe]	ein Graben; *hier:* ein Schützengraben	
	une trace [yntʀas]	eine Spur	**Cet enfant marche sur les traces de son père.** Dieses Kind folgt den Spuren seines Vaters. 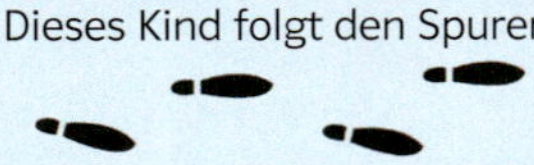
	en plein air [ɑ̃plɛnɛʀ]	draußen; im Freien	**un musée en plein air** (ein Freiluftmuseum)
	un fort [ɛ̃fɔʀ]	eine Festung	→ **un château fort**
	se dérouler [sədeʀule]	sich abspielen; stattfinden	**La Première Guerre mondiale s'est déroulée de 1914 à 1918.** Der Erste Weltkrieg fand von 1914 bis 1918 statt. **! Das Verb kommt fast nur in der 3. Person vor.**
	une armée [ynaʀme]	eine Armee; ein Heer	
	un mort/une morte [ɛ̃mɔʀ/ynmɔʀt]	ein Toter/eine Tote	**Les combats étaient très durs et il y avait beaucoup de morts.** Die Kämpfe waren sehr hart und es gab viele Tote.
	complet/complète [kɔ̃plɛ/kɔ̃plɛt]	komplett; vollständig	**C'est complètement fou!** Das ist total verrückt!
	une tombe [yntɔ̃b]	ein Grab	
	un reste [ɛ̃ʀɛst]	ein Rest	→ **rester**
A 10	**une auberge de jeunesse** [ynobɛʀʒdəʒœnɛs]	eine Jugendherberge	**On a passé une semaine dans une auberge de jeunesse.** Wir haben eine Woche in einer Jugendherberge verbracht. → **un jeune/une jeune**
Atelier B 1	**la choucroute** [laʃukʀut]	das Sauerkraut	**La choucroute est un plat typiquement allemand et alsacien.** Sauerkraut ist ein typisch deutsches und elsässisches Gericht. Spanisch: **chucrut**

	franco-allemand/franco-allemande [fʀɑ̃koalmɑ̃/fʀɑ̃koalmɑ̃d]	deutsch-französisch	
B 2	un **jeu de piste** [ɛ̃ʒød(ə)pist]	eine Schnitzeljagd	**Les profs ont organisé un jeu de piste.** Die Lehrer haben eine Schnitzeljagd organisiert.
	en haut [ɑ̃o]	oben; nach oben	**On va en haut?** Gehen wir nach oben? **Bei *en haut* macht man keine *liaison*.**
	sauf [sof]	außer	**Les copains sont là, sauf Maxime.** Die Freunde sind da, außer Maxime.
	une **marche** [ynmaʀʃ]	eine Stufe	→ **marcher**
	un **ascenseur** [ɛ̃nasɑ̃sœʀ]	ein Aufzug; ein Fahrstuhl	**Je préfère prendre l'ascenseur.** Ich nehme lieber den Aufzug. Italienisch: **ascensore**; Türkisch: **asansör**
	Ça vaut le coup. [savol(ə)ku]	Es lohnt sich.	
	les **Vosges** *(f., pl.)* [levoʒ]	die Vogesen *(Gebirge im Nordosten Frankreichs)*	
	être du même avis [ɛtʀdymɛmavi]	gleicher Meinung sein	**Mon frère et moi, on n'est jamais du même avis.** Mein Bruder und ich sind nie einer Meinung.
	distribuer qc [distʀibɥe]	etw. austeilen; etw. verteilen	**Qui distribue les livres?** Wer verteilt die Bücher? Englisch: **to distribute**
	sérieux/sérieuse [seʀjø/seʀjøz]	ernst(haft); seriös	**Ce n'est pas sérieux!** Das ist nicht ernst gemeint!/Das kann doch nicht wahr sein! Englisch: **serious**
	prendre qn/qc **au sérieux** [pʀɑ̃dʀoseʀjø]	jdn./etw. ernst nehmen	**Tu ne prends jamais rien au sérieux!** Du nimmst nie etwas ernst!
	se concentrer sur qc [səkɔ̃sɑ̃tʀe]	sich auf etw. konzentrieren	Englisch: **to concentrate**; Italienisch: **concentrarsi**
	un **Européen**/une **Européenne** [ɛ̃nøʀɔpeɛ̃/ynøʀɔpeɛn]	ein Europäer/eine Europäerin	→ **l'Europe**
	une **institution** [ynɛ̃stitysjɔ̃]	eine Institution	**Le Conseil de l'Europe est une institution européenne.** Der Europarat ist eine europäische Institution.
	passionnant/passionnante [pasjɔnɑ̃/pasjɔnɑ̃t]	spannend; fesselnd	**– On a beaucoup appris pendant le jeu de piste.** **– Oui, c'était passionnant.** – Wir haben bei der Schnitzeljagd viel gelernt. – Ja, es war spannend.
B 6	une **émission** [ynemisjɔ̃]	eine Sendung	**J'ai vu une émission intéressante sur Arte.** Ich habe eine interessante Sendung auf Arte gesehen. Spanisch: **emisión**
B 7	une **tarte flambée** [yntaʀtflɑ̃be]	ein Flammkuchen	

Vis-à-vis

Flammkuchen ist eine Spezialität aus dem Elsass. Er besteht aus einem dünnen, mit Crème fraîche bestrichenen Brotteig und ist in seiner traditionellen Variante mit Speck und Zwiebeln belegt.

B 8

un Alsacien/une Alsacienne [ɛ̃nalzasjɛ̃/ynalzasjɛn]	ein Elsässer/eine Elsässerin	**Les Alsaciens habitent en Alsace.** Die Elsässer wohnen im Elsass.
un dialecte [ɛ̃djalɛkt]	ein Dialekt	**Il existe des régions où les gens parlent en dialecte.** Es gibt Regionen, in denen die Leute Dialekt sprechen.

MON DICO PERSONNEL

Organiser un jeu de piste Eine Schnitzeljagd organisieren

un questionnaire	ein Fragebogen
remplir qc	etw. ausfüllen
une étape	eine Etappe
un parcours	ein Parcours; eine Strecke
un itinéraire	ein Weg; eine Route
un point **de départ**	ein Startpunkt
trouver un morceau de …	ein Stück … finden
une trace	eine Spur
un indice	ein Hinweis
une énigme	ein Rätsel
cacher qc	etw. verstecken
une cachette	ein Versteck
une solution	eine Lösung
avancer	vorankommen
remarquer qc	etw. bemerken

fixer qc à qc	etw. an etw. befestigen
un but	ein Ziel
arriver à destination	am Ziel ankommen
un lieu d'arrivée	ein Endpunkt

Unité 2 France - Allemagne: quelle histoire!

TIPP

Thematischen Wortschatz wiederholen:
Frage dich z. B.: Welche Wörter und Wendungen kenne ich zum Thema „Krieg"? Stelle dir konkrete Ereignisse vor, z. B. *une bataille, se blesser, libérer qn, mourir …*
Das kann man auch prima zu zweit oder zu dritt machen!

TU TE RAPPELLES?

une chaîne de télévision	ein Fernsehsender
une émission	eine Sendung
une devinette	ein Rätsel
un échange	ein (Aus-)Tausch; ein Schüleraustausch
l'occupation	die Besatzung
le silence	die Ruhe; die Stille
au cours de qc	im Laufe (einer Sache)
avant de	bevor
depuis longtemps	seit Langem
politique/politique	politisch
occuper qc	etw. besetzen; etw. einnehmen
encourager qn	jdn. ermutigen
améliorer qc	etw. verbessern
créer qc	etw. (er)schaffen; etw. gründen
toucher qn/qc	jdn./etw. anfassen; jdn./etw. berühren
s'entendre	sich verstehen
faire un tour	eine Runde drehen
découvrir qc	etw. entdecken
accueillir qn	jdn. empfangen

Atelier DE

une coopération [ykɔɔpeʀasjɔ̃]	eine Zusammenarbeit	**Grâce à la coopération des deux pays, il existe une chaîne de télévision franco-allemande.** Dank der Zusammenarbeit der beiden Länder gibt es einen deutsch-französischen Fernsehsender.
reconnaître qn/qc [ʀəkɔnɛtʀ]	jdn./etw. (wieder)erkennen; jdn./etw. anerkennen	**Tu as reconnu cette personne?** Hast du diese Person wiedererkannt?

Atelier A 1

un ennemi/une ennemie [ɛ̃nen(ə)mi/ynen(ə)mi]	ein Feind/eine Feindin	↔ **un ami/une amie** Englisch: **enemy**; Spanisch: **enemigo/enemiga**
la mort [lamɔʀ]	der Tod	↔ **la vie** → **mourir, un mort/une morte**
un blessé/une blessée [ɛ̃blese/ynblese]	ein Verletzter/eine Verletzte	→ **se blesser, blessé/blessée**
un résistant/une résistante [ɛ̃ʀezistɑ̃/ynʀezistɑ̃t]	ein Widerstandskämpfer/eine Widerstandskämpferin	**Jean Moulin est un des résistants français les plus connus.** Jean Moulin ist einer der bekanntesten französischen Widerstandskämpfer.
déporter qn [depɔʀte]	jdn. deportieren; jdn. verschleppen	
un maire/une maire [ɛ̃mɛʀ/ynmɛʀ]	ein Bürgermeister/eine Bürgermeisterin	**Vous connaissez le nouveau maire?** Kennen Sie den neuen Bürgermeister?
une expérience [ynɛkspeʀjɑ̃s]	eine Erfahrung	**Cette expérience a changé sa vie.** Diese Erfahrung hat sein Leben verändert. Englisch: **experience**
un jumelage [ɛ̃ʒym(ə)laʒ]	eine Städte-/Schulpartnerschaft	**Il y a un jumelage entre Strasbourg et Stuttgart.** Es gibt eine Städtepartnerschaft zwischen Straßburg und Stuttgart. → **être jumelé/jumelée avec**
le Bade-Wurtemberg [ləbadwyʀtɛ̃bɛʀ]	Baden-Württemberg	
un président/une présidente [ɛ̃pʀezidɑ̃/ynpʀezidɑ̃t]	ein Präsident/eine Präsidentin	**Comment s'appelle le Président français?** Wie heißt der französische Präsident?
un chancelier/une chancelière [ɛ̃ʃɑ̃səlje/ynʃɑ̃səljɛʀ]	ein Kanzler/eine Kanzlerin	Englisch: **chancellor**
signer qc [siɲe]	etw. unterschreiben	Englisch: **to sign**
un traité [ɛ̃tʀete]	ein Vertrag	
le traité de l'Elysée [lətʀetedəlelize]	der Elysée-Vertrag	**Le traité de l'Elysée est un traité sur la coopération entre la France et l'Allemagne.** Der Elysée-Vertrag ist ein Vertrag über die Zusammenarbeit zwischen Frankreich und Deutschland.

Vis-à-vis

Im **Elysée-Vertrag** (1963) beschlossen Deutschland und Frankreich, die in vielen Kriegen gewachsene Feindschaft hinter sich zu lassen und künftig zusammenzuarbeiten. In der Folge dieses Vertrages wurde das Deutsch-Französische Jugendwerk gegründet und immer mehr Städtepartnerschaften (jumelages) wurden geschlossen.

l'amitié *(f.)* [lamitje]	die Freundschaft	**Vive l'amitié franco-allemande!** Es lebe die deutsch-französische Freundschaft! → **un ami/une amie**
une réconciliation [ynʀekɔ̃siliasjɔ̃]	eine Versöhnung; eine Aussöhnung	**Le traité de l'Elysée est le premier pas vers la réconciliation des deux pays.** Der Elysée-Vertrag ist der erste Schritt zur Versöhnung der beiden Länder.
une relation [ynʀəlasjɔ̃]	eine Beziehung	**Aujourd'hui, les relations franco-allemandes sont bonnes.** Heutzutage sind die deutsch-französischen Beziehungen gut. Englisch: **relation**

une connaissance [ynkɔnɛsɑ̃s]	eine Kenntnis; eine Erkenntnis; eine Bekanntschaft	→ **connaître qc**
lutter contre qc [lytekɔ̃tʀ]	gegen etw. kämpfen	**Le soldat blessé lutte contre la mort.** Der verletzte Soldat kämpft gegen den Tod.
un préjugé [ɛ̃pʀeʒyʒe]	ein Vorurteil	
rendre hommage à qn [ʀɑ̃dʀɔmaʒ]	jdn. ehren; jdn. würdigen	**Le Président a rendu hommage aux soldats de la Première Guerre mondiale.** Der Präsident hat die Soldaten des Ersten Weltkrieges geehrt.
un geste [ɛ̃ʒɛst]	eine Geste	**Achte auf den Unterschied: un geste – eine Geste**
la paix [lapɛ]	der Frieden	↔ **la guerre** **Englisch: peace**; Spanisch: **paz**; Italienisch: **pace**
une entreprise [ynɑ̃tʀəpʀiz]	ein Betrieb; eine Firma; ein Unternehmen	**fonder une entreprise** (ein Unternehmen gründen)
un domaine [ɛ̃dɔmɛn]	ein Bereich; eine Domäne	**Achte auf den Artikel: un domaine – eine Domäne**
Aix-la-Chapelle [ɛkslaʃapɛl]	Aachen	
renforcer qc [ʀɑ̃fɔʀse]	etw. verstärken; etw. festigen	**Avec le traité d'Aix-la-Chapelle, on a encore renforcé les relations franco-allemandes.** Mit dem Aachener Vertrag wurden die deutsch-französischen Beziehungen weiter gefestigt.
Achte auf die Cédille: nous renforçons (Présent); on renforçait (Imparfait)		
les transports *(m., pl.)* [letʀɑ̃spɔʀ]	das Transportwesen; das Transportgewerbe	→ **un moyen de transport**
un employé/une employée [ɛ̃nɑ̃plwaje/ynɑ̃plwaje]	ein Angestellter/eine Angestellte	Spanisch: **empleado/empleada**
à bord de qc [abɔʀdə]	an Bord von etw.	**Unterscheide:** **à bord d'un avion** (an Bord eines Flugzeugs) **au bord d'un lac** (am Ufer eines Sees)
militaire/militaire [militɛʀ]	Militär-; militärisch	
une brigade [ynbʀigad]	eine Brigade *(eine militärische Einheit)*	**En 1989, on a créé la brigade franco-allemande.** 1989 wurde die deutsch-französische Brigade gegründet.
culturel/culturelle [kyltyʀɛl]	Kultur-; kulturell	→ **la culture, multiculturel/multiculturelle**
l'éducation *(f.)* [ledykasjɔ̃]	die Erziehung; die Bildung	Englisch: **education**
A 2 **l'économie** *(f.)* [lekɔnɔmi]	die Wirtschaft	 Englisch: **economy**
la politique [lapɔlitik]	die Politik	
A 3 **le chef de l'Etat/la chef de l'Etat** [ləʃɛfdəleta/laʃɛfdəleta]	der Staatschef/die Staatschefin	**le chef de l'Etat français** (der französische Staatschef) **trois chefs d'Etat** (drei Staatschefs)
le dos [lədo]	der Rücken	**Il m'a tourné le dos.** Er hat mir den Rücken zugedreht.
un directeur/une directrice [ɛ̃diʀɛktœʀ/yndiʀɛktʀis]	ein Direktor/eine Direktorin	Englisch: **director**

A 4	**fuir** [fɥiʀ]	fliehen; flüchten	**Pendant la Seconde Guerre mondiale, beaucoup de gens ont fui leur pays.** Während des Zweiten Weltkrieges sind viele Menschen aus ihrem Land geflohen.
	fuir: je fuis, tu fuis, il/elle/on fuit, nous fuyons, vous fuyez, ils/elles fuient; j'ai fui		
	collaborer avec qn [kɔlabɔʀe]	mit jdm. zusammenarbeiten; mit jdm. *(dem Feind)* kollaborieren	**Le gouvernement de Vichy a collaboré avec l'Allemagne.** Die Vichy-Regierung hat mit Deutschland kollaboriert.
	défendre qn/qc [defɑ̃dʀ]	jdn./etw. verteidigen	**défendre ses idées** (seine Ansichten vertreten)
A 5	**un général/une générale** [ɛ̃ʒeneʀal/ynʒeneʀal]	ein General/eine Generalin	

Vis-à-vis

Charles de Gaulle (1890-1970) war ein französischer General, der als Offizier bereits im 1. Weltkrieg gegen die Deutschen kämpfte. Als die Deutschen im 2. Weltkrieg Frankreich besetzten, ging de Gaulle nach England. Im englischen Rundfunk rief er die Franzosen zum Widerstand gegen die Besatzer auf. Von 1959 bis 1969 war de Gaulle französischer Staatspräsident.

	résister à qn/qc [ʀeziste]	jdm./etw. Widerstand leisten	Englisch: **to resist**; Spanisch: **resistir**
	la résistance [laʀezistɑ̃s]	der Widerstand	→ **un résistant/une résistante, résister à qn/qc**
Atelier B 1	**un cliché** [ɛ̃kliʃe]	ein Klischee	
	positif/positive [pɔzitif/pɔzitiv]	positiv	**C'est un cliché positif que les Allemands travaillent beaucoup.** Es ist ein positives Klischee, dass die Deutschen viel arbeiten.
	négatif/négative [negatif/negativ]	negativ	**C'est un cliché négatif que les Allemands n'ont pas d'humour.** Es ist ein negatives Klischee, dass die Deutschen keinen Humor haben.
B 2	**un moteur** [ɛ̃mɔtœʀ]	ein Motor	**Le moteur ne marche plus!** Der Motor läuft nicht mehr!
	un sondage [ɛ̃sɔ̃daʒ]	eine Umfrage	**On a fait un sondage parmi les Français et les Allemands.** Man hat eine Umfrage unter den Franzosen und den Deutschen gemacht. 
	l'esprit *(m.)* [lɛspʀi]	der Geist; der Verstand	
	venir à l'esprit de qn [vəniʀalɛspʀi]	jdm. in den Sinn kommen; jdm. einfallen	**Qu'est-ce qui vous vient à l'esprit quand vous pensez à la France?** Was kommt Ihnen in den Sinn, wenn Sie an Frankreich denken?
	l'Union européenne (l'UE) *(f.)* [lynjɔ̃øʀɔpeɛn]	die Europäische Union	**L'Allemagne et la France font partie de l'Union européenne.** Deutschland und Frankreich sind Teil der europäischen Union.

la rigidité [laʀiʒidite]	die Starre; die Steifheit; die Unbeweglichkeit	
l'austérité [losteʀite]	die Strenge	**Rigidité, austérité ... Est-ce que ce sont des clichés sur l'Allemagne?** Steifheit, Strenge ... Sind das Klischees über Deutschland?
la discipline [ladisiplin]	die Disziplin	**As-tu assez de discipline pour aller courir tous les jours?** Hast du genug Disziplin, um jeden Tag laufen zu gehen?
l'organisation *(f.)* [lɔʀganizasjɔ̃]	die Gestaltung; die Organisation	→ **organiser qc**
le tourisme [lətuʀism]	der Tourismus	→ **un touriste/une touriste**
le nazisme [nazism]	der Nazismus *(Kurzform von Nationalsozialismus)*	le nazisme = le nationalsocialisme nazi/nazie (Adj.) = nationalsozialistisch
la chute du mur [laʃytdymyʀ]	der Mauerfall *(der Fall der Berliner Mauer am 9. November 1989)*	**La chute du mur est un évènement important dans l'histoire de l'Allemagne.** Der Mauerfall ist ein wichtiges Ereignis in der deutschen Geschichte. 
la réunification [laʀeynifikasjɔ̃]	die Wiedervereinigung	**La réunification allemande a eu lieu le 3 octobre 1990.** Die deutsche Wiedervereinigung fand am 3. Oktober 1990 statt.
l'industrie *(f.)* [lɛ̃dystʀi]	die Industrie	
la technologie [latɛknɔlɔʒi]	die Technologie	**L'Allemagne est connue pour son industrie et ses innovations dans le domaine de la technologie.** Deutschland ist bekannt für seine Industrie und seine Neuerungen im Bereich der Technologie.
une innovation [yninɔvasjɔ̃]	eine Neuerung; eine Innovation	
une saucisse [ynsosis]	ein Würstchen	 Englisch: **sausage**
l'écologie *(f.)* [lekɔlɔʒi]	die Ökologie; die Umweltforschung	Englisch: **ecology**; Spanisch: **ecología**
B 3 **un diagramme** [ɛ̃djagʀam]	ein Diagramm	
la majorité [lamaʒɔʀite]	die Mehrheit	**La majorité des Français ont une image positive de l'Allemagne. Et la majorité pense à la chancelière quand elle pense à ce pays.** Die Mehrheit der Franzosen hat ein positives Bild von Deutschland. Und die Mehrheit denkt an die Kanzlerin, wenn sie an dieses Land denkt.
In Sätzen mit **la majorité des** steht das **Verb im Plural.**		
divers/diverse [divɛʀ/divɛʀs]	verschieden; unterschiedlich	**Max et son frère font diverses activités ensemble, mais ils sont très différents.** Max und sein Bruder machen verschiedene Aktivitäten zusammen, aber sie sind sehr unterschiedlich.
chacun/chacune [ʃakɛ̃/ʃakyn]	jeder/jede/jedes	**chaque homme, chaque livre → chacun** **chaque femme, chaque voiture → chacune**
certains/certaines [sɛʀtɛ̃/sɛʀtɛn]	gewisse; bestimmte	**Certaines personnes pensent d'abord aux équipes de foot quand elles pensent à l'Allemagne.** Gewisse Leute denken zuerst an die Fußballmannschaften, wenn sie an Deutschland denken. Englisch: **certain**

un pour cent *(inv.)* [ɛ̃puʀsɑ̃]	ein Prozent	
la plupart des [laplypaʀde]	die meisten	**La plupart des Français aiment leur région.** Die meisten Franzosen mögen ihre Region. **la plupart des, aber: beaucoup de**
In Sätzen mit **la plupart des** steht das **Verb im Plural**.		
surprendre qn [syʀpʀɑ̃dʀ]	jdn. überraschen	**être surpris/surprise** (überrascht sein) → **une surprise**

AUF EINEN BLICK

Parler d'une statistique — Über eine Statistik sprechen

un diagramme *en bâtons*
ein Balkendiagramm

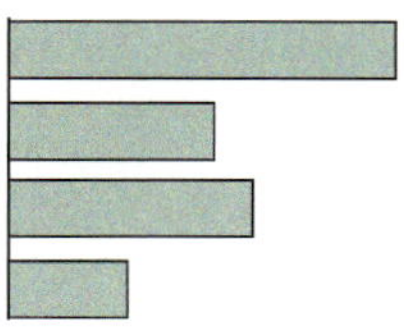

un diagramme *en colonnes*
ein Säulendiagramm

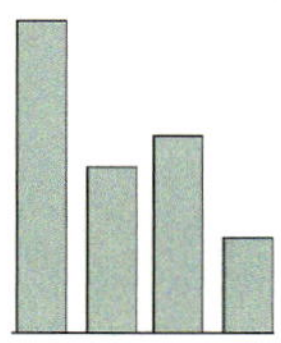

un diagramme *circulaire*
un camembert
ein Kreisdiagramm

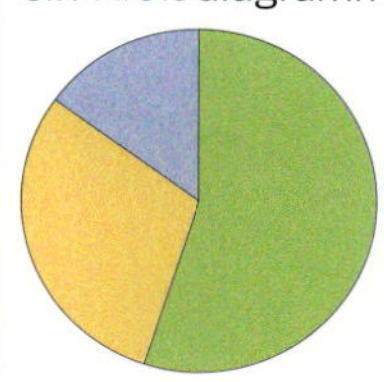

un diagramme *en courbes*
ein Kurvendiagramm

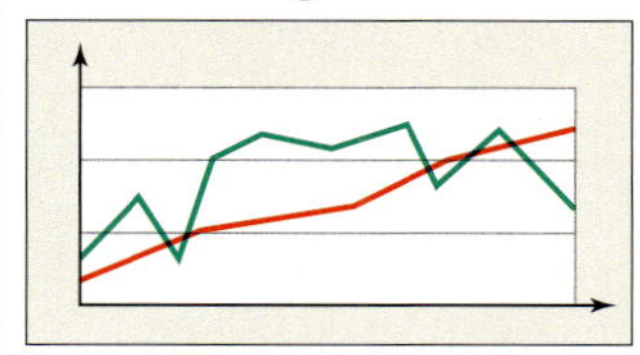

cent pour cent	hundert Prozent	**= 100 %**	**= tous/toutes les …**	alle …
la moitié	die Hälfte	**= 50 %**	**= un(e) sur deux**	eine/r von zwei
les trois quarts	drei Viertel	**= 75 %**	**= trois sur quatre**	drei von vier
les deux tiers	zwei Drittel	**= environ 66 %**	**= deux sur trois**	zwei von drei
deux cinquièmes	zwei Fünftel	**= 40 %**	**= deux sur cinq**	zwei von fünf

chacun	jeder	**plusieurs …**	mehrere …
chaque …	jeder/jede/jedes …	**certains …**	gewisse …
la majorité	die Mehrheit	**quelques …**	manche …
la plupart	die meisten	**(très) peu de …**	(sehr) wenige …

On peut **voir** / ***constater*** / ***en conclure*** que … — Man kann sehen, / *feststellen,* / *daraus schließen,* dass …

Les chiffres **montrent** / ***illustrent*** / ***prouvent*** / ***confirment*** que … — Die Zahlen zeigen, / *stellen dar,* / *beweisen,* / *bestätigen,* dass …

Les chiffres ***augmentent.*** / ***baissent.*** — Die Zahlen *steigen.* / *sinken.*

B 7

berlinois/berlinoise [bɛʀlinwa/bɛʀlinwaz]	berlinerisch	
une coutume [ynkutym]	ein Brauch	**Quelles sont les traditions et coutumes dans ce pays?** Was sind die Traditionen und Bräuche in diesem Land?
une valeur [ynvalœʀ]	ein Wert	**Quelle est la valeur de cet objet?** Wie viel ist dieser Gegenstand wert?
y [i]	dort; dorthin; daran	**Jean adore Strasbourg. Il y habite depuis cinq ans.** Jean liebt Straßburg. Er lebt dort seit fünf Jahren.
une vitrine [ynvitʀin]	ein Schaufenster	**J'ai vu des belles chaussures dans la vitrine.** Ich habe schöne Schuhe im Schaufenster gesehen.
correct/correcte [kɔʀɛkt]	richtig; korrekt	**C'est correct!** Das ist richtig!

Berlin [bɛʀlɛ̃]	Berlin *(Hauptstadt Deutschlands)*	
la peau [lapo]	die Haut	**Je me sens bien dans ma peau.** Ich fühle mich wohl in meiner Haut.
le cuir [ləkɥiʀ]	das Leder	**C'est un sac en cuir.** Das ist eine Tasche aus Leder.

Das Material eines Gegenstandes wird mit **en** angegeben: **en bois** (aus Holz), **en cuir** (aus Leder), **en papier** (aus Papier).

gras/grasse [gʀɑ/gʀɑs]	fett; fettig	**Cette saucisse est très grasse.** Dieses Würstchen ist sehr fettig.
la crème [lakʀɛm]	die Sahne; der Rahm	
une joue [ynʒu]	eine Wange	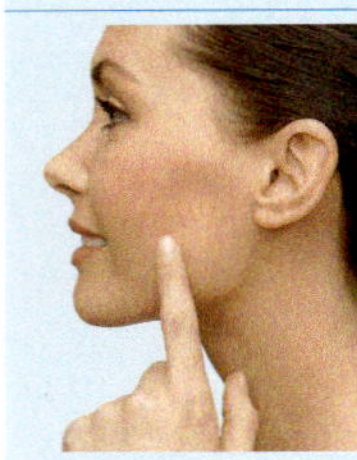
une **natte** [ynnat]	ein Zopf	
un **Berlinois**/une **Berlinoise** [ɛ̃bɛʀlinwa/ynbɛʀlinwaz]	ein Berliner/eine Berlinerin	**Les Berlinois sont les habitants de Berlin.** Die Berliner sind die Einwohner Berlins.
turc/turque [tyʀk/tyʀk]	türkisch	**En Allemagne, il y a beaucoup de spécialités turques.** In Deutschland gibt es viele türkische Spezialitäten.
grec/grecque [gʀɛk]	griechisch	**Tu aimes la cuisine grecque?** Magst du die griechische Küche?
en [ɑ̃]	daher; von dort; daraus; darüber	**Moi, quand j'ai un problème, j'en parle à mes parents.** Wenn ich ein Problem habe, spreche ich mit meinen Eltern darüber. **Tu vas au collège? – Non, j'en reviens.** Gehst du ins Collège? – Nein, ich komme von dort.
arabe/arabe [aʀab]	arabisch	**Dans la classe, il y a des Français d'origine arabe.** In der Klasse gibt es Franzosen arabischer Herkunft.
s'attendre à qc [satɑ̃dʀ]	etw. erwarten; mit etw. rechnen	**C'était une surprise. Je ne m'y attendais pas!** Das war eine Überraschung. Damit habe ich nicht gerechnet!
une nationalité [ynnasjɔnalite]	eine Nationalität; eine Staatsangehörigkeit	**Ici, toutes les nationalités sont représentées.** Hier sind alle Nationalitäten vertreten.
la planète [laplanɛt]	der Planet; die Erde	 Englisch: **planet**; Spanisch: **planeta**
déçu/déçue [desy/desy]	enttäuscht	**J'ai eu une mauvaise note en histoire, j'étais très déçu!** Ich habe eine schlechte Note in Geschichte bekommen, ich war sehr enttäuscht!

un béret [ɛ̃beʀɛ]	eine Baskenmütze	
une moustache [ynmustaʃ]	ein Schnurrbart	**Mon grand-père porte une moustache.** Mein Opa trägt einen Schnurrbart. 

AUF EINEN BLICK

Les relations franco-allemandes
Die deutsch-französischen Beziehungen

les étapes d'une histoire commune	die Etappen einer gemeinsamen Geschichte
traverser une période difficile	eine schwierige Zeit durchmachen
déclarer la guerre à qn	jdm. den Krieg erklären
se battre pour son pays	für sein Land kämpfen
les tensions	die Spannungen
occuper un pays	ein Land besetzen
entrer dans la Résistance	in den Widerstand gehen
faire la paix	Frieden schließen
signer un traité	einen Vertrag unterzeichnen
faire un premier pas vers la réconciliation	einen ersten Schritt zur Versöhnung tun
organiser un échange	einen Austausch organisieren
avoir une image positive/négative de ...	ein positives/negatives Bild von ... haben
lutter contre les préjugés/clichés	gegen die Vorurteile/Klischees kämpfen
encourager la coopération dans le domaine de ...	die Zusammenarbeit im Bereich des/der ... fördern
renforcer l'amitié franco-allemande	die deutsch-französische Freundschaft verstärken
passer l'Abibac	das AbiBac (das deutsch-französische Abitur) machen

TIPP

Lerne den Wortschatz in **Sachgruppen**: Sammle Wörter, die zu einem Thema gehören, und ordne sie in Vokabelnetzen wie z.B. auf S. 50.

Unité 3 Métro-boulot-dodo

TU TE RAPPELLES?

le matin	der Morgen	**s'occuper de qn/qc**	sich um jdn./etw. kümmern
le soir	der Abend	**se laver les mains**	sich die Hände waschen
la vie quotidienne	der Alltag	**ranger qc**	etw. aufräumen
un métier	ein Beruf	**mettre la table**	den Tisch decken
une décision	eine Entscheidung	**finir qc**	etw. beenden
travailler	arbeiten	**se retrouver**	sich treffen
d'habitude	gewöhnlich; normalerweise	**devenir**	werden
fatigué/fatiguée	müde	**gagner de l'argent**	Geld verdienen

Atelier DE	**un boulot** *(fam.)* [ɛ̃bulo]	ein Job *(ugs.)*	= **un travail/un job**
	une expression [ynɛkspʀesjɔ̃]	ein Ausdruck	**L'expression «métro-boulot-dodo» décrit la vie quotidienne à Paris: prendre le métro, travailler, dormir.** Der Ausdruck „métro-boulot-dodo" beschreibt den Alltag in Paris: die Metro nehmen, arbeiten, schlafen.
	un ingénieur/une ingénieur [ɛ̃nɛ̃ʒenjœʀ/ynɛ̃ʒenjœʀ]	ein Ingenieur/eine Ingenieurin	**Le père de Mehdi est ingénieur.** Mehdis Vater ist Ingenieur.
	un infirmier/une infirmière [ɛ̃nɛ̃fiʀmje/ynɛ̃fiʀmjɛʀ]	ein Krankenpfleger/eine Krankenpflegerin	**La mère de Mehdi est infirmière.** Mehdis Mutter ist Krankenpflegerin. → **une infirmerie** (eine Krankenstation)
Atelier A 1	**une journée d'orientation** [ynʒuʀnedɔʀjɑ̃tasjɔ̃]	ein Berufsberatungstag	
	le parcours [ləpaʀkuʀ]	der Werdegang	**Quel est ton parcours?** Wie ist dein Werdegang?
	professionnel/professionnelle [pʀɔfɛsjɔnɛl/pʀɔfɛsjɔnɛl]	professionell	**Ce n'est pas professionnel.** Das ist nicht professionell. 🇫🇷 **professionnel** 🇩🇪 **professionell**
	les études *(f., pl.)* [lezetyd]	das Studium	→ **un étudiant/une étudiante**
	faire des études [fɛʀdezetyd]	studieren	**Tu veux faire des études d'histoire?** Du willst Geschichte studieren?
	une possibilité [ynpɔsibilite]	eine Möglichkeit	**Cette ville offre mille possibilités de sortir.** Diese Stadt bietet tausend Möglichkeiten auszugehen. → **possible/possible** Englisch: **possibility**
	un vétérinaire/une vétérinaire [ɛ̃veteʀinɛʀ/ynveteʀinɛʀ]	ein Tierarzt/eine Tierärztin	**Je vais appeler le vétérinaire.** Ich werde den Tierarzt anrufen.  Italienisch, Spanisch: **veterinario/veterinaria**
	un coiffeur/une coiffeuse [ɛ̃kwafœʀ/ynkwaføz]	ein Friseur/eine Friseurin	**Je vais chez le coiffeur.** Ich gehe zum Friseur.
	un conseiller/une conseillère [ɛ̃kɔ̃seje/ynkɔ̃sejɛʀ]	ein Berater/eine Beraterin	→ **un conseil**
	un choix [ɛ̃ʃwa]	eine Wahl	**C'est difficile de faire un choix.** Es ist schwer, eine Wahl zu treffen. → **choisir qc** Englisch: **choice**

	une formation [ynfɔʀmasjɔ̃]	eine Ausbildung	**Elle a fait une formation d'infirmière.** Sie hat eine Ausbildung als Krankenpflegerin gemacht.
	un pilote/une pilote [ɛ̃pilɔt/ynpilɔt]	ein Pilot/eine Pilotin	**Mehdi veut peut-être devenir pilote.** Mehdi möchte vielleicht Pilot werden.
	voyager [vwajaʒe]	reisen	→ **un voyage**
	fasciner qn [fasine]	jdn. faszinieren; jdn. fesseln	
	un assistant social/ une assistante sociale/ des **assistants sociaux/** des **assistantes sociales** [ɛ̃nasistɑ̃sɔsjal/ynasistɑ̃tsɔsjal/dezasistɑ̃sɔsjo/dezasistɑ̃tsɔsjal]	ein Sozialarbeiter/eine Sozialarbeiterin/Sozialarbeiter/Sozialarbeiterinnen	**Les assistants sociaux aident les gens qui se trouvent dans une situation difficile.** Sozialarbeiter helfen Menschen, die sich in einer schwierigen Situation befinden.
	utile/utile [ytil/ytil]	nützlich	→ **utiliser** (benutzen, verwenden)
	permettre à qn de faire qc [pɛʀmɛtʀ]	jdm. erlauben, etw. zu tun; jdm. ermöglichen, etw. zu tun	**Je suis pilote. Mon métier me permet de voyager beaucoup.** Ich bin Pilot. Mein Beruf ermöglicht es mir, viel zu reisen.
	permettre wird konjugiert wie **mettre**: je **permets**, nous **permettons**; j'ai **permis**		
	le journalisme [ləʒuʀnalism]	der Journalismus	→ **un journaliste/une journaliste**
A 2	**un mécanicien/une mécanicienne** [ɛ̃mekanisjɛ̃/ynmekanisjɛn]	ein Mechaniker/eine Mechanikerin	**Julie est mécanicienne.** Julie ist Mechanikerin.
	le spectacle [ləspɛktakl]	das Showbusiness; das Showgeschäft	**Zoé veut être actrice et travailler dans le spectacle.** Zoé möchte Schauspielerin werden und im Showgeschäft arbeiten.
	le commerce [ləkɔmɛʀs]	der Handel	
	l'agriculture *(f.)* [lagʀikyltyʀ]	die Landwirtschaft; der Ackerbau	**Mon oncle travaille à la campagne, dans l'agriculture.** Mein Onkel arbeitet auf dem Land, in der Landwirtschaft. Englisch: **agriculture**
A 3	**à l'étranger** [aletʀɑ̃ʒe]	im/ins Ausland	
A 4	**soupirer** [supiʀe]	seufzen	Italienisch: **sospirare**
	par hasard [paʀazaʀ]	zufällig; etwa	**Tu ne serais pas de mauvaise humeur, par hasard?** Bist du nicht etwa schlecht gelaunt?
	se calmer [səkalme]	sich beruhigen	**Allons, Léa, calme-toi.** Das wird schon, Léa, beruhige dich.
	l'argent *(m.)* **de poche** [laʀʒɑ̃dəpɔʃ]	das Taschengeld	**Mais pour ça, il me faut plus d'argent de poche.** Aber dafür brauche ich mehr Taschengeld.
	se reposer [səʀəpoze]	sich ausruhen	**Après le travail, la mère de Mehdi ne s'est pas reposée.** Nach der Arbeit hat sich Mehdis Mutter nicht ausgeruht.
	se fermer [səfɛʀme]	sich schließen	
A 7	**sortir qc** [sɔʀtiʀ]	etw. hinausbringen	**sortir qc wird im Passé composé mit avoir gebildet:** **J'ai sorti la poubelle.** Ich habe den Müll hinausgebracht. **Aber:** **Je suis sorti(e).** Ich bin hinausgegangen. → **une sortie**
	faire la vaisselle [fɛʀlavɛsɛl]	(ab-)spülen; abwaschen	

vider qc [vide]	etw. leeren; *hier:* etw. ausräumen	**Elle a vidé son sac, mais elle n'a pas trouvé son portable.** Sie hat ihre Handtasche ausgeräumt, aber sie hat ihr Handy nicht gefunden.
un lave-vaisselle [ɛ̃lavvɛsɛl]	ein Geschirrspüler	**Tu peux vider le lave-vaisselle, s'il te plaît?** Kannst du bitte den Geschirrspüler ausräumen?

AUF EINEN BLICK

A la maison
Jeder tut, was er kann …

le travail à la maison

mettre la table

débarrasser la table

sortir la poubelle

nettoyer [netwaje] **la salle de bains**

vider le lave-vaisselle

nettoyer [netwaje] *la cage de son hamster*

faire la cuisine

passer l'aspirateur

faire son lit

ranger sa chambre/ son armoire

laver *le linge* [ləlɛ̃ʒ]

faire la vaisselle

Atelier B 1

s'ouvrir [suvʀiʀ]	sich öffnen	↔ **se fermer**
une soirée jeux [ynswaʀeʒø]	ein Spieleabend	**On fait une soirée jeux, vendredi?** Machen wir am Freitag einen Spieleabend?

se faire du souci (pour qn/qc) [səfɛʀdysusi]	sich (um jdn./etw.) Sorgen machen	**Ne te fais pas de souci, ça va aller.** Mach dir keine Sorgen, es wird schon werden. → **un souci**
inquiet/inquiète [ɛ̃kjɛ/ɛ̃kjɛt]	unruhig; beunruhigt	**Sana est inquiète, elle se fait du souci.** Sana ist beunruhigt, sie macht sich Sorgen.
un animateur/une animatrice [ɛ̃nanimatœʀ/ynanimatʀis]	ein(e) (Fernseh-/Radio-) Moderator(in)	
excité/excitée [ɛksite/ɛksite]	aufgeregt	Englisch: **excited**
car [kaʀ]	denn	
un retour [ɛ̃ʀətuʀ]	eine Rückkehr; eine Rückfahrt	→ **retourner**
de retour [dəʀətuʀ]	(wieder) zurück	**Après trois mois en Haïti, M. Brunet est de retour à Paris.** Nach drei Monaten in Haiti ist Herr Brunet wieder zurück in Paris.
incroyable/incroyable [ɛ̃kʀwajabl]	unglaublich	**C'est une histoire incroyable!** Das ist eine unglaubliche Geschichte! → **croire qc**
la reconnaissance [laʀəkɔnɛsɑ̃s]	die Anerkennung; die Dankbarkeit	→ **connaître qn/qc, une connaissance**
un vaccin [ɛ̃vaksɛ̃]	ein Impfstoff	**Il faut créer un vaccin contre cette nouvelle maladie!** Man muss einen Impfstoff gegen diese neue Krankheit entwickeln!
prendre une décision [pʀɑ̃dʀyndesizjɔ̃]	eine Entscheidung treffen	**J'ai pris une décision.** Ich habe eine Entscheidung getroffen.
humanitaire/humanitaire [ymanitɛʀ]	humanitär	**un médecin humanitaire = ein Arzt bei einer Hilfsorganisation, z.B. bei „Ärzte ohne Grenzen" (Médecins sans frontières)**
la recherche [laʀəʃɛʀʃ]	die Forschung; die Suche	→ **chercher qc**
à cent pour cent [asɑ̃puʀsɑ̃]	zu hundert Prozent	**Je suis sûr à cent pour cent.** Ich bin mir zu hundert Prozent sicher.
sans faire qc [sɑ̃fɛʀ]	ohne etw. zu tun	**Tu parles sans réfléchir!** Du sprichst, ohne nachzudenken!
B 4 **un footballeur/une footballeuse** [ɛ̃futbolœʀ/ynfutboløz]	ein Fußballer/eine Fußballerin	
partir à l'aventure [paʀtiʀalavɑ̃tyʀ]	auf gut Glück losziehen	→ **une aventure** (ein Abenteuer) Englisch: **adventure**
B 5 **un magazine** [ɛ̃magazin]	eine Zeitschrift	**Nicht verwechseln: un magasin** (ein Laden)
B 7 **inventer** qc [ɛ̃vɑ̃te]	etw. erfinden	Englisch: **to invent**
communiquer avec qn [kɔmynike]	mit jdm. kommunizieren	Englisch: **to communicate**; Italienisch: **comunicare**

MON DICO PERSONNEL

Quel est ton métier de rêve?

un agriculteur/une agricultrice	ein Landwirt/eine Landwirtin
un architecte/une architecte	ein Architekt/eine Architektin
un avocat/une avocate	ein Rechtsanwalt/eine Rechtsanwältin
un boulanger/une boulangère	ein Bäcker/eine Bäckerin
un coureur automobile/une coureuse automobile	ein Rennfahrer/eine Rennfahrerin
un dessinateur/une dessinatrice	ein Zeichner/eine Zeichnerin
un diplomate/une diplomate	ein Diplomat/eine Diplomatin
un informaticien/une informaticienne	ein Informatiker/eine Informatikerin
un infirmier/une infirmière	ein Krankenpfleger/eine Krankenpflegerin
un ingénieur/une ingénieur	ein Ingenieur/eine Ingenieurin
un footballeur professionnel/ une footballeuse professionnelle	ein Profifußballer/eine Profifußballerin
un mécanicien/une mécanicienne	ein Mechaniker/eine Mechanikerin
un médecin/une médecin	ein Arzt/eine Ärztin
un pilote/une pilote	ein Pilot/eine Pilotin
un policier/une policière	ein Polizist/eine Polizistin
un pompier/une femme pompier	ein Feuerwehrmann/eine Feuerwehrfrau
un scientifique/une scientifique	ein Wissenschaftler/eine Wissenschaftlerin
un vétérinaire/une vétérinaire	ein Tierarzt/eine Tierärztin
un vendeur/une vendeuse	ein Verkäufer/eine Verkäuferin

Unité 4 Accros aux médias?

TIPP

Wortfamilien können dir dabei helfen, die Bedeutung unbekannter Wörter zu erschließen. Sie helfen aber auch beim Lernen und Einprägen, z. B. *dépendre de qn/qc → dépendant/dépendante, s'ennuyer → ennuyeux/ennuyeuse.*

TU TE RAPPELLES?

un portable	ein Handy
une émission	eine Sendung
la lumière	das Licht
un coup de téléphone	ein Telefonanruf
un festival	ein Festival
une ambiance	eine Stimmung
énervé/énervée	genervt
excité/excitée	aufgeregt
indépendant/ indépendante	unabhängig
grâce à qn/qc	dank einer Person/ einer Sache
tout à coup	plötzlich
ensuite	danach/dann
finalement	schließlich/zum Schluss
proposer qc à qn	jdm. etw. vorschlagen
participer à qc	an etw. teilnehmen
s'intéresser à qc	sich für etw. interessieren
imaginer qc	sich etw. vorstellen
se concentrer sur qc	sich auf etw. konzentrieren
utiliser qc	etw. benutzen/verwenden
faire attention à qc	auf etw. aufpassen/ achtgeben

Atelier DE

accro (à qc) *(fam.)* [akʀo]	süchtig (nach etw.)	**Beaucoup de gens sont accros à leur portable.** Viele Leute sind von ihrem Handy abhängig.
un ado/une ado *(fam.) (= un adolescent/une adolescente)* [ɛ̃nado/ynado]	ein Jugendlicher/ eine Jugendliche	= **un jeune/une jeune**
un smartphone [ɛ̃smaʀtfɔn]	ein Smartphone	
indispensable/ indispensable [ɛ̃dispɑ̃sabl]	unbedingt notwendig	**Avoir un portable est indispensable.** Es ist unbedingt notwendig, ein Handy zu haben.
dépendant/dépendante de qc [depɑ̃dɑ̃/depɑ̃dɑ̃t]	abhängig von etw.	= **accro (à qc)** ↔ **indépendant/indépendante**
un compte [ɛ̃kɔ̃t]	ein Account	
un réseau social/ des réseaux sociaux [ɛ̃ʀezosɔsjal/deʀezosɔsjo]	ein soziales Netzwerk/ soziale Netzwerke	**J'ai cent amis sur les réseaux sociaux.** Ich habe hundert Freunde in den sozialen Netzwerken.
un collégien/ une collégienne [ɛ̃kɔleʒjɛ̃/ynkɔleʒjɛn]	ein Schüler/eine Schülerin des Collège	
malgré qc [malgʀe]	trotz etw.	**Malgré tout, je ne me sentais pas très triste.** Trotz allem fühlte ich mich nicht sehr traurig.
une interdiction [ynɛ̃tɛʀdiksjɔ̃]	ein Verbot	
une insulte [ynɛ̃sylt]	eine Beleidigung	Italienisch, Spanisch: **insulto**
en moyenne [ɑ̃mwajɛn]	durchschnittlich; im Durchschnitt	**En moyenne, je passe trois heures par jour devant mon portable.** Durchschnittlich verbringe ich täglich drei Stunden an meinem Handy.
un écran [ɛ̃nekʀɑ̃]	eine Leinwand; ein Bildschirm	Englisch: **screen**
publier qc [pyblije]	etw. veröffentlichen; etw. herausgeben	**Tu as vu que Hervé Mestron a publié un nouveau livre?** Hast du gesehen, Hervé Mestron hat ein neues Buch veröffentlicht?
une statistique [ynstatistik]	eine Statistik	
un appareil [ɛ̃napaʀɛj]	ein Apparat; ein Gerät	
en ligne [ɑ̃liɲ]	online	**Beaucoup de gens achètent leurs vêtements en ligne.** Viele Leute kaufen ihre Kleider online.

Atelier A 1

un youtubeur/une youtubeuse [ɛ̃jutybœʀ/ ynjutybœz]	ein Youtuber/ eine Youtuberin	**Cyprien est un youtubeur très connu en France.** Cyprien ist ein in Frankreich sehr bekannter Youtuber.
prévenir qn [pʀev(ə)niʀ]	jdn. benachrichtigen; jdn. warnen	**Tu as prévenu tes parents?** Hast du deine Eltern benachrichtigt?

prévenir wird konjugiert wie **venir**. Das **passé composé** wird aber mit **avoir** gebildet.

une conséquence [ynkɔ̃sekɑ̃s]	eine Folge; eine Konsequenz	**Tu as pensé aux conséquences?** Hast du an die Konsequenzen gedacht?
recevoir qn/qc [ʀəsəvwaʀ]	jdn./etw. empfangen; etw. erhalten; etw. bekommen	**Mathilde reçoit beaucoup de likes pour ses vidéos.** Mathilde bekommt für ihre Videos viele Likes. ↔ **donner qc**
recevoir : je reçois, tu reçois, il reçoit, nous recevons, vous recevez, ils reçoivent; j'ai reçu		Italienisch: **ricevere**
évident/évidente [evidɑ̃/evidɑ̃t]	klar; offensichtlich	**Elle a raison, c'est évident.** Sie hat recht, das ist ganz offensichtlich. Englisch: **evident**
une publicité *(fam.: une pub)* [ynpyblisite]	eine Werbung; ein Werbespot	
un effort [ɛ̃nefɔʀ]	eine Anstrengung	**Il faut faire des efforts pour réussir!** Man muss sich anstrengen, um Erfolg zu haben!
tuer qn [tɥe]	jdn. töten; jdn. umbringen	**On l'a tué, maintenant il est mort.** Man hat ihn umgebracht, jetzt ist er tot.
Tant pis! [tɑ̃pi]	Dann eben nicht!; Pech gehabt!	**Tant pis pour toi!** Dann hast du halt Pech gehabt!
un ordinateur portable [ɛ̃nɔʀdinatœʀpɔʀtabl]	ein Notebook; ein Laptop	Spanisch: **ordenador portátil**
ajouter qc [aʒute]	etw. hinzufügen	**Tu as tout dit, je n'ai rien à ajouter.** Du hast alles gesagt, ich habe nichts hinzuzufügen.
un câble [ɛ̃kabl]	ein Kabel	**Le prof a oublié le câble pour l'ordinateur.** Der Lehrer hat das Kabel für den Computer vergessen. Englisch: **cable**
poster qc [pɔste]	etw. ins Internet stellen; etw. posten	**Cyprien poste une nouvelle vidéo toutes les semaines.** Cyprien stellt jede Woche ein neues Video ins Internet. Englisch: **to post**
enregistrer qc [ɑ̃ʀəʒistʀe]	etw. aufnehmen; etw. aufzeichnen	**Mathilde a enregistré sa première vidéo dans sa chambre.** Mathilde hat ihr erstes Video in ihrem Zimmer aufgenommen.
une qualité [ynkalite]	eine Qualität; eine Eigenschaft	Englisch: **quality**; Türkisch: **kalite**
un montage [ɛ̃mɔ̃taʒ]	*hier:* ein Schnitt *(Film)*; eine Montage	→ **monter qc**
une chaîne [ynʃɛn]	ein Kanal	**Quelle est ta chaîne préférée?** Welcher ist dein Lieblingskanal?
une société [ynsɔsjete]	eine Gesellschaft	Englisch: **society**; Spanisch: **sociedad**
un chéri/une chérie [ɛ̃ʃeʀi/ynʃeʀi]	ein Liebling; ein Schatz	
l'horreur *(f.)* [lɔʀœʀ]	der Schrecken	**Je n'aime pas les films d'horreur.** Ich mag keine Horrorfilme. 
avoir horreur de qc/qn [avwaʀɔʀœʀ]	etw./jdn. verabscheuen; etw./jdn. hassen	**J'ai horreur des jeux de société!** Ich hasse Gesellschaftsspiele!
sourire [suʀiʀ]	lächeln	→ **un sourire, rire** (lachen)

	liker qc [laike]	etw. liken	**J'ai liké la vidéo de Mathilde parce qu'elle m'a plu.** Ich habe das Video von Mathilde geliked, weil es mir gefallen hat.
	augmenter [ɔgmɑ̃te]	steigen; wachsen	**Les prix ont encore augmenté.** Die Preise sind schon wieder gestiegen.
	plein de *(+ Nomen)* [plɛ̃də]	viel/viele; jede Menge	
A 5	**un abonné/une abonnée** [ɛ̃nabɔne/ynabɔne]	ein Abonnent/ eine Abonnentin	**Combien d'abonnés a Cyprien?** Wie viele Abonnenten hat Cyprien?
A 6	**s'abonner** à qc [sabɔne]	etw. abonnieren	**Elle s'est abonnée à un magazine.** Sie hat eine Zeitschrift abonniert. → **un abonné/une abonnée**
A 7	**la lecture** [lalɛktyʀ]	das Lesen	→ **lire**
Atelier B 1	**en direct** [ɑ̃diʀɛkt]	live	**Ce soir, je vais regarder le concert en direct à la télé!** Heute Abend werde ich das Konzert live im Fernsehen anschauen.
	international/ internationale/ internationaux/ internationales [ɛ̃tɛʀnasjɔnal/ɛ̃tɛʀnasjɔno]	international	**On retrouve des gens de tous les pays à ce festival, c'est vraiment international.** Man trifft Leute aus allen Ländern bei diesem Festival, es ist wirklich international!
	une centaine [ynsɑ̃tɛn]	etwa hundert	**une centaine = environ cent** (ungefähr hundert)
	étranger/étrangère [etʀɑ̃ʒe/ etʀɑ̃ʒɛʀ]	ausländisch; fremd	**A Cannes, on présente des films français et étrangers.** In Cannes werden französische und ausländische Filme gezeigt.
	un professionnel/ une professionnelle [ɛ̃pʀɔfesjɔnɛl/ynpʀɔfesjɔnɛl]	ein Fachmann/eine Fachfrau; ein Profi	
	l'or *(m.)* [lɔʀ]	das Gold	
	une passion [ynpasjɔ̃]	eine Leidenschaft	**Le cinéma, c'est ma passion!** Das Kino ist meine Leidenschaft! → **passionnant, passionnante** (spannend)
	le 7e art [lesɛtjɛmaʀ]	*Bezeichnung für die Kunst des Films*	
	une critique (de film) [ynkʀitikdəfilm]	eine (Film-)Kritik	**La critique de ce film est mauvaise.** Die Kritik zu diesem Film ist schlecht.
	une option [ynɔpsjɔ̃]	ein Wahlfach	**Enzo a pris l'option cinéma au lycée.** Enzo hat sich im Lycée für das Wahlfach Film entschieden.
	suivre qn/qc [sɥivʀ]	jdm./etw. folgen	**suivre le conseil d'une amie/d'un ami** (den Rat einer Freundin/eines Freundes befolgen) **suivre un cours** (an einem Kurs teilnehmen)
	suivre: je suis, tu suis, il suit, nous suivons, vous suivez, ils suivent; j'ai suivi		
	régulier/régulière [ʀegylje/ʀegyljɛʀ]	regelmäßig	Englisch: **regular**

l'**actualité** *(f.)* [laktɥalite]	das Tagesgeschehen; das Zeitgeschehen	**Tu suis régulièrement l'actualité?** Verfolgst du regelmäßig die Nachrichten? **un sujet d'actualité** (ein aktuelles Thema)
un participant/une participante [ɛ̃paʀtisipɑ̃/ ynpaʀtisipɑ̃t]	ein Teilnehmer/eine Teilnehmerin	**Les participants au festival sont arrivés hier.** Die Festivalteilnehmer sind gestern angekommen. → **participer à qc**
le Palais des festivals [ləpalɛdefɛstival]	*Festivalpalast in Cannes*	
un smoking [ɛ̃smɔkiŋ]	ein Smoking	
une robe [ynʀɔb]	ein Kleid	
se présenter [səpʀezɑ̃te]	sich vorstellen	**Vous pouvez vous présenter?** Können Sie sich/Könnt ihr euch vorstellen?
un tapis [ɛ̃tapi]	ein Teppich	**le tapis rouge** (der rote Teppich)
un photographe/une photographe [ɛ̃fɔtɔgʀaf/ ynfɔtɔgʀaf]	ein Fotograf/eine Fotografin	**prendre une photo de qn/prendre qn en photo** (jdn. fotografieren)
une cérémonie [ynseʀemoni]	eine Zeremonie	
Nuremberg [nyʀɑ̃bɛʀ]	Nürnberg	
une comédie [ynkɔmedi]	eine Komödie	**Au cinéma, ce sont les comédies que je préfère.** Im Kino mag ich am liebsten Komödien.
un drame [ɛ̃dʀam]	ein Drama	**Quel drame!** Was für ein Drama!
un film d'animation [ɛ̃filmdanimasjɔ̃]	ein Animationsfilm	
une action [ynaksjɔ̃]	eine Handlung; eine Tat	Englisch: **action**
opprimer qn [ɔpʀime]	jdn. unterdrücken	
un peuple [ɛ̃pœpl]	ein Volk	**Dans ce film qui se passe en Afghanistan, on opprime le peuple.** In diesem Film, der in Afghanistan spielt, wird das Volk unterdrückt. Englisch: **people**; Italienisch: **popolo**
un couple [ɛ̃kupl]	ein (Liebes-)Paar; ein (Ehe-)Paar	Englisch: **couple**
se révolter contre qn/qc [səʀevɔlte]	sich gegen jdn./etw. auflehnen	**Le peuple se révolte.** Das Volk lehnt sich auf.
un scénario [ɛ̃senaʀjo]	ein Drehbuch	→ **une scène**
un cœur [ləkœʀ]	ein Herz	
avoir un coup de cœur pour qn/qc [avwaʀɛ̃kud(ə)kœʀ]	sich in jdn./etw. verlieben; sein Herz an jdn./etw. verlieren	**J'ai tout de suite eu un coup de cœur pour ce film.** Ich habe mich sofort in diesen Film verliebt.

	un comédie dramatique [ynkɔmedidʀamatik]	eine Tragikomödie	**Une comédie dramatique, c'est un drame et en même temps une comédie.** Eine Tragikomödie ist ein Drama und eine Komödie zugleich.
	un éducateur/une éducatrice [ɛ̃nedykatœʀ/ ynedukatʀis]	ein Erzieher/eine Erzieherin	→ **l'éducation**
	autiste/autiste [otist]	autistisch	
	défavorisé/défavorisée [defavɔʀize]	benachteiligt; sozial schwach	**Ces jeunes sont issus de quartiers défavorisés.** Diese Jugendlichen kommen aus benachteiligten Vierteln.
	critiquer qn/qc [kʀitike]	jdn./etw. kritisieren	**C'est un film qui critique notre société.** Das ist ein Film, der unsere Gesellschaft kritisiert.
	un handicapé/une handicapée [ɛ̃nɑ̃dikape/ ynɑ̃dikape]	ein Mensch mit Behinderung	**être handicapé(e)** (beeinträchtigt sein) 
	un sujet [ɛ̃syʒɛ]	ein Thema	**Le sujet de ce film est très intéressant.** Das Thema dieses Films ist sehr interessant.
B 2	**un genre** [ɛ̃ʒɑ̃ʀ]	eine Gattung; eine Art	**C'est le plus grand festival de ce genre en France.** Das ist das größte Festival dieser Art in Frankreich.
B 5	**une fiche technique** [ynfiʃtɛknik]	technische Daten	
	un réalisateur/une réalisatrice [ɛ̃ʀealizatœʀ/ ynʀealizatʀis]	ein (Film-)Regisseur/eine (Film-)Regisseurin	→ **réaliser qc, la réalité** 
	la date de sortie *(d'un film)* [ladatdəsɔʀti]	der Filmstart	**Tu connais la date de sortie du film?** Weißt du, wann der Film herauskommt?
	un film policier [ɛ̃filmpɔlisje]	ein Kriminalfilm; ein Krimi	**Tu aimes les films policiers? – Non, je préfère regarder les comédies.** Magst du Krimis? – Nein, ich schaue lieber Komödien.
	un film fantastique [ɛ̃filmfɑ̃tastik]	ein Fantasyfilm	
	la science-fiction [lasjɑ̃sfiksjɔ̃]	die Science-Fiction	
	un documentaire [ɛ̃dɔkymɑ̃tɛʀ]	ein Dokumentarfilm	**Sur Arte, on peut voir des documentaires intéressants.** Auf Arte kann man interessante Dokumentarfilme sehen.
	un résumé [ɛ̃ʀezyme]	eine Zusammenfassung; eine Inhaltsangabe	**Tu peux me lire le résumé du film?** Kannst du mir die Inhaltsangabe vorlesen?
	il s'agit de qc [ilsaʒidə]	es handelt sich um etw.	**Dans ce film, il s'agit de ...** In diesem Film geht es um ...
	personnel/personnelle [pɛʀsɔnɛl/pɛʀsɔnɛl]	persönlich	**C'était ma décision personnelle.** Das war meine persönliche Entscheidung.
	ennuyeux/ennuyeuse [ɑ̃nɥijø/ɑ̃nɥijøz]	langweilig	↔ **intéressant** → **s'ennuyer**
	le suspense [ləsyspɛns]	die Spannung	**Achte auf die Aussprache!** Englisch: **suspense**

AUF EINEN BLICK

Les médias de masse Die Massenmedien

la télévision	**une chaîne de télévision**	ein Fernsehsender
	un film	ein Film
	une série	eine Serie
	un documentaire	ein Dokumentarfilm
	un jeu télévisé	eine Quizsendung
	une émission de téléréalité	eine Realityshow
la radio	**une station de radio**	ein Radiosender
	un animateur radio	ein Radiomoderator
	une émission	eine Sendung
	un podcast	ein Podcast
le cinéma	**le 7e art**	*Bezeichnung für die Kunst des Films*
	une séance (de cinéma)	eine (Film-)Vorführung
	un film (d'animation/d'horreur/fantastique/ de science-fiction/d'aventure)	ein (Animations-/Horror-/Fantasy-/ Science-Fiction-/Abenteuer-)Film
	une comédie (dramatique)	eine Komödie (Tragikomödie)
	un drame	ein Drama
la presse écrite	**un journal**	eine Zeitung
	un magazine	eine Zeitschrift
	une BD	ein Comic
	un livre	ein Buch
la publicité	**un catalogue**	ein Katalog
	un prospectus	ein Prospekt
	un dépliant	ein Faltblatt
	une affiche	ein Plakat
l'Internet	**un réseau social**	ein soziales Netzwerk
	un compte	ein Account
	un blog	ein Blog
	un écran	ein Bildschirm
	être en ligne	online sein
	surfer sur Internet	im Internet surfen
les appareils	**un ordinateur**	ein Computer
	un ordinateur portable	ein Laptop
	une tablette	ein Tablet
	un smartphone	ein Smartphone

MON DICO PERSONNEL

Les nouveaux médias et moi Die neuen Medien und ich

poster qc	etw. posten
publier qc	etw. veröffentlichen
enregistrer qc	etw. speichern
télécharger qc	etw. herunterladen
commenter qc	etw. kommentieren
liker qc	etw. liken
créer un lien vers qc/qn	etw./jdn. verlinken
marquer qn sur une photo	jdn. auf einem Foto markieren
suivre qn	jdm. folgen
s'abonner à qc	etw. abonnieren
s'inscrire à qc	sich bei/für/zu etw. anmelden
effectuer une recherche	etw. recherchieren

une page d'accueil	eine Startseite
un hashtag	ein Hashtag
une photo de profil	ein Profilfoto
un fil d'actualité	ein Newsfeed
un utilisateur/ une utilisatrice	ein Nutzer/eine Nutzerin

MON DICO PERSONNEL

Ma critique de film — Meine Filmkritik

Il s'agit de …	Es geht um …	**un personnage (principal)/ des personnages (principaux)**	eine (Haupt-)Figur/ (Haupt-)Figuren
L'action se passe …	Die Handlung spielt …	*le héros/l'héroïne*	*der Held/die Heldin*
Le film raconte l'histoire de …	Der Film erzählt die Geschichte von …	**un scénario**	ein Drehbuch
la date de sortie	der Filmstart	*un décor*	*ein Bühnenbild*
une bande-annonce	*eine Vorschau*	*un dialogue*	*ein Dialog*
un réalisateur/ une réalisatrice	ein Regisseur/ eine Regisseurin	**la musique**	die Musik
un acteur/ une actrice	ein Schauspieler/ eine Schauspielerin	*une mise en scène*	*eine Regie(arbeit); eine Inszenierung*
jouer un rôle	eine Rolle spielen	**un sujet** *d'actualité*	ein *aktuelles* Thema
		recommander qc à qn	*jdm. etw. empfehlen*

Unité 5 Versailles d'hier à aujourd'hui

TIPP

Schreibe Wörter, die du dir nur schwer merken kannst, auf Klebezettel. Hefte diese Zettel z. B. an die Schranktür und **wiederhole sie im Vorbeigehen.**

TU TE RAPPELLES?

un château	ein Schloss	**même**	sogar
un roi/une reine	ein(e) König(in)	**magnifique**	großartig; wunderschön
un visiteur/ une visiteuse	ein(e) Besucher(in)	**obligatoire**	obligatorisch; verpflichtend
le soleil	die Sonne	**dépenser de l'argent**	Geld ausgeben
un jardin	ein Garten	**organiser une fête**	ein Fest organisieren
la lumière	das Licht	**préparer qc**	etw. vorbereiten
une statue	eine Statue	**fuir**	fliehen; flüchten
un emploi du temps	ein Stundenplan	**signer qc**	etw. unterschreiben
un centre	ein Mittelpunkt; ein Zentrum	**jouer un rôle**	eine Rolle spielen
avant de faire qc	bevor man etw. tut	**installer qc**	etw. einrichten
vers	gegen; in Richtung	**chasser**	jagen
souvent	oft	**s'amuser**	sich amüsieren
		avoir le droit de	das Recht haben, etw. zu tun

Atelier DE

ambitieux/ambitieuse [ɑ̃bisjø/ɑ̃bisjøz]	ehrgeizig	Englisch: **ambitious**
gouverner [guvɛʀne]	regieren	→ **le gouvernement**
un Etat [ɛ̃neta]	ein Staat	**L'Etat français joue un rôle important en Europe.** Der französische Staat spielt eine wichtige Rolle in Europa.
la puissance [lapɥisɑ̃s]	die Stärke; die Macht	→ **pouvoir** (können)
entreprendre qc [ɑ̃tʀəpʀɑ̃dʀ]	etw. unternehmen	→ **une entreprise**
immense/immense [imɑ̃s]	enorm; riesig	talienisch: **immenso/immensa**

une demande [ydəmɑ̃d]	eine Anfrage; eine Nachfrage	→ **demander qc à qn**
à la demande de qn [aladəmɑ̃d(ə)de]	auf Veranlassung von jdm.	**A la demande du roi, on a construit le château de Versailles.** Auf Veranlassung des Königs hat man das Schloss von Versailles gebaut.
l'architecture *(f.)* [laʀʃitɛktyʀ]	die Architektur	
baroque/baroque [baʀɔk]	Barock-; des Barocks *(Epoche)*	**Le château de Versailles est un exemple d'architecture baroque.** Das Schloss von Versailles ist ein Beispiel für die Architektur des Barocks.
une résidence [ynʀezidɑ̃s]	ein Wohnsitz; *hier:* ein Amtssitz	Englisch: **residence**
officiel/officielle [ɔfisjɛl]	offiziell; amtlich	**Le château de Versailles était la résidence officielle de trois rois de France.** Das Schloss von Versailles war der Amtssitz von drei französischen Königen.
décorer qc [dekɔʀe]	etw. schmücken; etw. verzieren	**A Versailles, on a décoré toutes les portes avec un soleil.** In Versailles wurden alle Türen mit einer Sonne verziert.
admirer qn/qc [admiʀe]	jdn./etw. bewundern	Englisch: **to admire**
copier qc [kɔpje]	etw. kopieren; etw. abschreiben; *hier:* etw. nachbauen	**On a copié le château de Versailles dans beaucoup de pays.** Das Schloss von Versailles wurde in vielen Ländern nachgebaut.
l'Autriche *(f.)* [lɔtʀiʃ]	Österreich	**Anne d'Autriche était la mère de Louis XIV.** Anna von Österreich war die Mutter von Ludwig XIV.
la Russie [laʀysi]	Russland	
l'Espagne *(f.)* [lɛspaɲ]	Spanien	**Marie-Thérèse était la fille du roi d'Espagne.** Maria Teresa war die Tochter des spanischen Königs.
la mode [lamɔd]	die Mode	
à la mode [alamɔd]	modern; modisch	**Au XVIIe siècle, le français était très à la mode.** Im XVII. Jahrhundert war Französisch sehr modern.
une naissance [ynnɛsɑ̃s]	eine Geburt	**la date de naissance** das Geburtsdatum → **naître**
futur/future [fytyʀ/fytyʀ]	zukünftiger/zukünftige/zukünftiges; künftiger/künftige/künftiges	**La mère du futur roi Louis XIV a gouverné à sa place.** Die Mutter des zukünftigen Königs Ludwig XIV. hat an seiner Stelle regiert.
un mariage [ɛ̃maʀjaʒ]	eine Hochzeit; eine Ehe	
la cour [lakuʀ]	*hier:* der Hofstaat	
s'installer [sɛ̃stale]	sich niederlassen	**En 1682, le roi s'installe à Versailles.** 1682 lässt sich der König in Versailles nieder.
Atelier A 1 **somptueux/somptueuse** [sɔ̃ptɥø/sɔ̃ptɥøz]	prächtig	**Nous avons visité le château de Versailles, c'est vraiment somptueux!** Wir haben das Schloss von Versailles besichtigt, es ist wirklich prächtig!

agrandir qc [agʀɑ̃diʀ]	etw. vergrößern	→ **grand/grande**
la chasse [laʃas]	die Jagd	**L'après-midi, le roi va souvent à la chasse.** Nachmittags geht der König oft auf die Jagd. **un château de chasse** (ein Jagdschloss) → **chasser**
une fée [ynfe]	eine Fee	
un conte (de fées) [ɛ̃kɔ̃t(dəfe)]	ein Märchen	**un château de conte de fées** (ein Märchenschloss) → **raconter**
nécessaire/nécessaire (à qc) [nesesɛʀ]	notwendig (für etw.); erforderlich (für etw.)	**Beaucoup d'hommes sont nécessaires à la construction du château.** Für den Bau des Schlosses sind viele Arbeiter erforderlich. Englisch: **necessary**
un courtisan/une courtisane [ɛ̃kuʀtizɑ̃/ynkuʀtizan]	ein Höfling/eine Hofdame	**Les courtisans et courtisanes habitaient aussi au château de Versailles.** Die Höflinge und Hofdamen lebten auch im Schloss von Versailles. → **la cour**
le luxe [ləlyks]	der Luxus	**Le roi vit dans le luxe.** Der König lebt im Luxus.
une chapelle [ynʃapɛl]	eine Kapelle	**Le mariage a eu lieu dans la petite chapelle.** Die Hochzeit hat in der kleinen Kapelle stattgefunden. Englisch: **chapel**
donner sur qc [dɔnesyʀ]	zu etw. hin liegen; auf etw. (hinaus)gehen	**La terrasse donne sur le jardin.** Die Terasse geht auf den Garten hinaus.
une perruque [ynpɛʀyk]	eine Perücke	
un bijou/des bijoux [ɛ̃biʒu/debiʒu]	ein Schmuck; ein Schmuckstück/Schmuckstücke	**L'actrice portait des bijoux très chers.** Die Schauspielerin trug sehr teuren Schmuck. 
la galerie des Glaces [lagalʀideglas]	*Spiegelsaal im Schloss von Versailles*	
une fenêtre [ynfənɛtʀ]	ein Fenster	**Il fait chaud, ouvre la fenêtre!** Es ist warm, mach das Fenster auf!

un miroir [ɛ̃miʀwaʀ]	ein Spiegel	**Combien de miroirs y a-t-il dans la galerie des Glaces?** Wie viele Spiegel gibt es im Spiegelsaal? Englisch: **mirror**
une symétrie [ynsimetʀi]	eine Symmetrie	**symétrie** **Symmetrie**
une sculpture [ynskyltyʀ]	eine Skulptur	
un tableau [ɛ̃tablo]	ein Gemälde	**Au Louvre, on peut admirer beaucoup de tableaux.** Im Louvre kann man viele Gemälde bewundern.
un plafond [ɛ̃plafɔ̃]	eine Decke (eines Zimmers)	**Regarde les beaux tableaux au plafond!** Sieh dir die schönen Gemälde an der Decke an!
royal/royale/royaux/royales [ʀwajal/ʀwajo]	königlich	**Tout le monde connaît la famille royale d'Angleterre.** Jeder kennt die königliche Familie Englands. → **un roi/une reine**
un canal/des canaux [ɛ̃kanal/dekano]	ein Kanal/Kanäle	Italienisch: **canale**
une fontaine [ynfɔ̃tɛn]	ein Springbrunnen	 Englisch: **fountain**
une orangerie [ynɔʀɑ̃ʒʀi]	eine Orangerie *(Gewächshaus zum Züchten und Überwintern von Zitruspflanzen)*	
un potager [ɛ̃pɔtaʒe]	ein Gemüsegarten	**Quels fruits et légumes est-ce qu'il y a dans votre potager?** Welche Früchte und Gemüsesorten habt ihr in eurem Gemüsegarten?
nourrir qn [nuʀiʀ]	jdn. ernähren	**Les légumes de notre potager nourrissent toute notre famille.** Das Gemüse aus unserem Gemüsegarten ernährt unsere ganze Familie. → **la nourriture**
nourrir wird konjugiert wie **finir**: je nourris, tu nourris, il/elle/on nourrit, nous nourrissons, vous nourrissez, ils/elles nourrissent; j'ai nourri		
un labyrinthe [ɛ̃labiʀɛ̃t]	ein Labyrinth	**Est-ce qu'on va trouver la sortie du labyrinthe?** Werden wir den Ausgang des Labyrinths finden? 
les horaires (d'ouverture) *(m.) (pl.)* [lezɔʀɛʀ(duvɛʀtyʀ)]	die Öffnungszeiten	**Vous connaissez les horaires d'ouverture du château de Versailles?** Kennen Sie die Öffnungszeiten vom Schloss von Versailles? → **une heure, ouvrir**
nocturne/nocturne [nɔktyʀn]	nächtlich	→ **la nuit** Italienisch: **notturno/notturna**; Spanisch: **nocturno/nocturna**

	un feu d'artifice [ɛ̃fødaʀtifis]	ein Feuerwerk	**Le 14 juillet, il y a des feux d'artifice partout en France.** Am 14. Juli finden überall in Frankreich Feuerwerke statt. 
	un tarif [ɛ̃taʀif]	ein Preis; ein Tarif	**Quel est le tarif pour deux adultes et deux enfants?** Wie hoch ist der Eintrittspreis für zwei Erwachsene und zwei Kinder?
	un accès [ɛ̃naksɛ]	ein Zugang; ein Zutritt	**L'accès au parc est gratuit.** Der Zugang zum Park ist kostenlos. Englisch: **access**
	un résident/une résidente [ɛ̃ʀezidɑ̃/ynʀezidɑ̃t]	ein Bewohner/eine Bewohnerin	→ **une résidence** (ein Wohnsitz)
	une réservation [ynʀezɛʀvasjɔ̃]	eine Reservierung	**J'ai fait toutes les réservations sur Internet.** Ich habe alle Reservierungen im Internet gemacht.
	télécharger qc [teleʃaʀʒe]	etw. herunterladen	**On télécharge l'application avant la visite?** Laden wir die App vor der Besichtigung herunter? **Achte auf das -e-: nous téléchargeons, je téléchargeais**
	une révolution [ynʀevɔlysjɔ̃]	eine Revolution	**la Révolution française** (die Französische Revolution) → **se révolter** (sich auflehnen)
	Guillaume 1er [gijompʀəmje]	Wilhelm der Erste *(1797–1888), ab 1871 erster deutscher Kaiser*	
	la Prusse [lapʀys]	Preußen	**Guillaume 1er a été roi de Prusse.** Wilhelm I. war König von Preußen.
	un empereur/une impératrice [ɛ̃nɑ̃pʀœʀ/ ynɛ̃peʀatʀis]	ein Kaiser/eine Kaiserin	**Guillaume 1er a été le premier empereur allemand.** Wilhelm I. war der erste deutsche Kaiser.
	proclamer qn empereur [pʀɔklame]	jdn. zum Kaiser ausrufen	**En 1871, on a proclamé Guillaume 1er empereur.** 1871 wurde Wilhelm I. zum Kaiser ausgerufen.
	mettre fin à qc [metʀ(ə)fɛ̃]	etw. beenden; etw. ein Ende setzen	**Le traité de Versailles met fin à la Première Guerre mondiale.** Der Versailler Vertrag beendet den Ersten Weltkrieg.
A 3	**un bal masqué** [ɛ̃balmaske]	ein Maskenball	
A 4	**un chargeur** [ɛ̃ʃaʀʒœʀ]	ein Ladegerät	**Tu as vu le chargeur de mon portable?** Hast du das Ladegerät meines Handys gesehen? → **télécharger qc**
	un plaisir [ɛ̃pleziʀ]	ein Vergnügen; eine Freude	**Avec plaisir!** Mit Vergnügen!
	refuser qc [ʀəfyze]	etw. ablehnen	Englisch: **to refuse**
	remercier qn [ʀəmɛʀsje]	jdm. danken; sich bei jdm. bedanken	**Je vous remercie.** Ich danke euch/Ihnen. → **Merci.**

De rien. [dəʀjɛ̃]	Bitte!; Gern geschehen.	**Merci pour ton aide. – De rien!** Danke für deine Hilfe. – Gern geschehen!
Je t'en/vous en prie. [ʒətɛ̃/vuzɑ̃pʀi]	Ich bitte dich/Sie.	**prier qn de faire qc** (jdn. bitten, etw. zu tun)
Il n'y a pas de quoi. [ilnjapad(ə)kwa]	Gern geschehen.; Bitte sehr.; Keine Ursache.	

Atelier B 1

strict/stricte [stʀikt]	streng; strikt	
le **rythme** [ləʀitm]	der Rhythmus	**Achte auf den Unterschied:** **le rythme – der Rhythmus**
assister à qc [asiste]	an etw. teilnehmen; etw. miterleben	**Je ne voulais pas assister à la cérémonie.** Ich wollte an der Zeremonie nicht teilnehmen. → **un assistant/une assistante**
un **valet** [ɛ̃valɛ]	ein Diener	
habiller qn [abije]	jdn. ankleiden; jdn. anziehen	**Le roi ne s'habille pas seul. Un valet habille le roi.** Der König zieht sich nicht alleine an. Ein Diener kleidet den König an.
maquiller qn [makije]	jdn. schminken	
la **messe** [lamɛs]	die Messe; der Gottesdienst	Italienisch: **messa**
seul/seule [sœl]	allein; einzig	**Louis XIV n'a pas un seul moment où il est seul.** Ludwig XIV. hat keinen einzigen Augenblick, in dem er alleine ist.
s'adresser à qn [sadʀese]	sich an jdn. richten; sich an jdn. wenden; jdn. anreden	**Le roi s'adresse à son peuple.** Der König wendet sich an sein Volk.
un **ministre**/une **ministre** [ɛ̃ministʀ/ynministʀ]	ein Minister/eine Ministerin	**Le Président reçoit ses ministres.** Der Präsident empfängt seine Minister.
une **réunion** [ynʀeynjɔ̃]	eine Versammlung; eine Besprechung	**Demain, j'ai une réunion à dix heures.** Morgen habe ich um zehn Uhr eine Besprechung.
une **proposition** [ynpʀɔpozisjɔ̃]	ein Vorschlag	**Je peux faire une proposition?** Darf ich einen Vorschlag machen? → **proposer qc à qn**
les **finances** *(f.) (pl.)* [lefinɑ̃s]	die Finanzen	
s'en aller [sɑ̃nale]	weggehen	**Tu t'en vas déjà?** Gehst du schon?
s'en aller: je m'en vais, tu t'en vas, il/elle/on s'en va, nous nous en allons, vous vous en allez, ils/elles s'en vont; je m'en suis allé(e)		
une **salle à manger** [ynsalamɑ̃ʒe]	ein Esszimmer	
un **menu** [ɛ̃məny]	ein Menü; eine Speisekarte	**Il faut réfléchir au menu.** Wir müssen überlegen, was es zu essen gibt.

	une soupe [ynsup]	eine Suppe	 Englisch: **soup**
	la noblesse [lanɔblɛs]	der Adel	**être issu(e) de la noblesse** (aus dem Adel hervorgehen)
	flatter qn [flate]	jdn. umschmeicheln	**Les courtisans flattent le roi.** Die Höflinge umschmeicheln den König.
	à partir de [apaʀtiʀdə]	von … an; ab *(zeitlich)*	**A partir de quelle heure est-ce que tu es libre?** Ab wie viel Uhr bist du frei?
	le billard [lebijaʀ]	das Billard	**jouer au billard** (Billard spielen)
	une pièce (de théâtre) [ynpjɛs(dəteatʀ)]	ein (Theater-)Stück	**Nous jouons dans une pièce de théâtre.** Wir spielen in einem Theaterstück. Englisch: **piece**
	une foule [ynful]	eine Menschenmenge	**Quelle foule aujourd'hui dans les magasins!** Was für eine Menschenmenge in den Geschäften heute!
B 2	**privé/privée** [pʀive/pʀive]	privat	**Le roi n'a pas de vie privée.** Der König hat kein Privatleben.
B 3	**une direction** [yndiʀɛksjɔ̃]	eine Richtung	**On va dans quelle direction?** In welche Richtung gehen wir? Englisch: **direction**
	la majesté [lamaʒɛste]	die Majestät	**Votre Majesté** (Eure Majestät)
B 4	**sec/sèche** [sɛk/sɛʃ]	trocken	Italienisch: **secco/secca**; Spanisch: **seco/seca**
	compliqué/compliquée [kɔ̃plike/kɔ̃plike]	kompliziert	↔ **simple** Englisch: **complicated**
B 6	**la Renaissance** [laʀənɛsɑ̃s]	die Renaissance *(Epoche)*	
	élégant/élégante [elegɑ̃/elegɑ̃t]	elegant; fein; geschmackvoll	**Elle porte une robe élégante.** Sie trägt ein elegantes Kleid.

AUF EINEN BLICK

Parler d'architecture
Über Architektur sprechen

une façade	eine Fassade
l'extérieur *(m.)*	das Äußere
l'intérieur *(m.)*	das Innere
la construction	der Bau
construire qc	etw. bauen
une sculpture	eine Skulptur
une statue	eine Statue
un tableau	ein Gemälde
la décoration	die Dekoration
décoré/décorée	geschmückt; verziert
une symétrie	eine Symmetrie
une colonne	eine Säule
un arc	ein Bogen
un contraste	ein Kontrast
somptueux/somptueuse	prächtig
moderne/moderne	modern
un bâtiment	ein Gebäude
un château	ein Schloss
une cathédrale	eine Kathedrale
une chapelle	eine Kapelle
une église	eine Kirche
une tour	ein Turm
un beffroi	ein Rathausturm; ein Glockenturm
une maison à colombages	ein Fachwerkhaus
imiter qc	etw. nachahmen
l'architecture *(f.)* **de la Renaissance**	die Architektur der Renaissance (15./16. Jh.)
l'architecture *(f.)* **baroque**	die Architektur des Barocks (17./18. Jh.)

TIPP

Ordne wichtigen Themenwortschatz in Sachgruppen an. Bilde für den Wortschatz zum Thema „Schweiz" z. B. Untergruppen wie „Geografie", „Sprachen", „Tourismus" und „Spezialitäten", oder zum Thema „Camping" die Untergruppen „Unterbringungsmöglichkeiten", „Aktivitäten" und „Regeln".

Unité 6 Au camping en Suisse

TU TE RAPPELLES?

la Suisse	die Schweiz	**faire partie de qc**	Teil von etw. sein
une montagne	ein Berg	**éviter qc**	etw. vermeiden
un lac	ein See	**goûter qc**	etw. probieren
une langue officielle	eine Amtssprache	**fabriquer qc**	etw. herstellen
une frontière	eine Grenze	**créer qc**	etw. (er)schaffen
un siècle	ein Jahrhundert	**avoir raison**	recht haben
un propriétaire	ein Besitzer	**médiéval/médiévale**	mittelalterlich
un concours	ein Wettbewerb	**il faut ...**	man braucht ...
		le lendemain	am folgenden Tag

Atelier DE

un **camping** [ɛ̃kɑ̃piŋ]	ein Campingplatz	
le **camping** [ləkɑ̃piŋ]	das Camping	**Cet été, on fera du camping en Suisse.** Diesen Sommer machen wir Camping(urlaub) in der Schweiz.
une **superficie** [ynsypɛʀfisi]	eine Fläche; eine Grundfläche	**La Suisse a une superficie de 41 285 km^2.** Die Schweiz hat eine Fläche von 41.285 km^2.
les **Alpes** *(f.) (pl.)* [lezalp]	die Alpen	**Chaque année, on fait du ski dans les Alpes.** Wir gehen jedes Jahr Skifahren in den Alpen.
le **Jura** [ləʒyʀa]	das Juragebirge	
un **glacier** [ɛ̃glasje]	ein Gletscher	
Zurich [zyʀik]	Zürich *(Stadt in der Schweiz)*	
Genève [ʒənɛv]	Genf *(Stadt in der französischsprachigen Schweiz)*	
Bâle [bal]	Basel *(Stadt in der Schweiz)*	
Berne [bɛʀn]	Bern *(Hauptstadt der Schweiz)*	
propre/propre *(vor dem Nomen)* [pʀɔpʀ]	eigen	**Elle a sa propre chambre.** Sie hat ihr eigenes Zimmer.
la **monnaie** [lamɔnɛ]	das Kleingeld; die Währung	**L'euro est une monnaie.** Der Euro ist eine Währung.
le **franc suisse** [ləfʀɑ̃sɥis]	der Schweizer Franken	**La Suisse a sa propre monnaie: le franc suisse.** Die Schweiz hat ihre eigene Währung: den Schweizer Franken.
le **lac Léman** [ləlaklemɑ̃]	der Genfer See	**Genève se trouve au bord du lac Léman.** Genf liegt am Ufer des Genfer Sees.
l'**italien** [litaljɛ̃]	das Italienische	**Tu parles italien?** Sprichst du Italienisch?
le **romanche** [ləʀɔmɑ̃ʃ]	das Rätoromanische *(Sprache in der Schweiz)*	

l'occitan *(m.)* [lɔksitɑ̃]	das Okzitanische; die okzitanische Sprache	**L'occitan et le romanche sont des langues régionales.** Das Okzitanische und das Rätoromanische sind Regionalsprachen.
germanophone/ germanophone [ʒɛʀmanofɔn]	deutschsprachig	**La plus grande partie de la Suisse est germanophone.** Der größte Teil der Schweiz ist deutschsprachig.
la Suisse alémanique [lasɥisalemanik]	die deutschsprachige Schweiz	
un canton [ɛ̃kɑ̃tɔ̃]	ein Kanton	**Il y a 26 cantons en Suisse.** In der Schweiz gibt es 26 Kantone.

Vis-à-vis

Die Schweiz ist in 26 unterschiedlich große Kantone unterteilt. Jeder Kanton hat eine eigene Regierung und eine eigene Verfassung. Man kann die Kantone mit den 16 Bundesländern in Deutschland vergleichen.

bilingue/bilingue [bilɛ̃g]	zweisprachig	**En Suisse, il y a des cantons bilingues.** In der Schweiz gibt es zweisprachige Kantone.
Fribourg [fʀibuʀ]	Freiburg *(zweisprachiger Kanton im Westen der Schweiz und gleichzeitig Name der Kantons-Hauptstadt)*	**Je viens de Fribourg. – Fribourg en Allemagne? – Non, Fribourg en Suisse.** Ich komme aus Freiburg. – Freiburg in Deutschland? – Nein, Freiburg in der Schweiz.
un Suisse/une Suisse	ein Schweizer/ eine Schweizerin	**A Fribourg, il y a des Suisses germanophones et francophones.** In Freiburg gibt es deutschsprachige und französischsprachige Schweizer.
DE 3 **la Gruyère** [lagʀyjɛʀ]	Greyerz *(Region im Kanton Freiburg)*	**La Gruyère est une région en Suisse.** Greyerz ist eine Region in der Schweiz.
le lac de la Gruyère [ləlakdəlagʀyjɛʀ]	der Greyerzer See	
un compromis [ɛ̃kɔ̃pʀɔmi]	ein Kompromiss	**Pour trouver un compromis, il faut écouter les autres.** Um einen Kompromiss zu finden, müssen wir den anderen zuhören.
faire du camping [fɛʀdykɑ̃piŋ]	campen; zelten	**Faire du camping, ce n'est pas mon truc!** Campen ist nicht so mein Ding!
une tente [yntɑ̃t]	ein Zelt	 Englisch: **tent**
louer qc [lwe]	etw. mieten; etw. vermieten	**Pourriez-vous nous dire où on peut louer des vélos?** Könnten Sie uns sagen, wo man Fahrräder mieten kann?
un mobile home [ɛ̃mɔbilom]	ein Mobilheim	

un campeur/une campeuse [ɛ̃kɑ̃pœʀ/ynkɑ̃pøz]	ein Camper/eine Camperin	→ **faire du camping**
faire du paddle [fɛʀdypadəl]	paddeln	**le SUP (stand up paddle)**
une chocolaterie [ynʃɔkɔlatʀi]	eine Schokoladenfabrik	→ **le chocolat**
le cacao [ləkakao]	der Kakao	
à travers [atʀavɛʀ]	durch	**Il marche à travers le village.** Er geht durch das Dorf. → **traverser qc** (etw. überqueren)
sentir qc [sɑ̃tiʀ]	*hier:* nach etw. riechen	**Ça sent le chocolat ici!** Hier riecht es nach Schokolade!
une dégustation [yndegystasjɔ̃]	eine Verkostung	→ **goûter qc** Türkisch: **degüstasyon**
un produit [ɛ̃pʀɔdɥi]	ein Produkt	Englisch: **product**
plein/pleine (de qc) [plɛ̃/plɛn]	voll (mit etw.)	**J'en peux plus, j'ai le ventre plein!** *(fam.)* Ich kann nicht mehr, mein Bauch ist voll!
Gruyères [gʀyjɛʀ]	Greyerz *(Gemeinde im Kanton Freiburg)*	**Achte auf die Rechtschreibung: Gruyères**
une fromagerie [ynfʀɔmaʒʀi]	eine Käserei	
un sens [ɛ̃sɑ̃s]	ein Sinn; eine Richtung	**Les cinq sens: voir, écouter, sentir, goûter, toucher** 
une odeur [ynɔdœʀ]	ein Geruch	**Quelle odeur bizarre ici!** Was für ein komischer Geruch hier!
une vache [ynvaʃ]	eine Kuh	**Oh la vache!** *(fam.)* Donnerwetter!
le gruyère [ləgʀyjɛʀ]	der Greyerzer *(Schweizer Hartkäse)*	**Achte auf den Unterschied: le gruyère (der Greyerzer Käse) – la Gruyère (die Region Greyerz im Kanton Freiburg) – Gruyères (Gemeinde im Kanton Freiburg)**
un sommet [ɛ̃sɔmɛ]	ein Gipfel	**Quand on arrive au sommet de la montagne, on a une très belle vue.** Wenn man am Berggipfel ankommt, hat man eine sehr schöne Aussicht. 
un funiculaire [ɛ̃fynikylɛʀ]	eine Drahtseilbahn	Spanisch: **funicular**
l'altitude *(f.)* [laltityd]	die Höhe	**Le Moléson est à 2000 mètres d'altitude.** Der Moléson ist 2000 Meter hoch.

	l'Italie *(f.)* [litali]	Italien	→ **l'italien**
	une fondue [ynfɔ̃dy]	ein Fondue	**Tu aimes la fondue au fromage? – Ah oui, mais je préfère la fondue au chocolat!** Magst du Käsefondue? – Oh ja, aber noch lieber mag ich Schokoladenfondue!
	un chalet [ɛ̃ʃalɛ]	ein Berghaus	
	rater qc *(fam.)* [ʀate]	etw. verpassen; etw. verpfuschen; etw. nicht schaffen	**rater le bus** (den Bus verpassen), **rater un évènement** (eine Veranstaltung verpassen), **rater une interrogation** (eine Klassenarbeit verhauen)
	une vallée [ynvale]	ein Tal	Englisch: **valley**
DE 5	**un chocolatier** [ɛ̃ʃɔkɔlatje]	ein Schokoladenhersteller	→ **le chocolat, une chocolaterie**
	changer d'avis [ʃɑ̃ʒedavi]	seine Meinung ändern	**Elle change tout le temps d'avis.** Sie ändert ständig ihre Meinung.
DE 7	**confortable/confortable** [kɔ̃fɔʀtabl]	bequem; komfortabel	**J'aime porter des vêtements confortables.** Ich trage gerne bequeme Kleidung. confortab<u>le</u> – kom<u>fortabel</u>
	convaincre qn de qc [kɔ̃vɛ̃kʀ]	jdn. von etw. überzeugen	**Il a essayé de me convaincre.** Er hat versucht, mich zu überzeugen.

convaincre: je convain<u>cs</u>, tu convain<u>cs</u>, il convain<u>c</u>, nous convain<u>quons</u>, vous convain<u>quez</u>, ils convain<u>quent</u>; j'ai convaincu

	une objection [ynɔbʒɛksjɔ̃]	ein Einwand	**faire une objection** (einen Einwand machen)
	d'un côté, ..., de l'autre [dɛ̃kote ... dəlotʀ]	einerseits ..., andererseits	**D'un côté, j'ai envie de venir à la fête, de l'autre, je suis trop fatigué.** Einerseits habe ich Lust, zu der Party zu kommen, andererseits bin ich zu müde.
	exact/exacte [ɛgzakt]	genau; richtig	**Ce n'est pas exact.** Das ist nicht richtig.
	une raison [ynʀɛzɔ̃]	ein Grund	**La raison, c'est que ...** Der Grund dafür ist, dass ... Englisch: **reason**
DE 8	**faire le point** sur qc [fɛʀləpwɛ̃]	einen zusammenfassenden Überblick über etw. geben	
	se mettre d'accord sur qc [səmɛtʀ(ə)dakɔʀ]	sich auf/über etw. einigen	**On en a discuté longtemps, mais finalement, on s'est mis d'accord.** Wir haben lange darüber diskutiert, aber schließlich haben wir uns geeinigt.
DE 9	**un portrait** [ɛ̃pɔʀtʀɛ]	ein Porträt	**faire le portrait de qn** (jdn. porträtieren)
Tâche A 1	**le désordre** [lədezɔʀdʀ]	die Unordnung	

Lernt zuerst die Wörter, die ihr für eure gewählte *tâche* braucht. Lernt am Ende auch die Wörter der anderen *tâches*.

	le gaz [ləgaz]	das Gas	**Il faut acheter une nouvelle bouteille de gaz.** Wir müssen eine neue Gasflasche kaufen.
A 2	**exprimer** qc [ɛkspʀime]	etw. ausdrücken	→ **une expression**
	le mécontentement [ləmekɔ̃tɑ̃tmɑ̃]	die Unzufriedenheit	**Fabien exprime son mécontentement.** Fabien drückt seine Unzufriedenheit aus. → **être content/contente**
	C'est le bazar! *(fam.)* [sɛləbazaʀ]	Was für ein Durcheinander!	**C'est le bazar, ici! Si on rangeait un peu?** Was für ein Durcheinander hier! Sollen wir nicht ein bisschen aufräumen? **= Quel désordre!**
	franc/franche [fʀɑ̃/fʀɑ̃ʃ]	offen; aufrichtig	**Franchement, je me suis très vite sentie bien, ici.** Offen gesagt habe ich mich hier sehr schnell wohl gefühlt.
	déranger qn [deʀɑ̃ʒe]	jdn. stören	**Achte auf das -e-: nous dérangeons, il dérangeait** → **ranger qc** (etw. aufräumen)
	propre/propre *(nach dem Nomen)* [pʀɔpʀ]	sauber	**La chambre est propre. Voilà une chambre propre.** Das Zimmer ist sauber. Hier ist ein sauberes Zimmer.
	mettre la main à la pâte *(fam.)* [mɛtʀəlamɛ̃alapat]	Hand anlegen; anpacken; zupacken	**Lisa n'a pas envie de mettre la main à la pâte.** Lisa hat keine Lust, mitzuhelfen. *(wörtl.: „die Hand an den Teig legen")*
	être **responsable/responsable** de qc [ʀɛspɔ̃sabl]	verantwortlich sein für etw.; zuständig sein für etw.	**Qui est responsable des courses?** Wer ist für das Einkaufen zuständig? Englisch: **responsable**
B 2	**impatient/impatiente** [ɛ̃pasjɑ̃/ɛ̃pasjɑ̃t]	ungeduldig	**Ne sois pas aussi impatiente, Morgane!** Sei nicht so ungeduldig, Morgane!
	un bon plan [ɛ̃bɔ̃plɑ̃]	ein Geheimtipp	**Ce camping était vraiment un bon plan!** Dieser Campingplatz war wirklich ein Geheimtipp!
	aller en boîte *(fam.)* [aleɑ̃bwat]	in die Disco gehen	**Vendredi soir, on va en boîte.** Am Freitagabend gehen wir in die Disco/in einen Club. **une boîte bedeutet wörtlich: eine Dose, eine Schachtel**
	recharger qc [ʀəʃaʀʒe]	etw. aufladen	**Où est-ce que je peux recharger mon portable?** Wo kann ich mein Handy aufladen? **Achte auf das -e-: nous rechargeons, je rechargeais** Englisch: **to recharge**
	se connecter à qc [səkɔnɛkte]	sich in etw. einloggen	**Tu peux te connecter à Internet? – Oui, je suis connecté(e).** Kannst du dich im Internet einloggen? – Ja, ich bin eingeloggt. Englisch: **to connect**
C 1	**la décoration** [ladekɔʀasjɔ̃]	die Dekoration	**Qui s'occupe de la décoration?** Wer kümmert sich um die Dekoration? → **décorer qc**
C 2	**prêter** qc à qn [pʀete]	jdm. etw. leihen	**Pourriez-vous nous prêter des chaises?** Könnten Sie uns Stühle leihen?
	mettre qc à la disposition de qn [mɛtʀaladispɔzisjɔ̃]	jdm. etw. zur Verfügung stellen	
	disponible/disponible [dispɔnibl]	verfügbar	**Tu es dispo samedi?** *(fam.)* Hast du am Samstag Zeit?
	le matériel [ləmateʀjɛl]	das Material; die Ausrüstung	**Pourriez-vous mettre le matériel à notre disposition?** Könnten Sie uns die Ausrüstung zur Verfügung stellen?

une enceinte [ynɑ̃sɛ̃t]	eine Lautsprecherbox	
le courant [ləkuʀɑ̃]	der Strom	**Zut! Il n'y a plus de courant!** Mist! Der Strom ist weg!
une prise de courant [ynpʀizdəkuʀɑ̃]	eine Steckdose	
une rallonge [ynʀalɔ̃ʒ]	eine Verlängerung; ein Verlängerungskabel	**Il nous faudrait une rallonge.** Wir bräuchten ein Verlängerungskabel. → **long/longue**
brancher qc sur qc [bʀɑ̃ʃe]	etw. an etw. anschließen	**On pourrait brancher la rallonge.** Wir könnten das Verlängerungskabel anschließen.
grignoter qc [gʀiɲɔte]	etw. knabbern	

MON DICO PERSONNEL

Au camping Auf dem Campingplatz

un emplacement	ein Standort; ein Stellplatz	**complet/complète**	ausgebucht; voll
un camping-car	ein Wohnmobil	**confortable/confortable**	bequem; komfortabel
une caravane	ein Wohnwagen	**calme/calme**	ruhig
un mobile home	ein Mobilheim	**bruyant/bruyante**	laut
une tente	ein Zelt	**propre/propre**	sauber
monter la tente	das Zelt aufschlagen	**sale/sale**	dreckig
la réception	die Rezeption	**il est interdit de faire qc**	es ist verboten, etw. zu tun
l'accueil *(m.)*	der Empfang	**les sanitaires** *(m., pl.)*	die Sanitäranlagen
à l'accueil	am Empfang	**une salle commune**	ein Gemeinschaftsraum

Liste des mots

Die *Liste des mots* enthält den Lernwortschatz aus den *Unités*. Wörter, die innerhalb von *Lire*-Aufgaben erschlossen werden sollen, grammatische Basiswörter wie z. B. die Subjektpronomen *je, tu* … sowie Zahlen werden in der folgenden Liste nicht aufgeführt.
Die Fundstellen verweisen auf das erstmalige Vorkommen der Wörter wie z. B.:

une **affaire I3A,** 3

Band **1**, Unité **3**, Atelier **A**, Nummer **3**.

Weitere Abkürzungen:
DE = Einstiegsseite *Découvertes*
A = Atelier A **B** = Atelier B
C = Atelier C **P** = Pratique
Grau gesetzte Wörter sind fakultativ und brauchen nicht gelernt zu werden.

A

à (Paris) [a] in (Paris); nach (Paris) **I2DE**
à partir de [apaRtiRdə] ab *(zeitlich)*; von … an **IV5B,** 1
à cheval [aʃ(ə)val] auf dem Pferd; mit dem Pferd **III6B**
à la mode [alamɔd] modern; modisch **IV5DE**
à l'aide de qc [alɛd(ə)də] mit Hilfe von etw. **III6A**
à l'étranger [aletRɑ̃ʒe] im/ins Ausland **IV3A,** 3
A plus! *(fam.)* [aplys] Bis später! **I0,** 1 Bis später! **I5A,** 1
à propos de qc [apRɔpodə] apropos; etw. betreffend **II2A,** 5
Il/Elle est à qui? [ilɛtaki/ɛlɛtaki] Wem gehört er/sie/es? **I4A,** 3
une **abbaye** [ynabei] eine Abtei **III4A,** 4
un **abonné**/une **abonnée** [ɛ̃nabɔne/ynabɔne] ein Abonnent/eine Abonnentin **IV4A,** 5
s'**abonner** à qc [sabɔne] etw. abonnieren **IV4A,** 6
absolu/**absolue** [apsɔly] absolut **III5DE**
un **accent** [ɛ̃naksɑ̃] ein Akzent **III3DE**
accepter qn/qc [aksɛpte] jdn./etw. akzeptieren; jdn./etw. annehmen **III2DE**
un **accès** [ɛ̃naksɛ] ein Zugang; ein Zutritt **IV5A,** 1
un **accordéon** [ɛ̃nakɔRdeɔ̃] ein Akkordeon **I6B,** 6
accro (à qc) [akRo] süchtig (nach etw.) **IV4DE**
un **accueil** [ɛ̃nakœj] ein Empfang ⟨**IV6C,** 2⟩
une page d'accueil [ynpaʒdakœj] eine Startseite ⟨**IV4B,** 5⟩
accueillir qn [akœjiR] jdn. empfangen **III3B,** 1
accuser qn [akyze] jdn. anklagen **III2B,** 5
acheter qc [aʃte] etw. kaufen **I3A,** 2
un **acteur**/une **actrice** [ɛ̃naktœR/ynaktRis] ein Schauspieler/eine Schauspielerin **II1B,** 2
une **action** [ynaksjɔ̃] eine Handlung; eine Tat **IV4B,** 1
une **activité** [ynaktivite] eine Freizeitbeschäftigung **I5DE**
l'**actualité** *(f.)* [laktɥalite] das Tagesgeschehen; das Zeitgeschehen **IV4B,** 1
un fil d'actualité [ɛ̃fildaktɥalite] ein Newsfeed ⟨**IV4B,** 5⟩
un sujet d'actualité [ɛ̃syʒɛdaktɥalite] ein aktuelles Thema ⟨**IV4P**⟩
administratif/**administrative** [administRatif/administRativ] behördlich; Verwaltungs- **III5DE,** 2
admirer qn/qc [admiRe] jdn./etw. bewundern **IV5DE**
un **ado**/une **ado** *(fam.)* *(= un adolescent/une adolescente)* [ɛ̃nado/ynado] ein Jugendlicher/eine Jugendliche **IV4DE**
adorer qn/qc [adɔRe] jdn./etw. sehr gern mögen **I7C,** 1
s'**adresser** à qn [sadRese] jdn. anreden; sich an jdn. richten; sich an jdn. wenden **IV5B,** 1
une **affaire** [ynafɛR] eine Angelegenheit; eine Sache **I3A,** 3
une bonne affaire [ynbɔnafɛR] ein Schnäppchen **III3A,** 1
une **affiche** [ynafiʃ] ein Plakat; ein Poster **I2DE**
africain/**africaine** [afRikɛ̃/afRikɛn] afrikanisch **III2A,** 1
l'**âge** *(m.)* [laʒ] das Alter **I3B,** 9
Tu as quel âge? [tyakɛlaʒ] Wie alt bist du? **I3B,** 9
il s'**agit** de qc [ilsaʒidə] es handelt sich um etw. **IV4B,** 5
agrandir qc [agRɑ̃diR] etw. vergrößern **IV5A,** 1
un **agriculteur**/une **agricultrice** [ɛ̃nagRikyltœR/ynagRikyltRis] ein Landwirt/eine Landwirtin ⟨**IV3P**⟩
l'**agriculture** *(f.)* [lagRikyltyR] der Ackerbau; die Landwirtschaft **IV3A,** 2
une **aide** [ynɛd] eine Hilfe; eine Unterstützung **III6A**
à l'aide de qc [alɛd(ə)də] mit Hilfe von etw. **III6A**
aider qn [ede] jdm. helfen **I6B,** 1
Aïe! [aj] Aua! **I4DE**
aimer qn/qc [eme] jdn./etw. lieben; jdn./etw. mögen **I2B,** 2
j'aimerais faire qc [ʒɛmRɛ] ich würde gern (etw. tun) **I6C,** 1
l'**air** *(m.)* [lɛR] das Aussehen; die Luft **II1A,** 2
avoir l'air [avwaRlɛR] aussehen **II1A,** 2
prendre l'air [pRɑ̃dR(ə)lɛR] an die frische Luft gehen **III1A,** 2
en plein air [ɑ̃plɛnɛR] draußen; im Freien **IV1A,** 8
une **aire de jeux** [ynɛRdəʒø] ein Spielplatz **III3B,** 1
une **aire de repos** [ynɛRdəRəpo] ein Rastplatz *(an der französischen Autobahn)* **II4A,** 3 ein Rastplatz *(an der Autobahn)* **IV4B,** 1
ajouter qc [aʒute] etw. hinzufügen **IV4A,** 1
un **Allemand**/une **Allemande** [ɛ̃nalmɑ̃/ynalmɑ̃d] ein Deutscher/eine Deutsche **IV1DE**
l'**allemand** *(m.)* [lalmɑ̃] Deutsch *(die deutsche Sprache)* **I4DE**
en allemand [ɑ̃nalmɑ̃] auf Deutsch **I3A,** 3
allemand/**allemande** [almɑ̃/almɑ̃d] deutsch **I3A,** 3
aller [ale] fahren; gehen **I4A,** 3
aller chercher qn/qc [aleʃɛRʃe] jdn./etw. abholen; jdn./etw. holen **II6A,** 2
aller faire qc [alefɛR] etwas tun werden **I5A,** 1
Allez les gars! *(fam.)* [alelega] Auf geht's, Jungs! **II5B,** 2
s'en aller [sɑ̃nale] weggehen **IV5B,** 1
aller avec [aleavɛk] passen zu **II3A,** 6
Tu vas aller mieux. [tyvaalemjø] Es wird dir besser gehen. **III1B,** 1
Allô? [alo] Hallo? *(am Telefon)* **I3A,** 3
alors [alɔR] dann; jetzt; nun **I2B,** 2
un **Alsacien**/une **Alsacienne** [ɛ̃nalzasjɛ̃/ynalzasjɛn] ein Elsässer/eine Elsässerin **IV1B,** 8
alsacien/**alsacienne** [alzasjɛ̃/alzasjɛn] elsässisch **IV1DE**
l'**altitude** *(f.)* [laltityd] die Höhe **IV6DE,** 3
une **ambiance** [ynɑ̃bjɑ̃s] eine Atmosphäre; eine Stimmung **III3B,** 1
ambitieux/**ambitieuse** [ɑ̃bisjø/ɑ̃bisjøz] ehrgeizig **IV5DE**
améliorer qc [ameljɔRe] etw. verbessern **III5B,** 1
américain/**américaine** [ameRikɛ̃/ameRikɛn] amerikanisch **III4B,** 3
un **ami**/une **amie** [ɛ̃nami/ynami] ein Freund/eine Freundin **I0,** 1
l'**amitié** *(f.)* [lamitje] die Freundschaft **IV2A,** 1
s'**amuser** [samyze] sich amüsieren; sich vergnügen **II4C,** 1

un **an** [ɛ̃nɑ̃] ein Jahr **I3B,** 1
avoir onze ans [avwaʀɔ̃zɑ̃] elf Jahre alt sein **I3B,** 1
un **ancêtre**/une **ancêtre** [ɛ̃nɑ̃sɛtʀə/ynɑ̃sɛtʀə] ein Vorfahre/eine Vorfahrin **II4C,** 1
ancien/**ancienne** [ɑ̃sjɛ̃/ɑ̃sjɛn] alt **III3DE**
ehemalig *(wenn es vor dem Nomen steht)* **IV1DE**
un **Anglais**/une **Anglaise** [ɛ̃nɑ̃glɛ/ynɑ̃glɛz] ein Engländer/eine Engländerin **III3A,** 1
anglais/**anglaise** [ɑ̃glɛ/ɑ̃glɛz] englisch **III4B,** 3
un **animal**/des **animaux** [ɛ̃nanimal/dezanimo] ein Tier/Tiere **I1B,** 1
un **animateur**/une **animatrice** [ɛ̃nanimatœʀ/ynanimatʀis] ein Betreuer/eine Betreuerin; ein Kursleiter/eine Kursleiterin **II5A,** 4
ein(e) (Fernseh-/Radio-)Moderator(in) **IV3B,** 1
une **année** [ynane] ein Jahr *(im Verlauf)* **I3B,** 7
un **anniversaire** [ɛ̃nanivɛʀsɛʀ] ein Geburtstag **I3DE**
une **annonce** [ynanɔ̃s] eine Annonce; eine Anzeige **III1A,** 7
un **anorak** [ɛ̃nanɔʀak] ein Anorak **II3A,** 6
août *(m.)* [ut] August **I3B,** 7
un **appareil** [ɛ̃napaʀɛj] ein Apparat; ein Gerät **IV4DE**
un **appareil photo** [ɛ̃napaʀɛjfɔto] ein Fotoapparat **III3A,** 1
un **appartement** [ɛ̃napaʀt(ə)mɑ̃] eine Wohnung **I5A,** 3
appeler qn [aple] jdn. anrufen; jdn. rufen **II2B,** 3
il s'appelle [ilsapɛl] er heißt **I3B,** 9
Tu t'appelles comment? [tytapɛlkɔmɑ̃] Wie heißt du? **I1A,** 1
l'**applaudissement** *(m.)* [laplodismɑ̃] der Applaus; der Beifall **II3B,** 1
une **application** [ynaplikasjɔ̃] eine Anwendung; eine App **IV1A,** 8
apporter qc à qn [apɔʀte] jdm. etw. (mit-)bringen **II4A,** 3
apprendre qc [apʀɑ̃dʀ] etw. erfahren; etw. lernen **II4C,** 1
s'**approcher** de qn/qc [sapʀɔʃe] jdm./etw. näher kommen; sich jdm./etw. nähern **III5B,** 1
après [apʀɛ] danach; nach **I4A,** 1
l'**après-midi** *(m.)* *(f.)* [lapʀɛmidi] der Nachmittag; nachmittags **I5A,** 3
l'**arabe** *(m.)* [laʀab] das Arabische **III5DE,** 2
arabe/**arabe** [aʀab] arabisch **IV2B,** 7
un **arbre** [ɛ̃naʀbʀ] ein Baum **I7A,** 1
un **arc** [ɛ̃naʀk] ein Bogen ⟨**IV5B,** 6⟩
un **architecte**/une **architecte** [ɛ̃naʀʃitɛkt/ynaʀʃitɛkt] ein Architekt/eine Architektin ⟨**IV3P**⟩
l'**architecture** *(f.)* [laʀʃitɛktyʀ] die Architektur **IV5DE**
une **arène** [ynaʀɛn] eine Arena **III6B**
l'**argent** *(m.)* [laʀʒɑ̃] das Geld **III1A,** 2
l'argent *(m.)* de poche [laʀʒɑ̃d(ə)pɔʃ] das Taschengeld **IV3A,** 4
une **armée** [ynaʀme] eine Armee; ein Heer **IV1A,** 8
une **armoire** [ynaʀmwaʀ] ein Schrank **III2B,** 5
arrêter (de faire qc) [aʀete] aufhören (etw. zu tun) **III1A,** 2
arrêter qc [aʀɛte] etw. anhalten; etw. beenden **II3B,** 1
s'arrêter [saʀete] anhalten; Halt machen **II5B,** 2
l'**arrière-plan** *(m.)* [laʀjɛʀplɑ̃] der Hintergrund *(Bild, Foto, Film)* **II1B,** 8
l'**arrivée** *(f.)* [laʀive] die Ankunft **I7D,** 2
arriver [aʀive] ankommen; kommen **I2DE**
arriver à faire qc [aʀive] es schaffen, etw. zu tun **III2B,** 1
qc arrive à qn [aʀiv] etw. ist mit jdm. los; etw. passiert jdm. **III4A,** 4
un **arrondissement** [ɛ̃naʀɔ̃dismɑ̃] ein Arrondissement *(ein Verwaltungsbezirk)* **I5DE**
l'**art** *(m.)* [laʀ] die Kunst **II5DE**
les arts du cirque *(m., pl.)* [lezaʀdysiʀk] die Zirkuskünste **II5DE**
le 7ᵉ art [lesɛtjɛmaʀ] *Bezeichnung für die Filmkunst* **IV4B,** 1
un feu d'**artifice** [ɛ̃fødaʀtifis] ein Feuerwerk **IV5A,** 1
un **artiste**/une **artiste** [ɛ̃naʀtist/ynaʀtist] ein Künstler/eine Künstlerin **III3B,** 4
un **ascenseur** [ɛ̃nasɑ̃sœʀ] ein Aufzug; ein Fahrstuhl **IV1B,** 2
passer l'**aspirateur** [paselaspiʀatœʀ] staubsaugen ⟨**IV3A,** 7⟩
assez [ase] genug; ziemlich **II3A,** 6
une **assiette** [ynasjɛt] ein Teller **II6B,** 1
un **assistant**/une **assistante** [ɛ̃nasistɑ̃/ynasistɑ̃t] ein Assistent/eine Assistentin **I7DE**
un assistant social/une assistante sociale/des assistants sociaux/des assistantes sociales [ɛ̃nasistɑ̃sɔsjal/ynasistɑ̃tsɔsjal/dezasistɑ̃sɔsjo/dezasistɑ̃tsɔsjal] ein Sozialarbeiter/eine Sozialarbeiterin/Sozialarbeiter/Sozialarbeiterinnen **IV3A,** 1
assister à qc [asiste] an etw. teilnehmen; etw. miterleben **IV5B,** 1
une **assurance** [ynasyʀɑ̃s] eine Versicherung **III4B,** 7
une assurance maladie [ynasyʀɑ̃smaladi] eine Krankenversicherung **III4B,** 7
un **atelier** [ɛ̃natəlje] eine Arbeitsgruppe; eine Werkstatt; ein Workshop **II5A,** 4
l'**athlétisme** *(m.)* [latletism] die Leichtathletik **I5A,** 3
attaquer qn/qc [atake] jdn./etw. angreifen **III6A**
attendre qn/qc [atɑ̃dʀ] auf jdn./etw. warten; jdn./etw. erwarten **I6A,** 2
s'attendre à qc [satɑ̃dʀ] etw. erwarten; mit etw. rechnen **IV2B,** 7
Attention! [atɑ̃sjɔ̃] Achtung!; Vorsicht! **I1A,** 1
faire attention [fɛʀatɑ̃sjɔ̃] achtgeben; aufpassen **I7C,** 1
attraper qn/qc [atʀape] jdn./etw. erwischen; jdn./etw. fangen **II5A,** 3
une **auberge** de jeunesse [ynobɛʀʒdəʒœnɛs] eine Jugendherberge **IV1A,** 10
un **audio-guide** [ɛ̃nodjogid] ein Audioguide **II7B,** 2
augmenter [ɔgmɑ̃te] steigen; wachsen **IV4A,** 1
aujourd'hui [oʒuʀdɥi] heute **I3A,** 1
aussi [osi] auch **I1B,** 1
aussi grand/grande que [osigʀɑ̃kə/osigʀɑ̃dkə] genauso groß wie **II5A,** 1
l'**austérité** *(f.)* [losteʀite] die Strenge **IV2B,** 2
un **auteur**/une **auteure** [ɛ̃notœʀ/ynotœʀ] ein Autor/eine Autorin **III1DE**
autiste/**autiste** [otist] autistisch **IV4B,** 1
un **autochtone**/une **autochtone** [ɛ̃notokton/ynotokton] ein Ureinwohner/eine Ureinwohnerin **III5A,** 8
l'**automne** *m.* [lotɔn] der Herbst **II4A,** 8
une **autorisation** [ynɔtɔʀizasjɔ̃] eine Erlaubnis; eine Genehmigung **III2B,** 1
une **autoroute** [ynotoʀut] eine Autobahn **II4A,** 3
autour de qn/qc [otuʀ] um jdn./etw. herum **III2B,** 5
autre/**autre** [otʀ] anderer/andere/anderes **I6B,** 1
avancer [avɑ̃se] vorankommen; vorwärts kommen **II5B,** 2
avant [avɑ̃] vor *(zeitlich)*; vorher **I7B,** 1
avant de faire qc [avɑ̃də] bevor man etw. tut **III3A,** 1
avec [avɛk] mit **I2DE**
l'**avenir** *(m.)* [lav(ə)niʀ] die Zukunft **III6B**
une **aventure** [ynavɑ̃tyʀ] ein Abenteuer **II4C,** 7
partir à l'aventure [paʀtiʀalavɑ̃tyʀ] auf gut Glück losziehen **IV3B,** 4
une **avenue** [ynavny] eine Avenue; eine Straße **I5DE**
avertir qn [avɛʀtiʀ] jdn. benachrichtigen; jdn. warnen **III5B,** 1
un **avion** [ɛ̃navjɔ̃] ein Flugzeug **I7D,** 4
un **avis** [ɛ̃navi] eine Meinung **III1B,** 4
changer d'avis [ʃɑ̃ʒedavi] seine Meinung ändern **IV6DE,** 5
être du même avis [ɛtʀdymɛmavi] gleicher Meinung sein **IV1B,** 2
à mon avis [amɔ̃navi] meiner Meinung nach **III1B,** 4

un **avocat**/une **avocate** [ɛ̃navɔka] ein Anwalt/eine Anwältin ⟨**IV3P**⟩

avoir [avwaʀ] haben **I3B,** 1

avoir besoin de qc [avwaʀbəswɛ̃] etw. brauchen **III1C,** 2

avoir faim [avwaʀfɛ̃] Hunger haben **I3B,** 1

avoir horreur de qc/qn [avwaʀɔʀœʀ] jdn./etw. hassen; jdn./etw. verabscheuen **IV4A,** 1

avoir la dalle *(fam.)* [avwaʀladal] Kohldampf haben *(ugs.)* **III4A,** 4

avoir la pêche *(fam.)* [avwaʀlapɛʃ] gut drauf sein *(ugs.)* **III2A,** 1

avoir lieu [avwaʀljø] sich ereignen; stattfinden **III6A**

avoir mal [avwaʀmal] Schmerzen haben **I5B,** 3

avoir onze ans [avwaʀɔ̃zɑ̃] elf Jahre alt sein **I3B,** 1

avoir raison [avwaʀʀɛzɔ̃] recht haben **I4B,** 4

avoir soif [avwaʀswaf] Durst haben **I5C,** 1

avoir un coup de cœur pour qn/qc [avwaʀɛ̃kud(ə)kœʀ] sein Herz an jdn./etw. verlieren; sich in jdn./etw. verlieben **IV4B,** 1

avril *(m.)* [avʀil] April **I3B,** 7

B

le **bac** [ləbak] das Abitur **III1A,** 7

une **baguette** [ynbagɛt] ein Baguette **I7C,** 1

une **baie** [ynbɛ] eine Bucht **III4A,** 9

baisser [bese] fallen; sinken; zurückgehen ⟨**IV2B,** 3⟩

un **bal** [ɛ̃bal] ein Ball; ein Fest **I6B,** 1

un bal masqué [ɛ̃balmaske] ein Maskenball **IV5A,** 3

une **baleine** [ynbalɛn] ein Wal **III5A,** 1

une **balle** [ynbal] ein (kleiner) Ball **II5A,** 4

un **ballon** [ɛ̃balɔ̃] ein Ball **II4B,** 1

une **bande-annonce**/des **bandes-annonces** [ynbɑ̃danɔ̃s/debɑ̃dzanɔ̃s] ein Trailer/Trailer ⟨**IV4P**⟩

une **banlieue** [ynbɑ̃ljø] ein Vorort; ein Vorstadtbereich **II7A,** 1

baroque/**baroque** [baʀɔk] Barock-; des Barocks *(Epoche)* **IV5DE**

une **basket** [ynbaskɛt] ein Turnschuh **II3A,** 6

une **bataille** [ynbataj] eine Schlacht **IV1DE**

un **bateau**/des **bateaux** [ɛ̃bato/debato] ein Boot; ein Schiff **I7C,** 1

un **bateau-mouche** [ɛ̃batomuʃ] *Vergnügungsschiff auf der Seine* **I7C,** 1

un **bâtiment** [ɛ̃batimɑ̃] ein Gebäude **III5A,** 1

se **battre** [səbatʀ] kämpfen **III4B,** 3

bavarois/**bavaroise** [bavaʀwa/bavaʀwaz] bayerisch **III5A,** 1

C'est le **bazar**! *(fam.)* [sɛləbazaʀ] Was für ein Durcheinander! **IV6A,** 2

une **BD** [ynbede] ein Comic **I2DE**

beau/**bel**/**belle** [bo/bɛl/bɛl] schön **II7DE,** 1

Il fait beau. [ilfɛbo] Es ist schönes Wetter. **II4A,** 7

beaucoup [boku] viel **I5B,** 2

beaucoup de *(+ Nomen)* [bokudə] viel(e) **I6C,** 1

un **beffroi** [ɛ̃befʀwa] ein Rathausturm **III3DE**

belge/**belge** [bɛlʒ] belgisch **III3DE**

ben *(fam.)* [bɛ̃] nun, …; nun ja **II3A,** 2

un **béret** [ɛ̃beʀɛ] eine Baskenmütze **IV2B,** 7

un **Berlinois**/une **Berlinoise** [ɛ̃bɛʀlinwa/ynbɛʀlinwaz] ein Berliner/eine Berlinerin **IV2B,** 7

berlinois/**berlinoise** [bɛʀlinwa] berlinerisch **IV2B,** 7

avoir **besoin** de qc [avwaʀbəswɛ̃] etw. brauchen **III1C,** 2

bête/**bête** [bɛt] blöd; dumm **II1A,** 2

le **beurre** [ləbœʀ] die Butter **II6B,** 2

bien *(adv.)* [bjɛ̃] gut *(Adv.)* **I0,** 1

Bien sûr! [bjɛ̃syʀ] Na klar!; Selbstverständlich!; Sicherlich! **I3A,** 2

bien joué [bjɛ̃ʒwe] gut gemacht **II3B,** 1

bientôt [bjɛ̃to] bald **I3A,** 1

Bienvenue! [bjɛ̃vny] Willkommen! **I0,** 1

Soyez les bienvenus! [bjɛ̃vəny] Seien Sie willkommen! **II7DE,** 2

la **bière** [labjɛʀ] das Bier **II4C,** 1

un **bijou**/des **bijoux** [ɛ̃biʒu/debiʒu] ein Schmuck; ein Schmuckstück/Schmuckstücke **IV5A,** 1

bilingue/**bilingue** [bilɛ̃g] zweisprachig **IV6DE**

le **billard** [ləbijaʀ] das Billard **IV5B,** 1

un **billet** [ɛ̃bijɛ] eine Fahrkarte *(Zug)* **I7D,** 3

une **bise** *(fam.)* [ynbiz] ein Kuss; ein Küsschen **I7B,** 3

Grosses bises [gʀɔsbiz] Viele Grüße und Küsse **I7B,** 3

un **bisou** *(fam.)* [ɛ̃bizu] ein Busserl *(ugs.)*; ein Küsschen **I7B,** 3

bizarre [bizaʀ] komisch; merkwürdig **I1B,** 2

une **blague** [ynblag] ein Scherz; ein Streich **II1A,** 2

blanc/**blanche** [blɑ̃/blɑ̃ʃ] weiß **I6A,** 6

un **blessé**/une **blessée** [ɛ̃blese/ynblese] ein Verletzter/eine Verletzte **IV2A,** 1

se **blesser** [səblese] sich verletzen **III4B,** 3

bleu/**bleue** [blø] blau **I6A,** 2

un **bloc de béton** [ɛ̃blɔkdəbetɔ̃] ein Betonblock **III4B,** 3

blond/**blonde** [blɔ̃/blɔ̃d] blond **II1B,** 7

Bof! *(fam.)* [bɔf] Ach. *(ugs.)*; Na ja. *(ugs.)* **I1B,** 6

boire qc [bwaʀ] etw. trinken **II6A,** 2

le **bois** [ləbwa] das Holz **II4C,** 1

en bois [ɑ̃bwa] aus Holz **II4C,** 1

une **boisson** [ynbwasɔ̃] ein Getränk **II6A,** 2

aller en **boîte** *(fam.)* [aleɑ̃bwat] in die Disco gehen **IV6B,** 2

une **boîte** [ynbwat] eine Disco *(ugs.)*; eine Dose; eine Schachtel **IV6B,** 2

un **bol** [ɛ̃bɔl] ein Bol *(eine Trinkschale)* **I7C,** 1

bon/**bonne** [bɔ̃/bɔn] gut **I6A,** 1

Ah, bon? [abɔ̃] Ach ja?; Wirklich? **I3A,** 1

Bonne chance! [bɔnʃɑ̃s] Viel Glück! **II3B,** 1

Bonne journée! [bɔnʒuʀne] Einen schönen Tag! **I5C,** 5

Bonjour! [bɔ̃ʒuʀ] Grüß Gott!; Guten Tag! **I0,** 1

à **bord** de qc [abɔʀdə] an Bord von etw. **IV2A,** 1

au **bord** de qc [obɔʀdə] am Rande von etw.; am Ufer von etw. **II4DE**

un **bouchon** [ɛ̃buʃɔ̃] ein Korken; ein Verkehrsstau **II4A,** 3

bouger [buʒe] sich bewegen **I7C,** 1

bouger qc [buʒe] etw. bewegen **III4B,** 3

une **bougie** [ynbuʒi] eine Kerze **I3A,** 3

un **boulanger**/une **boulangère** [ɛ̃bulɑ̃ʒe/ynbulɑ̃ʒɛʀ] ein Bäcker/eine Bäckerin ⟨**IV3P**⟩

une **boulangerie** [ynbulɑ̃ʒʀi] eine Bäckerei **I5B,** 1

une **boulette** [ynbulɛt] ein Kügelchen **II1B,** 2

un **boulevard** [ɛ̃bulvaʀ] ein Boulevard **I6B,** 1

un **boulot** *(fam.)* [ɛ̃bulo] ein Job *(ugs.)* **IV3DE**

une **bouteille** [ynbutɛj] eine Flasche **II6A,** 2

une **boutique** [ynbutik] eine Boutique; ein Ladengeschäft **I7B,** 1

une **braderie** [ynbʀadʀi] ein Trödelmarkt **III3DE**

brancher qc sur qc [bʀɑ̃ʃe] etw. an etw. anschließen **IV6C,** 2

le **bras** [ləbʀa] der Arm **II2A,** 5

un **Breton**/une **Bretonne** [ɛ̃bʀətɔ̃/ynbʀətɔn] ein Bretone/eine Bretonin **II4DE**

breton/**bretonne** [bʀətɔ̃/bʀətɔn] bretonisch **II4DE**

une **brigade** [ynbʀigad] eine Brigade **IV2A,** 1

briller [bʀije] funkeln; scheinen **II4A,** 7

le **bruit** [ləbʀɥi] das Geräusch; der Lärm **I5A,** 3

brun/**brune** [bʀɛ̃/bʀyn] dunkelbraun **II1B,** 7

bruyant/**bruyante** [bʀɥiɑ̃/bʀɥiɑ̃t] laut ⟨**IV6C,** 2⟩

un **bureau** [ɛ̃byʀo] ein Arbeitszimmer; ein Büro; ein Schreibtisch **I7B,** 1

un **bus** [ɛ̃bys] ein Bus **I7D,** 1

un **but** [ɛ̃by(t)] ein Tor *(beim Fußball)*; ein Ziel **II5B,** 2

marquer un but [maʀkeɛ̃byt] ein Tor schießen **II5B,** 2

une **buvette** [ynbyvɛt] ein Getränkestand; ein Imbissstand **I5DE**

C

ça *(Kurzform von cela)* [sa] das **I2B, 2**
Ça va? [sava] Wie geht's? **I0, 1**
Ça vaut le coup. [savol(ə)ku] Es lohnt sich. **IV1B, 2**
Ça y est! [sajɛ] Es ist so weit!; Geschafft! **III1DE**
une **cabane à sucre** [ynkabanasykʀ] *Hütte, in der man in Kanada Ahornsirup herstellt* **III5A, 1**
un **câble** [ɛ̃kabl] ein Kabel **IV4A, 1**
le **cacao** [ləkakao] der Kakao **IV6DE, 3**
cacher qc [kaʃe] etw. verstecken **III2B, 5**
une **cachette** [ynkaʃɛt] ein Versteck ⟨**IV1P**, 2⟩
ça craint *(fam.)* [sakʀɛ̃] das ist nicht o.k. *(ugs.)*; das ist riskant **II3A, 2**
un **cadeau**/des **cadeaux** [ɛ̃kado/dekado] ein Geschenk/Geschenke **I3A, 1**
un **café** [ɛ̃kafe] ein Café **I5B, 1**
le **café** [ləkafe] der Kaffee **II6B, 9**
un **cahier** [ɛ̃kaje] ein Heft **I2A, 1**
une **calanque** [ynkalɑ̃k] eine Felsbucht **III3DE**
calme/**calme** [kalm] ruhig; still ⟨**IV6C**, 2⟩
calmer qn [kalme] jdn. beruhigen **III5B, 1**
se calmer [səkalme] sich beruhigen **IV3A, 4**
camarguais/**camarguaise** [kamaʀgɛ/kamaʀgɛz] aus der Camargue **III6B**
un **camembert** [ɛ̃kamɑ̃bɛʀ] ein Camembert **III4A, 1**
la **campagne** [lakɑ̃paɲ] das Land *(im Gegensatz zur Stadt)* **II7DE, 3**
un **campeur**/une **campeuse** [ɛ̃kɑ̃pœʀ/ynkɑ̃pøz] ein Camper/eine Camperin **IV6DE, 3**
un **camping** [ɛ̃kɑ̃piŋ] ein Campingplatz **IV6DE**
le camping [ləkɑ̃piŋ] das Camping **IV6DE**
faire du camping [fɛʀdykɑ̃piŋ] campen; zelten **IV6DE, 3**
un **camping-car** [ɛ̃kɑ̃piŋkaʀ] ein Wohnmobil ⟨**IV6C**, 2⟩
canadien/**canadienne** [kanadjɛ̃/kanadjɛn] kanadisch **III4B, 3**
un **canal**/des **canaux** [ɛ̃kanal/dekano] ein Kanal/Kanäle **IV5A, 1**
un **canoë** [ɛ̃kanɔe] ein Kanu **III5A, 1**
une **cantine** [ynkɑ̃tin] eine Kantine; eine Mensa **I4DE**
un **canton** [ɛ̃kɑ̃tɔ̃] ein Kanton **IV6DE**
une **capitale** [ynkapital] eine Hauptstadt **III3DE**
un **car** [ɛ̃kaʀ] ein Reisebus **III4DE**
car [kaʀ] denn **IV3B, 1**
un **caractère** [ɛ̃kaʀaktɛʀ] ein Charakter **III3DE**
un **caribou** [ɛ̃kaʀibu] ein Karibu **III5A, 3**
un **carnet** [ɛ̃kaʀnɛ] ein Heft; ein Heftchen; ein Notizbuch **III4A, 4**
un carnet de voyage [ɛ̃kaʀnɛdəvwajaʒ] ein Reisetagebuch **III4A, 4**
un **carrefour** [ɛ̃kaʀfuʀ] eine Kreuzung **I5B, 1**
ein Schnittpunkt **III3DE**
une **carte** [ynkaʀt] eine Karte **I7B, 1**
une carte mémoire [ynkaʀtmemwaʀ] eine Speicherkarte **III3A, 1**
une carte postale [ynkaʀtpɔstal] eine Ansichtskarte; eine Postkarte **I7B, 1**
un **carton** [ɛ̃kaʀtɔ̃] ein Karton **I2A, 3**
en tout cas [ɑ̃tuka] auf jeden Fall; jedenfalls **III5B, 1**
un **casier** [ɛ̃kazje] ein Fach **III2B, 1**
une **casquette** [ynkaskɛt] eine Kappe; eine Schirmmütze **I6B, 1**
cassé/**cassée** [kase] gebrochen; kaputt; zerbrochen **II5B, 2**
casse-gueule *(adj.) (fam.) (inv.)* [kasgœl] gefährlich; unfallträchtig **II2A, 1**
casser qc [kase] etw. kaputt machen **II5B, 2**
un **catalogue** [ɛ̃katalɔg] ein Katalog ⟨**IV4B**, 5⟩
une **catastrophe** [ynkatastʀɔf] eine Katastrophe **I2A, 3**
une **cathédrale** [ynkatedʀal] eine Kathedrale **I7DE**
à **cause** de qn/qc [akozdə] einer Person/einer Sache wegen **II5B, 2**
une **cave** [ynkav] ein Keller **IV1DE**
un **CD**/des **CD** [ɛ̃sede/desede] eine CD/CDs **I3A, 1**
un **CDI** [ɛ̃sedei] ein CDI **I4DE**
ce/**cet**/**cette**/**ces** [sə/sɛt/sɛt/se] dieser/diese/dieses *(Demonstrativbegleiter)* **I7A, 1**
ce soir [səswaʀ] heute Abend **I5A, 1**
ce/**c'** [sə] das **I1A, 1**
C'est à qui? [sɛtaki] Wer ist an der Reihe? **II6A, 2**
C'est ça? [sɛsa] Stimmt's? **I3B, 1**
célèbre/**célèbre** [selɛbʀ] berühmt **I7DE**
une **centaine** [ynsɑ̃tɛn] etwa hundert **IV4B, 1**
un **centime** [ɛ̃sɑ̃tim] ein Cent **I5C, 1**
centralisé/**centralisée** [sɑ̃tʀalize] zentralisiert; zentralistisch; zentralstaatlich **III6DE**
un **centre** [ɛ̃sɑ̃tʀ] eine Mitte; ein Mittelpunkt; ein Zentrum **II1B, 8**
un centre socioculturel [ɛ̃sɑ̃tʀ(ə)sɔsjɔkyltyʀɛl] ein Kulturzentrum **II7A, 1**
un **centre-ville** [ɛ̃sɑ̃tʀəvil] eine Stadtmitte; ein Stadtzentrum **II7A, 1**
une **cérémonie** [ynseʀemoni] eine Zeremonie **IV4B, 1**
certain/**certaine** [sɛʀtɛ̃/sɛʀtɛn] gewiss; sicher **III5A, 1**
certains/**certaines** [sɛʀtɛ̃/sɛʀtɛn] bestimmte; gewisse **IV2B, 3**
chacun/**chacune** [ʃakɛ̃/ʃakyn] jeder/jede/jedes **IV2B, 3**
une **chaîne** [ynʃɛn] ein Kanal **IV4A, 1**
une chaîne de télévision [ynʃɛndətelevizjɔ̃] ein Fernsehsender **III5DE**
une **chaise** [ynʃɛz] ein Stuhl **II3A, 2**
un **chalet** [ɛ̃ʃalɛ] ein Chalet; eine Berghütte **IV6DE, 3**
une **chambre** [ynʃɑ̃bʀ] ein (Schlaf-)Zimmer **I3A, 3**
un **champ** de bataille [ɛ̃ʃɑ̃dəbataj] ein Schlachtfeld **IV1DE**
le **champagne** [ləʃɑ̃paɲ] der Champagner **IV1DE**
un **champion**/une **championne** [ɛ̃ʃɑ̃pjɔ̃/ynʃɑ̃pjɔn] ein Champion; ein Meister/eine Meisterin **I5B, 3**
la **chance** [laʃɑ̃s] das Glück; die Chance **II2B, 3**
Bonne chance! [bɔnʃɑ̃s] Viel Glück! **II3B, 1**
un **chancelier**/une **chancelière** [ɛ̃ʃɑ̃səlje/ynʃɑ̃səljɛʀ] ein Kanzler/eine Kanzlerin **IV2A, 1**
changer qc [ʃɑ̃ʒe] etw. ändern; etw. wechseln **III1A, 7**
se changer [səʃɑ̃ʒe] sich umziehen **II3A, 2**
changer de train [ʃɑ̃ʒedətʀɛ̃] umsteigen **I7D, 3**
changer d'avis [ʃɑ̃ʒedavi] seine Meinung ändern **IV6DE, 5**
une **chanson** [ynʃɑ̃sɔ̃] ein Lied **I1B, 2**
chanter [ʃɑ̃te] singen **I3B, 1**
un **chanteur**/une **chanteuse** [ɛ̃ʃɑ̃tœʀ/ynʃɑ̃tøz] ein Sänger/eine Sängerin **I6DE**
un **chapeau** [ɛ̃ʃapo] ein Hut **II3A, 6**
une **chapelle** [ynʃapɛl] eine Kapelle **IV5A, 1**
chaque [ʃak] jede; jeder/jede/jedes+ *Nomen*; jedes + *Nomen* **II3B, 1**
chaque fois que [ʃakfwakə] jedes Mal, wenn **III2B, 5**
un **char à voile** [ɛ̃ʃaʀavwal] ein Strandsegler **III4A, 4**
un **chargeur** [ɛ̃ʃaʀʒœʀ] ein Ladegerät **IV5A, 4**
la **chasse** [laʃas] die Jagd **IV5A, 1**
une chasse au trésor [ynʃasotʀezɔʀ] eine Schatzsuche **III6A**
chasser qn/qc [ʃase] jdn./etw. jagen **III5B, 5**
un **chasseur**/une **chasseuse** [ɛ̃ʃasœʀ/ynʃasøz] ein Jäger/eine Jägerin **III5B, 1**
un **chat** [ɛ̃ʃa] eine Katze **I1B, 1**
un **château**/des **châteaux** [ɛ̃ʃato/deʃato] ein Schloss/Schlösser **II7B, 2**
un château fort [ɛ̃ʃatofɔʀ] eine Burg **III6A**
chatter avec qn [tʃate] mit jdm. chatten **II2A, 5**
chaud/**chaude** [ʃo/ʃod] heiß; warm **II4A, 3**
Il fait chaud. [ilfɛʃo] Es ist heiß.; Es ist warm. **II4A, 3**
une **chaussure** [ynʃosyʀ] ein Schuh **II3A, 6**

un **chef**/une **chef** [ɛ̃ʃɛf/ynʃɛf] ein Chef/eine Chefin; ein Häuptling **II4C,** 1
le chef de l'Etat/la chef de l'Etat [ləʃɛfdəleta/laʃɛfdəleta] der Staatschef/die Staatschefin **IV2A,** 3
un **chemin** [ɛ̃ʃəmɛ̃] ein Weg **III1A,** 1
une **chemise** [ynʃəmiz] ein Hemd **II3A,** 6
un **chemisier** [ɛ̃ʃəmizje] eine Bluse **II3A,** 6
cher/**chère** [ʃɛʀ] Lieber .../Liebe ... *(Anrede)*; teuer **I6C,** 1
chercher qn/qc [ʃɛʀʃe] jdn./etw. suchen **I2DE**
aller chercher qn/qc [aleʃɛʀʃe] jdn./etw. abholen; jdn./etw. holen **II6A,** 2
un **chéri**/une **chérie** [ɛ̃ʃeʀi/ynʃeʀi] ein Liebling; ein Schatz **IV4A,** 1
un **cheval**/des **chevaux** [ɛ̃ʃ(ə)val/deʃ(ə)vo] ein Pferd/Pferde **III4B,** 3
à cheval [aʃ(ə)val] auf dem Pferd; mit dem Pferd **III6B**
un **chevalier** [ɛ̃ʃəvalje] ein Ritter **III6A**
un **cheveu**/des **cheveux** [ɛ̃ʃ(ə)vø/deʃ(ə)vø] ein Haar/Haare **II1B,** 7
aux cheveux longs [oʃəvølɔ̃] mit langen Haaren **II2B,** 3
chez qn [ʃe] bei jdm. **I4A,** 1
chic/**chic** *(inv.)* [ʃik] schick **II3A,** 6
un **chien** [ɛ̃ʃjɛ̃] ein Hund **I1B,** 1
un **chiffre** [ɛ̃ʃifʀ] eine Zahl; eine Ziffer **III6A**
un **choc** [ɛ̃ʃɔk] ein Aufprall; ein Schock **III1A,** 2
faire un choc à qn [fɛʀɛ̃ʃɔk] jdm. einen Schock versetzen **III1A,** 2
le **chocolat** [ləʃɔkɔla] die Schokolade **II6A,** 1
une **chocolaterie** [ynʃɔkɔlatʀi] eine Schokoladenfabrik **IV6DE,** 3
un **chocolatier** [ɛ̃ʃɔkɔlatje] ein Schokoladenhersteller **IV6DE,** 5
choisir qc [ʃwaziʀ] etw. aussuchen; etw. wählen **II5A,** 4
un **choix** [ɛ̃ʃwa] eine Wahl **IV3A,** 1
une **chose** [ynʃoz] ein Ding; eine Sache **I6C,** 1
quelque chose [kɛlkəʃoz] etwas **I4B,** 4
la **choucroute** [laʃukʀut] das Sauerkraut **IV1B,** 1
Chut! [ʃyt] Pst! **I2A,** 3
la **chute** du mur [laʃytdymyʀ] der Mauerfall **IV2B,** 2
une **cigogne** [ynsigɔɲ] ein Storch **IV1DE**
un **cimetière** [ɛ̃simtjɛʀ] ein Friedhof **IV1DE**
un **cinéma** [ɛ̃sinema] ein Kino **II1B,** 2
la **cinquième** [lasɛ̃kjɛm] die fünfte Klasse **II1DE**
la **circulation** [lasiʀkylasjɔ̃] der Verkehr **II7A,** 1
le **cirque** [ləsiʀk] der Zirkus **II5DE**
une **cité** [ynsite] eine Altstadt; eine Siedlung **III6A**
un **citron** [ɛ̃sitʀɔ̃] eine Zitrone **II6DE**
clair/**claire** [klɛʀ] hell; klar **III2B,** 1

une **classe** [ynklas] eine Klasse **I4DE**
classique [klasik] klassisch **I2B,** 7
une **clé** [ynkle] ein Schlüssel **I4A,** 3
une clé USB [ynkleyɛsbe] ein USB-Stick **I4A,** 3
un **cliché** [ɛ̃kliʃe] ein Klischee **IV2B,** 1
un **client**/une **cliente** [ɛ̃klijɑ̃/ynklijɑ̃t] ein Kunde/eine Kundin **I5C,** 5
cliquer [klike] klicken **I4B,** 4
une **cloche** [ynklɔʃ] eine Glocke **III6A**
un **club** [ɛ̃klœb] ein Klub; ein Verein **II5A,** 4
un **coca** [ɛ̃koka] eine Cola **I5C,** 1
un **coiffeur**/une **coiffeuse** [ɛ̃kwafœʀ/ynkwaføz] ein Friseur/eine Friseurin **IV3A,** 1
une **coiffure** [ynkwafyʀ] eine Frisur **III2DE**
la **colère** [lakɔlɛʀ] der Zorn; die Wut **II1A,** 2
collaborer avec qn [kɔlabɔʀe] mit jdm. *(dem Feind)* kollaborieren; mit jdm. zusammenarbeiten **IV2A,** 4
un **collège** [ɛ̃kɔlɛʒ] ein Collège **I4DE**
un **collégien**/une **collégienne** [ɛ̃kɔleʒjɛ̃/ynkɔleʒjɛn] ein Schüler/eine Schülerin des Collège **IV4DE**
un **collègue**/une **collègue** [ɛ̃kɔlɛg/ynkɔlɛg] ein Kollege/eine Kollegin **II6A,** 1
une maison à **colombages** [ynmezɔ̃akɔlɔ̃baʒ] ein Fachwerkhaus ⟨**IV5B,** 6⟩
une **colonie** [ynkɔlɔni] eine Kolonie **III5DE,** 2
une colonie de vacances [ynkɔlɔnid(ə)vakɑ̃s] ein Ferienlager **III1DE**
une **colonne** [ynkɔlɔn] eine Säule ⟨**IV5B,** 6⟩
un **combat** [ɛ̃kɔ̃ba] ein Kampf **I5B,** 3
combien [kɔ̃bjɛ̃] wie viel **I5C,** 1
combien de *(+ Nomen)* [kɔ̃bjɛ̃də] wie viel **I6C,** 1
Ça coûte combien? [sakutkɔ̃bjɛ̃] Wie viel kostet das? **I5C,** 1
Ça fait combien? [safɛ̃kɔ̃bjɛ̃] Wie viel kostet das? **I5C,** 1
Combien est-ce qu'il en faut? [kɔ̃bjɛ̃eskilɑ̃fo] Wie viel(e) brauchen wir (davon)? **II6B,** 7
une **comédie** [ynkɔmedi] eine Komödie **IV4B,** 1
une comédie dramatique [ynkɔmedidʀamatik] eine Tragikomödie **IV4B,** 1
comme [kɔm] wie **I3A,** 3 als **I5A,** 6
comme ça [kɔmsa] auf diese Weise; so **I4B,** 4
comme [kɔm] da **III3A,** 1
commencer [kɔmɑ̃se] anfangen; beginnen **I4A,** 1
commencer par qn/qc [kɔmɑ̃sepaʀ] beginnen mit jdm./etw. **II7DE,** 1

Comment? [kɔmɑ̃] Wie? *(Fragewort)* **I1A,** 1
Comment allez-vous? [kɔmɑ̃talevu] Wie geht es euch/Ihnen? **I7B,** 3
un **commentaire** [ɛ̃kɔmɑ̃tɛʀ] ein Kommentar **IV1A,** 1
commenter qc [kɔmɑ̃te] etw. kommentieren ⟨**IV4B,** 5⟩
le **commerce** [ləkɔmɛʀs] der Handel **IV3A,** 2
commun/**commune** [kɔmɛ̃/kɔmyn] gemeinsam *(Adj.)* ⟨**IV2B,** 7⟩
une salle commune [ynsalkɔmyn] ein Gemeinschaftsraum ⟨**IV6C,** 2⟩
communiquer avec qn [kɔmynike] mit jdm. kommunizieren **IV3B,** 7
une **compagnie de théâtre** [ynkɔ̃paɲidəteatʀə] eine Theatertruppe **II7B,** 2
comparer qn/qc (avec qn/qc) [kɔ̃paʀe] jdn./etw. (mit jdm./etw.) vergleichen **II5A,** 1
une **compétition** [ynkɔ̃petisjɔ̃] ein Wettkampf **III4A,** 4
complet/**complète** [kɔ̃plɛ/kɔ̃plɛt] komplett; vollständig **IV1A,** 8 ausgebucht; voll ⟨**IV6C,** 2⟩
compliqué/**compliquée** [kɔ̃plike/kɔ̃plike] kompliziert **IV5B,** 4
un **comportement** [ɛ̃kɔ̃pɔʀtəmɑ̃] ein Verhalten **III5B,** 1
comprendre qc [kɔ̃pʀɑ̃dʀ] etw. verstehen **II1A,** 2
un **compromis** [ɛ̃kɔ̃pʀɔmi] ein Kompromiss **IV6DE,** 3
un **compte** [ɛ̃kɔ̃t] ein Account **IV4DE**
compter qc [kɔ̃te] etw. zählen **III5A,** 2
concentré/**concentrée** [kɔ̃sɑ̃tʀe] konzentriert **II6B,** 2
se **concentrer** sur qc [səkɔ̃sɑ̃tʀe] sich auf etw. konzentrieren **IV1B,** 2
un **concert** [ɛ̃kɔ̃sɛʀ] ein Konzert **I6DE**
conclure qc de qc [kɔ̃klyʀ] etw. aus etw. schließen ⟨**IV2B,** 3⟩
un **concours** [ɛ̃kɔ̃kuʀ] ein Wettbewerb **III1DE**
confirmer qc [kɔ̃fiʀme] etw. bestätigen ⟨**IV2B,** 3⟩
confortable/**confortable** [kɔ̃fɔʀtabl] bequem; komfortabel **IV6DE,** 7
une **connaissance** [ynkɔnɛsɑ̃s] eine Bekanntschaft; eine Erkenntnis; eine Kenntnis **IV2A,** 1
connaître qn/qc [kɔnɛtʀ] jdn./etw. kennen **II1A,** 2
se **connecter** à qc [səkɔnɛkte] sich in etw. einloggen **IV6B,** 2
connu/**connue** [kɔny] bekannt **II7DE,** 1
une **conquête** [ynkɔ̃kɛt] eine Eroberung **III4A,** 1

un **conseil** [ɛ̃kɔ̃sɛj] ein Rat; ein Ratschlag **II4C, 1**
un **conseiller**/une **conseillère** [ɛ̃kɔ̃seje/ ynkɔ̃sejɛʀ] ein Berater/eine Beraterin **IV3A, 1**
une **conséquence** [ynkɔ̃sekɑ̃s] eine Folge; eine Konsequenz **IV4A, 1**
constater qc [kɔ̃state] etw. feststellen ⟨**IV2B, 3**⟩
la **construction** [lakɔ̃stʀyksjɔ̃] der Bau; die Konstruktion **III4B, 3**
construire qc [kɔ̃stʀɥiʀ] etw. bauen; etw. konstruieren **III6A**
en **contact** [ɛ̃kɔ̃takt] in Kontakt **III4A, 3**
un **conte** (de fées) [ɛ̃kɔ̃t(dəfe)] ein Märchen **IV5A, 1**
content/**contente** [kɔ̃tɑ̃/kɔ̃tɑ̃t] erfreut; froh; zufrieden **I6DE**
un **continent** [ɛ̃kɔ̃tinɑ̃] ein Kontinent **III5DE, 1**
continuer à faire qc [kɔ̃tinɥe] fortfahren, etw. zu tun; mit etw. weitermachen **II1B, 2**
le **contraire** de [ləkɔ̃tʀɛʀ] das Gegenteil von **II3A, 4**
un **contraste** [ɛ̃kɔ̃tʀast] ein Kontrast ⟨**IV5B, 6**⟩
contre [kɔ̃tʀ] gegen **II2A, 5**
convaincre qn de qc [kɔ̃vɛ̃kʀ] jdn. von etw. überzeugen **IV6DE, 7**
cool *(fam.) (inv.)* [kul] cool **I4B, 4**
une **coopération** [ynkɔɔpeʀasjɔ̃] eine Zusammenarbeit **IV2DE**
un **copain**/une **copine** *(fam.)* [ɛ̃kɔpɛ̃/ynkɔpin] ein Freund/eine Freundin **I1B, 2**
un petit copain/une petite copine [ɛ̃p(ə)tikɔpɛ̃/ynp(ə)titkɔpin] ein fester Freund/eine feste Freundin **III4A, 4**
une **copie** [ynkɔpi] eine Kopie **I4B, 4**
copier qc [kɔpje] etw. kopieren; etw. nachbauen **IV5DE**
une **corde** [ynkɔʀd] ein Band; eine Leine; ein Seil **II5A, 4**
la corde molle [lakɔʀdmɔl] die Slackline *(gespanntes Band, auf dem man balanciert)* **II5A, 4**
correct/**correcte** [kɔʀɛkt] korrekt; richtig **IV2B, 7**
un **correspondant**/une **correspondante** [ɛ̃kɔʀɛspɔ̃dɑ̃/ynkɔʀɛspɔ̃dɑ̃t] ein Austauschpartner/eine Austauschpartnerin; ein Brieffreund/eine Brieffreundin **III4DE**
à côté *(adv.)* [akote] daneben; nebenan **II1A, 2**
à côté de *(prép.)* [akotedə] neben **II1A, 2**
d'un **côté**, …, de l'autre [dɛ̃kote … dəlotʀ] einerseits …, andererseits **IV6DE, 7**
une **côte** [ynkot] eine Küste **III4A, 1**
se **coucher** [səkuʃe] sich hinlegen; sich schlafen legen **II3A, 1**

Coucou! [kuku] Hallo!; Kuckuck! **I7B, 3**
une **couleur** [ynkulœʀ] eine Farbe **I6A, 6**
un **couloir** [ɛ̃kulwaʀ] ein Flur; ein Gang **II2DE**
avoir un **coup** de cœur pour qn/qc [avwaʀɛ̃kud(ə)kœʀ] sein Herz an jdn./etw. verlieren; sich in jdn./etw. verlieben **IV4B, 1**
un **coup** de téléphone [ɛ̃kud(ə)telefɔn] ein Telefonanruf **II5A, 7**
un **couple** [ɛ̃kupl] ein Ehepaar; ein Paar **IV4B, 1**
un **cœur** [ləkœʀ] ein Herz **IV4B, 1**
avoir un coup de cœur pour qn/qc [avwaʀɛ̃kud(ə)kœʀ] sein Herz an jdn./etw. verlieren; sich in jdn./etw. verlieben **IV4B, 1**
une **cour** [ynkuʀ] ein (Schul-)Hof **I4DE**
la cour [lakuʀ] der Hofstaat **IV5DE**
courageux/**courageuse** [kuʀaʒø/kuʀaʒøz] mutig **II2B, 2**
le **courant** [ləkuʀɑ̃] der Strom *(Elektrizität)* **IV6C, 2**
une prise de courant [ynpʀizdəkuʀɑ̃] eine Steckdose **IV6C, 2**
courant/**courante** [kuʀɑ̃/kuʀɑ̃t] fließend **III5DE, 2**
un **coureur automobile**/une **coureuse automobile** [ɛ̃kuʀœʀɔtɔmɔbil/ynkuʀøzɔtɔmɔbil] ein Rennfahrer/eine Rennfahrerin ⟨**IV3P**⟩
courir [kuʀiʀ] laufen; rennen **III2B, 5**
courir après qn/qc [kuʀiʀapʀɛ] jdm./etw. hinterherrennen; jdm./etw. nachlaufen **III6B**
un **courriel** [ɛ̃kuʀjɛl] eine E-Mail **I6C, 1**
un **cours** [ɛ̃kuʀ] eine Unterrichtsstunde **I4DE**
au cours de [okuʀdə] im Laufe (einer Sache) **III5DE, 2**
avoir cours [awaʀkuʀ] Unterricht haben **II1B, 2**
en cours [ɑ̃kuʀ] im Unterricht; in den Unterricht **II1A, 2**
une **course** [ynkuʀs] ein Lauf; ein Rennen **II3DE**
faire les courses *(f., pl.)* [fɛʀlekuʀs] einkaufen **II6DE**
court/**courte** [kuʀ/kuʀt] kurz **II3A, 2**
un **courtisan**/une **courtisane** [ɛ̃kuʀtizɑ̃/ynkuʀtizan] ein Höfling/eine Hofdame **IV5A, 1**
un **couscous** [ɛ̃kuskus] ein Couscous **III3A, 1**
un **cousin**/une **cousine** [ɛ̃kuzɛ̃/ynkuzin] ein Cousin/eine Cousine **I3A, 9**
un **couteau** [ɛ̃kuto] ein Messer **II6B, 1**
coûter [kute] kosten **I5C, 1**
Ça coûte combien? [sakutkɔ̃bjɛ̃] Wie viel kostet das? **I5C, 1**
une **coutume** [ynkutym] ein Brauch **IV2B, 7**

une **couverture** [ynkuvɛʀtyʀ] eine Decke; ein Umschlag **III2DE**
un **crayon** [ɛ̃kʀɛjɔ̃] ein Bleistift **I2A, 1**
créer qc [kʀee] etw. (er)schaffen; etw. gründen **III1A, 2**
créer un lien vers qc/qn [kʀeeɛ̃ljɛ̃vɛʀ] etw./jdn. verlinken ⟨**IV4B, 5**⟩
la **crème** [lakʀɛm] der Rahm; die Sahne **IV2B, 7**
une **crêpe** [ynkʀɛp] eine Crêpe **I5C, 1**
crier [kʀije] schreien **II3B, 1**
une **critique** (de film) [ynkʀitikdəfilm] eine (Film-)Kritik **IV4B, 1**
critiquer qn/qc [kʀitike] jdn./etw. kritisieren **IV4B, 1**
croire qc [kʀwaʀ] etw. glauben **III1A, 2**
J'y crois pas! *(fam.)* [ʒikʀwapa] Ich glaub's nicht! *(ugs.)* **II3A, 2**
une **cuillère** [ynkɥijɛʀ] ein Löffel **II6B, 1**
le **cuir** [ləkɥiʀ] das Leder **IV2B, 7**
en cuir [ɑ̃kɥiʀ] aus Leder **IV2B, 7**
une **cuisine** [ynkɥizin] eine Küche **I5A, 3**
faire la cuisine [fɛʀlakɥizin] Essen zubereiten; kochen **II6DE**
une **culture** [ynkyltyʀ] eine Kultur **III3DE**
culturel/**culturelle** [kyltyʀɛl] Kultur-; kulturell **IV2A, 1**
curieux/**curieuse** [kyʀjø/kyʀjøz] merkwürdig; neugierig **II2B, 2**

D

avoir la dalle *(fam.)* [avwaʀladal] Kohldampf haben *(ugs.)* **III4A, 4**
une **dame** [yndam] eine Dame; eine Frau **I1B, 4**
un **danger** [ɛ̃dɑ̃ʒe] eine Gefahr **III4A, 9**
dangereux/**dangereuse** [dɑ̃ʒʀø/dɑ̃ʒʀøz] gefährlich **II2B, 2**
dans [dɑ̃] in **I2A, 3**
dans la rue [dɑ̃laʀy] auf der Straße **I2A, 3**
la **danse** [ladɑ̃s] das Tanzen; der Tanz **I5A, 5**
danser [dɑ̃se] tanzen **I6B, 1**
une **date** [yndat] ein Datum **II4DE**
la date de sortie *(d'un film)* [ladatdəsɔʀti] der Filmstart **IV4B, 5**
dater de … [datedə] sein von …; stammen aus … *(zeitlich)* **II7B, 2**
de/**d'** [də] aus; von **I1B, 1**
de … à [də… a] von … bis **I4A, 2**
un **débarquement** [ɛ̃debaʀkəmɑ̃] eine Landung *(eines Schiffes)* **III4A, 1**
débarrasser la table [debaʀaselatabl] den Tisch abräumen ⟨**IV3A, 7**⟩
débile/**débile** *(fam.)* [debil] dämlich *(ugs.)* **III4A, 4**

se **débrouiller** [sədebʀuje] sich zu helfen wissen; zurechtkommen **III4A,** 3
un **début** [ɛ̃deby] ein Anfang **II7A,** 1
au début [odeby] am Anfang **II7A,** 1
décembre *(m.)* [desɑ̃bʀ] Dezember **I3B,** 1
décider de faire qc [deside] beschließen, etw. zu tun; entscheiden, etw. zu tun **IV1A,** 3
une **décision** [yndesizjɔ̃] eine Entscheidung **III6DE**
prendre une décision [pʀɑ̃dʀyndesizjɔ̃] eine Entscheidung treffen **IV3B,** 1
déclarer qc à qn [deklaʀe] jdm. etw. bekanntgeben; jdm. etw. erklären ⟨**IV2B,** 7⟩
un **décor** [ɛ̃dekɔʀ] ein Bühnenbild ⟨**IV4P**⟩
la **décoration** [ladekɔʀasjɔ̃] die Dekoration **IV6C,** 1
décoré/décorée [dekɔʀe] dekoriert ⟨**IV5B,** 6⟩
décorer qc [dekɔʀe] etw. schmücken; etw. verzieren **IV5DE**
une **découverte** [yndekuvɛʀt] eine Entdeckung **III2B,** 1
découvrir qc [dekuvʀiʀ] etw. entdecken **II7DE**
décrire qn/qc [dekʀiʀ] jdn./etw. beschreiben **II1B,** 7
déçu/déçue [desy/desy] enttäuscht **IV2B,** 7
défavorisé/défavorisée [defavɔʀize] benachteiligt; sozial schwach **IV4B,** 1
défendre qn/qc [defɑ̃dʀ] jdn./etw. verteidigen **IV2A,** 4
une **dégustation** [yndegystasjɔ̃] eine Verkostung **IV6DE,** 3
dehors [dəɔʀ] draußen; im Freien; Raus! **III2A,** 1
déjà [deʒa] schon **I5A,** 3
délicieux/délicieuse [delisjø/delisjøz] köstlich; lecker **III4A,** 4
demain [dəmɛ̃] morgen **I3A,** 3
demain matin [dəmɛ̃matɛ̃] morgen früh **I7D,** 3
une **demande** [yndəmɑ̃d] eine Anfrage; eine Nachfrage **IV5DE**
à la demande de qn [aladəmɑ̃d(ə)de] auf Veranlassung von jdm. **IV5DE**
demander (qc) à qn [dəmɑ̃de] etw. von jdm. verlangen; jdn. (nach etw.) fragen; jdn. (um etw.) bitten **I6B,** 1
déménager [demenaʒe] umziehen **II7A,** 1
demi/demie [dəmi] halb **I4A,** 1
dénoncer qn [denɔ̃se] jdn. verraten **III2B,** 5
le **départ** [lədepaʀ] der Aufbruch; der Start; die Abfahrt **II3B,** 1
se **dépêcher** (de faire qc) [sədepeʃe] sich beeilen (etw. zu tun) **II3A,** 2
dépendant/dépendante de qc [depɑ̃dɑ̃/depɑ̃dɑ̃t] abhängig von etw. **IV4DE**
dépendre de qn/qc [depɑ̃dʀ] jdm./etw. unterstehen; von jdm./etw. abhängen **III6DE**
Ça dépend. [sadepɑ̃] Das kommt darauf an.; Je nachdem. **II3A,** 6
dépenser (de l'argent) [depɑ̃se] (Geld) ausgeben **III4A,** 1
un **dépliant** [ɛ̃deplijɑ̃] ein Faltblatt ⟨**IV4B,** 5⟩
déporter qn [depɔʀte] jdn. deportieren; jdn. verschleppen **IV2A,** 1
depuis [dəpɥi] seit **I7C,** 1 von … aus *(Ort)* **II7A,** 1
déranger qn [deʀɑ̃ʒe] jdn. stören **IV6A,** 2
dernier/dernière [dɛʀnje/dɛʀnjɛʀ] letzter/letzte/letztes **II2A,** 1
se **dérouler** [sədeʀule] sich abspielen; stattfinden **IV1A,** 8
derrière [dɛʀjɛʀ] hinter **I4B,** 11
descendre [desɑ̃dʀ] aussteigen; hinuntergehen **I6A,** 2
désirer qc [deziʀe] etw. wünschen **II6A,** 2
(je suis) **désolé/désolée** [dezɔle] es tut mir leid **I7C,** 1
le **désordre** [lədezɔʀdʀ] die Unordnung **IV6A,** 1
un **dessert** [ɛ̃desɛʀ] ein Nachtisch **II6A,** 1
un **dessin** [ɛ̃desɛ̃] eine Zeichnung **II2B,** 3
un **dessinateur**/une **dessinatrice** [ɛ̃desinatœʀ/yndesinatʀis] ein Zeichner/eine Zeichnerin **II2B,** 3
dessiner qc [desine] etw. zeichnen **III2A,** 1
dessus [d(ə)sy] darauf **II5A,** 4
une **destination** [yndestinasjɔ̃] ein Bestimmungsort; ein Ziel **III6A**
détester qn/qc [deteste] jdn./etw. verabscheuen **I2B,** 2
détruire qc [detʀɥiʀ] etw. zerstören **IV1A,** 3
devant [dəvɑ̃] vor *(örtlich)* **I2B,** 2
devenir qn/qc [dəv(ə)niʀ] jd./etw. werden **III2B,** 1
deviner qc [dəvine] etw. erraten **II1B,** 7
une **devinette** [yndəvinɛt] ein Rätsel **II1B,** 7
devoir faire qc [devwaʀfɛʀ] etw. tun müssen **II2B,** 3
les **devoirs** *(m., pl.)* [ledəvwaʀ] die (Haus-)Aufgaben **I4B,** 4
un **diabolo menthe** [ɛ̃djabɔlomɑ̃t] ein Diabolo Menthe **I5C,** 1
un **diagramme** [ɛ̃djagʀam] ein Diagramm **IV2B,** 3
un **dialecte** [ɛ̃djalɛkt] ein Dialekt **IV1B,** 8
un **dialogue** [ɛ̃djalɔg] ein Dialog ⟨**IV4P**⟩
un **dictionnaire** [ɛ̃diksjɔnɛʀ] ein Wörterbuch **II2A,** 4
une **différence** [yndifeʀɑ̃s] ein Unterschied **II1A,** 6
faire la différence (entre) [fɛʀladifeʀɑ̃s] unterscheiden (zwischen) **II1A,** 6
différent/différente [difeʀɑ̃/difeʀɑ̃t] anders; unterschiedlich **II7A,** 1
difficile/difficile [difisil] schwierig **II5A,** 3
dimanche *(m.)* [dimɑ̃ʃ] am Sonntag; Sonntag **I4B,** 1
un **dîner** [ɛ̃dine] ein Abendessen **III1C,** 2
dingue/dingue *(fam.)* [dɛ̃g] bekloppt *(ugs.)*; irre *(ugs.)*; verrückt; wahnsinnig **III4A,** 4
rendre qn dingue [ʀɑ̃dʀ(ə)dɛ̃g] jdn. verrückt machen; jdn. wahnsinnig machen **III4A,** 4
un **diplomate**/une **diplomate** [ɛ̃diplɔmat/yndiplɔmat] ein Diplomat/eine Diplomatin ⟨**IV3P**⟩
dire qc à qn [diʀ] jdm. etw. sagen **I6B,** 1
Ça me dit! [samdi] Darauf habe ich Lust!; Das sagt mir zu. **II4B,** 3
Ça ne lui dit rien. [sanəlɥidiʀjɛ̃] Das sagt ihm/ihr nicht zu.; Er/Sie hat keine Lust darauf. **II4A,** 3
vouloir dire [vulwaʀdiʀ] bedeuten; meinen **II1A,** 7
en **direct** [ɑ̃diʀɛkt] live **IV4B,** 1
un **directeur**/une **directrice** [ɛ̃diʀɛktœʀ/yndiʀɛktʀis] ein Direktor/eine Direktorin **IV2A,** 3
une **direction** [yndiʀɛksjɔ̃] eine Richtung **IV5B,** 3
diriger qc [diʀiʒe] etw. lenken; etw. steuern **III4B,** 3
la **discipline** [ladisiplin] die Disziplin **IV2B,** 2
une **discussion** [yndiskysjɔ̃] eine Diskussion; eine Unterhaltung; ein Gespräch **II2A,** 5
discuter (de qc) [diskyte] (über etw.) diskutieren; sich (über etw.) unterhalten **I4A,** 3
disparaître [dispaʀɛtʀ] verschwinden **III2A,** 1
disponible/disponible [dispɔnibl] verfügbar **IV6C,** 2
mettre qc à la **disposition** de qn [mɛtʀaladispɔzisjɔ̃] jdm. etw. zur Verfügung stellen **IV6C,** 2
se **disputer** avec qn [sədispyte] sich mit jdm. streiten **II3A,** 1
distribuer qc [distʀibɥe] etw. austeilen; etw. verteilen **IV1B,** 2
divers/diverse [divɛʀ/divɛʀs] unterschiedlich; verschieden **IV2B,** 3
un **docteur**/une **docteure** [ɛ̃dɔktœʀ/yndɔktœʀ] ein Arzt/eine Ärztin; ein Doktor/eine Doktorin **III4B,** 7
un **documentaire** [ɛ̃dɔkymɑ̃tɛʀ] ein Dokumentarfilm **IV4B,** 5
un **doigt** [ɛ̃dwa] ein Finger **II6A,** 2
un **domaine** [ɛ̃dɔmɛn] ein Bereich; eine Domäne **IV2A,** 1
dommage [dɔmaʒ] schade **I3A,** 3
donc [dɔ̃k] also **III5DE,** 2

donner qc à qn [dɔne] jdm. etw. geben **I6B,** 1
donner la pêche à qn *(fam.)* [dɔnelapɛʃ] jdn. aufmuntern **III1A,** 2
donner sur qc [dɔnesyʀ] auf etw. (hinaus) gehen; zu etw. hin liegen **IV5A,** 1
dormir [dɔʀmiʀ] schlafen **II3A,** 2
le **dos** [lədo] der Rücken **IV2A,** 3
une **douche** [ynduʃ] eine Dusche **II3A,** 2
prendre une douche [ynduʃ] duschen **II3A,** 2
se **doucher** [səduʃe] duschen **II3A,** 2
un **dragon** [ɛ̃dʀagɔ̃] ein Drache **II2A,** 5
un **drame** [ɛ̃dʀam] ein Drama **IV4B,** 1
un **drapeau** [ɛ̃dʀapo] eine Fahne; eine Flagge **III5DE**
le **droit** [lədʀwa] das Recht **II4C,** 1
avoir le droit de faire qc [avwaʀlədʀwa] das Recht haben, etw. zu tun; etw. tun dürfen **II4C,** 1
à **droite** [adʀwat] (nach) rechts **I5B,** 1
drôle/**drôle** [dʀol] lustig **II1A,** 2
un **duc** [ɛ̃dyk] ein Herzog **III4B,** 3
dur/**dure** [dyʀ] hart; schwierig **IV1A,** 8
durer [dyʀe] dauern **IV1A,** 3
un **DVD** [ɛ̃devede] eine DVD **I3B,** 1
dynamique/**dynamique** [dinamik] dynamisch; lebhaft **III5A,** 1
d'abord [dabɔʀ] zuerst **I3A,** 2
d'accord [dakɔʀ] einverstanden; o.k. **I2B,** 2
se mettre d'accord sur qc [səmɛtʀ(ə) dakɔʀsyʀ] sich auf/über etw. einigen **IV6DE,** 8

E

l'**eau** *(f.)* [lo] das Wasser **I5C,** 1
une eau minérale [ynomineʀal] ein Mineralwasser **I5C,** 1
un **échange** [ɛ̃neʃɑ̃ʒ] ein Austausch; ein Tausch **II7DE,** 1
un échange scolaire [ɛ̃neʃɑ̃ʒskɔlɛʀ] ein Schüleraustausch **III4DE**
éclater de rire [eklated(ə)ʀiʀ] in Gelächter ausbrechen **III2B,** 5
une **école** [ynekɔl] eine Schule **I2A,** 3
l'**écologie** *(f.)* [lekɔlɔʒi] die Ökologie; die Umweltforschung **IV2B,** 2
écologique/**écologique** [ekɔlɔʒik] ökologisch; umweltfreundlich **I7D,** 2
l'**économie** *(f.)* [lekɔnɔmi] die Wirtschaft **IV2A,** 2
écouter qn/qc [ekute] etw. anhören; jdm. zuhören **I2A,** 2
un **écran** [ɛ̃nekʀɑ̃] ein Bildschirm; eine Leinwand **IV4DE**
écrire qc à qn [ekʀiʀ] jdm. etw. schreiben **I7B,** 1
un **écrivain**/une **femme écrivain** [ɛ̃nekʀivɛ̃/ ynfamekʀivɛ̃] ein Schriftsteller/eine Schriftstellerin **II7DE,** 1

un **éducateur**/une **éducatrice** [ɛ̃nedykatœʀ/ ynedukatʀis] ein Erzieher/eine Erzieherin **IV4B,** 1
l'**éducation** *(f.)* [ledykasjɔ̃] die Bildung; die Erziehung **IV2A,** 1
un **effaceur** [ɛ̃nefasœʀ] ein Tintenkiller; ein Tintenlöscher **II1DE**
effectuer une recherche [efɛktɥeynʀəʃɛʀʃ] eine Suche ausführen ⟨**IV4B,** 5⟩
un **effort** [ɛ̃nefɔʀ] eine Anstrengung **IV4A,** 1
une **église** [ynegliz] eine Kirche **I7DE**
élégant/**élégante** [elegɑ̃/elegɑ̃t] elegant; fein; geschmackvoll **IV5B,** 6
un **éléphant** [ɛ̃nelefɑ̃] ein Elefant **I6B,** 1
l'**élevage** *(m.)* [lel(ə)vaʒ] die Viehzucht **III6B**
un **élève**/une **élève** [ɛ̃nelɛv/ynelɛv] ein Schüler/eine Schülerin **I4DE**
élever qn/qc [el(ə)ve] *(ein Tier)* züchten; jdn. erziehen; jdn. großziehen **III6B**
s'**éloigner** [selwaɲe] sich entfernen **III5B,** 1
une **émission** [ynemisjɔ̃] eine Sendung **IV1B,** 6
une émission de téléréalité [ynemisjɔ̃dəteleʀealite] eine Realityshow ⟨**IV4B,** 5⟩
un **empereur**/une **impératrice** [ɛ̃nɑ̃pʀœʀ/ ynɛ̃peʀatʀis] ein Kaiser/eine Kaiserin **IV5A,** 1
proclamer qn empereur [pʀɔklame] jdn. zum Kaiser ausrufen **IV5A,** 1
un **emplacement** [ɛ̃nɑ̃plasmɑ̃] ein Stellplatz ⟨**IV6C,** 2⟩
l'**emploi** *(m.)* du temps [lɑ̃plwadytɑ̃] der Stundenplan **I4B,** 1
un **employé**/une **employée** [ɛ̃nɑ̃plwaje/ ynɑ̃plwaje] ein Angestellter/eine Angestellte **IV2A,** 1
en [ɑ̃] darüber; davon **II2B,** 6; daher; daraus; darüber; von dort **IV2B,** 7
Combien est-ce qu'il en faut? [kɔ̃bjɛ̃eskilɑ̃fo] Wie viel(e) brauchen wir (davon)? **II6B,** 7
Qu'est-ce que tu en penses? [kɛskətyɑ̃pɑ̃s] Was hältst du davon?; Wie denkst du darüber? **II2B,** 6
en [ɑ̃] *verschiedene Bedeutungen* **I3A,** 3
en face de qc [ɑ̃fasdə] gegenüber von etw. **III6A**
en Allemagne [ɑ̃nalmaɲ] in Deutschland **I3A,** 3
en allemand [ɑ̃nalmɑ̃] auf Deutsch **I3A,** 3
en bois [ɑ̃bwa] aus Holz **II4C,** 1
en cinquième [ɑ̃sɛ̃kjɛm] in der fünften Klasse **II1DE**
en cours [ɑ̃kuʀ] im Unterricht; in den Unterricht **II1A,** 2
en deux mille [ɑ̃dømil] im Jahr 2000 **II1B,** 2
en direct [ɑ̃diʀɛkt] live **IV4B,** 1

en français [ɑ̃fʀɑ̃sɛ] auf Französisch **I2A,** 1
en ligne [ɑ̃liɲ] online **IV4DE**
en train [ɑ̃tʀɛ̃] mit dem Zug **I7D,** 2
en une demi-heure [ɑ̃nyndəmiœʀ] in(nerhalb) einer halben Stunde **II7A,** 1
s'**en** aller [sɑ̃nale] weggehen **IV5B,** 1
une **enceinte** [ynɑ̃sɛ̃t] eine Lautsprecherbox **IV6C,** 2
encore [ɑ̃kɔʀ] noch **I3B,** 1
encourager qn [ɑ̃kuʀaʒe] jdn. ermutigen **III2A,** 1
un **endroit** [ɛ̃nɑ̃dʀwa] ein Ort **I7DE**
l'**énergie** *(f.)* [lenɛʀʒi] die Energie **III1A,** 2
énerver [enɛʀve] nerven **II3A,** 1
s'énerver [senɛʀve] sich aufregen **II3A,** 1
un **enfant**/une **enfant** [ɛ̃nɑ̃fɑ̃/ynɑ̃fɑ̃] ein Kind **I3A,** 9
l'**enfer** *(m.)* [lɑ̃fɛʀ] die Hölle **III1A,** 2
enfermer qn/qc [ɑ̃fɛʀme] jdn./etw. einschließen **III1B,** 1
enfin [ɑ̃fɛ̃] endlich; schließlich **I6C,** 1
une **énigme** [ynenigm] ein Rätsel ⟨**IV1P,** 2⟩
un **ennemi**/une **ennemie** [ɛ̃nen(ə)mi/ynen(ə) mi] ein Feind/eine Feindin **IV2A,** 1
s'**ennuyer** [sɑ̃nɥije] sich langweilen **II7A,** 1
ennuyeux/**ennuyeuse** [ɑ̃nɥijø/ɑ̃nɥijøz] langweilig **IV4B,** 5
énorme/**énorme** [enɔʀm] Riesen-; riesig **III5DE**
en plus [ɑ̃plys] außerdem; zusätzlich **II7A,** 1
enregistrer qc [ɑ̃ʀəʒistʀe] etw. aufnehmen; etw. aufzeichnen **IV4A,** 1
l'**ensemble** *(m.)* [lɑ̃sɑ̃bl] die Gesamtheit **III5DE**
ensemble [ɑ̃sɑ̃bl] gemeinsam *(Adv.)*; zusammen **I3A,** 1
ensuite [ɑ̃sɥit] danach; dann **II3A,** 1
entendre qn/qc [ɑ̃tɑ̃dʀ] jdn./etw. hören **I6A,** 2
s'entendre [sɑ̃tɑ̃dʀə] sich verstehen **II3A,** 1
entier/**entière** [ɑ̃tje/ɑ̃tjɛʀ] ganz; völlig **II7DE,** 1
un **entraînement** [ɛ̃nɑ̃tʀɛnmɑ̃] ein Training **III1A,** 2
s'**entraîner** [sɑ̃tʀene] trainieren **III4B,** 3
entre [ɑ̃tʀ] zwischen **I6B,** 1
une **entrée** [ynɑ̃tʀe] ein Eingang **I5A,** 1 eine Vorspeise **II6A,** 1
entreprendre qc [ɑ̃tʀəpʀɑ̃dʀ] etw. unternehmen **IV5DE**
une **entreprise** [ynɑ̃tʀəpʀiz] ein Betrieb; eine Firma; ein Unternehmen **IV2A,** 1
entrer [ɑ̃tʀe] eintreten; hereinkommen **I2A,** 3
l'**envie** *(f.)* [lɑ̃vi] das Verlangen; die Lust **I3B,** 1
avoir envie de faire qc [avwaʀɑ̃vi] Lust haben, etwas zu tun **I3B,** 1
environ [ɑ̃viʀɔ̃] etwa; ungefähr *(Adv.)* **II1DE**

envoyer qc à qn [ɑ̃vwaje] jdm. etw. schicken **II4A**, 3
envoyer le ballon à qn [ɑ̃vwajeləbalɔ̃] jdm. den Ball zuspielen **II5B**, 2
une **épaule** [ynepol] eine Schulter **III2A**, 1
une **époque** [ynepɔk] eine Epoche; ein Zeitalter **II4C**, 1
à cette époque [asɛtepɔk] zu dieser Zeit **II4C**, 1
l'**équilibre** *(m.)* [lekilibʀ] das Gleichgewicht **II5A**, 4
une **équipe** [ynekip] eine Mannschaft; ein Team **II5B**, 2
l'**équitation** *(f.)* [lekitasjɔ̃] das Reiten **II5A**, 3
une **erreur** [ynerœʀ] ein Irrtum **II4A**, 3
l'**escalade** *(f.)* [lɛskalad] das Klettern **II5A**, 2
un **escalier** [ɛ̃nɛskalje] eine Treppe **II2DE**
l'**escrime** *(f.)* [lɛskʀim] das Fechten **II5A**, 3
l'**espace** *(m.)* [lɛspas] der Platz; der Raum; der Weltraum **II7A**, 1
espérer [ɛspeʀe] hoffen **II6B**, 2
l'**esprit** *(m.)* [lɛspʀi] der Geist; der Verstand **IV2B**, 2
venir à l'esprit [vəniʀalɛspʀi] jdm. einfallen; jdm. in den Sinn kommen **IV2B**, 2
essayer de faire qc [eseje] versuchen, etw. zu tun **II5DE**
l'**est** *(m.)* [lɛst] der Osten **II4DE**
et [e] und **I0**, 2
un **étage** [ɛ̃netaʒ] eine Etage; ein Stockwerk **II7A**, 1
une **étape** [ynetap] eine Etappe **IV1A**, 2
un **Etat** [ɛ̃neta] ein Staat **IV5DE**
le chef de l'Etat/la chef de l'Etat [ləʃɛfdəleta/laʃɛfdəleta] der Staatschef/die Staatschefin **IV2A**, 3
l'**été** *(m.)* [lete] der Sommer **II4A**, 8
un **étranger**/une **étrangère** [ɛ̃netʀɑ̃ʒe/ynetʀɑ̃ʒɛʀ] ein Fremder/eine Fremde **III3B**, 1
à l'étranger [aletʀɑ̃ʒe] im/ins Ausland **IV3A**, 3
étranger/**étrangère** [etʀɑ̃ʒe/etʀɑ̃ʒɛʀ] ausländisch; fremd **IV4B**, 1
être [ɛtʀ] sein **I2B**, 2
être en train de faire qc [ɛtʀɑ̃tʀɛ̃dəfɛʀ] gerade etw. tun **III3A**, 1
les **études** *(f., pl.)* [lezetyd] das Studium **IV3A**, 1
faire des études [fɛʀdezetyd] studieren **IV3A**, 1
un **étudiant**/une **étudiante** [ɛ̃netydjɑ̃/ynetydjɑ̃t] ein Student/eine Studentin **III3A**, 1
un **euro**/des **euros** [ɛ̃nøʀo/dezøʀo] ein Euro/Euro **I5C**, 1
un **Européen**/une **Européenne** [ɛ̃nøʀɔpeɛ̃/ynøʀɔpeɛn] ein Europäer/eine Europäerin **IV1B**, 2
européen/**européenne** [øʀɔpeɛ̃/øʀɔpeɛn] europäisch **III3DE**
eux [ø] sie *(betont) (m., pl.)* **II1A**, 1
un **évènement** [ɛ̃nevɛnmɑ̃] ein Ereignis **II5B**, 4
évident/**évidente** [evidɑ̃/evidɑ̃t] klar; offensichtlich **IV4A**, 1
éviter qc [evite] etw. vermeiden **III4A**, 4
exact/**exacte** [ɛgzakt] genau; richtig **IV6DE**, 7
exactement [ɛgzaktəmɑ̃] genau **III4A**, 9
excité/**excitée** [ɛksite/ɛksite] aufgeregt **IV3B**, 1
Excuse-moi. [ɛkskyzmwa] Entschuldige bitte.; Entschuldigung! **I4A**, 3
Excusez-moi. [ɛkskyzemwa] Entschuldigen Sie.; Entschuldigung. **I4A**, 3
un **exemple** [ɛ̃nɛgzɑ̃pl] ein Beispiel **II1A**, 2
par exemple [paʀɛgzɑ̃pl] zum Beispiel **II1A**, 2
un **exercice** [ɛ̃nɛgzɛʀsis] eine Übung **I4B**, 4
exister [ɛgziste] existieren **III3B**, 1
exotique/**exotique** [ɛgzɔtik] exotisch **III3B**, 1
une **expérience** [ynɛkspeʀjɑ̃s] eine Erfahrung **IV2A**, 1
expliquer qc (à qn) [ɛksplike] (jdm.) etw. erklären **II2B**, 3
une **expression** [ynɛkspʀesjɔ̃] ein Ausdruck **IV3DE**
exprimer qc [ɛkspʀime] etw. ausdrücken **IV6A**, 2
l'**extérieur** *(m.)* [lɛksteʀjœʀ] das Äußere ⟨**IV5B**, 6⟩

F

fabriquer qc [fabʀike] etw. herstellen **III5A**, 1
une **façade** [ynfasad] eine Außenwand; eine Fassade **IV1A**, 3
en face de qc [ɑ̃fasdə] gegenüber von etw. **III6A**
facile/**facile** [fasil] leicht **II5A**, 3
la **faim** [lafɛ̃] der Hunger **I3B**, 1
avoir faim [avwaʀfɛ̃] Hunger haben **I3B**, 1
une faim de loup *(fam.)* [ynfɛ̃dəlu] ein Bärenhunger *(ugs.)* **I6A**, 2
faire qc [fɛʀ] etw. machen; etw. tun **I4B**, 4
faire de la randonnée [fɛʀd(ə)laʀɑ̃dɔne] wandern **III5A**, 1
faire des études [fɛʀdezetyd] studieren **IV3A**, 1
faire du camping [fɛʀdykɑ̃piŋ] campen; zelten **IV6DE**, 3
faire du judo [fɛʀdyʒydo] Judo betreiben; Judo machen **I5A**, 3
faire du paddle [fɛʀdypadəl] paddeln **IV6DE**, 3
faire du shopping [fɛʀdyʃɔpiŋ] einen Einkaufsbummel machen; shoppen **III5A**, 1
faire la cuisine [fɛʀlakɥizin] Essen zubereiten; kochen **II6DE**
faire la fête [fɛʀlafɛt] feiern **III3A**, 1
faire le point sur qc [fɛʀləpwɛ̃] einen zusammenfassenden Überblick über etw. geben ⟨**IV6DE**, 8⟩
faire le tour de qc [fɛʀlətuʀ] eine Runde um etw. machen; um etw. herumgehen **III6A**
faire mal [fɛʀmal] wehtun **I5B**, 3
faire partie de qc [fɛʀpaʀti] Teil von etw. sein; zu etw. gehören **III5DE**
Il fait beau. [ilfɛbo] Es ist schönes Wetter. **II4A**, 7
se faire du souci (pour qn/qc) [səfɛʀdysusi] sich (um jdn./etw.) Sorgen machen **IV3B**, 1
faire la vaisselle [fɛʀlavɛsɛl] (ab-)spülen; abwaschen **IV3A**, 7
au fait [ofɛt] übrigens **II5A**, 4
falloir [falwaʀ] brauchen; müssen **II6A**, 1
il faut qc [ilfo] man braucht etw. **II6A**, 1
il faut faire qc [ilfofɛʀ] man muss etw. tun **II6A**, 2
il vous faut qc [ilvufo] ihr braucht etw.; Sie brauchen etw. **III4B**, 7
une **famille** [ynfamij] eine Familie **I3A**, 9
un **fan**/une **fan** [ɛ̃fan/ynfan] ein Fan **I7A**, 1
fantastique/**fantastique** [fɑ̃tastik] fantastisch; toll **I1B**, 2
la **farine** [lafaʀin] das Mehl **II6DE**
fasciner qn [fasine] jdn. faszinieren; jdn. fesseln **IV3A**, 1
fatigué/**fatiguée** [fatige] müde **I7D**, 1
une **faute** [ynfot] ein Fehler **III4A**, 4
faux/**fausse** [fo/fos] falsch **III4A**, 5
fédéral/**fédérale**/**fédéraux**/**fédérales** [fedeʀal/fedeʀo] föderal; Föderal-; föderalistisch **III6DE**
une **fée** [ynfe] eine Fee **IV5A**, 1
une **femme** [ynfam] eine Frau **II1B**, 7
une **fenêtre** [ynfənɛtʀ] ein Fenster **IV5A**, 1
une **ferme** [ynfɛʀm] ein Bauernhof **II7A**, 1
fermé/**fermée** [fɛʀme] geschlossen; verschlossen **II2A**, 5
fermer qc [fɛʀme] etw. schließen **II2A**, 1
se fermer [səfɛʀme] sich schließen **IV3A**, 4
un **festival** [ɛ̃festival] ein Festival **II7A**, 1
une **fête** [ynfɛt] eine Party; ein Fest **I6DE**
faire la fête [fɛʀlafɛt] feiern **III3A**, 1

la **Fête de la musique** [lafɛtdəlamyzik] die „Fête de la musique" **I6DE**
un **feu** d'artifice [ɛ̃fødaʀtifis] ein Feuerwerk **IV5A,** 1
un **feutre** [ɛ̃føtʀ] ein Filzstift **II1DE**
février *(m.)* [fevʀije] Februar **I3B,** 7
une **fiche** technique [ynfiʃtɛknik] technische Daten **IV4B,** 5
la **fièvre** [lafjɛvʀ] das Fieber **III4B,** 7
une **figure** [ynfigyʀ] eine Figur *(beim Sport)* **II5A,** 4
un **fil** d'actualité [ɛ̃fildaktɥalite] ein Newsfeed ⟨**IV4B,** 5⟩
une **fille** [ynfij] eine Tochter; ein Mädchen **I1B,** 1
un **film** [ɛ̃film] ein Film *(Kino, Fernsehen)* **I5C,** 1
un film d'animation [ɛ̃filmdanimasjɔ̃] ein Animationsfilm; ein Trickfilm **IV4B,** 1
un film d'horreur [ɛ̃filmdɔʀœʀ] ein Horrorfilm ⟨**IV4B,** 5⟩
un film fantastique [ɛ̃filmfɑ̃tastik] ein Fantasyfilm **IV4B,** 5
un film policier [ɛ̃filmpɔlisje] ein Krimi; ein Kriminalfilm **IV4B,** 5
un **fils** [ɛ̃fis] ein Sohn **I3A,** 9
la **fin** [lafɛ̃] das Ende; der Schluss **I4B,** 5
mettre **fin** à qc [metʀ(ə)fɛ̃] etw. beenden; etw. ein Ende setzen **IV5A,** 1
finalement [finalmɑ̃] schließlich; zum Schluss **IV1A,** 3
les **finances** *(f., pl.)* [lefinɑ̃s] die Finanzen **IV5B,** 1
finir (de faire) qc [finiʀ] etw. beenden **II5A,** 4
fixer qc à qc [fikse] etw. an etw. festbinden ⟨**IV1P,** 2⟩
flamand/**flamande** [flamɑ̃/flamɑ̃d] flämisch **III3DE**
un **flamant rose** [ɛ̃flamɑ̃ʀoz] ein Flamingo **III6B**
flatter qn [flate] jdn. umschmeicheln **IV5B,** 1
un **fleuve** [ɛ̃flœv] ein Fluss; ein Strom **II7DE**
une **fois** [ynfwa] ein Mal **I7C,** 1
chaque fois que [ʃakfwakə] jedes Mal, wenn **III2B,** 5
une **folie** [ynfɔli] ein Wahnsinn **III3A,** 1
au fond de qc [ofɔ̃də] hinten in etw.; unten in etw. **III2A,** 1
fonder qc [fɔ̃de] etw. gründen **III5A,** 8
une **fondue** [ynfɔ̃dy] ein Fondue **IV6DE,** 3
une **fontaine** [ynfɔ̃tɛn] ein Springbrunnen **IV5A,** 1
le **foot(ball)** [ləfut(bɔl)] der Fußball *(Sportart)* **I2B,** 7
un **footballeur**/une **footballeuse** [ɛ̃futbolœʀ/ynfutboløz] ein Fußballer/eine Fußballerin **IV3B,** 4
un footballeur professionnel/une footballeuse professionnelle [ɛ̃futbolœʀpʀɔfɛsjɔnɛl] ein Profifußballer/eine Profifußballerin ⟨**IV3P**⟩
une **forêt** [ynfɔʀɛ] ein Wald **II7DE,** 1
une **formation** [ynfɔʀmasjɔ̃] eine Ausbildung **IV3A,** 1
être en forme *(fam.)* [ɛtʀɑ̃fɔʀm] (gut) in Form sein *(ugs.)*; gut drauf sein **II3B,** 1
former qc [fɔʀme] etw. bilden; etw. formen **IV1DE**
un **fort** [ɛ̃fɔʀ] eine Festung **IV1A,** 8
fort/**forte** [fɔʀ/fɔʀt] stark **II5A,** 3
être fort/forte en qc [ɛtʀfɔʀɑ̃/fɔʀtɑ̃] gut sein in etw. **II5A,** 3
fou/**fol**/**folle** [fu/fɔl/fɔl] verrückt **II5DE**
fouiller (dans) qc [fuje] etw. durchsuchen; in etw. herumkramen **III2A,** 1
une **foule** [ynful] eine Menschenmenge **IV5B,** 1
une **foulure** [ynfulyʀ] eine Verstauchung **III4B,** 3
une **fourchette** [ynfuʀʃɛt] eine Gabel **II6B,** 1
franc/**franche** [fʀɑ̃/fʀɑ̃ʃ] aufrichtig; offen **IV6A,** 2
un **Français**/une **Française** [ɛ̃fʀɑ̃sɛ/ynfʀɑ̃sɛz] ein Franzose/eine Französin **III5DE,** 2
français/**française** [fʀɑ̃sɛ/fʀɑ̃sɛz] französisch **I2A,** 1
franco-allemand/**franco-allemande** [fʀɑ̃koalmɑ̃/fʀɑ̃koalmɑ̃d] deutsch-französisch **IV1B,** 1
francophone/**francophone** [fʀɑ̃kɔfɔn] französischsprachig **III5DE**
la **francophonie** [lafʀɑ̃kɔfɔni] die Frankofonie **III5DE**
le **franc suisse** [ləfʀɑ̃sɥis] der Schweizer Franken **IV6DE**
un **frère** [ɛ̃fʀɛʀ] ein Bruder **I2B,** 2
des **fringues** *(f., pl.) (fam.)* [defʀɛ̃g] Klamotten *(ugs.)* **III4A,** 4
froid/**froide** [fʀwa/fʀwad] kalt **II4A,** 7
Il fait froid. [ilfɛfʀwa] Es ist kalt. **II4A,** 7
le **fromage** [ləfʀɔmaʒ] der Käse **II4C,** 1
une **fromagerie** [ynfʀɔmaʒʀi] eine Käserei **IV6DE,** 3
une **frontière** [ynfʀɔ̃tjɛʀ] eine Grenze **III3DE**
un **fruit** [ɛ̃fʀɥi] eine Frucht **II6DE**
des **fruits de mer** *(m., pl.)* [defʀɥid(ə)mɛʀ] Meeresfrüchte **III3B,** 1
fuir [fɥiʀ] fliehen; flüchten **IV2A,** 4
un **funiculaire** [ɛ̃fynikylɛʀ] eine Drahtseilbahn **IV6DE,** 3
furieux/**furieuse** [fyʀjø/fyʀjøz] wütend; zornig **III2A,** 8
futur/**future** [fytyʀ/fytyʀ] künftiger/künftige/künftiges; zukünftiger/zukünftige/zukünftiges **IV5DE**

G

gagner qc [gaɲe] etw. gewinnen **I5B,** 3
la **galerie** des Glaces [lagalʀideglas] *Spiegelsaal im Schloss von Versailles* **IV5A,** 1
une **galette** [yngalɛt] *hier: ein für den Mont-Saint-Michel typischer Keks* **III4A,** 9
un **garçon** [ɛ̃gaʀsɔ̃] ein Bub; ein Junge **I1B,** 1
garder qc [gaʀde] etw. behalten **III2B,** 1
garder qn [gaʀde] jdn. bewachen **III6B**
un **gardian** [ɛ̃gaʀdjɑ̃] ein Viehhirt *(in der Camargue)* **III6B**
une **gare** [yngaʀ] ein Bahnhof **I6A,** 2
Allez les gars! *(fam.)* [alelega] Auf geht's, Jungs! **II5B,** 2
un **gâteau**/des **gâteaux** [ɛ̃gato/degato] ein Kuchen/Kuchen **I3A,** 3
à **gauche** [agoʃ] (nach) links **I5B,** 1
une **gaufre** [yngofʀ] eine Waffel **I5C,** 1
un **Gaulois**/une **Gauloise** [ɛ̃golwa/yngolwaz] ein Gallier/eine Gallierin **II4C,** 1
gaulois/**gauloise** [golwa/golwaz] gallisch **II4B,** 1
le **gaz** [ləgaz] das Gas **IV6A,** 1
géant/**géante** [ʒeɑ̃/ʒeɑ̃t] riesengroß **II7DE**
un **géant**/une **géante** [ɛ̃ʒeɑ̃/ynʒeɑ̃t] ein Riese/eine Riesin **II7DE**
gêné/**gênée** [ʒene] verlegen **III4A,** 4
un **général**/une **générale** [ɛ̃ʒeneʀal/ynʒeneʀal] ein General/eine Generalin **IV2A,** 5
génial/**géniale**/**géniaux**/**géniales** [ʒenjal/ʒenjo] genial; super **I7B,** 3
un **genre** [ɛ̃ʒɑ̃ʀ] eine Art; eine Gattung **IV4B,** 2
les **gens** *(m., pl.)* [leʒɑ̃] die Leute **I6DE**
gentil/**gentille** [ʒɑ̃ti/ʒɑ̃tij] nett **III4A,** 4
germanophone/**germanophone** [ʒɛʀmanofɔn] deutschsprachig **IV6DE**
un **geste** [ɛ̃ʒɛst] eine Geste **IV2A,** 1
un **Gitan**/une **Gitane** [ɛ̃ʒitɑ̃/ynʒitan] *Mitglied der ethnischen Gruppe der Sinti und Roma* **III6B**
un **gîte** [ɛ̃ʒit] ein Ferienhaus **II4DE**
la **glace** [laglas] das Eis **III5A,** 1
un **glacier** [ɛ̃glasje] ein Gletscher **IV6DE**
une **gomme** [yngɔm] ein Radiergummi **I2A,** 1
la **gorge** [lagɔʀʒ] der Hals **III4B,** 7
goûter qc [gute] etw. probieren *(Essen, Trinken)* **II6B,** 2

un **gouvernement** [ɛ̃guvɛʀnəmɑ̃] eine Regierung **III6DE**
gouverner [guvɛʀne] regieren **IV5DE**
grâce à qn/qc [gʀasa] dank einer Person/einer Sache; durch jdn./etw. **IV1A,** 8
un **gramme** [ɛ̃gʀam] ein Gramm **II6B,** 8
grand/**grande** [gʀɑ̃/gʀɑ̃d] groß **I6A,** 1
une **grand-mère** [yngʀɑ̃mɛʀ] eine Großmutter **I2A,** 3
un **grand-père** [ɛ̃gʀɑ̃pɛʀ] ein Großvater **I3A,** 9
les **grands-parents** *(m., pl.)* [legʀɑ̃paʀɑ̃] die Großeltern **I3A,** 9
gras/**grasse** [gʀɑ/gʀɑs] fett; fettig **IV2B,** 7
gratuit/**gratuite** [gʀatɥi/gʀatɥit] gratis; kostenlos **II6A,** 2
grave/**grave** [gʀav/gʀav] schlimm **II5A,** 4
grec/**grecque** [gʀɛk/gʀɛk] griechisch **IV2B,** 7
une **grève** [yngʀɛv] ein Streik **I6A,** 2
grignoter qc [gʀiɲɔte] etw. knabbern **IV6C,** 2
une **grille** [yngʀij] ein Drahtzaun; eine Gittertür **II2A,** 5
grimper [gʀɛ̃pe] klettern **II5A,** 3
gris/**grise** [gʀi/gʀiz] grau **I6A,** 6
gros/**grosse** [gʀo/gʀos] dick ; groß; schwer *(Sachen, Tiere)* **III4A,** 4
en gros [ɑ̃gʀo] im Großen und Ganzen **II7DE,** 2
un **groupe** [ɛ̃gʀup] eine Gruppe **I6DE** eine Band **III1A,** 2
une **guerre** [yngɛʀ] ein Krieg **II4C,** 1
faire la **guerre** à qn [fɛʀlagɛʀ] Krieg führen gegen jdn. **II4C,** 1
un **guide**/une **guide** [ɛ̃gid/yngid] ein Führer/eine Führerin **I7B,** 1
un guide (de voyage) [ɛ̃gid(ə)(dəvwajaʒ)] ein Reiseführer *(Buch)* **III6DE,** 2
guider qn [gide] jdn. führen; jdn. lenken **II7B,** 2
une **guitare** [yngitaʀ] eine Gitarre **I5A,** 5
un **guitariste**/une **guitariste** [ɛ̃gitaʀist/yngitaʀist] ein Gitarrist/eine Gitarristin **III6B**
un **gymnase** [ɛ̃ʒimnaz] eine Turnhalle **I4B,** 3
la **gymnastique** [laʒimnastik] das Turnen; die Gymnastik **I2B,** 7

H

habiller qn [abije] jdn. ankleiden; jdn. anziehen **IV5B,** 1
s'habiller [sabije] sich anziehen **II3A,** 1
un **habitant**/une **habitante** [ɛ̃nabitɑ̃/ynabitɑ̃t] ein Einwohner/eine Einwohnerin **III3DE**
habiter [abite] wohnen **I2B,** 2
une **habitude** [ynabityd] eine Gewohnheit **II3A,** 1
d'habitude [dabityd] gewöhnlich *(Adv.)*; normalerweise **II3A,** 1
un **handicapé**/une **handicapée** [ɛ̃nɑ̃dikape/ynɑ̃dikape] ein Mensch mit Behinderung **IV4B,** 1
par **hasard** [paʀazaʀ] etwa; zufällig **IV3A,** 4
haut/**haute** [o/ot] hoch **IV1A,** 3
en haut [ɑ̃o] nach oben; oben **IV1B,** 2
…, **hein**? *(fam.)* ['ɛ̃] …, oder? **II3A,** 2
des **herbes** *(f., pl.)* [dezɛʀb] Kräuter **III4A,** 4
un **héros**/une **héroïne** [lɶʀo/leʀoin] ein Held/eine Heldin ⟨**IV4P**⟩
hésiter à faire qc [ezite] zögern, etw. zu tun **III2B,** 5
une **heure** [ynœʀ] eine Stunde **I4A,** 1
A quelle heure? [akɛlœʀ] Um wie viel Uhr? **I4A,** 2
en une demi-heure [ɑ̃nyndəmiœʀ] in(nerhalb) einer halben Stunde **II7A,** 1
Quelle heure est-il? [kɛlœʀɛtil] Wie spät ist es?; Wie viel Uhr ist es? **I4A,** 1
sept heures [sɛtœʀ] sieben Uhr **I4A,** 1
sept heures et quart [sɛtœʀekaʀ] viertel nach sieben Uhr **I4A,** 1
sept heures moins le quart [sɛtœʀmwɛ̃lkaʀ] viertel vor sieben **I4A,** 1
heureux/**heureuse** [øʀø/øʀøz] glücklich **II2B,** 2
hier [jɛʀ] gestern **II2A,** 1
le **hip-hop** [lə'ipɔp] der Hip-Hop **I6B,** 6
une **histoire** [ynistwaʀ] eine Geschichte **I3A,** 1
l'**histoire-géographie** *(f.)* [listwaʀʒeɔgʀafi] Geschichte und Erdkunde *(Schulfach)* **II2A,** 1
historique/**historique** [istɔʀik] geschichtlich; historisch **III6A**
l'**hiver** *m.* [livɛʀ] der Winter **II4A,** 8
le **hockey** sur glace [lɔɔkɛsyʀglas] das Eishockey **III5A,** 1
un **homme** [ɛ̃nɔm] ein Mann **II1B,** 7
un **hôpital** [ɛ̃nopital] ein Krankenhaus **III4A,** 4
les horaires (d'ouverture) *(m., pl.)* [lezɔʀɛʀ(duvɛʀtyʀ)] die Öffnungszeiten **IV5A,** 1
l'**horreur** *(f.)* [lɔʀœʀ] der Schrecken **IV4A,** 1
un film d'horreur [ɛ̃filmdɔʀœʀ] ein Horrorfilm ⟨**IV4B,** 5⟩
avoir horreur de qn/qc [avwaʀɔʀœʀ] jdn./etw. hassen; jdn./etw. verabscheuen **IV4A,** 1
un **hôtel** [ɛ̃notɛl] ein Hotel **II4DE**
un hôtel de ville *(m.)* [ɛnotɛldəvil] ein Rathaus **III3DE**
l'**huile** *(f.)* [lɥil] das Öl **II6A,** 1
humanitaire/**humanitaire** [ymanitɛʀ] humanitär **IV3B,** 1
une **humeur** [ynymœʀ] eine Laune; eine Stimmung **III1DE**
être de bonne humeur [ɛtʀ(ə)dəbɔnymœʀ] gute Laune haben; guter Laune sein **III1DE**

I

ici [isi] hier; hierher **I1B,** 1
une **idée** [ynide] eine Idee; ein Gedanke **I3A,** 1
des idées noires *(f., pl.)* [ezidenwaʀ] düstere Gedanken **II2A,** 5
une **île** [ynil] eine Insel **II7DE**
illuminer qc [ilymine] etw. beleuchten **IV1A,** 3
illustrer qc [ilystʀe] etw. illustrieren ⟨**IV2B,** 3⟩
il y a [ilja] es gibt; es ist; es sind **I3A,** 1
il y a 2000 ans [ilja] *(jetzt)* vor 2000 Jahren **II4C,** 1
il n'y a pas que … [ilnjapakə] es gibt nicht nur … **II3B,** 1
il n'y a plus que … [ilnjaplykə] es gibt nur noch; es sind nur noch **II3B,** 1
une **image** [ynimaʒ] ein Bild **III4B,** 3
imaginer qc [imaʒine] sich etw. vorstellen **III1A,** 2
imiter qc [imite] etw. nachahmen ⟨**IV5B,** 6⟩
immense/**immense** [imɑ̃s] enorm; riesig **IV5DE**
un **immeuble** [ɛ̃nimœbl] ein Gebäude; ein Wohnhaus **II7A,** 1
l'**immigration** *(f.)* [limigʀasjɔ̃] die Einwanderung **III3B,** 1
impatient/**impatiente** [ɛ̃pasjɑ̃/ɛ̃pasjɑ̃t] ungeduldig **IV6B,** 2
important/**importante** [ɛ̃pɔʀtɑ̃/ɛ̃pɔʀtɑ̃t] wichtig **II4C,** 1
n'**importe quoi** [nɛ̃pɔʀtəkwa] irgendetwas; Quatsch *(ugs.)*; Unsinn **III1A,** 2
une **impression** [ynɛ̃pʀesjɔ̃] ein Eindruck **III2A,** 1
impressionnant/**impressionnante** [ɛ̃pʀesjɔnɑ̃/ɛ̃pʀesjɔnɑ̃t] beeindruckend **III4A,** 4
incroyable/**incroyable** [ɛ̃kʀwajabl] unglaublich **IV3B,** 1
indépendant/**indépendante** [ɛ̃depɑ̃dɑ̃/ɛ̃depɑ̃dɑ̃t] unabhängig **III5DE,** 2
un **indice** [ɛ̃nɛ̃dis] ein Anzeichen; ein Hinweis; ein Indiz **III6A**
indispensable/**indispensable** [ɛ̃dispɑ̃sabl] unbedingt notwendig **IV4DE**
l'**industrie** *(f.)* [lɛ̃dystʀi] die Industrie **IV2B,** 2

une **infirmerie** [ynɛ̃firmәʀi] eine Krankenstation **I4DE**
un **infirmier**/une **infirmière** [ɛ̃nɛ̃firmje/ynɛ̃firmjɛʀ] ein Krankenpfleger/eine Krankenpflegerin **IV3DE**
un **informaticien**/une **informaticienne** [ɛ̃nɛ̃fɔʀmatisjɛ̃/ynɛ̃fɔʀmatisjɛn] ein Informatiker/eine Informatikerin ⟨**IV3P**⟩
une **information** [ynɛ̃fɔʀmasjɔ̃] eine Information **II2A,** 1
informer qn sur qc [ɛ̃fɔʀme] jdn. über etw. informieren **IV1A,** 2
s'informer sur qc [sɛ̃fɔʀme] sich über etw. informieren **III4DE**
une **infusion** [ynɛ̃fyzjɔ̃] ein Kräutertee **III4A,** 4
un **ingénieur**/une **ingénieur** [ɛ̃nɛ̃ʒenjœʀ/ynɛ̃ʒenjœʀ] ein Ingenieur/eine Ingenieurin **IV3DE**
une **innovation** [yninɔvasjɔ̃] eine Innovation; eine Neuerung **IV2B,** 2
inquiet/**inquiète** [ɛ̃kjɛ/ɛ̃kjɛt] beunruhigt; unruhig **IV3B,** 1
s'inscrire à qc [sɛ̃skʀiʀ] sich bei/für/zu etw. anmelden; sich in/bei/für etw. einschreiben ⟨**IV4B,** 5⟩
installer qc [ɛ̃stale] etw. einrichten **II4A,** 3
s'installer [sɛ̃stale] sich setzen **II4A,** 3
sich niederlassen **IV5DE**
une **institution** [ynɛ̃stitysjɔ̃] eine Institution **IV1B,** 2
une **insulte** [ynɛ̃sylt] eine Beleidigung **IV4DE**
l'**intégration** *(f.)* [lɛ̃tegʀasjɔ̃] die Integration **III3A,** 2
interactif/**interactive** [ɛ̃teʀaktif/ɛ̃teʀaktiv] interaktiv **IV1A,** 8
une **interdiction** [ynɛ̃tɛʀdiksjɔ̃] ein Verbot **IV4DE**
interdit [ɛ̃tɛʀdi] verboten ⟨**IV6C,** 2⟩
intéressant/**intéressante** [ɛ̃teʀesɑ̃/ɛ̃teʀesɑ̃t] interessant **I6DE**
intéresser qn [ɛ̃teʀese] jdn. interessieren **I7A,** 3
s'intéresser à qc [sɛ̃teʀese] sich für etw. interessieren **II3A,** 2
l'**intérieur** (m.) [lɛ̃teʀjœʀ] das Innere **IV1A,** 3
international/**internationale**/**internationaux**/**internationales** [ɛ̃tɛʀnasjɔnal/ɛ̃tɛʀnasjɔno] international **IV4B,** 1
l'**Internet** *(m.)* [ɛ̃tɛʀnɛt] das Internet **I7C,** 1
sur Internet [syʀɛ̃tɛʀnɛt] im Internet **II1B,** 2
surfer sur Internet [sœʀfesyʀɛ̃tɛʀnɛt] im Internet surfen ⟨**IV4B,** 5⟩
une **interrogation écrite** [ynɛ̃teʀɔgasjɔ̃ekʀit] eine Schulaufgabe **I4B,** 4
une **interview** [ynɛ̃tɛʀvju] ein Interview **I5B,** 3
un **Inuit**/une **Inuit** [ɛ̃ninɥit/yninɥit] ein Inuit/eine Inuit *(indigene Volksgruppe in Kanada)* **III5B**
inuit/**inuite** [inɥit] Inuit- **III5B,** 8
inventer qc [ɛ̃vɑ̃te] etw. erfinden **IV3B,** 7
un **invité**/une **invitée** [ɛ̃nɛ̃vite/ynɛ̃vite] ein Gast **II4A,** 6
inviter qn [ɛ̃vite] jdn. einladen **I3A,** 3
être issu/**issue de** qc [ɛtʀisydә] aus etw. hervorgehen **III3B,** 1
l'**italien** [litaljɛ̃] das Italienische **IV6DE**
un **itinéraire** [ɛ̃nitineʀɛʀ] eine Route; ein Weg **IV1DE**

J

jaloux/**jalouse** de qn [ʒalu/ʒaluz] eifersüchtig auf jdn.; neidisch auf jdn. **III2A,** 1
une **jambe** [ynʒɑ̃b] ein Bein **II5B,** 2
janvier *(m.)* [ʒɑ̃vje] Januar **I3B,** 7
un **jardin** [ɛ̃ʒaʀdɛ̃] ein Garten **II7B,** 2
jaune/**jaune** [ʒon] gelb **I6A,** 6
un **jean** [ɛ̃dʒin] eine Jeans **II3A,** 2
un **jeu**/des **jeux** [ɛ̃ʒø] ein Spiel/Spiele **I3A,** 3
une aire de jeux [ynɛʀdәʒø] ein Spielplatz **III3B,** 1
un jeu de piste [ɛ̃ʒød(ә)pist] eine Schnitzeljagd **IV1B,** 2
une soirée jeux [ynswaʀeʒø] ein Spieleabend **IV3B,** 1
un jeu télévisé [ɛ̃ʒøtelevize] eine Quizsendung ⟨**IV4B,** 5⟩
un jeu vidéo/des jeux vidéo [ɛ̃ʒøvideo/deʒøvideo] ein Computerspiel/Computerspiele **I3A,** 3
les **Jeux olympiques** *(m., pl.)* [leʒøzɔlɛ̃pik] die Olympischen Spiele **III5B,** 1
jeudi *(m.)* [ʒødi] am Donnerstag; Donnerstag **I4B,** 1
un **jeune**/une **jeune** [ɛ̃ʒœn/ynʒœn] ein Jugendlicher/eine Jugendliche **II4C,** 1
jeune/**jeune** [ʒœn] jung **II4C,** 1
un **job** *(fam.)* [ɛ̃dʒɔb] ein Job *(ugs.)* **III3A,** 1
joli/**jolie** [ʒɔli] hübsch **I6A,** 2
jongler [ʒɔ̃gle] jonglieren **II5A,** 4
une **joue** [ynʒu] eine Wange **IV2B,** 7
jouer [ʒwe] spielen **I4DE**
jouer à qc [ʒwea] etw. spielen *(ein Spiel)* **II4B,** 1
jouer de qc [ʒwedә] etw. spielen *(ein Instrument)* **III1DE**
bien joué [bjɛ̃ʒwe] gut gemacht **II3B,** 1
un **jouet** [ɛ̃ʒwɛ] ein Spielzeug **II4C,** 1
un **jour** [ɛ̃ʒuʀ] ein Tag **I5A,** 1
par jour [paʀʒuʀ] pro Tag; täglich *(Adv.)* **I7D,** 1
un **journal**/des **journaux** [ɛ̃ʒuʀnal/deʒuʀno] eine Zeitung/Zeitungen **I2DE** ein Tagebuch/Tagebücher **I6A,** 1
le **journalisme** [lәʒuʀnalism] der Journalismus **IV3A,** 1
un **journaliste**/une **journaliste** [ɛ̃ʒuʀnalist/ynʒuʀnalist] ein Journalist/eine Journalistin **I7DE**
une **journée** [ynʒuʀne] ein Tag *(im Verlauf)* **I4A,** 1
Bonne journée! [bɔnʒuʀne] Einen schönen Tag! **I5C,** 5
une journée d'orientation [ynʒuʀnedɔʀjɑ̃tasjɔ̃] ein Berufsberatungstag **IV3A,** 1
le **judo** [lәʒydo] das Judo **I2B,** 2
faire du judo [fɛʀdyʒydo] Judo betreiben; Judo machen **I5A,** 3
juillet *(m.)* [ʒɥijɛ] Juli **I3B,** 7
juin *(m.)* [ʒɥɛ̃] Juni **I3B,** 7
un **jumelage** [ɛ̃ʒym(ә)laʒ] eine Schulpartnerschaft **IV2A,** 1
être **jumelé**/**jumelée** avec [ɛtʀ(ә)ʒymleavɛk] eine (Städte-)Partnerschaft haben mit **III5A,** 1
une **jupe** [ynʒyp] ein Rock **II3A,** 6
jurer [ʒyʀe] schwören **II5B,** 2
un **jus** [ɛ̃ʒy] ein Saft **I5C,** 1
un jus de pomme [ɛ̃ʒydpɔm] ein Apfelsaft **I5C,** 1
jusqu'à [ʒyska] bis **II4B,** 1
juste [ʒyst] bloß; nur **III1B,** 1

K

le **karaté** [lәkaʀate] das Karate **III1DE**
un **kilo** de [ɛ̃kilo] ein Kilo (von) **II6A,** 2
un **kilomètre** [ɛ̃kilɔmɛtʀ] ein Kilometer **I7D,** 1
un kilomètre carré [ɛ̃/kilɔmɛtʀkaʀe] ein Quadratkilometer **III5A,** 1

L

là [la] da; dort **I2A,** 3
par là [paʀla] hier irgendwo; in der Nähe **II5B,** 2
là-bas [laba] da(hin); dort (drüben) **II1A,** 2
un **labyrinthe** [ɛ̃labiʀɛ̃t] ein Labyrinth **IV5A,** 1
un **lac** [ɛ̃lak] ein See **III5A,** 1
laisser qc [lese] etw. lassen; etw. zurücklassen **II4A,** 3
le **lait** [lәlɛ] die Milch **II6DE**
lancer qc à qn [lɑ̃se] jdm. etw. zuwerfen **II5A,** 3

une **langue** [ynlɑ̃g] eine Sprache **III3B,** 3

une langue maternelle [ynlɑ̃gmatɛʀnɛl] eine Muttersprache **III5DE,** 2

une langue officielle [ynlɑ̃gɔfisjɛl] eine Amtssprache **III5A,** 1

large/**large** [laʀʒ] breit; weit *(Kleidung)* **II4C,** 1

une **larme** [ynlaʀm] eine Träne **III2A,** 1

laver qn/qc [lave] jdn./etw. waschen **II3A,** 1

se laver [səlave] sich waschen **II3A,** 1

laver le linge [lavelәlɛ̃ʒ] Wäsche waschen ⟨**IV3A,** 7⟩

un **lave-vaisselle** [ɛ̃lavvɛsɛl] ein Geschirrspüler **IV3A,** 7

une **leçon** [ynl(ə)sɔ̃] eine Lektion **II3A,** 2

la **lecture** [lalɛktyʀ] das Lesen **IV4A,** 7

une **légende** [ynleʒɑ̃d] eine Legende; eine Sage **III6B**

un **legging** [ɛ̃lɛgiŋ] eine Legging **II3A,** 2

un **légume** [ɛ̃legym] ein Gemüse **II6DE**

le **lendemain** [ləlɑ̃dmɛ̃] am folgenden Tag **III2B,** 1

lequel/**laquelle**/**lesquels**/**lesquelles** [ləkɛl/lakɛl/lekɛl] welcher/welche/welches *(Fragepronomen)* **III6DE,** 1

une **lettre** [ynlɛtʀ] ein Brief; ein Buchstabe **III6A**

se **lever** [səlәve] aufstehen; sich erheben **II3A,** 1

libérer qn/qc [libeʀe] jdn./etw. befreien **III4B,** 3

la **liberté** [libɛʀte] die Freiheit **III1A,** 2

libre/**libre** [libʀ] frei **IV1A,** 7

créer un **lien** vers qc/qn [kʀeeɛ̃ljɛ̃vɛʀ] etw./jdn. verlinken ⟨**IV4B,** 5⟩

un **lieu**/des **lieux** [ɛ̃ljø/deljø] ein Ort/Orte **III6B**

avoir lieu [avwaʀljø] sich ereignen; stattfinden **III6A**

une **ligne** [ynliɲ] eine Linie **III6B**

en ligne [ɑ̃liɲ] online **IV4DE**

liker qc [laike] etw. liken **IV4A,** 1

un **Lillois**/une **Lilloise** [ɛ̃lilwa/ynlilwaz] *Einwohner(in) von Lille* **III3B,** 1

lire qc [liʀ] etw. lesen **I7B,** 1

une **liste** [ynlist] eine Liste **II1DE**

un **lit** [ɛ̃li] ein Bett **I4A,** 1

un **litre** de [ɛ̃litʀ] ein Liter (von) **II6A,** 2

un **livre** [ɛ̃livʀ] ein Buch **I2A,** 1

un livre pour la jeunesse [ɛ̃livʀpuʀlaʒœnɛs] ein Jugendbuch **III2DE**

un **logement** [ɛ̃lɔʒmɑ̃] eine Unterkunft; eine Wohnung **II7A,** 1

loin [lwɛ̃] weit *(Adv.)* **I5A,** 1

long/**longue** [lɔ̃/lɔ̃g] lang **I6A,** 2

longtemps *(adv.)* [lɔ̃tɑ̃] lange **II3B,** 1

le **look** [ləluk] das Aussehen; der Look; die Aufmachung **II3A,** 2

lorsque [lɔʀskə] als *(zeitlich)*; wenn *(zeitlich)* **III2A,** 1

louer qc [lwe] etw. mieten; etw. vermieten **IV6DE,** 3

un **loup** [ɛ̃lu] ein Wolf **I6A,** 2

lui [lɥi] er *(betont)* **II1A,** 1

la **lumière** [lalymjɛʀ] das Licht **II2DE**

lundi *(m.)* [lɛ̃di] am Montag; Montag **I4A,** 3

la **lune** [lalyn] der Mond **II6A,** 1

être dans la lune *(fam.)* nicht bei der Sache sein; zerstreut sein **II6A,** 1

lutter contre qc [lytekɔ̃tʀ] gegen etw. kämpfen **IV2A,** 1

le **luxe** [ləlyks] der Luxus **IV5A,** 1

un **lycée** [ɛ̃lise] ein Gymnasium *(nur die Sekundarstufe II)*; ein Lycée **IV1DE**

M

une **machine** [ynmaʃin] eine Maschine **II7DE**

madame … [madam] Frau … **I1B,** 6

mademoiselle … [madmwazɛl] Fräulein … **I1B,** 6

un **magasin** [ɛ̃magazɛ̃] ein Geschäft; ein Laden **I2DE**

un **magazine** [ɛ̃magazin] eine Zeitschrift **IV3B,** 5

magique/**magique** [maʒik] magisch; zauberhaft **IV1A,** 3

magnifique/**magnifique** [maɲifik] großartig; wunderschön **III5A,** 1

mai *(m.)* [mɛ] Mai **I3B,** 7

la **main** [lamɛ̃] die Hand **I4A,** 3

mettre la main à la pâte [mɛtʀ(ə) lamɛ̃alapat] anpacken; Hand anlegen; zupacken **IV6A,** 2

maintenant [mɛ̃tnɑ̃] jetzt **I3A,** 3

un **maire**/une **maire** [ɛ̃mɛʀ/ynmɛʀ] ein Bürgermeister/eine Bürgermeisterin **IV2A,** 1

mais [mɛ] aber **I1B,** 1

une **maison** [ynmɛzɔ̃] ein Haus **I2DE**

une maison à colombages [ynmezɔ̃akɔlɔ̃baʒ] ein Fachwerkhaus ⟨**IV5B,** 6⟩

une maison de la presse [ynmɛzɔ̃dəlapʀɛs] ein Zeitschriften- und Schreibwarengeschäft **I2DE**

à la maison [alamɛzɔ̃] daheim; nach Hause; zu Hause **I4A,** 1

la **majesté** [lamaʒɛste] die Majestät **IV5B,** 3

la **majorité** [lamaʒɔʀite] die Mehrheit **IV2B,** 3

mal *(adv.)* [mal] schlecht *(Adv.)* **II1B,** 8

faire mal [fɛʀmal] wehtun **I5B,** 3

avoir **mal** [avwaʀmal] Schmerzen haben **I5B,** 3

malade/**malade** [malad] krank **III4A,** 4

une **maladie** [ynmaladi] eine Krankheit **III4B,** 7

une assurance maladie [ynasyʀɑ̃smaladi] eine Krankenversicherung **III4B,** 7

malgré qc [malgʀe] trotz etw. **IV4DE**

malheureux/**malheureuse** [maløʀø/maløʀøz] unglücklich **II2B,** 2

maman *(f.)* [mamɑ̃] Mama; Mutti **I3A,** 3

mamie *(fam.)* [mami] Omi *(ugs.)* **I7B,** 3

manger qc [mɑ̃ʒe] etw. essen **I3B,** 1

une salle à **manger** [ynsalamɑ̃ʒe] ein Esszimmer **IV5B,** 1

manquer [mɑ̃ke] fehlen **II7A,** 1

maquiller qn [makije] jdn. schminken **IV5B,** 1

une **marche** [ynmaʀʃ] eine Stufe **IV1B,** 2

un **marché** [ɛ̃maʀʃe] ein Markt **II6DE**

la **marche** [lamaʀʃ] das Gehen **II5A,** 3

un **marché aux puces** [ɛ̃maʀʃeopys] ein Flohmarkt **III3A,** 1

marcher [maʀʃe] gehen; laufen **II5A,** 3

mardi *(m.)* [maʀdi] am Dienstag; Dienstag **I4B,** 1

les **marées** *(f., pl.)* [lemaʀe] die Gezeiten *(Pl.)* *(Ebbe und Flut)* **III4A,** 9

un **mariage** [ɛ̃maʀjaʒ] eine Ehe; eine Hochzeit **IV5DE**

marocain/**marocaine** [maʀɔkɛ̃/maʀɔkɛn] marokkanisch **III3A,** 1

marquer qc [maʀke] etw. prägen **IV1A,** 8

marquer un but [maʀkeɛ̃byt] ein Tor schießen **II5B,** 2

marquer qn (sur une photo) [maʀke] jdn. (auf einem Foto) markieren ⟨**IV4B,** 5⟩

en avoir **marre** de qn/qc *(fam.)* [ɑ̃navwaʀmaʀ] von jdm./etw. die Nase voll haben *(ugs.)* **II2B,** 3

marron/**marron** [maʀɔ̃] braun **II1B,** 7

mars *(m.)* [maʀs] März **I3B,** 7

un **Marseillais**/une **Marseillaise** [ɛ̃maʀsɛjɛ/ynmaʀsɛjɛz] *Einwohner(in) von Marseille* **III3B,** 1

un bal **masqué** [ɛ̃balmaske] ein Maskenball **IV5A,** 3

un **match** [ɛ̃matʃ] ein Spiel; ein Wettkampf **II5B,** 2

le **matériel** [ləmateʀjɛl] das Material; die Ausrüstung **IV6C,** 2

une langue **maternelle** [ynlɑ̃gmatɛʀnɛl] eine Muttersprache **III5DE,** 2

le **matin** [ləmatɛ̃] der Morgen **I5A,** 3

mauvais/**mauvaise** [movɛ/movɛz] schlecht **I6A,** 1 falsch **III3A,** 1
Il fait mauvais. [ilfɛmovɛ] Es ist schlechtes Wetter. **II4A,** 7
un **mécanicien**/une **mécanicienne** [ɛ̃mekanisjɛ̃/ynmekanisjɛn] ein Mechaniker/eine Mechanikerin **IV3A,** 2
méchant/**méchante** [meʃɑ̃/meʃɑ̃t] böse; gemein **III4A,** 4
le **mécontentement** [ləmekɔ̃tɑ̃tmɑ̃] die Unzufriedenheit **IV6A,** 2
une **médaille** [ynmedaj] eine Medaille **III5B,** 1
un **médecin**/une **médecin** [ɛ̃med(ə)sɛ̃/ynmed(ə)sɛ̃] ein Arzt/eine Ärztin **III4B,** 3
les **médias** *(m., pl.)* [lemedja] die Medien **III5DE,** 2
un **médicament** [ɛ̃medikamɑ̃] ein Medikament **III2B,** 5
médiéval/**médiévale**/**médiévaux**/**médiévales** [medjeval/medjevo] mittelalterlich **III6A**
le **meilleur**/la **meilleure** [ləmɛjœʀ/lamɛjœʀ] der beste/die beste **II5A,** 2
le **même**/la **même** [ləmɛm/lamɛm] der Gleiche/die Gleiche/das Gleiche; derselbe/dieselbe/dasselbe **II1A,** 2
être du même avis [ɛtʀdymɛmavi] gleicher Meinung sein **IV1B,** 2
même [mɛm] sogar **I5B,** 3
mentir [mɑ̃tiʀ] lügen **III1A,** 7
un **menu** [ɛ̃məny] eine Speisekarte; ein Menü **IV5B,** 1
la **mer** [lamɛʀ] das Meer **II4DE**
merci [mɛʀsi] danke **I0,** 1
Merci beaucoup! [mɛʀsiboku] Vielen Dank! **I5B,** 2
mercredi *(m.)* [mɛʀkʀədi] am Mittwoch; Mittwoch **I4B,** 1
une **mère** [ynmɛʀ] eine Mutter **I3A,** 9
un **message** [ɛ̃mɛsaʒ] eine Mitteilung; eine Nachricht **II3B,** 1
la **messe** [lamɛs] der Gottesdienst; die Messe **IV5B,** 1
un **métier** [ɛ̃metje] ein Beruf **II4C,** 1
un **mètre** [ɛ̃mɛtʀ] ein Meter **III4B,** 3
le **métro** [ləmetʀo] die Metro; die U-Bahn **I7D,** 1
mettre qc [mɛtʀ] etw. legen; etw. stellen **II1B,** 2 etw. anziehen **II3DE**
une mise en scène [ynmizɑ̃sɛn] eine Inszenierung; eine Regie ⟨**IV4P**⟩
mettre fin à qc [metʀ(ə)fɛ̃] etw. beenden; etw. ein Ende setzen **IV5A,** 1
mettre la main à la pâte [mɛtʀ(ə)lamɛ̃alapat] anpacken; Hand anlegen; zupacken **IV6A,** 2
mettre la table [mɛtʀ(ə)latabl] den Tisch decken **II6B,** 1
se mettre d'accord sur qc [səmɛtʀ(ə)dakɔʀsyʀ] sich auf/über etw. einigen **IV6DE,** 8
midi [midi] zwölf Uhr *(mittags)* **I4A,** 1
mieux *(adv.)* [mjø] besser *(Adv.)* **III1A,** 2
Tu vas aller **mieux**. [tywaalemjø] Es wird dir besser gehen. **III1B,** 1
militaire/**militaire** [militɛʀ] Militär-; militärisch **IV2A,** 1
mille [mil] tausend **II1B,** 2
en deux mille [ɑ̃dømil] im Jahr 2000 **II1B,** 2
un **million** [ɛ̃miljɔ̃] eine Million **I7D,** 1
un **ministre**/une **ministre** [ɛ̃ministʀ/ynministʀ] ein Minister/eine Ministerin **IV5B,** 1
minuit *(m.)* [minɥi] Mitternacht; 12 Uhr nachts **I5A,** 3
une **minute** [ynminyt] eine Minute **I4A,** 3
un **miroir** [ɛ̃miʀwaʀ] ein Spiegel **IV5A,** 1
un **mobile home** [ɛ̃mɔbilom] ein Mobilheim **IV6DE,** 3
moche *(fam.)* [mɔʃ] hässlich **II3A,** 2
la **mode** [lamɔd] die Mode **IV5DE**
à la mode [alamɔd] modern; modisch **IV5DE**
moderne [mɔdɛʀn] modern **I7DE**
moi [mwa] ich *(betont)* **I0,** 2
moins [mwɛ̃] weniger **I4A,** 1
moins grand que/moins grande que [mwɛ̃gʀɑ̃kə] weniger groß als/kleiner als **II5A,** 1
sept heures moins le quart [sɛtœʀmwɛ̃lkaʀ] viertel vor sieben **I4A,** 1
au moins [omwɛ̃] mindestens; wenigstens **III1A,** 2
moins de [mwɛ̃də] weniger als **III3B,** 1
un **mois** [ɛ̃mwa] ein Monat **I3B,** 7
une **moitié** [ynmwatje] eine Hälfte **III2B,** 5
à moitié [amwatje] halb; zur Hälfte **III2B,** 5
un **moment** [ɛ̃mɔmɑ̃] ein Moment **II2A,** 5
à ce moment-là [asəmɔmɑ̃la] in diesem Augenblick **II2A,** 5
le **monde** [ləmɔ̃d] die Welt **II5A,** 2
tout le monde [tulmɔ̃d] alle; jeder **I5DE**
beaucoup de monde [bokudəmɔ̃d] viele Leute **II5A,** 2
mondial/**mondiale**/**mondiaux**/**mondiales** [mɔ̃djal/mɔ̃djo] Welt- **III4B,** 3
la **monnaie** [lamɔnɛ] das Kleingeld; die Währung **IV6DE**
un **monsieur** [ɛ̃məsjø] ein Herr; ein Mann **I1B,** 4
un **mont** [ɛ̃mɔ̃] ein kleiner Berg **III4A,** 1
un **montage** [ɛ̃mɔ̃taʒ] eine Montage; ein Schnitt *(Film)* **IV4A,** 1
la **montagne** [lamɔ̃taɲ] das Gebirge; der Berg **III1DE**
monter [mɔ̃te] einsteigen; hinaufgehen **II2B,** 3
monter qc [mɔ̃te] etw. aufbauen ⟨**IV6C,** 2⟩
montrer qc à qn [mɔ̃tʀe] jdm. etw. zeigen **I6B,** 1
un **monument** [ɛ̃mɔnymɑ̃] ein Denkmal; eine Sehenswürdigkeit; ein Monument **I7DE**
un **morceau**/des **morceaux** [ɛ̃mɔʀso/demɔʀso] ein Stück/Stücke **II6B,** 9
la **mort** [lamɔʀ] der Tod **IV2A,** 1
un **mort**/une **morte** [ɛ̃mɔʀ/ynmɔʀt] ein Toter/eine Tote **IV1A,** 8
un **mot** [ɛ̃mo] ein Wort **I4B,** 3
un mot clé [ɛ̃mokle] ein Schlüsselwort **II3B,** 2
un mot de passe [ɛ̃modəpas] ein Passwort **II1B,** 2
un **moteur** [ɛ̃mɔtœʀ] ein Motor **IV2B,** 2
être **motivé**/**motivée** (pour faire qc) [mɔtive] motiviert sein (etw. zu tun) **III1DE**
motiver qn [mɔtive] jdn. motivieren **III1A,** 7
mou/**mol**/**molle** [mu/mɔl/mɔl] weich **II5A,** 4
une **mouette** [ynmwɛt] eine Möwe **I5C,** 1
une **moule** [ynmul] eine Miesmuschel **II6A,** 1
mourir [muʀiʀ] sterben **III5A,** 1
une **moustache** [ynmustaʃ] ein Schnurrbart **IV2B,** 7
un **moyen de transport** [ɛ̃mwajɛ̃dətʀɑ̃spɔʀ] ein Verkehrsmittel **I7D,** 1
le **Moyen Age** [ləmwajɛnaʒ] das Mittelalter **III4B,** 3
la **moyenne** [lamwajɛn] der Durchschnitt **III2A,** 1
en moyenne [ɑ̃mwajɛn] durchschnittlich; im Durchschnitt **IV4DE**
multiculturel/**multiculturelle** [myltikyltyʀɛl] multikulturell **III3DE**
un **mur** [ɛ̃myʀ] eine Mauer; eine Wand **II5A,** 2
la chute du mur [laʃytdymyʀ] der Mauerfall **IV2B,** 2
un **musée** [ɛ̃myze] ein Museum **I7DE**
un **musicien**/une **musicienne** [ɛ̃myzisjɛ̃/ynmyzisjɛn] ein Musiker/eine Musikerin **I6DE**
la **musique** [lamyzik] die Musik **I2B,** 2
mystérieux/**mystérieuse** [misteʀjø/misteʀjøz] geheimnisvoll; mysteriös; seltsam **II2DE**

N

nager [naʒe] schwimmen **II4B,** 1
une **naissance** [ynnɛsɑ̃s] eine Geburt **IV5DE**
naître [ɛtʀənе] geboren werden/sein **II1B,** 2
nantais/**nantaise** [nɑ̃tɛ/nɑ̃tɛz] aus Nantes **II7DE,** 1
FC **Nantes** [ləɛfsenɑ̃t] *Fußballverein in Nantes, gegründet 1943* **II7A,** 1
la **natation** [lanatasjɔ̃] das Schwimmen **I5A,** 5
national/**nationale**/**nationaux**/**nationales** [nasjɔnal/nasjɔno] national; staatlich **III5A,** 1
une **nationalité** [ynnasjɔnalite] eine Nationalität; Staatsangehörigkeit **IV2B,** 7
une **natte** [ynnat] ein Zopf **IV2B,** 7
la **nature** [lanatyʀ] die Natur **II7A,** 1
naturel/**naturelle** [natyʀɛl] Natur-; natürlich **III6B**
une réserve naturelle [ynʀesɛʀvnatyʀel] ein Naturreservat; ein Naturschutzgebiet **III6B**
le **nazisme** [nazism] der Nazismus *(Kurzform von Nationalsozialismus)* **IV2B,** 2
être **né(e)** *(Infinitiv: naître)* [ɛtʀənе] geboren werden/sein **II1B,** 2
ne … jamais [nə … ʒamɛ] nie; niemals **I4B,** 4
ne … pas [nə … pa] nicht **I4A,** 3
ne … pas de *(+ Nomen)* [nə … padə] kein/keine **I6C,** 1
ne … pas du tout [nə … padytu] überhaupt nicht **III1A,** 2
ne … pas encore [nə … pazɑ̃kɔʀ] noch nicht **II5A,** 4
ne … pas non plus [nə panɔ̃ply] auch nicht **III1B,** 1
ne … personne [nə … pɛʀsɔn] niemand **III1B,** 1
ne … plus [nə … ply] nicht mehr **I4B,** 4
il n'en peut plus [ilnɑ̃pøply] er kann es nicht fassen; er kann nicht mehr **I7C,** 1
ne … plus de *(+ Nomen)* [nə … plydə] kein/keine … mehr **I6C,** 1
ne … que [nə … kə] nur **II3B,** 1
ne … rien [nə … ʀjɛ̃] nichts **I4B,** 4
nécessaire/**nécessaire** (à qc) [nesesɛʀ] erforderlich (für etw.); notwendig (für etw.) **IV5A,** 1
négatif/**négative** [negatif/negativ] negativ **IV2B,** 1
la **neige** [lanɛʒ] der Schnee **III5B,** 1
neiger [nɛʒe] schneien **II4A,** 7
nettoyer qc [netwaje] etw. reinigen; etw. sauber machen ⟨**IV3A,** 7⟩
un **niveau** [ɛ̃nivo] eine Stufe; ein Niveau **III4A,** 7
la **noblesse** [lanɔblɛs] der Adel **IV5B,** 1
nocturne/**nocturne** [nɔktyʀn] nächtlich **IV5A,** 1
Noël *(m.)* [nɔɛl] Weihnachten **I6A,** 1
noir/**noire** [nwaʀ] schwarz **I6A,** 6
un **nom** [ɛ̃nɔ̃] ein Name **I7A,** 1
un **nombre** [ɛ̃nɔ̃bʀ] eine Zahl **II7B,** 2
non [nɔ̃] nein **I1A,** 1
le **nord** [lənɔʀ] der Norden **II4DE**
le **nord-ouest** [lənɔʀwɛst] der Nordwesten **II4DE**
normal/**normale**/**normaux**/**normales** [nɔʀmal/nɔʀmo] normal **II4A,** 3
normand/**normande** [nɔʀmɑ̃/nɔʀmɑ̃d] normannisch **III4A,** 1
une **note** [ynnɔt] eine Note **II3A,** 2
noter qc [nɔte] etw. aufschreiben **III6A**
nourrir qn [nuʀiʀ] jdn. ernähren **IV5A,** 1
la **nourriture** [lanuʀityʀ] die Nahrung **III5B,** 1
un **nouveau**/une **nouvelle** [ɛ̃nuvo/ynnuvɛl] ein Neuer/eine Neue **II1A,** 2
nouveau/**nouvel**/**nouvelle** [nuvo/nuvɛl/nuvɛl] neu **II7DE,** 1
novembre *(m.)* [nɔvɑ̃bʀ] November **I3B,** 7
la **nuit** [lanɥi] die Nacht **I5A,** 1
nul/**nulle** [nyl] blöd **I6A,** 1
C'est trop nul! *(fam.)* [sɛtʀonyl] Das ist zu blöd! *(ugs.)* **I5B,** 3
un **numéro** [ɛ̃nymeʀo] eine Nummer **I5B,** 3
eine Ausgabe *(einer Zeitschrift)* **III1A,** 7

O

une **objection** [ynɔbʒɛksjɔ̃] ein Einwand **IV6DE,** 7
un **objet** [ɛ̃nɔbʒɛ] ein Gegenstand **III2DE**
obligatoire/**obligatoire** [ɔbligatwaʀ] obligatorisch **III4A,** 11
observer qn/qc [ɔpsɛʀve] jdn./etw. beobachten **III6B**
l'**occitan** *(m.)* [lɔksitɑ̃] das Okzitanische; die okzitanische Sprache **IV6DE**
l'**occupation nazie** *(f.)* [lɔkypasjɔ̃nazi] die Nazibesatzung **III4B,** 3
occupé/**occupée** [ɔkype] besetzt **II4C,** 1
beschäftigt **IV3DE**
occuper qc [ɔkype] etw. besetzen **II4C,** 1 etw. einnehmen **II5A,** 1
s'occuper de qn/qc [sɔkype] sich mit jdm./etw. beschäftigen; sich um jdn./etw. kümmern **III1A,** 2
octobre *(m.)* [ɔktɔbʀ] Oktober **I3B,** 7
une **odeur** [ynɔdœʀ] ein Geruch **IV6DE,** 3
un **office de tourisme** [ɛ̃nɔfisdətuʀism] eine Touristeninformation; ein Fremdenverkehrsamt **II4DE**
officiel/**officielle** [ɔfisjɛl] amtlich; offiziell **IV5DE**
une langue officielle [ynlɑ̃gɔfisjɛl] eine Amtssprache **III5A,** 1
offrir qc à qn [ɔfʀiʀ] jdm. etw. anbieten; jdm. etw. schenken **III1A,** 2
un **œil**/des **yeux** [ɛ̃nœj/dezjø] ein Auge/Augen **II1B,** 7
un **oiseau** [ɛ̃nwazo] ein Vogel **III6B**
une **olive** [ynɔliv] eine Olive **II6A,** 1
un **oncle** [ɛ̃nɔ̃kl] ein Onkel **I3A,** 9
On y va! [ɔ̃niva] Auf geht's!; Gehen wir! **II1A,** 2
opprimer qn [ɔpʀime] jdn. unterdrücken **IV4B,** 1
une **option** [ynɔpsjɔ̃] ein Wahlfach **IV4B,** 1
l'**or** *(m.)* [lɔʀ] das Gold **IV4B,** 1
une **orange** [ynɔʀɑ̃ʒ] eine Orange **I5C,** 1
une **orangerie** [ynɔʀɑ̃ʒʀi] eine Orangerie *(Gewächshaus zum Züchten und Überwintern von Zitruspflanzen)* **IV5A,** 1
un **ordinateur** [ɛ̃nɔʀdinatœʀ] ein Computer **I3A,** 1
un ordinateur portable [ɛ̃nɔʀdinatœʀpɔʀtabl] ein Laptop; ein Notebook **IV4A,** 1
une **ordonnance** [ynɔʀdɔnɑ̃s] ein Rezept *(vom Arzt)* **III4B,** 7
l'**organisation** *(f.)* [lɔʀganizasjɔ̃] die Gestaltung; die Organisation **IV2B,** 2
organiser qc [ɔʀganize] etw. organisieren **II2A,** 1
s'**orienter** [sɔʀjɑ̃te] sich orientieren **II7A,** 1
une **origine** [ynɔʀiʒin] eine Herkunft **III3B,** 1
oser faire qc [oze] sich trauen, etw. zu tun; wagen, etw. zu tun **III4A,** 4
où *(Fragewort)* [u] wo; wohin **I2B,** 2; *(Relativpronomen)* [u] wo **II1B,** 2
ou *(Konjunktion)* [u] oder **I3A,** 1
oublier (de faire) qc [ublije] etw. vergessen; vergessen, etw. zu tun **I6C,** 1
l'**ouest** *(m.)* [lwɛst] der Westen **II4DE**
un **œuf**/des **œufs** [ɛ̃nœf/dezø] ein Ei/Eier **II6DE**
oui [wi] ja **I0,** 1
un **ours polaire** [ɛ̃nuʀspɔlɛʀ] ein Eisbär **III5B**
outre-mer [utʀəmɛʀ] Übersee- **III5DE,** 1
ouvert/**ouverte** [uvɛʀ/uvɛʀt] geöffnet; offen **II2B,** 3
ouvrir qc [uvʀiʀ] etw. öffnen **II2B,** 3
s'ouvrir [suvʀiʀ] sich öffnen **IV3B,** 1

P

faire du **paddle** [fɛʀdypadəl] paddeln **IV6DE,** 3
une **page** [ynpaʒ] eine Seite **II2B,** 3
une page d'accueil [ynpaʒdakœj] eine Startseite ⟨**IV4B,** 5⟩

le **pain** [ləpɛ̃] das Brot **II4C,** 1
la **paix** [lapɛ] der Frieden **IV2A,** 1
pâle/**pâle** [pal] bleich **III2B,** 5
un **pantalon** [ɛ̃pɑ̃talɔ̃] eine Hose **II3A,** 6
papa [papa] Papa **I1A,** 1
papi/**papy** *(fam.)* [papi] Opi *(ugs.)* **I7B,** 3
le **papier** [ləpapje] das Papier **II1B,** 2
par [paʀ] durch; mit **III4B,** 3
  par hasard [paʀazaʀ] etwa; zufällig **IV3A,** 4
  par là [paʀla] hier irgendwo; in der Nähe **II5B,** 2
  par exemple [paʀɛgzɑ̃pl] zum Beispiel **II1A,** 2
  par jour [paʀʒuʀ] pro Tag; täglich *(Adv.)* **I7D,** 1
le **parachutisme** [ləpaʀaʃytism] das Fallschirmspringen **II5DE**
un **parc** [ɛ̃paʀk] ein Park **I5DE**
parce que [paʀskə] weil **I5B,** 3
le **parcours** [ləpaʀkuʀ] der Werdegang **IV3A,** 1
un **parcours** [ɛ̃paʀkuʀ] eine Strecke; ein Parcours ⟨**IV1P,** 2⟩
Pardon. [paʀdɔ̃] Entschuldigung. **I1A,** 1
pardonner qc à qn [paʀdɔne] jdm. etw. verzeihen **III2B,** 5
pareil/**pareille** [paʀɛj/paʀɛj] gleich **II3B,** 1
les **parents** *(m., pl.)* [lepaʀɑ̃] die Eltern **I3A,** 9
parfois [paʀfwa] manchmal **II3DE**
le **parkour** [ləpaʀkuʀ] Parkour *(Sportart, Hindernislauf)* **II5A,** 4
parler [paʀle] sprechen **I2DE**
  parler à qn [paʀle] mit jdm. sprechen **I6B,** 1
  parler de qc [paʀle] über etw. sprechen **II5B,** 1
parmi [paʀmi] unter **III2A,** 1
partager qc [paʀtaʒe] etw. teilen **III1A,** 7
partenaire/**partenaire** [paʀtənɛʀ] Partner- **III5A,** 1
un **participant**/une **participante** [ɛ̃paʀtisipɑ̃/ynpaʀtisipɑ̃t] ein Teilnehmer/eine Teilnehmerin **IV4B,** 1
participer à qc [paʀtisipe] an etw. teilnehmen; bei etw. mitmachen **II3DE**
une **partie** [ynpaʀti] ein Teil **I4B,** 5
  en partie [ɑ̃paʀti] teilweise; zum Teil **IV1A,** 3
  faire partie de qc [fɛʀpaʀti] Teil von etw. sein; zu etw. gehören **III5DE**
partir [paʀtiʀ] abfahren; weggehen **I3A,** 2
  à partir de [apaʀtiʀdə] ab *(zeitlich)*; von … an **IV5B,** 1
  C'est parti pour … [sɛpaʀtipuʀ] Los geht's mit … **III1A,** 1
  partir à la recherche (de qn/qc) [paʀtiʀalaʀəʃɛʀʃ] auf die Suche (nach jdm./etw.) gehen; sich auf die Suche (nach jdm./etw.) machen **III5B,** 1
  partir à l'aventure [paʀtiʀalavɑ̃tyʀ] auf gut Glück losziehen **IV3B,** 4

partout [paʀtu] überall **II7DE**
un **pas** [ɛ̃pa] ein Schritt **III2B,** 5
le **passé** [ləpase] die Vergangenheit **II2A,** 1
Qu'est-ce qui s'est passé? [kɛskisɛpase] Was ist passiert? **II5B,** 2
passer [pase] vorbeigehen; vorübergehen **II2DE**
passer qc [pase] etw. verbringen **I5A,** 1
  passer (un examen) [pase] (eine Prüfung) ablegen **III4A,** 11
  se passer [səpase] geschehen; sich abspielen; sich ereignen **II3B,** 1
  passer l'aspirateur [paselaspiʀatœʀ] staubsaugen ⟨**IV3A,** 7⟩
passer qc à qn [pase] jdm. etw. geben; jdm. etw. reichen **II4A,** 3
une **passion** [ynpasjɔ̃] eine Leidenschaft **IV4B,** 1
passionnant/**passionnante** [pasjɔnɑ̃/pasjɔnɑ̃t] fesselnd; spannend **IV1B,** 2
Patatras! [patatʀa] Bumms! **I7C,** 1
la **pâte** [lapat] der Teig **IV6A,** 2
  mettre la main à la pâte [mɛtʀ(ə)lamɛ̃alapat] anpacken; Hand anlegen; zupacken **IV6A,** 2
un **patient**/une **patiente** [ɛ̃pasjɑ̃/ynpasjɑ̃t] ein Patient/eine Patientin **III4B,** 7
le **patrimoine** [ləpatʀimwan] das Erbe; das Kulturerbe **III6A**
une **pause** [ynpoz] eine Pause **I6A,** 2
pauvre/**pauvre** [povʀ] arm **II3DE**
payer qc [peje] etw. bezahlen **II6A,** 2
un **pays** [ɛ̃pei] ein Land **II3DE**
un **paysage** [ɛ̃peizaʒ] eine Landschaft **III5DE**
le **péage** [ləpeaʒ] die Mautstelle **II4A,** 3
la **peau** [lapo] die Haut **IV2B,** 7
une **pêche** [ynpɛʃ] ein Pfirsich **III1A,** 2
  avoir la pêche *(fam.)* [avwaʀlapɛʃ] gut drauf sein *(ugs.)* **III2A,** 1
  donner la pêche à qn *(fam.)* [dɔnelapɛʃ] jdn. aufmuntern **III1A,** 2
pêcher qc [peʃe] etw. angeln **III5A,** 1
un **peintre**/une **peintre** [ɛ̃pɛ̃tʀ/ynpɛ̃tʀ] ein Maler/eine Malerin **IV1A,** 3
pendant [pɑ̃dɑ̃] während *(Präposition)* **II3A,** 2
pendant que [pɑ̃dɑ̃kə] während *(Konjunktion)* **III2B,** 5
penser à qn/qc [pɑ̃sea] an jdn./etw. denken **II1B,** 2
  penser que [pɑ̃se] denken, dass **II2B,** 6
  Qu'est-ce que tu en penses? [kɛskətyɑ̃pɑ̃s] Was hältst du davon?; Wie denkst du darüber? **II2B,** 6
perdre qc [pɛʀdʀ] etw. verlieren **I6A,** 2
  se perdre [səpɛʀdʀ] sich verirren; sich verlaufen **III4A,** 1

un **père** [ɛ̃pɛʀ] ein Vater **I3A,** 9
une **perfusion** [ynpɛʀfyzjɔ̃] eine Infusion **III4A,** 4
une **période** [ynpeʀjɔd] eine Periode; eine Zeit ⟨**IV2B,** 7⟩
permettre à qn de faire qc [pɛʀmɛtʀ] jdm. erlauben, etw. zu tun; jdm. ermöglichen, etw. zu tun **IV3A,** 1
une **perruque** [ynpɛʀyk] eine Perücke **IV5A,** 1
un **personnage** [ɛ̃pɛʀsɔnaʒ] eine Figur; eine Person; eine Persönlichkeit **II7DE**
une **personne** [ynpɛʀsɔn] eine Person **I7A,** 1
  ne … personne [nə □ pɛʀsɔn] niemand **III1B,** 1
personne ne … [pɛʀsɔnnə] niemand … **III1B,** 1
personnel/**personnelle** [pɛʀsɔnɛl/pɛʀsɔnɛl] persönlich **IV4B,** 5
petit/**petite** [p(ə)ti/p(ə)tit] klein **I6A,** 1
  un petit copain/une petite copine [ɛ̃p(ə)tikɔpɛ̃/ynp(ə)titkɔpin] ein fester Freund/eine feste Freundin **III4A,** 4
le **petit-déjeuner** [ləpətideʒœne] das Frühstück **I7C,** 1
un peu [ɛ̃pø] ein wenig **I7D,** 1
peu de *(+ Nomen)* [pødə] wenig(e) **I6C,** 1
un **peuple** [ɛ̃pœpl] ein Volk **IV4B,** 1
la **peur** [lapœʀ] die Angst **II2A,** 5
  avoir peur de qn/qc [avwaʀpœʀ] Angst haben vor jdm./etw. **II2A,** 5
  faire peur à qn [fɛʀpœʀ] jdm. Angst machen **II2A,** 5
peut-être [pøtɛtʀ] vielleicht **I7B,** 1
une **pharmacie** [ynfaʀmasi] eine Apotheke **III4B,** 7
une **photo** [ynfɔto] ein Foto **I5DE**
  un appareil photo [ɛ̃napaʀɛjfɔto] ein Fotoapparat **III3A,** 1
  une photo de profil [ynfɔtodəpʀofil] ein Profilfoto ⟨**IV4B,** 5⟩
un **photographe**/une **photographe** [ɛ̃fɔtɔgʀaf/ynfɔtɔgʀaf] ein Fotograf/eine Fotografin **IV4B,** 1
un **piano** [ɛ̃pjano] ein Klavier; ein Piano **I6B,** 6
une **pièce** [ynpjɛs] ein Zimmer **I5A,** 3
  une pièce (de théâtre) [ynpjɛs(dəteatʀ)] ein (Theater-)Stück **IV5B,** 1
un **pied** [ɛ̃pje] ein Fuß **I4DE**
  à pied [apje] zu Fuß **I5A,** 1
un **pilote**/une **pilote** [ɛ̃pilɔt/ynpilɔt] ein Pilot/eine Pilotin **IV3A,** 1
avoir envie de faire pipi *(fam.)* [avwaʀɑ̃vidəfɛʀpipi] Pipi machen müssen *(ugs.)* **I6A,** 2
un **pique-nique** [ɛ̃piknik] ein Picknick **II4A,** 3
une **piscine** [ynpisin] ein Schwimmbad **I5B,** 2

une **piste** [ynpist] eine Bahn; eine Piste; ein Pfad **II3B,** 1
un jeu de piste [ɛ̃ʒød(ə)pist] eine Schnitzeljagd **IV1B,** 2
une **place** [ynplas] ein Platz **I4A,** 3
un **plafond** [ɛ̃plafɔ̃] eine Decke (eines Zimmers) **IV5A,** 1
une **plage** [ynplaʒ] ein Strand **II4DE**
plaire à qn [plɛʀ] jdm. gefallen **II3A,** 6
Ça me plaît. [saməplɛ] Das gefällt mir. **II3A,** 6
un **plaisir** [ɛ̃pleziʀ] eine Freude; ein Vergnügen **IV5A,** 4
un bon **plan** [ɛ̃bɔ̃plɑ̃] ein Geheimtipp **IV6B,** 2
la **planète** [laplanɛt] der Planet; die Erde **IV2B,** 7
une **plante** [ynplɑ̃t] eine Pflanze **II7B,** 2
un **plat** [ɛ̃pla] ein Gang *(beim Essen)*; ein Gericht **I6A,** 2
le plat principal [ləplapʀɛ̃sipal] das Hauptgericht **II6B,** 4
plein/**pleine** (de qc) [plɛ̃/plɛn] voll (mit etw.) **IV6DE,** 3
plein de *(+ Nomen)* [plɛ̃də] jede Menge; viel/viele **IV4A,** 1
pleuvoir [pløvwaʀ] regnen **II4A,** 7
la **plupart** (des) [laplypaʀde] die meisten **IV2B,** 3
en plus [ɑ̃plys] außerdem; zusätzlich **II7A,** 1
plus grand que/**plus grande que** [plygʀɑ̃kə/plygʀɑ̃dkə] größer als **II5A,** 1
plus tard [plytaʀ] später **II3B,** 1
le plus [ləplys] am meisten **III5B,** 1
plus (de) [plysdə] mehr *(+ Nomen)*; mehr (als) **III3DE**
plusieurs [plyzjœʀ] mehrere **II3A,** 2
plutôt [plyto] eher; vielmehr; ziemlich **II4A,** 3
une **poche** [ynpɔʃ] eine Hosentasche; eine Tasche **II2B,** 3
un **podcast** [ɛ̃pɔdkast] ein Podcast ⟨**IV4B,** 5⟩
un **poème** [ɛ̃pɔɛm] ein Gedicht **I6A,** 9
faire le **point** sur qc [fɛʀləpwɛ̃] einen zusammenfassenden Überblick über etw. geben ⟨**IV6DE,** 8⟩
un **point commun** [ɛ̃pwɛ̃kɔmœ̃] eine Gemeinsamkeit **III3DE**
un **point** de départ [ɛ̃pwɛ̃dədepaʀ] ein Startpunkt ⟨**IV1P,** 2⟩
un **poison** [ɛ̃pwazɔ̃] ein Gift **III4A,** 4
un **poisson** [ɛ̃pwasɔ̃] ein Fisch **III4A,** 4
poli/**polie** [pɔli] höflich **III4A,** 3
la **police** [lapɔlis] die Polizei **III2B,** 10
un **policier**/une **policière** [ɛ̃pɔlisje/ynpɔlisjɛʀ] ein Polizist/eine Polizistin ⟨**IV3P**⟩
la **politique** [lapɔlitik] die Politik **IV2A,** 2
politique [pɔlitik] politisch **III6DE**

une **pomme** [ynpɔm] ein Apfel **I5C,** 1
une pomme de terre [ynpɔmdətɛʀ] eine Kartoffel **II6DE**
un **pompier**/une **femme pompier** [ɛ̃pɔ̃pje/ynfampɔ̃pje] ein Feuerwehrmann/eine Feuerwehrfrau ⟨**IV3P**⟩
la **pop** [lapɔp] der Pop **I6B,** 6
la **porcelaine** [lapɔʀsəlɛn] das Porzellan **I6B,** 1
un **port** [ɛ̃pɔʀ] ein Hafen **II7DE**
un **portable** [ɛ̃pɔʀtabl] ein Handy; ein Mobiltelefon **I5C,** 1
une **porte** [ynpɔʀt] eine Tür **II2B,** 3
porter qc [pɔʀte] etw. tragen **I2A,** 2
un **portrait** [ɛ̃pɔʀtʀɛ] ein Porträt **IV6DE,** 9
poser qc [poze] etw. legen; etw. setzen; etw. stellen **I5B,** 3
positif/**positive** [pɔzitif/pɔzitiv] positiv **IV2B,** 1
une **possibilité** [ynpɔsibilite] eine Möglichkeit **IV3A,** 1
possible/**possible** [pɔsibl] möglich **II1B,** 2
la **poste** [lapɔst] die Post **I5B,** 2
poster qc [pɔste] etw. ins Internet stellen; etw. posten **IV4A,** 1
un **potager** [ɛ̃pɔtaʒe] ein Gemüsegarten **IV5A,** 1
la **poubelle** [lapubɛl] der Mülleimer; der Papierkorb **II1B,** 2
pour [puʀ] für **I2A,** 3
c'est pour ça que *(fam.)* [sɛpuʀsakə] deshalb **II5B,** 2
pour faire qc [puʀfɛʀ] um etw. zu tun **I5B,** 1
un **pour cent** *(inv.)* [ɛ̃puʀsɑ̃] ein Prozent **IV2B,** 3
à cent pour cent [asɑ̃puʀsɑ̃] zu hundert Prozent **IV3B,** 1
c'est pourquoi [sɛpuʀkwa] deshalb **III1B,** 4
pourquoi? [puʀkwa] warum? **I5B,** 3
pouvoir [puvwaʀ] können *(in der Lage sein)* **I7C,** 1
il n'en peut plus [ilnɑ̃pøply] er kann es nicht fassen; er kann nicht mehr **I7C,** 1
nous pourrions [nupuʀjɔ̃] wir könnten **II4B,** 1
on pourrait [ɔ̃puʀɛ] man könnte **I7C,** 1
pratique/**pratique** [pʀatik] praktisch **II4C,** 1
pratiquer qc [pʀatike] etw. ausüben; praktizieren **II5DE**
préféré/**préférée** [pʀefeʀe] bevorzugt; Lieblings- **I6B,** 6
préférer qc [pʀefeʀe] etw. lieber mögen; etw. vorziehen **I3A,** 3
un **préjugé** [ɛ̃pʀeʒyʒe] ein Vorurteil **IV2A,** 1
le **premier**/la **première** [ləpʀəmje] der erste/die erste/das erste **I3B,** 7
le **premier plan** [ləpʀəmjeplɑ̃] der Vordergrund *(Bild, Foto, Film)* **II1B,** 8

prendre qc [pʀɑ̃dʀ] etw. essen; etw. nehmen **I5C,** 1
prendre rendez-vous (avec qn) [pʀɑ̃dʀ(ə)ʀɑ̃devu] einen Termin (mit jdm.) vereinbaren; sich (mit jdm.) verabreden **III4B,** 7
prendre une douche [ynduʃ] duschen **II3A,** 2
prendre l'air [pʀɑ̃dʀ(ə)lɛʀ] an die frische Luft gehen **III1A,** 2
prendre qn/qc au sérieux [pʀɑ̃dʀoseʀjø] jdn./etw. ernst nehmen **IV1B,** 2
prendre son petit-déjeuner [pʀɑ̃dʀsɔ̃p(ə)tideʒœne] frühstücken **II3A,** 2
prendre une décision [pʀɑ̃dʀyndesizjɔ̃] eine Entscheidung treffen **IV3B,** 1
préparer qc [pʀepaʀe] etw. vorbereiten **I3A,** 3
de près [dəpʀɛ] aus der Nähe; von Nahem **III2B,** 5
près de qn/qc [pʀɛdə] nahe bei jdm./etw.; neben jdm./etw. **II5B,** 2
présent/**présente** [pʀezɑ̃/pʀezɑ̃t] anwesend; vorhanden **III5DE,** 1
présenter qc/qn à qn [pʀezɑ̃te] jdm. jdn./etw. vorstellen **II1B,** 7
se présenter [səpʀezɑ̃te] sich vorstellen **IV4B,** 1
un **président**/une **présidente** [ɛ̃pʀezidɑ̃/ynpʀezidɑ̃t] ein Präsident/eine Präsidentin **IV2A,** 1
presque [pʀɛsk] beinahe; fast **II2A,** 5
la **presse** [lapʀɛs] die Presse ⟨**IV4B,** 5⟩
la **presse écrite** [lapʀɛsekʀit] die Printmedien ⟨**IV4B,** 5⟩
prêt/**prête** [pʀɛ/pʀɛt] bereit; fertig **II2DE**
prêter qc à qn [pʀete] jdm. etw. leihen **IV6C,** 2
prévenir qn [pʀev(ə)niʀ] jdn. benachrichtigen; jdn. warnen **IV4A,** 1
Je t'en/vous en **prie**. [ʒətɑ̃/vuzɑ̃pʀi] Ich bitte dich/Sie. **IV5A,** 4
un **principal**/une **principale** [ɛ̃pʀɛ̃sipal/ynpʀɛ̃sipal] ein Schulleiter/eine Schulleiterin *(im „Collège")* **III2A,** 1
principal/principale/principaux/principales [pʀɛ̃sipal/pʀɛ̃sipo] Haupt- ⟨**IV4P**⟩
le **printemps** [ləpʀɛ̃tɑ̃] der Frühling **II4DE**
une **prise** de courant [ynpʀizdəkuʀɑ̃] eine Steckdose **IV6C,** 2
privé/**privée** [pʀive/pʀive] privat **IV5B,** 2
un **prix** [ɛ̃pʀi] ein Preis **II4DE**
un **problème** [ɛ̃pʀɔblɛm] ein Problem **I6A,** 1
une **procession** [ynpʀɔsɛsjɔ̃] eine Prozession; ein Festumzug **III6B**
prochain/**prochaine** [pʀɔʃɛ̃/pʀɔʃɛn] nächster/nächste/nächstes **II2B,** 3

proclamer qn empereur [pʀɔklame] jdn. zum Kaiser ausrufen **IV5A,** 1
un **producteur**/une **productrice** [ɛ̃pʀɔdyktœʀ/ynpʀɔdyktʀis] ein Erzeuger/eine Erzeugerin; ein Hersteller/eine Herstellerin; ein Produzent/eine Produzentin **IV1A,** 3
un **produit** [ɛ̃pʀɔdɥi] ein Produkt **IV6DE,** 3
un **professeur**/une **professeure** [ɛ̃pʀɔfesœʀ/ynpʀɔfesœʀ] ein Lehrer/eine Lehrerin **I4A,** 3
un **professionnel**/une **professionnelle** [ɛ̃pʀɔfesjɔnɛl/ynpʀɔfesjɔnɛl] ein Fachmann/eine Fachfrau; ein Profi **IV4B,** 1
professionnel/**professionnelle** [pʀɔfɛsjɔnɛl/pʀɔfɛsjɔnɛl] beruflich; professionell **IV3A,** 1
un footballeur professionnel/une footballeuse professionnelle [ɛ̃futbolœʀpʀɔfɛsjɔnɛl] ein Profifußballer/eine Profifußballerin ⟨**IV3P**⟩
une photo de **profil** [ynfɔtodəpʀofil] ein Profilfoto ⟨**IV4B,** 5⟩
profiter de qc [pʀɔfite] etw. ausnutzen; von etw. profitieren **III2A,** 8
une **profondeur** [ynpʀɔfɔ̃dœʀ] eine Tiefe **III6A**
un **programme** [ɛ̃pʀɔgʀam] ein Programm **III4DE**
un programme scolaire [ɛ̃pʀɔgʀamskɔlɛʀ] ein Lehrplan **III6DE**
un **projet** [ɛ̃pʀɔʒɛ] ein Projekt **III1A,** 2
se **promener** [səpʀɔm(ə)ne] spazieren gehen **III4B,** 1
à propos de qc [apʀɔpodə] apropos; etw. betreffend **II2A,** 5
proposer à qn de faire qc [pʀɔpoze] jdm. vorschlagen, etw. zu tun **II4DE**
une **proposition** [ynpʀɔpozisjɔ̃] ein Vorschlag **IV5B,** 1
propre/**propre** [pʀɔpʀ] *(nach dem Nomen)* sauber **IV6A,** 2; *(vor dem Nomen)* eigen **IV6DE**
un **propriétaire**/une **propriétaire** [ɛ̃pʀɔpʀijetɛʀ/ynpʀɔpʀijetɛʀ] ein Eigentümer/eine Eigentümerin **II5B,** 2
un **prospectus** [ɛ̃pʀɔspɛktys] ein Prospekt ⟨**IV4B,** 5⟩
prouver qc [pʀuve] etw. beweisen ⟨**IV2B,** 3⟩
une **province** [ynpʀɔvɛ̃s] eine Provinz **III5DE,** 2
une **publicité** *(fam.: une pub)* [ynpyblisite] eine Werbung; ein Werbespot **IV4A,** 1
publier qc [pyblije] etw. herausgeben; etw. veröffentlichen **IV4DE**
ma **puce** *(fam.)* [mapys] meine Kleine *(wörtlich: mein Floh)* **I5A,** 1
puis [pɥi] dann **I3B,** 1
la **puissance** [lapɥisɑ̃s] die Macht; die Stärke **IV5DE**
un **puits** [ɛ̃pɥi] ein Brunnen **III6A**
un **pull-over**/un **pull** *(fam.)* [ɛ̃pylovɛʀ] ein Pullover/ein Pulli *(ugs.)* **II3A,** 6

Q

une **qualité** [ynkalite] eine Eigenschaft; eine Qualität **IV4A,** 1
quand même [kɑ̃mɛm] doch; trotzdem **II3B,** 1
quand [kɑ̃] als *(zeitlich)*; wenn **I4A,** 3; wann **I3B,** 7
un **quart** [ɛ̃kaʀ] ein Viertel **I4A,** 1
un **quartier** [ɛ̃kaʀtje] ein (Stadt-)Viertel **I5DE**
un **quatre-pièces** [ɛ̃katʀ(ə)pjɛs] eine Vierzimmerwohnung **II7A,** 1
que [kə] dass *(Konjunktion)* **II2B,** 6; was *(Fragepronomen)* **I2DE**; den/die/das *(Relativpronomen)* **II1B,** 1;
Que fait Léo? [kəfɛleo] Was macht Léo? **I2DE**
un **Québécois**/une **Québécoise** [ɛ̃kebekwa/ynkebekwaz] ein Quebecer/eine Quebecerin **III5A,** 1
québécois/**québécoise** [kebekwa/kebekwaz] aus Quebec **III5DE,** 3
quel/**quelle**/**quels**/**quelles** [kɛl] welcher/welche/welches *(Fragebegleiter)* **I7A,** 1
A quelle heure? [akɛlœʀ] Um wie viel Uhr? **I4A,** 2
Quelle heure est-il? [kɛlœʀetil] Wie spät ist es?; Wie viel Uhr ist es? **I4A,** 1
Quel temps fait-il? [kɛltɑ̃fɛtil] Wie ist das Wetter? **II4A,** 7
Tu as quel âge? [tyakɛlaʒ] Wie alt bist du? **I3B,** 9
quelqu'un [kɛlkɛ̃] jemand **II2B,** 3
quelque chose [kɛlkəʃoz] etwas **I4B,** 4
quelques [kɛlk(ə)] einige **III2A,** 1
Qu'est-ce que …? [kɛskə] Was …? **I2B,** 2
Qu'est-ce que c'est? [kɛskəsɛ] Was ist das? **I2DE**
Qu'est-ce qu'il y a? [kɛskilja] Was gibt es? **I3A,** 2
Qu'est-ce qui …? [kɛski] Was …? *(Fragepronomen, Subjekt ist eine Sache)* **III4A,** 1
Qu'est-ce qui s'est passé? [kɛskisɛpase] Was ist passiert? **II5B,** 2
une **question** [ynkɛstjɔ̃] eine Frage **I5B,** 3
un **questionnaire** [ɛ̃kɛstjɔnɛʀ] ein Fragebogen ⟨**IV1P,** 2⟩
qui *(Fragepronomen)* [ki] wer **I1A,** 1
C'est à qui? [sɛtaki] Wer ist an der Reihe? **II6A,** 2
Qui est-ce? [kiɛs] Wer ist das? **I1A,** 1
qui [ki] der/die/das *(Relativpronomen)* **II1B,** 1
Qui est-ce que …? [kiɛskə] Wen …? **III4A,** 1
une **quiche** [ynkiʃ] eine Flasche *(ugs.)*; eine Quiche; ein Versager *(ugs.)* **II2A,** 5
quitter qc [kite] etw. verlassen **I5A,** 3
un **quiz** [ɛ̃kwiz] ein Quiz **III4A,** 1
Quoi? [kwa] Was? *(Fragepronomen)* **I6B,** 1
Il n'y a pas de **quoi**. [ilnjapad(ə)kwa] Bitte sehr.; Gern geschehen.; Keine Ursache. **IV5A,** 4
quotidien/**quotidienne** [kɔtidjɛ̃/kɔtidjɛn] täglich **III5DE**

R

raconter qc [ʀakɔ̃te] etw. erzählen **I4A,** 3
la **radio** [laʀadjo] das Radio **II4A,** 3
une station de radio [ynstasjɔ̃dəʀadjo] ein Radiosender ⟨**IV4B,** 5⟩
une **raison** [ynʀɛzɔ̃] ein Grund **IV6DE,** 7
avoir raison [avwaʀʀɛzɔ̃] recht haben **I4B,** 4
une **rallonge** [ynʀalɔ̃ʒ] eine Verlängerung; ein Verlängerungskabel **IV6C,** 2
une **randonnée** [ynʀɑ̃dɔne] eine Wanderung **III5A,** 1
faire de la randonnée [fɛʀd(ə)laʀɑ̃dɔne] wandern **III5A,** 1
ranger qc [ʀɑ̃ʒe] etw. aufräumen **I3A,** 3
le **rap** [ləʀap] Rap *(Musikstil)* **I2B,** 7
rappeler qn/qc à qn [ʀap(ə)le] jdn. an jdn./etw. erinnern **III1B,** 1
se rappeler qn/qc [səʀapəle] sich an jdn./etw. erinnern **II3A,** 2
rapporter qc [ʀapɔʀte] etw. mitbringen **III2A,** 1
rater qc *(fam.)* [ʀate] etw. nicht schaffen; etw. verpassen; etw. verpfuschen **IV6DE,** 3
réagir à qc [ʀeaʒiʀ] auf etw. reagieren **III5B,** 1
un **réalisateur**/une **réalisatrice** [ɛ̃ʀealizatœʀ/ynʀealizatʀis] ein Filmregisseur/eine Filmregisseurin **IV4B,** 5
réaliser qc [ʀealize] etw. realisieren; etw. verwirklichen **III1A,** 2
la **réalité** [laʀealite] die Wirklichkeit **II4C,** 1
une **réception** [ynʀesɛpsjɔ̃] ein Empfang; eine Rezeption ⟨**IV6C,** 2⟩
une **recette** [ynʀəsɛt] ein Rezept **II6A,** 8
recevoir qn/qc [ʀəsəvwaʀ] etw. bekommen; etw. erhalten; jdn./etw. empfangen **IV4A,** 1
recharger qc [ʀəʃaʀʒe] etw. aufladen **IV6B,** 2
la **recherche** [laʀəʃɛʀʃ] die Forschung; die Suche **IV3B,** 1
effectuer une recherche [efɛktɥeynʀəʃɛʀʃ] eine Suche ausführen ⟨**IV4B,** 5⟩
partir à la recherche (de qn/qc) [paʀtiʀalaʀəʃɛʀʃ] auf die Suche (nach jdm./etw.) gehen; sich auf die Suche (nach jdm./etw.) machen **III5B,** 1

recommander qc à qn [ʀəkɔmɑ̃de] jdm. etw. empfehlen ⟨**IV4P**⟩
une **réconciliation** [ynʀekɔ̃siliasjɔ̃] eine Aussöhnung; eine Versöhnung **IV2A,** 1
la **reconnaissance** [laʀəkɔnɛsɑ̃s] die Anerkennung; die Dankbarkeit **IV3B,** 1
reconnaître qn/qc [ʀəkɔnɛtʀ] jdn./etw. (wieder)erkennen; jdn./etw. anerkennen **IV2DE**
reconstruire qc [ʀəkɔ̃stʀɥiʀ] etw. wiederaufbauen **IV1A,** 3
la **récréation** [laʀekʀeasjɔ̃] die Pause *(in der Schule)* **I4A,** 3
un **rédacteur**/une **rédactrice** [ɛ̃ʀedaktœʀ/ynʀedaktʀis] ein Redakteur/eine Redakteurin **IV1A,** 7
réfléchir (à qc) [ʀefleʃiʀ] (über etw.) nachdenken; überlegen **II5A,** 4
un **refrain** [ɛ̃ʀəfʀɛ̃] ein Refrain **III1B,** 1
refuser qc [ʀəfyze] etw. ablehnen **IV5A,** 4
un **regard** [ɛ̃ʀ(ə)gaʀ] ein Blick **III2DE**
regarder qc [ʀəgaʀde] etw. ansehen; etw. betrachten **I2DE**
une **région** [ynʀeʒjɔ̃] eine Gegend; eine Region **II7DE,** 1
régional/**régionale**/**régionaux**/**régionales** [ʀeʒjɔnal/ʀeʒjɔno] regional **IV1DE**
une **règle** [ynʀɛgl] eine Regel; ein Lineal **II1DE**
régulier/**régulière** [ʀegylje/ʀegyljɛʀ] regelmäßig **IV4B,** 1
une **relation** [ynʀəlasjɔ̃] eine Beziehung **IV2A,** 1
remarquer qn/qc [ʀəmaʀke] jdn./etw. bemerken **II3B,** 3
rembourser qn de qc [ʀɑ̃buʀse] jdm. etw. erstatten; jdm. etw. zurückzahlen **III4B,** 7
remercier qn [ʀəmɛʀsje] jdm. danken; sich bei jdm. bedanken **IV5A,** 4
un **rempart** [ɛ̃ʀɑ̃paʀ] eine Festungsmauer; eine Stadtmauer **III6A**
remplacer qc [ʀɑ̃plase] etw. ersetzen **II4A,** 1
remplir qc [ʀɑ̃pliʀ] etw. ausfüllen; etw. füllen ⟨**IV1P,** 2⟩
la **Renaissance** [laʀənɛsɑ̃s] die Renaissance *(Epoche)* **IV5B,** 6
une **rencontre** [ynʀɑ̃kɔ̃tʀ] eine Begegnung; ein Treffen **III5B,** 1
rencontrer qn [ʀɑ̃kɔ̃tʀe] jdm. begegnen; jdn. treffen **I6C,** 1
prendre **rendez-vous** (avec qn) [pʀɑ̃dʀ(ə)ʀɑ̃devu] einen Termin (mit jdm.) vereinbaren; sich (mit jdm.) verabreden **III4B,** 7
rendre qc à qn [ʀɑ̃dʀ] jdm. etw. zurückgeben **III2A,** 1
rendre hommage à qn [ʀɑ̃dʀɔmaʒ] jdn. ehren; jdn. würdigen **IV2A,** 1
rendre visite à qn [ʀɑ̃dʀ(ə)vizit] jdn. besuchen **III3B,** 1
rendre qn dingue [ʀɑ̃dʀ(ə)dɛ̃g] jdn. verrückt machen; jdn. wahnsinnig machen **III4A,** 4
renforcer qc [ʀɑ̃fɔʀse] etw. festigen; etw. verstärken **IV2A,** 1
la **rentrée** [laʀɑ̃tʀe] der Schul(jahres)beginn **II1DE**
rentrer [ʀɑ̃tʀe] nach Hause gehen; zurückkommen **I4A,** 1
un **repas** [ɛ̃ʀəpa] eine Mahlzeit; ein Essen **I5A,** 3
répéter qc [ʀepete] etw. nachsprechen; etw. wiederholen **II4B,** 1
répondre à qn/à qc [ʀepɔ̃dʀ] jdm./auf etw. antworten **I6A,** 2
une **réponse** [ynʀepɔ̃s] eine Antwort **I7A,** 1
un **reportage** [ɛ̃ʀəpɔʀtaʒ] eine Reportage **I7DE**
se **reposer** [səʀəpoze] sich ausruhen **IV3A,** 4
reprendre qc [ʀəpʀɑ̃dʀ] noch einmal nehmen **II6B,** 9 etw. von vorn beginnen; etw. wieder (auf)nehmen; etw. zurücknehmen **III1A,** 2
représenter qn/qc [ʀəpʀesɑ̃te] jdn./etw. darstellen; jdn./etw. verkörpern; jdn./etw. vertreten **III5B,** 1
un **réseau** social/des **réseaux** sociaux [ɛ̃ʀezososjal/deʀezososjo] ein soziales Netzwerk/soziale Netzwerke **IV4DE**
une **réservation** [ynʀezɛʀvasjɔ̃] eine Reservierung **IV5A,** 1
une **réserve naturelle** [ynʀezɛʀvnatyʀel] ein Naturreservat; ein Naturschutzgebiet **III6B**
une **résidence** [ynʀezidɑ̃s] ein Amtssitz; ein Wohnsitz **IV5DE**
un **résident**/une **résidente** [ɛ̃ʀezidɑ̃/ynʀezidɑ̃t] ein Bewohner/eine Bewohnerin **IV5A,** 1
la **résistance** [laʀezistɑ̃s] der Widerstand **IV2A,** 5
un **résistant**/une **résistante** [ɛ̃ʀezistɑ̃/ynʀezistɑ̃t] ein Widerstandskämpfer/eine Widerstandskämpferin **IV2A,** 1
résister à qn/qc [ʀeziste] jdm./etw. Widerstand leisten **IV2A,** 5
une **résolution** [ynʀezɔlysjɔ̃] ein Beschluss; ein Vorsatz **III1A,** 2
respecter qn/qc [ʀɛspɛkte] jdn./etw. achten; jdn./etw. respektieren **II2B,** 3
être **responsable**/**responsable** de qc [ʀɛspɔ̃sabl] verantwortlich sein für etw.; zuständig sein für etw. **IV6A,** 2
ressembler à qn/qc [ʀəsɑ̃ble] jdm./etw. ähnlich sein **II1B,** 2
un **restaurant** [ɛ̃ʀɛstɔʀɑ̃] ein Restaurant **I7B,** 1
un **reste** [ɛ̃ʀɛst] ein Rest **IV1A,** 8
rester [ʀɛste] bleiben **I6B,** 1
rester assis/assise [ʀɛsteasi/asiz] sitzen bleiben **III1A,** 2
un **résultat** [ɛ̃ʀezylta] ein Ergebnis **II1B,** 2
un **résumé** [ɛ̃ʀezyme] eine Inhaltsangabe; eine Zusammenfassung **IV4B,** 5
un **retard** [ɛ̃ʀətaʀ] eine Verspätung **I4DE**
être en retard [ɛtʀɑ̃ʀətaʀ] zu spät kommen **I4DE**
un **retour** [ɛ̃ʀətuʀ] eine Rückfahrt; eine Rückkehr **IV3B,** 1
de retour [dəʀətuʀ] (wieder) zurück **IV3B,** 1
retourner [ʀətuʀne] zurückkehren **II3B,** 1
retrouver qn/qc [ʀətʀuve] jdn./etw. wiederfinden; jdn. treffen **I4A,** 3
se retrouver [səʀətʀuve] sich treffen **II3A,** 1
un **rétroviseur** [ɛ̃ʀetʀɔvizœʀ] ein Rückspiegel; ein Seitenspiegel **II5B,** 2
la **réunification** [laʀeynifikasjɔ̃] die Wiedervereinigung **IV2B,** 2
une **réunion** [ynʀeynjɔ̃] eine Besprechung; eine Versammlung **IV5B,** 1
réussir [ʀeysiʀ] Erfolg haben; erfolgreich sein **III1A,** 2
réussir qc [ʀeysiʀ] etw. fertigbringen; etw. schaffen **II5A,** 4
un **rêve** [ɛ̃ʀɛv] ein Traum **I4B,** 4
se **réveiller** [səʀeveje] aufwachen **II3A,** 1
revenir [ʀəv(ə)niʀ] zurückkommen **III1DE**
rêver (de faire qc) [ʀeve] (davon) träumen (etw. zu tun) **II5DE**
revoir qn/qc [ʀəvwaʀ] jdn./etw. wiedersehen **III4B,** 9
Au revoir! [ɔʀvwaʀ] Auf Wiedersehen! **I0,** 1
se **révolter** contre qn/qc [səʀevɔlte] sich gegen jdn./etw. auflehnen **IV4B,** 1
une **révolution** [ynʀevɔlysjɔ̃] eine Revolution **IV5A,** 1
la **richesse** [laʀiʃɛs] der Reichtum **III5DE,** 2
De **rien**. [dəʀjɛ̃] Bitte!; Gern geschehen. **IV5A,** 4
rien ne ... [ʀjɛ̃nə] nichts **III1B,** 1
la **rigidité** [laʀiʒidite] die Starre; die Steifheit; die Unbeweglichkeit **IV2B,** 2
rigoler *(fam.)* [ʀigɔle] lachen **II6B,** 2
un **rince-doigts** [ɛ̃ʀɛ̃sdwa] eine Wasserschale *(zum Reinigen der Finger)* **II6A,** 2
rire (de qn/qc) [ʀiʀ] (über jdn./etw.) lachen **III1A,** 2
éclater de rire [eklated(ə)ʀiʀ] in Gelächter ausbrechen **III2B,** 5
risquer de faire qc [ʀiske] Gefahr laufen, etw. zu tun; riskieren, etw. zu tun **III1A,** 2
une **rivière** [ynʀivjɛʀ] ein Fluss **II7DE**

une **robe** [ynʀɔb] ein Kleid **IV4B,** 1
le **rock** [ləʀɔk] die Rockmusik **I2B,** 7
un **roi**/une **reine** [ɛ̃ʀwa/ynʀɛn] ein König/eine Königin **III4B,** 3
un **rôle** [ɛ̃ʀol] eine Rolle **III5DE,** 2
le **roller** [ləʀɔlœʀ] das Inlineskaten **I5DE**
un **Romain**/une **Romaine** [ɛ̃ʀɔmɛ̃/ynʀɔmɛn] ein Römer/eine Römerin **II4C,** 1
romain/**romaine** [ʀɔmɛ̃/ʀɔmɛn] römisch **II4C,** 1
le **romanche** [ləʀɔmɑ̃ʃ] das Rätoromanische *(Sprache in der Schweiz)* **IV6DE**
une **roue** [ynʀu] ein Rad **III4B,** 3
rouge/**rouge** [ʀuʒ] rot **I6A,** 2
rouler [ʀule] fahren **I17A,** 1
une **route** [ynʀut] eine Landstraße; eine Route **III2A,** 1
roux/**rousse** [ʀu/ʀus] rothaarig **II1B,** 7
royal/**royale**/**royaux**/**royales** [ʀwajal/ʀwajo] königlich **IV5A,** 1
une **rue** [ynʀy] eine Straße **I2A,** 3
dans la rue [dɑ̃laʀy] auf der Straße **I2A,** 3
le **rugby** [ləʀygbi] das Rugby *(Ballspiel)* **I2B,** 2
le **rythme** [ləʀitm] der Rhythmus **IV5B,** 1

S

s'il te plaît [siltəplɛ] bitte *(wenn man jemanden duzt)* **I3A,** 3
s'il vous plaît [silvuplɛ] bitte *(wenn man jemanden siezt)* **I3A,** 3
le **sable** [ləsabl] der Sand **II4B,** 1
un **sac** [ɛ̃sak] eine Tasche **I4B,** 4
un sac à dos [ɛ̃sakado] ein Rucksack **I2A,** 1
un **safari** [ɛ̃safaʀi] eine Safari **III6B**
une **saison** [ynsɛzɔ̃] eine Jahreszeit **II4B,** 1
une **salade** [ynsalad] ein Salat **II6DE**
sale/**sale** [sal/sal] schmutzig ⟨**IV6C,** 2⟩
une **salle à manger** [ynsalamɑ̃ʒe] ein Esszimmer **IV5B,** 1
une **salle** commune [ynsalkɔmyn] ein Gemeinschaftsraum ⟨**IV6C,** 2⟩
une **salle de bains** [ynsaldəbɛ̃] ein Bad; ein Badezimmer **I5A,** 3
une **salle de cours** [ynsaldəkuʀ] ein Klassenraum **I4A,** 3
un **salon** [ɛ̃salɔ̃] ein Wohnzimmer **I5A,** 3
Salut! *(fam.)* [saly] Grüß dich!; Hallo!; Servus!; Tschüs! **I0,** 1
samedi *(m.)* [samdi] am Samstag; Samstag **I4B,** 1
le samedi [ləsamdi] samstags **I5A,** 3
un **sandwich** [ɛ̃sɑ̃dwi(t)ʃ] ein Sandwich **II4A,** 3
les **sanitaires** *(m., pl.)* [lesanitɛʀ] die Sanitäranlagen ⟨**IV6C,** 2⟩

sans [sɑ̃] ohne **II1A,** 2
sans faire qc [sɑ̃fɛʀ] ohne etw. zu tun **IV3B,** 1
une **sauce** [ynsos] eine Soße **III5A,** 1
une **saucisse** [ynsosis] ein Würstchen **IV2B,** 2
un **saucisson** [ɛ̃sosisɔ̃] eine (Salami-)Wurst **II6A,** 1
sauf [sof] außer **IV1B,** 2
un **saut** [ɛ̃so] ein Sprung **II5DE**
le saut à l'élastique [ləsoalelastik] das Bungee-Jumping **II5DE**
sauter [sote] springen **II5A,** 3
savoir [savwaʀ] wissen **II1A,** 2
savoir faire qc [savwaʀfɛʀ] etw. tun können *(wissen, wie etw. geht)* **II1A,** 2
un **savon** [ɛ̃savɔ̃] eine Seife **III3DE**
un **scénario** [ɛ̃senaʀjo] ein Drehbuch **IV4B,** 1
une **scène** [ynsɛn] eine Szene **III4B,** 3
une mise en scène [ynmizɑ̃sɛn] eine Inszenierung; eine Regie ⟨**IV4P**⟩
la **science-fiction** [lasjɑ̃sfiksjɔ̃] die Science-Fiction **IV4B,** 5
un **scientifique**/une **scientifique** [ɛ̃sjɑ̃tifik/ynsjɑ̃tifik] ein Wissenschaftler/eine Wissenschaftlerin ⟨**IV3P**⟩
scolaire/**scolaire** *(inv.)* [skɔlɛʀ] Schul-; schulisch **III4DE**
un échange scolaire [ɛ̃neʃɑ̃ʒskɔlɛʀ] ein Schüleraustausch **III4DE**
un programme scolaire [ɛ̃pʀɔgʀamskɔlɛʀ] ein Lehrplan **III6DE**
une **sculpture** [ynskyltyʀ] eine Skulptur **IV5A,** 1
une **séance** (de cinéma) [ynseɑ̃s] eine (Film-)Vorführung; eine (Film-)Vorstellung ⟨**IV4B,** 5⟩
sec/**sèche** [sɛk/sɛʃ] trocken **IV5B,** 4
une **seconde** [yns(ə)gɔ̃d] eine Sekunde **III2B,** 1
un **séjour** [ɛ̃seʒuʀ] ein Aufenthalt **III4DE**
le **sel** [ləsɛl] das Salz **II6A,** 9
une **semaine** [ynsəmɛn] eine Woche **I7DE**
un **sens** [ɛ̃sɑ̃s] eine Richtung; ein Sinn **IV6DE,** 3
sentir qc [sɑ̃tiʀ] etw. fühlen; etw. riechen; etw. spüren **II3A,** 2 nach etw. riechen **IV6DE,** 3
se sentir [səsɑ̃tiʀ] sich fühlen **II3A,** 2
septembre *(m.)* [sɛptɑ̃bʀ] September **I3B,** 7
une **série** [ynseʀi] eine Serie **III3B,** 1
sérieux/**sérieuse** [seʀjø/seʀjøz] ernst; seriös **IV1B,** 2
prendre qn/qc au sérieux [pʀɑ̃dʀoseʀjø] jdn./etw. ernst nehmen **IV1B,** 2
un **serveur**/une **serveuse** [ɛ̃sɛʀvœʀ/ynsɛʀvøz] ein Kellner/eine Kellnerin **III6A**

une **serviette** [ynsɛʀvjɛt] eine Serviette **II6B,** 1
servir à qc [sɛʀviʀ] zu etw. dienen; zu etw. nützen **III1B,** 1
seul/**seule** [sœl] allein **II2B,** 3 einzig **IV5B,** 1
seulement [sœlmɑ̃] nur **III1B,** 6
faire du shopping [fɛʀdyʃɔpiŋ] einen Einkaufsbummel machen; shoppen **III5A,** 1
un **short** [ɛ̃ʃɔʀt] Shorts *(Pl.)* **II3A,** 2
si *(Konjunktion)* [si] falls; wenn **I7C,** 1; ob **II4B,** 1
si [si] doch **I4B,** 4
un **siècle** [ɛ̃sjɛkl] ein Jahrhundert **II7B,** 2
signer qc [siɲe] etw. unterschreiben **IV2A,** 1
le **silence** [ləsilɑ̃s] die Ruhe; die Stille **II6B,** 2
simple/**simple** [sɛ̃pl] einfach **II5A,** 4
sinon [sinɔ̃] andernfalls; sonst **III2B,** 1
un **site** (Internet) [ɛ̃sit(ɛ̃tɛʀnɛt)] eine Internetseite **I7C,** 1
une **situation** [ynsitɥasjɔ̃] eine Situation **II5B,** 4
un **skateboard** [ɛ̃skeitbɔʀd] ein Skateboard **II5A,** 4
le **ski** [ləski] das Skifahren; der Ski **II5A,** 3
le **ski de fond** [ləskid(ə)fɔ̃] der Langlauf **III5B,** 1
un **smartphone** [ɛ̃smaʀtfɔn] ein Smartphone **IV4DE**
un **smoking** [ɛ̃smɔkiŋ] ein Smoking **IV4B,** 1
un **SMS** [ɛ̃ɛsɛmɛs] eine SMS **I5C,** 1
un **snowboard** [ɛ̃snobɔʀd] ein Snowboard **III5A,** 1
un assistant **social**/une assistante **sociale**/des assistants **sociaux**/des assistantes **sociales** [ɛ̃nasistɑ̃sɔsjal/ynasistɑ̃tsɔsjal/dezasistɑ̃sɔsjo/dezasistɑ̃tsɔsjal] ein Sozialarbeiter/eine Sozialarbeiterin/Sozialarbeiter/Sozialarbeiterinnen **IV3A,** 1
un réseau **social**/des réseaux **sociaux** [ɛ̃ʀezosɔsjal/deʀezosɔsjo] ein soziales Netzwerk/soziale Netzwerke **IV4DE**
une **société** [ynsɔsjete] eine Gesellschaft **IV4A,** 1
la **soif** [laswaf] der Durst **I5C,** 1
avoir soif [avwaʀswaf] Durst haben **I5C,** 1
le **soir** [ləswaʀ] der Abend **I5A,** 1
ce soir [səswaʀ] heute Abend **I5A,** 1
une **soirée** [ynswaʀe] ein Abend *(im Verlauf)* **III4A,** 8
une soirée jeux [ynswaʀeʒø] ein Spieleabend **IV3B,** 1
un **soldat** [ɛ̃sɔlda] ein Soldat **III4B,** 3
le **soleil** [ləsɔlɛj] die Sonne **II4A,** 3
Il y a du soleil. [iljadysɔlɛj] Es ist sonnig. **II4A,** 7
une **solution** [ynsɔlysjɔ̃] eine Lösung **III6A**
sombre/**sombre** [sɔ̃bʀ] dunkel **II2A,** 5

un **sommet** [ɛ̃sɔmɛ] ein Gipfel **IV6DE,** 3
somptueux/**somptueuse** [sɔ̃ptɥø/sɔ̃ptɥøz] prächtig **IV5A,** 1
le **son** [ləsɔ̃] der Klang; der Ton **II3B,** 3
un **sondage** [ɛ̃sɔ̃daʒ] eine Umfrage **IV2B,** 2
sonner [sɔne] klingeln **II5A,** 4
une **sortie** [ynsɔʀti] ein Ausflug; ein Ausgang **II2A,** 5
sortir qc [sɔʀtiʀ] etw. hinausbringen **IV3A,** 7
sortir (de qc) [sɔʀtiʀ] (aus etw.) hinausgehen; ausgehen **II3A,** 2
sortir qc (de qc) [sɔʀtiʀ] etw. herausholen (aus etw.); etw. hervorholen (aus etw.) **II5A,** 4
Pas de **souci**! [pad(ə)susi] Keine Sorge!; Kein Problem! **III4A,** 4
se faire du **souci** (pour qn/qc) [səfɛʀdysusi] sich (um jdn./etw.) Sorgen machen **IV3B,** 1
un **souci** [ɛ̃susi] eine Sorge **III4A,** 4
soudain [sudɛ̃] auf einmal; plötzlich **II5B,** 2
souffler qc [sufle] etw. ausblasen **I3B,** 1
un **soupçon** [ɛ̃supsɔ̃] ein Verdacht **III2DE**
soupçonner qn de qc [supsɔne] jdn. einer Sache verdächtigen **III2B,** 5
une **soupe** [ynsup] eine Suppe **IV5B,** 1
soupirer [supiʀe] seufzen **IV3A,** 4
une **sœur** [ynsœʀ] eine Schwester **I2B,** 2
un **sourire** [ɛ̃suʀiʀ] ein Lächeln **III2A,** 1
sourire [suʀiʀ] lächeln **IV4A,** 1
sous [su] unter **I4A,** 3
un **souterrain** [ɛ̃sutɛʀɛ̃] ein unterirdischer Gang **II2DE**
souterrain/**souterraine** [sutɛʀɛ̃/sutɛʀɛn] unterirdisch **III5A,** 1
un **souvenir** [ɛ̃suvniʀ] ein Andenken; eine Erinnerung **I7B,** 1
souvent [suvɑ̃] oft **II2A,** 5
Soyez les bienvenus! [bjɛ̃vəny] Seien Sie willkommen! **II7DE,** 2
des **spaghettis** *(m., pl.)* [despageti] Spaghetti **I5A,** 3
une **spécialité** [ynspesjalite] eine Spezialität **III3DE**
un **spectacle** [ɛ̃spɛktakl] eine Darbietung; eine Vorstellung **II7DE**
le **spectacle** [ləspɛktakl] das Showbusiness; das Showgeschäft **IV3A,** 2
le **sport** [ləspɔʀ] der Sport **I2B,** 2
un **sportif**/une **sportive** [ɛ̃spɔʀtif/ynspɔʀtiv] ein Sportler/eine Sportlerin **II3B,** 1
sportif/**sportive** [spɔʀtif/spɔʀtiv] sportlich **II3B,** 1
un **stade** [ɛ̃stad] ein Stadion **II7A,** 1
un **stage** [ɛ̃staʒ] ein Kurs; ein Praktikum **III1DE**
un **stand** [ɛ̃stɑ̃d] ein Stand **I5C,** 5
une **star** [ynstaʀ] ein Star **II1B,** 2
une **station** [ynstasjɔ̃] eine Haltestelle; eine Station **I7D,** 1
une station de radio [ynstasjɔ̃dəʀadjo] ein Radiosender ⟨**IV4B,** 5⟩
une **statistique** [ynstatistik] eine Statistik **IV4DE**
une **statue** [ynstaty] eine Statue **III6B**
une **statuette** [ynstatyɛt] eine Figur; eine Statuette **III2A,** 1
un **steak-frites** [ɛ̃stɛkfʀit] ein Steak mit Pommes **II6A,** 1
stressé/**stressée** [stʀɛse] gestresst **III3A,** 1
stresser [stʀese] sich stressen **III1A,** 7
strict/**stricte** [stʀikt] streng; strikt **IV5B,** 1
un **stylo** [ɛ̃stilo] ein Füller; ein Kuli **I2A,** 1
un **succès** [ɛ̃syksɛ] ein Erfolg **III1A,** 2
le **sucre** [ləsykʀ] der Zucker **II6DE**
une cabane à sucre [ynkabanasykʀ] *Hütte, in der man in Kanada Ahornsirup herstellt* **III5A,** 1
le **sud** [ləsyd] der Süden **II4DE**
un **Suisse**/une **Suisse** [ɛ̃sɥis/ynsɥis] ein Schweizer/eine Schweizerin **IV6DE**
suivre qn/qc [sɥivʀ] jdm./etw. folgen **IV4B,** 1
un **sujet** [ɛ̃syʒɛ] ein Thema **IV4B,** 1
un **sujet** d'actualité [ɛ̃syʒɛdaktɥalite] ein aktuelles Thema ⟨**IV4P**⟩
super *(inv.)* [sypɛʀ] super; toll **I1B,** 1
une **superficie** [ynsypɛʀfisi] eine Fläche; eine Grundfläche **IV6DE**
un **supermarché** [ɛ̃sypɛʀmaʀʃe] ein Supermarkt **II6DE**
sûr/**sûre** [syʀ] sicher **II3B,** 1
sur [syʀ] auf; über **I3B,** 1
surfer sur Internet [sœʀfesyʀɛ̃tɛʀnɛt] im Internet surfen ⟨**IV4B,** 5⟩
surprendre qn [syʀpʀɑ̃dʀ] jdn. überraschen **IV2B,** 3
une **surprise** [ynsyʀpʀiz] eine Überraschung **I3B,** 1
surtout [syʀtu] vor allem **I6B,** 1
surveiller qn/qc [syʀveje] jdn./etw. überwachen **III3A,** 1
le **suspense** [ləsyspɛns] die Spannung **IV4B,** 5
un **sweat-shirt** [ɛ̃switʃœʀt] ein Sweatshirt **II3A,** 6
un **symbole** [ɛ̃sɛ̃bɔl] ein Symbol **IV1A,** 3
une **symétrie** [ynsimetʀi] eine Symmetrie **IV5A,** 1
sympa/**sympa** [sɛ̃pa] nett **I2B,** 2
un **système** [ɛ̃sistɛm] ein System **III2A,** 1

T

une **table** [yntabl] ein Tisch **I5A,** 3
à table [atabl] bei Tisch **I5A,** 3
débarrasser la table [debaʀaselatabl] den Tisch abräumen ⟨**IV3A,** 7⟩
mettre la table [mɛtʀ(ə)latabl] den Tisch decken **II6B,** 1
un **tableau** [ɛ̃tablo] ein Gemälde **IV5A,** 1
une **tablette** [yntablɛt] ein Tablet-Computer **II4A,** 3
une **tante** [yntɑ̃t] eine Tante **I3A,** 9
Tant pis! [tɑ̃pi] Dann eben nicht!; Pech gehabt! **IV4A,** 1
taper [tape] klopfen; schlagen **II5B,** 2
taper dans le ballon [tapedɑ̃ləbalɔ̃] gegen den Ball treten **II5B,** 2
un **tapis** [ɛ̃tapi] ein Teppich **IV4B,** 1
une **tapisserie** [yntapisʀi] eine Tapete; ein Wandteppich **III4A,** 1
tard [taʀ] spät **I5A,** 3
plus tard [plytaʀ] später **II3B,** 1
un **tarif** [ɛ̃taʀif] ein Preis; ein Tarif **IV5A,** 1
une **tarte flambée** [yntaʀtflɑ̃be] ein Flammkuchen **IV1B,** 7
une **tartine** [yntaʀtin] eine Scheibe Brot mit Aufstrich **I7C,** 1
une **tasse** [yntas] eine Tasse **II6B,** 9
un **taureau** [ɛ̃tɔʀo] ein Stier **III6B**
un **taxi** [ɛ̃taksi] ein Taxi **I5A,** 1
une **technique** [yntɛknik] eine Technik **III5B,** 1
la **techno** [latɛkno] Techno *(Musikstil)* **I2B,** 7
la **technologie** [latɛknɔlɔʒi] die Technologie **IV2B,** 2
télécharger qc [teleʃaʀʒe] etw. herunterladen **IV5A,** 1
un **téléphone** [ɛ̃telefɔn] ein Telefon **II5A,** 7
un coup de téléphone [ɛ̃kud(ə)telefɔn] ein Telefonanruf **II5A,** 7
téléphoner à qn [telefɔne] jdn. anrufen; mit jdm. telefonieren **I6A,** 2
la **télévision** *(fam.: la télé)* [latelevizjɔ̃] das Fernsehen **I4A,** 1
une chaîne de télévision [ynʃɛndətelevizjɔ̃] ein Fernsehsender **III5DE**
tellement de *(+ Nomen)* [tɛlmɑ̃də] so viel(e) **III6B**
une **tempête** [yntɑ̃pɛt] ein Sturm; ein Unwetter **III5B,** 1
le **temps** [lətɑ̃] die Zeit **I4B,** 1 das Wetter **II4A,** 7
l'emploi *(m.)* du temps [lɑ̃plwadytɑ̃] der Stundenplan **I4B,** 1
avoir le temps de faire qc [avwaʀlətɑ̃] Zeit haben, etw. zu tun **II6B,** 2
Quel temps fait-il? [kɛltɑ̃fɛtil] Wie ist das Wetter? **II4A,** 7
une **tension** [yntɑ̃sjɔ̃] eine Spannung ⟨**IV2B,** 7⟩
une **tente** [yntɑ̃t] ein Zelt **IV6DE,** 3
la **tenue** [latəny] die Kleidung **II3A,** 2
terminer qc [tɛʀmine] etw. beenden; etw. fertigstellen **III2A,** 1
une **terrasse** [ynteʀas] eine Terrasse **III3B,** 1

la **terre** [latɛʀ] der Boden; der Ton *(Material)*; die Erde **II4C,** 1
en terre [latɛʀ] aus Ton **II4C,** 1
un **territoire** (d'outre-mer) [ɛ̃teʀitwaʀ(dutʀəmɛʀ)] ein (Übersee-)Gebiet; ein Territorium **III5DE,** 1
une **tête** [yntɛt] ein Kopf **I6A,** 2
la **tête** [latɛt] das Gesicht; der Kopf **II1A,** 2
faire la tête *(fam.)* [fɛʀlatɛt] schmollen *(ugs.)* **I6A,** 2
un **texte** [ɛ̃tɛkst] ein Text **I6B,** 6
un **texto** [ɛ̃tɛksto] eine SMS **I7B,** 1
le **TGV** [ləteʒeve] der TGV *(französischer Hochgeschwindigkeitszug)* **I6A,** 1
un **thé** [ɛ̃te] ein Tee **III4A,** 4
le **théâtre** [ləteatʀ] das Theater **I5A,** 5
une pièce (de théâtre) [ynpjɛs(dəteatʀ)] ein (Theater-)Stück **IV5B,** 1
un **ticket** [ɛ̃tikɛ] eine Fahrkarte; ein Fahrschein **I7D,** 2
Tiens! [tjɛ̃] Schau mal!; Sieh mal! **I2A,** 3
un **tiers** de [ɛ̃tjɛʀ] ein Drittel des/der **III5DE,** 5
timide/**timide** [timid] schüchtern **II1B,** 2
un **titre** [ɛ̃titʀ] ein Titel **I4B,** 5
toi [twa] du *(betont)* **I0,** 2
les **toilettes** *(f., pl.)* [letwalɛt] die Toilette **I4A,** 1
un **toit** [ɛ̃twa] ein Dach **III3B,** 1
une **tomate** [yntɔmat] eine Tomate **II6DE**
une **tombe** [yntɔ̃b] ein Grab **IV1A,** 8
tomber [tɔ̃be] fallen **I5B,** 3
un **tonneau** [ɛ̃tɔno] ein Fass **IV1A,** 6
tôt *(adv.)* [to] früh *(Adv.)* **I7D,** 1
total/**totale**/**totaux**/**totales** [tɔtal/tɔto] total; völlig; vollständig **III5DE,** 5
toucher qn/qc [tuʃe] jdn./etw. anfassen; jdn./etw. berühren **III2A,** 1
toujours [tuʒuʀ] immer **I3A,** 3
une **tour** [yntuʀ] ein Turm **I7DE**
faire le tour de qc [fɛʀlətuʀ] eine Runde um etw. machen; um etw. herumgehen **III6A**
un **tour** [ɛ̃tuʀ] eine Tour; ein Rundgang **I5A,** 3
le **tourisme** [ləturism] der Tourismus **IV2B,** 2
un **touriste**/une **touriste** [ɛ̃tuʀist/yntuʀist] ein Tourist/eine Touristin **I7DE**
touristique/**touristique** [tuʀistik] touristisch **III4A,** 9
tourner [tuʀne] abbiegen; drehen **I5B,** 1
tout/**toute** [tu/tut] alle *(+ Nomen)*; ganz *(+ Nomen)* **II5B,** 1
toutes sortes de [tutsɔʀtdə] alle möglichen; allerlei **II7DE**
tout [tu] alles **II1A,** 2
tout à coup [tutaku] plötzlich **I6A,** 2
tout de suite [tudsɥit] sofort **II3A,** 2
tout droit [tudʀwa] geradeaus **I5B,** 1
tout le monde [tulmɔ̃d] alle; jeder **I5DE**
une **trace** [yntʀas] eine Spur **IV1A,** 8
une **tradition** [yntʀadisjɔ̃] eine Tradition **III6B**
traditionnel/**traditionnelle** [tʀadisjɔnɛl] traditionell **III6B**
traduire qc [tʀadɥiʀ] etw. übersetzen **III6A**
un **train** [ɛ̃tʀɛ̃] ein Zug **I3A,** 3
être en train de faire qc [ɛtʀɑ̃tʀɛ̃dəfɛʀ] gerade etw. tun **III3A,** 1
un **traîneau** [ɛ̃tʀɛno] ein Schlitten **III5A,** 1
un **traité** [ɛ̃tʀete] ein Vertrag **IV2A,** 1
un **trajet** [ɛ̃tʀaʒɛ] eine Strecke **II7A,** 1
un **tram** [ɛ̃tʀam] eine Straßenbahn; eine Tram **II7A,** 1
un **trampoline** [ɛ̃tʀɑ̃pɔlin] ein Trampolin **II5A,** 4
une **tranchée** [yntʀɑ̃ʃe] ein Graben **IV1A,** 8
tranquille/**tranquille** [tʀɑ̃kil] ruhig **II7A,** 1
les **transports** *(m., pl.)* [letʀɑ̃spɔʀ] das Transportgewerbe; das Transportwesen **IV2A,** 1
un **travail**/des **travaux** [ɛ̃tʀavaj/detʀavo] eine Arbeit/Arbeiten **II7A,** 1
travailler [tʀavaje] arbeiten **I2A,** 2
à **travers** [atʀavɛʀ] durch **IV6DE,** 3
traverser qc [tʀavɛʀse] etw. überqueren **I5B,** 1
très [tʀɛ] sehr **I6A,** 1
un **trésor** [ɛ̃tʀezɔʀ] ein Schatz **III6A**
une chasse au trésor [ynʃasotʀezɔʀ] eine Schatzsuche **III6A**
triste/**triste** [tʀist] traurig **I6A,** 1
trop [tʀo] zu sehr; zu viel **I5B,** 3
un **trou** [ɛ̃tʀu] ein Loch **III6A**
une **trousse** [yntʀus] ein Federmäppchen **II1DE**
trouver qn/qc [tʀuve] jdn./etw. finden **I2A,** 2
se trouver [sətʀuve] sich befinden **III4DE**
trouver que [tʀuve] finden, dass **II2B,** 6
un **truc** *(fam.)* [ɛ̃tʀyk] ein Ding; eine Sache **I2A,** 1
une **truffe** [yntʀyf] ein Trüffel **IV1DE**
un **t-shirt** [ɛ̃tiʃœʀt] ein T-Shirt **I2B,** 2
tuer qn [tɥe] jdn. töten; jdn. umbringen **IV4A,** 1
un **tunnel** [ɛ̃tynɛl] ein Tunnel **II2DE**
turc/**turque** [tyʀk/tyʀk] türkisch **IV2B,** 7
typique/**typique** [tipik] typisch **III5A,** 1

U

les **urgences** *(f., pl.)* [lezyʀʒɑ̃s] die Notaufnahme **III4B,** 3
urgent/**urgente** [yʀʒɑ̃/yʀʒɑ̃t] dringend **III4B,** 7
utile/**utile** [ytil/ytil] nützlich **IV3A,** 1
un **utilisateur**/une **utilisatrice** [ɛ̃nytilizatœʀ/ynytilizatʀis] ein Anwender/eine Anwenderin; ein Benutzer/eine Benutzerin; ein Nutzer/eine Nutzerin ⟨**IV4B,** 5⟩
utiliser qc [ytilize] etw. benutzen; etw. verwenden **II2A,** 4

V

les **vacances** *(f., pl.)* [levakɑ̃s] der Urlaub; die Ferien **I6A,** 1
en vacances [ɑ̃vakɑ̃s] in den Ferien **I2A,** 3
un **vaccin** [ɛ̃vaksɛ̃] ein Impfstoff **IV3B,** 1
une **vache** [ynvaʃ] eine Kuh **IV6DE,** 3
faire la **vaisselle** [fɛʀlavɛsɛl] (ab-)spülen; abwaschen **IV3A,** 7
un **valet** [ɛ̃valɛ] ein Diener **IV5B,** 1
une **valeur** [ynvalœʀ] ein Wert ⟨**IV2B,** 7⟩
une **valise** [ynvaliz] ein Koffer **III4A,** 3
une **vallée** [ynvale] ein Tal **IV6DE,** 3
un **vampire** [ɛ̃vɑ̃piʀ] ein Vampir **II2A,** 5
un **vélo** [ɛ̃velo] ein Fahrrad **I2B,** 7
un **vendeur**/une **vendeuse** [ɛ̃vɑ̃dœʀ/ynvɑ̃døz] ein Verkäufer/eine Verkäuferin **I5C,** 1
vendredi *(m.)* [vɑ̃dʀədi] am Freitag; Freitag **I4B,** 1
venir [vəniʀ] kommen **II3B,** 1
venir à l'esprit [vəniʀalɛspʀi] jdm. einfallen; jdm. in den Sinn kommen **IV2B,** 2
venir de faire qc [vəniʀdəfɛʀ] gerade etw. getan haben **III3A,** 1
le **vent** [ləvɑ̃] der Wind **II4A,** 7
Il y a du vent. [iljadyvɑ̃] Es ist windig. **II4A,** 7
le **ventre** [ləvɑ̃tʀ] der Bauch **III4A,** 4
la **vérité** [laveʀite] die Wahrheit **II5B,** 2
un **verre** [ɛ̃vɛʀ] ein Glas **II6B,** 1
vers [vɛʀ] gegen; in Richtung **II5B,** 2
vert/**verte** [vɛʀ/vɛʀt] grün **I6A,** 2
une **veste** [ynvɛst] eine Jacke **II3A,** 6
un **vêtement** [ɛ̃vɛtmɑ̃] ein Kleidungsstück **II3DE**
les **vêtements** *(m., pl.)* [levɛtmɑ̃] die Kleider **II3DE**
un **vétérinaire**/une **vétérinaire** [ɛ̃veteʀinɛʀ/ynveteʀinɛʀ] ein Tierarzt/eine Tierärztin **IV3A,** 1
la **viande** [lavjɑ̃d] das Fleisch **II6DE**
une **victoire** [ynviktwaʀ] ein Sieg **III4B,** 3
vide/**vide** *(inv.)* [vid] leer **III3A,** 1
vider qc [vide] etw. ausräumen; etw. leeren **IV3A,** 7
la **vie** [lavi] das Leben **II3B,** 1
vieux/**vieil**/**vieille** [vjø/vjɛj/vjɛj] alt **II7DE,** 1
un **village** [ɛ̃vilaʒ] ein Dorf **II4B,** 1
une **ville** [ynvil] eine Stadt **I7DE**
une ville fortifiée [ynvilfɔʀtifje] eine befestigte Stadt **III6A**
le **vin** [ləvɛ̃] der Wein **II4C,** 1
virtuel/**virtuelle** [viʀtɥɛl] virtuell **IV1A,** 8
une **visite** [ynvizit] ein Besuch; eine Besichtigung **II2A,** 1
une visite guidée [ynvizitgide] eine Führung **IV1A,** 2
rendre visite à qn [ʀɑ̃dʀ(ə)vizit] jdn. besuchen **III3B,** 1

visiter qc [vizite] etw. besichtigen **I7DE**
un **visiteur**/une **visiteuse** [ɛ̃vizitœʀ/ ynvizitœz] ein Besucher/eine Besucherin **III3DE**
vite *(adv.)* [vit] schnell *(Adv.)* **I1A,** 1
une **vitrine** [ynvitʀin] ein Schaufenster **IV2B,** 7
vivant/**vivante** [vivɑ̃/vivɑ̃t] lebendig; lebhaft **III3DE**
vivre [vivʀ] leben **II4C,** 1
vivre qc [vivʀ] etw. erleben **II4C,** 1
voilà [vwala] da ist; da sind **I1A,** 1
un char à **voile** [ɛ̃ʃaʀavwal] ein Strandsegler **III4A,** 4
voir qc [vwaʀ] etw. sehen **II2A,** 5
un **voisin**/une **voisine** [ɛ̃vwazɛ̃/ynvwazin] ein Nachbar/eine Nachbarin **III4DE**
une **voiture** [ynvwatyʀ] ein Auto **I5A,** 1
en voiture [ɑ̃vwatyʀ] mit dem Auto **I5A,** 1
une **voix** [ynvwɑ] eine Stimme **III2B,** 5
un **vol** [ɛ̃vɔl] ein Diebstahl; ein Raub **III2B,** 5
ein Flug **III6D**
voler qc [vɔle] etw. stehlen **III2A,** 1
un **voleur**/une **voleuse** [ɛ̃vɔlœʀ/ynvɔløz] ein Dieb/eine Diebin **III2A,** 1
vouloir faire qc [vulwaʀ] etw. tun wollen **I7C,** 1
Je veux bien. [ʒəvøbjɛ̃] (Ich möchte) Gerne! **II6A,** 1
je voudrais … [ʒəvudʀɛ] ich möchte gerne … **I5A,** 3
un **voyage** [ɛ̃vwajaʒ] eine Reise **I6A,** 2
un carnet de voyage [ɛ̃kaʀnɛdəvwajaʒ] ein Reisetagebuch **III4A,** 4
un voyage scolaire [ɛ̃vwajaʒskɔlɛʀ] eine Klassenfahrt **IV1DE**
voyager [vwajaʒe] reisen **IV3A,** 1
vrai/**vraie** [vʀɛ] echt; richtig; wahr **II1A,** 2
vraiment [vʀɛmɑ̃] wirklich **I5B,** 3
la **vue** [lavy] die Aussicht **I7B,** 1

W

un **week-end** [ɛ̃wikɛnd] ein Wochenende **I5A,** 3
une **caravane** [ynkaʀavan] ein Wohnwagen ⟨**IV6C,** 2⟩

Y

y [i] daran; dort; dorthin **IV2B,** 7
le **yaourt** [ləjauʀt] der Joghurt **II6DE**
un **youtubeur**/une **youtubeuse** [ɛ̃jutybœʀ/ ynjutybœz] ein Youtuber/eine Youtuberin **IV4A,** 1

Z

Zut! *(fam.)* [zyt] Mist!; Verdammt! **I2A,** 3

Prénoms masculins

Abdel [abdɛl] **IV3DE**
Antoine [ɑ̃twan] **I0,** 2
Bachir [baʃiʀ] **III1DE**
Cédric [sedʀik] **II5B,** 2
Clément [klemɑ̃] **I0,** 2
Corentin [kɔʀɑ̃tɛ̃] **I0,** 2
Cyprien [sipʀijɛ̃] **IV4A,** 1
Damien [damjɛ̃] **I5B,** 3
Fabien [fabjɛ̃] **III6B**
Fabien [fabjɛ̃] **IV6A,** 1
Félix [feliks] **II7A,** 1
Fouad [fuad] **III3A,** 1
Gabriel [gabʀiɛl] **I5A,** 3
Gaspard [gaspaʀ] **I0,** 1
Grégoire [gʀegwaʀ] **I0,** 2
Hugo [ygo] **III4B,** 7
Idris [idʀis] **IV3DE**
Jean [ʒɑ̃] **IV2A,** 4
Jérôme [ʒeʀom] **I2B,** 2
Julien [ʒyljɛ̃] **I0,** 2
Justin [ʒystɛ̃] **I0,** 2
Lars [laʀs] **II6A,** 1
Léandre [leɑ̃dʀ] **IV6DE,** 3
Léo [leo] **I1A,** 1
Loïc [loik] **II5A,** 8
Loris [lɔʀis] **IV4DE**
Louis [lwi] **IV3DE**
Marceau [maʀso] **I0,** 2
Mathieu [matjø] **III4DE**
Mehdi [medi] **I3A,** 2
Nino [nino] **IV4B,** 1
Oscar [ɔskaʀ] **III4A,** 4
Philippe [filip] **II4A,** 3
Pierre [pjɛʀ] **III4B,** 3
Quentin [kɑ̃tɛ̃] **III5A,** 1
Romain [ʀɔmɛ̃] **I0,** 2
Sacha [saʃa] **II5DE**
Samir [samiʀ] **IV6C,** 1
Sébastien [sebastjɛ̃] **III5B,** 1
Térence [teʀɑ̃s] **I0,** 2
Théo [teo] **I0,** 2
Thomas [tɔma] **I0,** 1
Tristan [tʀistɑ̃] **I0,** 2
Valentin [valɑ̃tɛ̃] **I0,** 2
Victor [viktɔʀ] **II5B,** 2
Vladimir [vladimiʀ] **II2B,** 3
Yannick [janik] **II7A,** 1

Prénoms féminins

Agathe [agat] **IV6C,** 1
Alex(andra) [alɛks(ɑ̃dʀa)] **I2A,** 3
Amélie [ameli] **IV6DE,** 3
Anne [an] **I0,** 1
Béatrice [beatʀis] **I1B,** 7
Carla [kaʀla] **II6DE**
Charlotte [ʃaʀlɔt] **III4DE**
Chloé [kloe] **III5A,** 1
Clara [klaʀa] **I5A,** 3
Constance [kɔ̃stɑ̃s] **I0,** 2
Elise [eliz] **I0,** 2
Emilie [emili] **III6B**
Fleur [flœʀ] **I0,** 2
Gabrielle [gabʀiɛl] **I0,** 2
Iris [iʀis] **III3B,** 1
Joanne [ʒɔan] **II7A,** 1
Joséphine [ʒozefin] **I0,** 2
Julie [ʒyli] **I0,** 2
Karima [kaʀima] **IV3DE**
Léa [lea] **I0,** 2
Leïla [lɛila] **II7A,** 1
Léonie [leoni] **II3DE**
Lilou [lilu] **I0,** 2
Lisa [liza] **IV4DE**
Louane [lwan] **I0,** 2
Louise [lwiz] **I6A,** 1
Lucie [lysi] **I0,** 2
Maeva [maɛva] **III5P**
Magali [magali] **I1P**
Manon [manɔ̃] **I0,** 2
Margaux [maʀgo] **I0,** 2
Marguerite [maʀgəʀit] **II3A,** 1
Marie [maʀi] **I1A,** 1
Mélissa [melisa] **II3A,** 2
Morgane [mɔʀgan] **II7A,** 1
Pauline [pɔlin] **I0,** 2
Sana [sana] **IV3DE**
Sarah [saʀa] **I0,** 1
Simone [simɔn] **IV2A,** 4
Victoire [viktwaʀ] **I0,** 2
Zoé [zɔe] **I0,** 2

Noms de famille

Agnel [aɲɛl] **IV6C,** 1
Aldon [aldɔ̃] **II1A,** 2
Azemour [azemuʀ] **IV3DE**
Barette [baʀɛt] **I4A,** 3
Belassri [belasʀi] **IV6C,** 1
Benafar [benafaʀ] **III3A,** 1
Bouvier [buvje] **II3DE**
Bric [bʀik] Bric **IV6A,** 1
Brunet [bʀyne] **IV3B,** 1
Chabane [ʃaban] **I5A,** 3
Courtois [kuʀtwa] **IV4DE**

Ducharme [dyʃaʀm] **II1A,** 2
Fabre [fabʀ] **IV6A,** 1
Forestière [fɔʀɛstjɛʀ] **IV6A,** 1
Gernot [ʒɛʀno] **III6C**
Guibert [gibɛʀ] **II4DE**
Guillet [gilɛ] **IV1A,** 6
Latière [latjɛʀ] **I2A,** 3
Lombardo [lɔ̃baʀdo] **IV6A,** 1
Marignan [maʀiɲɑ̃] **II2A,** 5
Martin [maʀtɛ̃] **I6A,** 1
Mollet [mɔlɛ] **III4A,** 4
Nusslé [nusle] *Schweizer Familienname* **IV6DE,** 2
Pirou [piʀu] **I3A,** 3
Racine [ʀasin] **I4A,** 1
Rousseau [ʀuso] **IV6DE,** 3
Tissandier [tisɑ̃dje] **IV6B,** 1
Trencavel [tʀɑ̃kavɛl] *Adelsfamilie aus Okzitanien im Mittelalter* **III6A**

Noms de villes

Aix-la-Chapelle [ɛkslaʃapɛl] Aachen **IV2A,** 1
Angers [ɑ̃ʒe] *Stadt im Westen Frankreichs* **IV5B,** 6
Antibes [ɑ̃tib] *Stadt an der Côte d'Azur, Südfrankreich* **III6DE,** 2
Arles [aʀl] *Stadt in der Region PACA* **III6B**
Arromanches-les-Baines [aʀomɑ̃ʃlebɛ̃] *Dorf an der Küste der Normandie* **III4B,** 3
Bâle [bal] Basel *(Stadt in der Schweiz)* **IV6DE**
Bayeux [bajø] *Gemeinde in der Normandie* **III4A,** 1
La **Beaujoire** [laboʒwaʀ] *Stadtviertel im Nordosten von Nantes* **II7A,** 1
Bellevue [bɛlvy] *Stadtviertel in Nantes* **II7A,** 1
Berlin [bɛʀlɛ̃] Berlin *(Hauptstadt Deutschlands)* **IV2B,** 7
Berne [bɛʀn] Bern *(Hauptstadt der Schweiz)* **IV6DE**
Blain [blɛ̃] *Gemeinde in der Region Pays de la Loire* **II7A,** 1
Bordeaux [bɔʀdo] *Stadt in Südwestfrankreich* **I0**
Brest [bʀɛst] *Stadt in der Bretagne, Westfrankreich* **I1B,** 5
Broc [bʀɔ] *Ort in der Schweiz (im Kanton Freiburg)* **IV6DE,** 3
Bruxelles [bʀy(k)sɛl] Brüssel **III3DE**
Caen [kɑ̃] *Stadt in der Normandie* **III4DE**
Carcassonne [kaʀkasɔn] *Stadt in der Region Occitanie* **III6A**
Charmey [ʃaʀmɛ] *Ort in der Schweiz (im Kanton Freiburg)* **IV6DE,** 3
Epernay [epɛʀnɛ] *Stadt im Nordosten Frankreichs* **IV1A,** 6
Francfort [fʀɑ̃kfɔʀ] Frankfurt (am Main) **III3DE**
Fribourg [fʀibuʀ] Freiburg *(zweisprachiger Kanton im Westen der Schweiz und gleichzeitig Name der Kantons-Hauptstadt)* **IV6DE**
Genève [ʒənɛv] Genf *(Stadt in der französischsprachigen Schweiz)* **IV6DE**
Gruyères [gʀyjɛʀ] Greyerz *(Gemeinde im Kanton Freiburg)* **IV6DE,** 3
Helsinki [ɛlsiŋki] *Hauptstadt von Finnland* **I6C,** 1
Lausanne [lozan] *Stadt in der französischsprachigen Schweiz* **IV6DE**
Le Havre [lə'avʀ] *Große Hafenstadt in der Normandie* **III4A,** 1
Lille [lil] *Stadt in Nordfrankreich* **III3DE**
Limoges [limɔʒ] *Stadt in Südwestfrankreich* **I6DE**
Londres [lɔ̃dʀ] London **III3DE**
Lyon [ljɔ̃] *Stadt im Osten Frankreichs* **I0**
Marseille [maʀsɛj] *Hafenstadt an der französischen Mittelmeerküste* **III3DE**
Montpellier [mɔ̃pəlje] *Stadt in der Region Occitanie (Südfrankreich)* **III1DE**
Montréal [mɔ̃ʀeal] Montreal *(größte Stadt in der Provinz Quebec)* **III5A,** 1
Munich [mynik] München **I3A,** 3
Nancy [nɑ̃si] *Stadt im Nordosten Frankreichs* **IV1DE**
Nantes [nɑ̃t] *Stadt im Westen Frankreichs* **II7DE**
Nice [nis] *Stadt an der Côte d'Azur, Südostfrankreich* **I1B,** 5
Nuremberg [nyʀɑ̃bɛʀ] Nürnberg **IV4B,** 1
Orléans [ɔʀleɑ̃] *Stadt im Westen Frankreichs* **IV5B,** 6
Paris [paʀi] **I1DE**
Perros-Guirec [pɛʀosgiʀɛk] *Gemeinde in der Bretagne* **II4DE**
Pleumeur-Bodou [pløməʀbodu] *Gemeinde in der Bretagne* **II4B,** 1
Poitiers [pwatje] *Stadt in Westfrankreich* **I6A,** 2
Québec [kebɛk] Quebec *(Hauptstadt der Provinz Québec)* **III5DE**
Reims [ʀɛ̃s] *Stadt im Nordosten Frankreichs* **IV1DE**
Rouen [ʀuɑ̃] *Stadt in der Normandie* **III4A,** 1
Saint-Nazaire [sɛ̃nazaɛʀ] *Hafenstadt bei Nantes* **II7DE**
Strasbourg [stʀasbuʀ] *Stadt im Elsass, Ostfrankreich* **I1B,** 5
Toulouse [tuluz] *Stadt in Südwestfrankreich* **I1B,** 5
Valence [valɑ̃s] *Stadt in Südfrankreich* **III2DE**
Verdun [vɛʀdɛ̃] *Stadt im Nordosten Frankreichs* **IV1DE**
Versailles [vɛʀsaj] *Stadt westlich von Paris* **I7A,** 3
Vichy [viʃi] *Stadt in der Region Auvergne-Rhône-Alpes* **IV2A,** 4
Vincennes [vɛ̃sɛn] *Stadt im Südosten von Paris* **II5A,** 4
Wazemmes [wazɛm] *Stadtteil von Lille* **III3A,** 1
Zurich [zyʀik] Zürich *(Stadt in der Schweiz)* **IV6DE**

Noms géographiques

l'**Afghanistan** *(m.)* [lafganistɑ̃] Afghanistan **IV4B,** 1
l'**Afrique** *(f.)* [lafʀik] Afrika **III2A,** 6
l'**Algérie** *(f.)* [lalʒeʀi] Algerien **III5DE,** 2
l'**Allemagne** *(f.)* [lalmaɲ] Deutschland **I3A,** 3
l'**Alsace** *(f.)* [lalzas] das Elsass *(Teil der Region Grand Est)* **IV1DE**
l'**Amérique** *(f.)* [lameʀik] Amerika **III5DE,** 1
l'**Angleterre** *(f.)* [lɑ̃glətɛʀ] England **III4A,** 1
les **Antilles** *(f., pl.)* [lezɑ̃tij] die Antillen *(Inselgruppe in der Karibik)* **III5DE,** 2
l'**Arctique** *(m.)* [laʀktik] die Arktis **III5B**
l'**Atlantique** *(m.)* [latlɑ̃tik] der Atlantik **III5A,** 1
l'**Autriche** *(f.)* [lotʀiʃ] Österreich **IV5DE**
le **Bade-Wurtemberg** [ləbadwyʀtɛ̃bɛʀ] Baden-Württemberg **IV2A,** 1
la **Belgique** [labɛlʒik] Belgien **III5DE,** 2
la **Bretagne** [labʀətaɲ] *Region im Westen Frankreichs* **II4DE**
la **Camargue** [lakamaʀg] *Landschaft in der Region PACA* **III6B**
le **Canada** [ləkanada] Kanada **III5DE**
Champagne-Ardenne [ʃɑ̃paɲaʀdɛn] *Teil der Region Grand Est* **IV1DE**
le **château Frontenac** [ləʃatofʀɔ̃t(ə)nak] das Schloss Frontenac **III5DE**
la République du **Congo** [laʀepyblikdykɔ̃go] die Republik Kongo **IV2B,** 7
la **Côte d'Ivoire** [lakotdivwaʀ] die Elfenbeinküste *(Staat in Westafrika)* **III2A,** 1
Erdre [ɛʀdʀə] *Name eines Flusses und eines Stadtteils von Nantes* **II7A,** 1
l'**Espagne** *(f.)* [lɛspaɲ] Spanien **IV5DE**
l'**Estérel** *(m.)* [lɛsteʀɛl] Gebirge an der Côte d'Azur, Südostfrankreich **III6DE,** 2
les **Etats-Unis** *(m., pl.)* [lezetazyni] die Vereinigten Staaten **III5A,** 1
l'**Europe** *(f.)* [løʀɔp] Europa **III3DE**
la **Finlande** [lafɛ̃lɑ̃d] Finnland **I6A,** 1
la **France** [lafʀɑ̃s] Frankreich **I3A,** 3
la **Gaule** [lagol] Gallien **II4C,** 1

Liste des mots

Gold Beach *Küstenabschnitt in der Normandie, an dem im Zweiten Weltkrieg die Alliierten gelandet sind* **III4B,** 3

le **Grand Est** [ləgʀɑ̃tɛst] *Region im Nordosten Frankreichs* **IV1DE**

le **Grand Nord** [ləgʀɑ̃nɔʀ] der hohe Norden **II-I5B,** 1

les **Grands-Lacs** *(m., pl.)* [legʀɑ̃lak] die „Großen Seen" *(in den USA)* **III5A,** 1

la **Gruyère** [lagʀyjɛʀ] Greyerz *(Region im Kanton Freiburg)* **IV6DE,** 3

Haïti *(m.)* [aiti] *Inselstaat im Karibischen Meer* **IV3B,** 1

les **Hauts-de-France** [leodəfʀɑ̃s] *Region in Nordfrankreich* **III3DE**

l'**Italie** *(f.)* [litali] Italien **IV6DE,** 3

le **Jura** [ləʒyʀa] das Juragebirge **IV6DE**

le **lac de la Gruyère** [ləlakdəlagʀyjɛʀ] der Greyerzer See **IV6DE,** 3

le **lac Léman** [lelaklemɑ̃] der Genfer See **IV6DE**

la **Loire** [lalwaʀ] *längster Fluss Frankreichs (1006 km)* **II7DE**

la **Lorraine** [lalɔʀɛn] Lothringen *(Teil der Region Grand Est)* **IV1DE**

le **Luxembourg** [ləlyksɑ̃buʀ] Luxemburg **IV1DE**

la **Manche** [lamɑ̃ʃ] der Ärmelkanal **III4B,** 3

le **Maroc** [ləmaʀɔk] Marokko **III3A,** 1

la **Martinique** [lamaʀtinik] *Insel in der Karibik* **III5DE,** 2

la **Méditerranée** [lamediteʀane] das Mittelmeer **III3DE**

le **Moléson** [mɔlezɔ̃] *Berggipfel im Süden des Kantons Freiburg* **IV6DE,** 3

la **Normandie** [lanɔʀmɑ̃di] *Region nordwestlich von Paris* **III4DE**

le **Nunavik** [nynavik] Nunavik *(nördlichster Teil der Provinz Québec)* **III5B**

l'**Occitanie** [lɔksitani] *Region im Südwesten Frankreichs* **III6DE,** 3

Omaha Beach *Küstenabschnitt in der Normandie, an dem im Zweiten Weltkrieg die Alliierten gelandet sind* **III4B,** 3

le **Parc naturel régional de Lorraine** [ləpaʀknatyʀɛlʀeʒjɔnaldəlɔʀɛn] der Regionale Naturpark Lothringen **IV1DE**

les **Pays de la Loire** *(m., pl.)* [lepeidəlalwaʀ] *Region im Westen Frankreichs* **II7DE**

la **place Rihour** [laplasʀiuʀ] *Platz im Zentrum von Lille* **III3A,** 1

le **Portugal** [ləpɔʀtygal] Portugal **III5DE,** 2

la **Prusse** [lapʀys] Preußen **IV5A,** 1

le **Québec** [ləkebɛk] Quebec *(Provinz im Osten Kanadas)* **III5DE**

la **région PACA** *(Provence-Alpes-Côte d'Azur)* [laʀeʒjɔ̃paka] *Region im Südosten Frankreichs* **III3DE**

la **Russie** [laʀysi] Russland **IV5DE**

le **Saint-Laurent** [ləsɛ̃lɔʀɑ̃] der Sankt-Lorenz-Strom *(nach dem Mississippi und dem Missouri drittgrößter Strom in Nordamerika)* **III5A,** 1

la **Seine** [lasɛn] *Fluss, der durch Paris fließt* **I7C,** 1

la **Sèvre** [lasɛvʀə] *Fluss im Westen Frankreichs* **II7DE**

la **Suisse** [lasɥis] die Schweiz **III5DE,** 2

la **Suisse alémanique** [lasɥisalemanik] die deutschsprachige Schweiz **IV6DE**

la **Tunisie** [latynizi] Tunesien **III5DE,** 2

les **Vosges** *(f., pl.)* [levoʒ] die Vogesen *(Mittelgebirge in Ostfrankreich)* **IV1B,** 2

Noms divers

l'**Abibac** [abibak] das AbiBac *(deutsch-französisches Abitur)* **IV1DE**

l'**Action contre la faim** [aksjɔ̃kɔ̃tʀlafɛ̃] die „Aktion gegen den Hunger" **II3B,** 1

Airbus [ɛʀbys] *europäischer Flugzeughersteller* **IV2A,** 1

les **Alliés** *(m., pl.)* [lezalje] die Alliierten *(die im Zweiten Weltkrieg gegen Deutschland verbündeten Staaten)* **III4B,** 3

l'**Arc de triomphe** *(m.)* [laʀkdətʀijɔ̃f] der Arc de triomphe *(Triumpfbogen)* **I7DE**

Arte [aʀte] *deutsch-französischer Fernsehsender* **IV1A,** 7

la **basilique Notre-dame de la Garde** [labasiliknotʀədamdəlagaʀd] *berühmte Basilika in Marseille* **III3DE**

Batignolles [batiɲɔl] *Name eines Viertels in Paris* **I5DE**

le **Batobus** [ləbatobys] Verkehrsmittel auf der Seine **I7D,** 2

une **bouillabaisse** [ynbujabɛs] *provenzalische Fischsuppe* **III3DE**

Boulevard Louis Blanc [bulvaʀlwiblɑ̃] *Straße in Limoges* **I6B,** 1

Cailler [kaje] *Name einer Schweizer Schokoladenmarke* **IV6DE,** 3

la **carte** Vitale [lakaʀtvital] *Name der französischen Krankenversicherungskarte* **III4B,** 7

le **Centre Pompidou** [ləsɑ̃tʀəpɔ̃pidu] *Kunst- und Kulturzentrum in Paris* **I7C,** 1

Charles VII [ʃaʀl(ə)sɛt] *Karl VII., König von Frankreich, 1403–1461* **IV1A,** 3

le **Cirque du Soleil** [ləsirkdysɔlɛj] *Zirkus aus Montreal* **III5A,** 1

l'hôpital **Cochin** [lɔpitalkɔʃɛ̃] *Krankenhaus in Paris* **IV3DE**

le **Conseil** de l'Europe [ləkɔ̃sɛjdəløʀɔp] der Europarat **IV1B,** 2

la **Croisette** [lakʀwazɛt] *Boulevard und berühmte Promenade in Cannes* **IV4B,** 1

la **Croix-Rousse** [lakʀwaʀus] *Stadtviertel in Lyon* **II2B,** 7

la Défense [ladefɑ̃s] *Stadtteil von Paris* **I7DE**

Dervallières - Zola [dɛʀvaljɛʀzɔla] *Stadtteil von Nantes* **II7A,** 1

l'**Eurostar** [løʀostaʀ] *Hochgeschwindigkeitszug, der London mit verschiedenen Städten in Europa verbindet* **III3DE**

le **FC Nantes** (FCN) [ləɛfsenɑ̃t] *Fußballverein in Nantes, gegründet 1943* **II7A,** 1

le **festival de Cannes** [ləfɛstivaldəkan] *Filmfest in Cannes* **IV4B,** 1

la **FNAC** [lafnak] die FNAC *(franz. Ladenkette für Medien und Elektronik)* **I3A,** 1

la **Friche la Belle de Mai** *Kulturzentrum in Marseille* **III3B,** 1

la **gare d'Austerlitz** [lagaʀdɔstɛʀlits] *Pariser Bahnhof* **I6A,** 2

une **gaufre** fourrée [yngofʀfuʀe] *Waffelspezialität aus Lille* **III3DE**

la **Grande Arche** [lagʀɑ̃daʀʃ] *modernes Bürogebäude im Pariser Stadtteil La Défense* **I7DE**

le **gruyère** [ləgʀyjɛʀ] der Greyerzer *(Schweizer Hartkäse)* **IV6DE,** 3

Interclub 17 [ɛ̃tɛʀklœbdisɛt] *Name eines Jugendzentrums* **I5DE**

le **Jardin des plantes** *Name eines Parks* **II7B,** 2

la Joconde [laʒɔkɔ̃d] Mona Lisa *(Gemälde von Leonardo da Vinci, das im Louvre hängt)* **I7B,** 3

les **loups** de Chabrières [leludəʃabʀjɛʀ] *Tierpark in der Nähe von Limoges, in dem Wölfe gehalten werden* **I6A,** 2

le **Louvre** [ləluvʀ] der Louvre **I7DE**

les **Machines de l'île** *(f.)* [lemaʃindəlil] *Kunstprojekt und Freizeitpark auf der Loire-Insel in Nantes* **II7B,** 2

Malabar [malabaʀ] *Name eines Hundes* **I1A,** 1

Malou [malu] *Name einer Katze* **I2A,** 3

Massilia Sound System *Reggae-Band aus Marseille* **III3B,** 1

Médecins sans frontières [medsɛ̃sɑ̃fʀɔ̃tjɛʀ] Ärzte ohne Grenzen **IV3B,** 1

le **mistral** [ləmistʀal] *starker Wind im Südosten Frankreichs* **III3DE**

la **gare Montparnasse** [lagaʀmɔ̃paʀnas] *Bahnhof in Paris* **I6A,** 2

Moustique [mustik] **I0,** 1

Notre-Dame de Paris [nɔtʀədamdəpaʀi] *Kathedrale in Paris* **IV1A,** 3

Notre-Dame de Reims [nɔtʀdamdəʀɛ̃s] *Kathedrale in Reims* **IV1A,** 3
l'**Office franco-allemand pour la jeunesse** (OFAJ) *(m.)* [lɔfisfʀɑ̃koalmɑ̃puʀlaʒœnɛs] das Deutsch-Französische Jugendwerk (DFJW) **III4DE**
l'**Olympique de Marseille (OM)** [lɔlɛ̃pikdəmaʀsɛj] *Fußballclub von Marseille* **III3B,** 1
l'**ossuaire** de Douaumont [lɔsɥɛʀdəduomɔ̃] das Beinhaus von Douaumont *(Gedenkstätte, in der die sterblichen Überreste der Soldaten aufbewahrt werden)* **IV1A,** 8
le **Palais** des festivals [ləpalɛdefɛstival] *Festivalpalast in Cannes* **IV4B,** 1
le **Palais des droits de l'homme** [lepalɛdedʀwad(ə)lɔm] *Sitz des Europäischen Gerichtshofs für Menschenrechte in Straßburg* **IV1B,** 2
le **parc Borély** [ləpaʀkbɔʀeli] *öffentlicher Park in Marseille* **III6DE,** 2
le **parc des Batignolles** [ləpaʀkdebatiɲɔl] der Park von Batignolles **I5C,** 1
le **parc national du Mont-Tremblant** [ləpaʀknasjɔnaldymɔ̃tʀɑ̃blɑ̃] *größter Nationalpark in Quebec* **III5A,** 1
le **Parlement européen** [ləpaʀləmɑ̃øʀɔpeɛ̃] das Europaparlament **IV1DE**
la **place Saint-Pierre** [laplassɛ̃pjɛʀ] *Platz in Limoges* **I6B,** 1
la **poutine** [laputin] *Spezialität aus Quebec* **III5A,** 1
la **Première Guerre mondiale** [lapʀəmjɛʀgɛʀmɔ̃djal] der Erste Weltkrieg *(1914–1918)* **IV1A,** 8
Renault [ʀəno] *französische Automarke* **IV3DE**
Royal de Luxe [ʀwajaldəlyks] *Straßentheatertruppe aus Nantes* **II7DE**
rue Nollet [ʀynɔlɛ] *Name einer Straße in Paris* **I2B,** 2
rue Truffaut [ʀytʀyfo] *Name einer Straße in Paris* **I2B,** 2
Les **Sablons** [lesablɔ̃] *Name eines Strandes* **II7A,** 1
Saint-Aurélien [sɛ̃tɔʀeljɛ̃] der heilige Aurelius *(Name eines Heiligen und einer Kapelle in Limoges)* **I6B,** 1
la **Semaine de la critique** [lasəmɛndəlakʀitik] *Sektion des Filmfestivals in Cannes, die sich auf die Entdeckung neuer Talente spezialisiert hat* **IV4B,** 1
la **tour Eiffel** [latuʀɛfɛl] der Eiffelturm **I7A,** 3
une **traboule** [yntʀabul] *Verbindungsgang zwischen zwei Häusern, Besonderheit des Lyoner Stadtviertels la Croix-Rousse* **II2DE**
le **traité de l'Elysée** [lətʀetedəlelize] der Elysée-Vertrag **IV2A,** 1
le traité de Versailles [lətʀɛted(ə)vɛʀsaj] der Versailler Vertrag *(Friedensvertrag von 1919)* **IV5A,** 1
Tri Yann [tʀijan] *bretonische Folkrock-Gruppe* **II7DE,** 3
la place du **Trocadéro** [laplasdytʀɔkadeʀo] *Platz und Metrostation in Paris* **I7A,** 1
TV5 Monde [tevesɛ̃kmɔ̃d] *französischsprachiger Fernsehsender* **III5DE**
l'**Union** européenne *(f.)* [lynjɔ̃øʀɔpeɛn] die Europäische Union **IV2B,** 2
le **Vieux-Port** [ləwjøpɔʀ] Hafenviertel von Marseille **III3DE**

Noms de personnes connues

Anne d'Autriche [andotʀiʃ] **IV5DE**
Balzac, Honoré de [hɔnɔʀedəbalzak] *frz. Schriftsteller, 1799–1850* **I4DE**
Cartier, Jacques [ʒakkaʀtje] *frz. Entdecker und Seefahrer (1491–1557)* **III5A,** 8
Jules César [ʒylsezaʀ] Julius Cäsar *röm. Feldherr und Politiker (101–44 v. Chr.)* **II4C,** 1
Chagall, Marc [maʀkʃagal] *französisch-russischer Maler (1887–1985)* **IV1A,** 3
Champlain, Samuel de [samyɛld(ə)ʃɑ̃plɛ̃] *frz. Forschungsreisender (1567–1635)* **III5A,** 8
Dame Carcas [damkaʀkas] *Legendenfigur, die im Mittelalter die Festung von Carcassonne verteidigt hat* **III6A**
Gaulle, Charles de [ʃaʀldəgol] *frz. General und Präsident der Republik (1890–1970)* **III3A,** 4
Dior, Christian [kʀistjɑ̃djɔʀ] *international bekannter französischer Modeschöpfer (1905–1957)* **III4A,** 1
les **Ducs de Bretagne** *(m.)* [ledykdəbʀətaɲ] die Herzöge der Bretagne **II7B,** 2
Eiffel, Gustave [gystavɛfɛl] *französischer Ingenieur (1832–1923)* **I7B,** 1
Grosjean, Romain [ʀɔmɛ̃gʀoʒɑ̃] *Formel-1-Pilot* **II5B,** 5
Guillaume 1er [gijompʀəmje] Wilhelm I. *(1797–1888), ab 1871 erster deutscher Kaiser* **IV5A,** 1
Guillaume le Conquérant [gijomləkɔ̃keʀɑ̃] *Im 11. Jahrhundert Herzog der Normandie und König von England* **III4A,** 1
Jordana, Camélia [kameljaʒɔʀdana] *französische Sängerin* **III1B,** 1
Leroy, Nolwenn [nɔlwɛnləʀwa] *französische Sängerin aus der Bretagne* **II4A,** 3
Louis XIV [lwikatɔʀz] Ludwig XIV. **IV5DE**
Lully, Jean-Baptiste [ʒɑ̃baptistlyli] *italienischer Komponist am Hof Ludwigs XIV. (1632–1687)* **IV5B,** 1
les frères **Lumière** [lefʀɛʀlymjɛʀ] die Brüder Lumière *Erfinder des „cinématographe" (1895), mit dem bewegte Bilder vorgeführt werden konnten. Sie gelten als Pioniere des Kinos.* **II2DE**
Marie-Thérèse [maʀiteʀɛz] **IV5DE**
Maupassant, Guy de [gidəmopapɑsɑ̃] *berühmter französischer Schriftsteller des 19. Jahrhunderts (1850–1893)* **III4A,** 1
Mestron, Hervé [ɛʀvemɛstʀɔ̃] *französischer Jugendbuchautor* **III2DE**
Molière, Jean-Baptiste [mɔljɛʀ] *französischer Theaterautor (1622–1673)* **IV5B,** 1
Moulin, Jean [ʒɑ̃mulɛ̃] *französischer Widerstandskämpfer (1899–1943)* **III4DE**
N'Sondé, Wilfried [wilfridnzɔnde] *im Kongo geborener Schriftsteller und Musiker* **IV2B,** 7
Pétain, Philippe *(le maréchal Pétain)* [filippetɛ̃] *Staatschef im Vichy-Regime (Marschall Pétain) (1856–1951)* **IV2A,** 4
Renault, Louis [lwiʀəno] *frz. Ingenieur und Mitgründer des Automobilherstellers Renault (1877–1944)* **IV3DE**
Sauzay, Brigitte [bʀiʒitzozɛ] *Beraterin des ehemaligen Bundeskanzlers Schröder für die deutsch-französischen Beziehungen* **III4DE**
Toto [toto] *frz. Comicfigur* **II1B,** 9
Vercingétorix [vɛʀsɛ̃ʒetɔʀiks] Vercingetorix *(Anführer der Gallier im Kampf gegen Cäsar, gestorben 46 v. Chr.)* **II4C,** 1
Verne, Jules [ʒylvɛ̃ʀn] *frz. Schriftsteller (1828–1905)* **II7DE,** 1

Wortliste

A

abbiegen tourner **I5B,** 1
der **Abend** le soir **I5A,** 1
heute Abend ce soir **I5A,** 1
ein **Abend** *(im Verlauf)* une soirée **III4A,** 8
ein **Abendessen** un dîner **III1C,** 2
ein **Abenteuer** une aventure **II4C,** 7
aber mais **I1B,** 1
abfahren partir **II3A,** 2
die **Abfahrt** le départ **II3B,** 1
von jdm./etw. **abhängen** dépendre de qn/qc **III6DE**
abhängig von etw. dépendant/dépendante de qc **IV4DE**
jdn./etw. **abholen** aller chercher qn/qc **II6A,** 2
das **Abitur** le bac **III1A,** 7
(eine Prüfung) **ablegen** passer (un examen) **III4A,** 11
etw. **ablehnen** refuser qc **IV5A,** 4
ein **Abonnent**/eine **Abonnentin** un abonné/une abonnée **IV4A,** 5
etw. **abonnieren** s'abonner à qc **IV4A,** 6
den Tisch **abräumen** débarrasser la table ⟨**IV3A,** 7⟩
etw. **abschreiben** copier qc **IV5DE**
absolut absolu/absolue **III5DE**
sich **abspielen** se passer **II3B,** 1 se dérouler **IV1A,** 8
eine **Abtei** une abbaye **III4A,** 4
abwaschen faire la vaisselle **IV3A,** 7
ein **Account** un compte **IV4DE**
Ach. *(ugs.)* Bof! *(fam.)* **I1B,** 6
jdn./etw. **achten** respecter qn/qc **II2B,** 3
achtgeben faire attention **I7C,** 1
Achtung! Attention! **I1A,** 1
der **Ackerbau** l'agriculture *(f.)* **IV3A,** 2
der **Adel** la noblesse **IV5B,** 1
afrikanisch africain/africaine **III2A,** 1
jdm./etw. **ähnlich** sein ressembler à qn/qc **II1B,** 2
ein **Akkordeon** un accordéon **I6B,** 6
ein **aktuelles Thema** un sujet d'actualité ⟨**IV4P**⟩
ein **Akzent** un accent **III3DE**
jdn./etw. **akzeptieren** accepter qn/qc **III2DE**
alle tout le monde **I5DE**
alle *(+ Nomen)* tout/toute **II5B,** 1
allein seul/seule **II2B,** 3
alle möglichen toutes sortes de **II7DE**
allerlei toutes sortes de **II7DE**
alles tout **II1A,** 2
als *(zeitlich)* quand **I4A,** 3; *(zeitlich)* lorsque **III2A,** 1
also donc **III5DE,** 2
alt vieux/vieil/vieille **II7DE,** 1 ancien/ancienne **III3DE**
Wie alt bist du? Tu as quel âge? **I3B,** 9
das **Alter** l'âge *(m.)* **I3B,** 9
eine **Altstadt** une cité **III6A**
am Montag lundi *(m.)* **I4A,** 3
amerikanisch américain/américaine **III4B,** 3
amtlich officiel/officielle **IV5DE**
ein **Amtssitz** une résidence **IV5DE**
eine **Amtssprache** une langue officielle **III5A,** 1
sich **amüsieren** s'amuser **II4C,** 1
jdm. etw. **anbieten** offrir qc à qn **III1A,** 2
ein **Andenken** un souvenir **I7B,** 1
anderer/**andere**/**anderes** autre/autre **I6B,** 1
einerseits ..., **andererseits** d'un côté, ..., de l'autre **IV6DE,** 7
ändern changer **II3A,** 2
etw. **ändern** changer qc **III1A,** 7
seine Meinung **ändern** changer d'avis **IV6DE,** 5
andernfalls sinon **III2B,** 1
anders différent/différente **II7A,** 1
jdn./etw. **anerkennen** reconnaître qn/qc **IV2DE**
die **Anerkennung** la reconnaissance **IV3B,** 1
am **Anfang** au début **II7A,** 1
ein **Anfang** un début **II7A,** 1
anfangen commencer **I4A,** 1
jdn./etw. **anfassen** toucher qn/qc **III2A,** 1
eine **Anfrage** une demande **IV5DE**
eine **Angelegenheit** une affaire **I3A,** 3
etw. **angeln** pêcher qc **III5A,** 1
ein **Angestellter**/eine **Angestellte** un employé/une employée **IV2A,** 1
jdn./etw. **angreifen** attaquer qn/qc **III6A**
die **Angst** la peur **II2A,** 5
jdm. Angst machen faire peur à qn **II2A,** 5
Angst haben vor jdm./etw. avoir peur de qn/qc **II2A,** 5
anhalten s'arrêter **II5B,** 2
etw. **anhalten** arrêter qc **II3B,** 1
etw. **anhören** écouter qn/qc **I2A,** 2
ein **Animationsfilm** un film d'animation **IV4B,** 1
jdn. **anklagen** accuser qn **III2B,** 5
jdn. **ankleiden** habiller qn **IV5B,** 1
ankommen arriver **I2DE**
die **Ankunft** l'arrivée *(f.)* **I7D,** 2
sich bei/für/zu etw. **anmelden** s'inscrire à qc ⟨**IV4B,** 5⟩
jdn./etw. **annehmen** accepter qn/qc **III2DE**
eine **Annonce** une annonce **III1A,** 7
ein **Anorak** un anorak **II3A,** 6
anpacken mettre la main à la pâte **IV6A,** 2
jdn. **anreden** s'adresser à qn **IV5B,** 1
jdn. **anrufen** téléphoner à qn **I6A,** 2 appeler qn **II2B,** 3
etw. an etw. **anschließen** brancher qc sur qc **IV6C,** 2
etw. **ansehen** regarder qc **I2DE**
eine **Ansichtskarte** une carte postale **I7B,** 1
eine **Anstrengung** un effort **IV4A,** 1
eine **Antwort** une réponse **I7A,** 1
ein **Anwalt**/eine **Anwältin** un avocat/une avocate ⟨**IV3P**⟩
ein **Anwender**/eine **Anwenderin** un utilisateur/une utilisatrice ⟨**IV4B,** 5⟩
eine **Anwendung** une application **IV1A,** 8
eine **App** une application **IV1A,** 8
anwesend présent/présente **III5DE,** 1
ein **Anzeichen** un indice **III6A**
eine **Anzeige** une annonce **III1A,** 7
etw. **anziehen** mettre qc **II3DE**
sich anziehen s'habiller **II3A,** 1
jdn. **anziehen** habiller qn **IV5B,** 1
ein **Apfel** une pomme **I5C,** 1
ein **Apfelsaft** un jus de pomme **I5C,** 1
eine **Apotheke** une pharmacie **III4B,** 7
ein **Apparat** un appareil **IV4DE**
der **Applaus** l'applaudissement *(m.)* **II3B,** 1
April avril *(m.)* **I3B,** 7
apropos à propos de qc **II2A,** 5
das **Arabische** l'arabe *(m.)* **III5DE,** 2
arabisch arabe/arabe **IV2B,** 7
eine **Arbeit**/**Arbeiten** un travail/des travaux **II7A,** 1
arbeiten travailler **I2A,** 2
eine **Arbeitsgruppe** un atelier **II5A,** 4
ein **Arbeitszimmer** un bureau **I7B,** 1
ein **Architekt**/eine **Architektin** un architecte/une architecte ⟨**IV3P**⟩
die **Architektur** l'architecture *(f.)* **IV5DE**
eine **Arena** une arène **III6B**
der **Arm** le bras **II2A,** 5
arm pauvre/pauvre **II3DE**
eine **Armee** une armée **IV1A,** 8
ein **Arrondissement** *(ein Verwaltungsbezirk)* un arrondissement **I5DE**
eine **Art** un genre **IV4B,** 2
ein **Arzt**/eine **Ärztin** un docteur/une docteure **III4B,** 7 un médecin/une médecin **III4B,** 3
ein **Assistent**/eine **Assistentin** un assistant/une assistante **I7DE**
eine **Atmosphäre** une ambiance **III3B,** 1
Aua! Aïe! **I4DE**
auch aussi **I1B,** 1
auch nicht ne ... pas non plus **III1B,** 1
ein **Audioguide** un audio-guide **I7B,** 2
auf sur **I3B,** 1
auf der Straße dans la rue **I2A,** 3
etw. **aufbauen** monter qc ⟨**IV6C,** 2⟩
der **Aufbruch** le départ **II3B,** 1

ein **Aufenthalt** un séjour **III4DE**
Auf geht's, Jungs! Allez les gars! *(fam.)* **II5B,** 2
aufgeregt excité/excitée **IV3B,** 1
aufhören (etw. zu tun) arrêter (de faire qc) **III1A,** 2
etw. **aufladen** recharger qc **IV6B,** 2
sich gegen jdn./etw. **auflehnen** se révolter contre qn/qc **IV4B,** 1
die **Aufmachung** le look **II3A,** 2
jdn. **aufmuntern** donner la pêche à qn *(fam.)* **III1A,** 2
etw. **aufnehmen** enregistrer qc **IV4A,** 1
aufpassen faire attention **I7C,** 1
ein **Aufprall** un choc **III1A,** 2
etw. **aufräumen** ranger qc **I3A,** 3
sich **aufregen** s'énerver **II3A,** 1
aufrichtig franc/franche **IV6A,** 2
etw. **aufschreiben** noter qc **III6A**
aufstehen se lever **II3A,** 1
aufwachen se réveiller **II3A,** 1
etw. **aufzeichnen** enregistrer qc **IV4A,** 1
ein **Aufzug** un ascenseur **IV1B,** 2
ein **Auge/Augen** un œil/des yeux **II1B,** 7
in diesem **Augenblick** à ce moment-là **II2A,** 5
August août *(m.)* **I3B,** 7
aus de/d' **I1B,** 1
aus Holz en bois **II4C,** 1
eine **Ausbildung** une formation **IV3A,** 1
etw. **ausblasen** souffler qc **I3B,** 1
ein **Ausdruck** une expression **IV3DE**
etw. **ausdrücken** exprimer qc **IV6A,** 2
ein **Ausflug** une sortie **II2A,** 5
eine Suche **ausführen** effectuer une recherche ⟨**IV4B,** 5⟩
etw. **ausfüllen** remplir qc ⟨**IV1P,** 2⟩
eine **Ausgabe** *(einer Zeitschrift)* un numéro **III1A,** 7
ein **Ausgang** une sortie **II2A,** 5
(Geld) **ausgeben** dépenser (de l'argent) **III4A,** 1
ausgebucht complet/complète ⟨**IV6C,** 2⟩
ausgehen sortir (de qc) **II3A,** 2
im/ins **Ausland** à l'étranger **IV3A,** 3
ausländisch étranger/étrangère **IV4B,** 1
etw. **ausnutzen** profiter de qc **III2A,** 8
etw. **ausräumen** vider qc **IV3A,** 7
jdn. zum Kaiser **ausrufen** proclamer qn empereur **IV5A,** 1
sich **ausruhen** se reposer **IV3A,** 4
die **Ausrüstung** le matériel **IV6C,** 2
das **Aussehen** l'air *(m.)* **II1A,** 2 le look **II3A,** 2
aussehen avoir l'air **II1A,** 2
eine **Außenwand** une façade **IV1A,** 3
außer sauf **IV1B,** 2
außerdem en plus **II7A,** 1
das **Äußere** l'extérieur ⟨**IV5B,** 6⟩
die **Aussicht** la vue **I7B,** 1
eine **Aussöhnung** une réconciliation **IV2A,** 1
aussteigen descendre **I6A,** 2
etw. **aussuchen** choisir qc **II5A,** 4
ein **Austausch** un échange **II7DE,** 1
ein **Austauschpartner**/eine **Austauschpartnerin** un correspondant/une correspondante **III4DE**
etw. **austeilen** distribuer qc **IV1B,** 2
etw. **ausüben** pratiquer qc **II5DE**
autistisch autiste/autiste **IV4B,** 1
ein **Auto** une voiture **I5A,** 1
eine **Autobahn** une autoroute **II4A,** 3
ein **Autor**/eine **Autorin** un auteur/une auteure **III1DE**

B

ein **Bäcker**/eine **Bäckerin** un boulanger/une boulangère ⟨**IV3P**⟩
eine **Bäckerei** une boulangerie **I5B,** 1
ein **Bad** une salle de bains **I5A,** 3
ein **Baguette** une baguette **I7C,** 1
eine **Bahn** une piste **II3B,** 1
ein **Bahnhof** une gare **I6A,** 2
bald bientôt **I3A,** 1
ein (kleiner) **Ball** une balle **II5A,** 4
ein **Ball** un bal **I6B,** 1 un ballon **II4B,** 1
ein **Band** une corde **II5A,** 4
eine **Band** un groupe **III1A,** 2
ein **Bärenhunger** *(ugs.)* une faim de loup *(fam.)* **I6A,** 2
Barock- baroque/baroque **IV5DE**
des Barocks *(Epoche)* baroque/baroque **IV5DE**
eine **Baskenmütze** un béret **IV2B,** 7
der **Bau** la construction **III4B,** 3
der **Bauch** le ventre **III4A,** 4
etw. **bauen** construire qc **III6A**
ein **Bauernhof** une ferme **II7A,** 1
ein **Baum** un arbre **I7A,** 1
bayerisch bavarois/bavaroise **III5A,** 1
sich bei jdm. **bedanken** remercier qn **IV5A,** 4
beeindruckend impressionnant/impressionnante **III4A,** 4
etw. **beenden** finir (de faire) qc **II5A,** 4 terminer qc **III2A,** 1 mettre fin à qc **IV5A,** 1
etw. **beenden** arrêter qc **II3B,** 1
eine **befestigte** Stadt une ville fortifiée **III6A**
sich **befinden** se trouver **III4DE**
jdn./etw. **befreien** libérer qn/qc **III4B,** 3
jdm. **begegnen** rencontrer qn **I6C,** 1
eine **Begegnung** une rencontre **III5B,** 1
beginnen commencer **I4A,** 1
etw. von vorn beginnen reprendre qc **III1A,** 2
beginnen mit jdm./etw. commencer par qn/qc **II7DE,** 1
etw. **behalten** garder qc **III2B,** 1
ein Mensch mit **Behinderung** un handicapé/une handicapée **IV4B,** 1
behördlich administratif/administrative **III5DE,** 2
bei jdm. chez qn **I4A,** 1
der **Beifall** l'applaudissement *(m.)* **II3B,** 1
ein **Bein** une jambe **II5B,** 2
beinahe presque **II2A,** 5
zum Beispiel par exemple **II1A,** 2
bekannt connu/connue **II7DE,** 1
jdm. etw. **bekanntgeben** déclarer qc à qn ⟨**IV2B,** 7⟩
eine **Bekanntschaft** une connaissance **IV2A,** 1
bekloppt *(ugs.)* dingue/dingue *(fam.)* **III4A,** 4
etw. **bekommen** recevoir qn/qc **IV4A,** 1
eine **Beleidigung** une insulte **IV4DE**
etw. **beleuchten** illuminer qc **IV1A,** 3
belgisch belge/belge **III3DE**
jdn./etw. **bemerken** remarquer qn/qc **II3B,** 3
jdn. **benachrichtigen** avertir qn **III5B,** 1
jdn. **benachrichtigen** prévenir qn **IV4A,** 1
benachteiligt défavorisé/défavorisée **IV4B,** 1
etw. **benutzen** utiliser qc **II2A,** 4
ein **Benutzer**/eine **Benutzerin** un utilisateur/une utilisatrice ⟨**IV4B,** 5⟩
jdn./etw. **beobachten** observer qn/qc **III6B**
bequem confortable/confortable **IV6DE,** 7
ein **Berater**/eine **Beraterin** un conseiller/une conseillère **IV3A,** 1
ein **Bereich** un domaine **IV2A,** 1
bereit prêt/prête **II2DE**
der **Berg** la montagne **III1DE**
ein kleiner **Berg** un mont **III4A,** 1
eine **Berghütte** un chalet **IV6DE,** 3
ein **Berliner**/eine **Berlinerin** un Berlinois/une Berlinoise **IV2B,** 7
berlinerisch berlinois/berlinoise **IV2B,** 7
ein **Beruf** un métier **II4C,** 1
beruflich professionnel/professionnelle **IV3A,** 1
ein **Berufsberatungstag** une journée d'orientation **IV3A,** 1
jdn. **beruhigen** calmer qn **III5B,** 1
sich **beruhigen** se calmer **IV3A,** 4
berühmt célèbre/célèbre **I7DE**
jdn./etw. **berühren** toucher qn/qc **III2A,** 1
sich mit jdm./etw. **beschäftigen** s'occuper de qn/qc **III1A,** 2
beschäftigt occupé/occupée **IV3DE**
beschließen, etw. zu tun décider de faire qc **IV1A,** 3
ein **Beschluss** une résolution **III1A,** 2
jdn./etw. **beschreiben** décrire qn/qc **II1B,** 7
etw. **besetzen** occuper qc **II4C,** 1

besetzt occupé/occupée **II4C,** 1
etw. **besichtigen** visiter qc **I7DE**
eine **Besichtigung** une visite **II2A,** 1
eine **Besprechung** une réunion **IV5B,** 1
besser *(Adv.)* mieux *(adv.)* **III1A,** 2
Es wird dir besser gehen. Tu vas aller mieux. **III1B,** 1
etw. **bestätigen** confirmer qc ⟨**IV2B,** 3⟩
der **beste**/die **beste** le meilleur/la meilleure **II5A,** 2
bestimmte certains/certaines **IV2B,** 3
ein **Bestimmungsort** une destination **III6A**
ein **Besuch** une visite **II2A,** 1
jdn. **besuchen** rendre visite à qn **III3B,** 1
ein **Besucher**/eine **Besucherin** un visiteur/une visiteuse **III3DE**
ein **Betonblock** un bloc de béton **III4B,** 3
etw. **betrachten** regarder qc **I2DE**
etw. **betreffend** à propos de qc **II2A,** 5
Judo betreiben faire du judo **I5A,** 3
ein **Betreuer**/eine **Betreuerin** un animateur/une animatrice **II5A,** 4
ein **Betrieb** une entreprise **IV2A,** 1
ein **Bett** un lit **I4A,** 1
beunruhigt inquiet/inquiète **IV3B,** 1
bevor man etw. tut avant de faire qc **III3A,** 1
bevorzugt préféré/préférée **I6B,** 6
jdn. **bewachen** garder qn **III6B**
etw. **bewegen** bouger qc **III4B,** 3
sich bewegen bouger **I7C,** 1
etw. **beweisen** prouver qc ⟨**IV2B,** 3⟩
ein **Bewohner**/eine **Bewohnerin** un résident/une résidente **IV5A,** 1
jdn./etw. **bewundern** admirer qn/qc **IV5DE**
etw. **bezahlen** payer qc **II6A,** 2
eine **Beziehung** une relation **IV2A,** 1
das **Bier** la bière **II4C,** 1
ein **Bild** une image **III4B,** 3
etw. **bilden** former qc **IV1DE**
ein **Bildschirm** un écran **IV4DE**
die **Bildung** l'éducation *(f.)* **IV2A,** 1
das **Billard** le billard **IV5B,** 1
etw. an etw. **festbinden** fixer qc à qc ⟨**IV1P,** 2⟩
bis jusqu'à **II4B,** 1
Bis später! A plus! *(fam.)* **I0,** 1 A plus! *(fam.)* **I5A,** 1
bitte *(wenn man jemanden duzt)* s'il te plaît **I3A,** 3; *(wenn man jemanden siezt)* s'il vous plaît **I3A,** 3
Bitte! De rien. **IV5A,** 4
Bitte sehr. Il n'y a pas de quoi. **IV5A,** 4
Ich **bitte** dich/Sie. Je t'en/vous en prie. **IV5A,** 4
jdn. (um etw.) **bitten** demander (qc) à qn **I6B,** 1
blau bleu/bleue **I6A,** 2
bleiben rester **I6B,** 1
bleich pâle/pâle **III2B,** 5
ein **Bleistift** un crayon **I2A,** 1
ein **Blick** un regard **III2DE**
blöd nul/nulle **I6A,** 1 bête/bête **II1A,** 2
Das ist zu blöd! *(ugs.)* C'est trop nul! *(fam.)* **I5B,** 3
blond blond/blonde **II1B,** 7
bloß juste **III1B,** 1
eine **Bluse** un chemisier **II3A,** 6
der **Boden** la terre **II4C,** 1
ein **Bogen** un arc ⟨**IV5B,** 6⟩
ein **Bol** *(eine Trinkschale)* un bol **I7C,** 1
ein **Boot** un bateau/des bateaux **I7C,** 1
an **Bord** von etw. à bord de qc **IV2A,** 1
böse méchant/méchante **III4A,** 4
ein **Boulevard** un boulevard **I6B,** 1
eine **Boutique** une boutique **I7B,** 1
ein **Brauch** une coutume **IV2B,** 7
etw. **brauchen** avoir besoin de qc **III1C,** 2
ihr braucht etw. il vous faut qc **III4B,** 7
man braucht etw. il faut qc **II6A,** 1
Sie brauchen etw. il vous faut qc **III4B,** 7
braun marron/marron **II1B,** 7
breit large/large **II4C,** 1
ein **Bretone**/eine **Bretonin** un Breton/une Bretonne **II4DE**
bretonisch breton/bretonne **II4DE**
ein **Brief** une lettre **III6A**
ein **Brieffreund**/eine **Brieffreundin** un correspondant/une correspondante **III4DE**
eine **Brigade** une brigade **IV2A,** 1
jdm. etw. **(mit-)bringen** apporter qc à qn **II4A,** 3
das **Brot** le pain **II4C,** 1
ein **Bruder** un frère **I2B,** 2
ein **Brunnen** un puits **III6A**
ein **Bub** un garçon **I1B,** 1
ein **Buch** un livre **I2A,** 1
ein **Buchstabe** une lettre **III6A**
eine **Bucht** une baie **III4A,** 9
ein **Bühnenbild** un décor ⟨**IV4P**⟩
Bumms! Patatras! **I7C,** 1
das **Bungee-Jumping** le saut à l'élastique **II5DE**
eine **Burg** un château fort **III6A**
ein **Bürgermeister**/eine **Bürgermeisterin** un maire/une maire **IV2A,** 1
ein **Büro** un bureau **I7B,** 1
ein **Bus** un bus **I7D,** 1
ein **Busserl** *(ugs.)* un bisou *(fam.)* **I7B,** 3
die **Butter** le beurre **II6B,** 2

C

ein **Café** un café **I5B,** 1
ein **Camembert** un camembert **III4A,** 1
campen faire du camping **IV6DE,** 3
ein **Camper**/eine **Camperin** un campeur/une campeuse **IV6DE,** 3
das **Camping** le camping **IV6DE**
ein **Campingplatz** un camping **IV6DE**
eine **CD**/**CDs** un CD/des CD **I3A,** 1
ein **Chalet** un chalet **IV6DE,** 3
der **Champagner** le champagne **IV1DE**
ein **Champion** un champion/une championne **I5B,** 3
die **Chance** la chance **II2B,** 3
ein **Charakter** un caractère **III3DE**
mit jdm. **chatten** chatter avec qn **I2A,** 5
ein **Chef**/eine **Chefin** un chef/une chef **II4C,** 1
ein **Comic** une BD **I2DE**
ein **Computer** un ordinateur **I3A,** 1
ein **Computerspiel**/**Computerspiele** un jeu vidéo/des jeux vidéo **I3A,** 3
ein **Cousin**/eine **Cousine** un cousin/une cousine **I3A,** 9

D

da comme **III3A,** 1
da ist voilà **I1A,** 1
da sind voilà **I1A,** 1
ein **Dach** un toit **III3B,** 1
daheim à la maison **I4A,** 1
daher en **IV2B,** 7
da(hin) là-bas **II1A,** 2
eine **Dame** une dame **I1B,** 4
dämlich *(ugs.)* débile/débile *(fam.)* **III4A,** 4
danach après **I4A,** 1 ensuite **II3A,** 1
daneben à côté *(adv.)* **II1A,** 2
Vielen **Dank**! Merci beaucoup! **I5B,** 2
dank einer Person/einer Sache grâce à qn/qc **IV1A,** 8
die **Dankbarkeit** la reconnaissance **IV3B,** 1
danke merci **I0,** 1
jdm. **danken** remercier qn **IV5A,** 4
dann puis **I3B,** 1 ensuite **II3A,** 1
Dann eben nicht! Tant pis! **IV4A,** 1
daran y **IV2B,** 7
darauf dessus **II5A,** 4
Das kommt darauf an. Ça dépend. **II3A,** 6
daraus en **IV2B,** 7
eine **Darbietung** un spectacle **II7DE**
jdn./etw. **darstellen** représenter qn/qc **III5B,** 1
darüber en **II2B,** 6 en **IV2B,** 7
das ça *(Kurzform von cela)* **I2B,** 2
das ist c'est **I1A,** 1
Das geht nicht. Ça ne va pas. **I1B,** 1
dass *(Konjunktion)* que **II2B,** 6

derselbe/**dieselbe**/**dasselbe** le même/la même **II1A,** 2
technische **Daten** une fiche technique **IV4B,** 5
ein **Datum** une date **II4DE**
dauern durer **IV1A,** 3
davon en **II2B,** 6
Was hältst du davon? Qu'est-ce que tu en penses? **II2B,** 6
Wie viel(e) brauchen wir (davon)? Combien est-ce qu'il en faut? **II6B,** 7
eine **Decke** une couverture **III2DE**
eine **Decke** (eines Zimmers) un plafond **IV5A,** 1
die **Dekoration** la décoration **IV6C,** 1
dekoriert décoré/décorée ⟨**IV5B,** 6⟩
an jdn./etw. **denken** penser à qn/qc **II1B,** 2
denken, dass penser que **II2B,** 6
Wie denkst du darüber? Qu'est-ce que tu en penses? **II2B,** 6
ein **Denkmal** un monument **I7DE**
denn car **IV3B,** 1
jdn. **deportieren** déporter qn **IV2A,** 1
deshalb c'est pourquoi **III1B,** 4
deshalb c'est pour ça que *(fam.)* **II5B,** 2
Deutsch *(die deutsche Sprache)* l'allemand *(m.)* **I4DE**
ein **Deutscher**/eine **Deutsche** un Allemand/une Allemande **IV1DE**
deutsch-französisch franco-allemand/franco-allemande **IV1B,** 1
deutschsprachig germanophone/germanophone **IV6DE**
Dezember décembre *(m.)* **I3B,** 1
ein **Diagramm** un diagramme **IV2B,** 3
ein **Dialekt** un dialecte **IV1B,** 8
ein **Dialog** un dialogue ⟨**IV4P**⟩
dick gros/grosse **III4A,** 4
ein **Dieb**/eine **Diebin** un voleur/une voleuse **III2A,** 1
ein **Diebstahl** un vol **III2B,** 5
zu etw. **dienen** servir à qc **III1B,** 1
ein **Diener** un valet **IV5B,** 1
Dienstag mardi *(m.)* **I4B,** 1
am Dienstag mardi *(m.)* **I4B,** 1
dieser/**diese**/**dieses** *(Demonstrativbegleiter)* ce/cet/cette/ces **I7A,** 1
ein **Ding** un truc *(fam.)* **I2A,** 1 une chose **I6C,** 1
ein **Diplomat**/eine **Diplomatin** un diplomate/une diplomate ⟨**IV3P**⟩
ein **Direktor**/eine **Direktorin** un directeur/une directrice **IV2A,** 3
eine **Disco** *(ugs.)* une boîte **IV6B,** 2
in die Disco gehen aller en boîte *(fam.)* **IV6B,** 2
eine **Diskussion** une discussion **II2A,** 5
(über etw.) **diskutieren** discuter (de qc) **I4A,** 3
die **Disziplin** la discipline **IV2B,** 2
doch quand même **II3B,** 1
doch si **I4B,** 4
ein **Doktor**/eine **Doktorin** un docteur/une docteure **III4B,** 7
ein **Dokumentarfilm** un documentaire **IV4B,** 5
eine **Domäne** un domaine **IV2A,** 1
Donnerstag jeudi *(m.)* **I4B,** 1
am Donnerstag jeudi *(m.)* **I4B,** 1
ein **Dorf** un village **II4B,** 1
dort là **I2A,** 3 y **IV2B,** 7
dort (drüben) là-bas **II1A,** 2
dorthin y **IV2B,** 7
eine **Dose** une boîte **IV6B,** 2
ein **Drache** un dragon **II2A,** 5
eine **Drahtseilbahn** un funiculaire **IV6DE,** 3
ein **Drahtzaun** une grille **II2A,** 5
ein **Drama** un drame **IV4B,** 1
draußen dehors **III2A,** 1 en plein air **IV1A,** 8
ein **Drehbuch** un scénario **IV4B,** 1
drehen tourner **I5B,** 1
dringend urgent/urgente **III4B,** 7
ein **Drittel** des/der un tiers de **III5DE,** 5
du *(betont)* toi **I0,** 2
dumm bête/bête **II1A,** 2
dunkel sombre/sombre **II2A,** 5
dunkelbraun brun/brune **II1B,** 7
durch par **III4B,** 3 à travers **IV6DE,** 3
durch jdn./etw. grâce à qn/qc **IV1A,** 8
Was für ein **Durcheinander**! C'est le bazar! *(fam.)* **IV6A,** 2
der **Durchschnitt** la moyenne **III2A,** 1
im Durchschnitt en moyenne **IV4DE**
durchschnittlich en moyenne **IV4DE**
etw. **durchsuchen** fouiller (dans) qc **III2A,** 1
etw. tun **dürfen** avoir le droit de faire qc **II4C,** 1
der **Durst** la soif **I5C,** 1
Durst haben avoir soif **I5C,** 1
eine **Dusche** une douche **II3A,** 2
duschen prendre une douche; se doucher **II3A,** 2
dynamisch dynamique/dynamique **III5A,** 1

E

echt vrai/vraie **II1A,** 2
ehemalig *(wenn es vor dem Nomen steht)* ancien/ancienne **IV1DE**
ein **Ehepaar** un couple **IV4B,** 1
eher plutôt **II4A,** 3
jdn. **ehren** rendre hommage à qn **IV2A,** 1
ehrgeizig ambitieux/ambitieuse **IV5DE**
ein **Ei**/**Eier** un œuf/des œufs **II6DE**
eifersüchtig auf jdn. jaloux/jalouse de qn **III2A,** 1
eigen propre/propre *(vor dem Nomen)* **IV6DE**
eine **Eigenschaft** une qualité **IV4A,** 1
ein **Eigentümer**/eine **Eigentümerin** un propriétaire/une propriétaire **II5B,** 2
ein **Eindruck** une impression **III2A,** 1
einerseits ..., andererseits d'un côté, ..., de l'autre **IV6DE,** 7
einfach simple/simple **II5A,** 4
jdm. **einfallen** venir à l'esprit **IV2B,** 2
ein **Eingang** une entrée **I5A,** 1
einige quelques **III2A,** 1
sich auf/über etw. **einigen** se mettre d'accord sur qc **IV6DE,** 8
einkaufen faire les courses *(f., pl.)* **II6DE**
einen **Einkaufsbummel** machen faire du shopping **III5A,** 1
jdn. **einladen** inviter qn **I3A,** 3
sich in etw. **einloggen** se connecter à qc **IV6B,** 2
etw. **einnehmen** occuper qc **II5A,** 1
etw. **einrichten** installer qc **II4A,** 3
jdn./etw. **einschließen** enfermer qn/qc **III1B,** 1
sich in/bei/für etw. **einschreiben** s'inscrire à qc ⟨**IV4B,** 5⟩
einsteigen monter **II2B,** 3
eintreten entrer **I2A,** 3
einverstanden d'accord **I2B,** 2
ein **Einwand** une objection **IV6DE,** 7
die **Einwanderung** l'immigration *(f.)* **III3B,** 1
ein **Einwohner**/eine **Einwohnerin** un habitant/une habitante **III3DE**
einzig seul/seule **IV5B,** 1
das **Eis** la glace **III5A,** 1
ein **Eisbär** un ours polaire **III5B**
das **Eishockey** le hockey sur glace **III5A,** 1
ein **Elefant** un éléphant **I6B,** 1
elegant élégant/élégante **IV5B,** 6
ein **Elsässer**/eine **Elsässerin** un Alsacien/une Alsacienne **IV1B,** 8
elsässisch alsacien/alsacienne **IV1DE**
die **Eltern** les parents *(m., pl.)* **I3A,** 9
eine **E-Mail** un courriel **I6C,** 1
jdn. **empfangen** accueillir qn **III3B,** 1
ein **Empfang** un accueil; une réception ⟨**IV6C,** 2⟩
jdn./etw. **empfangen** recevoir qn/qc **IV4A,** 1
jdm. etw. **empfehlen** recommander qc à qn ⟨**IV4P**⟩
das **Ende** la fin **I4B,** 5
etw. ein Ende setzen mettre fin à qc **IV5A,** 1
endlich enfin **I6C,** 1

die **Energie** l'énergie *(f.)* **III1A,** 2
ein **Engländer**/eine **Engländerin** un Anglais/une Anglaise **III3A,** 1
englisch anglais/anglaise **III4B,** 3
enorm immense/immense **IV5DE**
etw. **entdecken** découvrir qc **II7DE**
eine **Entdeckung** une découverte **III2B,** 1
sich **entfernen** s'éloigner **III5B,** 1
entscheiden, etw. zu tun décider de faire qc **IV1A,** 3
eine **Entscheidung** une décision **III6DE**
eine Entscheidung treffen prendre une décision **IV3B,** 1
Entschuldige bitte. Excuse-moi. **I4A,** 3
Entschuldigen Sie. Excusez-moi. **I4A,** 3
Entschuldigung. Pardon. **I1A,** 1 Excusez-moi. **I4A,** 3
Entschuldigung! Excuse-moi. **I4A,** 3
enttäuscht déçu/déçue **IV2B,** 7
eine **Epoche** une époque **II4C,** 1
das **Erbe** le patrimoine **III6A**
die **Erde** la terre **II4C,** 1 la planète **IV2B,** 7
sich **ereignen** avoir lieu **III6A**
sich **ereignen** se passer **II3B,** 1
ein **Ereignis** un évènement **II5B,** 4
etw. **erfahren** apprendre qc **II4C,** 1
eine **Erfahrung** une expérience **IV2A,** 1
etw. **erfinden** inventer qc **IV3B,** 7
ein **Erfolg** un succès **III1A,** 2
Erfolg haben réussir **III1A,** 2
erfolgreich sein réussir **III1A,** 2
erforderlich (für etw.) nécessaire/nécessaire (à qc) **IV5A,** 1
erfreut content/contente **I6DE**
ein **Ergebnis** un résultat **II1B,** 2
etw. **erhalten** recevoir qn/qc **IV4A,** 1
sich **erheben** se lever **II3A,** 1
sich an jdn./etw. **erinnern** se rappeler qn/qc **II3A,** 2
jdn. an jdn./etw. erinnern rappeler qn/qc à qn **III1B,** 1
eine **Erinnerung** un souvenir **I7B,** 1
jdn./etw. **erkennen** reconnaître qn/qc **IV2DE**
eine **Erkenntnis** une connaissance **IV2A,** 1
(jdm.) etw. **erklären** expliquer qc (à qn) **II2B,** 3
jdm. etw. **erklären** déclarer qc à qn ⟨**IV2B,** 7⟩
jdm. **erlauben**, etw. zu tun permettre à qn de faire qc **IV3A,** 1
eine **Erlaubnis** une autorisation **III2B,** 1
etw. **erleben** vivre qc **II4C,** 1
jdm. **ermöglichen**, etw. zu tun permettre à qn de faire qc **IV3A,** 1
jdn. **ermutigen** encourager qn **III2A,** 1
jdn. **ernähren** nourrir qn **IV5A,** 1

ernst sérieux/sérieuse **IV1B,** 2
jdn./etw. ernst nehmen prendre qn/qc au sérieux **IV1B,** 2
ernsthaft sérieux/sérieuse **IV1B,** 2
eine **Eroberung** une conquête **III4A,** 1
etw. **erraten** deviner qc **II1B,** 7
etw. **ersetzen** remplacer qc **II4A,** 1
jdm. etw. **erstatten** rembourser qn de qc **III4B,** 7
der **erste**/die **erste**/das **erste** le premier/la première **I3B,** 7
etw. **erwarten** s'attendre à qc **IV2B,** 7
jdn./etw. **erwarten** attendre qn/qc **I6A,** 2
jdn./etw. **erwischen** attraper qn/qc **II5A,** 3
etw. **erzählen** raconter qc **I4A,** 3
ein **Erzeuger**/eine **Erzeugerin** un producteur/une productrice **IV1A,** 3
jdn. **erziehen** élever qn/qc **III6B**
ein **Erzieher**/eine **Erzieherin** un éducateur/une éducatrice **IV4B,** 1
die **Erziehung** l'éducation *(f.)* **IV2A,** 1
es gibt il y a **I3A,** 1
es ist il y a **I3A,** 1
ein **Essen** un repas **I5A,** 3
Essen zubereiten faire la cuisine **II6DE**
etw. **essen** manger qc **I3B,** 1 prendre qc **I5C,** 1
es sind il y a **I3A,** 1
ein **Esszimmer** une salle à manger **IV5B,** 1
eine **Etage** un étage **II7A,** 1
eine **Etappe** une étape **IV1A,** 2
etwa environ **II1DE** par hasard **IV3A,** 4
etwas quelque chose **I4B,** 4
ein **Europäer**/eine **Europäerin** un Européen/une Européenne **IV1B,** 2
europäisch européen/européenne **III3DE**
das **Europaparlament** le Parlement européen **IV1DE**
existieren exister **III3B,** 1
exotisch exotique/exotique **III3B,** 1

F

ein **Fach** un casier **III2B,** 1
ein **Fachmann**/eine **Fachfrau** un professionnel/une professionnelle **IV4B,** 1
ein **Fachwerkhaus** une maison à colombages ⟨**IV5B,** 6⟩
eine **Fahne** un drapeau **III5DE**
fahren aller **I4A,** 3 rouler **II7A,** 1
eine **Fahrkarte** un ticket **I7D,** 2
eine **Fahrkarte** *(Zug)* un billet **I7D,** 3
ein **Fahrrad** un vélo **I2B,** 7
ein **Fahrschein** un ticket **I7D,** 2
ein **Fahrstuhl** un ascenseur **IV1B,** 2
auf jeden Fall en tout cas **III5B,** 1
fallen tomber **I5B,** 3 baisser ⟨**IV2B,** 3⟩

falls si *(Konjunktion)* **I7C,** 1
das **Fallschirmspringen** le parachutisme **II5DE**
falsch mauvais/mauvaise **III3A,** 1 faux/fausse **III4A,** 6
ein **Faltblatt** un dépliant ⟨**IV4B,** 5⟩
eine **Familie** une famille **I3A,** 9
jdn./etw. **fangen** attraper qn/qc **II5A,** 3
fantastisch fantastique/fantastique **I1B,** 2
eine **Farbe** une couleur **I6A,** 6
ein **Fass** un tonneau **IV1A,** 6
eine **Fassade** une façade **IV1A,** 3
fast presque **II2A,** 5
jdn. **faszinieren** fasciner qn **IV3A,** 1
Februar février *(m.)* **I3B,** 7
das **Fechten** l'escrime *(f.)* **II5A,** 3
ein **Federmäppchen** une trousse **II1DE**
eine **Fee** une fée **IV5A,** 1
fehlen manquer **II7A,** 1
ein **Fehler** une faute **III4A,** 4
feiern faire la fête **III3A,** 1
fein élégant/élégante **IV5B,** 6
ein **Feind**/eine **Feindin** un ennemi/une ennemie **IV2A,** 1
eine **Felsbucht** une calanque **III3DE**
ein **Fenster** une fenêtre **IV5A,** 1
die **Ferien** les vacances *(f., pl.)* **I6A,** 1
in den Ferien en vacances **I2A,** 3
ein **Ferienlager** une colonie de vacances **III1DE**
ein **Ferienhaus** un gîte **II4DE**
das **Fernsehen** la télévision *(fam.: la télé)* **I4A,** 1
ein **Fernsehsender** une chaîne de télévision **III5DE**
fertig prêt/prête **II2DE**
etw. **fertigbringen** réussir qc **II5A.** 4
etw. **fertigstellen** terminer qc **III2A,** 1
jdn. **fesseln** fasciner qn **IV3A,** 1
fesselnd passionnant/passionnante **IV1B,** 2
ein **Fest** une fête **I6DE** un bal **I6B,** 1
etw. **festigen** renforcer qc **IV2A,** 1
ein **Festival** un festival **II7A,** 1
etw. **feststellen** constater qc ⟨**IV2B,** 3⟩
ein **Festumzug** une procession **III6B**
eine **Festung** un fort **IV1A,** 8
eine **Festungsmauer** un rempart **III6A**
die „**Fête de la musique**" la Fête de la musique **I6DE**
fett gras/grasse **IV2B,** 7
fettig gras/grasse **IV2B,** 7
ein **Feuerwehrmann**/eine **Feuerwehrfrau** un pompier/une femme pompier ⟨**IV3P**⟩
ein **Feuerwerk** un feu d'artifice **IV5A,** 1
das **Fieber** la fièvre **III4B,** 7

eine **Figur** un personnage **II7DE** une statuette **III2A,** 1
eine **Figur** *(beim Sport)* une figure **II5A,** 4
ein **Film** *(Kino, Fernsehen)* un film **I5C,** 1
eine **(Film-)Kritik** une critique (de film) **IV4B,** 1
ein **Filmregisseur**/eine **Filmregisseurin** un réalisateur/une réalisatrice **IV4B,** 5
der **Filmstart** la date de sortie *(d'un film)* **IV4B,** 5
eine **(Film-)Vorführung** une séance (de cinéma) ⟨**IV4B,** 5⟩
eine **(Film-)Vorstellung** une séance (de cinéma) ⟨**IV4B,** 5⟩
ein **Filzstift** un feutre **II1DE**
die **Finanzen** les finances *(f., pl.)* **IV5B,** 1
jdn./etw. **finden** trouver qn/qc **I2A,** 2
finden, dass trouver que **II2B,** 6
ein **Finger** un doigt **II6A,** 2
eine **Firma** une entreprise **IV2A,** 1
ein **Fisch** un poisson **III4A,** 4
eine **Fläche** une superficie **IV6DE**
eine **Flagge** un drapeau **III5DE**
ein **Flamingo** un flamant rose **III6B**
flämisch flamand/flamande **III3DE**
ein **Flammkuchen** une tarte flambée **IV1B,** 7
eine **Flasche** une bouteille **II6A,** 2
das **Fleisch** la viande **II6DE**
fliehen fuir **IV2A,** 4
fließend courant/courante **III5DE,** 2
ein **Flohmarkt** un marché aux puces **III3A,** 1
flüchten fuir **IV2A,** 4
ein **Flug** un vol **III6D**
ein **Flugzeug** un avion **I7D,** 4
ein **Flur** un couloir **II2DE**
ein **Fluss** une rivière; un fleuve **II7DE**
föderal fédéral/fédérale/fédéraux/fédérales **III6DE**
föderalistisch fédéral/fédérale/fédéraux/fédérales **III6DE**
eine **Folge** une conséquence **IV4A,** 1
jdm./etw. **folgen** suivre qn/qc **IV4B,** 1
ein **Fondue** une fondue **IV6DE,** 3
etw. **formen** former qc **IV1DE**
die **Forschung** la recherche **IV3B,** 1
fortfahren, etw. zu tun continuer à faire qc **II1B,** 2
ein **Foto** une photo **I5DE**
ein **Fotoapparat** un appareil photo **III3A,** 1
ein **Fotograf**/eine **Fotografin** un photographe/une photographe **IV4B,** 1
eine **Frage** une question **I5B,** 3
ein **Fragebogen** un questionnaire ⟨**IV1P,** 2⟩
jdn. (nach etw.) **fragen** demander (qc) à qn **I6B,** 1
die **Frankofonie** la francophonie **III5DE**
ein **Franzose**/eine **Französin** un Français/une Française **III5DE,** 2
französisch français; français/française **I2A,** 1
französischsprachig francophone/francophone **III5DE**
eine **Frau** une dame **I1B,** 4 une femme **II1B,** 7
Frau … madame … **I1B,** 6
Fräulein … mademoiselle … **I1B,** 6
frei libre/libre **IV1A,** 7
im **Freien** dehors **III2A,** 1 en plein air **IV1A,** 8
die **Freiheit** la liberté **III1A,** 2
Freitag vendredi *(m.)* **I4B,** 1
am Freitag vendredi *(m.)* **I4B,** 1
eine **Freizeitbeschäftigung** une activité **I5DE**
fremd étranger/étrangère **IV4B,** 1
ein **Fremdenverkehrsamt** un office de tourisme **II4DE**
ein **Fremder**/eine **Fremde** un étranger/une étrangère **III3B,** 1
eine **Freude** un plaisir **IV5A,** 4
ein **Freund**/eine **Freundin** un ami/une amie **I0,** 1 un copain/une copine *(fam.)* **I1B,** 2
ein fester Freund/eine feste Freundin un petit copain/une petite copine **III4A,** 4
die **Freundschaft** l'amitié *(f.)* **IV2A,** 1
der **Frieden** la paix **IV2A,** 1
ein **Friedhof** un cimetière **IV1DE**
ein **Friseur**/eine **Friseurin** un coiffeur/une coiffeuse **IV3A,** 1
eine **Frisur** une coiffure **III2DE**
froh content/contente **I6DE**
eine **Frucht** un fruit **II6DE**
früh *(Adv.)* tôt *(adv.)* **I7D,** 1
der **Frühling** le printemps **II4DE**
das **Frühstück** le petit-déjeuner **I7C,** 1
frühstücken prendre son petit-déjeuner **II3A,** 2
etw. **fühlen** sentir qc **II3A,** 2
sich fühlen se sentir **II3A,** 2
jdn. **führen** guider qn **II7B,** 2
ein **Führer**/eine **Führerin** un guide/une guide **I7B,** 1
eine **Führung** une visite guidée **IV1A,** 2
etw. **füllen** remplir qc ⟨**IV1P,** 2⟩
ein **Füller** un stylo **I2A,** 1
funkeln briller **II4A,** 7
für pour **I2A,** 3
ein **Fuß** un pied **I4DE**
zu Fuß à pied **I5A,** 1
der **Fußball** *(Sportart)* le foot(ball) **I2B,** 7
ein **Fußballer**/eine **Fußballerin** un footballeur/une footballeuse **IV3B,** 4
ein **Fußballverein** un club de foot **II7A,** 1

G

eine **Gabel** une fourchette **II6B,** 1
Gallien la Gaule **II4C,** 1
ein **Gallier**/eine **Gallierin** un Gaulois/une Gauloise **II4C,** 1
gallisch gaulois/gauloise **II4B,** 1
ein **Gang** un couloir **II2DE**
ein **Gang** *(beim Essen)* un plat **I6A,** 2
ganz entier/entière **II7DE,** 1
ganz *(+ Nomen)* tout/toute **II5B,** 1
ein **Garten** un jardin **II7B,** 2
das **Gas** le gaz **IV6A,** 1
ein **Gast** un invité/une invitée **II4A,** 6
eine **Gattung** un genre **IV4B,** 2
ein **Gebäude** un immeuble **II7A,** 1 un bâtiment **III5A,** 1
jdm. etw. **geben** donner qc à qn **I6B,** 1 passer qc à qn **II4A,** 3
es gibt nicht nur … il n'y a pas que … **II3B,** 1
es gibt nur noch il n'y a plus que … **II3B,** 1
ein **(Übersee-)Gebiet** un territoire (d'outre-mer) **III5DE,** 1
das **Gebirge** la montagne **III1DE**
geboren werden/sein être né(e) *(Infinitiv: naître)*; naître **II1B,** 2
gebrochen cassé/cassée **II5B,** 2
eine **Geburt** une naissance **IV5DE**
ein **Geburtstag** un anniversaire **I3DE**
ein **Gedanke** une idée **I3A,** 1
düstere Gedanken des idées noires *(f., pl.)* **II2A,** 5
ein **Gedicht** un poème **I6A,** 9
eine **Gefahr** un danger **III4A,** 9
Gefahr laufen, etw. zu tun risquer de faire qc **III1A,** 2
gefährlich casse-gueule *(adj.) (fam.) (inv.)* **II2A,** 1 dangereux/dangereuse **II2B,** 2
jdm. **gefallen** plaire à qn **II3A,** 6 plaire à qn **II4DE**
Das gefällt mir. Ça me plaît. **II3A,** 6
gegen contre **II2A,** 5 vers **II5B,** 2
eine **Gegend** une région **II7DE,** 1
ein **Gegenstand** un objet **III2DE**
das **Gegenteil** von le contraire de **II3A,** 4
gegenüber von etw. en face de qc **III6A**
geheimnisvoll mystérieux/mystérieuse **II2DE**
ein **Geheimtipp** un bon plan **IV6B,** 2
das **Gehen** la marche **II5A,** 3
gehen aller **I4A,** 3 marcher **II5A,** 3
auf etw. (hinaus)gehen donner sur qc **IV5A,** 1
nach Hause gehen rentrer **I4A,** 1
Auf geht's! On y va! **II1A,** 2
Gehen wir! On y va! **II1A,** 2
Wie geht's? Ça va? **I0,** 1

zu etw. **gehören** faire partie de qc **III5DE**
Wem gehört er/sie/es? Il/Elle est à qui? **I4A,** 3
der **Geist** l'esprit *(m.)* **IV2B,** 2
in **Gelächter** ausbrechen éclater de rire **III2B,** 5
gelb jaune/jaune **I6A,** 6
das **Geld** l'argent *(m.)* **III1A,** 2
ein **Gemälde** un tableau **IV5A,** 1
gemein méchant/méchante **III4A,** 4
gemeinsam *(Adj.)* commun/commune ⟨IV2B, 7⟩
gemeinsam *(Adv.)* ensemble **I3A,** 1
eine **Gemeinsamkeit** un point commun **III3DE**
ein **Gemeinschaftsraum** une salle commune ⟨IV6C, 2⟩
ein **Gemüse** un légume **II6DE**
ein **Gemüsegarten** un potager **IV5A,** 1
genau exact/exacte **IV6DE,** 7; exactement **III4A,** 9
genauso groß wie aussi grand/grande que **II5A,** 1
eine **Genehmigung** une autorisation **III2B,** 1
ein **General**/eine **Generalin** un général/une générale **IV2A,** 5
genial génial/géniale/géniaux/géniales **I7B,** 3
genug assez **II3A,** 6
geöffnet ouvert/ouverte **II2B,** 3
gerade etw. getan haben venir de faire qc **III3A,** 1
gerade etw. tun être en train de faire qc **III3A,** 1
geradeaus tout droit **I5B,** 1
ein **Gerät** un appareil **IV4DE**
das **Geräusch** le bruit **I5A,** 3
ein **Gericht** un plat **I6A,** 2
(Ich möchte) **Gerne!** Je veux bien. **II6A,** 1
Gern geschehen. De rien.; Il n'y a pas de quoi. **IV5A,** 4
ich würde gern (etw. tun) j'aimerais faire qc **I6C,** 1
ein **Geruch** une odeur **IV6DE,** 3
die **Gesamtheit** l'ensemble *(m.)* **III5DE**
Geschafft! Ça y est! **III1DE**
ein **Geschäft** un magasin **I2DE**
geschehen se passer **II3B,** 1
ein **Geschenk**/**Geschenke** un cadeau/des cadeaux **I3A,** 1
eine **Geschichte** une histoire **I3A,** 1
Geschichte und Erdkunde *(Schulfach)* l'histoire-géographie *(f.)* **II2A,** 1
geschichtlich historique/historique **III6A**
ein **Geschirrspüler** un lave-vaisselle **IV3A,** 7
geschlossen fermé/fermée **II2A,** 5
geschmackvoll élégant/élégante **IV5B,** 6
eine **Gesellschaft** une société **IV4A,** 1
das **Gesicht** la tête **II1A,** 2
ein **Gespräch** une discussion **II2A,** 5
die **Gestaltung** l'organisation *(f.)* **IV2B,** 2
eine **Geste** un geste **IV2A,** 1
gestern hier **II2A,** 1
gestresst stressé/stressée **III3A,** 1
ein **Getränk** une boisson **II6A,** 2
ein **Getränkestand** une buvette **I5DE**
etw. **gewinnen** gagner qc **I5B,** 3
gewiss certain/certaine **III5A,** 1
gewisse certains/certaines **IV2B,** 3
eine **Gewohnheit** une habitude **II3A,** 1
gewöhnlich *(Adv.)* d'habitude **II3A,** 1
ein **Gift** un poison **III4A,** 4
ein **Gipfel** un sommet **IV6DE,** 3
eine **Gitarre** une guitare **I5A,** 5
ein **Gitarrist**/eine **Gitarristin** un guitariste/une guitariste **III6B**
eine **Gittertür** une grille **II2A,** 5
ein **Glas** un verre **II6B,** 1
etw. **glauben** croire qc **III1A,** 2
Ich glaub's nicht! *(ugs.)* J'y crois pas! *(fam.)* **II3A,** 2
gleich pareil/pareille **II3B,** 1
der Gleiche/die Gleiche/das Gleiche le même/la même **II1A,** 2
gleicher Meinung sein être du même avis **IV1B,** 2
das **Gleichgewicht** l'équilibre *(m.)* **II5A,** 4
ein **Gletscher** un glacier **IV6DE**
eine **Glocke** une cloche **III6A**
das **Glück** la chance **II2B,** 3
Viel Glück! Bonne chance! **II3B,** 1
auf gut Glück losziehen partir à l'aventure **IV3B,** 4
glücklich heureux/heureuse **II2B,** 2
das **Gold** l'or *(m.)* **IV4B,** 1
der **Gottesdienst** la messe **IV5B,** 1
ein **Grab** une tombe **IV1A,** 8
ein **Graben** une tranchée **IV1A,** 8
ein **Gramm** un gramme **II6B,** 8
gratis gratuit/gratuite **II6A,** 2
grau gris/grise **I6A,** 6
eine **Grenze** une frontière **III3DE**
griechisch grec/grecque **IV2B,** 7
groß grand/grande **I6A,** 1 gros/grosse **III4A,** 4
im Großen und Ganzen en gros **II7DE,** 2
großartig magnifique/magnifique **III5A,** 1
die **Großeltern** les grands-parents *(m., pl.)* **I3A,** 9
eine **Großmutter** une grand-mère **I2A,** 3
ein **Großvater** un grand-père **I3A,** 9
jdn. **großziehen** élever qn/qc **III6B**
grün vert/verte **I6A,** 2
ein **Grund** une raison **IV6DE,** 7
etw. **gründen** créer qc **III1A,** 2 foncer qc **III5A,** 8
eine **Grundfläche** une superficie **IV6DE**
eine **Gruppe** un groupe **I6DE**
Grüß dich! Salut! *(fam.)* **I0,** 1
Grüß Gott! Bonjour! **I0,** 1
gut bon/bonne **I6A,** 1
gut sein in etw. être fort/forte en qc **II5A,** 3
gute Laune haben être de bonne humeur **III1DE**
gut *(Adv.)* bien *(adv.)* **I0,** 1
(gut) in Form sein *(ugs.)* être en forme *(fam.)* **II3B,** 1
gut drauf sein *(ugs.)* être en forme *(fam.)* **II3B,** 1; avoir la pêche *(fam.)* **III2A,** 1
ein **Gymnasium** *(nur die Sekundarstufe II)* un lycée **IV1DE**
die **Gymnastik** la gymnastique **I2B,** 7

H

ein **Haar**/**Haare** un cheveu/des cheveux **II1B,** 7
mit langen Haaren aux cheveux longs **II2B,** 3
haben avoir **I3B,** 1
ein **Hafen** un port **II7DE**
halb à moitié **III2B,** 5
eine **Hälfte** une moitié **III2B,** 5
zur Hälfte à moitié **III2B,** 5
Hallo! Salut! *(fam.)* **I0,** 1 Coucou! **I7B,** 3
Hallo? *(am Telefon)* Allô? **I3A,** 3
der **Hals** la gorge **III4B,** 7
Halt machen s'arrêter **II5B,** 2
Was hältst du davon? Qu'est-ce que tu en penses? **II2B,** 6
eine **Haltestelle** une station **I7D,** 1
die **Hand** la main **I4A,** 3
Hand anlegen mettre la main à la pâte **IV6A,** 2
der **Handel** le commerce **IV3A,** 2
es **handelt** sich um etw. il s'agit de qc **IV4B,** 5
eine **Handlung** une action **IV4B,** 1
ein **Handy** un portable **I5C,** 1
hart dur/dure **IV1A,** 8
jdn./etw. **hassen** avoir horreur de qn/qc **IV4A,** 1
hässlich moche *(fam.)* **II3A,** 2
Haupt- principal/principale/principaux/principales ⟨IV4P⟩
das **Hauptgericht** le plat principal **II6B,** 4
ein **Häuptling** un chef/une chef **II4C,** 1
eine **Hauptstadt** une capitale **III3DE**
ein **Haus** une maison **I2DE**
nach Hause gehen rentrer **I4A.** 1
zu Hause à la maison **I4A,** 1

die **(Haus-)Aufgaben** les devoirs *(m., pl.)* **I4B,** 4
die **Haut** la peau **IV2B,** 7
ein **Heer** une armée **IV1A,** 8
ein **Heft** un cahier **I2A,** 1 un carnet **III4A,** 4
ein **Heftchen** un carnet **III4A,** 4
heiß chaud/chaude **II4A,** 3
Es ist **heiß**. Il fait chaud. **II4A,** 3
er heißt il s'appelle **I3B,** 9
ich heiße je m'appelle **I0,** 2
ein **Held**/eine **Heldin** un héros/une héroïne ⟨IV4P⟩
jdm. **helfen** aider qn **I6B,** 1
sich **zu helfen wissen** se débrouiller **III4A,** 3
hell clair/claire **III2B,** 1
ein **Hemd** une chemise **II3A,** 6
etw. **herausgeben** publier qc **IV4DE**
etw. **herausholen** (aus etw.) sortir qc (de qc) **II5A,** 4
der **Herbst** l'automne *m.* **II4A,** 8
hereinkommen entrer **I2A,** 3
eine **Herkunft** une origine **III3B,** 1
ein **Herr** un monsieur **I1B,** 4
etw. **herstellen** fabriquer qc **III5A,** 1
ein **Hersteller**/eine **Herstellerin** un producteur/une productrice **IV1A,** 3
um jdn./etw. **herum** autour de qn/qc **III2B,** 5
um etw. **herumgehen** faire le tour de qc **III6A**
in etw. **herumkramen** fouiller (dans) qc **III2A,** 1
etw. **herunterladen** télécharger qc **IV5A,** 1
aus etw. **hervorgehen** être issu/issue de qc **III3B,** 1
etw. **hervorholen** (aus etw.) sortir qc (de qc) **II5A,** 4
ein **Herz** un cœur **IV4B,** 1
sein Herz an jdn./etw. verlieren avoir un coup de cœur pour qn/qc **IV4B,** 1
ein **Herzog** un duc **III4B,** 3
heute aujourd'hui **I3A,** 1
heute Abend ce soir **I5A,** 1
hier ici **I1B,** 1
hier irgendwo par là **II5B,** 2
hierher ici **I1B,** 1
eine **Hilfe** une aide **III6A**
mit **Hilfe** von etw. à l'aide de qc **III6A**
hinaufgehen monter **II2B,** 3
etw. **hinausbringen** sortir qc **IV3A,** 7
(aus etw.) **hinausgehen** sortir (de qc) **II3A,** 2
auf etw. (hinaus)gehen donner sur qc **IV5A,** 1
sich **hinlegen** se coucher **II3A,** 1
hinten in etw. au fond de qc **III2A,** 1
hinter derrière **I4B,** 11
der **Hintergrund** *(Bild, Foto, Film)* l'arrière-plan *(m.)* **II1B,** 8

jdm./etw. **hinterherrennen** courir après qn/qc **III6B**
hinuntergehen descendre **I6A,** 2
ein **Hinweis** un indice **III6A**
etw. **hinzufügen** ajouter qc **IV4A,** 1
der **Hip-Hop** le hip-hop **I6B,** 6
historisch historique/historique **III6A**
hoch haut/haute **IV1A,** 3
eine **Ehe** un mariage **IV5DE**
eine **Hochzeit** un mariage **IV5DE**
ein (Schul-)**Hof** une cour **I4DE**
hoffen espérer **II6B,** 2
höflich poli/polie **III4A,** 3
ein **Höfling**/eine **Hofdame** un courtisan/une courtisane **IV5A,** 1
der **Hofstaat** la cour **IV5DE**
die **Höhe** l'altitude *(f.)* **IV6DE,** 3
jdn./etw. **holen** aller chercher qn/qc **II6A,** 2
die **Hölle** l'enfer *(m.)* **III1A,** 2
das **Holz** le bois **II4C,** 1
aus Holz en bois **II4C,** 1
jdn./etw. **hören** entendre qn/qc **I6A,** 2
ein **Horrorfilm** un film d'horreur ⟨IV4B, 5⟩
eine **Hose** un pantalon **II3A,** 6
eine **Hosentasche** une poche **II2B,** 3
ein **Hotel** un hôtel **II4DE**
hübsch joli/jolie **I6A,** 2
humanitär humanitaire/humanitaire **IV3B,** 1
ein **Hund** un chien **I1B,** 1
etwa **hundert** une centaine **IV4B,** 1
der **Hunger** la faim **I3B,** 1
Hunger haben avoir faim **I3B,** 1
ein **Hut** un chapeau **II3A,** 6

I

ich *(betont)* moi **I0,** 2
eine **Idee** une idée **I3A,** 1
Ihr/Ihre votre/vos **I4B,** 4
etw. **illustrieren** illustrer qc ⟨IV2B, 3⟩
ein **Imbissstand** une buvette **I5DE**
immer toujours **I3A,** 3
ein **Impfstoff** un vaccin **IV3B,** 1
in dans **I2A,** 3
in(nerhalb) einer halben Stunde en une demi-heure **II7A,** 1
in Deutschland en Allemagne **I3A,** 3
in (Paris) à (Paris) **I2DE**
ein **Indiz** un indice **III6A**
die **Industrie** l'industrie *(f.)* **IV2B,** 2
ein **Informatiker**/eine **Informatikerin** un informaticien/une informaticienne ⟨IV3P⟩
eine **Information** une information **II2A,** 1
jdn. über etw. **informieren** informer qn sur qc **IV1A,** 2
sich über etw. informieren s'informer sur qc **III4DE**

eine **Infusion** une perfusion **III4A,** 4
ein **Ingenieur**/eine **Ingenieurin** un ingénieur/une ingénieur **IV3DE**
eine **Inhaltsangabe** un résumé **IV4B,** 5
das **Inlineskaten** le roller **I5DE**
das **Innere** l'intérieur (m.) **IV1A,** 3
eine **Innovation** une innovation **IV2B,** 2
eine **Insel** une île **II7DE**
eine **Institution** une institution **IV1B,** 2
eine **Inszenierung** une mise en scène ⟨IV4P⟩
die **Integration** l'intégration *(f.)* **III3A,** 2
interaktiv interactif/interactive **IV1A,** 8
interessant intéressant/intéressante **I6DE**
jdn. **interessieren** intéresser qn **I7A,** 3
sich für etw. interessieren s'intéresser à qc **II3A,** 2
international international/internationale/internationaux/internationales **IV4B,** 1
im **Internet** surfen surfer sur Internet ⟨IV4B, 5⟩
etw. ins Internet stellen poster qc **IV4A,** 1
im Internet sur Internet **II1B,** 2
das **Internet** l'Internet *(m.)* **I7C,** 1
eine **Internetseite** un site (Internet) **I7C,** 1
ein **Interview** une interview **I5B,** 3
ein **Inuit**/eine **Inuit** *(indigene Volksgruppe in Kanada)* un Inuit/une Inuit **III5B**
Inuit- inuit/inuite **III5B,** 8
irgendetwas n'importe quoi **III1A,** 2
hier **irgendwo** par là **II5B,** 2
irre *(ugs.)* dingue/dingue *(fam.)* **III4A,** 4
ein **Irrtum** une erreur **II4A,** 3
das **Italienische** l'italien **IV6DE**

J

ja oui **I0,** 1
Na **ja** Bof! *(fam.)* **I1B,** 6
eine **Jacke** une veste **II3A,** 6
die **Jagd** la chasse **IV5A,** 1
jdn./etw. **jagen** chasser qn/qc **III5B,** 5
ein **Jäger**/eine **Jägerin** un chasseur/une chasseuse **III5B,** 1
ein **Jahr** un an **I3B,** 1
im Jahr 2000 en deux mille **II1B,** 2
ein **Jahr** *(im Verlauf)* une année **I3B,** 7
eine **Jahreszeit** une saison **II4B,** 1
ein **Jahrhundert** un siècle **II7B,** 2
Januar janvier *(m.)* **I3B,** 7
eine **Jeans** un jean **II3A,** 2
jedenfalls en tout cas **III5B,** 1
jeder tout le monde **I5DE**
jeder/**jede**/**jedes** chacun/chacune **IV2B,** 3
jeder/jede/jedes+ *Nomen* chaque **II3B,** 1
jede Menge plein de *(+ Nomen)* **IV4A,** 1
jedes Mal, wenn chaque fois que **III2B,** 5
jemand quelqu'un **II2B,** 3

jetzt maintenant **I3A,** 3
ein **Job** *(ugs.)* un job *(fam.)* **III3A,** 1 un boulot *(fam.)* **IV3DE**
der **Joghurt** le yaourt **II6DE**
jonglieren jongler **II5A,** 4
der **Journalismus** le journalisme **IV3A,** 1
ein **Journalist**/eine **Journalistin** un journaliste/une journaliste **I7DE**
das **Judo** le judo **I2B,** 2
Judo betreiben faire du judo **I5A,** 3
ein **Jugendbuch** un livre pour la jeunesse **III2DE**
eine **Jugendherberge** une auberge de jeunesse **IV1A,** 10
ein **Jugendlicher**/eine **Jugendliche** un jeune/une jeune **II4C,** 1 un ado/une ado *(fam.) (= un adolescent/une adolescente)* **IV4DE**
Juli juillet *(m.)* **I3B,** 7
jung jeune/jeune **II4C,** 1
ein **Junge** un garçon **I1B,** 1
Auf geht's Jungs! Allez les gars! *(fam.)* **II5B,** 2
Juni juin *(m.)* **I3B,** 7

K

ein **Kabel** un câble **IV4A,** 1
der **Kaffee** le café **II6B,** 9
ein **Kaiser**/eine **Kaiserin** un empereur/une impératrice **IV5A,** 1
jdn. zum Kaiser ausrufen proclamer qn empereur **IV5A,** 1
der **Kakao** le cacao **IV6DE,** 3
kalt froid/froide **II4A,** 7
Es ist kalt. Il fait froid. **II4A,** 7
ein **Kampf** un combat **I5B,** 3
gegen etw. **kämpfen** lutter contre qc **IV2A,** 1
kämpfen se battre **III4B,** 3
kanadisch canadien/canadienne **III4B,** 3
ein **Kanal** une chaîne **IV4A,** 1; un canal **IV5A,** 1
eine **Kantine** une cantine **I4DE**
ein **Kanton** un canton **IV6DE**
ein **Kanu** un canoë **III5A,** 1
ein **Kanzler**/eine **Kanzlerin** un chancelier/une chancelière **IV2A,** 1
eine **Kapelle** une chapelle **IV5A,** 1
eine **Kappe** une casquette **I6B,** 1
kaputt cassé/cassée **II5B,** 2
etw. kaputt machen casser qc **II5B,** 2
das **Karate** le karaté **III1DE**
ein **Karibu** un caribou **III5A,** 3
eine **Karte** une carte **I7B,** 1
eine **Kartoffel** une pomme de terre **II6DE**
ein **Karton** un carton **I2A,** 3
der **Käse** le fromage **II4C,** 1
eine **Käserei** une fromagerie **IV6DE,** 3
ein **Katalog** un catalogue ⟨**IV4B,** 5⟩
eine **Kathedrale** une cathédrale **I7DE**
eine **Katze** un chat **I1B,** 1
etw. **kaufen** acheter qc **I3A,** 2
kein/**keine** ne … pas de *(+ Nomen)* **I6C,** 1
kein/keine … mehr ne … plus de *(+ Nomen)* **I6C,** 1
ein **Keller** une cave **IV1DE**
ein **Kellner**/eine **Kellnerin** un serveur/une serveuse **III6A**
jdn./etw. **kennen** connaître qn/qc **II1A,** 2
eine **Kenntnis** une connaissance **IV2A,** 1
eine **Kerze** une bougie **I3A,** 3
ein **Kilometer** un kilomètre **I7D,** 1
ein **Kind** un enfant/une enfant **I3A,** 9
ein **Kino** un cinéma **II1B,** 2
eine **Kirche** une église **I7DE**
Klamotten *(ugs.)* des fringues *(f., pl.) (fam.)* **III4A,** 4
der **Klang** le son **II3B,** 3
klar clair/claire **III2B,** 1 évident/évidente **IV4A,** 1
Na klar! Bien sûr! **I3A,** 2
eine **Klasse** une classe **I4DE**
in der fünften Klasse en cinquième **II1DE**
die sechste Klasse la sixième **II1DE**
eine **Klassenfahrt** un voyage scolaire **IV1DE**
ein **Klassenraum** une salle de cours **I4A,** 3
klassisch classique **I2B,** 7
ein **Klavier** un piano **I6B,** 6
ein **Kleid** une robe **IV4B,** 1
die **Kleider** les vêtements *(m., pl.)* **II3DE**
die **Kleidung** la tenue **II3A,** 2
ein **Kleidungsstück** un vêtement **II3DE**
klein petit/petite **I6A,** 1
das **Kleingeld** la monnaie **IV6DE**
klettern grimper **II5A,** 3
das **Klettern** l'escalade *(f.)* **II5A,** 2
klicken cliquer **I4B,** 4
klingeln sonner **II5A,** 4
ein **Klischee** un cliché **IV2B,** 1
klopfen taper **II5B,** 2
ein **Klub** un club **II5A,** 4
etw. **knabbern** grignoter qc **IV6C,** 2
kochen faire la cuisine **II6DE**
ein **Koffer** une valise **III4A,** 3
Kohldampf haben *(ugs.)* avoir la dalle *(fam.)* **III4A,** 4
mit jdm. *(dem Feind)* **kollaborieren** collaborer avec qn **IV2A,** 4
ein **Kollege**/eine **Kollegin** un collègue/une collègue **II6A,** 1
eine **Kolonie** une colonie **III5DE,** 2
komfortabel confortable/confortable **IV6DE,** 7
komisch bizarre **I1B,** 2
kommen arriver **I2DE** venir **II3B,** 1
jdm. in den Sinn kommen venir à l'esprit **IV2B,** 2
ein **Kommentar** un commentaire **IV1A,** 1
etw. **kommentieren** commenter qc ⟨**IV4B,** 5⟩
mit jdm. **kommunizieren** communiquer avec qn **IV3B,** 7
eine **Komödie** une comédie **IV4B,** 1
komplett complet/complète **IV1A,** 8
kompliziert compliqué/compliquée **IV5B,** 4
ein **Kompromiss** un compromis **IV6DE,** 3
ein **König**/eine **Königin** un roi/une reine **III4B,** 3
königlich royal/royale/royaux/royales **IV5A,** 1
können *(in der Lage sein)* pouvoir **I7C,** 1
er kann es nicht fassen il n'en peut plus **I7C,** 1
er kann nicht mehr il n'en peut plus **I7C,** 1
man könnte on pourrait **I7C,** 1
wir könnten nous pourrions **II4B,** 1
eine **Konsequenz** une conséquence **IV4A,** 1
etw. **konstruieren** construire qc **III6A**
die **Konstruktion** la construction **II4B,** 3
in Kontakt en contact **III4A,** 3
ein **Kontinent** un continent **III5DE,** 1
ein **Kontrast** un contraste ⟨**IV5B,** 6⟩
sich auf etw. **konzentrieren** se concentrer sur qc **IV1B,** 2
konzentriert concentré/concentrée **II6B,** 2
ein **Konzert** un concert **I6DE**
ein **Kopf** une tête **I6A,** 2
eine **Kopie** une copie **I4B,** 4
etw. **kopieren** copier qc **IV5DE**
ein **Korken** un bouchon **II4A,** 3
korrekt correct/correcte **IV2B,** 7
kosten coûter **I5C,** 1
Wie viel kostet das? Ça coûte combien?; Ça fait combien? **I5C,** 1
kostenlos gratuit/gratuite **II6A,** 2
köstlich délicieux/délicieuse **III4A,** 4
krank malade/malade **III4A,** 4
ein **Krankenhaus** un hôpital **III4A,** 4
ein **Krankenpfleger**/eine **Krankenpflegerin** un infirmier/une infirmière **IV3DE**
eine **Krankenstation** une infirmerie **I4DE**
eine **Krankenversicherung** une assurance maladie **III4B,** 7
eine **Krankheit** une maladie **III4B,** 7
Kräuter des herbes *(f., pl.)* **III4A,** 4
ein **Kräutertee** une infusion **III4A,** 4
eine **Kreuzung** un carrefour **I5B,** 1
ein **Krieg** une guerre **II4C,** 1
Krieg führen gegen jdn. faire la guerre à qn **II4C,** 1
ein **Krimi** un film policier **IV4B,** 5
ein **Kriminalfilm** un film policier **IV4B,** 5

eine (Film-)**Kritik** une critique (de film) **IV4B,** 1
jdn./etw. **kritisieren** critiquer qn/qc **IV4B,** 1
eine **Küche** une cuisine **I5A,** 3
ein **Kuchen**/**Kuchen** un gâteau/des gâteaux **I3A,** 3
Kuckuck! Coucou! **I7B,** 3
ein **Kügelchen** une boulette **II1B,** 2
eine **Kuh** une vache **IV6DE,** 3
ein **Kuli** un stylo **I2A,** 1
eine **Kultur** une culture **III3DE**
Kultur- culturel/culturelle **IV2A,** 1
kulturell culturel/culturelle **IV2A,** 1
das **Kulturerbe** le patrimoine **III6A**
ein **Kulturzentrum** un centre socioculturel **II7A,** 1
ein **Kunde**/eine **Kundin** un client/une cliente **I5C,** 5
künftiger/**künftige**/**künftiges** futur/future **IV5DE**
die **Kunst** l'art *(m.)* **II5DE**
ein **Künstler**/eine **Künstlerin** un artiste/une artiste **III3B,** 4
ein **Kurs** un stage **III1DE**
ein **Kursleiter**/eine **Kursleiterin** un animateur/une animatrice **II5A,** 4
kurz court/courte **II3A,** 2
ein **Kuss** une bise *(fam.)* **I7B,** 3
Viele Grüße und Küsse Grosses bises **I7B,** 3
ein **Küsschen** une bise *(fam.)* **I7B,** 3; un bisou *(fam.)* **I7B,** 3
eine **Küste** une côte **III4A,** 1

L

ein **Labyrinth** un labyrinthe **IV5A,** 1
ein **Lächeln** un sourire **III2A,** 1
lächeln sourire **IV4A,** 1
lachen rigoler *(fam.)* **II6B,** 2
(über jdn./etw.) **lachen** rire (de qn/qc) **III1A,** 2
ein **Ladegerät** un chargeur **IV5A,** 4
ein **Laden** un magasin **I2DE**
ein **Ladengeschäft** une boutique **I7B,** 1
ein **Land** un pays **II3DE**
das **Land** *(im Gegensatz zur Stadt)* la campagne **II7DE,** 3
eine **Landschaft** un paysage **III5DE**
eine **Landstraße** une route **III2A,** 1
eine **Landung** *(eines Schiffes)* un débarquement **III4A,** 1
ein **Landwirt**/eine **Landwirtin** un agriculteur/une agricultrice ⟨**IV3P**⟩
die **Landwirtschaft** l'agriculture *(f.)* **IV3A,** 2
lang long/longue **I6A,** 2
lange longtemps *(adv.)* **II3B,** 1
der **Langlauf** le ski de fond **III5B,** 1
sich **langweilen** s'ennuyer **II7A,** 1
langweilig ennuyeux/ennuyeuse **IV4B,** 5
ein **Laptop** un ordinateur portable **IV4A,** 1
der **Lärm** le bruit **I5A,** 3
etw. **lassen** laisser qc **II4A,** 3
im Laufe (einer Sache) au cours de **III5DE,** 2
jdm./etw. **nachlaufen** courir après qn/qc **III6B**
laufen marcher **II5A,** 3 courir **III2B,** 5
eine **Laune** une humeur **III1DE**
gute Laune haben être de bonne humeur **III1DE**
guter Laune sein être de bonne humeur **III1DE**
laut bruyant/bruyante ⟨**IV6C,** 2⟩
eine **Lautsprecherbox** une enceinte **IV6C,** 2
das **Leben** la vie **II3B,** 1
leben vivre **II4C,** 1
lebendig vivant/vivante **III3DE**
lebhaft vivant/vivante **III3DE** dynamique/dynamique **III5A,** 1
lecker délicieux/délicieuse **III4A,** 4
das **Leder** le cuir **IV2B,** 7
aus Leder en cuir **IV2B,** 7
leer vide/vide *(inv.)* **III3A,** 1
etw. **leeren** vider qc **IV3A,** 7
etw. **legen** poser qc **I5B,** 3; mettre qc **II1B,** 2
eine **Legende** une légende **III6B**
eine **Legging** un legging **II3A,** 2
ein **Lehrer**/eine **Lehrerin** un professeur/une professeure **I4A,** 3
ein **Lehrplan** un programme scolaire **III6DE**
leicht facile/facile **II5A,** 3
die **Leichtathletik** l'athlétisme *(m.)* **I5A,** 3
eine **Leidenschaft** une passion **IV4B,** 1
es tut mir leid (je suis) désolé/désolée **I7C,** 1
jdm. etw. **leihen** prêter qc à qn **IV6C,** 2
eine **Leine** une corde **II5A,** 4
eine **Leinwand** un écran **IV4DE**
eine **Lektion** une leçon **II3A,** 2
jdn. **lenken** guider qn **II7B,** 2
etw. **lenken** diriger qc **III4B,** 3
etw. **lernen** apprendre qc **II4C,** 1
das **Lesen** la lecture **IV4A,** 7
etw. **lesen** lire qc **I7B,** 1
letzter/letzte/letztes dernier/dernière **II2A,** 1
die **Leute** les gens *(m., pl.)* **I6DE**
viele Leute beaucoup de monde **II5A,** 2
das **Licht** la lumière **II2DE**
Lieber .../**Liebe** ... *(Anrede)* cher/chère **I6C,** 1
jdn./etw. **lieben** aimer qn/qc **I2B,** 2
ein **Liebespaar** un couple **IV4B,** 1
ein **Liebling** un chéri/une chérie **IV4A,** 1
Lieblings- préféré/préférée **I6B,** 6
ein **Lied** une chanson **I1B,** 2
zu etw. hin **liegen** donner sur qc **IV5A,** 1
etw. **liken** liker qc **IV4A,** 1
ein **Lineal** une règle **II1DE**
eine **Linie** une ligne **III6B**
(nach) **links** à gauche **I5B,** 1
eine **Liste** une liste **II1DE**
ein **Liter** (von) un litre de **II6A,** 2
live en direct **IV4B,** 1
ein **Loch** un trou **III6A**
ein **Löffel** une cuillère **II6B,** 1
Es **lohnt** sich. Ça vaut le coup. **IV1B,** 2
der **Look** le look **II3A,** 2
etw. ist mit jdm. **los** qc arrive à qn **III4A,** 4
Los geht's mit ... C'est parti pour ... **III1A,** 1
eine **Lösung** une solution **III6A**
auf gut Glück **losziehen** partir à l'aventure **IV3B,** 4
die **Luft** l'air *(m.)* **II1A,** 2
an die frische Luft gehen prendre l'air **III1A,** 2
lügen mentir **III1A,** 7
die **Lust** l'envie *(f.)* **I3B,** 1
Darauf habe ich Lust! Ça me dit! **II4B,** 3
Er/Sie hat keine Lust darauf. Ça ne lui dit rien. **II4A,** 3
Lust haben, etwas zu tun avoir envie de faire qc **I3B,** 1
lustig drôle/drôle **II1A,** 2
der **Luxus** le luxe **IV5A,** 1
ein **Lycée** un lycée **IV1DE**

M

etw. **machen** faire qc **I4B,** 4
gut gemacht bien joué **II3B,** 1
die **Macht** la puissance **IV5DE**
ein **Mädchen** une fille **I1B,** 1
magisch magique/magique **IV1A,** 3
eine **Mahlzeit** un repas **I5A,** 3
Mai mai *(m.)* **I3B,** 7
die **Majestät** la majesté **IV5B,** 3
ein **Mal** une fois **I7C,** 1
jedes Mal, wenn chaque fois que **III2B,** 5
ein **Maler**/eine **Malerin** un peintre/une peintre **IV1A,** 3
manchmal parfois **II3DE**
ein **Mann** un monsieur **I1B,** 4 un homme **II1B,** 7
eine **Mannschaft** une équipe **II5B,** 2
ein **Märchen** un conte (de fées) **IV5A,** 1
jdn. (auf einem Foto) **markieren** marquer qn (sur une photo) ⟨**IV4B,** 5⟩
ein **Markt** un marché **II6DE**
marokkanisch marocain/marocaine **III3A,** 1
März mars *(m.)* **I3B,** 7
eine **Maschine** une machine **II7DE**
ein **Maskenball** un bal masqué **IV5A,** 3

das **Material** le matériel IV6C, 2
eine **Mauer** un mur II5A, 2
der **Mauerfall** la chute du mur IV2B, 2
ein **Mechaniker**/eine **Mechanikerin** un mécanicien/une mécanicienne IV3A, 2
eine **Medaille** une médaille III5B, 1
die **Medien** les médias *(m., pl.)* III5DE, 2
ein **Medikament** un médicament III2B, 5
das **Meer** la mer II4DE
Meeresfrüchte des fruits de mer *(m., pl.)* III3B, 1
das **Mehl** la farine II6DE
mehr (als) plus (de) III3DE
mehrere plusieurs II3A, 2
die **Mehrheit** la majorité IV2B, 3
eine **Meinung** un avis III1B, 4
gleicher Meinung sein être du même avis IV1B, 2
seine Meinung ändern changer d'avis IV6DE, 5
meiner Meinung nach à mon avis III1B, 4
die **meisten** la plupart (des) IV2B, 3
am meisten le plus III5B, 1
ein **Meister**/eine **Meisterin** un champion/une championne I5B, 3
jede **Menge** plein de *(+ Nomen)* IV4A, 1
eine **Mensa** une cantine I4DE
ein **Mensch** mit Behinderung un handicapé/une handicapée IV4B, 1
eine **Menschenmenge** une foule IV5B, 1
ein **Menü** un menu IV5B, 1
merkwürdig bizarre I1B, 2 curieux/curieuse II2B, 2
die **Messe** la messe IV5B, 1
ein **Messer** un couteau II6B, 1
ein **Meter** un mètre III4B, 3
eine **Miesmuschel** une moule II6A, 1
etw. **mieten** louer qc IV6DE, 3
die **Milch** le lait II6DE
Militär- militaire/militaire IV2A, 1
militärisch militaire/militaire IV2A, 1
eine **Million** un million I7D, 1
mindestens au moins III1A, 2
ein **Mineralwasser** une eau minérale I5C, 1
ein **Minister**/eine **Ministerin** un ministre/une ministre IV5B, 1
eine **Minute** une minute I4A, 3
Mist! Zut! *(fam.)* I2A, 3
mit avec I2DE par III4B, 3
etw. **mitbringen** rapporter qc III2A, 1
jdm. etw. **mitbringen** apporter qc à qn II4A, 3
etw. **miterleben** assister à qc IV5B, 1
bei etw. **mitmachen** participer à qc II3DE
eine **Mitte** un centre II1B, 8
eine **Mitteilung** un message II3B, 1
das **Mittelalter** le Moyen Age III4B, 3
mittelalterlich médiéval/médiévale/médiévaux/médiévales III6A
ein **Mittelpunkt** un centre II1B, 8
Mitternacht minuit *(m.)* I5A, 3
Mittwoch mercredi *(m.)* I4B, 1
am Mittwoch mercredi *(m.)* I4B, 1
ein **Mobilheim** un mobile home IV6DE, 3
ein **Mobiltelefon** un portable I5C, 1
ich möchte gerne … je voudrais … I5A, 3
die **Mode** la mode IV5DE
ein(e) (Fernseh-/Radio-)**Moderator(in)** un animateur/une animatrice IV3B, 1
modern moderne I7DE à la mode IV5DE
modisch à la mode IV5DE
jdn./etw. **sehr gern mögen** adorer qn/qc I7C, 1
etw. lieber mögen préférer qc I3A, 3
jdn./etw. mögen aimer qn/qc I2B, 2
möglich possible/possible II1B, 2
eine **Möglichkeit** une possibilité IV3A, 1
ein **Moment** un moment II2A, 5
ein **Monat** un mois I3B, 7
der **Mond** la lune II6A, 1
Montag lundi *(m.)* I4A, 3
am Montag lundi *(m.)* I4A, 3
eine **Montage** un montage IV4A, 1
ein **Monument** un monument I7DE
der **Morgen** le matin I5A, 3
morgen demain I3A, 3
morgen früh demain matin I7D, 3
jdn. **motivieren** motiver qn III1A, 7
motiviert sein (etw. zu tun) être motivé/motivée (pour faire qc) III1DE
ein **Motor** un moteur IV2B, 2
eine **Möwe** une mouette I5C, 1
müde fatigué/fatiguée I7D, 1
der **Mülleimer** la poubelle II1B, 2
multikulturell multiculturel/multiculturelle III3DE
ein **Museum** un musée I7DE
die **Musik** la musique I2B, 2
ein **Musiker**/eine **Musikerin** un musicien/une musicienne I6DE
etw. tun **müssen** devoir faire qc II2B, 3
man muss etw. tun il faut faire qc II6A, 2
mutig courageux/courageuse II2B, 2
eine **Mutter** une mère I3A, 9
eine **Muttersprache** une langue maternelle III5DE, 2
mysteriös mystérieux/mystérieuse II2DE

N

Na klar! Bien sûr! I3A, 2
Na ja. *(ugs.)* Bof! *(fam.)* I1B, 6
nach après I4A, 1
nach (Paris) à (Paris) I2DE
nach Hause à la maison I4A, 1
etw. **nachahmen** imiter qc ⟨IV5B, 6⟩
ein **Nachbar**/eine **Nachbarin** un voisin/une voisine III4DE
etw. **nachbauen** copier qc IV5DE
(über etw.) **nachdenken** réfléchir (à qc) II5A, 4
eine **Nachfrage** une demande IV5DE
der **Nachmittag** l'après-midi *(m.) (f.)* I5A, 3
nachmittags l'après-midi *(m.) (f.)* I5A, 3
eine **Nachricht** un message II3B, 1
etw. **nachsprechen** répéter qc II4B, 1
nächster/**nächste**/**nächstes** prochain/prochaine II2B, 3
die **Nacht** la nuit I5A, 1
ein **Nachtisch** un dessert II6A, 1
nächtlich nocturne/nocturne IV5A, 1
12 Uhr nachts minuit *(m.)* I5A, 3
jdm./etw. **näher** kommen s'approcher de qn/qc III5B, 1
aus der Nähe de près III2B, 5
in der Nähe par là II5B, 2
nahe bei jdm./etw. près de qn/qc II5B, 2
von Nahem de près III2B, 5
sich jdm./etw. **nähern** s'approcher de qn/qc III5B, 1
die **Nahrung** la nourriture III5B, 1
ein **Name** un nom I7A, 1
national national/nationale/nationaux/nationales III5A, 1
eine **Nationalität** une nationalité IV2B, 7
die **Natur** la nature II7A, 1
Natur- naturel/naturelle III6B
natürlich naturel/naturelle III6B
ein **Naturreservat** une réserve naturelle III6B
ein **Naturschutzgebiet** une réserve naturelle III6B
der **Nazismus** *(Kurzform von Nationalsozialismus)* le nazisme IV2B, 2
neben à côté de *(prép.)* II1A, 2
nebenan à côté *(adv.)* II1A, 2
negativ négatif/négative IV2B, 1
etw. **nehmen** prendre qc I5C, 1
etw. wieder (auf)nehmen reprendre qc III1A, 2
neidisch auf jdn. jaloux/jalouse de qn III2A, 1
nerven énerver II3A, 1
nett sympa/sympa I2B, 2 gentil/gentille III4A, 4
ein soziales **Netzwerk**/soziale **Netzwerke** un réseau social/des réseaux sociaux IV4DE
neu nouveau/nouvel/nouvelle II7DE, 1
ein **Neuer**/eine **Neue** un nouveau/une nouvelle II1A, 2
eine **Neuerung** une innovation IV2B, 2
neugierig curieux/curieuse II2B, 2
neunundvierzig quarante-neuf I5C, 1
ein **Newsfeed** un fil d'actualité ⟨IV4B, 5⟩

nicht ne … pas **I4A,** 3
auch nicht ne … pas non plus **III1B,** 1
noch nicht ne … pas encore **II5A,** 4
nicht mehr ne … plus **I4B,** 4
nicht bei der Sache sein être dans la lune *(fam.)* **II6A,** 1
nichts rien ne … **III1B,** 1; ne … rien **I4B,** 4
nie ne … jamais **I4B,** 4
sich **niederlassen** s'installer **IV5DE**
niemals ne … jamais **I4B,** 4
niemand ne … personne **III1B,** 1; personne ne … **III1B,** 1
ein **Niveau** un niveau **III4A,** 7
noch encore **I3B,** 1
noch nicht ne … pas encore **II5A,** 4
der **Norden** le nord **II4DE**
der **Nordwesten** le nord-ouest **II4DE**
normal normal/normale/normaux/normales **II4A,** 3
normalerweise d'habitude **II3A,** 1
normannisch normand/normande **III4A,** 1
die **Notaufnahme** les urgences *(f., pl.)* **III4B,** 3
eine **Note** une note **II3A,** 2
ein **Notebook** un ordinateur portable **IV4A,** 1
ein **Notizbuch** un carnet **III4A,** 4
notwendig (für etw.) nécessaire/nécessaire (à qc) **IV5A,** 1
November novembre *(m.)* **I3B,** 7
eine **Nummer** un numéro **I5B,** 3
nun, … ben *(fam.)* **II3A,** 2
nur ne … que **II3B,** 1 juste **III1B,** 1 seulement **III1B,** 6
zu etw. **nützen** servir à qc **III1B,** 1
ein **Nutzer**/eine **Nutzerin** un utilisateur/une utilisatrice ⟨**IV4B,** 5⟩
nützlich utile/utile **IV3A,** 1

O

o.k. d'accord **I2B,** 2
ob si *(Konjunktion)* **II4B,** 1
oben en haut **IV1B,** 2
nach oben en haut **IV1B,** 2
obligatorisch obligatoire/obligatoire **III4A,** 11
oder ou *(Konjunktion)* **I3A,** 1
…, **oder**? …, hein? *(fam.)* **II3A,** 2
offen ouvert/ouverte **II2B,** 3 franc/franche **IV6A,** 2
offensichtlich évident/évidente **IV4A,** 1
offiziell officiel/officielle **IV5DE**
etw. **öffnen** ouvrir qc **II2B,** 3
sich öffnen s'ouvrir **IV3B,** 1
die **Öffnungszeiten** les horaires (d'ouverture) *(m., pl.)* **IV5A,** 1
oft souvent **II2A,** 5
ohne sans **II1A,** 2
ohne etw. zu tun sans faire qc **IV3B,** 1

das ist nicht o.k. *(ugs.)* ça craint *(fam.)* **II3A,** 2
die **Ökologie** l'écologie *(f.)* **IV2B,** 2
ökologisch écologique/écologique **I7D,** 2
Oktober octobre *(m.)* **I3B,** 7
das **Okzitanische** l'occitan *(m.)* **IV6DE**
die **okzitanische Sprache** l'occitan *(m.)* **IV6DE**
das **Öl** l'huile *(f.)* **II6A,** 1
eine **Olive** une olive **II6A,** 1
die **Olympischen Spiele** les Jeux olympiques *(m., pl.)* **III5B,** 1
Omi *(ugs.)* mamie *(fam.)* **I7B,** 3
ein **Onkel** un oncle **I3A,** 9
online en ligne **IV4DE**
Opi *(ugs.)* papi/papy *(fam.)* **I7B,** 3
eine **Orange** une orange **I5C,** 1
die **Organisation** l'organisation *(f.)* **IV2B,** 2
etw. **organisieren** organiser qc **II2A,** 1
sich **orientieren** s'orienter **II7A,** 1
ein **Ort** un endroit **I7DE**
ein **Ort**/**Orte** un lieu/des lieux **III6B**
der **Osten** l'est *(m.)* **II4DE**

P

ein **Paar** un couple **IV4B,** 1
paddeln faire du paddle **IV6DE,** 3
Papa papa **I1A,** 1
das **Papier** le papier **II1B,** 2
der **Papierkorb** la poubelle **II1B,** 2
ein **Parcours** un parcours ⟨**IV1P,** 2⟩
ein **Park** un parc **I5DE**
Parkour *(Sportart, Hindernislauf)* le parkour **II5A,** 4
Partner- partenaire/partenaire **III5A,** 1
eine **Party** une fête **I6DE**
passen zu aller avec **II3A,** 6
Passt das zu …? Ça va avec ? **II3A,** 6
Was ist passiert? Qu'est-ce qui s'est passé? **II5B,** 2
etw. **passiert** jdm. qc arrive à qn **III4A,** 4
ein **Passwort** un mot de passe **II1B,** 2
ein **Patient**/eine **Patientin** un patient/une patiente **III4B,** 7
eine **Pause** une pause **I6A,** 2
die **Pause** *(in der Schule)* la récréation **I4A,** 3
Pech gehabt! Tant pis! **IV4A,** 1
eine **Periode** une période ⟨**IV2B,** 7⟩
eine **Person** une personne **I7A,** 1 un personnage **II7DE**
persönlich personnel/personnelle **IV4B,** 5
eine **Persönlichkeit** un personnage **II7DE**
eine **Perücke** une perruque **IV5A,** 1
ein **Pfad** une piste **II3B,** 1
ein **Pferd**/**Pferde** un cheval/des chevaux **III4B,** 3
auf dem Pferd à cheval **III6B**
mit dem Pferd à cheval **III6B**

ein **Pfirsich** une pêche **III1A,** 2
eine **Pflanze** une plante **II7B,** 2
ein **Piano** un piano **I6B,** 6
ein **Picknick** un pique-nique **II4A,** 3
ein **Pilot**/eine **Pilotin** un pilote/une pilote **IV3A,** 1
Pipi machen müssen *(ugs.)* avoir envie de faire pipi *(fam.)* **I6A,** 2
eine **Piste** une piste **II3B,** 1
ein **Plakat** une affiche **I2DE**
der **Planet** la planète **IV2B,** 7
ein **Platz** une place **I4A,** 3
der **Platz** l'espace *(m.)* **II7A,** 1
plötzlich tout à coup **I6A,** 2 soudain **II5B,** 2
ein **Podcast** un podcast ⟨**IV4B,** 5⟩
die **Politik** la politique **IV2A,** 2
politisch politique **III6DE**
die **Polizei** la police **III2B,** 10
ein **Polizist**/eine **Polizistin** un policier/une policière ⟨**IV3P**⟩
der **Pop** la pop **I6B,** 6
ein **Porträt** un portrait **IV6DE,** 9
das **Porzellan** la porcelaine **I6B,** 1
positiv positif/positive **IV2B,** 1
die **Post** la poste **I5B,** 2
etw. **posten** poster qc **IV4A,** 1
ein **Poster** une affiche **I2DE**
eine **Postkarte** une carte postale **I7B,** 1
prächtig somptueux/somptueuse **IV5A,** 1
etw. **prägen** marquer qc **IV1A,** 8
ein **Praktikum** un stage **III1DE**
praktisch pratique/pratique **II4C,** 1
praktizieren pratiquer qc **II5DE**
ein **Präsident**/eine **Präsidentin** un président/une présidente **IV2A,** 1
ein **Preis** un prix **II4DE** un tarif **IV5A,** 1
die **Presse** la presse ⟨**IV4B,** 5⟩
die **Printmedien** la presse écrite ⟨**IV4B,** 5⟩
privat privé/privée **IV5B,** 2
etw. **probieren** *(Essen, Trinken)* goûter qc **II6B,** 2
Kein **Problem**! Pas de souci! **III4A,** 4
ein **Problem** un problème **I6A,** 1
ein **Produkt** un produit **IV6DE,** 3
ein **Produzent**/eine **Produzentin** un producteur/une productrice **IV1A,** 3
professionell professionnel/professionnelle **IV3A,** 1
ein **Profi** un professionnel/une professionnelle **IV4B,** 1
ein **Profifußballer**/eine **Profifußballerin** un footballeur professionnel/une footballeuse professionnelle ⟨**IV3P**⟩
ein **Profilfoto** une photo de profil ⟨**IV4B,** 5⟩
von etw. **profitieren** profiter de qc **III2A,** 8
ein **Programm** un programme **III4DE**
ein **Projekt** un projet **III1A,** 2

ein **Prospekt** un prospectus ⟨**IV4B,** 5⟩
eine **Provinz** une province **III5DE,** 2
ein **Prozent** un pour cent *(inv.)* **IV2B,** 3
zu hundert Prozent à cent pour cent **IV3B,** 1
eine **Prozession** une procession **III6B**
Pst! Chut! **I2A,** 3
ein **Pullover**/ein **Pulli** *(ugs.)* un pull-over/un pull *(fam.)* **II3A,** 6

Q

ein **Quadratkilometer** un kilomètre carré **III5A,** 1
eine **Qualität** une qualité **IV4A,** 1
Quatsch *(ugs.)* n'importe quoi **III1A,** 2
ein **Quebecer**/eine **Quebecerin** un Québécois/une Québécoise **III5A,** 1
eine **Quiche** une quiche **II2A,** 5
ein **Quiz** un quiz **III4A,** 1
eine **Quizsendung** un jeu télévisé ⟨**IV4B,** 5⟩

R

ein **Rad** une roue **III4B,** 3
ein **Radiergummi** une gomme **I2A,** 1
ein **Radiosender** une station de radio ⟨**IV4B,** 5⟩
der **Rahm** la crème **IV2B,** 7
am Rande von etw. au bord de qc **II4DE**
ein **Rastplatz** *(an der Autobahn)* une aire de repos **IV4B,** 1
ein **Rastplatz** *(an der französischen Autobahn)* une aire de repos **II4A,** 3
ein **Rat** un conseil **II4C,** 1
ein **Rathaus** un hôtel de ville *(m.)* **III3DE**
das **Rätoromanische** *(Sprache in der Schweiz)* le romanche **IV6DE**
ein **Ratschlag** un conseil **II4C,** 1
ein **Rätsel** une devinette **II1B,** 7 une énigme ⟨**IV1P,** 2⟩
ein **Raub** un vol **III2B,** 5
der **Raum** l'espace *(m.)* **II7A,** 1
Raus! dehors **III2A,** 1
auf etw. **reagieren** réagir à qc **III5B,** 1
etw. **realisieren** réaliser qc **III1A,** 2
eine **Realityshow** une émission de téléréalité ⟨**IV4B,** 5⟩
mit etw. **rechnen** s'attendre à qc **IV2B,** 7
das **Recht** le droit **II4C,** 1
das Recht haben, etw. zu tun avoir le droit de faire qc **II4C,** 1
recht haben avoir raison **I4B,** 4
(nach) **rechts** à droite **I5B,** 1
ein **Redakteur**/eine **Redakteurin** un rédacteur/une rédactrice **IV1A,** 7

ein **Refrain** un refrain **III1B,** 1
eine **Regel** une règle **II1DE**
regelmäßig régulier/régulière **IV4B,** 1
eine **Regie** une mise en scène ⟨**IV4P**⟩
regieren gouverner **IV5DE**
eine **Regierung** un gouvernement **III6DE**
eine **Region** une région **II7DE,** 1
regional régional/régionale/régionaux/régionales **IV1DE**
ein **Regisseur**/eine **Regisseurin** un réalisateur/une réalisatrice **IV4B,** 5
regnen pleuvoir **II4A,** 7
jdm. etw. **reichen** passer qc à qn **II4A,** 3
der **Reichtum** la richesse **III5DE,** 2
etw. **reinigen** nettoyer qc ⟨**IV3A,** 7⟩
eine **Reise** un voyage **I6A,** 2
ein **Reisebus** un car **III4DE**
ein **Reiseführer** *(Buch)* un guide (de voyage) **III6DE,** 2
reisen voyager **IV3A,** 1
ein **Reisetagebuch** un carnet de voyage **III4A,** 4
das **Reiten** l'équitation *(f.)* **II5A,** 3
die **Renaissance** *(Epoche)* la Renaissance **IV5B,** 6
rennen courir **III2B,** 5
ein **Rennfahrer**/eine **Rennfahrerin** un coureur automobile/une coureuse automobile ⟨**IV3P**⟩
eine **Reportage** un reportage **I7DE**
eine **Reservierung** une réservation **IV5A,** 1
jdn./etw. **respektieren** respecter qn/qc **II2B,** 3
ein **Rest** un reste **IV1A,** 8
ein **Restaurant** un restaurant **I7B,** 1
eine **Revolution** une révolution **IV5A,** 1
ein **Rezept** une recette **II6A,** 8
ein **Rezept** *(vom Arzt)* une ordonnance **III4B,** 7
eine **Rezeption** une réception ⟨**IV6C,** 2⟩
der **Rhythmus** le rythme **IV5B,** 1
sich an jdn. **richten** s'adresser à qn **IV5B,** 1
richtig vrai/vraie **II1A,** 2 correct/correcte **IV2B,** 7 exact/exacte **IV6DE,** 7
eine **Richtung** une direction **IV5B,** 3 un sens **IV6DE,** 3
in Richtung vers **II5B,** 2
etw. **riechen** sentir qc **II3A,** 2
nach etw. **riechen** sentir qc **IV6DE,** 3
ein **Riese**/eine **Riesin** un géant/une géante **II7DE**
Riesen- énorme/énorme **III5DE**
riesengroß géant/géante **II7DE**
riesig énorme/énorme **III5DE** immense/immense **IV5DE**
das ist riskant ça craint *(fam.)* **II3A,** 2

riskieren, etw. zu tun risquer de faire qc **III1A,** 2
ein **Ritter** un chevalier **III6A**
ein **Rock** une jupe **II3A,** 6
die **Rockmusik** le rock **I2B,** 7
eine **Rolle** un rôle **III5DE,** 2
ein **Römer**/eine **Römerin** un Romain/une Romaine **II4C,** 1
römisch romain/romaine **II4C,** 1
rot rouge/rouge **I6A,** 2
rothaarig roux/rousse **II1B,** 7
eine **Route** une route **III2A,** 1 un itinéraire **IV1DE**
der **Rücken** le dos **IV2A,** 3
eine **Rückfahrt** un retour **IV3B,** 1
eine **Rückkehr** un retour **IV3B,** 1
ein **Rucksack** un sac à dos **I2A,** 1
ein **Rückspiegel** un rétroviseur **II5B,** 2
jdn. **rufen** appeler qn **II2B,** 3
die **Ruhe** le silence **II6B,** 2
ruhig tranquille/tranquille **II7A,** 1 calme/calme ⟨**IV6C,** 2⟩
eine **Runde** um etw. machen faire le tour de qc **III6A**
ein **Rundgang** un tour **I5A,** 3

S

eine **Sache** un truc *(fam.)* **I2A,** 1 une affaire **I3A,** 3 une chose **I6C,** 1
eine **Safari** un safari **III6B**
ein **Saft** un jus **I5C,** 1
eine **Sage** une légende **III6B**
jdm. etw. **sagen** dire qc à qn **I6B,** 1
Das sagt ihm/ihr nicht zu. Ça ne lui dit rien. **II4A,** 3
Das sagt mir zu. Ça me dit! **II4B,** 3
die **Sahne** la crème **IV2B,** 7
eine **(Salami-)Wurst** un saucissor **II6A,** 1
ein **Salat** une salade **II6DE**
das **Salz** le sel **II6A,** 9
Samstag samedi *(m.)* **I4B,** 1
am Samstag samedi *(m.)* **I4B,** 1
samstags le samedi **I5A,** 3
der **Sand** le sable **II4B,** 1
ein **Sandwich** un sandwich **II4A,** 3
ein **Sänger**/eine **Sängerin** un chanteur/une chanteuse **I6DE**
die **Sanitäranlagen** les sanitaires *(m., pl.)* ⟨**IV6C,** 2⟩
sauber propre/propre *(nach dem Nomen)* **IV6A,** 2
etw. sauber machen nettoyer qc ⟨**IV3A,** 7⟩
das **Sauerkraut** la choucroute **IV1B,** 1
eine **Säule** une colonne ⟨**IV5B,** 6⟩
eine **Schachtel** une boîte **IV6B,** 2

schade dommage; dommage **I3A,** 3
es **schaffen**, etw. zu tun arriver à faire qc **III2B,** 1
etw. nicht schaffen rater qc *(fam.)* **IV6DE,** 3
etw. **(er)schaffen** créer qc **III1A,** 2
etw. **schaffen** réussir qc **II5A,** 4
ein **Schatz** un trésor **III6A**
ein **Schatz** un chéri/une chérie **IV4A,** 1
eine **Schatzsuche** une chasse au trésor **III6A**
Schau mal! Tiens! **I2A,** 3
ein **Schaufenster** une vitrine **IV2B,** 7
ein **Schauspieler**/eine **Schauspielerin** un acteur/une actrice **II1B,** 2
eine **Scheibe Brot** mit Aufstrich une tartine **I7C,** 1
scheinen briller **II4A,** 7
jdm. etw. **schenken** offrir qc à qn **III1A,** 2
ein **Scherz** une blague **II1A,** 2
schick chic/chic *(inv.)* **II3A,** 6
ein Tor **schießen** marquer un but **II5B,** 2
ein **Schiff** un bateau/des bateaux **I7C,** 1
eine **Schirmmütze** une casquette **I6B,** 1
eine **Schlacht** une bataille **IV1DE**
schlafen dormir **II3A,** 2
sich schlafen legen se coucher **II3A,** 1
schlagen taper **II5B,** 2
schlecht mauvais/mauvaise **I6A,** 1
Es ist schlechtes Wetter. Il fait mauvais. **II4A,** 7
etw. aus etw. **schließen** conclure qc de qc ⟨IV2B, 3⟩
etw. **schließen** fermer qc **II2A,** 1
sich schließen se fermer **IV3A,** 4
schließlich enfin **I6C,** 1 finalement **IV1A,** 3
schlimm grave/grave **II5A,** 4
ein **Schlitten** un traîneau **III5A,** 1
ein **Schloss**/**Schlösser** un château/des châteaux **II7B,** 2
der **Schluss** la fin **I4B,** 5
zum Schluss finalement **IV1A,** 3
ein **Schlüssel** une clé **I4A,** 3
ein **Schlüsselwort** un mot clé **II3B,** 2
Schmerzen haben avoir mal **I5B,** 3
jdn. **schminken** maquiller qn **IV5B,** 1
schmollen *(ugs.)* faire la tête *(fam.)* **I6A,** 2
ein **Schmuck** un bijou/des bijoux **IV5A,** 1
etw. **schmücken** décorer qc **IV5DE**
ein **Schmuckstück**/**Schmuckstücke** un bijou/des bijoux **IV5A,** 1
schmutzig sale/sale ⟨IV6C, 2⟩
ein **Schnäppchen** une bonne affaire **III3A,** 1
der **Schnee** la neige **III5B,** 1
schneien neiger **II4A,** 7
schnell *(Adv.)* vite *(adv.)* **I1A,** 1
ein **Schnitt** *(Film)* un montage **IV4A,** 1
ein **Schnittpunkt** un carrefour **III3DE**
eine **Schnitzeljagd** un jeu de piste **IV1B,** 2
ein **Schnurrbart** une moustache **IV2B,** 7
ein **Schock** un choc **III1A,** 2
jdm. einen Schock versetzen faire un choc à qn **III1A,** 2
die **Schokolade** le chocolat **II6A,** 1
eine **Schokoladenfabrik** une chocolaterie **IV6DE,** 3
ein **Schokoladenhersteller** un chocolatier **IV6DE,** 5
schön beau/bel/belle **II7DE,** 1
Es ist schönes Wetter. Il fait beau. **II4A,** 7
schon déjà **I5A,** 3
ein **Schrank** une armoire **III2B,** 5
der **Schrecken** l'horreur *(f.)* **IV4A,** 1
jdm. etw. **schreiben** écrire qc à qn **I7B,** 1
ein **Schreibtisch** un bureau **I7B,** 1
schreien crier **II3B,** 1
ein **Schriftsteller**/eine **Schriftstellerin** un écrivain/une femme écrivain **II7DE,** 1
ein **Schritt** un pas **III2B,** 5
schüchtern timide/timide **II1B,** 2
ein **Schuh** une chaussure **II3A,** 6
Schul- scolaire/scolaire *(inv.)* **III4DE**
der **Schul(jahres)beginn** la rentrée **II1DE**
eine **Schulaufgabe** une interrogation écrite **I4B,** 4
eine **Schule** une école **I2A,** 3
ein **Schüler**/eine **Schülerin** un élève/une élève **I4DE**
ein **Schüler**/eine **Schülerin** des Collège un collégien/une collégienne **IV4DE**
ein **Schüleraustausch** un échange scolaire **III4DE**
schulisch scolaire/scolaire *(inv.)* **III4DE**
ein **Schulleiter**/eine **Schulleiterin** *(im „Collège")* un principal/une principale **III2A,** 1
eine **Schulpartnerschaft** un jumelage **IV2A,** 1
eine **Schulter** une épaule **III2A,** 1
sozial **schwach** défavorisé/défavorisée **IV4B,** 1
schwarz noir/noire **I6A,** 6
der **Schweizer Franken** le franc suisse **IV6DE**
ein **Schweizer**/eine **Schweizerin** un Suisse/une Suisse **IV6DE**
schwer *(Sachen, Tiere)* gros/grosse **III4A,** 4
eine **Schwester** une sœur **I2B,** 2
schwierig difficile/difficile **II5A,** 3 dur/dure **IV1A,** 8
ein **Schwimmbad** une piscine **I5B,** 2
das **Schwimmen** la natation **I5A,** 5
schwimmen nager **II4B,** 1
schwören jurer **II5B,** 2
die **Science-Fiction** la science-fiction **IV4B,** 5
die **sechste** Klasse la sixième **II1DE**
ein **See** un lac **III5A,** 1
etw. **sehen** voir qc **II2A,** 5
Sieh mal! Tiens! **I2A,** 3
eine **Sehenswürdigkeit** un monument **I7DE**
sehr très **I6A,** 1
eine **Seife** un savon **III3DE**
ein **Seil** une corde **II5A,** 4
sein être **I2B,** 2
sein von … dater de … **II7B,** 2
seit depuis **I7C,** 1
eine **Seite** une page **II2B,** 3
ein **Seitenspiegel** un rétroviseur **II5B,** 2
eine **Sekunde** une seconde **III2B,** 1
Selbstverständlich! Bien sûr! **I3A,** 2
seltsam mystérieux/mystérieuse **II2DE**
eine **Sendung** une émission **IV1B,** 6
September septembre *(m.)* **I3B,** 7
eine **Serie** une série **III3B,** 1
seriös sérieux/sérieuse **IV1B,** 2
eine **Serviette** une serviette **II6B,** 1
Servus! Salut! *(fam.)* **I0,** 1
etw. **setzen** poser qc **I5B,** 3
sich setzen s'installer **II4A,** 3
seufzen soupirer **IV3A,** 4
shoppen faire du shopping **III5A,** 1
Shorts *(Pl.)* un short **II3A,** 2
das **Showbusiness** le spectacle **IV3A,** 2
das **Showgeschäft** le spectacle **IV3A,** 2
sicher sûr/sûre **II3B,** 1 certain/certaine **III5A,** 1
Sicherlich! Bien sûr! **I3A,** 2
sich um jdn./etw. **kümmern** s'occuper de qn/qc **III1A,** 2
sie *(betont) (m., pl.)* eux **II1A,** 1
eine **Siedlung** une cité **III6A**
ein **Sieg** une victoire **III4B,** 3
singen chanter **I3B,** 1
sinken baisser ⟨IV2B, 3⟩
ein **Sinn** un sens **IV6DE,** 3
jdm. in den Sinn kommen venir à l'esprit **IV2B,** 2
eine **Situation** une situation **II5B,** 4
sitzen bleiben rester assis/assise **III1A,** 2
ein **Skateboard** un skateboard **II5A,** 4
der **Ski** le ski **II5A,** 3
das **Skifahren** le ski **II5A,** 3
eine **Skulptur** une sculpture **IV5A,** 1
die **Slackline** *(gespanntes Band, auf dem man balanciert)* la corde molle **II5A,** 4
ein **Smartphone** un smartphone **IV4DE**
ein **Smoking** un smoking **IV4B,** 1
eine **SMS** un texto **I7B,** 1
ein **Snowboard** un snowboard **III5A,** 1
so comme ça **I4B,** 4
so viel(e) tellement de *(+ Nomen)* **III6B**
sofort tout de suite **II3A,** 2
sogar même **I5B,** 3
ein **Sohn** un fils **I3A,** 9
ein **Soldat** un soldat **III4B,** 3
der **Sommer** l'été *(m.)* **II4A,** 8

die **Sonne** le soleil II4A, 3
Es ist sonnig. Il y a du soleil. II4A, 7
Sonntag dimanche *(m.)* I4B, 1
am Sonntag dimanche *(m.)* I4B, 1
sonst sinon III2B, 1
eine **Sorge** un souci III4A, 4
Keine Sorge! Pas de souci! III4A, 4
sich (um jdn./etw.) Sorgen machen se faire du souci (pour qn/qc) IV3B, 1
eine **Soße** une sauce III5A, 1
Es ist **so weit**! Ça y est! III1DE
ein **soziales** Netzwerk/**soziale** Netzwerke un réseau social/des réseaux sociaux IV4DE
ein **Sozialarbeiter**/eine **Sozialarbeiterin**/**Sozialarbeiter**/**Sozialarbeiterinnen** un assistant social/une assistante sociale/des assistants sociaux/des assistantes sociales IV3A, 1
Spaghetti des spaghettis *(m., pl.)* I5A, 3
spannend passionnant/passionnante IV1B, 2
eine **Spannung** une tension ⟨IV2B, 7⟩
die **Spannung** le suspense IV4B, 5
später plus tard II3B, 1
spät tard I5A, 3
Wie spät ist es? Quelle heure est-il? I4A, 1
zu spät kommen être en retard I4DE
spazieren gehen se promener III4B, 1
eine **Speicherkarte** une carte mémoire III3A, 1
eine **Speisekarte** un menu IV5B, 1
eine **Spezialität** une spécialité III3DE
ein **Spiegel** un miroir IV5A, 1
ein **Spiel** un match II5B, 2
ein **Spiel**/**Spiele** un jeu/des jeux I3A, 3
etw. **spielen** *(ein Instrument)* jouer de qc III1DE
etw. **spielen** *(ein Spiel)* jouer à qc II4B, 1
spielen jouer I4DE
ein **Spielplatz** une aire de jeux III3B, 1
ein **Spielzeug** un jouet II4C, 1
der **Sport** le sport I2B, 2
ein **Sportler**/eine **Sportlerin** un sportif/une sportive II3B, 1
sportlich sportif/sportive II3B, 1
eine **Sprache** une langue III3B, 3
die okzitanische Sprache l'occitan *(m.)* IV6DE
sprechen parler I2DE
mit jdm. sprechen parler à qn I6B, 1
über etw. sprechen parler de qc II5B, 1
ein **Springbrunnen** une fontaine IV5A, 1
springen sauter II5A, 3
ein **Sprung** un saut II5DE
(ab-)**spülen** faire la vaisselle IV3A, 7
eine **Spur** une trace IV1A, 8
etw. **spüren** sentir qc II3A, 2

ein **Staat** un Etat IV5DE
staatlich national/nationale/nationaux/nationales III5A, 1
Staatsangehörigkeit une nationalité IV2B, 7
der **Staatschef**/die **Staatschefin** le chef de l'Etat/la chef de l'Etat IV2A, 3
ein Stadion un stade II7A, 1
eine **Stadt** une ville I7DE
eine **Städtpartnerschaft** un jumelage IV2A, 1
eine (Städte-)Partnerschaft haben mit être jumelé/jumelée avec III5A, 1
eine **Stadtmauer** un rempart III6A
eine **Stadtmitte** un centre-ville II7A, 1
ein **Stadtzentrum** un centre-ville II7A, 1
stammen aus … *(zeitlich)* dater de … II7B, 2
ein **Stand** un stand I5C, 5
ein **Star** une star II1B, 2
stark fort/forte II5A, 3
die **Stärke** la puissance IV5DE
die **Starre** la rigidité IV2B, 2
der **Start** le départ II3B, 1
ein **Startpunkt** un point de départ ⟨IV1P, 2⟩
eine **Startseite** une page d'accueil ⟨IV4B, 5⟩
eine **Station** une station I7D, 1
eine **Statistik** une statistique IV4DE
stattfinden avoir lieu III6A se dérouler IV1A, 8
eine **Statue** une statue III6B
eine **Statuette** une statuette III2A, 1
staubsaugen passer l'aspirateur ⟨IV3A, 7⟩
ein **Steak mit Pommes** un steak-frites II6A, 1
eine **Steckdose** une prise de courant IV6C, 2
Das **steht** dir gut. Ça te va bien. II3A, 6
Steht mir das? Ça me va? II3A, 6
etw. **stehlen** voler qc III2A, 1
die **Steifheit** la rigidité IV2B, 2
steigen augmenter IV4A, 1
etw. **stellen** mettre qc II1B, 2
etw. **stellen** poser qc I5B, 3
ein **Stellplatz** un emplacement ⟨IV6C, 2⟩
sterben mourir III5A, 1
etw. **steuern** diriger qc III4B, 3
ein **Stier** un taureau III6B
still calme/calme ⟨IV6C, 2⟩
die **Stille** le silence II6B, 2
eine **Stimme** une voix III2B, 5
Stimmt's? C'est ça? I3B, 1
eine **Stimmung** une humeur III1DE une ambiance III3B, 1
ein **Stockwerk** un étage II7A, 1
ein **Storch** une cigogne IV1DE
jdn. **stören** déranger qn IV6A, 2
ein **Strand** une plage II4DE
ein **Strandsegler** un char à voile III4A, 4
eine **Straße** une rue I2A, 3 une route III2A, 1
auf der Straße dans la rue I2A, 3

eine **Straßenbahn** un tram II7A, 1
eine **Strecke** un trajet II7A, 1 un parcours ⟨IV1P, 2⟩
ein **Streich** une blague II1A, 2
ein **Streik** une grève I6A, 2
sich mit jdm. **streiten** se disputer avec qn II3A, 1
streng strict/stricte IV5B, 1
die **Strenge** l'austérité *(f.)* IV2B, 2
sich **stressen** stresser III1A, 7
strikt strict/stricte IV5B, 1
ein **Strom** un fleuve II7DE
der **Strom** *(Elektrizität)* le courant IV6C, 2
ein **Stück**/**Stücke** un morceau/des morceaux II6B, 9
ein (Theater-)Stück une pièce (de théâtre) IV5B, 1
ein **Student**/eine **Studentin** un étudiant/une étudiante III3A, 1
studieren faire des études IV3A, 1
das **Studium** les études *(f., pl.)* IV3A, 1
eine **Stufe** un niveau III4A, 7 une marche IV1B, 2
ein **Stuhl** une chaise II3A, 2
eine **Stunde** une heure I4A, 1
der **Stundenplan** l'emploi *(m.)* du temps I4B, 1
ein **Sturm** une tempête III5B, 1
die **Suche** la recherche IV3B, 1
auf die Suche (nach jdm./etw.) gehen partir à la recherche (de qn/qc) III5B, 1
eine Suche ausführen effectuer une recherche ⟨IV4B, 5⟩
sich auf die Suche (nach jdm./etw.) machen partir à la recherche (de qn/qc) III5B, 1
jdn./etw. **suchen** chercher qn/qc I2DE
süchtig (nach etw.) accro (à qc) IV4DE
der **Süden** le sud II4DE
super super *(inv.)* I1B, 1 génial/géniale/géniaux/géniales I7B, 3
ein **Supermarkt** un supermarché II6DE
eine **Suppe** une soupe IV5B, 1
im Internet **surfen** surfer sur Internet ⟨IV4B, 5⟩
ein **Sweatshirt** un sweat-shirt II3A, 6
ein **Symbol** un symbole IV1A, 3
eine **Symmetrie** une symétrie IV5A, 1
ein **System** un système III2A, 1
eine **Szene** une scène III4B, 3

T

ein **Tablet-Computer** une tablette II4A, 3
ein **Tag** un jour I5A, 1; *(im Verlauf)* une journée I4A, 1

am folgenden Tag le lendemain **III2B,** 1
Einen schönen Tag! Bonne journée! **I5C,** 5
Guten Tag! Bonjour! **I0,** 1
pro Tag par jour **I7D,** 1
ein **Tagebuch**/**Tagebücher** un journal/des journaux **I6A,** 1
das **Tagesgeschehen** l'actualité *(f.)* **IV4B,** 1
täglich quotidien/quotidienne **III5DE**; *(Adv.)* par jour **I7D,** 1
ein **Tal** une vallée **IV6DE,** 3
eine **Tante** une tante **I3A,** 9
der **Tanz** la danse **I5A,** 5
das **Tanzen** la danse **I5A,** 5
tanzen danser **I6B,** 1
eine **Tapete** une tapisserie **III4A,** 1
ein **Tarif** un tarif **IV5A,** 1
eine **Tasche** un sac **I4B,** 4 une poche **II2B,** 3
das **Taschengeld** l'argent *(m.)* de poche **IV3A,** 4
eine **Tasse** une tasse **II6B,** 9
eine **Tat** une action **IV4B,** 1
ein **Tausch** un échange **II7DE,** 1
tausend mille **II1B,** 2
ein **Team** une équipe **II5B,** 2
eine **Technik** une technique **III5B,** 1
Techno *(Musikstil)* la techno **I2B,** 7
die **Technologie** la technologie **IV2B,** 2
ein **Tee** un thé **III4A,** 4
der **Teig** la pâte **IV6A,** 2
ein **Teil** une partie **I4B,** 5
Teil von etw. sein faire partie de qc **III5DE**
zum Teil en partie **IV1A,** 3
etw. **teilen** partager qc **III1A,** 7
an etw. **teilnehmen** participer à qc **II3DE** assister à qc **IV5B,** 1
ein **Teilnehmer**/eine **Teilnehmerin** un participant/une participante **IV4B,** 1
teilweise en partie **IV1A,** 3
ein **Telefon** un téléphone **II5A,** 7
ein **Telefonanruf** un coup de téléphone **II5A,** 7
mit jdm. **telefonieren** téléphoner à qn **I6A,** 2
ein **Teller** une assiette **II6B,** 1
ein **Teppich** un tapis **IV4B,** 1
einen **Termin** (mit jdm.) vereinbaren prendre rendez-vous (avec qn) **III4B,** 7
eine **Terrasse** une terrasse **III3B,** 1
ein **Territorium** un territoire (d'outre-mer) **III5DE,** 1
teuer cher/chère **I6C,** 1
ein **Text** un texte **I6B,** 6
das **Theater** le théâtre **I5A,** 5
ein (Theater-)Stück une pièce (de théâtre) **IV5B,** 1
eine **Theatertruppe** une compagnie de théâtre **II7B,** 2
ein aktuelles **Thema** un sujet d'actualité ⟨**IV4P**⟩

ein **Thema** un sujet **IV4B,** 1
eine **Tiefe** une profondeur **III6A**
ein **Tier**/**Tiere** un animal/des animaux **I1B,** 1
ein **Tierarzt**/eine **Tierärztin** un vétérinaire/une vétérinaire **IV3A,** 1
ein **Tintenkiller** un effaceur **II1DE**
ein **Tintenlöscher** un effaceur **II1DE**
den **Tisch** abräumen débarrasser la table ⟨IV3A, 7⟩
ein **Tisch** une table **I5A,** 3
bei Tisch à table **I5A,** 3
den Tisch decken mettre la table **II6B,** 1
ein **Titel** un titre **I4B,** 5
eine **Tochter** une fille **I1B,** 1
der **Tod** la mort **IV2A,** 1
die **Toilette** les toilettes *(f., pl.)* **I4A,** 1
toll fantastique/fantastique **I1B,** 2 super *(inv.)* **I1B,** 1
der **Ton** le son **II3B,** 3; *(Material)* la terre **II4C,** 1
ein **Tor** *(beim Fußball)* un but **II5B,** 2
ein Tor schießen marquer un but **II5B,** 2
total total/totale/totaux/totales **III5DE,** 5
jdn. **töten** tuer qn **IV4A,** 1
ein **Toter**/eine **Tote** un mort/une morte **IV1A,** 8
eine **Tour** un tour **I5A,** 3
der **Tourismus** le tourisme **IV2B,** 2
ein **Tourist**/eine **Touristin** un touriste/une touriste **I7DE**
eine **Touristeninformation** un office de tourisme **II4DE**
touristisch touristique/touristique **III4A,** 9
eine **Tradition** une tradition **III6B**
traditionell traditionnel/traditionnelle **III6B**
etw. **tragen** porter qc **I2A,** 2
eine **Tragikomödie** une comédie dramatique **IV4B,** 1
ein **Trailer**/**Trailer** une bande-annonce/des bandes-annonces ⟨**IV4P**⟩
trainieren s'entraîner **III4B,** 3
ein **Training** un entraînement **III1A,** 2
eine **Tram** un tram **II7A,** 1
ein **Trampolin** un trampoline **II5A,** 4
eine **Träne** une larme **III2A,** 1
das **Transportgewerbe** les transports *(m., pl.)* **IV2A,** 1
das **Transportwesen** les transports *(m., pl.)* **IV2A,** 1
sich **trauen**, etw. zu tun oser faire qc **III4A,** 4
ein **Traum** un rêve **I4B,** 4
(davon) **träumen** (etw. zu tun) rêver (de faire qc) **II5DE**
traurig triste/triste **I6A,** 1
ein **Treffen** une rencontre **III5B,** 1

jdn. **treffen** retrouver qn/qc **I4A,** 3 rencontrer qn **I6C,** 1
sich treffen se retrouver **II3A,** 1
eine **Treppe** un escalier **II2DE**
gegen den Ball **treten** taper dans le ballon **II5B,** 2
ein **Trickfilm** un film d'animation **IV4B,** 1
etw. **trinken** boire qc **II6A,** 2
trocken sec/sèche **IV5B,** 4
ein **Trödelmarkt** une braderie **III3DE**
trotz etw. malgré qc **IV4DE**
trotzdem quand même **II3B,** 1
ein **Trüffel** une truffe **IV1DE**
Tschüs! Salut! *(fam.)* **I0,** 1
ein **T-Shirt** un t-shirt **I2B,** 2
etw. **tun** faire qc **I4B,** 4
gerade etw. getan haben venir de faire qc **III3A,** 1
gerade etw. tun être en train de faire qc **III3A,** 1
etw. **tun können** *(wissen, wie etw. geht)* savoir faire qc **II1A,** 2
ein **Tunnel** un tunnel **II2DE**
eine **Tür** une porte **II2B,** 3
türkisch turc/turque **IV2B,** 7
ein **Turm** une tour **I7DE**
das **Turnen** la gymnastique **I2B,** 7
eine **Turnhalle** un gymnase **I4B,** 3
ein **Turnschuh** une basket **II3A,** 6
typisch typique/typique **III5A,** 1

U

über sur **I3B,** 1
überall partout **II7DE**
einen zusammenfassenden **Überblick** über etw. geben faire le point sur qc ⟨**IV6DE,** 8⟩
überhaupt nicht ne … pas du tout **III1A,** 2
überlegen réfléchir (à qc) **II5A,** 4
etw. **überqueren** traverser qc **I5B,** 1
jdn. **überraschen** surprendre qn **IV2B,** 3
eine **Überraschung** une surprise **I3B,** 1
Übersee- outre-mer **III5DE,** 1
etw. **übersetzen** traduire qc **III6A**
jdn./etw. **überwachen** surveiller qn/qc **III3A,** 1
jdn. von etw. **überzeugen** convaincre qn de qc **IV6DE,** 7
übrigens au fait **II5A,** 4
eine **Übung** un exercice **I4B,** 4
am Ufer von etw. au bord de qc **II4DE**
sieben **Uhr** sept heures **I4A,** 1
Um wie viel Uhr? A quelle heure? **I4A,** 2
Wie viel Uhr ist es? Quelle heure est-il? **I4A,** 1
zwölf Uhr *(mittags)* midi **I4A,** 1
jdn. **umbringen** tuer qn **IV4A,** 1
eine **Umfrage** un sondage **IV2B,** 2

ein **Umschlag** une couverture **III2DE**
jdn. **umschmeicheln** flatter qn **IV5B,** 1
umsteigen changer de train **I7D,** 3
die **Umweltforschung** l'écologie *(f.)* **IV2B,** 2
umweltfreundlich écologique/écologique **I7D,** 2
umziehen déménager **II7A,** 1
sich umziehen se changer **II3A,** 2
unabhängig indépendant/indépendante **III5DE,** 2
unbedingt notwendig indispensable/indispensable **IV4DE**
die **Unbeweglichkeit** la rigidité **IV2B,** 2
und et **I0,** 2
unfallträchtig casse-gueule *(adj.) (fam.) (inv.)* **II2A,** 1
ungeduldig impatient/impatiente **IV6B,** 2
ungefähr *(Adv.)* environ **II1DE**
unglaublich incroyable/incroyable **IV3B,** 1
unglücklich malheureux/malheureuse **II2B,** 2
die **Unordnung** le désordre **IV6A,** 1
unruhig inquiet/inquiète **IV3B,** 1
Unsinn n'importe quoi **III1A,** 2
unten in etw. au fond de qc **III2A,** 1
unter sous **I4A,** 3 parmi **III2A,** 1
jdn. **unterdrücken** opprimer qn **IV4B,** 1
sich (über etw.) **unterhalten** discuter (de qc) **I4A,** 3
eine **Unterhaltung** une discussion **II2A,** 5
unterirdisch souterrain/souterraine **III5A,** 1
ein unterirdischer Gang un souterrain **II2DE**
eine **Unterkunft** un logement **II7A,** 1
ein **Unternehmen** une entreprise **IV2A,** 1
etw. **unternehmen** entreprendre qc **IV5DE**
im **Unterricht** en cours **II1A,** 2
Unterricht haben avoir cours **II1B,** 2
eine **Unterrichtsstunde** un cours **I4DE**
unterscheiden (zwischen) faire la différence (entre) **II1A,** 6
ein **Unterschied** une différence **II1A,** 6
unterschiedlich différent/différente **II7A,** 1
divers/diverse **IV2B,** 3
etw. **unterschreiben** signer qc **IV2A,** 1
jdm./etw. **unterstehen** dépendre de qn/qc **III6DE**
eine **Unterstützung** une aide **III6A**
ein **Unwetter** une tempête **III5B,** 1
die **Unzufriedenheit** le mécontentement **IV6A,** 2
ein **Ureinwohner**/eine **Ureinwohnerin** un autochtone/une autochtone **III5A,** 8
der **Urlaub** les vacances *(f., pl.)* **I6A,** 1
Keine **Ursache.** Il n'y a pas de quoi. **IV5A,** 4
ein **USB-Stick** une clé USB **I4A,** 3

V

ein **Vampir** un vampire **II2A,** 5
ein **Vater** un père **I3A,** 9
verboten interdit ⟨**IV6C,** 2⟩
sich (mit jdm.) **verabreden** prendre rendez-vous (avec qn) **III4B,** 7
jdn./etw. **verabscheuen** détester qn/qc **I2B,** 2
avoir horreur de qn/qc **IV4A,** 1
auf **Veranlassung** von jdm. à la demande de qn **IV5DE**
verantwortlich sein für etw. être responsable/responsable de qc **IV6A,** 2
etw. **verbessern** améliorer qc **III5B,** 1
ein **Verbot** une interdiction **IV4DE**
etw. **verbringen** passer qc **I5A,** 1
ein **Verdacht** un soupçon **III2DE**
jdn. einer Sache **verdächtigen** soupçonner qn de qc **III2B,** 5
Verdammt! Zut! *(fam.)* **I2A,** 3
ein **Verein** un club **II5A,** 4
einen Termin (mit jdm.) **vereinbaren** prendre rendez-vous (avec qn) **III4B,** 7
verfügbar disponible/disponible **IV6C,** 2
jdm. etw. zur **Verfügung** stellen mettre qc à la disposition de qn **IV6C,** 2
die **Vergangenheit** le passé **II2A,** 1
etw. **vergessen** oublier (de faire) qc **I6C,** 1
vergessen, etw. zu tun oublier (de faire) qc **I6C,** 1
jdn./etw. (mit jdm./etw.) **vergleichen** comparer qn/qc (avec qn/qc) **II5A,** 1
ein **Vergnügen** un plaisir **IV5A,** 4
sich **vergnügen** s'amuser **II4C,** 1
etw. **vergrößern** agrandir qc **IV5A,** 1
ein **Verhalten** un comportement **III5B,** 1
sich verirren se perdre **III4A,** 1
ein **Verkäufer**/eine **Verkäuferin** un vendeur/une vendeuse **I5C,** 1
der **Verkehr** la circulation **II7A,** 1
ein **Verkehrsmittel** un moyen de transport **I7D,** 1
ein **Verkehrsstau** un bouchon **II4A,** 3
jdn./etw. **verkörpern** représenter qn/qc **III5B,** 1
eine **Verkostung** une dégustation **IV6DE,** 3
das **Verlangen** l'envie *(f.)* **I3B,** 1
etw. von jdm. **verlangen** demander (qc) à qn **I6B,** 1
eine **Verlängerung** une rallonge **IV6C,** 2
ein **Verlängerungskabel** une rallonge **IV6C,** 2
etw. **verlassen** quitter qc **I5A,** 3
sich **verlaufen** se perdre **III4A,** 1
verlegen gêné/gênée **III4A,** 4
sich **verletzen** se blesser **III4B,** 3
ein **Verletzter**/eine **Verletzte** un blessé/une blessée **IV2A,** 1

sich in jdn./etw. **verlieben** avoir un coup de cœur pour qn/qc **IV4B,** 1
etw. **verlieren** perdre qc **I6A,** 2
etw./jdn. **verlinken** créer un lien vers qc/qn ⟨**IV4B,** 5⟩
etw. **vermeiden** éviter qc **III4A,** 4
etw. **vermieten** louer qc **IV6DE,** 3
etw. **veröffentlichen** publier qc **IV4DE**
etw. **verpassen** rater qc *(fam.)* **IV6DE,** 3
etw. **verpfuschen** rater qc *(fam.)* **IV6DE,** 3
jdn. **verraten** dénoncer qn **III2B,** 5
verrückt fou/fol/folle **II5DE** dingue/dingue *(fam.)* **III4A,** 4
jdn. verrückt machen rendre qn dingue **III4A,** 4
ein **Versager** *(ugs.)* une quiche **II2A,** 5
eine **Versammlung** une réunion **IV5B,** 1
verschieden divers/diverse **IV2B,** 3
jdn. **verschleppen** déporter qn **IV2A,** 1
verschlossen fermé/fermée **II2A,** 5
verschwinden disparaître **III2A,** 1
eine **Versicherung** une assurance **III4B,** 7
eine **Versöhnung** une réconciliation **IV2A,** 1
eine **Verspätung** un retard **I4DE**
der **Verstand** l'esprit *(m.)* **IV2B,** 2
etw. **verstärken** renforcer qc **IV2A,** 1
eine **Verstauchung** une foulure **III4B,** 3
ein **Versteck** une cachette ⟨**IV1P,** 2⟩
etw. **verstecken** cacher qc **III2B,** 5
etw. **verstehen** comprendre qc **II1A,** 2
sich verstehen s'entendre **II3A,** 1
versuchen, etw. zu tun essayer de faire qc **II5DE**
jdn./etw. **verteidigen** défendre qn/qc **IV2A,** 4
etw. **verteilen** distribuer qc **IV1B,** 2
ein **Vertrag** un traité **IV2A,** 1
jdn./etw. **vertreten** représenter qn/qc **III5B,** 1
Verwaltungs- administratif/administrative **III5DE,** 2
etw. **verwenden** utiliser qc **II2A,** 4
etw. **verwirklichen** réaliser qc **III1A,** 2
jdm. etw. **verzeihen** pardonner qc à qn **III2B,** 5
Verzeihung Pardon. **I1A,** 1
etw. **verzieren** décorer qc **IV5DE**
ein **Viehhirt** *(in der Camargue)* un gardian **III6B**
die **Viehzucht** l'élevage *(m.)* **III6B**
so **viel(e)** tellement de *(+ Nomen)* **III6B**
viel beaucoup **I5B,** 2
Viel Glück! Bonne chance! **II3B,** 1
zu viel trop **I5B,** 3
viel/**viele** beaucoup de *(+ Nomen)* **I6C,** 1 ; plein de *(+ Nomen)* **IV4A,** 1
vielleicht peut-être **I7B,** 1
vielmehr plutôt **II4A,** 3
ein **(Stadt-)Viertel** un quartier **I5DE**

ein **Viertel** un quart **I4A,** 1
viertel nach sieben Uhr sept heures et quart **I4A,** 1
viertel vor sieben sept heures moins le quart **I4A,** 1
vierundzwanzig vingt-quatre **I3B,** 9
eine **Vierzimmerwohnung** un quatre-pièces **II7A,** 1
virtuell virtuel/virtuelle **IV1A,** 8
ein **Vogel** un oiseau **III6B**
ein **Volk** un peuple **IV4B,** 1
voll complet/complète ⟨**IV6C,** 2⟩
voll (mit etw.) plein/pleine (de qc) **IV6DE,** 3
völlig entier/entière **II7DE,** 1 total/totale/totaux/totales **III5DE,** 5
vollständig total/totale/totaux/totales **III5DE,** 5 complet/complète **IV1A,** 8
von de/d' **I1B,** 1
von … bis de … à **I4A,** 2
von … aus *(Ort)* depuis **II7A,** 1
von dort en **IV2B,** 7
(jetzt) **vor 2000 Jahren** il y a 2000 ans **II4C,** 1
vor *(örtlich)* devant **I2B,** 2
vor *(zeitlich)* avant **I7B,** 1
vor allem surtout **I6B,** 1
vorankommen avancer **II5B,** 2
vorbeigehen passer **II2DE**
etw. **vorbereiten** préparer qc **I3A,** 3
der **Vordergrund** *(Bild, Foto, Film)* le premier plan **II1B,** 8
ein **Vorfahre**/eine **Vorfahrin** un ancêtre/une ancêtre **II4C,** 1
eine (Film-)**Vorführung** une séance (de cinéma) ⟨**IV4B,** 5⟩
vorhanden présent/présente **III5DE,** 1
vorher avant **I7B,** 1
ein **Vorort** une banlieue **II7A,** 1
ein **Vorsatz** une résolution **III1A,** 2
ein **Vorschlag** une proposition **IV5B,** 1
jdm. **vorschlagen**, etw. zu tun proposer à qn de faire qc **II4DE**
Vorsicht! Attention! **I1A,** 1
eine **Vorspeise** une entrée **II6A,** 1
ein **Vorstadtbereich** une banlieue **II7A,** 1
jdm. jdn./etw. **vorstellen** présenter qc/qn à qn **II1B,** 7
sich vorstellen se présenter **IV4B,** 1
sich etw. **vorstellen** imaginer qc **III1A,** 2
eine **Vorstellung** un spectacle **II7DE**
eine (Film-)**Vorstellung** une séance (de cinéma) ⟨**IV4B,** 5⟩
vorübergehen passer **II2DE**
ein **Vorurteil** un préjugé **IV2A,** 1
vorwärts kommen avancer **II5B,** 2
etw. **vorziehen** préférer qc **I3A,** 3

W

wachsen augmenter **IV4A,** 1
eine **Waffel** une gaufre **I5C,** 1
wagen, etw. zu tun oser faire qc **III4A,** 4
eine **Wahl** un choix **IV3A,** 1
etw. **wählen** choisir qc **II5A,** 4
ein **Wahlfach** une option **IV4B,** 1
ein **Wahnsinn** une folie **III3A,** 1
wahnsinnig dingue/dingue *(fam.)* **III4A,** 4
jdn. wahnsinnig machen rendre qn dingue **III4A,** 4
wahr vrai/vraie **II1A,** 2
während *(Präposition)* pendant **II3A,** 2; *(Konjunktion)* pendant que **III2B,** 5
die **Wahrheit** la vérité **II5B,** 2
die **Währung** la monnaie **IV6DE**
ein **Wal** une baleine **III5A,** 1
ein **Wald** une forêt **II7DE,** 1
eine **Wand** un mur **II5A,** 2
wandern faire de la randonnée **III5A,** 1
eine **Wanderung** une randonnée **III5A,** 1
ein **Wandteppich** une tapisserie **III4A,** 1
eine **Wange** une joue **IV2B,** 7
wann quand **I3B,** 7
warm chaud/chaude **II4A,** 3
Es ist warm. Il fait chaud. **II4A,** 3
jdn. **warnen** avertir qn **III5B,** 1 prévenir qn **IV4A,** 1
auf jdn./etw. **warten** attendre qn/qc **I6A,** 2
warum? pourquoi? **I5B,** 3
Was? *(Fragepronomen)* Quoi? **I6B,** 1
Was …? Qu'est-ce que …? **I2B,** 2
Was …? *(Fragepronomen, Subjekt ist eine Sache)* Qu'est-ce qui …? **III4A,** 1
Was gibt es? Qu'est-ce qu'il y a? **I3A,** 2
Was ist das? Qu'est-ce que c'est? **I2DE**
Was macht Léo? Que fait Léo? **I2DE**
jdn./etw. **waschen** laver qn/qc **II3A,** 1
sich waschen se laver **II3A,** 1
Wäsche waschen laver le linge ⟨**IV3A,** 7⟩
das **Wasser** l'eau *(f.)* **I5C,** 1
eine **Wasserschale** *(zum Reinigen der Finger)* un rince-doigts **II6A,** 2
etw. **wechseln** changer qc **III1A,** 7
ein **Weg** un chemin **III1A,** 1 un itinéraire **IV1DE**
einer Person/einer Sache **wegen** à cause de qn/qc **II5B,** 2
weggehen partir **II3A,** 2 s'en aller **IV5B,** 1
wehtun faire mal **I5B,** 3
weich mou/mol/molle **II5A,** 4
Weihnachten Noël *(m.)* **I6A,** 1
weil parce que **I5B,** 3
der **Wein** le vin **II4C,** 1
auf diese Weise comme ça **I4B,** 4
weiß blanc/blanche **I6A,** 6
weit *(Kleidung)* large/large **II4C,** 1
weit *(Adv.)* loin **I5A,** 1
jdm. etw. **weitergeben** passer qc à qn **II4A,** 3
mit etw. **weitermachen** continuer à faire qc **II1B,** 2
welcher/**welche**/**welches** *(Fragebegleiter)* quel/quelle/quels/quelles **I7A,** 1; *(Fragepronomen)* lequel/laquelle/lesquels/lesquelles **III6DE,** 1
die **Welt** le monde **II5A,** 2
Welt- mondial/mondiale/mondiaux/mondiales **III4B,** 3
der **Weltraum** l'espace *(m.)* **II7A,** 1
sich an jdn. **wenden** s'adresser à qn **IV5B,** 1
ein **wenig** un peu **I7D,** 1
weniger moins **I4A,** 1
weniger groß als/kleiner als moins grand que/moins grande que **II5A,** 1
wenigstens au moins **III1A,** 2
wenn quand **I4A,** 3 si *(Konjunktion)* **I7C,** 1; *(zeitlich)* lorsque **III2A,** 1
wer qui *(Fragepronomen)* **I1A,** 1
Wer ist das? Qui est-ce? **I1A,** 1
ein **Werbespot** une publicité *(fam.: une pub)* **IV4A,** 1
eine **Werbung** une publicité *(fam.: une pub)* **IV4A,** 1
der **Werdegang** le parcours **IV3A,** 1
jd./etw. **werden** devenir qn/qc **III2B,** 1
eine **Werkstatt** un atelier **II5A,** 4
ein **Wert** une valeur ⟨**IV2B,** 7⟩
der **Westen** l'ouest *(m.)* **II4DE**
ein **Wettbewerb** un concours **III1DE**
das **Wetter** le temps **II4A,** 7
Es ist schönes Wetter. Il fait beau. **II4A,** 7
Wie ist das Wetter? Quel temps fait-il? **II4A,** 7
ein **Wettkampf** un match **II5B,** 2 une compétition **III4A,** 4
wichtig important/importante **II4C,** 1
der **Widerstand** la résistance **IV2A,** 5
jdm./etw. Widerstand leisten résister à qn/qc **IV2A,** 5
ein **Widerstandskämpfer**/eine **Widerstandskämpferin** un résistant/une résistante **IV2A,** 1
wie comme **I3A,** 3
Wie? *(Fragewort)* Comment? **I1A,** 1
Wie alt bist du? Tu as quel âge? **I3B,** 9
Wie geht es euch/Ihnen? Comment allez-vous? **I7B,** 3
Wie geht's? Ça va? **I0,** 1
wie viel combien **I5C,** 1
Wie viel kostet das? Ça fait combien? **I5C,** 1
etw. **wieder (auf)nehmen** reprendre qc **III1A,** 2

wieder encore **I3B,** 1
etw. **wiederaufbauen** reconstruire qc **IV1A,** 3
jdn./etw. **(wieder)erkennen** reconnaître qn/qc **IV2DE**
jdn./etw. **wiederfinden** retrouver qn/qc **I4A,** 3
etw. **wiederholen** répéter qc **II4B,** 1
Auf **Wiedersehen**! Au revoir! **I0,** 1
jdn./etw. **wiedersehen** revoir qn/qc **III4B,** 9
die **Wiedervereinigung** la réunification **IV2B,** 2
wie viel combien de *(+ Nomen)* **I6C,** 1
Wie viel(e) brauchen wir davon? Combien est-ce qu'il en faut? **II6B,** 7
Willkommen! Bienvenue! **I0,** 1
Seien Sie willkommen! Soyez les bienvenus! **II7DE,** 2
der **Wind** le vent **II4A,** 7
Es ist **windig**. Il y a du vent. **II4A,** 7
der **Winter** l'hiver *m.* **II4A,** 8
wirklich vraiment **I5B,** 3
die **Wirklichkeit** la réalité **II4C,** 1
die **Wirtschaft** l'économie *(f.)* **IV2A,** 2
wissen savoir **II1A,** 2
ein **Wissenschaftler**/eine **Wissenschaftlerin** un scientifique/une scientifique ⟨**IV3P**⟩
wo où *(Fragewort)* **I2B,** 2
eine **Woche** une semaine **I7DE**
ein **Wochenende** un week-end **I5A,** 3
wohin où *(Fragewort)* **I2B,** 2
wohnen habiter **I2B,** 2
ein **Wohnhaus** un immeuble **II7A,** 1
ein **Wohnmobil** un camping-car ⟨**IV6C,** 2⟩
ein **Wohnsitz** une résidence **IV5DE**
eine **Wohnung** un appartement **I5A,** 3 un logement **II7A,** 1
ein **Wohnwagen** une caravane ⟨**IV6C,** 2⟩
ein **Wohnzimmer** un salon **I5A,** 3
ein **Wolf** un loup **I6A,** 2
etw. **tun wollen** vouloir faire qc **I7C,** 1
ein **Workshop** un atelier **II5A,** 4
ein **Wort** un mot **I4B,** 3
ein **Wörterbuch** un dictionnaire **II2A,** 4
wunderschön magnifique/magnifique **III5A,** 1
etw. **wünschen** désirer qc **II6A,** 2
jdn. **würdigen** rendre hommage à qn **IV2A,** 1
eine **(Salami-)Wurst** un saucisson **II6A,** 1
ein **Würstchen** une saucisse **IV2B,** 2
die **Wut** la colère **II1A,** 2
wütend furieux/furieuse **III2A,** 8

Y

ein **Youtuber**/eine **Youtuberin** un youtubeur/une youtubeuse **IV4A,** 1

Z

eine **Zahl** un nombre **II7B,** 2 un chiffre **III6A**
etw. **zählen** compter qc **III5A,** 2
zauberhaft magique/magique **IV1A,** 3
etw. **zeichnen** dessiner qc **III2A,** 1
ein **Zeichner**/eine **Zeichnerin** un dessinateur/une dessinatrice **II2B,** 3
eine **Zeichnung** un dessin **II2B,** 3
jdm. etw. **zeigen** montrer qc à qn **I6B,** 1
die **Zeit** le temps **I4B,** 1
Zeit haben, etw. zu tun avoir le temps de faire qc **II6B,** 2
zu dieser Zeit à cette époque **II4C,** 1
eine **Zeit** une période ⟨**IV2B,** 7⟩
ein **Zeitalter** une époque **II4C,** 1
das **Zeitgeschehen** l'actualité *(f.)* **IV4B,** 1
eine **Zeitschrift** un magazine **IV3B,** 5
ein **Zeitschriften- und Schreibwarengeschäft** une maison de la presse **I2DE**
eine **Zeitung**/**Zeitungen** un journal/des journaux **I2DE**
ein **Zelt** une tente **IV6DE,** 3
zelten faire du camping **IV6DE,** 3
zentralisiert centralisé/centralisée **III6DE**
zentralistisch centralisé/centralisée **III6DE**
zentralstaatlich centralisé/centralisée **III6DE**
ein **Zentrum** un centre **II1B,** 8
zerbrochen cassé/cassée **II5B,** 2
eine **Zeremonie** une cérémonie **IV4B,** 1
etw. **zerstören** détruire qc **IV1A,** 3
zerstreut sein être dans la lune *(fam.)* **II6A,** 1
ein **Ziel** un but **II5B,** 2 une destination **III6A**
ziemlich assez **II3A,** 6 plutôt **II4A,** 3
eine **Ziffer** un chiffre **III6A**
ein **Zimmer** une pièce **I5A,** 3
ein (Schlaf-)Zimmer une chambre **I3A,** 3
der **Zirkus** le cirque **II5DE**
die **Zirkuskünste** les arts du cirque *(m., pl.)* **II5DE**
eine **Zitrone** un citron **II6DE**
zögern, etw. zu tun hésiter à faire qc **III2B,** 5
ein **Zopf** une natte **IV2B,** 7
der **Zorn** la colère **II1A,** 2
zornig furieux/furieuse **III2A,** 8
zu sehr trop **I5B,** 3
zu viel trop **I5B,** 3
zu Hause à la maison **I4A,** 1
Essen zubereiten faire la cuisine **II6DE**
(ein Tier) **züchten** élever qn/qc **III6B**
der **Zucker** le sucre **II6DE**
zuerst d'abord **I3A,** 2
zufällig par hasard **IV3A,** 4
zufrieden content/contente **I6DE**
ein **Zug** un train **I3A,** 3
mit dem Zug en train **I7D,** 2
ein **Zugang** un accès **IV5A,** 1
jdm. **zuhören** écouter qn/qc **I2A,** 2
die **Zukunft** l'avenir *(m.)* **III6B**
zukünftiger/**zukünftige**/**zukünftiges** futur/future **IV5DE**
zupacken mettre la main à la pâte **IV6A,** 2
zurechtkommen se débrouiller **III4A,** 3
(wieder) **zurück** de retour **IV3B,** 1
jdm. etw. **zurückgeben** rendre qc à qn **III2A,** 1
zurückgehen baisser ⟨**IV2B,** 3⟩
zurückkehren retourner **II3B,** 1
zurückkommen rentrer **I4A,** 1 revenir **III1DE**
etw. **zurücklassen** laisser qc **II4A,** 3
etw. **zurücknehmen** reprendre qc **III1A,** 2
jdm. etw. **zurückzahlen** rembourser qn de qc **III4B,** 7
zusammen ensemble **I3A,** 1
eine **Zusammenarbeit** une coopération **IV2DE**
mit jdm. **zusammenarbeiten** collaborer avec qn **IV2A,** 4
einen zusammenfassenden Überblick über etw. geben faire le point sur qc ⟨**IV6DE,** 8⟩
eine **Zusammenfassung** un résumé **IV4B,** 5
zusätzlich en plus **II7A,** 1
jdm. **den Ball zuspielen** envoyer le ballon à qn **II5B,** 2
zuständig sein für etw. être responsable/responsable de qc **IV6A,** 2
ein **Zutritt** un accès **IV5A,** 1
jdm. etw. **zuwerfen** lancer qc à qn **II5A,** 3
zweisprachig bilingue/bilingue **IV6DE**
zweitausend deux mille (=2000) **II1B,** 2
zwischen entre **I6B,** 1

Zur französischen Rechtschreibung

Les lettres de l'alphabet

A [a]	**D** [de]	**G** [ʒe]	**J** [ʒɪ]	**M** [ɛm]	**P** [pe]	**S** [ɛs]	**V** [ve]	**Y** [igrɛk]
B [be]	**E** [ə]	**H** [aʃ]	**K** [ka]	**N** [ɛn]	**Q** [ky]	**T** [te]	**W** [dubləve]	**Z** [zɛd]
C [se]	**F** [ɛf]	**I** [i]	**L** [ɛl]	**O** [o]	**R** [ɛʀ]	**U** [y]	**X** [iks]	

Les signes orthographiques	Die orthografischen Zeichen
l'accent aigu *(m.)*	C'est génial!
l'accent grave *(m.)*	Le collège
l'accent circonflexe *(m.)*	Tu as quel âge?
le tréma	Aïe! Mon pied!
le «c»-cédille	un garçon
l'apostrophe *(f.)*	d'accord
OE entrelacés / OE collés	Voilà ma sœur.
la majuscule	Il s'appelle Léo.
la minuscule	Il a 12 ans.

Les signes de la phrase	Die Satzzeichen
le point	On va au collège.
les deux points	Le collège est grand: il a deux mille élèves.
le point d'exclamation	Attention!
le point d'interrogation	Qui est-ce?
les points de suspension	Mais ... C'est Léo!
la virgule	Dans le gymnase, on fait du sport.
les guillemets *(m.)*	Qui est «Scoubidou»?
les parenthèses *(f.)*	(C'est une devinette).
le tiret	– Tu t'appelles comment? – Je m'appelle Marie.
le trait d'union	Grand-mère est à la maison?

Ab dem Schuljahr 2016 dürfen französische Schulbücher die empfohlene Anpassung der französischen Rechtschreibung von 1990 umsetzen[1]. Die bisherige Schreibung gilt jedoch weiterhin als korrekt. Die wichtigsten Anpassungen sind im Folgenden zusammengefasst.
Die angepasste Rechtschreibung hat in Frankreich noch keinen Eingang in den allgemeinen Gebrauch *(usage)* gefunden. Diese Ausgabe von *Découvertes* folgt der neuen Schreibung daher nur in den markierten Teilbereichen.

■ Die zusammengesetzten Zahlen werden durch Bindestrich verbunden:
alt: vingt et un, cent un
neu: vingt-et-un, cent-un

■ Bei zusammengesetzten Nomen mit Bindestrich (Verb + Nomen, Präposition + Nomen) wird das zweite Element mit -s geschrieben, wenn es sich um einen Plural handelt.
alt: des porte-bonheur, des après-midi
neu: des porte-bonheurs, des après-midis

■ Der accent grave ersetzt in einigen Wörtern den *accent aigu*, unter anderem auch in den Futur- und Conditionnel-formen der Verben vom Typ *céder*:
alt: événement, je céderai
neu: évènement, je cèderai

■ Der *accent circonflexe* auf *i* und *u* entfällt dort, wo er keine unterscheidende Bedeutung hat.
alt: coûter, s'entraîner, connaître
neu: couter, s'entrainer, connaitre
Aber weiterhin: sur – sûr (sicher), du – dû, mur –mûr, il croit – il croît

■ Verben auf *-eler* und *-eter* werden konjugiert wie *peler* und *acheter*.
alt: j'amoncelle, amoncellement, tu époussetteras
neu: j'amoncèle, amoncèlement, tu epoussèteras
Aber weiterhin: j'appelle, je jette

■ Lehnwörter folgen bei den Akzenten und der Pluralbildung den französischen Regeln.
alt: un revolver, des matches
neu: un révolver, des matchs

■ Einige Wörter werden zusammengeschrieben, insbesondere Zusammensetzungen mit *contr(e), entr(e), extra, infra, intra, ultra*.
alt: entre-temps, week-end, porte-monnaie
neu: entretemps, weekend, portemonnaie

■ Das Trema wird in den Folgen ***-güe-*** und ***-güi-***auf das *u* verlegt und kommt bei einigen Wörtern hinzu.
alt: aiguë, ambiguë, ambiguïté, arguer
neu: aigüe, ambigüe, ambigüité, argüer

■ Das Participe passé von laisser ist unveränderlich, wenn ein Infinitiv folgt:
alt: je les ai laissés partir
neu: je les ai laissé partir

■ Einige Anomalien werden beseitigt.
alt: asseoir, chariot, joaillier, oignon, papeterie, relais
neu: assoir, charriot, joailler, ognon, papèterie, relai

1 Mitteilung vom 05.02.2016

Pour faire les exercices du livre

A votre avis …	Eurer Meinung nach …
A tour de rôle …	… abwechselnd …
A l'aide de …	Mithilfe von …
Accrochez au mur …	Hängt … an die Wand.
Ajoutez les mots qui manquent.	Ergänzt die fehlenden Wörter.
Analysez la situation.	Analysiert die Situation.
Changez de rôle.	Tauscht die Rollen.
Cherchez des solutions.	Sucht Lösungen.
Choisissez …	Wählt …
Classez … selon …	Sortiert … nach …
Comparez …	Vergleicht …
Complétez …	Ergänzt / Vervollständigt …
Continuez.	Macht weiter.
Corrigez les erreurs / les fautes soulignées.	Korrigiert die unterstrichenen Fehler.
Créez …	Erschafft / Macht …
Décrivez les personnages.	Beschreibt die Figuren.
Discutez en classe.	Diskutiert in der Klasse.
Dites pourquoi …	Sagt, warum …
Divisez la classe en trois groupes.	Teilt die Klasse in drei Gruppen ein.
Donnez des exemples.	Nennt Beispiele.
Donnez les lignes du texte.	Nennt die Zeilen im Text.
Donnez votre avis / les aspects positifs et négatifs.	Sagt eure Meinung. / Nennt die positiven und negativen Aspekte.
Echangez vos idées.	Tauscht eure Ideen aus.
Ecoutez l'interview / le podcast / la scène.	Hört das Interview / den Podcast / die Szene an.
Enregistrez les textes.	Nehmt die Texte auf.
Evaluez …	Bewertet …
Expliquez …	Erklärt …
Exprimez …	Drückt … aus.
Faites un filet à mots / un sondage / une infographie / un diaporama sur le thème …	Macht ein Wortnetz / eine Umfrage / eine Infografik / eine Diashow zum Thema …
Faites des hypothèses.	Äußert Vermutungen.
Faites des recherches.	Recherchiert.
Faites des groupes.	Bildet Gruppen.
Formez des phrases.	Bildet Sätze.
Imaginez …	Denkt euch … aus. / Stellt euch … vor.
Imprimez …	Druckt … aus.
Indiquez les lignes du texte.	Nennt die Zeilen im Text.
Inventez …	Erfindet …
Jouez la scène.	Spielt die Szene.
Justifiez votre choix / réponse.	Begründet eure Wahl / Antwort.
Lisez les consignes.	Lest die Arbeitsanweisungen.
Mettez … dans l'ordre.	Bringt … in die richtige Reihenfolge.
Mettez-vous d'accord sur …	Einigt euch auf …
Mettez-vous dans la peau de …	Versetzt euch in … hinein.

Mettez les informations dans l'ordre chronologique.	Bringt die Informationen in die zeitliche Reihenfolge.
Mettez les mots / les verbes indiqués à la bonne forme / au temps qui convient.	Bringt die angegebenen Wörter / Verben in die richtige Form / in die richtige Zeit.
Notez …	Notiert …
Posez des questions.	Stellt Fragen.
Prenez des notes.	Macht Notizen.
Préparez une présentation.	Bereitet eine Präsentation vor.
Présentez les résultats.	Präsentiert die Ergebnisse.
Quelle phrase va avec quelle photo?	Welcher Satz passt zu welchem Foto?
Quels mots correspondent aux définitions suivantes?	Welche Wörter passen zu den folgenden Definitionen?
Que savez-vous sur …?	Was wisst ihr über …?
Que pensez-vous de …?	Was denkt ihr über …?
Recopiez ….	Schreibt … ab.
Réécrivez le texte.	Schreibt den Text noch einmal.
Relevez les informations importantes.	Erhebt die wichtigen Informationen.
Reliez les parties de phrases qui vont ensemble.	Verbindet die Satzteile, die zusammengehören.
Relisez le texte.	Lest den Text noch einmal.
Résumez …	Fasst … zusammen.
Terminez les phrases.	Beendet die Sätze.
Travaillez seul(e)s / à deux / en groupe.	Arbeitet allein / zu zweit / in Gruppen.
Trouvez les verbes qui manquent.	Findet die fehlenden Verben.
Trouvez le contraire des mots en italique.	Findet das Gegenteil der kursiven Wörter.
Trouvez l'intrus.	Findet den „Eindringling" (= falsche Antwort).
Utilisez un dictionnaire / une application.	Verwendet ein Wörterbuch / eine App.
Vrai, faux ou pas dans le texte? Si c'est faux, corrigez.	Richtig, falsch oder nicht im Text? Verbessert, wenn es falsch ist.

Des phrases utiles	Nützliche Sätze
C'est à qui, maintenant? C'est à toi.	Wer ist jetzt dran? Du bist dran.
Comment est-ce qu'on dit en français …?	Wie sagt man auf Französisch …?
Comment est-ce qu'on écrit ce mot?	Wie schreibt man dieses Wort?
Comment est-ce qu'on prononce ce mot?	Wie spricht man dieses Wort aus?
Est-ce que vous pouvez épeler, s'il vous plaît?	Können Sie bitte buchstabieren?
Est-ce que vous pouvez expliquer ce mot?	Können Sie dieses Wort bitte erklären?
Est-ce que vous pouvez répéter la phrase / la question, s'il vous plaît?	Können Sie den Satz / die Frage bitte wiederholen?
J'ai oublié mon cahier à la maison.	Ich habe mein Heft zu Hause vergessen.
Je ne comprends pas ce mot.	Ich verstehe dieses Wort nicht.
Nous en sommes à quel paragraphe / quelle ligne / quelle page / quelle phrase?	In welchem Abschnitt / welcher Linie / auf welcher Seite / bei welchem Satz sind wir?
Pardon, monsieur / madame, j'ai une question.	Entschuldigung, ich habe eine Frage.
Que veut dire le mot / l'expression …	Was bedeutet …?
Tu peux parler plus fort, s'il te plaît?	Kannst du bitte lauter sprechen?

Les nombres cardinaux Die Grundzahlen

0	zéro	[zeʀo]
1	un	[ɛ̃]
2	deux	[dø]
3	trois	[tʀwa]
4	quatre	[katʀ]
5	cinq	[sɛ̃k]
6	six	[sis]
7	sept	[sɛt]
8	huit	[ɥit]
9	neuf	[nœf]
10	dix	[dis]
11	onze	[ɔ̃z]
12	douze	[duz]
13	treize	[tʀɛz]
14	quatorze	[katɔʀz]
15	quinze	[kɛ̃z]
16	seize	[sɛz]
17	dix-sept	[disɛt]
18	dix-huit	[dizɥit]
19	dix-neuf	[diznœf]
20	vingt	[vɛ̃]
21	vingt-et-un	[vɛ̃teɛ̃]
22	vingt-deux	[vɛ̃tdø]
23	vingt-trois	[vɛ̃ttʀwa]
24	vingt-quatre	[vɛ̃tkatʀ]
25	vingt-cinq	[vɛ̃tsɛ̃k]
26	vingt-six	[vɛ̃tsis]
27	vingt-sept	[vɛ̃tsɛt]
28	vingt-huit	[vɛ̃tɥit]
29	vingt-neuf	[vɛ̃tnœf]
30	trente	[tʀɑ̃t]
31	trente-et-un	[tʀɑ̃teɛ̃]
32	trente deux	[tʀɑ̃tdø]
33	trente-trois	[tʀɑ̃ttʀwa]
	usw.	
40	quarante	[kaʀɑ̃t]
41	quarante-et-un	[kaʀɑ̃teɛ̃]
42	quarante-deux	[kaʀɑ̃tdø]
	usw.	
50	cinquante	[sɛ̃kɑ̃t]
51	cinquante-et-un	[sɛ̃kɑ̃teɛ̃]
52	cinquante-deux	[sɛ̃kɑ̃tdø]
	usw.	

60	soixante	[swasɑ̃t]
61	soixante-et-un	[swasɑ̃teɛ̃]
62	soixante-deux	[swasɑ̃tdø]
	usw.	
70	soixante-dix	[swasɑ̃tdis]
71	soixante-et-onze	[swasɑ̃teɔ̃z]
72	soixante-douze	[swasɑ̃tduz]
73	soixante-treize	[swasɑ̃ttʀɛz]
74	soixante-quatorze	[swasɑ̃tkatɔʀz]
75	soixante-quinze	[swasɑ̃tkatkɛ̃z]
76	soixante-seize	[swasɑ̃tkatsɛz]
77	soixante-dix-sept	[swasɑ̃tdisɛt]
78	soixante-dix-huit	[swasɑ̃tdizɥit]
79	soixante-dix-neuf	[swasɑ̃tdiznœf]
80	quatre-vingts	[katʀəvɛ̃]
81	quatre-vingt-un	[katʀəvɛ̃ɛ̃]
82	quatre-vingt-deux	[katʀəvɛ̃dø]
83	quatre-vingt-trois	[katʀəvɛ̃tʀwa]
	usw.	
90	quatre-vingt-dix	[katʀəvɛ̃dis]
91	quatre-vingt-onze	[katʀəvɛ̃ɔ̃z]
92	quatre-vingt-douze	[katʀəvɛ̃duz]
93	quatre-vingt-treize	[katʀəvɛ̃tʀɛz]
	usw.	
100	cent	[sɑ̃]
101	cent-un	[sɑ̃ɛ̃]
102	cent-deux	[sɑ̃dø]
	usw.	
200	deux-cents	[døsɑ̃]
201	deux-cent-un	[døsɑ̃ɛ̃]
202	deux-cent-deux	[døsɑ̃dø]
	usw.	
300	trois-cents	[tʀwasɑ̃]
301	trois-cent-un	[tʀwasɑ̃ɛ̃]
302	trois-cent-deux	[tʀwasɑ̃dø]
	usw.	
1 000	mille	[mil]
1 001	mille-un	[milɛ̃]
1 100	mille-cent	[milsɑ̃]
1 202	mille-deux-cent-deux	[mildøsɑ̃dø]
2 000	deux-mille	[dømil]
10 000	dix-mille	[dimil]
200 000	deux-cent-mille	[døsɑ̃mil]

Les nombres ordinaux   Die Ordnungszahlen

le 1er/la 1re	le **premier**/la **première**	[ləpʀəmje/lapʀəmjɛʀ]
le 2^{d}/la 2^{de}	le **second**/la **seconde**	[lesəgɔ̃/lasəgɔ̃d]
le/la 2^{e}	le/la **deuxième**	[lə/ladøzjɛm]
le/la 3^{e}	le/la **troisième**	[lə/latʀwazjɛm]
le/la 4^{e}	le/la **quatrième**	[lə/lakatʀjɛm]
le/la 5^{e}	le/la **cinquième**	[lə/lasɛ̃kjɛm]
le/la 6^{e}	le/la **sixième**	[lə/lasizjɛm]
le/la 7^{e}	le/la **septième**	[lə/lasɛtjɛm]
le/la 8^{e}	le/la **huitième**	[lə/laɥitjɛm]
le/la 9^{e}	le/la **neuvième**	[lə/lanœvjɛm]
le/la 10^{e}	le/la **dixième**	[lə/ladizjɛm]
le/la 20^{e}	le/la **vingtième**	[lə/lavɛ̃tjɛm]
le/la 21^{e}	le/la **vingt et unième**	[lə/lavɛ̃teynjɛm]
le/la 22^{e}	le/la **vingt-deuxième**	[lə/lavɛ̃døzjɛm]

L'heure   Die Uhrzeit

umgangssprachlich

2 heures	zwei Uhr
2 heures cinq	fünf nach zwei
2 heures et quart	Viertel nach zwei
2 heures et demie	halb drei
3 heures moins vingt	zwanzig vor drei
3 heures moins le quart	Viertel vor drei
3 heures moins cinq	fünf vor drei

offiziell

14:00	quatorze heures
14:05	quatorze heures cinq
14:15	quatorze heures quinze
14:30	quatorze heures trente
14:40	quatorze heures quarante
14:45	quatorze heures quarante-cinq
14:55	quatorze heures cinquante-cinq

Solutions / Lösungen

Mit dem Lösungsteil kannst du dich selbst kontrollieren. Damit du eigene Fehler erkennst, musst du sehr genau hinsehen und deine Lösungen sorgfältig mit den hier abgedruckten vergleichen. Trage deine Fehler in dein „Fehlerprotokoll" ein. Wie du damit arbeiten kannst, steht auf Seite 150.

Plateau Rentrée S. 10 – 11

1. Avant, j'avais fini ce travail. Avant, j'avais lu une BD. Avant, j'avais fabriqué une statuette.
2. La semaine dernière, je suis allé(e) à Strasbourg. La semaine dernière, je me suis blessé(e) au bras. La semaine dernière, j'ai rangé ma chambre.
3. Quand on était en vacances, j'étais heureux/heureuse. Quand on était en vacances, je faisais beaucoup de canoë. Quand on était en vacances, je sortais souvent.
4. 1. La Canebière.
   2. C'est l'ensemble des personnes qui parlent français dans leur vie quotidienne et l'ensemble des pays francophones dans le monde.
   3. Ça veut dire que les régions dépendent beaucoup de la capitale, Paris, qui est le centre politique et administratif du pays et où le gouvernement prend un grand nombre de décisions pour les régions.
5. Demain soir, je vais être content/contente. Demain soir, je vais voir mes cousins. Demain soir, je vais connaître la vérité.
6. 4. Ce préfixe veut dire «encore une fois» / «une nouvelle fois».
   5. C'est «au premier plan».
   6. Le mot vient de «magasin» et veut dire «faire du shopping».
7. Maintenant, tu sors. Maintenant, tu pars en France. Maintenant, tu reviens.
8. 7. Il y a des taureaux, des chevaux et des flamants roses.
   8. C'est le week-end de la braderie, un grand marché aux puces.
   9. C'est le Mont-Saint-Michel.
9. La semaine dernière, tu t'es dépêché(e). La semaine dernière, tu as pu partir. La semaine dernière, tu t'es débrouillé(e) sans moi.
10. Avant, tu avais eu une surprise. Avant, tu avais répété un rôle. Avant, tu avais pu jouer au foot.
11. Avant, ma corres avait mangé une glace. Avant, ma corres avait pris le train. Avant, ma corres s'était habillée pour sortir.
12. 10. être de bonne humeur / être en forme;
    11. mourir de faim, mourir de froid, mourir de rire;
    12. gentil.
13. Quand on était en vacances, ma corres se réveillait tard. Quand on était en vacances, ma corres s'occupait du chien. Quand on était en vacances, ma corres se débrouillait bien.
14. Maintenant, ma corres attend une réponse. Maintenant, ma corres comprend ce poème. Maintenant, ma corres est là.
15. 13. J'ai faim. 14. Les vêtements 15. Un homme / Un garçon
16. Demain soir, ma copine et moi allons être en forme. Demain soir, ma copine et moi allons pêcher. Demain soir, ma copine et moi allons faire de la randonnée.
17. Maintenant, ma copine et moi faisons un gâteau. Maintenant, ma copine et moi lisons beaucoup de livres. Maintenant, ma copine et moi rions beaucoup.
18. 16. arriver à faire qc
    17. On visite des endroits / des lieux, on rend visite à des personnes.
    18. Une différence.
19. La semaine dernière, ma copine et moi avons eu quinze ans. La semaine dernière, ma copine et moi nous sommes levées très tôt. La semaine dernière, ma copine et moi sommes mortes de faim.
20. Avant, ma copine et moi étions parties en Occitanie. Avant, ma copine et moi avions appelé des amis. Avant, ma copine et moi avions dormi chez moi.
21. Avant, tes copains et toi vous étiez couchés tard. Avant, tes copains et toi aviez pu faire du vélo. Avant, tes copains et toi aviez participé à une chasse au trésor.
22. La semaine dernière, tes copains et toi avez écrit un article. La semaine dernière, tes copains et toi avez fait un bon repas. La semaine dernière, tes copains et toi avez eu très peur.
23. Quand on était en vacances, tes copains et toi aviez la pêche. Quand on était en vacances, tes copains et toi faisiez beaucoup de sport. Quand on était en vacances, tes copains et toi étiez en forme.
24. Maintenant, tes copains et toi jouez aux cartes. Maintenant, tes copains et toi pouvez venir. Maintenant, tes copains et toi devez courir.
25. 19. C'est une soupe de poisson et une spécialité de Marseille.
    20. Ils s'appellent les Lillois.
    21. On peut acheter des médicaments à la pharmacie.
26. 22. Quatre-vingt-dix-neuf, quatre-vingt-dix-huit, quatre-vingt-dix-sept, quatre-vingt-seize, quatre-vingt-quinze, quatre-vingt-quatorze, quatre-vingt-treize, quatre-vingt-douze, quatre-vingt-onze, quatre-vingt-dix.
    23. Quatre-vingt-neuf, quatre-vingt-huit, quatre-vingt-sept, quatre-vingt-six, quatre-vingt-cinq, quatre-vingt-quatre, quatre-vingt-trois, quatre-vingt-deux, quatre-vingt-un, quatre-vingts.
    24. Soixante-dix-neuf, soixante-dix-huit, soixante-dix-sept, soixante-seize, soixante-quinze, soixante-quatorze, soixante-treize, soixante-douze, soixante-et-onze, soixante-dix.
27. Maintenant, nos amis boivent du coca. Maintenant, nos amis prennent l'avion. Maintenant, nos amis écrivent plusieurs courriels.
28. Quand on était en vacances, nos amis vivaient un rêve. Quand on était en vacances, nos amis prenaient des photos. Quand on était en vacances, nos amis allaient à la piscine.
29. La semaine dernière, nos amis n'ont vu personne. La semaine dernière, nos amis n'ont rien dit. La semaine dernière, nos amis n'ont plus travaillé.
30. Avant, nos amis avaient envoyé ce courriel. Avant, nos amis étaient passés à la maison. Avant, nos amis avaient répondu à ces questions.

Unité 1, Bilan S. 25 – 26

1 Parler

1. Quel est l'itinéraire?
2. C'est illuminé.
3. Il ne faut pas prendre mon copain au sérieux.
4. Ça a duré longtemps.
5. Je suis du même avis.
6. Ça vaut le coup?
7. Ça dure trop longtemps.
8. C'est passionnant!

2 Jeu de mots

illuminer une façade; participer à un jeu de piste; monter en haut de qc; connaître qc comme sa poche; prendre l'ascenseur; trouver des truffes; être du même avis; utiliser une application

3 On combine

1. **Comment** allez-vous? La semaine **prochaine**, vous allez venir **chez** moi.
2. Si tout **va** bien, le TGV **arrivera** vers 14 heures et je **viendrai vous** chercher **à** la gare.
3. **J'ai déjà organisé** des visites **intéressantes** pour vous.
4. S'il **fait** beau, on **pourra** peut-être **se** promener et je vous **montrerai** les **plus beaux** villages **de** notre région.
5. Nous **irons** aussi **à** Munich et nous **visiterons** les musées.
6. Théo, **si** tu veux, tu **pourras** aller voir un **match** de foot **au** stade.
7. Bien sûr, vous **goûterez des** spécialités **bavaroises**.
8. Et samedi soir, il y **aura** une fête chez mon **meilleur** ami Max.
9. **Au** début, vous ne **comprendrez** pas tout **en** allemand, mais vous **verrez**, après quelques jours, ça **ira** mieux.

4 Ecouter

A

1. C'est vrai.
2. C'est faux. La visite dure deux heures.
3. C'est faux. On a construit ce fort en 1931/après la Première Guerre mondiale/avant la Seconde Guerre mondiale.
4. C'est faux. Il y avait une entrée pour le matériel et une autre entrée pour les soldats.
5. C'est vrai.
6. C'est vrai.

B

1. a et b; **2.** c et f; **3.** a; **4.** a et c.

C

1. Il fait 13 degrés.
2. 630 soldats habitaient au fort.
3. Ils mangeaient dans le couloir.
4. **a** 36 lits se trouvaient dans les chambres des soldats.
   b Dans les chambres des officiers, il y avait un ou deux lits.
5. Les élèves ont trouvé la visite un peu longue, mais intéressante.

Unité 1, Grammaire S. 27 – 28

G 1 je mangerai, tu mangeras ... La formation du futur simple

1. *Romain:* Les groupes **essaieront** de trouver tous les endroits qui sont sur la liste.
2. A chaque endroit, vous **aurez** des informations.
3. Vous **répondrez** à des questions et vous **prendrez** des photos.
4. Le jeu de piste **finira** ici, devant le Parlement européen.
5. Tous les élèves **se retrouveront** à seize heures.
6. *Nicolas:* Monsieur, je ne **pourrai** pas participer, je suis un peu malade.
7. *Romain:* Bon, alors tu **viendras** avec moi. Nous **attendrons** les autres.

G 3 Si tu veux, on ira au cinéma. La phrase conditionnelle I

1. Si tu **viens** chez moi, tu peux prendre le métro.
2. Si vous **prenez** le métro, descendez à la troisième station.
3. Si Benjamin et Louise ont envie, ils **pourront** venir aussi.
4. Nous allons faire un jeu vidéo si Louise **est** d'accord.

Unité 2, Bilan S. 45 – 46

1 Parler

1. Il y a un jumelage entre (Montbéliard) et (Ludwigsburg).
2. J'ai signé un contrat.
3. Les relations franco-allemandes sont bonnes.
4. J'ai fait un sondage.
5. Grâce à mes parents, j'ai pu faire un échange en France.
6. A mon avis, cette image est un cliché.
7. Je suis surpris(e) et très déçu(e).
8. Il faut lutter / se battre contre les préjugés.
9. C'était une expérience très positive.
10. J'ai un cadeau pour un ami / copain. Il ne s'y attend pas.

2 Lire

B

1. début; **2.** la Résistance; **3.** nazis, libérer; **4.** dangereuse, rencontrent; **5.** la guerre, se battre

3 Jeu de mots

A

changer de nationalité (**i**); trouver la mort (**b**); s'attendre à une catastrophe (**e**); signer un traité (**a**); venir à l'esprit (**g**); organiser un jumelage (**c**); collaborer avec l'ennemi (**k**); fuir dans un autre pays (**f**); faire un geste (**j**); rendre hommage (**d**); se battre contre les clichés (**h**)

B

a mourir; **b** renforcer qc; **c** occuper qc; **d** reconstruire qc; **e** connaître qn / qc; **f** signer qc

4 On combine

1. sur; **2.** suis, en; **3.** fallu, y; **4.** j'avais, quand, à, de; **5.** leur, pour; **6.** était, d'; **7.** Au, avec, mieux; **8.** en, à; **9.** fuis, m'a; **10.** En, vraiment; **11.** me; **12.** Quel, J'en; **13.** l'; **14.** Cet, viendra, la

Unité 2, Grammaire S. 47

G 4 Je fuis, tu fuis ... : le verbe fuir

1. Le voleur **fuit** la police et se cache dans une cave.
2. Découvrez les meilleurs endroits pour **fuir** le mauvais temps ...
3. Beaucoup de personnes **fuient** la guerre dans leur pays.
4. Ne **fuyez** pas vos problèmes! Parlez-en à vos amis!

G 5 Ne m'en parle pas, je n'y crois pas! Les pronoms adverbiaux en et y

1. Je vais **y** aller la semaine prochaine.
2. J'**en** rêve depuis des mois.
3. J'**en** ai parlé avec mon frère.
4. Il **y** habite.

Unité 3, Bilan S. 60 – 61

1 Parler

1. Ce n'est pas facile de faire le bon choix.
2. Il y a un métier qui m'intéresserait.
3. Pourriez-vous me donner des informations, s'il vous plaît?
4. J'aimerais me reposer.
5. Je me sens utile.
6. Je me fais du souci. // Je suis inquiet / inquiète.
7. C'est incroyable.
8. J'ai pris une décision difficile.
9. Je suis sûr(e) à cent pour cent.
10. On part à l'aventure? / On peut partir à l'aventure! / Et si on partait à l'aventure?

2 Ecouter

A 1. c; 2. c; 3. b; 4. a; 5. a; 6. c
B 1. a; 2. b; 3. a; 4. a; 5. a; 6. b

3 Jeu de mots

1. Je suis mécanicien / mécanicienne.
2. Je suis journaliste.
3. Je suis dessinateur / dessinatrice.
4. Je suis assistant social / assistante sociale.
5. Je suis vétérinaire.
6. Je suis principal / principale.
7. Je suis infirmier / infirmière.
8. Je suis animateur / animatrice.
9. Je suis musicien / musicienne.
10. Je suis coiffeur / coiffeuse.

4 On combine

1. Mehdi cherche des informations **sur** les métiers **qui** pourraient l'intéresser. Alors il parle **à** un conseiller. **2.** Le métier de journaliste **lui** plairait. Mais il ne sait pas **si** les études de journalisme sont faites **pour** lui. **3. Son** ami Pierre aime bien **écouter** des émissions **à** la radio, alors il veut **devenir** animateur. **4. Mais** Mehdi préférerait aider **les** gens. Il aimerait **avoir** la possibilité **de** devenir médecin, **par** exemple. **5.** Un médecin doit **s'**occuper de beaucoup **de** patients, mais c'est **un** metier passionnant. **6. En** plus, il est important **de** trouver des vaccins et pour certaines maladies, on cherche encore. Alors c'est **un** travail très important et utile. **7.** Mehdi n'**arrive** pas à le croire! **Depuis** sa rencontre avec M. Brunet, il sait **quel** métier il veut faire plus **tard**. Enfin une **bonne** nouvelle!

5 En forme

1. Si **j'avais** le choix entre plusieurs équipes, je **choisirais** une grande équipe internationale.
2. Si le FC Bayern me **demandait** de jouer dans son club, **j'irais** à Munich tout de suite.
3. Si je **jouais** dans cette équipe, les journaux **m'appelleraient** le nouveau Benjamin Pavard.
4. Vous **seriez** mes fans et je **gagnerais** des millions.
5. Et si un jour **j'en avais marre** de courir derrière un ballon, mes copains et moi, nous **commencerions** une carrière de top modèle et tous les photographes **prendraient** des photos de nous.
6. Si tout ça nous **arrivait**, mes copains et moi **serions** très heureux.

Unité 3, Grammaire S. 62

G 6 J'aimerais être … Le conditionnel présent

1. – A ta place, je **partirais** à l'étranger pour faire des études.
2. – Oh, oui, **j'irais** bien en Allemagne!
3. – Tu **pourrais** aller à Munich.
4. Tu **rencontrerais** des jeunes sympas.
5. Vous **pourriez** habiter ensemble.
6. Tes amis **viendraient** te voir.
7. Et nous, nous **serions** aussi contents de te rendre visite.
8. – Euh … oui maman, ça me **ferait** plaisir!

G 7 Si c'était possible je partirais. La phrase conditionnelle (II)

1. Si mes parents **étaient** d'accord, **j'achèterais** ce portable.
2. Si nous **pouvions**, nous **irions** à Paris.
3. Si **j'avais** son numéro, je l'**inviterais**.
4. S'il **venait**, je **serais** content(e).

Plateau, Plaisir de lire S. 63

A

1. Marco et sa classe ont mangé des spécialités bavaroises et la prof a raconté des histoires drôles sur le jumelage entre Erlangen et Rennes.
2. Les deux jeunes sur la photo sont Mathilde, la grand-mère de Marco, et Klaus, le copain allemand de Mathilde. Sur la photo, ils ont environ 15 ans. Ils se sont rencontrés pendant un échange franco-allemand en 1965 et ils se sont vus chaque été pendant trois ans. Mais après, ils se sont perdus de vue.
3. Après la visite chez sa grand-mère, Marco commence à faire des recherches sur Internet pour retrouver Klaus.

B

Individuelle Lösungen

Plateau, Révisions S. 64 – 67

1 Des mots qui vont ensemble

A/B

1. Une visite de Strasbourg: monter en haut de la cathédrale, visiter le quartier européen, faire un jeu de piste dans la ville, manger une tarte flambée;
2. L'histoire de la France et de l'Allemagne: participer à un échange, le premier pas vers la réconciliation, la Seconde Guerre mondiale, signer un traité;
3. Trouver un métier: être fort(e) en langues, s'informer sur un métier, faire un stage, aider des personnes malades

C *individuelle Lösungen*

2 L'histoire de Charlotte

1. Quand **j'étais** petite, je **voulais** devenir dessinatrice.
2. Au collège, je **ne me débrouillais pas** mal.
3. Un jour, **j'ai vu** un film que **j'ai beaucoup aimé**.
4. Alors **je me suis intéressée** au cinéma.
5. Et **j'ai pris** une décision.
6. J'ai pensé: «Plus tard, **j'aimerais** être actrice.»

7. Mais mes parents **m'ont dit**: «C'est un travail très dur.
8. Et puis, quand tu **seras** grande, tu ne **trouveras** pas toujours du travail.
9. Tu **devrais** réfléchir encore une fois.»
10. Nous **avons discuté** longtemps.
11. Finalement, **je suis devenue** dessinatrice. Ça me plaît beaucoup, et … je vais souvent au cinéma et au théâtre!

3 Les mots qu'il faut

1. Je voudrais participer au programme Voltaire **parce que** j'aimerais bien passer six mois en France.
2. **J'en** rêve depuis longtemps.
3. Je connais déjà la France, mais c'est **sûrement** différent d'**y** vivre.
4. **C'est pourquoi** le programme Voltaire m'intéresse.
5. **En ce moment**, je suis en 9e. Si on m'accepte, j'irai **donc** en classe de troisième en France.
6. Plus tard, je passerai mon bac en Allemagne, mais **ensuite**, j'aimerais repartir en France pour **y** faire mes études.

4 On y va?

A *Lösungsmöglichkeit:*

1.–2. ⟶ exemple

3. Qui s'occupe des billets? – Je m'en occupe demain. / Je vais m'en occuper demain. / Je m'en occuperai demain.
4. On restera combien de jours à Strasbourg? – On pourrait y rester cinq jours.
5. Tu t'intéresses à l'histoire? – Euh, mon père s'y intéresse beaucoup.
6. Il a déjà été à Strasbourg? – Oui, il y a habité.
7. Il a des livres sur la ville? – Oui, il en a plusieurs.
8. Tu penseras à prendre ton appareil photo? – Mais oui, je vais y penser! / j'y penserai!

B

1. J'y réfléchis. / Je vais y réfléchir. / J'y réfléchirai.
2. On en parle demain / On en parlera demain. / On va en parler demain.
3. Il faut y aller!
4. J'en ai besoin.
5. J'y pense souvent.

5 Paris – Berlin in zwei Wochen

Lösungsmöglichkeit:

Salut Noah,

J'ai lu un article très intéressant: 29 élèves français et allemands font un voyage en vélo de Paris à Berlin en 14 étapes. Ils font 1400 kilomètres en moins de deux semaines. Ils regardent le paysage, mais visitent aussi des lieux importants de l'histoire franco-allemande, comme par exemple Verdun. C'est là qu'a eu lieu une bataille entre les Français et les Allemands qui a fait beaucoup de morts pendant la Première Guerre mondiale. Les deux pays se sont très souvent battus pour cette frontière que les élèves traversent ensemble. Ce voyage leur permet de devenir amis. C'est pourquoi il est important pour l'amitié franco-allemande. Je trouve que c'est un super voyage! Est-ce que tu aurais envie de participer aussi?

A bientôt

6 Les impressions de Théo

A Dans cette interview, Théo parle de son expérience en Allemagne. Il a passé trois mois à Hambourg chez son correspondant.

B 1. b; 2. a; 3. b; 4. b; 5. c; 6. b

7 Un accident

A

Sur cette photo, on voit un accident qui a l'air grave. Il y a un groupe de personnes et un chien autour d'une moto qui est par terre et d'une voiture. Au premier plan, on voit le chien au centre, un homme à gauche et à droite, une femme qui essaie d'aider une autre femme blessée à la tête et à la main. Derrière elles, on voit une voiture endommagée. Sur la voiture, il y a un casque. A l'arrière-plan, il y a trois jeunes hommes: l'homme qui est à droite téléphone et l'homme qui est à côté de lui prend des photos. A gauche, un autre homme regarde la scène.

B *individuelle Lösungen*

8 Test: es-tu ouvert(e)?

1. Si des cousins te **proposaient** d'aller à un festival de théâtre, tu …

a **accepterais** sans hésiter.
b **ne te déciderais pas** tout de suite.
c **préfèrerais** rester chez toi.

2. Si tu **pouvais** partir pour un mois en France pour faire un stage chez Airbus, tu …

a **partirais** tout de suite.
b **réfléchirais** avant de répondre.
c **n'oserais pas** partir.

3. Si vous **aviez** la chance, tes copains et toi, de participer à un voyage à vélo, tes copains …

a **pourraient** compter sur toi.
b **n'auraient pas** ta réponse tout de suite.
c **devraient** partir seuls.

4. Si quelqu'un t'**offrait** un nouvel instrument de musique, peu de temps après, …

a on t'**entendrait** jouer tous les jours.
b tu en **jouerais** déjà moins souvent.
c on le **retrouverait** sur Internet.

5. Si tes amis **se disputaient** dans le bus, tu …

a **essaierais** de les calmer.
b les **observerais**, mais tu **ne ferais rien**.
c **descendrais** au prochain arrêt pour fuir la dispute.

6. Si tu **devais** changer de collège, tu …

a **inviterais** tout de suite les autres élèves à venir chez toi le week-end.
b **parlerais** à ta voisine / ton voisin de classe pour te faire un(e) nouvel(le) ami(e).
c **serais** très malheureux /malheureuse et tu **resterais** seul(e).

Tu as surtout des a:
Bravo, tu es vraiment très ouvert(e)! Si un(e) ami(e) triste **venait** te voir, il / elle **repartirait** sûrement très content.
Tu as surtout des b:
Tu es prudent(e), c'est bien, mais tu **pourrais** être plus ouvert(e). Si tu **étais** un peu plus dynamique et moins inquiet /inquiète, ça te **ferait** du bien.

Tu as surtout des c:
Si on ne te **connaissait** pas, on **pourrait** te trouver très timide et fermé(e). Si je **devais** te donner un conseil, je **dirais** que tu dois plus t'ouvrir aux autres pour te sentir mieux dans ta vie.

Unité 4, Bilan S. 81

1 Parler

1. Est-ce que tu as / vous avez un compte sur les réseaux sociaux?
2. Je suis toujours l'actualité.
3. J'aime publier des vidéos et les partager avec mes amis.
4. J'ai eu un coup de cœur pour un livre.
5. J'étais très excité(e).
6. Il / Elle a fait des efforts.
7. J'ai horreur des interrogations écrites.
8. Il est dépendant des jeux vidéo.
9. Je (me) suis abonné(e) à un site Internet.

2 Ecouter

A *Lösungsmöglichkeit:*
1. la ville de Cannes qu'il a découverte;
2. l'ambiance dans le groupe;
3. voir des films du matin au soir;
4. faire des rencontres intéressantes

B
La ville: Il a adoré Cannes et il trouve que c'est une ville très agréable, mais au début, il avait une image négative de la ville.
Le logement: Il a habité dans un appartement au dernier étage, avec une grande terrasse. D'un côté, on voyait la ville, de l'autre côté, la mer.
L'ambiance dans le groupe: L'ambiance a été super dans le groupe. Ils ont parlé en plusieurs langues et ils ont bien rigolé ensemble. Il veut rester en contact avec les autres après le festival.
Les choses qu'il a faites pendant la journée au festival: Il a regardé plusieurs films par jour, il a rencontré des gens intéressants, il a appris à écrire une critique de film avec des journalistes.
Le programme des soirées: Il a fait la fête sur la plage, il a rencontré des réalisateurs, des acteurs et des actrices et il a dansé.

C
C'était difficile pour Antonin de regarder un film à huit heures du matin parce qu'il a fait la fête le soir et parce qu'il était encore fatigué.

3 En forme

1. Si Mathilde **avait rangé** sa chambre, elle **ne se serait pas disputée** avec ses parents.
2. Si son père lui **avait laissé** son ordinateur portable, elle **n'aurait pas eu** l'idée de faire une vidéo.
3. Si sa grand-mère **n'avait pas été** là, Mathilde **n'aurait pas dû** jouer au Scrabble.
4. Si ses parents **n'avaient pas été d'accord**, cela **aurait été** la fin de «Mathilde chez elle».
5. Si Mathilde **avait fait** plus de vidéos, elle **aurait eu** des mauvaises notes au lycée.

Unité 4, Grammaire S. 82–83

G 8 je reçois, tu reçois …: le verbe recevoir

1. Je **reçois** toujours beaucoup de likes pour mes vidéos.
2. Quand est-ce que tu **reçois** une réponse?
3. Vous **recevez** des invités? – Oui, nous **recevons** mon oncle et ma tante.
4. Sacha **a reçu** un e-mail de son corres hier.
5. Les élèves **recevront/reçoivent** une bonne note s'ils travaillent bien.

G 9 J'aurais dû rester à la maison. Le conditionnel passé

1. Tu **aurais pu** m'attendre pour aller voir ce film. Tu **aurais dû** m'appeler!
2. Ils **n'auraient pas répondu** aux questions des journalistes.
3. Vous **auriez écrit** une critique intéressante!
4. Nous, les filles, nous **serions allées** à cette fête sur la plage.
5. Elle **serait sortie** tous les soirs avec le réalisateur.
6. **J'aurais voulu** être un acteur.

G 10 Si tu étais venu plus tôt …: la phrase conditionnelle III

1. Si Karim **avait dormi**, il **aurait été** en forme.
2. Chloé et Julie **ne seraient pas rentrées** trop tard si elles **n'étaient pas restées** à la fête.
3. Si on **avait appris** l'allemand, on **aurait discuté** avec eux.
4. J'**aurais fait** une randonnée s'il **n'avait pas plu**.
5. Si tu **avais travaillé** plus, tu **aurais eu** une meilleure note.

G 11 je suis, tu suis …: le verbe suivre

1. Je **suis** ma star préférée sur les réseaux sociaux.
2. On **suit** le guide?
3. Il a **suivi** le conseil de son ami.
4. Nous **suivons** un cours de karaté.
5. Vous **suivez** cette rue jusqu'au carrefour.
6. Ils **suivent** une série à la télé.
7. Tu me **suis**? – Non, je ne comprends rien!

Unité 5, Bilan S. 96–97

1 Parler

1. On a construit le château de Versailles à la demande de Louis XIV.
2. Il / Elle est très ambitieux / ambitieuse.
3. Je suis invité(e) au mariage de ma cousine.
4. Est-ce que tu aimes / vous aimez lire des contes (de fées)?
5. Est-ce que c'est vraiment nécessaire?
6. On peut télécharger une application pour la visite du château de Versailles sur le portable.
7. Tu es toujours à la mode.

2 Jeu de mots

A / B
Louis XIV et sa vie: être très ambitieux, montrer sa puissance, gouverner tout seul, partir à la chasse, s'amuser à un bal masqué, assister à une pièce de théâtre, vivre dans le luxe, dépenser l'argent du peuple

Les activités des touristes à Versailles:
s'informer sur l'histoire du château, télécharger une application de visite, avoir accès au parc, participer à une visite guidée, acheter un billet, faire un tour en petit train

3 Chasse aux fautes

1. Louis XIV **est** né **en** 1638. **2.** Après la mort **de** son père, sa mère gouverne à sa **place**. **3.** En 1661, **à** vingt-trois ans, Louis forme son **gouvernement**. **4.** C'est aussi l'année du **début** de la construction du **château** de Versailles. **5.** Louis **choisit** le soleil comme symbole et décide: «L'État, **c'est** moi!» **6.** Il veut faire de la France **un grand** pays et il prend toutes les **décisions tout** seul. **7.** En 1682, le roi et la cour **quittent** Paris pour s'installer dans le **nouveau** château **où** Louis est le centre **de** la vie du château. **8.** Beaucoup **de** personnes ont le **droit** d'assister à ses activités: **même** la nuit, un valet **dort** dans sa chambre. **9.** En 1715, le Roi-Soleil **meurt à** Versailles.

4 En forme / Jeu de mots

1. A l'époque de Louis XIV, la France **est devenue** le pays européen avec le plus grand nombre d'**habitants**.
2. Comme le roi **aimait** la musique, la danse et le théâtre, le château de Versailles **était** connu comme le centre **culturel** de l'Europe.
3. Louis XIV **ne s'en allait jamais** à un spectacle sans sa cour.
4. Il **organisait** aussi souvent des fêtes qui **duraient** plusieurs jours!
5. Pendant que le **Roi-Soleil** et les courtisans **passaient** leurs journées dans le **luxe**, le peuple français **vivait** dans la pauvreté et **devait** quand même donner beaucoup d'argent pour payer les projets **immenses** du roi.
6. Ensuite, des grands malheurs **ont marqué** le XVIIe siècle: un grand nombre de **guerres** et des pandémies comme la peste **ont tué** beaucoup de gens.
7. Puis, après la mort de Louis XIV, la France **a connu** des problèmes **sociaux** et des problèmes de finances – cela explique en partie pourquoi la **Révolution** française **a commencé** en 1789.

Unité 5, Grammaire S. 97

G12 je m'en vais, tu t'en vas: le verbe s'en aller

1. – Reste ici, Sarah. Pourquoi est-ce que les jeunes **s'en vont** toujours quand ils ont un problème?
2. – Ecoute, papa, ce n'est pas vrai! Moi, je ne **m'en vais** jamais!
3. – Si, hier, quand on a parlé du collège, tu **t'en es allée** sans rien dire. Ne **t'en va** pas comme ça, s'il te plaît!
4. – Euh, d'accord. A l'avenir, je discuterai avec vous et je ne **m'en irai** plus comme ça.

Unité 6, Bilan S. 116 – 117

2 Parler

1. Il / Elle est bilingue.
2. La tente n'est pas confortable.
3. On ne devrait pas / Il ne faudrait pas rater cet évènement.
4. J'aimerais faire une proposition.
5. J'ai essayé de convaincre mon ami / mon copain.
6. Le restaurant se trouve à 1000 mètres d'altitude.

3 Jeu de mots

A

1. la géographie: une superficie, une vallée, une altitude, un canton, un glacier
2. la nourriture: le cacao, une dégustation, une chocolaterie, une fondue, une fromagerie,
3. les langues: alémanique, le romanche, bilingue, germanophone
4. une discussion: une objection, convaincre, un compromis, une proposition

B

1. b; 2. e; 3. a; 4. d; 5. c

C

un bon repas au restaurant: 3. a;
en vacances au camping: 1. b;
une discussion au collège: 5. c;
la visite d'un musée interactif: 2. e

4 On combine

1. En Suisse, on trouve **les** plus grands glaciers **d'**Europe et les Alpes **occupent** plus **de** la moitié **du** pays. **2.** Si **on** veut avoir une **vue** fantastique **sur** les montagnes **suisses**, on peut **prendre** le funiculaire pour monter **sur** la montagne du Moléson. **3. Savez / Saviez**-vous qu'à Charmey, on fête tous les **ans** la célèbre „desalpe"? C'est la traditionnelle fête **où** les vaches **qui** ont passé l'été **dans** les montagnes, redescendent dans la vallée, un évènement qu'il ne **faut** pas rater. **4.** C'est aussi le moment **parfait** pour manger une fondue **au** fromage, le **plat** typique de la région. **5. Une** autre spécialité de la Suisse, c'est le chocolat, **bien** sûr. **Moi**, je voudrais créer mon propre chocolat dans la plus **ancienne** chocolaterie de Suisse, la maison Cailler. **6.** Elle existe **depuis** la fin du XIXe siecle et **se** trouve à Broc. **7.** Un ami **m'**a parlé du «Röstigraben»: c'est la frontière **entre** la Suisse francophone et la Suisse alémanique. **8.** A la fin de notre voyage, on va **visiter** la capitale de la Suisse, Berne. **9.** On **y** parle l'allemand, **qui** est, avec le français, l'italien et le romanche, une des quatre langues **officielles** du pays. Alors je vais **faire** des efforts **en** allemand!

Unité 6, En plus S. 137 – 139

Tâche A

1 Après la lecture

1. C'est vrai: il y a un supermarché qui est ouvert chaque jour de la semaine.
2. C'est vrai: on le voit sur le plan (pizza, bar).
3. C'est vrai: il y a une aire de jeux.
4. C'est faux: pour acheter du pain, on peut aller au snack où il y a un dépôt de pain.
5. C'est faux: il y a une machine à laver.
6. C'est faux: on peut venir avec son chien, mais il faut le tenir en laisse / il ne doit pas se promener seul.
7. C'est faux: la réception est ouverte chaque jour de 7 à 22 heures.
8. C'est vrai: on voit sur le plan que le réfrigérateur commun se trouve à côté des toilettes.

Tâche B

1 Après la lecture

a: Lilou pourrait visiter le plus grand aquarium d'Europe à Lausanne parce qu'elle aimerait voir des poissons exotiques.
b: Damien pourrait aller au Paléo Festival, un festival de musique à Nyon, parce qu'il s'intéresse aux évènements culturels.
c: Gabriel pourrait visiter une ferme à Granges-Marnand qui propose de découvrir le métier d'agriculteur parce qu'il veut travailler de ses mains et s'occuper d'animaux. Dans cette ferme, il pourra par exemple fabriquer du beurre ou du pain et traire une vache.
d: Louis pourrait visiter la cabane du Petit Oiseau à Rathvel avec ses enfants car il y a un petit zoo et ses enfants adorent les animaux. En plus, comme ses enfants n'aiment pas marcher, ils pourraient faire un tour avec un petit train.
e: Paul pourrait aller au Glacier 3000 parce qu'on peut y faire du ski et du snowboard. Ça pourrait l'intéresser parce qu'il aime les sports d'hiver.
f: Julie pourrait visiter le Peak Walk parce que ce pont se trouve à 3000 mètres d'altitude entre deux montagnes et qu'elle aura donc une vue magnifique pour prendre des photos.
g: Comme Chloé aime faire du shopping, elle pourrait visiter Genève, une métropole internationale avec beaucoup de magasins.
h: Clara pourrait faire un tour sur le lac Léman en bateau car elle aime ce genre de sorties. Comme elle aime aussi se promener au bord d'un lac, elle pourrait le faire à Genève ou dans toutes les autres villes qui se trouvent au bord du lac Léman.

Tâche C

1 Après la lecture

1. C'est vrai.
2. C'est faux: on n'a pas le droit de faire de feu. Si on veut faire un barbecue, on doit utiliser un gril à gaz.
3. C'est faux: le pain grillé avec du fromage, c'est la «croûte au fromage».
4. C'est vrai: le chanteur suisse Gjon's Tears a participé à ce concours.
5. C'est faux: leur chanson «079» a été élue «meilleure chanson de Suisse» en 2019.

Stratégies S. 140 – 151

Ecouter

A la gare (S. 141)

Il faut attendre 27 minutes.

Lire (S. 142 – 144)

Sinnabschnitte erkennen (S. 142): Zu dem Abschnitt passt die Überschrift „A la découverte de la ville".

Selektives Verstehen (S. 143): Je note le numéro suivant: 01 43 48 70 94. Pendant les vacances scolaires, AICV est ouvert tous les jours, donc on peut y louer des vélos le mardi. Cyclorama n'est pas ouvert le mardi.

Statistiken auswerten (S. 144):
1. Le sujet du sondage est l'image qu'ont les Allemands de la France.
2. Mille Allemands ont participé au sondage.
3. La plupart des personnes pensent à la capitale Paris quand ils entendent le mot «France».
4. Les deux thèmes des réponses sont la cuisine française / la nourriture / les spécialités françaises et la géographie / le tourisme.
5. A propos de l'Allemagne, les Français pensent surtout à la politique (Angela Merkel), à l'Europe et à la guerre. Ils pensent aussi au caractère des Allemands (rigidité, discipline, …) On peut dire que les Allemands ont une image plus positive de la France car ils la voient comme une destination touristique, donc une destination de vacances, et pensent à la nourriture.

Médiation / Sprachmittlung (S. 151)

Wo? Von Paris nach Berlin in 14 Etappen
Was? 1400 km Fahrradtour in weniger als zwei Wochen; Landschaften, aber auch Orte mit geschichtlicher Bedeutung für die deutsch-französische Beziehung, z. B. Verdun: Schlacht zwischen Deutschen und Franzosen im 1. Weltkrieg.
Bedeutung für dt.-frz. Freundschaft: Es gab oft Streit um die Grenze, die die Jugendlichen nun gemeinsam überquert haben. So entstanden Freundschaften.

Lösungsmöglichkeit für Médiation: Siehe S. 247, Nr. 5

Zu Unité 2

Quels sont ces pays?

A *Choisissez deux images et décrivez-les.*

B *A votre avis, de quels pays s'agit-il? Justifiez votre réponse.*

C *Quels autres clichés au sujet des gens de votre pays connaissez-vous?*

1

2

3

4

5

6

7

8

Zu Unité 3

© Kramiek édition 2017

Résumez: que doit faire Will? Pourquoi est-ce qu'il aime faire tout cela?

---

1 un habit [ɛ̃nabi] un vêtement – **2 une souris** [ynsuʀi] eine Maus *(la petite souris: die Zahnfee)* – **3 le calcul** [ləkalkyl] die Rechnung – **4 un handicapé** [ɛ̃nɑ̃dikape] ein Behinderter

Zu Bonus 2

60_2 Emission de radio: «Les dernières heures de Marie-Antoinette à Versailles»

La scène se passe dans le potager du Roi. Le jardinier Alexandre Brun travaille, quand tout à coup, il entend des pas sur le chemin qui va à la Figuerie, là ou monsieur Brun jardine: c'est la reine Marie-Antoinette elle-même, elle est très inquiète. [...]

Marie-Antoinette (1755 – 1793)

Alexandre Brun: Votre Majesté ...

Marie-Antoinette: Bonjour, mon ami. J'ai peu de temps ... Le peuple est en colère contre Louis, le roi, et contre moi.

Alexandre Brun: Une petite révolte, Madame.

Marie-Antoinette: Une révolution, j'en ai peur. Une révolution.

Alexandre Brun: Le peuple a faim.

Marie-Antoinette: Mais est-ce ma faute à moi, monsieur Brun, s'il ne pleut pas assez et que le blé[1] ne pousse[2] pas?

Alexandre Brun: Le pain coûte cher, Madame. Et le peuple est trop pauvre pour en acheter.

Marie-Antoinette: C'est la raison pour laquelle, mon ami, le peuple en colère nous demande, à Louis et moi, du pain. Le peuple pense que nous sommes responsables de la famine[3]. La foule, devant les grilles de notre château, veut nous chasser de Versailles. Aussi, monsieur Brun, je suis vite venue vous voir pour vous demander de m'aider.

Alexandre Brun: Que puis-je faire pour vous, Madame?

Marie-Antoinette: S'il vous plaît, monsieur Brun, cachez le coffret[4] que je tiens dans mes mains.

Alexandre Brun: Bien, Madame.

Marie-Antoinette: Cachez-le bien. Il y a, dans ce coffret, un objet – un magnifique cadeau – qu'un ami très, très cher m'a offert ... Cachez-le bien, monsieur Brun, et ne dites rien à personne. Ne dites à personne que je suis venue vous voir. Ne révélez jamais notre secret. Sauf à votre fils, avant de mourir.

Koesten, Léo: Enigme à Versailles, p. 52 – 53 © Ernst Klett Sprachen GmbH, Stuttgart 2011

Fin de l'histoire «Enigme à Versailles»

Camille a proposé de poser le coffret ouvert sur la table de la salle à manger. Quand monsieur et madame Brun sont rentrés de l'opéra, ils ont vu la montre et Claire Brun a elle aussi découvert le secret de son mari. Monsieur Brun ne s'est pas mis en colère, il a même trouvé que ses enfants étaient très intelligents.
La famille a vendu[5] la montre, qu'un horloger[6] suisse a achetée, on ne sait pas à quel prix. L'horloger l'a ensuite prêtée[7] au musée du Louvre qui l'expose[8] en ce moment.

---

1 le blé [ləble] der Weizen – **2 pousser** [puse] wachsen – **3 la famine** [lafamin] quand on n'a rien à manger – **4 un coffret** [ɛ̃kɔfʀɛ] eine Schatulle – **5 vendre qc** [vɑ̃dʀ] etw. verkaufen – **6 un horloger** [ɛ̃nɔʀlɔʒe] qn qui fabrique les montres – **7 prêter qc à qn** [pʀete] *hier:* jdm. etw. verleihen – **8 exposer qc** [ɛkspoze] etw. ausstellen

Zu Unité 6

Gjon's Tears: «Répondez-moi»

Pourquoi la pluie[1]
Et les nuages[2] aussi?
Et les nuages aussi?
Pourquoi le soir
Tu t'endors[3] dans mon lit?
Tu t'endors dans mon lit?

Pourquoi on dort
Si loin de la famille
Dans un autre pays?
Pourquoi la mort
Vient après la vie?
Vient après la vie?

J'donne ma langue au chat[4]
Répondez-moi
Pas de langue de bois[5]
Répondez-moi

Pourquoi on court
Sans jamais s'arrêter?
Sans jamais s'arrêter?
Pourquoi on prie
Chacun de son côté[6]?
Chacun de son côté?

Pourquoi je suis
Ici étranger?
Là-bas étranger?
Pourquoi mon fils
Grandira[7] sans été?
Grandira sans été?

J'donne ma langue au chat
Répondez-moi
Pas de langue de bois
Répondez-moi
J'donne ma langue au chat
Répondez-moi
J'donne ma langue au chat
Répondez-moi
Pas de langue de bois
Répondez-moi

Texter: Michel, Xavier Samuel; Oswald, Alice Fanny; Muharramaj, Gjon, Jeroen Katero-en Katelijne Herman; Verlag/Subverlag: Blinome Sarl

Aus rechtlichen Gründen befindet sich das Chanson auf der Audio-CD 622359.

Répondez aux questions.

1. Qui pourrait être la personne qui parle et où est-ce qu'elle pourrait se trouver?
2. Comment est-ce que cette personne se sent? *Justifiez votre réponse avec les paroles de la chanson.*
3. Pourquoi est-ce que le temps qu'il fait correspond à la situation de la personne?
4. Qu'est-ce que cela signifie, «mon fils grandira sans été»? *Expliquez.*

---

1 la pluie [laplɥi] → pleuvoir – **2 un nuage** [ɛ̃nɥaʒ] eine Wolke – **3 s'endormir** [sɑ̃dɔʀmiʀ] quand on commence à dormir – **4 donner sa langue au chat** [dɔnesalɑ̃goʃa] das Raten aufgeben – **5 la langue de bois** [lalɑ̃gdəbwa] die hohlen Phrasen; die leeren Worte – **6 un côté** [ɛ̃kote] eine Seite – **7 grandir** [gʀɑ̃diʀ] aufwachsen

Quellennachweis

Action Press GmbH, Hamburg (Collection Christophel © Pyramide), **79.1**; Action Press GmbH, Hamburg (Collection Christophel), **78.1**; Action Press GmbH, Hamburg (KONRAD K./SIPA), **99.2**; Action Press GmbH, Hamburg (United Archives/McPHOTO), **38.9**; akg-images, Berlin, **88.1; 88.2; 88.3**; akg-images, Berlin (AP), **32.3**; akg-images, Berlin (De Agostini Picture Lib./A. Dagli Orti), **95.2**; akg-images, Berlin (Erich Lessing), **95.4**; akg-images, Berlin (Heritage Images/Fine Art Images), **95.1**; akg-images, Berlin (Jean-Claude Varga), **95.3**; Alamy stock photo, Abingdon (GAUTIER Stephane), **118.2**; Alamy stock photo, Abingdon (Gilles Paire), **89.3**; Alamy stock photo, Abingdon (GL Archive), **93.1**; Alamy stock photo, Abingdon (James O'Sullivan), **13.1**; Alamy stock photo, Abingdon (pcalapre), **13.5**; Alamy stock photo, Abingdon (Philip Bird), **15.1**; Alamy stock photo, Abingdon (Powerpics), **171.1**; Avenue Images GmbH, Hamburg, **64.1**; Avenue Images GmbH, Hamburg (Corbis RF), **141.1**; BPK, Berlin (adoc-photos), **15.2; 92.1; 100.4**; BPK, Berlin (RMN - Grand Palais/Franck Raux), **86.1**; BPK, Berlin (RMN/Gerard Blot), **84.2**; Corel Corporation Deutschland, Unterschleissheim, **Nachsatz.9**; Coverabbildung der Lektüre Énigme à Versailles von Léo Koesten aus der Reihe Collection Enigma, ISBN 978-3-12-591423-0,© Ernst Klett Sprachen GmbH, Stuttgart, 2012., **100.1**; Davot, Francois, Troyes, **35.1; 35.2; 77.1; 77.2; 77.3; 77.4; 77.5; 77.6; 77.7; 77.8; 129.1; 129.2; 129.3; 129.4; 129.5; 129.6**; ddp media GmbH, Hamburg (Capital Pictures), **75.2; 76.1; 78.3**; ddp media GmbH, Hamburg (Roland Krivec/Fox-Images), **61.4**; Dekelver, Christian Illustration, Weinstadt, **Vorsatz; Nachsatz.1; Nachsatz.2; 104.1**; Dekelver, Christian, Weinstadt, **Cover; 111.4**; DigitalVision, Maintal-Dörnigheim (Digital Vision), **147.1**; Edouard Hannoteaux - Auftragsfotograf, Restinclières, **20.2; 28.1; 62.1; 62.2; 70.1; 70.2; 70.3; 71.1; 73.1; 127.1**; Ernst Klett Verlag GmbH, Stuttgart, **Nachsatz.3; 16.2; 16.3; 21.1; 23.1; 32.4; 38.5; 39.1; 42.1; 57.2; 65.2; 74.2; 76.2; 81.3; 91.5; 107.1; 108.1; 113.3; 115.1; 116.2; 134.1; 135.1; 143.1; 144.1; 165.1; 165.2; 165.3**; Ernst Klett Verlag GmbH, Stuttgart (Laurent Jouvet), **32.5**; Fröhlich, Anke, Leipzig, **167.2**; gemeinfrei, **252.1**; Getty Images Plus, München (fabioderby), **80.1**; Getty Images Plus, München (fizkes), **72.5**; Getty Images Plus, München (iStock/AntonioGuillem), **27.1**; Getty Images Plus, München (Jerome Tisne), **72.1**; Getty Images Plus, München (kali9/E+), **53.1**; Getty Images Plus, München (LightFieldStudios), **181.2**; Getty Images Plus, München (MarsBars), **141.2**; Getty Images Plus, München (Russ Rohde), **72.3**; Getty Images Plus, München (sanniely), **139.1**; Getty Images Plus, München (Sladic), **68.1**; Getty Images Plus, München (Smederevac), **13.6**; Getty Images Plus, München (SolStock), **115.3**; Getty Images Plus, München (Sudowoodo), **188.3**; Getty Images Plus, München (Vectorig), **72.4**; Getty Images, München (Carl Mydans/The LIFE Picture Collection), **122.2**; Getty Images, München (H. Armstrong Roberts/Retrofile), **63.1**; Getty Images, München (Joel Saget/AFP), **98.2; 99.1**; Getty Images, München (Pascal Le Segretain/WireImage), **98.1**; Getty Images, München (Pool Francolon/Simon/Gamma-Rapho), **32.1**; Getty Images, München (Sygma/Alain Nogues), **45.2**; Ilka Kramer, Lausanne, **65.1**; imago images, Berlin, **26.1**; imago images, Berlin (Cavan Images), **57.1**; imago images, Berlin (imageBROKER/Walter G. Allgöwer), **115.6**; imago images, Berlin (Sven Simon), **33.1; 167.3**; imago images, Berlin (United Archives International), **7.2**; Interfoto, München (FOTO WILHELM), **21.2**; iStockphoto, Calgary, Alberta (Alija), **38.2**; iStockphoto, Calgary, Alberta (Alphonse Tran), **Nachsatz.4**; iStockphoto, Calgary, Alberta (fmajor), **152.2**; iStockphoto, Calgary, Alberta (Jill Fromer), **170.2**; iStockphoto, Calgary, Alberta (Kali Nine LLC), **83.1**; iStockphoto, Calgary, Alberta (letty17), **111.2**; iStockphoto, Calgary, Alberta (Marc Dietrich), **191.2**; iStockphoto, Calgary, Alberta (Nicolae Popovici), **159.1**; iStockphoto, Calgary, Alberta (Reuben Schulz), **170.10**; iStockphoto, Calgary, Alberta (SolStock), **38.7**; Kerbusch, Katrin, Dresden, **128.2; 128.3; 128.4**; Klett-Archiv/Sarah Langenbach (Collage); stock.adobe.com/Regormark (Flaggen)/eyewave (Currywurst)/sandra zuerlein (Brezel)/thongsee (Torte), **33.3**; Kranenberg, Hendrik, Drolshagen, **166.2; 188.4**; Kroll, Pierre, Liège (Pierre Kroll), **31.3**; laif, Köln (Alexis Haulot/Polaris), **30.1**; laif, Köln (Bertrand Rieger/hemis.fr), **26.2**; laif, Köln (Dirk Eisermann), **250.5**; laif, Köln (Redux), **Nachsatz.8**; laif, Köln (Sebastien Beaucourt/LookatSciences), **19.2**; Lange, Katrina, Berlin, **243.1**; Leutelier, Frédéric (Zanzim), Tinteniac, **90.1; 90.2; 90.3; 90.4; 91.1; 91.2; 91.3; 91.4**; Martaguet, Priska, **48.1; 48.2; 48.3; 49.1; 49.2; 49.3; 49.4; 49.5; 51.1; 51.2; 52.1; 55.1; 56.1; 60.2; 83.2; 168.1; 170.1**; Master Kitchen, Ludwigsburg; Karte: Christian Dekelver, Weinstadt; stock.adobe.com, Dublin; olrat; (Europäisches Parlament, Strasbourg); Ilka Kramer, Lausanne; (Motivbeschreibung: Eingang von ARTE in Strasbourg mit dem Homme-Girafe); stock.adobe.com, Dublin; bluesky6867; (Motivbeschreibung: Passerelle des deux rives . Doppelbrücke Brücke Rhein Strasbourg Kehl Element der Landesgartenschau Kehl-Strasbourg im Jahr 2004), **7.1**; Mauritius Images, Mittenwald (Collection Christophel), **78.2**; Mauritius Images, Mittenwald (Masterfile), **114.1**; Media Office GmbH, Kornwestheim, **37.1; 104.2; 109.1**; MEV Verlag GmbH, Augsburg, **176.1**; Mon Quotidien, pour les 10-13 ans: 10 minutes de lecture chaque jour, www.playbacpresse.fr, **120.1**; Oser, Liliane (Daten aus: Sondage Harris Interactive, octobre 2019; Enquête Commission européenne, juin 2012; Etude «Les Français et l'esprit critique», novembre 2016; Etude IFOP et Diogène France, février 2020), **43**; Phosphore © Bayard Presse, 2018, **59.1**; Picture-Alliance, Frankfurt/M. (Aurore Marechal/abaca), **29.1**; Picture-Alliance, Frankfurt/M. (dpa-Fotoreport/UPI), **161.1**; Picture-Alliance, Frankfurt/M. (DUMONT Bildarchiv/Thomas Linkel), **42.2**; Picture-Alliance, Frankfurt/M. (Heritage-Images/Fine Art Images), **101.1**; Picture-Alliance, Frankfurt/M. (KEYSTONE/Alexandra Wey), **115.5**; Picture-Alliance, Frankfurt/M. (Matthias Balk/dpa), **18.4**; Picture-Alliance, Frankfurt/M. (Oliver Kern/Geisler-Fotopress), **39.2**; Picture-Alliance, Frankfurt/M. (Rolf Haid), **23.2**; Picture-Alliance, Frankfurt/M. (UPI), **122.1; 163.1**; Rau, Katja, Berglen, **14.1; 20.3; 24.7; 25.1; 34.2; 40.1; 41.1; 45.1; 50.1; 60.1; 81.1; 88.4; 89.2; 96.1; 100.3; 101.2; 110.2; 112.2; 114.3; 115.7; 116.3; 121.1; 126.2; 136.2; 140.1; 140.2; 142.1; 152.1; 157.2; 189.3; 238.1; 238.2; 243.1; 253.1**; Ray Hautmann, Nürnberg, **36.1**; SANDRA MUMPRECHT photography, Murten, **106.3**; Scapin (Nathan), Renaud, **165.4**; ShutterStock.com RF, New York, **250.2**; ShutterStock.com RF, New York (Africa Studio), **153.2; 187.2**; ShutterStock.com RF, New York (Alohaflaminggo), **170.3**; ShutterStock.com RF, New York (canadastock), **18.3; 103.2**; ShutterStock.com RF, New York (Capchure.ch), **187.1**; ShutterStock.com RF, New York (Carboxylase), **98.4; 98.5; 98.6; 98.7; 98.8; 98.9; 98.10; 98.11; 99.3; 99.4; 99.5; 99.6; 99.7; 99.8; 99.9; 99.10; 99.11**; ShutterStock.com RF, New York (ChameleonsEye), **111.3**; ShutterStock.com RF, New York (Deborah Kolb), **Nachsatz.10**; ShutterStock.com RF, New York (Denis Makarenko), **75.1**; ShutterStock.com RF, New York (ESB Professional), **61.1**; ShutterStock.com RF, New York (Featureflash Photo Agency), **98.3**; ShutterStock.com RF, New York (fim.design), **16.4**; ShutterStock.com RF, New York (FooTToo), **113.4**; ShutterStock.com RF, New York (Gail Johnson), **Nachsatz.7**; ShutterStock.com RF, New York (HUANG Zheng), **24.1**; ShutterStock.com RF, New York (ID1974), **33.2**; ShutterStock.com RF, New York (ILYA AKINSHIN), **250.6**; ShutterStock.com RF, New York (iVangelos), **56.2**; ShutterStock.com RF, New York (Jacky D), **31.2**; ShutterStock.com RF, New York (jan kranendonk), **164.1**; ShutterStock.com RF, New York (Joerg Steber), **181.3**; ShutterStock.com RF, New York (Jose Ignacio Soto), **86.3; 181.4**; ShutterStock.com RF, New York (Julia Sudnitskaya), **159.3**; ShutterStock.com RF, New York (kavalenkava), **102.1**; ShutterStock.com RF, New York (Keitma), **108.2**; ShutterStock.com RF,

New York (Kiev.Victor), **81.2**; ShutterStock.com RF, New York (LaMiaFotografia), **22.2**; ShutterStock.com RF, New York (loflo69), **107.2**; ShutterStock.com RF, New York (margouillat photo), **106.4**; ShutterStock.com RF, New York (MattLphotography), **32.6**; ShutterStock.com RF, New York (Natalya Lysenko), **31.1**; ShutterStock.com RF, New York (Phase4Photography), **170.9**; ShutterStock.com RF, New York (Pressmaster), **38.1; 54.1**; ShutterStock.com RF, New York (Ralf Gosch), **250.4**; ShutterStock.com RF, New York (Robert Anthony), **38.3**; ShutterStock.com RF, New York (Robert Kneschke), **38.8**; ShutterStock.com RF, New York (Sea Wave), **184.3**; ShutterStock.com RF, New York (Stock-Asso), **68.3; 72.7**; ShutterStock.com RF, New York (ventdusud), **106.5**; ShutterStock.com RF, New York (View Apart), **32.2; 172.2**; ShutterStock.com RF, New York (walter_g), **131.1**; ShutterStock.com RF, New York (yvon52), **94.3**; Stefan Zörlein, **115.4**; stock.adobe.com, Dublin, **159.2**; stock.adobe.com, Dublin (AIDAsign), **93.2**; stock.adobe.com, Dublin (alain wacquier), **19.1; 114.2**; stock.adobe.com, Dublin (Alexander Raths), **153.3**; stock.adobe.com, Dublin (alex.pin), **71.2**; stock.adobe.com, Dublin (ALF photo), **164.2**; stock.adobe.com, Dublin (anatoliycherkas), **160.2**; stock.adobe.com, Dublin (Andrea Izzotti), **Nachsatz.12**; stock.adobe.com, Dublin (Antonioguillem), **14.2; 28.4; 119.1**; stock.adobe.com, Dublin (Aspi13), **28.2**; stock.adobe.com, Dublin (aterrom), **87.3; 132.1**; stock.adobe.com, Dublin (auremar), **172.1**; stock.adobe.com, Dublin (A_Lein), **17.3**; stock.adobe.com, Dublin (beats_), **136.1**; stock.adobe.com, Dublin (bigterry), **113.1**; stock.adobe.com, Dublin (BillionPhotos.com), **126.1**; stock.adobe.com, Dublin (Birgit Reitz-Hofmann), **156.2**; stock.adobe.com, Dublin (BlueSkyImages), **174.1**; stock.adobe.com, Dublin (Brad Pict), **94.2**; stock.adobe.com, Dublin (by-studio), **167.1**; stock.adobe.com, Dublin (caifas), **118.1**; stock.adobe.com, Dublin (CallallooAlexis), **170.6**; stock.adobe.com, Dublin (Cara-Foto), **47.1**; stock.adobe.com, Dublin (Carlos Santa Maria), **183.1**; stock.adobe.com, Dublin (Carmen Steiner), **170.11**; stock.adobe.com, Dublin (Chlorophylle), **74.1**; stock.adobe.com, Dublin (Christian Horz), **100.2**; stock.adobe.com, Dublin (Daisy Daisy), **82.1**; stock.adobe.com, Dublin (Dan Race), **170.13**; stock.adobe.com, Dublin (Dani Vincek), **157.1**; stock.adobe.com, Dublin (Daniel Ernst), **172.3**; stock.adobe.com, Dublin (darkbird), **184.1**; stock.adobe.com, Dublin (dbrnjhrj), **133.1; 133.4**; stock.adobe.com, Dublin (Delphotostock), **96.2**; stock.adobe.com, Dublin (DiMar), **250.7**; stock.adobe.com, Dublin (doomu), **177.2**; stock.adobe.com, Dublin (Drobot Dean), **141.3**; stock.adobe.com, Dublin (elbear), **182.2**; stock.adobe.com, Dublin (ellfoto), **Nachsatz.11**; stock.adobe.com, Dublin (Erica Guilane-Nachez), **183.2**; stock.adobe.com, Dublin (EUDPic), **191.1**; stock.adobe.com, Dublin (ExQuisine), **22.3**; stock.adobe.com, Dublin (eyewave), **33.6**; stock.adobe.com, Dublin (fanfan), **182.1**; stock.adobe.com, Dublin (FedeCandoniPhoto), **110.1**; stock.adobe.com, Dublin (fizkes), **128.1**; stock.adobe.com, Dublin (Fotoschlick), **160.1**; stock.adobe.com, Dublin (Frederic Bos), **Nachsatz.6**; stock.adobe.com, Dublin (frenta), **72.8**; stock.adobe.com, Dublin (frimufilms), **87.2**; stock.adobe.com, Dublin (Gleb), **111.1**; stock.adobe.com, Dublin (Goffkein), **170.8**; stock.adobe.com, Dublin (goodluz), **168.2**; stock.adobe.com, Dublin (grafikplusfoto), **108.3**; stock.adobe.com, Dublin (grthirteen), **125.1**; stock.adobe.com, Dublin (HLPhoto), **18.2; 104.3**; stock.adobe.com, Dublin (ipopba), **61.2**; stock.adobe.com, Dublin (Jacob Lund), **28.3**; stock.adobe.com, Dublin (Jan Jansen), **112.1**; stock.adobe.com, Dublin (japolia), **169.1**; stock.adobe.com, Dublin (Jean-Jacques Cordier), **156.1**; stock.adobe.com, Dublin (JenkoAtaman), **185.1**; stock.adobe.com, Dublin (Jenny Sturm), **153.1**; stock.adobe.com, Dublin (jetlagmat), **24.2**; stock.adobe.com, Dublin (JFL Photography), **189.1**; stock.adobe.com, Dublin (Jörg Lantelme), **46.1**; stock.adobe.com, Dublin (Karin Jähne), **24.4**; stock.adobe.com, Dublin (Kathleen), **176.1**; stock.adobe.com, Dublin (KHAz), **181.1**; stock.adobe.com, Dublin (kovaleva_ka), **188.1**; stock.adobe.com, Dublin (Kruwt), **17.2**; stock.adobe.com, Dublin (LaCatrina), **173.1**; stock.adobe.com, Dublin (ladybird), **84.1**; stock.adobe.com, Dublin (lapencia), **10.1; 11.1; 11.2; 11.3; 11.4; 11.5; 11.6; 11.7; 11.8**; stock.adobe.com, Dublin (lassedesignen), **162.1**; stock.adobe.com, Dublin (lenisecalleja), **87.4**; stock.adobe.com, Dublin (Leonid Andronov), **24.6**; stock.adobe.com, Dublin (lesniewski), **12.2**; stock.adobe.com, Dublin (linebyline), **146.1**; stock.adobe.com, Dublin (luna), **170.5**; stock.adobe.com, Dublin (Marco Desscouleurs), **19.3**; stock.adobe.com, Dublin (Mariakray), **250.8**; stock.adobe.com, Dublin (markus thoenen), **186.1**; stock.adobe.com, Dublin (Marsh), **166.3**; stock.adobe.com, Dublin (marysckin), **115.2**; stock.adobe.com, Dublin (MclittleStock), **130.1**; stock.adobe.com, Dublin (Michael Zimberov), **20.1**; stock.adobe.com, Dublin (midgardson), **24.3**; stock.adobe.com, Dublin (Minerva Studio), **61.3; 250.3**; stock.adobe.com, Dublin (mma23), **72.2; 105.2**; stock.adobe.com, Dublin (Monkey Business), **12.1; 47.2**; stock.adobe.com, Dublin (motortion), **68.4**; stock.adobe.com, Dublin (Nabokov Alex), **135.3**; stock.adobe.com, Dublin (New Africa), **175.1**; stock.adobe.com, Dublin (Nicolette Wollentin), **38.6**; stock.adobe.com, Dublin (nyul), **135.5**; stock.adobe.com, Dublin (olrat), **24.5; 27.2**; stock.adobe.com, Dublin (o_voltz), **16.1**; stock.adobe.com, Dublin (Paylessimages), **189.2**; stock.adobe.com, Dublin (Pétrouche), **158.1**; stock.adobe.com, Dublin (Philipimage), **17.1**; stock.adobe.com, Dublin (philippe Devanne), **94.4**; stock.adobe.com, Dublin (philipus), **105.1; 187.3**; stock.adobe.com, Dublin (Photographee.eu), **97.1**; stock.adobe.com, Dublin (Pictures news), **106.2**; stock.adobe.com, Dublin (Printemps), **38.4**; stock.adobe.com, Dublin (Radu Razvan), **133.3**; stock.adobe.com, Dublin (rdnzl), **13.3**; stock.adobe.com, Dublin (REDPIXEL), **178.1**; stock.adobe.com, Dublin (Regormark), **33.4; 33.5**; stock.adobe.com, Dublin (rh2010), **13.2; 188.2**; stock.adobe.com, Dublin (Richard Semik), **94.1**; stock.adobe.com, Dublin (rochagneux), **117.1**; stock.adobe.com, Dublin (Ronny), **44.1**; stock.adobe.com, Dublin (rustamank), **87.1**; stock.adobe.com, Dublin (Samuel B.), **113.2**; stock.adobe.com, Dublin (sandra zuerlein), **33.7**; stock.adobe.com, Dublin (savoieleysse), **Cover hinten U4**; stock.adobe.com, Dublin (Sergey Novikov), **13.4**; stock.adobe.com, Dublin (Sergii Figurnyi), **179.1**; stock.adobe.com, Dublin (silverkblack), **135.4**; stock.adobe.com, Dublin (stockpics), **173.2**; stock.adobe.com, Dublin (Syda Productions), **106.1; 135.2; 166.1**; stock.adobe.com, Dublin (thongsee), **33.8**; stock.adobe.com, Dublin (tina7si), **18.1**; stock.adobe.com, Dublin (Tof Locoste), **137.1**; stock.adobe.com, Dublin (Tomasz Trojanowski), **68.2**; stock.adobe.com, Dublin (Tortuga), **Cover vorne U1.1**; stock.adobe.com, Dublin (ulistx), **85.2**; stock.adobe.com, Dublin (vbaleha), **82.2**; stock.adobe.com, Dublin (vichie81), **186.2**; stock.adobe.com, Dublin (Vladislav Gajic), **133.2**; stock.adobe.com, Dublin (WavebreakmediaMicro), **72.6**; stock.adobe.com, Dublin (Wedding photography), **180.1**; stock.adobe.com, Dublin (Worakit Sirijinda), **86.2**; stock.adobe.com, Dublin (zzzdim), **170.12**; Thinkstock, München (amanalang), **67.1**; Thinkstock, München (Goodshoot), **Nachsatz.5**; Thinkstock, München (iStockphoto), **58.1; 170.7**; Thinkstock, München (Keith Brofsky), **250.1**; Thinkstock, München (Mihajlo Maricic), **163.2**; Thinkstock, München (Nelosa), **34.1**; Thinkstock, München (Wavebreak Media), **170.4**; Thinkstock, München (36clicks), **66.1**; Thomas Weccard Fotodesign BFF, Ludwigsburg, **Cover vorne U1.2**; Thomas Weccard Fotodesign BFF, Ludwigsburg (Thomas Weccard), **116.1; 145.1**; ullstein bild, Berlin (ullstein bild), **33.9**; URW, Hamburg, **177.1**; „Comme un lion" de Samuel Collardey (c) Pyramide International, Paris, **7.3; 130.2**; © ARTE France Développement, **22.1**; © Esther Delord / AFPTV / AFP, **7.4; 89.1**; © Kramiek édition 2017, **251**;

LE QUARTIER EUROPEEN DE STRASBOURG
Centre européen de la jeunesse
Institut international des droits de l'homme
Bld de Dresde
Bld Pierre Pflimlin
R. Pierre de Coubertin
Rue Boecklin
Parlement européen
Parlement européen
Quai Ernest Bevin
Tram
Terminus Robertsau Boecklin
Allée du Printemps
Rue du Levant
Palais des droits de l'homme
Lieu d'Europe
Palais des droits de l'homme
Allée des Droits de l'homme
Pharmacopée
Allée Kastner
Médiateur européen
Av. Robert Schuman
Rue de la Carpe Haute
Rue Léon Boll
ARTE
Winterer
Conseil de l'Europe
Agora
Rue Lauth
Rue du Général Ulrich
Allée Spach
Avenue de l'Europe
Quai Jacoutot
Quai de l'Orangerie
Quai du Chanoine
Bld Paul Déroulède
Bld Jacques Preiss
Quai Rouget de Lisle
Allée de la Robertsau
Bld du Président Edwards
Parc de l'Orangerie

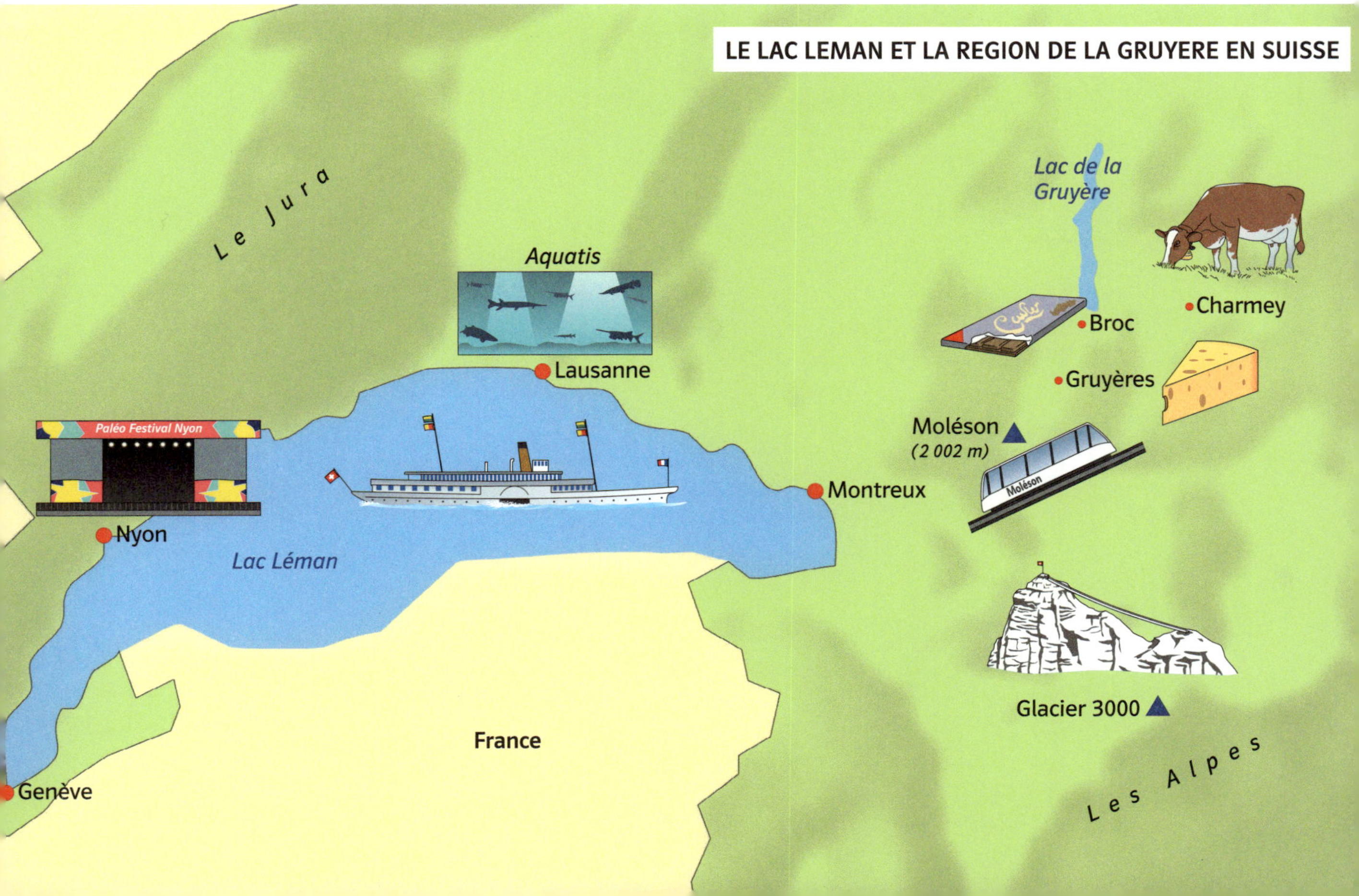
LE LAC LEMAN ET LA REGION DE LA GRUYERE EN SUISSE
Le Jura
Aquatis
Lausanne
Lac de la Gruyère
Broc
Charmey
Gruyères
Paléo Festival Nyon
Moléson (2 002 m)
Moléson
Montreux
Nyon
Lac Léman
Glacier 3000
France
Genève
Les Alpes

La francophonie